HEYNE
BÜCHER

Das Buch

Nach dem Ende einer großen Liebe zieht sich Kate Kennedy, eine junge Schriftstellerin, in ein einsames Cottage an der wild zerklüfteten Küste der englischen Grafschaft Essex zurück, um an ihrem neuen Buch zu arbeiten. Als die fünfzehnjährige Alison, die Tochter des Hausbesitzers, am Strand ein zweitausend Jahre altes römisches Grab entdeckt, das Wind und Wasser freigelegt haben, geschehen auf einmal merkwürdige, ja unheimliche Dinge. Durch Alisons Fund werden die Seelen der Toten geweckt, die wegen eines ungeklärten Verbrechens nicht zur Ruhe kommen und nun die Lebenden als Werkzeuge ihrer Rachegelüste in ein gefährliches Intrigenspiel ziehen. Plötzlich wird das Leben von Kate, Alison und deren Bruder Greg von gewalttätigen Geschehnissen der Vergangenheit erschüttert.

Auf dem Bildschirm von Kates PC erscheinen seltsame Botschaften. Türen schlagen, Fenster fliegen auf. Was wollen die Geister der Toten? Daß die Wahrheit ans Licht kommt oder daß das Grab sein Geheimnis für immer bewahrt? Durch Unwetter von der Außenwelt abgeschnitten, kämpfen Kate, Alison und Greg um ihr Leben gegen Erscheinungen, die von einem alten Fluch getrieben sind.

Dieser große Roman von Barbara Erskine, ein Meisterwerk der phantastischen Literatur, bekam in England und Amerika höchste Weihen: »Wie eine Begegnung zwischen Stephen King und Ruth Rendell.« *Frank Delaney*

Die Autorin

Barbara Erskine, promovierte Historikerin, erlangte mit ihren weltweit erfolgreichen Romanen *Die Lady von Hay* (Heyne-Tb.-Nr. 01/7854) und *Die Tochter des Phönix* (Heyne-Tb.-Nr.01/9720) internationale Berühmtheit. Sie ist verheiratet, hat zwei Söhne und lebt mit ihrer Familie abwechselnd in Wales und an der Küste von Essex.

BARBARA ERSKINE

MITTERNACHT IST EINE EINSAME STUNDE

Roman

Aus dem Englischen
von Michael Farin und Hans Schmid

WILHELM HEYNE VERLAG
MÜNCHEN

HEYNE ALLGEMEINE REIHE
Nr. 01/10357

Titel der Originalausgabe:
MIDNIGHT IS A LONELY PLACE
erschienen 1994 bei HarperCollins Publishers, London

Umwelthinweis:
Das Buch wurde auf
chlor- und säurefreiem Papier gedruckt.

3. Auflage

Printed in Germany 1998
Umschlagillustration: Len Thurston
Umschlaggestaltung: Atelier Ingrid Schütz, München
Satz: H. Widmann, Berg
Druck und Bindung: Presse-Druck Augsburg

ISBN 3-453-12528-2

Von A. J.
stammt der Titel dieses Buches,
und A. J. ist es auch gewidmet

»Wir spüren, wo wir geh'n, den kalten Hauch.«

BYRON

»C'était pendant l'horreur d'une profonde nuit …«

RACINE

PROLOG

Ihr Haar hatte die Farbe frisch gefrorener Buchenblätter, glänzend und kräftig; es stürzte zwischen den Kämmen hervor, als er sie an sich zog und seine Lippen die ihren suchten. Seine Haut war von Sonne und Wind gebräunt, ihre, nackt an seine gepreßt, weiß wie reinster Marmor.

Das schwere, gebogene Silber des Reifs, den er um den Hals trug, schnitt in ihr Fleisch. Sie bemerkte es nicht, sie spürte nur noch seinen Körper auf dem ihren, die Kraft seiner muskulösen Schenkel, die Wucht seiner Zunge, die er in ihren Mund stieß, als wolle er sie verschlingen.

»Claudia ...«

Er hauchte ihren Namen wie eine Liebkosung, die zugleich eine Bitte war, ein verzweifelter Ruf, und dann, endlich, der Triumphschrei, als er reglos, zitternd in ihren Armen lag.

Sie lächelte. Durch den Baldachin aus raschelnden Blättern blickte sie zum Himmel empor, unendlich zufrieden. Die kleine Lichtung im menschenleeren Waldgebiet war für sie in diesem Augenblick zur Welt geworden. Kind und Ehemann waren vergessen. Für diesen Mann in ihren Armen war sie bereit, beide aufzugeben; ja sogar ihr Heim, ihre Position, selbst ihr Leben zu verlieren.

Er bewegte sich; auf die Ellbogen gestützt, starrte er auf sie herab, das Gesicht seltsam ausdruckslos, die silbrigen Augen leer.

»Claudia ...«, flüsterte er wieder. Er legte sein Gesicht zwischen ihre Brüste. Ja, das war er gewesen, der kleine Tod; der Tod, den ein Mann sucht; der Tod, der auf den Koitus folgt. Er lächelte, griff mit der Hand in ihr Haar und hielt sie gefangen. Mit den Lippen folgte er der Linie ihrer Wangenknochen, ihrer Augenlider. Was würde der Ehemann dieser Frau, ein Sohn Roms, ein Offizier der Legion, sagen, wenn er davon erführe? Was würde er tun, wenn man ihm sagte, daß seine Frau einen Geliebten habe und daß dieser Geliebte ein Druidenprinz sei?

I

»Ich hasse es, berühmt zu sein!« gestand Kate Kennedy, die auf dem Fußboden der Wohnung ihrer Schwester Anne saß. Sie teilten ihr Essen mit einem großen burmesischen Kater namens Carl Gustav Jung.

Ihre Jane-Austen-Biographie hatte sie über Nacht berühmt gemacht. Sie wurde zu Talk-Shows eingeladen, von drei landesweiten Tageszeitungen und zwei Sonntagszeitungen interviewt, sie bereiste die Bibliotheken und Buchhandlungen Großbritanniens, und sie war Jon Bevan begegnet, den der *Guardian* als einen der brillantesten jungen Romanciers und Dichter Englands bezeichnet hatte. Der Grund für das große Interesse? Die Literaturbeilage der *Times* hatte ihr Buch als ›brutzelnde Enthüllung‹ von Janes verborgener Sinnlichkeit bezeichnet, als Studie über ihre unterdrückte Sexualität und über die Leidenschaft, die sich in jenen vielgeliebten, wohlüberlegten Abschnitten verbarg.

Bereits drei Wochen, nachdem sie Jon kennengelernt hatte, zog sie in seine Wohnung in Kensington, und ihr Leben änderte sich von Grund auf.

Anne, ihre ältere Schwester und frühere Mitbewohnerin, reagierte mit Gleichmut darauf, daß Kate fahnenflüchtig wurde. (»Meine Liebe, früher oder später mußte das einer von uns passieren.«) Selbst eine Schriftstellerin – eine Jungianerin, deren Bibliothek, vor allem den Freud betreffenden Teil, Kate geplündert hatte, als sie *Jane* schrieb –, hatte sie amüsiert beobachtet, wie Kate mit dem Ruhm zurechtkam. Und sie empfand es als nicht sonderlich überzeugend.

»Wenn du ihn so sehr haßt, dann befreie dich davon. Werde zur Einsiedlerin. Weigere dich aufzutreten, meine Liebe. Kultiviere eine gewisse Rüpelhaftigkeit. Und trage einen Schleier.« Anne leckte sich Sojasauce von den Fingern. »Das würde den Verkauf schlagartig verdoppeln.«

»Zynikerin.« Kate lächelte sie zärtlich an. »Jon sagt, ich sei verrückt. Er liebt den Ruhm.«

»Ich könnte mir vorstellen, daß Jon das Schreiben am Ende noch aufgibt, um eine Medienfigur zu werden«, sagte Anne nachdenklich. Sie wischte sich die Hände an einer mit chinesischen Schriftzeichen bedruckten Papierserviette ab, schlang die Arme um die Beine und legte ihr Kinn nachdenklich auf die Knie. »Er ist schlecht für dich, Kate. Er ist ein Psycho-Vampir.« Sie grinste. »Er ernährt sich von deiner kreativen Energie.«

»Unsinn.«

»Doch, es ist wahr. Du bist in die Rolle der Hausfrau und Ego-Masseuse hineingerutscht und hast es nicht einmal bemerkt. Du bist völlig vernarrt in ihn! Es ist Monate her, seit du aus Italien zurückgekommen bist, aber du hast noch immer nicht mit deinem neuen Buch begonnen.«

Die Heftigkeit, mit der Anne dies sagte, erschreckte Kate, und sie stellte überrascht fest, daß sie sich schuldig fühlte. »Ich recherchiere noch.«

»Über was denn? Die Liebe?« Anne lächelte. »Und denkt Jon immer noch, daß es total verrückt ist, über Byron zu schreiben?«

Kate nickte liebevoll. »Ja, er denkt immer noch, daß ich verrückt bin. Er glaubt, Byron sei zu bekannt. Seiner Ansicht nach hätte ich mich für jemanden entscheiden sollen, der gänzlich unbekannt ist – und nicht so attraktiv«, fügte sie hinzu. »Glücklicherweise ist meine Lektorin aber anderer Meinung. Sie kann das Buch kaum erwarten.« Sie schüttelte müde den Kopf und gab Carl Gustav die letzte, sorgsam aufbewahrte Hummerkrabbe. Insgeheim freute es sie und schmeichelte es ihr, daß Jon eifersüchtig war.

»Hast du dir Byron deshalb ausgesucht? Weil er so attraktiv ist?« bohrte Anne nach.

»Deshalb und weil ich seine Lyrik liebe, weil ich Italien anbete und weil er mir die Chance gegeben hat, wunderbare Monate auf Reisen durch Europa zu verbringen und alle Orte aufzusuchen, an denen er gelebt hat.« Kate sammelte die leeren Essensbehälter auf. »Er war ein durch und durch faszinierender Mensch. Charismatisch.« Sie beobachtete Carl Gustav, der sich überaus genüßlich an seiner Krabbe gelabt hatte und sich jetzt peinlich genau Kopf und Pfoten putzte. »Eigentlich könnte ich mit dem

Schreiben beginnen. Meine Aufzeichnungen sind vollständig – wenigstens, was den ersten Abschnitt angeht.«

Anne schüttelte den Kopf. »Ich kann mir schlimmere Arten vorstellen, sein Geld zu verdienen!« Sie stand auf und durchwühlte den Kühlschrank nach einer Büchse Kaffeebohnen. »Sag ehrlich, seid ihr noch glücklich?« fragte sie über die Schulter. »Ich meine, so richtig glücklich?«

Kate nickte.

»Heiratswillig vor Glück?«

»Nein.« Nachdenklich, dann etwas bestimmter: »Nein, ich denke eigentlich nicht, daß einer von uns für die Ehe geschaffen ist. Wenigstens nicht im Moment.«

»Aber du kannst dir vorstellen, noch lange mit ihm zusammenzuleben.« Für einen Augenblick herrschte Stille. Kate sah ihre Schwester gedankenverloren an. »Warum willst du das wissen?«

»Man hat mir eine Stelle in Edinburgh angeboten. Wenn ich zusage, muß ich die Wohnung aufgeben.«

»Ich verstehe.« Kate schwieg einen Moment lang. Es war also an der Zeit, die Brücken hinter sich abzubrechen. »Was passiert mit Carl Gustav?«

»Oh, den nehme ich mit. Wir haben es ausführlich miteinander besprochen.« Anne beugte sich zu ihm hinunter und streichelte den Kater zärtlich. Er hatte immer mehr zu ihr als zu Kate gehört. »Das siehst du doch auch so, was, C. J.?«

»Und die Stelle sagt ihm ebenfalls zu?«

»Eine sehr gute Stelle. An der Universität. Ein weiterer Schritt diese gräßliche Leiter hoch, die wir doch alle unermüdlich erklimmen sollen.«

Kate wandte sich ab, überrascht von der plötzlichen Traurigkeit, die sie bei dem Gedanken, Anne zu verlieren, durchfuhr. »Hast du Mum und Dad schon davon erzählt?«

Anne nickte. »Sie sind dafür. Von Edinburgh aus kann ich sie genauso oft besuchen. Es ist ja nicht das Ende der Welt, Kate. Es sind nur sechshundert Kilometer.«

Kate lächelte. »Na ja, wenn C. J. dafür ist, und wenn Mum und Dad dafür sind, dann wird es wohl okay sein. Meinen Segen hast du jedenfalls, wenn du die Wohnung loswerden willst. Ich hänge mich dann eben eine Weile an Jon ran!«

Doch das tat sie nicht.

Es war vertrackt, dachte sie, daß sie und Jon ausgerechnet an dem Tag, der Annes Umzug in ihre neue Wohnung in Royal Circus folgte, ihren ersten ernsthaften Streit hatten. Es ging um Geld. Um ihr Geld.

»Wieviel zahlen sie dir?« fragte er sie erstaunt.

Sie schob ihm den Brief hin. Er las ihn langsam. »Das ist ein Vertrag für Amerika! Das hast du seit Monaten gewußt.« Er reagierte verletzt und voller Vorwurf.

»Ich wollte nichts davon erzählen, bevor es nicht sicher war. Du weißt doch, wie lange so etwas dauert –«, Sie hatte die Neuigkeit als Überraschung aufheben wollen, hatte geglaubt, er würde sich freuen.

»Gott im Himmel! Das ist ungeheuerlich!« Er war aufgesprungen. »Mir zahlen sie ein paar armselige hundert Dollar Vorschuß für meinen letzten Gedichtband, und du« – er stotterte vor Entrüstung – »du kriegst das!« Er warf den Brief auf den Boden.

Sie starrte ihn schockiert an. »Jon –«

»Ja, ich weiß, Kate, du schreibst verdammt gut, aber das ist doch keine Literatur!«

»Im Gegensatz zu deinen Büchern, nicht wahr?«

»Ich glaube nicht, daß es irgendwen gibt, der das bestreiten würde.«

»Nein. Bestimmt nicht.« Sie holte tief Luft.

Plötzlich wurde ihm bewußt, wie sehr er sie verletzt hatte. Im stillen verfluchte er seine Unbeherrschtheit. Er legte den Arm um ihre Schultern. »Ach komm, du kennst mich doch. Das war alles nur dummes Gerede. Ich hab's nicht so gemeint. Ich weiß, du bist verflucht gut. Du arbeitest hart! Gib nichts drauf! Ich habe mich nur auf den Schlips getreten gefühlt. Nein, ich war richtig eifersüchtig.« Er umarmte sie. »Ich könnte sogar meinen Stolz vergessen und mir was von deinem Geld borgen.«

Es war das erste Mal, daß sie, wenn auch nur andeutungsweise, etwas von seinen finanziellen Problemen erfuhr.

Es gelang ihm sogar, in ihr ein Schuldgefühl wachzurufen. Das wurde ihr später klar. Es war eine subtile Manipulation gewesen;

ein meisterhafter Schachzug. Sie drängte ihm das Geld geradezu auf, schenkte es ihm, lieh es ihm, entschuldigte sich mit jedem Scheck stillschweigend dafür , daß sie Geld verdiente und er nicht. Am Ende hatte sie nicht einmal mehr tausend Pfund auf der Bank und, obwohl er hoch und heilig versprochen hatte, ihr alles zurückzuzahlen, keine Aussicht, irgendwoher Geld aufzutreiben – bis zum nächsten Tantiemenscheck im Sommer. Trotzdem war es nicht allein der zunehmende finanzielle Druck, der schließlich zwischen sie trat. Es war etwas Plötzliches, etwas Unerwartetes.

Es war an einem kalten, ungemütlichen Novembertag. Jon fand sie auf der Galerie der Handschriftenabteilung des Britischen Museums, von wo aus sie auf die flache Glasvitrine hinunterblickte. Ein offenes Buch starrte zu ihr herauf, Byrons unleserliche, schräge Schrift, oft durchgestrichen, die über die Seite mit der Widmung für *Don Juan* floß. Die Atmosphäre der Galerie, die Klimaanlage, das seltsame, falsche Licht mit dem gedämpften Summen verursachten ihr Kopfschmerzen. Sie hatte sich zu stark konzentriert, und der unerwartete Schlag auf die Schulter hatte sie so erschreckt, daß sie einen leisen Schrei ausstieß. Bevor sie sich umdrehte, um zu sehen, wer es war, erinnerte sie sich daran, daß Jon ihr gesagt hatte, er werde kurz auf einen Kaffee vorbeikommen.

Das Restaurant war wie gewöhnlich überfüllt, und als sie sich an einen Tisch bei der Wand setzten, hatte sie noch keine Ahnung, daß der Kriegsausbruch unmittelbar bevorstand. Zwei japanische Touristen, behängt mit Kameras, zwängten sich unter Verbeugungen und entschuldigendem Lächeln auf die beiden freien Stühle neben ihnen. Kaffee schwappte auf Jons Untertasse. Er konnte seine langen Beine nur mit Mühe unter dem Tisch verstauen, als er sich Kate gegenüber in die Ecke zwängte und das Tablett in der einen Hand balancierte, während er in der anderen einen Brief hielt. Seine lange, schlaksige Gestalt und sein wehendes Haar verliehen ihm einen Anflug von lässiger Eleganz. Dieser Eindruck wurde allerdings durch einen Blick in seine Augen, die unruhig hin und her wanderten, Lügen gestraft.

Sie war noch in Gedanken bei Byron, und so hatte sie seine Erregung nicht sofort bemerkt. »Du kommst mit, Kate!« Er nahm den Brief, den er zwischen sie auf den Tisch gelegt hatte, und fuchtelte ihr damit vor der Nase herum. In seinen Augen lag ein triumphierendes Strahlen.

»Mit dir mitkommen? In die Staaten?« Kate, die ihm endlich ihre volle Aufmerksamkeit schenkte, sah ihn überrascht an. »Ich kann nicht, Jon.«

Der Ausdruck verblüfften Zorns, der sich einen Augenblick lang auf seinem Gesicht zeigte, bestätigte ihren Verdacht, daß er sie nicht verstehen würde.

»Warum nicht?« fragte er verletzt und überrascht. Er hatte geglaubt, sie würde sich von seiner Begeisterung anstecken lassen. Sein Gesicht verfinsterte sich. Woher kam es, daß sie nie so reagierte, wie er es erwartete? »Das ist die wichtigste Reise meines Lebens, Kate. Mein neuer Roman kommt in den Staaten heraus. Eine Vortragsreise. Publicity. Vielleicht sogar endlich Geld. Wünscht du mir das denn nicht?«

»Du weißt, daß ich das tue.« Ihre Stimme klang nicht mehr abwehrend. Sie sah ihn zärtlich an. »Ich freue mich schrecklich für dich. Das ist wunderbar. Das Problem ist nur, daß ich auch ein Buch schreibe. Und ich kann jetzt nicht einfach herumfahren. Meine Recherchen sind beendet, meine Aufzeichnungen fertig. Ich bin kurz davor, mit dem Schreiben anzufangen. Du weißt, daß ich nicht mitkommen kann.«

»Um Himmels willen, Kate, du kannst doch jederzeit mit dem Buch anfangen.« Jon warf den Brief auf den Tisch. Er hatte auf sie gezählt; er konnte sich einfach nicht vorstellen, ohne sie zu sein. »Ich bitte dich ja nicht, es aufzugeben. Ich bitte dich nicht um eine Unmenge an Zeit. Nur ein paar Wochen.«

Kate sah die Japanerin an, die ihr gegenüber saß. Die Augen taktvoll gesenkt, packte die Frau ein riesiges, mehrlagiges Sandwich aus, von dem Schinken- und Käsestreifen sowie knallig bunte Salatbänder wie Girlanden nach unten hingen. Die Luft füllte sich mit dem Aroma gekochten Fleisches.

»Du weißt so gut wie ich, daß ein paar Wochen verteufelt lang sind, wenn man schreiben will«, gab sie verärgert zurück. Ihre Kopfschmerzen hatten sich verschlimmert, sie fühlte sich müde und deprimiert, und gelegentlich konnte sie genauso dickköpfig sein wie er. »Sei kein Idiot, Jon. Außerdem kommst du ohne mich doch sowieso besser zurecht.« Irgendwie hatte er es schon wieder geschafft, daß sie sich schuldig fühlte.

»Aber ich brauche dich. Derek hat da ein paar phantastische Dinge für mich auf die Beine gestellt.« Jon tippte mit dem Zeigefinger auf den Brief. »Fernsehen in New York. Ein paar wunderbare Parties. Interviews mit dem *New York Magazine* und *Publishers Weekly*. Du würdest sie alle kennenlernen. Er erwartet, daß du mitkommst, Kate. Wir gehören jetzt zur Literaturszene –«

Eine Welle der Ungeduld überkam sie. »Es ist mir egal, ob dein Verleger mich erwartet, Jon. Es ist mir egal, ob der Präsident der Vereinigten Staaten mich erwartet. Du gehörst vielleicht zu dieser Szene, ich nicht. Ich bin auch kein schickes kleines Extra, das dein glitzerndes Image vervollkommnet. Wenn ich durch New York toure, dann, um Reklame für den *Herrn der Finsternis* zu machen, nicht aber, um als grinsendes Anhängsel neben dir zu stehen. Tut mir leid, aber ich bleibe hier und arbeite.«

Jon schüttelte den Kopf. Seine Stimme wurde plötzlich rauh. »Du kannst aber nicht in der Wohnung bleiben, Kate.«

»Was meinst du damit? Natürlich kann ich.« Nicht einmal jetzt hörte sie die Alarmglocke, die in ihrem Hinterkopf bereits seit längerem läutete.

Er verschränkte die Arme. Der vertraute störrische Ausdruck, der sich über sein Gesicht auszubreiten begann, gemildert durch eine Spur von Sorge. »Derek hat mich gebeten, die Wohnung Cyrus Grandini abzutreten, während ich weg bin.«

Kate war einen Augenblick lang sprachlos. »Und wer, wenn ich fragen darf, ist Cyrus Grandini?« zischte sie endlich.

»Ach, Kate.« Er war ungeduldig. »Der Dichter. Mein Gott, du mußt doch von ihm gehört haben!«

»Nein. Und ich will die Wohnung auch nicht mit ihm teilen.«

Seine Antwort klang entschuldigend. »Davon ist auch nicht die Rede. Tut mir leid, Kate, aber ich habe es ihm versprochen, daß er die Wohnung zwei Wochen lang haben kann.«

»Und was ist mit mir? Ich habe gedacht, ich sei dort auch zu Hause.« Sie kämpfte gegen die plötzliche Panik in ihrer Stimme.

»Natürlich bist du dort zu Hause.« Seine Stimme klang eher wütend als beruhigend. »Das weißt du doch. Aber Derek hat damit gerechnet, daß du mit nach New York kommst; und ich auch. Ich habe geglaubt, du würdest dir so eine Gelegenheit nicht entgehen lassen!«

»Anscheinend doch.«

»Dann mußt du die zwei Wochen woanders unterkommen. Das läßt sich nicht ändern. Tut mir leid.«

Das war es also. Sie wußte jetzt, was sie für ihn war. Eine Mieterin. Eine Geliebte. Aber keine Partnerin.

Sie stand auf und stieß ihren Stuhl mit solcher Wucht nach hinten, daß der Japaner neben ihr fast seinen Kuchen fallen ließ. Er sprang ebenfalls auf, damit sie sich an ihm vorbeidrücken konnte. Eine Welle aus Frustration, Wut und Traurigkeit überrollte sie. »Wenn ich gehe, dann für immer«, erklärte sie kategorisch, während sich ihr Nachbar wieder auf seinen Stuhl sinken ließ und verzweifelt nach seinem Kuchen griff.

»Okay. Wenn du das so willst.« Er hatte sich von ihr abgewendet und starrte die Reiter aus dem Parthenon auf dem Fries an der Wand über ihm an, plötzlich voller Scham den Tränen nahe. Die Dame aus Japan, die ihrerseits gerade aufstehen wollte, damit auch er den Tisch verlassen konnte, interpretierte seine felsengleiche Haltung richtig, entspannte sich und nahm einen großen Bissen von ihrem Sandwich.

Es war nach elf, als er an diesem Abend in die Wohnung kam.

Die Eingangstür führte direkt in das kleine Wohnzimmer, wo sie im warmen Licht der Tischlampe saß und in einem Buch las. Sie konnte hören, wie draußen der Schneeregen an das Fenster prasselte. Die Schultern von Jons schwerer Jacke glitzerten von noch nicht geschmolzenen Flocken. »Und, hast du deine Meinung geändert?« fragte er.

Einen Augenblick lang war sie verwirrt, noch in die Welt von Lord Byron und seinen Freunden vertieft. Widerwillig schleppte sie sich zurück in die Gegenwart. »Nein. Ich habe meine Meinung nicht geändert.«

»Es funktioniert nicht, was?« Er stand vor der elektrischen Heizung und begann langsam, seinen langen Schal abzuwickeln.

»Was funktioniert nicht?« Sie richtete ihre Augen auch weiterhin auf das Buch vor ihr. Ihr Magen hatte sich beim Klang seiner Stimme unangenehm zusammengezogen, und die Buchstaben verschwammen zu einem ununterscheidbaren schwarzen Dunst.

»Wir.«

Endlich sah sie auf. »Weil ich nicht mit dir in die Staaten fahre?«

»Nicht nur das. Kate, seien wir ehrlich. Du bist so von deinem verdammten Dichter besessen, daß du keine Zeit mehr für mich hast. Schau dich doch an. Nicht mal jetzt kannst du dich von diesen blöden Texten losreißen.« Er stürzte sich auf sie und riß ihr das Buch aus der Hand. »Bitte.« Er hielt es triumphierend hoch. »*Viktorianische Dichter!*« Er schleuderte es auf einen Sessel. »Er« – Kate nahm an, daß »er« Byron war – »tritt dauernd zwischen uns. Du hast keine Zeit mehr für uns, Kate; für unsere Beziehung.«

»Jon –«

Seine ungerechte Bemerkung schmerzte sie, aber er war in Rage geraten. »Nein, laß mich ausreden. Das ist eine richtige Manie von dir. Für mich hast du überhaupt keine Zeit mehr.«

Sie sprang auf. Sie hatte einen großen Teil des Nachmittags gebraucht, um sich nach ihrem Wortwechsel im Britischen Museum wieder zu beruhigen. Dennoch hatte sie geglaubt, ihre Probleme in aller Ruhe mit ihm besprechen zu können, hatte gehofft, daß er sich darüber klar werden würde, wie recht sie mit allem gehabt hatte. »Du ... ausgerechnet du sagst das, wo du doch immer nur von deiner Arbeit redest, von deinen Freunden, deinen Parties, deinen Fernsehinterviews! Du hast doch zugegeben, daß ich nur als Anhängsel mit in die Staaten kommen soll! Der Jon-Bevan-Literaturzirkus. Der wunderbare, kluge, hinreißende Romancier und Dichter Jon Bevan und seine süße Freundin, die diese schillernden Biographien schreibt – aber nehmt sie um Himmels willen nicht so ernst wie das Œuvre des Jon Bevan.« Ihre Hände hatten zu zittern angefangen, als sie die Bedeutung des von ihr Gesagten begriff. Sie verurteilte ihre Beziehung damit unwiderruflich zum Tode. Nichts konnte mehr zurückgenommen werden, nichts die dem anderen ins Gesicht geschleuderten Beleidigungen ungesagt machen. »Du hast recht, Jon. Diese Beziehung kann nicht funktionieren. Es ist aus. Aus!« Sie schob sich an ihm vorbei und stürzte aus dem Zimmer.

Ihr Schlafzimmer war nur klein. Das Doppelbett, an die Wand geschoben, ließ gerade genug Platz für einen Schreibtisch – ihren Schreibtisch. Darauf stand ihr Laptop, inmitten von Bergen aus Büchern, Fotokopien und Schriften. Jons Schreibtisch war im Wohnzimmer, das sie gerade verlassen hatte. Jons Wohnzimmer. Jons Wohnung. Sie blickte verzweifelt um sich. Dann griff sie nach ihrem Mantel. Sie warf ihn sich über, drehte sich um und lief zur Eingangstür.

»Kate. Sei nicht kindisch. Laß uns noch einmal über alles reden.« Jon folgte ihr. Plötzlich hatte er fürchterliche Angst. »Um Himmels willen, wo willst du hin?«

»Raus hier. Weg.« Sie fummelte am Türschloß herum.

»Du kannst doch jetzt nicht mehr weggehen. Es ist fast Mitternacht, und es schneit.« Sein Zorn war verflogen. Er sah sich plötzlich so, wie sie ihn sehen mußte: egoistisch, arrogant, rücksichtslos, grausam. »Kate, bitte –« Er streckte die Hand nach ihr aus.

Sie antwortete nicht. Sie schlug die Tür hinter sich zu und lief die Treppe hinunter, hinaus auf die Straße.

II

Er fehlte ihr.

Die Wohnung war geputzt und bereits leergeräumt, obwohl sie noch darin lebte. Die Tage vergingen nur langsam. Sie mußte schnell irgendeine Wohnung finden, eine, die sie sich leisten konnte, in der sie leben, in der sie ihre verletzte Selbstachtung wiedergewinnen, in der sie schreiben konnte.

Sie versuchte, das Geschehene zu rechtfertigen; sich darüber klar zu werden. Ja, er hatte recht. Es hatte nicht funktioniert. Es hatte zu viele Konflikte zwischen ihnen gegeben, zu viel Konkurrenz. Und sie war es gewesen, die alle Opfer gebracht hatte: ihre Zeit, ihre Konzentration, ihr Geld und ihre Hingabe.

Aber das war jetzt vorbei. All ihre Zeit, ihre Konzentration, ihre Hingabe konnte sie jetzt auf eine Sache richten: auf einen Mann. Byron. Stehend strich sie Honig auf eine Scheibe Brot, sah, wie die Vollkornstücke auseinanderbröselten, und versuchte, die Stücke wieder zusammenzufügen. Sie konnte nicht in London bleiben. Ihr Geld – das Geld, das sie ihm geliehen hatte – war ihr einziges Kapital gewesen. Sie hatte, den Taschenrechner in der Hand, einen Morgen damit zugebracht, ihre Bankauszüge und ihren Bausparvertrag durchzugehen, um herauszufinden, wie lange sich die letzten paar hundert Pfund strecken ließen. Gott sei Dank war sie klug genug gewesen, einen Teil davon in Staatsanleihen anzulegen, und die hatte sie nicht einmal für Jon angerührt. Ohne dieses Geld wäre sie jetzt wirklich in Schwierigkeiten gewesen.

Das war alles ihre Schuld. Sie war nun einmal ein Dummkopf, der klassische, vernarrte Hanswurst. Die Schuld lag ganz allein bei ihr. Natürlich auch bei Jon. Sie beschimpfte ihn in Gedanken. Das half etwas, doch immer wieder kehrte sie zu dem leeren Platz in ihrem Leben zurück, zu der Tatsache, daß er ihr fehlte.

Aber das Leben mußte weitergehen, und so fand sie sich zwei Tage später im Rundfunkgebäude wieder, wo ihr alter Freund, Bill Norcross, eine der Produktionsabteilungen leitete.

»Dann ist es also wahr? Mit dir und Jon ist es aus und vorbei. Die schöne Kate Kennedy ist aus dem Käfig ausgebrochen und hat die Hand gebissen, die sie gefüttert hat.«

Bill lehnte sich in seinem Sessel zurück und deutete für Kate auf einen zweiten, der im spitzen Winkel zu seinem Schreibtisch stand.

Kate verzichtete auf eine scharfe Erwiderung und setzte sich. Sie sah seine Augen wie automatisch vom Ende ihrer schwarzen Lederstiefel zu ihrem Rocksaum hochwandern. Geschützt durch das Wissen, daß ihre Schenkel in eine dicke und nicht sonderlich elegante schwarze Wollstrumpfhose gehüllt waren, schlug sie die Beine übereinander, bewußt provozierend. »Er hat mich nie ernährt, Bill. Ich habe für mich selbst gesorgt«, sagte sie ruhig.

Bill strahlte sie liebenswürdig an. Sie war groß, so wie Jon, und ihr Körperbau war dem seinen so ähnlich, daß viele sie für Bruder und Schwester gehalten hatten. Während Jon aber schlaksig und lässig aussah, wirkte sie elegant und anmutig, ein Eindruck, den ihr langes, braunes Haar, im Nacken locker mit einem scharlachroten Seidenschal zusammengebunden, und ihre schlanken Finger noch verstärkten. Im Moment hielten diese eine Brille, die Kate erst aufgesetzt hatte, um Bills Gesichtszüge zu mustern, aber dann gleich wieder abnahm, als reichte ein Zehn-Sekunden-Schwenk für ein Leben.

»Ich brauche deine Hilfe, Bill. Ich brauche einen Platz, wo ich eine Zeitlang wohnen kann.« Sie hielt inne und schenkte ihm ein vorsichtiges, zögerndes Lächeln. »Ich dachte, ich könnte vielleicht in deinem Cottage unterkommen.«

Bill runzelte die Stirn. »Mein Gott. Du mußt wirklich verzweifelt sein. Weißt du, wo mein Cottage liegt?«

Sie lachte. »Soviel ich weiß, oben im Norden von Essex.«

»In der schönsten Ecke von Essex und damit, wie ich finde, in der schönsten Ecke von England. Nur leider ist das zu dieser Jahreszeit auch die unzugänglichste und kälteste Ecke dieses Landes. Ich habe dort nur ein Minimum an sogenanntem Komfort. Das Schlafzimmer ist voller Gerümpel, das Dach undicht, und außerdem ist das Haus furchtbar feucht und kalt. Du würdest dich elend fühlen. Hat Jon dich rausgeworfen?«

»Sozusagen.« Ihre Lippen wurden schmal. »Ich hatte gedacht, daß wir uns die Wohnung teilten, aber das war wohl ein Irrtum.«

»Also habt ihr euch getrennt?«

Sie nickte. »Das theatralische Getue ist vorbei. Wir sind nun einmal furchtbar zivilisiert.«

Es tat weh, darüber zu sprechen.

Sie kannte Bill seit fünfzehn Jahren, seit ihrem ersten Semester an der Uni. Er war einer ihrer besten Freunde, aber vom Geld würde sie ihm nichts erzählen. Es ging ihn nichts an, was sie mit ihren Ersparnissen gemacht hatte und daß ihr Geld nicht mehr für die Miete reichte. Außerdem hatte Jon versprochen, alles zurückzuzahlen, wenn er den nächsten Vorschuß bekam. Oder den übernächsten ... Fröhlicher, großzügiger, nutzloser, egoistischer, verdammter Jon! Und sie war der Dummkopf, der auf ihn hereingefallen war!

Bill lehnte sich zurück und verschränkte die Arme vor der Brust. Er war ein korpulenter Mann mit Haarausfall, Mitte Dreißig, mit einem humorvollen, sympathischen Gesicht, das zu seinem Kummer nichts außer einer fröhlichen, immerwährenden Jovialität ausstrahlte.

»Gehe ich recht in der Annahme, daß Jon dich um den Großteil der Kohle erleichtert hat, die du für *Jane* bekommen hast?«

Sie zog eine Augenbraue hoch. »Hat er dir das gesagt?«

»Nicht direkt, nein. Ich hab's mir gedacht. Schließlich kannte ich euch beide schon eine ganze Weile, bevor ihr euch begegnet seid. Bist du völlig blank, oder kannst du dir noch ein bißchen Miete leisten?«

»Ein bißchen schon«, sagte sie vorsichtig. »Aber keine Londoner Preise.«

»Nun gut. Nicht weit von meinem Häuschen. In Essex. Oben in der Redall-Bucht. Meine Nachbarn haben da ein Cottage, das wollen sie für sechs Monate vermieten. Es liegt nur ein paar Meilen von meinem weg, ist aber viel zivilisierter. Und still.« Er lachte plötzlich. »Still wie ein Grab.«

»Und würden sie es mir vermieten?«

»Bestimmt. Sie haben davon gesprochen, als ich das letztemal oben war. Sie brauchen das Geld. Wenn ich dich empfehle und wenn du einen Scheck mit drei Monatsmieten im voraus auftreiben kannst, bin ich ziemlich sicher, daß sich das machen läßt.« Er beugte sich unvermittelt nach vorn und zog eine Schreibtischschublade auf. Der Stapel Photos, den er vor ihr auf die Schreibunterlage warf, war verknittert und abgegriffen. »Es ist trostlos da, Kate. Überleg es dir gut. Du wärst dort schrecklich einsam.«

Sie nahm die Photos und warf dabei einen Blick auf sein Gesicht. »Ich weiß, daß es trostlos ist. Ich kenne die Küste. Ich war schon ein-, zweimal da oben.«

Auf den Bildern waren Urlaubsszenen zu sehen: Menschen, Boote, Hunde, Kinder, Sand, Kieselsteine und immer das Meer – ein graugrünes, schmutziges Meer. Auf einem sah sie in der Ferne ein kleines Cottage. »Ist das dein Häuschen?«

Er nickte. »Im Winter fahre ich nicht oft hin. Ich halte die Kälte und die Verlassenheit dort nicht aus.«

»Es sieht hübsch aus. Aber irgendwie überlaufen.« Sie sah ihn spitzbübisch an. »Ich brauche Abgeschiedenheit. Vergiß nicht, daß ich ein Buch schreibe.«

»Was sonst?« Mit einer ausladenden Armbewegung stand Bill auf. »Wenn ich's schaffe, eine Mieterin für Roger und Diana zu finden, die gutes, hartes Geld für das Privileg bezahlen kann, in deren gottverlassenem Cottage zu wohnen, wo man sich – ich meine natürlich nicht dich – die Eier abfriert, dann bringt mir das jede Menge Brownie-Punkte bei ihnen ein, und sie sind ewig in meiner Schuld. Gib mir ein paar Tage, um sie anzurufen und ihnen deinen Scheck zu schicken, und ich garantiere dir, daß sie dich – vorausgesetzt, daß er nicht platzt – mit offenen Armen empfangen.«

Sie stand auf. »Erzähl Jon bitte nicht, wo ich bin, Bill – falls er sich dafür auch nur entfernt interessieren sollte«, sagte sie beim Gehen. »Zumindest vorläufig will ich den völligen Bruch. Zu meinen Bedingungen.«

»Biest.« Er sagte es mit großer Zuneigung.

»Nun, warum nicht. Er hat mir das alles eingebrockt.« Sie war überrascht, daß sie keinen Ärger empfand.

»Dieser blöde Arsch.« Bill grinste liebenswürdig. »Ich sag' dir was. Ich fahre am Wochenende mit dir hin. Es kann nicht schaden, wenn mein Häuschen ein bißchen auslüftet. Dann kannst du mich Sonntag abend am Bahnhof absetzen, und ich überlasse dich dem Ostwind und fahre zurück nach London, um für mein leibliches Wohl zu sorgen.«

Es ging schnell, ihre Sachen aus Jons Wohnung zu holen. Es schien nicht viel zu sein – außer ihren Büchern natürlich.

Überdies hatten sie alles freundschaftlich geregelt, ganz wie sie sich das vorgenommen hatte. Erwachsen und geschäftsmäßig hatten sie sich verhalten, und völlig ruhig beim Entflechten ihrer Angelegenheiten – eine Scheidung ohne die Komplikationen einer Ehe. Jon war mit einem kühlen Kuß auf die Wange nach New York abgereist, einige Tage früher als geplant. Er fragte nicht, was sie vorhatte; und über das Geld hatten sie nicht gesprochen.

Ein halbes Dutzend Kisten wurde im rückwärtigen Teil ihres Autos verstaut, ein Karton mit Pflanzen, sorgfältig gegen den kalten Wind geschützt, und ein Arm voll überflüssiger Kleider. Das war alles, was von ihrem Leben in London blieb. Sie schaffte alles auf den Dachboden von Bills Haus in Hampstead. Es sollte eingelagert werden, bis auf die Pflanzen natürlich, die er verhätscheln und umhegen würde, weit weg vom Wind in East Anglia. Es blieben ihr Laptop und ihr Drucker, ihre Bücher, ihre Kästen mit Karteikarten und Notizen und ein paar Koffer mit Jeans, dicken Pullovern und Gummistiefeln. Erst, als sie alles in ihren kleinen Peugeot gepackt und sich ein letztes Mal in der Wohnung umgeschaut hatte, drohte sie der kleine, tückische Klumpen in ihrer Kehle zu ersticken. Sie schluckte ihn hinunter, ohne eine Miene zu verziehen.

Das war der Anfang vom Rest ihres Lebens. Sie schlug die Eingangstür hinter sich zu, schob die Schlüssel durch den Briefschlitz und hörte, wie sie auf der anderen Seite der Tür mit einer dumpfen Endgültigkeit auf dem Teppich landeten, die genau zu ihrer Stimmung paßte. Sie hatte sich nicht danach erkundigt, wie sich Cyrus Grandini Zutritt zur Wohnung verschaffen würde, und Jon hatte es ihr auch nicht gesagt. Sie klappte rasch ihren Jackenkragen hoch und rannte die Stufen hinunter zu ihrem Auto. Sie würde Bill auf ihrem Weg quer durch London im Funkhaus abholen, und dann würden sie zusammen nach Nordosten fahren.

III

Die Flut kroch höher, unwiderstehlich angezogen vom Vollmond, der sich hinter dreitausend Meter hoch aufragenden Kumuluswolken verlor. Aufgeweicht vom Schneeregen im eiskalten Wind, wurde der Sand weich und nachgiebig unter den forschenden Fingern aus Wasser. Das Kieselufer lag verlassen da, einsam in der Dunkelheit. Als das Wasser still an den Steinen leckte und sie behutsam erforschte, brach ein Sandstück aus dem dahinter liegenden Wall und versank in der Schwärze des Meeres. Dahinter bildete sich ein weiterer Spalt. Verfilztes Gras riß und zerrte, ein Netz aus feinen Wurzeln zog, krallte sich fest, griff ineinander. Binsen fauchten im Wind, Sandkörner, von einem Windstoß in die Luft geworfen, wirbelten gen Osten. Wind und Flut waren nun eines Sinnes, und unaufhaltsam kroch das Wasser voran.

Das kleine Einsprengsel aus Lehm, das auf der Schwemmebene des Storwell-Flusses zurückgeblieben war, als die Gletscher schmolzen, hatte sich vor zweitausend Jahren auf dem Grunde eines Süßwassersumpfs befunden. Der Sumpf, vor langer Zeit ausgetrocknet, war mittlerweile verschwunden, und das fruchtbare Weideland, das seine Stelle einnahm, hatte sich durch die Jahrhunderte in Ackerboden verwandelt, dann in Wald und Gestrüpp, und dann, als sich das Meer unerbittlich immer weiter in die Ostküste Englands fraß, in einen Kieselstrand. Jetzt, nach fast zwei Jahrtausenden der Verwandlung und Erosion, waren die Erde, der Sand und der Kies, welche den Lehm noch von der Luft und dem Licht trennten, nur noch zentimeterdick.

IV

Diana Lindseys rundliche Figur war in eine dicke Hose, einen Anorak und einen riesigen Schafwollschal gehüllt, als sie in der Eingangstür von Redall Cottage stand und zusah, wie ihr ältester Sohn das Feuer anzündete. Sie war eine kleine, blonde Frau, hübsch, mit hellgrünen Augen und von der Arbeit geröteten, rissigen Händen.

»Beeil dich, Greg. Das Essen ist bald fertig. Mit deinem Theater habe ich heute morgen schon genug Zeit verloren.« Sie sah sich mit Kennerblick in dem kleinen Wohnzimmer um. Trübes Sonnenlicht ergoß sich durch das Fenster, beschien die hellen Fleckerlteppiche auf dem Boden sowie das kleine Sofa und den Sessel, die um das Feuer plaziert waren. Das Zimmer gefiel ihr. Sie hatten nur vierundzwanzig Stunden Zeit gehabt, alles sauber zu machen, Gregs Habseligkeiten zusammenzuräumen und sie durch ein paar anständige Möbelstücke zu ersetzen: einen Tisch und zwei Stühle für die Küche; einen kleinen viktorianischen Lehnstuhl für das Schlafzimmer, in dem es bis dahin nur das Doppelbett gegeben hatte; Laken, Handtücher, eine Kiste mit den wichtigsten Lebensmitteln. – Letzteres war Bills Idee gewesen und weit mehr, als vom Vermieter zu erwarten war. Aber sie mußte ihm zustimmen, daß das Cottage kalt und einsam genug sein würde, auch ohne das Wissen, daß es in den Schränken weder Speisen noch Kaffee gab, daß meilenweit kein Laden zu finden war und daß die, die es gab, nicht vor Montag morgen öffneten. Jetzt mußte nur noch der Holzofen angemacht und eine Vase mit Winterjasmin auf den Küchentisch gestellt werden.

Dann war es geschafft.

Greg verriegelte die Ofentür und stand auf. Seine kräftige Statur füllte den Raum, und er mußte seinen Kopf unter den Deckenbalken beugen. »Endlich zufrieden, Ma? Lady Muck wird sich hier so wohl fühlen wie ein Käfer in der Scheiße.«

»Sei nicht so vulgär, Greg.«

Ihr Tadel kam automatisch, gelangweilt. Sie ging in die Küche und sah sich auch dort noch ein letztes Mal um. Die Töpfe, Pfannen und Teller waren fast wie neu. – Soviel sie wußte, hatte Greg sich nie die Mühe gemacht, außer Kaffee irgend etwas zu kochen. Die Messer, Gabeln und Löffel hatte sie aus dem Farmhaus mitgebracht. »Schön. Fahren wir zurück. Bill hat angerufen und gesagt, daß sie wahrscheinlich bis zum Tee hier sind. Er wollte, daß sie sich schon ein bißchen eingerichtet hat, bevor es dunkel wird.«

»Wie weise.« Greg stieß die Tür nach draußen hin auf. Hinter ihnen loderten die Flammen im Holzofen empor, beruhigten sich aber wieder hinter dem geschwärzten Glas der Klappen. »Soll ich Allie holen?«

Durch den düsteren Wald, der das Cottage von der Redall-Farm trennte, lief ein etwa eine halbe Meile langer Feldweg. Während seine Mutter zum Land Rover ging, der am Ende des Wegs geparkt war, machte er kehrt und ging seitlich um das Cottage herum. Das kleine, mit Holz eingefaßte Gebäude, hellrosa bemalt, schmiegte sich an einen Halbmond aus Bäumen. Hinter dem Häuschen ergab das kurze, von Kaninchen abgefressene Gras einen zwanglosen Rasen, der in Richtung des Sandes und der Kiesflecken wuchs, die die Mündung des Storwell-Flusses vom Strand und den kalten Wellen der Nordsee trennten. Es war eine windige, ungeschützte Stelle, sogar heute, da die Sonne wenigstens ab und zu ihre Strahlen aus der Wolkendecke hervorschickte.

»Allie!« Greg legte die Hände um den Mund und brüllte, so laut er konnte, den Namen seiner Schwester. Als seine Mutter die Tür des Land Rover öffnete und hineinkletterte, verschwand er auf der Rückseite des Cottage in den Zähnen des Windes.

Alison Lindsey, fünfzehn Jahre alt, das blonde Haar mit einem Gummi straff zu einem Pferdeschwanz gebunden, der in den Kragen ihrer Windjacke gesteckt war, hockte im Windschatten einer der Dünen aus Kies und Sand, die zwischen dem Cottage und dem Meer lagen. Sie blickte auf, als ihr Bruder erschien, und hob ihm die Hand entgegen, während ihr der Wind einige Haarsträhnen in die Augen blies.

»Was hast du da gefunden?« Er sprang den sandigen Abhang hinunter und stand neben ihr. Ohne den Wind war es plötzlich sehr ruhig, fast warm in dem in die Falle gelockten Sonnenlicht.

»Schau. Das Meer hat ein Stück Land weggespült. Es muß bei der Flut passiert sein.« Ihre Finger waren dreckverkrustet. Und sie hatte sich einen Nagel eingerissen. Ein kleiner Streifen Blut vermischte sich mit den goldroten Körnern, die an ihrer Haut kleben geblieben waren, als sie mit den Fingern in der Düne gegraben hatte. »Siehst du. Es ist irgendeine Töpferarbeit.«

Er nahm es, neugierig. Es war aus geschlämmtem Ton, rot. Die Glasur glänzte, die Verzierung hob sich etwas ab, vom Sand kaum zerkratzt.

»Hübsch. Das hat sicher jemand aus dem Cottage weggeworfen. Los, Allie. Ma brodelt schon. Sie will uns alle abfüttern, bevor sie nach Ipswich fährt oder wo sie sonst hin will, und ich will hier weg, bevor Lady Muck auftaucht.«

Alison nahm die Keramikscherbe und stopfte sie in ihre Anoraktasche. Sie sah zu ihm auf. »Warum nennst du sie so? Weißt du, daß sie berühmt ist? Sie hat ein Buch geschrieben.«

»Genau.« Er lächelte grimmig. »Und bestimmt denkt sie, sie ist was Besseres als wir Bauerntölpel.« Er lachte kurz auf, als er den Abhang hochkletterte, sich umdrehte und seiner Schwester die Hand gab, um sie mit viel Kraft aus der Sandgrube zu ziehen. »Na, sie wird bald merken, daß das Leben auf dem Land um diese Jahreszeit nicht dasselbe ist, wie im Sommer hin und wieder mal zu einem Picknick zu stolzieren. Dann verschwindet sie vielleicht wieder.«

»Damit du das Cottage wieder haben kannst?« Alison musterte ihn scharf, die grünen Augen sehr ernst.

»Damit ich das Cottage wieder haben kann.« Er sah sie nachdenklich an. »Sag Ma nichts davon, Allie, aber denkst du nicht auch, daß du und ich einen Weg finden werden, Lady Muck aus Redall Cottage zu vertreiben?« Er lächelte. »Vielleicht können wir dem Wetter ein bißchen unter die Arme greifen. Ihr irgendwie Angst einjagen.«

»Verlaß dich drauf.« Sie lachte. Dann runzelte sie die Stirn. »Aber brauchen wir nicht das Geld?«

»Geld!« Greg schnaubte. »Denkt hier keiner an was anderes? Mein Gott, es gibt wirklich noch mehr auf der Welt. Wir verhungern schon nicht. Dads Abfindung und seine Pension sind mehr als genug für die nächsten Jahre. Wir haben Geld für Benzin, Strom und Essen. Sie haben sogar noch was übrig für Schnaps. Mit meinem Stempelgeld bezahle ich Farbe und Leinwand. Was wollen denn alle nur mit diesem Geld?«

Alison zuckte pflichtschuldig die Achseln. Sie wußte, daß es keinen Sinn hatte, mit ihrem Bruder zu diskutieren. Außerdem hatte er wahrscheinlich recht. Sie unterdrückte den leisen Verdacht, daß seine Ansichten etwas zu einfach und furchtbar unreif waren – immerhin war er zwölf Jahre älter als sie – und strich sich, als sie den Land Rover erreichten, zum tausendsten Mal das feine Haar aus dem Gesicht, machte die Tür auf und zog sich hinauf auf den Vordersitz neben ihre Mutter.

***

Im Farmhaus hatte Patrick, der dritte Sprößling der Lindseys, zum Mittagessen den Tisch gedeckt. Er war dabei auf Socken durch die Küche gegangen, während sein Vater im Korbstuhl vor dem Herd döste, zwei schlafende Katzen auf dem Schoß. Die Stille im Zimmer wurde nur durch das Ticken der Standuhr in der Ecke und das leise Blubbern in der schweren Pfanne auf dem Herd unterbrochen. Die Luft war erfüllt vom Duft des Hähnchens, das in einer dicken Kräutersauce kochte.

Patrick, zwei Jahre älter als Alison, war der Studiosus der Familie. Oben in seinem Schlafzimmer – dem Zimmer über der Küche, das nach Norden hinausging und wegen seiner Größe nach Alisons Meinung das beste Zimmer im Haus war – konkurrierten ein Computer, ein Drucker, Rechenmaschinen und Hunderte von Büchern um den knappen Raum. Manchmal flossen sie von Tischen und Stühlen bis auf den Boden und von Zeit zu Zeit sogar hinaus auf den Korridor bis vor das Zimmer seiner Schwester.

Patrick war in Gedanken, noch immer ganz mit seinem Referat beschäftigt. Er hörte weder das Motorengeräusch, als sein Bruder draußen vorfuhr und den Land Rover neben dem Haus parkte, noch fiel ihm auf, daß der Kater Nummer Zwei, Marmalade Jones mit Namen, vom Schoß seines Herrchens herunter und auf die Anrichte sprang, wo er sich daran machte, die Portion Butter aufzulecken, die Patrick unvorsichtigerweise aus dem Kühlschrank geholt hatte.

Die sich öffnende Tür weckte Roger, schreckte Patrick aus seinen Gedanken auf und bescherte dem Kater einen Anfall von schlechtem Gewissen.

»Mein lieber Mann, ist das kalt draußen.« Diana ging direkt zu der schweren Eisenpfanne, die leise auf dem Herd simmerte, und warf einen Blick hinein, bevor sie den Mantel auszog.

»Bill hat angerufen.« Roger streckte sich und langte nach der Zeitung, die aus seinen reglosen Fingern gerutscht war, als er schlief. Ungehalten über die Bewegung glitt Kater Nummer Eins, Serendipity Smith genannt, von seinen Knien, tauchte durch den offenen Balkengang, der Küche und Wohnzimmer trennte, ließ sich auf dem Teppich vor dem Kamin nieder und starrte geheimnisvoll in die Glut. »Bis um drei müßten sie hier sein. Offenbar ist sie ein ganz toller Käfer!« Er grinste seinen ältesten Sohn an und zwinkerte vielsagend. »Du könntest es mal mit Charme versuchen, Greg, nur dieses eine Mal. Ich kann mir nicht vorstellen, daß du als Sohn deiner Mutter nichts davon abbekommen hast.«

»Ach du.« Diana gab ihrem Mann einen neckischen Klaps auf den Kopf.

Greg ignorierte beide. Eingeschlossen in eine ernste, angespannte Welt aus enttäuschten Phantasien bemerkte er das zärtliche Geplänkel seiner Eltern oft gar nicht. Er ging zum Kamin, bückte sich und legte ein Holzscheit auf. »Die Hälfte von der alten Düne hinter dem Cottage ist weg«, rief er ihnen zu. »Wißt ihr, die, die es vor dem Nordostwind schützt. Noch ein paarmal so eine Flut wie letzte Woche, und wir müssen Angst haben, daß das Cottage weggespült wird.«

»Unsinn.« Diana hatte ihren Mantel aufgehängt und band sich nun eine riesige Schürze vor die Hose. Auf der Schürze prangte ein gigantischer roter Londoner Bus, und es sah aus, als führe er über das rundliche Land ihres Bauchs. Sie schüttelte den Kopf. »Bestimmt nicht. Dieses Cottage steht da schon seit Hunderten von Jahren.«

»Und vor langer Zeit war es Meilen vom Meer entfernt, Liebling.« Roger stand auf. Er war schrecklich dünn, und sein Gesicht war vor Erschöpfung ausgezehrt, ein Symptom der Krankheit, die ihn gezwungen hatte, sich vorzeitig pensionieren zu lassen. »Komm schon. Wie wär's, wenn ich eine Flasche Wein aufmache. Dieser Eintopf, den du da kochst, riecht so gut, daß ich ihn glatt essen würde.« Er lächelte, und seine Frau, die mit ihrem Kochlöffel auf dem Weg zurück zum Herd war, blieb kurz stehen und umarmte ihn schnell.

»Zeig Dad die Scherbe, die du in der Düne gefunden hast, Allie«, rief Greg aus dem anderen Zimmer. Seine Schwester hatte sich an den Tisch gesetzt, ohne den Anorak auszuziehen, und die Ellbogen zwischen Messer und Gabel aufgestützt, die Patrick mit geometrischer Genauigkeit angeordnet hatte. Sie faßte in ihre Tasche und holte sie heraus.

Roger nahm sie und wendete sie interessiert hin und her. »Das ist ungewöhnlich. Alt, würde ich sagen. Schau dir die Farbe der Glasur an, Greg.« Er hielt sie seinem Sohn hin. Widerwillig ging Greg vom Feuer weg. Er nahm die Scherbe und betrachtete sie erneut. »Du könntest sie irgendwann mal ins Museum bringen, Spatz«, sagte er zu Alison. »Mal sehen, was die sagen.«

»Vielleicht.« Alison stand auf, und alle waren überrascht zu sehen, daß ihre Augen vor Aufregung leuchteten. Gewöhnlich trug sie einen sorgfältig einstudierten Lebensüberdruß zur Schau, der ihr aber jetzt für einen Moment abhanden gekommen war. »Wißt ihr, was ich glaube? Ich glaube, die ist römisch. Genau sowas gibt's auch im Museum in der Burg.«

»Ach, Allie, Schatz. Das kann nicht sein. Nicht hier draußen.« Diana hatte vier Gläser aus dem Schrank geholt. Sie gab ihrem Mann den Korkenzieher. »Die Römer sind nie so weit aus Colchester rausgekommen.«

»Doch, sind sie. Sie haben eine Menge römisches Zeug auf Kindlings Farm gefunden«, warf Roger ein. Er entfernte die Folie vom Hals der Weinflasche. »Wißt ihr das nicht mehr? Sie haben doch da die Überreste einer Villa freigelegt. Irgendein reicher römischer Knabe aus Colchester hat sich da zur Ruhe gesetzt. Da war so eine Inschrift.« Alison nickte. »Marcus Severus Secundus«, sagte sie und betonte dabei jedes einzelne Wort.

»Richtig.« Roger nickte. »In der Lokalzeitung stand ein Artikel über ihn. Und sie haben sogar noch älteres Zeug gefunden. Aus der Eisenzeit, glaube ich, oder Bronzezeit oder so. Willst du für dein Referat immer noch was Archäologisches machen, Allie?« Er lächelte seine Tochter an.

»Schon möglich.« Der plötzliche Anfall von Enthusiasmus hatte sein Ende gefunden. Sie setzte sich wieder und schob, als sie die Ellbogen ausbreitete, Messer und Gabeln durcheinander.

Patrick legte die Stirn in Falten, sagte aber nichts. Er hatte mittlerweile gelernt, daß eine Bemerkung seinerseits nur eine Tirade von Beschimpfungen durch seine Schwester nach sich zog, die dann alle aus der Fassung bringen und schließlich ihnen allen das Essen verderben würde. Das war schon zu oft passiert.

»Ich mache Ausgrabungen in der Düne.« Alisons plötzliche Ankündigung ließ Rogers Hand für einen Moment innehalten, während er den Wein einschenkte.

»Das klingt ein bißchen sehr ehrgeizig, mein Mädchen«, sagte er vorsichtig. »Unterschätze das nicht, das bedeutet eine Menge Graberei, und vielleicht findest du nichts.«

»Ich habe schon davor was gefunden.«

»An derselben Stelle?« Greg sah zu ihr hinüber, ungläubig. »Und warum hast du nichts davon erzählt?«

»Geht dich nichts an.« Alison nahm sich ein Weinglas, so daß Patrick keins mehr hatte.

»He, das ist meins –«

»Schenk dir selber was ein.« Als ihre Eltern beide schwiegen, setzte sie das Glas trotzig an die Lippen und nahm einen kleinen Schluck.

»Was hast du gefunden, Allie?« Rogers Stimme nahm jenen besänftigenden Ton an, in dem er oft zu seiner Tochter sprach – leise, fast bittend.

»Ich zeig's dir.« Sie stand auf und trottete, das Glas noch in der Hand, in Richtung Treppe, die hinter der Tür beim Kamin nach oben führte.

»Sie hat sich stapelweise Archäologiebücher ausgeliehen«, sagte Patrick mit gedämpfter Stimme, als sie außer Hörweite war.

»Mußtest du wieder in ihr Zimmer gehen!« schalt Diana aufgebracht. »Du weißt doch, daß sie das nicht mag –«

»Sie hatte meinen warmen Pullover geklaut. Ich hab' ihn mir wiedergeholt.« Patricks Mund formte sich zu einer harten Linie, genau wie bei seiner Schwester, als Alison mit einer Schuhschachtel in der Hand zurückkam.

»Schaut. Das habe ich alles am Strand gefunden, oder besser auf der Klippe, und die zwei da habe ich in der Düne ausgegraben.« Sie kippte den Inhalt der Schachtel auf den Tisch zwischen Messer und Gabeln. Dieses Mal sagte niemand etwas über den Schauer aus schmutzigem Sand, der sich über das Besteck auf Dianas geschrubbter Tischplatte ergoß: mehrere Tonscherben, ein paar Stücke aus geschnitzten Knochen und ein oder zwei unkenntliche Fragmente aus verschlungenem, verrostetem Metall. »Ich glaube, da ist ein Grab. Ein römisches Grab«, sagte sie feierlich.

Einen Moment lang herrschte Stille.

Greg schüttelte langsam den Kopf. »Unmöglich. Wenn es überhaupt was ist, dann eins von diesen roten Hügel-Dingern – was mit antiken Salzgruben. Trotzdem ...«, fuhr er nach einem Blick auf die empörte Miene seiner Schwester rasch fort, »vielleicht sollten wir wen rüberkommen lassen, der sich mit solchen Sachen auskennt.«

»Nein!« Alison fuhr ihn wütend an. »Ich will nicht, daß irgendwer davon weiß. Niemand. Es gehört mir. Es ist mein Grab. Ich hab's gefunden. Ihr erzählt keinem was davon. Klar? Niemandem. Ich grabe da. Alles, was ich finde, gehört mir. Wenn ihr's wem erzählt, macht ihr alles kaputt. Alles!«

Sie packte ihre Schätze wieder in die Schachtel, schlug den Deckel drauf und stürzte aus dem Zimmer.

»Laß sie.« Diana genoß die wohlige Wärme des Herds. »Sie verliert bestimmt bald die Lust, wenn sie merkt, wieviel Arbeit das ist. Und ich bin sicher, daß da nichts ist. Jedenfalls nichts, was einen vernünftigen Menschen interessieren könnte.« Sie lächelte nachsichtig. »Bist du so lieb und räumst den Dreck weg, Patrick? Und dann essen wir, sonst kommen unsere Gäste noch, bevor wir fertig sind.«

V

Seine Nägel hatten tiefe Spuren in seinen Handflächen hinterlassen. Die Adern traten hervor, pulsierten an den Schläfen und am Hals, doch er war lautlos wie eine Katze auf Beutezug. Nicht ein Blatt raschelte unter den weichen Sohlen seiner Sandalen, kein Zweig brach. Geräuschlos schob er die Blätter auseinander und spähte in die Lichtung. Die lange Tunika seiner Frau sowie ihr Umhang lagen zwischen den Glockenblumen, ein blauer Farbfleck im Blau. Die Waffen des Mannes und auch seine Kleider lagen daneben. Die Klinge des Schwertes, aus der Scheide gezogen, schimmerte schwach im Sonnenlicht. Er hörte ihr lustvolles Stöhnen, sah die rötlichen Spuren ihrer Nägel auf seinen Schultern. Unter ihm hatte sie sich nie so gewunden, nie einen Laut von sich gegeben, nie in Ekstase seine Haut zerkratzt. Unter ihm lag diese Frau, die er anbetete und verehrte, reglos da; unterwürfig, gehorsam, mit offenen Augen, die Decke anstarrend, auf den Lippen die Andeutung eines höhnischen Lächelns.

Er schluckte seine Bitterkeit hinunter und zügelte seine Wut, sah still zu, wartete auf den Höhepunkt ihrer Leidenschaft. Sein Schwert hing an seiner Hüfte, doch er griff nicht danach. Der Tod im Augenblick der Erfüllung würde sie gemeinsam zu den Göttern schicken. Doch das wäre zu einfach, ginge zu schnell. Während er sie so beobachtete, spürte er, wie die letzten Reste seiner Liebe zu abgrundtiefem Haß geronnen. Die Strafe, die er seiner Frau auferlegen würde, würde bis ans Ende ihrer Tage währen; für ihren Liebhaber aber würde er sich einen Tod ausdenken, der sogar seine rasende Wut befriedigen konnte. Er würde warten, bis der richtige Moment gekommen war. Mit einem Lächeln würde er sie an seinem Herd und in seinem Bett willkommen heißen. Seinen Haß würde er verbergen, und ebenso seinen Zorn.

Trübes Sonnenlicht füllte Rogers Arbeitszimmer. Es schien aus dem düsteren Garten herein und warf ein fahles Zwielicht an die niedrige Decke mit den schweren Eichenbalken. Greg ließ sich in den Sessel seines Vaters fallen und starrte mißmutig um sich. Hier würde er nicht malen können. Irgendwie mußte er Lady Muck aus dem Cottage kriegen – seinem Cottage –, damit er wieder dorthin zurück konnte. Sie durfte nicht bleiben.

In dem kleinen Zimmer stapelten sich Bilder und Zeichenblöcke. Seine Staffelei stand zwischen Schreibtisch und Fenster. Der Tisch war beladen mit Kästen voller Farben und mit Bleistiften sowie mit einem allgemeinen Durcheinander, das er aus dem Cottage mitgebracht hatte. Ein neuer Geruch aus Leinöl und Spiritus lag über dem natürlichen Aroma des Zimmers aus alten Büchern, Dianas krümeligen Duftblättern und Möbelpolitur aus Lavendel. Nachdenklich stand er auf. Er ging einen Stapel Leinwände durch und stellte eine auf die Staffelei. Dann setzte er sich wieder und starrte sie an.

Das Porträt beschäftigte ihn. Es war eines aus einer Serie, die in den letzten zwei oder drei Jahren entstanden war. Alle von derselben Frau, immer traurig, geheimnisvoll; weniger ein Wachrufen von Gesichtszügen, mehr das einer Stimmung; eher von innerer als von ausgedrückter Schönheit. Das hier war eines der größten Bilder – drei auf vier Fuß –, die er seit langem in Angriff genommen hatte, und es hatte ihm große Probleme bereitet.

Er saß mehrere Minuten lang nur so da und kaute am Knöchel seines linken Daumens, bevor er sich nach Pinsel und Palette umsah. Die Farben stimmten nicht. Das Gesicht war zu verschwommen, zu unscharf. Der Teint mußte klarer sein, ihre Lebhaftigkeit ausgeprägter. Er trat dicht vor die Leinwand, beugte sich nach vorn und stach mit dem Pinsel nach ihr. Er hatte sie zu schön gemacht, dieses Biest, zu verführerisch. Es hätte sie lieber so darstellen sollen, wie sie war: eine Hure, eine Verräterin, eine läufige Hündin.

Seine Zunge lugte aus seinem Mundwinkel hervor, er arbeitete voller Wut an dem Gemälde, deutete das Gesicht an, schattierte die Wangenpartien neu, skizzierte Lippen und Augen, malte den Haaransatz. Mit jedem Pinselstrich wuchs sein Zorn.

Es dauerte lange, bevor er den Pinsel fortwarf, die Hände gedankenlos an seinem alten, abgetragenen Pullover abreibend. Er trat zurück und starrte aus verengten Augen auf seine Arbeit. Ihm wurde klar, daß sich das Licht, und mit ihm ihr Gesicht, immer wieder veränderte, je tiefer die Sonne stand, die sich erst über die Flußmündung und dann über den düsteren Winterwald ergoß. Er warf einen wütenden Blick auf die Palette, die auf den Schreibtisch seines Vaters geglitten war, und bemerkte, daß der Zorn ebenso schnell wieder von ihm wich, wie er über ihn gekommen war. Es war nicht das erste Mal, daß er sich fragte, woher dieser Zorn kam.

VI

Kate hatte die Landstraße verlassen und rumpelte mit Bill einen Waldweg entlang. Der Himmel vor ihnen, von zerfetzten, vom Wind gejagten Wolken durchzogen, hatte jenes seltsam intensive Licht, das von der Nähe des Meeres kündet.

»Hoffentlich ist es nicht mehr allzu weit«, sagte sie und verlangsamte das Tempo auf Schrittgeschwindigkeit, als das kleine Gefährt wieder einmal in eine tiefe Furche sackte. Sie kurbelte das Fenster herunter und atmete die eiskalte Luft tief ein, die den scharfen, harzigen Geruch von Kiefern und Erde und verfaulenden Blättern hatte.

»Ich fürchte, es wird noch schlimmer.« Bill machte eine Grimasse. »Du wirst dein Auto beim Farmhaus lassen müssen. Roger und Greg können deine Sachen dann mit ihrem Land Rover zum Cottage bringen.«

Der Weg gabelte sich. Vor ihnen hingen an einem grob gezimmerten hölzernen Galgen zwei oder drei Feuerbesen – zerbrochen und zerfetzt. Sie hielt an. »Wie weiter?«

»Rechts. Zu mir geht's da links rauf – ungefähr eine halbe Meile. Das Farmhaus ist dort unten.« Er deutete durch die Windschutzscheibe, und sie ließ vorsichtig die Kupplung kommen. Der Weg lief jetzt steil nach unten, und der Wagen prallte wieder gegen die Furchen. Der Wald wurde dichter. Zwischen alten, stämmigen Eichen, mit Efeu und getrocknetem Hexenzwirn berankten Haselnußstauden und einem Dickicht aus schwarzen, undurchdringlichen Dornen wuchsen Kiefern.

Das Farmhaus stand am Rande des Waldes mit Blick gen Osten, über den Salzsumpf. Dahinter bildeten ein Feld und ein Obstgarten einen dünnen Streifen, der es dem gelegentlich durchbrechenden Sonnenlicht gestattete, die Landschaft zu erhellen. Das sich daran anschließende Waldstück trennte die Gärten des Farmhauses vom Meer. Vom Cottage allerdings war nichts zu sehen.

Sie stoppte den Wagen vor einer Scheune aus schwarzen Brettern, blieb einen Moment lang sitzen und starrte hinaus. Das Farmhaus war rosa getüncht, ein langgezogenes, niedriges Gebäude, überzogen mit blattlosen Kletterpflanzen, im Sommer wahrscheinlich Klematis und Rosen. Aber selbst im tiefsten Winter sah alles noch schön aus.

»Was für ein herrlicher Ort.«

»Nicht zu verwildert für dich?« Bill schaute am Farmhaus vorbei auf das Watt. So weit das Auge reichte, gab es nichts als Schlamm, Wasser und graugrünen Sumpf. Hinter ihrem Rücken kam ein verirrter Sonnenstrahl hervor und warf einen Sonnenpfad über den Schlamm bis hin zum Wasser. Die satte Farbe verharrte für einen Moment, dann war sie verschwunden.

Bill öffnete die Autotür und ließ die schneidende, reine Luft eindringen. »Los, komm. Es wird bald dunkel. Wir sollten zusehen, daß wir dich unterbringen.«

Kate begutachtete ihre Vermieter, als sie ihnen die Hände schüttelte. Roger und Diana Lindsey, schätzte sie, waren beide in den Fünfzigern. Angenehm, ruhig, einladend. Ihre Wärme nahm sie sofort für sie ein.

»Ich dachte, Sie würden vielleicht gern mit uns Tee trinken, bevor Sie hoch zum Cottage gehen«, sagte Diana sofort und geleitete sie zum Sofa. »Machen Sie es sich bequem – scheuchen Sie die Katzen weg. Ich hole inzwischen meinen Sohn. Er wird Ihre Sachen für Sie hinbringen. Mit Gepäck ist es zu Fuß doch recht weit.«

»Und sie hat einen Berg davon«, meinte Bill. Er stand mit dem Rücken zum Feuer, die Hände nach hinten zu den glimmenden Scheiten gestreckt. »Computer und alles mögliche.«

»Meine Güte!« Diana legte die Stirn in Falten. »Dann brauchen Sie bestimmt Hilfe.«

»Wo ist das Cottage?« Kate genoß die angenehm einschläfernde Wirkung des Tees und des warmen Feuers, aber sie war auch voller gespannter Erwartung.

»Es liegt etwa einen Kilometer von hier. Durch den Wald. Dort draußen sind Sie direkt am Rand des Meeres. Ich hoffe, Sie haben genug warme Kleidung mitgebracht.« Besorgt füllte Diana Kates Tasse auf und schob sich dabei zwischen Kate und die Tür zur Treppe, auf der sie eine Bewegung ausgemacht hatte. Die

Kinder spionierten. Sie seufzte. Diese Kinder. Sie meinte damit aber nur Alison und Greg. Patrick war jetzt sicher schon oben bei seinen Computern und würde nicht mehr auftauchen, bevor man ihn zum Abendessen rief. Es waren ihr Ältester – ein erwachsener Mann, alt genug, es besser zu wissen – und ihre Tochter, die, wenn sie sich nicht vollkommen in ihnen täuschte, irgendwann Ärger machen würden.

Sie blickte über ihre Schulter zu Roger. »Ruf Greg. Ich will, daß er Miss Kennedy hilft –«

»Nennen Sie mich doch bitte Kate.«

»Kate.« Sie schenkte Kate ein kurzes Lächeln. »Er könnte schon mal Ihre Sachen in den Land Rover packen.«

»Ich will Ihnen aber nicht lästig sein.«

»Das sind Sie ganz und gar nicht.« Bildete Kate sich das ein, oder war da eine gewisse grimmige Entschlossenheit in der Art, wie Diana dies sagte?

Greg erwies sich als Mann in den späten Zwanzigern oder frühen Dreißigern, wie Kate schätzte, also etwa in ihrem Alter, vielleicht auch ein bißchen jünger. Sein attraktives Gesicht wirkte leicht aufgedunsen – zu viel Bier und zu wenig Körperpflege – und sein dicker Pullover war mit Acrylfarbe beschmiert. Er schüttelte ihr zwar freundlich die Hand, aber sie spürte eine gewisse Reserviertheit, ja, sogar Unmut in seinem Verhalten.

»Es tut mir leid. Es ist sicher lästig für Sie, mich zum Cottage fahren zu müssen«, sagte sie. Sie sah ihm herausfordernd in die Augen.

»Aber notwendig, wenn unsere Mieterin sicher untergebracht werden soll«, gab er zurück. Seine Stimme war tief und melodisch, aber kalt.

Bill mußte es auch gespürt haben. Sie sah, wie er die Stirn runzelte, als er sich von dem niedrigen Sofa erhob. »Komm schon, Greg. Ich pack' mit an. Laß die anderen ihren Tee in Ruhe austrinken.«

Als die Haustür aufging und die beiden Männer in die schnell einbrechende Dämmerung verschwanden, blies ein Hauch von duftendem Apfelrauch wieder aus dem Kamin herunter.

»Sie können Ihr Auto in der Scheune abstellen, Kate«, sagte Roger beruhigend. Er lehnte sich in seinem Sessel zurück und streckte die Beine nach dem Feuer aus. »Da ist es raus aus dem schlimmsten Wetter. Holen Sie es, wann immer Sie wollen. Und wenn Sie mal eine große Ladung Lebensmittel und so haben, dann lassen Sie es uns wissen, wir bringen es Ihnen rüber. Es ist ziemlich lästig, daß der Weg so schlecht ist. Ich nehme mir immer aufs neue vor, unseren Nachbarn zu bitten, daß er mit einem Bagger oder sowas raufkommt und ihn ein bißchen einebnet, aber Sie wissen ja, wie das ist. Irgend etwas kommt immer dazwischen.«

»Ich bin wegen der Einsamkeit hier«, erwiderte Kate lächelnd. »Ich werde hier bestimmt nicht rauf und runter rasen. Ich lege mir aus dem nächsten Laden einen Vorrat an, und dann ziehe ich mich ein bißchen von der Welt zurück.« Der Gedanke erregte sie. Nach London die große Leere des Landes, die frische, klare Luft; als sie aus dem Auto gestiegen war, hatte sich ihre Erwartungshaltung noch gesteigert.

»Das tun Sie nur. Vor allem, wenn das Wetter schlecht ist.« Roger prustete, es konnte auch ein Lachen gewesen sein. »Da drüben steht allerdings auch ein Telefon. Nach einer Weile sind Sie vielleicht froh darüber. Aber wenn Sie Ihre Ruhe haben wollen, geben Sie die Nummer besser nicht bekannt.« Er hob die Augen, als die Tür aufging.

»Alles umgeladen.« Bill grinste sie an. »Kate, wenn's dir nichts ausmacht, breche ich schon mal zu meinem Häuschen auf. Es ist ein ziemlicher Fußmarsch von hier. Ich vertraue dich Greg an und spaziere dann morgen rüber, wenn's dir recht ist. Dann kann ich dir bei Tageslicht zeigen, wie man zu Fuß zurückkommt, und wir können vielleicht noch ein Glas zusammen trinken, bevor du mich in Colchester absetzt, damit ich den Zug nach London erwische.«

Die Scheinwerfer des Land Rover erleuchteten die Bäume mit einem unheimlichen grünen Licht, als sie langsam und ruckartig vom Farmhaus weg in die Nacht fuhren. Kate rutschte auf dem schlüpfrigen, harten Sitz herum. Sie griff verzweifelt nach dem Armaturenbrett, um sich an etwas festzuhalten, und dachte besorgt an den Computer, der irgendwie auf dem Rücksitz verstaut war.

»Verzeihung. Fahre ich zu schnell?« Greg fuhr ein wenig

langsamer. Er blickte sie an. Er hatte bereits Notiz von ihrer dezenten Attraktivität genommen. Ihr Haar war unauffällig, aber lang und dicht, ihre Proportionen ansprechend, die Kleidung teuer, doch er hatte den Eindruck, daß sie sich nicht besonders dafür interessierte. Ihre unbestreitbare Eleganz war unbeabsichtigt, und dieser Gedanke ärgerte ihn. Er fand es ungerecht, daß sie diese Ausstrahlung besaß. »Ich nehme an, Sie sind nicht besonders ängstlich. Ich kenne nicht viele Frauen, die mitten im Winter völlig allein hier draußen wohnen möchten.«

Kate studierte im Schein des Armaturenbretts sein Profil. »Nein, ich bin nicht ängstlich«, sagte sie. »Ich bin gern allein mit mir. Und ich bin hier, um zu arbeiten. Ich glaube nicht, daß ich Zeit habe, mich einsam zu fühlen.«

»Gut. Und Sie haben keine Angst vor Geistern, hoffe ich.«

Es war Allies Idee gewesen, sie mit Gerede über Geister von hier wieder zu vergraulen. Einen Versuch war es wert. Jedenfalls, solange ihm nichts Besseres einfiel.

»Geister?«

»Nur ein Witz.« Seine Augen waren auf den Weg vor ihnen gerichtet. »Das Land hier hat mal einem römischen Legionär gehört, einem Offizier, Marcus Severus Secundus. In Colchester Castle steht eine Statue von ihm. Gutaussehender Kerl. Mir gefällt der Gedanke, daß er manchmal im Garten spazierengeht, aber ich kann nicht behaupten, ihn jemals gesehen zu haben.« Er grinste. Nicht zu schnell zu massiv werden. Die Frau war nicht dumm. Und offenbar wirklich nicht ängstlich. »Er ist sicher harmlos.« Er zog die Augen zusammen und konzentrierte sich auf den Weg.

Kate lächelte, ihre Aufregung aber wuchs.

Als das Cottage endlich auftauchte, sah es zu ihrem Entzücken wie eine Miniaturversion des Farmhauses aus. Es hatte rosa Wände und Kletterpflanzen und war, wie sie im Scheinwerferlicht erkennen konnte, ein bezauberndes kleines Haus mit Kieselwällen und rauchendem Kamin. Dahinter konnte sie zwischen hohen Schindelwällen das dunkle Schimmern des Meeres sehen. Greg ließ die Scheinwerfer an und sprang aus dem Auto. Er machte keine Anstalten, ihr beim Aussteigen zu helfen, sondern ging sofort zum hinteren Ende des Wagens und ließ sie sich mit dem Türgriff abmühen. Als es ihr endlich gelungen war, die Tür zu öffnen und herauszuspringen, richtete er sich auf, wobei ihm der Wind die Haare ins Gesicht wehte. Bevor sie verstanden hatte, was er tat, warf er ihr einen Schlüsselbund zu. Sie griff daneben, und er fiel vor ihren Füßen in die Dunkelheit.

»Schussel.« Das spöttische Wort drang zu ihr durch die Dunkelheit. »Sperren Sie die Haustür auf. Ich bringe Ihnen das Zeug dann rein.«

Die Tür war durch die Feuchtigkeit leicht verquollen, und sie mußte fest drücken, um sie aufzukriegen. Als sie es geschafft hatte, stand Greg schon ungeduldig hinter ihr, die Arme voller Kartons. Sie tastete nach dem Lichtschalter und fand ihn endlich. Das Licht erhellte eine kleine weißgestrichene Diele. Direkt vor sich sah sie eine Treppe und drei Türen, zwei links und eine rechts.

»Rechts«, wies Greg sie an. »Ich lade alles da drin ab, dann können Sie's sich selbst auseinandersortieren.«

Sie öffnete die Tür. Das Wohnzimmer hatte eine niedrige Decke und viele Balken wie das Farmhaus, und in ihm standen ein Sofa und zwei Sessel. Im tiefen Kamin glühte ein Holzofen und erwärmte das Zimmer. Die anderen drei Wände hatten je ein Fenster mit kleinen Scheiben, hinter denen die finstere, windige Nacht durch den Widerschein der Lampe in Schach gehalten wurde, die sie jetzt anschaltete. Sie ging durch das Zimmer und zog bei allen Fenstern die Vorhänge zu. Als sie damit fertig war, brachte Greg die nächste Ladung.

»So, das wär's«, sagte er schließlich. Er hatte sich keine Mühe gegeben, die Sachen zu ordnen oder zu verteilen. Alles lag oder stand auf einem Haufen in der Mitte des Teppichs. »Wenn Sie irgendwas brauchen, können Sie uns das morgen sagen.«

»Mach' ich. Danke.« Sie schenkte ihm ein Lächeln.

Er reagierte nicht. Mit einem kurzangebundenen »Gute Nacht« duckte er sich zur Tür hinaus und zog sie hinter sich zu. Sie widerstand dem kindischen Verlangen, zum Fenster zu laufen, um ihn davonfahren zu sehen. Der Schein der Schlußlichter erleuchtete einen Moment lang die Vorhänge, dann verschwand er. Sie war allein.

Sie trat hinaus in die Diele, schob den Türriegel vor und kehrte wieder zurück. Sie hatte die plötzliche Welle der Einsamkeit und die völligen Stille erwartet, dennoch sah sie sich mit einem Seufzer um. Insgeheim hatte sie wohl damit gerechnet, daß Bill an diesem ersten Abend bei ihr sein würde. Oder daß die Vermieter sie zum Abendessen einladen würden.

Es war alles solch eine Hetze gewesen. Das Packen, das Einlagern ihrer Sachen, das Ausleihen von Büchern in der London Library. Ihr neues Leben ordnen, sich von Jon trennen. Sie hatte wenig Zeit zum Nachdenken gehabt und ihre allabendliche Erschöpfung immer willkommen geheißen. So geriet sie nicht ins Grübeln. Hier nun würde sie genug Zeit zum Grübeln haben. Sie richtete sich auf und straffte die Schultern. Es würde auch eine Menge Zeit zum Arbeiten geben, doch zuerst wollte sie ihr neues Reich erkunden.

Das Cottage war sehr klein. Im Parterre gab es nur das Wohnzimmer, an das eine kleine Küche und ein noch kleineres Badezimmer grenzten. Oben waren zwei Schlafzimmer, etwa gleich groß. Nur in einem stand ein Bett. Jemand hatte versucht, dieses Zimmer gemütlich zu machen. Es gab da eine Kommode und einen kleinen, mit abgescheuertem goldenen Samt bezogenen viktorianischen Sessel, auf den ein paar Kissen geworfen waren. Auf dem unebenen Boden lag ein neuer Teppich, und ein Kleiderschrank reichte bis zur niedrigen Decke. Im Schrank hingen eine Reihe von Kleiderbügeln aus Draht.

Kate ging wieder nach unten. Ihre ursprüngliche Aufregung und Abenteuerlust hatten sich verflüchtigt. Die Stille bedrückte sie. Sie atmete tief durch, ging in die Küche und griff nach dem Kessel. Während das Wasser kochte, schleppte sie ihre beiden Koffer nach oben und und ließ sie dort. Die Kleider und die beiden Röcke, die sie mitgebracht hatte, würde sie nachher aufhängen. Alle anderen Kleidungsstücke – Jeans, andere Hosen, Pullover – konnte sie morgen in die kleine Kommode stopfen. Heute abend war ihr nicht nach Auspacken zumute.

Nachdem sie einige ihrer Bücher und Papiere ordentlich auf dem Tisch im Wohnzimmer gestapelt sowie die mitgebrachten Lebensmittel und den Scotch im Küchenschrank verstaut hatte, fühlte sie sich zu müde, um noch mehr zu tun. Sie machte sich Tee, suchte ein paar Kassetten aus und setzte sich erschöpft auf das Sofa beim Feuer, wo sie sich zusammenkuschelte. Die Hände um die Tasse gelegt, lauschte sie den Klängen von Vaughan Williams aus dem Kassettenrecorder. Des gigantischen Aufs und Abs der See draußen hinter dem Kieseldamm war sie sich seltsam bewußt, obwohl sie es nicht hörte.

Sie hätte zufrieden sein können. Endlich war sie auf dem Land. Und bereit, mit der Arbeit zu beginnen. Sie hatte die Ruhe und den Frieden, nach denen sie sich gesehnt hatte – Gregs Verhalten ließ keinen Zweifel daran, daß ihre Privatheit respektiert werden würde –, und trotzdem war in ihr eine quälende Traurigkeit, ein Gefühl der Enttäuschung, das, verdammt, nicht wenig mit Jon zu tun hatte. Noch vor drei Wochen hatte sie mit ihm zusammengelebt, hatte für das Buch recherchiert. All das in geregelten Verhältnissen; eine Londonerin, so lange sie denken konnte. Und jetzt war sie hier in einem kleinen Cottage an der rauhen Nordostküste von Essex, mit Fremden als Nachbarn, ohne Geld, ohne Mann, ohne feste Bleibe. Und Gesellschaft leistete ihr nur Lord Byron.

Als sie auf den Boden blickte, wo ihre Bücherkartons in einer Pfütze aus Lampenlicht standen, erhob sie sich ruhelos. Sie ging hinüber und zog ihre Brille aus ihrer Jeanstasche. Sie mußte positiv denken. Jon vergessen. London vergessen. Alles vergessen – außer dem Buch.

Sie fuhr zusammen, als oben die Tür zuschlug. Sie blickte zur Decke und konnte plötzlich fühlen, wie ihr Herz irgendwo hinten in ihrer Kehle trommelte. Einen Augenblick lang tat sie gar nichts, dann richtete sie sich langsam auf.

Im Haus war niemand, also mußte es der Wind gewesen sein. Dennoch blieb sie am Fuß der Treppe stehen und schaute hinauf, in die Dunkelheit. Gregs römischer Legionär kam ihr plötzlich in den Sinn.

Sie nahm all ihren Mut zusammen und ging hinauf, bis zum Treppenabsatz. Wie vorhin standen beide Türen offen. Sie knipste das Licht an und spähte ins Schlafzimmer, wo sie ihre Koffer Seite an Seite neben den Schrank gestellt hatte. Sie blickte sich im Zimmer um und überzeugte sich davon, daß alles in Ordnung war, dann machte sie das Licht aus. Dasselbe tat sie auf der anderen Seite des Ganges, schaute sich in dem leeren Zimmer um, die

Augen unruhig auf die beiden vorhanglosen Fenster gerichtet. Das Glas reflektierte das kalte Licht der Glühbirne, die von der Decke hing, und erneut spürte sie die Schwärze der Nacht da draußen vor dem Haus.

Sie runzelte die Stirn und ging wieder nach unten. Sie hatte nichts gesehen, was den Lärm hätte erklären können. Sie spähte in das Badezimmer und die Küche und ging dann zurück ins Wohnzimmer.

Das Zimmer war ausgesprochen kühl. Sie ging zum Ofen, bückte sich und sah, daß der beruhigende Schein der Flamme verschwunden war. Sie griff zum Riegel. Das Metall war heiß. Sie fluchte leise und blickte sich nach einem Schutz für ihre Hände um. Da sie nichts fand, zog sie ihren Ärmel nach vorn, wickelte die Wolle ihres Pullovers um die Finger und rüttelte am Riegel, bis die Klappe aufging. Der Ofen war leer, bis auf ein Häufchen Glut.

Sie sah sich um, aber es war ihr bereits alles klar. Sie hatte keinen Behälter mit Kohle gesehen, keinen Korb mit Holz. Das Leben in London hatte sie verwöhnt. Heizen war dort kein Problem für sie gewesen; das Umlegen eines Schalters, mehr nicht. Plötzlich dämmerte ihr, daß das heiße Wasser und die Heizung in diesem Cottage wahrscheinlich beide von diesem kleinen Ofen abhingen. Warum hatte Greg das nicht erwähnt? Als erstes hätte er ihr sagen müssen, wie man hier einheizte.

Sie schüttelte den Kopf. Wahrscheinlich hatte er das absichtlich nicht getan. Sie war ganz schön blöd gewesen, daß sie seine Feindseligkeit und seinen Zorn nicht gespürt hatte. Erteil der Stadtmamsell mal eine Lektion. Na, wenn die Stadtmamsell nicht erfrieren will, dann muß sie irgendwo Brennmaterial auftreiben. Eine rasche Suche brachte eine Schachtel Streichhölzer in einer Schublade in der Küche zum Vorschein – Gott sei's gedankt. Als Nichtraucherin war es ihr gar nicht erst in den Sinn gekommen, Streichhölzer mitzunehmen. Aber es gab keine Feueranzünder und auch keine Taschenlampe. Sie verfluchte ihre eigene Dummheit, als ihr bewußt wurde, daß sie jetzt draußen im Dunkeln würde herumsuchen müssen.

Während sie entschlossen alle Gedanken an das unerklärliche Geräusch aus ihrem Kopf verscheuchte, zog sie Jacke und Handschuhe an. Zögernd ging sie in die Diele, entriegelte dann die Haustür und öffnete sie. Sie sorgte auch dafür, daß der Riegel zurückgeschoben blieb, während sie hinaus in die Dunkelheit spähte.

Der Wind erfaßte ihre Haare, warf sie aus ihrem Gesicht und biß in ihre Wangen. Er war frisch und schneidend, erfüllt vom Geruch des Meeres und der Kiefern, die sich hinter der Grasfläche drängten. Sie verharrte einen Augenblick lang bewegungslos, denn es wurde ihr in diesem Moment bewußt, daß ihre Silhouette im Eingang zu sehen war. Sie machte sich aber klar, daß niemand sie beobachten konnte und starrte hinaus auf den Pfad aus Licht, der von ihren Füßen den Weg entlanglief, bevor sich dieser zwischen den Bäumen verlor. Auf beiden Seiten davon stand die Dunkelheit wie eine Wand. Sie konnte jenseits des schlammigen Weges mit seinen im Wind wehenden Gräsern und dem Wirrwarr aus abgestorbenem Unkraut absolut nichts sehen.

Zögernd löste sie sich von der Tür und begann, an der Vorderseite des Cottage entlangzugehen. Mit vorsichtig ausgestreckter Hand tastete sie sich an der rauh verputzten Wand entlang. Als ihre Augen sich an die Dunkelheit zu gewöhnen begannen, erschienen über ihr Sterne und Wolkenfetzen, blaß gegen die Schwärze, und sie begann auch zu hören, wie die See in der Ferne leise gegen die Kiesel schlug und wie der Wind in den Bäumen seufzte. Als sie an die Ecke kam, spähte sie mit aufgerissenen Augen um sich. Auf halbem Weg stand an der Wand ein kleiner angebauter Schuppen, in dem bestimmt Holz gelagert war. Mit wachsender Zuversicht ging sie schneller. Ihre Füße wurden naß im Gras.

Endlich trafen ihre Finger auf die rauhen Bretter des Anbaus. Sie ertastete sich den Weg um ihn herum, bis sie an dessen offene Tür kam. Dort blieb sie stehen, zaudernd. Vor ihr gähnte der Eingang. Die Dunkelheit darin, im Gegensatz zum leuchtenden Dunkel der Nacht, war tiefschwarz und undurchdringlich, aber sie konnte die Holzscheite riechen. Stark, harzig und warm schwamm der Duft zu ihr hoch. Sie bückte sich und tastete sich durch die Tür. Ihre Hände stießen auf nichts außer auf leeren Raum. Sie streckte die Hand weiter aus. Plötzlich schlossen sich ihre Finger um etwas Eiskaltes. Ein Griff. Was immer es war, es rutschte ihr aus der Hand und fiel klappernd auf den Boden. Sie bückte sich und hob es auf. Ein Spaten. Es war ein Spaten. Sie lehnte ihn an die Wand, tat einen vorsichtigen Schritt nach vorn, beugte sich tiefer, und befand sich nun mitten im Schuppen.

Dort trafen ihre suchenden Finger endlich auf Reihen aufgeschichteter Scheite, die Kanten scharf, eckig, die Seiten rauh und gerundet. Vorsichtig zog sie an einem. Der ganze Stapel bewegte sich, sie sprang zurück. »Von oben, du Idiot.« Sie hatte das tatsächlich laut zu sich selbst gesagt, und der Klang ihrer Stimme wirkte irgendwie beruhigend auf sie. Sie streckte sich ein bißchen, hob die Hände, um das obere Ende des Stapels zu ertasten, und nahm vier Scheite herunter, einen nach dem anderen. Das war alles, was sie tragen konnte. Die Scheite an die Brust gedrückt, stolperte sie rückwärts aus dem Schuppen und suchte ihren Weg zurück zur Ecke der Wand. Dort angekommen, geleitete sie die heitere Flut des Lichts aus der Diele zurück zur Haustür. Sie rannte fast hinein, warf die Scheite auf den Boden, drehte sich um, schlug die Tür zu und schob den Riegel vor. Erst als sie, bedeckt mit Sägemehl und Spinnweben, hinunter auf die Scheite sah, wurde ihr klar, wieviel Angst sie gehabt hatte. »Du Idiot«, sagte sie wieder. Kopfschüttelnd begann sie, den Anorak auszuziehen. Wovor nur hatte sie Angst gehabt? Vor der Stille? Dem Wald? Der Dunkelheit?

Als Kind hatte sie in ihrem kleinen , neben Annes Zimmer gelegenem Schlafzimmer in ihrem Farmhaus in Hertfordshire immer Angst vor der Dunkelheit gehabt. Nacht für Nacht hatte sie wachgelegen, es nicht gewagt, sich zu bewegen, kaum gewagt zu atmen oder den Blick irgendwohin zu werfen, zu suchen – suchen wonach? Es war nie etwas da gewesen. Nichts wirklich Furchterregendes jedenfalls, nur diese schreckliche, überwältigende Einsamkeit, die Angst, daß alle anderen das Haus verlassen und sie allein zurückgelassen hatten. Oder daß sie gestorben waren. Hatte ihre Mutter es schließlich erraten, oder hatte sie es ihr gestanden? Sie konnte sich nicht mehr daran erinnern, aber sie wußte noch sehr gut, daß ihre Mutter ihr irgendwann ein Nachtlicht geschenkt hatte. Eine Porzellaneule. Ein weißer Vogel mit großen orangenen Krallen und riesigen geheimnisvollen Augen. »Du ängstigst das Kind damit bloß zu Tode«, hatte ihr

Vater, ein Landarzt, der keine Zeit hatte, sich sonderlich um seine Familie zu kümmern, noch gewarnt, als ihre Mutter die Lampe vom Dachboden holte, aber Kate hatte sie geliebt. Wenn die kleine Kerze in dem Nachtlicht angezündet worden war, leuchtete der ganze Vogel sahnig weiß, und seine Augen wurden lebendig. Es war ein freundlicher Vogel; ein weiser Vogel; und er wachte über sie, leistete ihr Gesellschaft und hielt die Gespenster in Schach.

Als sie älter wurde, war die Eule nicht mehr entzündet worden, sie war jetzt nur noch ein Schmuckgegenstand. Aber die Angst, mittlerweile rationalisiert und kontrolliert, war geblieben. Manchmal, sogar noch als Studentin an der Universität, hatte sie in ihrem Zimmer im Wohnheim gelegen, das Laken hochgezogen bis zum Kinn, die Finger in das Kissen verkrampft, das sie an die Brust drückte, und das dunkle Rechteck des Fensters angestarrt. Die Angst war inzwischen zwar verschwunden. Aber eine Spur war dennoch davon zurückgeblieben. Nachts machte sie immer die Vorhänge auf. Waren sie geschlossen, verursachte ihr die Dunkelheit Platzangst. Jon hatte sie ausgelacht, ihr aber dennoch den offenen Vorhang zugestanden. Er mochte es, wenn er offen war, weil er es gern sah, wie die Dämmerung über die Dächer von London kroch und die ersten Amseln von den Fernsehantennen zu singen begannen.

Aber jetzt war Kate erwachsen, auf sich selbst gestellt und ohne Furcht. Sie riß sich zusammen, ging, nachdem sie die Scheite aufgesammelt hatte, in das Wohnzimmer und stapelte sie ordentlich im Kamin, neben dem Ofen. Sie machte die Tür auf und spähte hinein. Die Glut war sehr niedrig. Nachdenklich betrachtete sie die Scheite. Schöbe sie eines davon hinein, würde es die restliche Glut ersticken, das ganze Ding würde ausgehen. Sie hatte keinen Feueranzünder. Was sie brauchte, war Zeitungspapier und ein paar kleine, trockene Zweige, um das Feuer wieder anzufachen. Sie blickte sich um.

Der Gemüseständer in der Küche war mit Zeitungspapier ausgelegt. Sie raffte es zusammen und ließ die erdigen Überreste lange verschwundener Kartoffeln auf den Bretterboden regnen. Es war genug Papier da, um es zu vier großen Bäuschen zu knüllen. Sie stopfte sie um das Scheit herum, zündete alles an und schloß die Türen, nicht ohne die Luftklappe aufzuschieben. Es war ungeheuer befriedigend zu sehen, wie das Feuer plötzlich aufloderte, aber sie hielt den Atem an. Würde nur das Papier verbrennen, das Holzscheit aber nicht?

Sie warf einen Blick über ihre Schulter in das Zimmer und fröstelte. Irgendwie hatte es seinen Reiz verloren. Ihr Laptop und ihr Drucker standen tadelnd auf dem Tisch; die Karteikästen, die Notizbücher, die Pappkartons voller Bücher. Sie sah auf die Uhr. Es war acht. Sie war hungrig, sie war müde, und ihr war kalt. Ein gekochtes Ei, eine Tasse Kakao und, falls der Holzofen dazu gebracht werden konnte, zu funktionieren, ein heißes Bad, dann würde sie zu Bett gehen. Alles andere hatte bis zum Morgen Zeit. Bis zum Tageslicht.

VII

Es war bitterkalt und noch nicht richtig hell. Gut eingepackt in einen Shetlandpullover, eine dicke Jacke, zwei Paar Socken in den Stiefeln und in die Handschuhe ihres jüngeren Bruders, stand Alison Lindsey da und starrte im Schutz der Bäume auf das Cottage. Es lag im Dunkeln. Unten waren die Vorhänge zugezogen, oben aber schienen beide Fenster, die auf der Vorderseite zum Garten hinauszeigten, keine Vorhänge zu haben. Sie runzelte die Stirn, nahm ihren Mut zusammen und lief so schnell sie konnte über das Gras. Sie rannte direkt auf den Holzschuppen zu, drückte sich hinein und tastete in der Finsternis um sich. Nach einer Sekunde stieß sie einen erzürnten Schrei aus. Ihre Werkzeuge waren verstellt worden. Verärgert trat sie gegen das Feuerholz und sprang mit einer Mischung aus Furcht und boshafter Befriedigung zurück, als einer der Stapel umzurutschen begann. Sie wich den herunterpurzelnden Scheiten aus und wartete, bis sie sich nicht mehr bewegten und der Lärm aufhörte. Der Staub legte sich, und auch vom Cottage her kam kein Laut. »Lady Muck schläft«, flüsterte sie und lächelte überlegen. Sie drehte sich wieder zur Tür und entdeckte ihren Spaten. Er war in die Ecke gelehnt.

Sie nahm ihn in die Hand und spähte in die Stille der Dämmerung. Es würde noch einige Zeit bis zum Sonnenaufgang dauern. Der Morgen war feucht und eiskalt. Über dem Meer lagen lange dunkle Schatten, die sich draußen im schwarzen Nebel verloren.

Sie lief, so leise sie konnte, über die Kieselsteine und sprang dann mit einem Satz in die Vertiefung auf der dem Meer zugekehrten Seite der Düne. Ihrer Düne.

Zufrieden stellte sie fest, daß die Flut in dieser Nacht nicht allzu hoch gewesen war. Der Seetang auf dem Strand, noch naß von der Gischt, lag einige Meter von ihrer Ausgrabung entfernt und war nicht annähernd bis zu der Stelle gekommen, an der sie grub. Die Zunge leicht zwischen den Zähnen hervorgestreckt, machte sie sich an die Arbeit, schnitt den weichen Sand in Teile und schaufelte ihn von der Düne fort. Von irgendwo in der Dunkelheit entlang der Küste hörte sie den Schrei einer Möwe.

Trotz der dicken Handschuhe froren ihr schon nach wenigen Augenblicken die Hände, und auch ihre Kopfschmerzen waren wiedergekommen. Mit einem gereizten Seufzer hielt sie inne, um sich auszuruhen, lehnte sich auf den Spaten und blies auf ihre in Wolle gehüllten Knöchel. Der Sand bröckelte dort, wo sie mit ihrer Arbeit begonnen hatte, und während sie darauf blickte, fiel das nächste Stück von selbst weg. Etwas Gebogenes, Glänzendes kam zum Vorschein. Sie warf den Spaten auf den Boden, beugte sich nieder und reinigte den Gegenstand vorsichtig vom Sand. Es war wieder ein Stück Ton. Diesmal jedoch ein viel größeres Stück. Groß genug, um die Krümmung der Schale oder der Vase erkennen zu lassen, von der es einmal ein Teil gewesen war. Als sie den feuchten Sand abwischte, konnte sie durch die Handschuhe die Verzierung spüren. Sie starrte lange auf die Tonscherbe, legte sie dann zur Seite und machte sich mit neuem Eifer an die Arbeit.

Schon Minuten später kam wieder etwas zum Vorschein. Es war dünn, gebogen und rostgrün, wie ein altes, verrottetes Metallstück. Sie vergaß die Schmerzen in den Schläfen und zog voller Aufregung daran. Es war daumendick und mehrere Zentimeter lang, mit einem rauhen Griff an einem Ende. Sie drehte es hin und her, starrte es lange an, kletterte dann aus der geschützten Vertiefung ihres Grabungsplatzes und rannte über den Kies auf das Meer zu. Der Kies war naß und roch nach Salz und Tang, und zwischen den Steinen lag die nächtliche Ernte aus Muscheln und toten Krabben. Sie konnte sehen, wie die Möwen in der Nähe danach pickten. Die Füße fast im Wasser, kauerte sie nieder, schwenkte den Gegenstand in den Ausläufern der Flut hin und her und starrte ihn dann wieder an. Er war nicht sauberer geworden, das Grün war fest mit ihm verbunden. Sie zog einen Handschuh aus und strich vorsichtig mit dem Finger darüber, spürte eine gewisse symmetrische Rauheit auf dem kalten Metall, als sei es irgendwann in grauer Vorzeit graviert worden, und das, obwohl die Verkrustungen von Zeit und Meer und Sand es jetzt für immer umhüllten.

Aufgeregt drehte sie sich zur Düne um und blieb wie angewurzelt stehen. Eine extrem starke Bö war aufgekommen. Sie hatte den Sand hochgepeitscht und ihn hochgewirbelt, so daß er einen Augenblick lang über den Strand tanzte und dann zurückfiel ins Nichts. Hinter ihr war der erste Sonnenstreifen über dem Horizont aufgetaucht. Einen Moment lang zögerte sie. Sie hatte das seltsame Gefühl, daß jemand ganz in der Nähe war und sie beobachtete. Mit einem Schulterzucken stopfte sie ihren Fund in die Jackentasche, während sie sich umblickte. Wenn jemand hier wäre, dann wäre es ein Freund. Joe Farnborough von der Farm, oder Bill Norcross, wenn er sich zu einem Morgenspaziergang entschlossen haben sollte, oder sogar Lady Muck oder jemand, der seinen Hund spazierenführte.

Ihr Spaten lag noch da, wo er in den Sand gefallen war. Sie tat einen unsicheren Schritt darauf zu. Die Haut in ihrem Nacken prickelte. Es war ein seltsames Gefühl. Sie konnte sich nicht erinnern, so ein Gefühl schon einmal gehabt zu haben, aber instinktiv wußte sie, was es war. Jemand beobachtete sie!

Die Zeilen eines Gedichts huschten ihr plötzlich durch den Kopf. Ihre Mutter hatte es ihr vor vielen Jahren einmal vorgelesen. Der kleinen, empfänglichen Alison war damals das Blut in den Adern geronnen, als sie es mit weit aufgerissenen Augen hörte, und seine Worte hatten sich ihr eingeprägt. Es war das einzige Gedicht, das sie je gelernt hatte.

> Die Zelte stehn, die Sonne gleicht
> den Feuerpunkten und es schleicht
> die Nacht sich an, und der Verdacht,
> die Dschungeltiere sind erwacht ...

Archaische Angst. Angst vor der Gefahr, die man nicht sehen kann.

Sie leckte sich nervös die Lippen. »Dumme Kuh«, sagte sie laut zu sich selbst. »Blöde Gans. Beweg dich. Jetzt. Was ist los mit dir?«

Die Sonne stand mittlerweile höher. Ein roter Fleck breitete sich langsam über dem Meer aus, unmerklich wurde es heller. Sie ballte die Fäuste und machte einen Schritt auf den Spaten zu. Ihr Mund war trocken, und sie zitterte. Vor Kälte. Natürlich vor

Kälte. Zähneknirschend sprang sie zurück in die Vertiefung und packte den Spaten, hielt ihn mit beiden Händen vor sich. Der Wind hatte wieder zu blasen begonnen und hob den Schoß ihrer Jacke hoch, bauschte sie auf, peitschte ihr die Haare ins Gesicht. Der Sand wirbelte um sie herum. Mit der Handfläche rieb sie sich die Augen. Der Sand flog höher, wurde dichter. Fast wie die Gestalt eines menschlichen Wesens.

Langsam wich sie von der Düne zurück, kletterte aus der Grube und begann, sich auf das Cottage zuzubewegen. Sekunden später fing sie an zu rennen. Sie stürmte über das Gras, seitlich am Gebäude vorbei, warf den Spaten in den Schuppen und stürzte den Weg hinunter, auf die Bäume zu.

In der Düne lag vergessen das rotlackierte Tonstück, bereits von neuem mit Sand bedeckt.

VIII

Kate lag für einen Augenblick orientierungslos im Bett, starrte zu den schweren Balken der Decke hoch und fragte sich, wo sie war. Ihr Traum war so lebendig gewesen, so bedrohlich. Unter der Bettdecke zusammengerollt, versuchte sie, sich daran zu erinnern, was so beängstigend gewesen war, aber es fiel ihr bereits schwer, sich die Einzelheiten des Traums wachzurufen. Schließlich gab sie den Versuch auf und sah sich, nachdem sie sich aufgesetzt hatte, in dem ungewohnten Zimmer um. Es war eiskalt. Ein merkwürdig diffuses graues Licht sickerte zwischen den offenen Vorhängen herein. Es war unheimlich; leuchtend. Sie wickelte die Steppdecke fest um ihren Körper, kletterte aus dem Bett und ging zum nach Osten zeigenden Fenster, um hinauszusehen. Das Meer, auf das der Nebel seine Schatten warf, war grauschwarz. Darüber hing wie ein blutroter Ball die tiefe Sonne, die kein Spiegelbild warf und nur wenig Licht abgab. Es bot sich das Bild eines kalten, ganz und gar nicht verführerischen Ortes ohne Perspektive. Zitternd wandte sie sich ab. Nachdem sie ihre Kleidungsstücke zusammengerafft hatte, lief sie auf eiskalten Füßen die Treppe hinunter und schaute in das Wohnzimmer. Dort waren die Vorhänge noch zugezogen. Sie zog sie zurück, öffnete die Türen des Holzofens und starrte bedrückt hinein. Das Feuer war aus, das Metall kalt.

»Ich werd' verrückt!« Sie sah hinunter auf den einen Scheit. Die Papierflamme der vergangenen Nacht hatte ihn kaum angesengt. Um ihn anzuzünden, würde sie Feueranzünder, Zweige und viel mehr Papier benötigen ...

Kein heißes Wasser also. Zitternd gab sie es fürs erste auf, sich waschen zu wollen, und zog ein Paar Jeans an, dicke Socken und einen warmen Pullover, bereit, erneut im Holzschuppen herumzuwühlen.

Die Welt draußen war bitterkalt. Der Garten – nicht mehr als ein Stück ungepflegten Rasens mit ein paar kleinen, nackten Blumenbeeten – schien das Cottage mit einem kompakten Kreis zu umgeben. Jenseits davon, im kalten Licht des frühen Morgens, wuchs das Gras wilder, in Klumpen und verfilzt, bevor es reichlich abrupt den Dünen und dem Kieselufer Platz machte, das direkt an das Meer grenzte.

Als sie aus der Haustür trat, sah sie eine Bewegung an der Seite des Cottage. Sie blieb stehen und spürte, wie ihr Herz schneller schlug. Sie hatte die Furcht aus ihrem Traum noch nicht abgeschüttelt, und die Stille und Leere des Waldes machte sie nervös. Sie zwang sich vorzutreten, aber als sie umherspähte, sah sie erleichtert, daß es nur ein Kaninchen gewesen war. Drei Kaninchen. Sie richteten sich für einen Moment auf, als sie erschien, die Ohren gespitzt, die Augen vor Entsetzen weit aufgerissen, und dann hoppelten sie zurück unter die Bäume. Sie lächelt amüsiert, ein wenig verlegen wegen ihrer Angst. Sie würde lernen, sich zusammenzureißen.

Im Eingang zum Schuppen blieb sie stehen. Der Spaten lag über der Türschwelle. Sie bückte sich, um ihn aufzuheben. An den Schultern des Blatts klebten Klumpen von nassem, dunklem Sand. Jemand hatte den Spaten noch vor kurzem benutzt. – Jedenfalls ganz sicher, nachdem sie letzte Nacht aus dem Schuppen gekommen war. Sie musterte den Wald, doch so weit sie sehen konnte, war alles still und ruhig. Selbst die Kaninchen waren verschwunden.

Mit einem Schulterzucken sammelte sie einen Armvoll Scheite auf. Dieses Mal entdeckte sie auch das in der Ecke des Schuppens sauber aufgestapelte Anzündholz und füllte die Taschen mit Zweigen und kleinen Holzsplittern, die ihr beim Feuermachen helfen würden.

Der heiße Kaffee und das lodernde Feuer im Holzofen trugen ebenso zur Wiederherstellung ihrer guten Laune bei wie die Entdeckung, daß sich im Badezimmerschrank ein Boiler befand, der ihre Ungewißheit, ob sie wegen fehlender Holzscheite auf heißes Wasser verzichten mußte, bedeutend abmilderte. Sie aß eine Schale Getreideflocken und machte sich dann ernsthaft ans Auspacken.

Mehrfach warf sie dabei einen Blick aus dem Fenster und bemerkte, daß der Tag allmählich aufklarte. Der Nebel wurde dünner, und die Sonne hatte ein wenig an Stärke gewonnen. Bis ihre Taschen und Kartons leer und in dem nicht von ihr benutzten Schlafzimmer verstaut worden waren, hatte das Meer ein leuchtendes Blau, das zum Himmel paßte.

Als sie sich von dem Fenster ohne Vorhang abwandte, fiel ihr Blick auf einen Stapel Bilder hinter der Tür, den sie bis jetzt nicht bemerkt hatte. Sie standen an einer besonders dunklen Stelle, die Vorderseite zur Wand. Neugierig drehte sie eines um. Das Gemälde zeigte nur das Meer – allerdings ein eigenartig surrealistisches, alptraumartiges Meer. Mit einer Grimasse zog sie ein anderes Bild heraus. Es hatte dasselbe Thema, ebenso wie das nächste und übernächste. Dann waren da noch zwei, die das Cottage zeigten, einmal als ein ausdruckslos braunes, wie von einer Flammenwand umgebenes Pappmaché-Haus im Herbst, und das zweite, als befände es sich unter dem Alptraum-Meer. Sie starrte das zweite Gemälde lange an und stellte es dann, schaudernd, wieder zurück an die Wand. Die Bilder waren alle von derselben Person gemalt worden, einer Person, die über viel Talent und Ausdruckskraft verfügte. Dennoch mochte sie die Gemälde nicht. Was sie ausdrückten, war ihr zu grausam.

Mit einer leichten Gänsehaut schloß sie die Tür, lief die Treppe hinunter und zurück in das sonnenüberflutete Wohnzimmer. Dort hatte sie ihre Bücher und Papiere zurechtgelegt, um mit der Arbeit zu beginnen. Es gelang ihr, sich vom Gedanken an die Bilder zu befreien, während sie so dastand und auf den Tisch hinunterschaute.

Das Buch existierte in ihrem Kopf bereits, sie mußte nur mit dem Schreiben beginnen, und es würde sogar noch besser werden als *Jane*. Kate lächelte und setzte sich an ihren Computer.

Als es zwei Stunden später an der Haustür klopfte, war sie überrascht. Sie hatte Bill völlig vergessen.

»Hallo!« Er grinste sie an, als sie zusammen ins Wohnzimmer gingen. »Wie geht's? Fertig zum Essen?«

Sie starrte ihn an, noch meilenweit von ihm entfernt. Sie ließ sich nur ungern aus der Stimmung reißen, hätte viel lieber weitergeschrieben.

Bill sah sie an. »Wo bist du gerade?« fragte er leise. »Du hast kein Wort von dem gehört, was ich gesagt habe, oder? Ich habe Mist gebaut. Ich habe die Schriftstellerin beim Zusammensein mit ihrer Muse gestört.«

»Oh, Bill, tut mir leid. Natürlich habe ich gehört, was du gesagt hast.« Kate schleppte sich zurück in die Gegenwart und schüttelte sich ein wenig. »Zum Teufel mit der Muse. Sie kann ein paar Stunden lang zurück in ihre Schachtel. Ja, das ist eine gute Idee. Ich würde sehr gern mit dir essen.«

Der Spaziergang durch den Wald war wunderbar, und während sie neben ihm herlief, die Hände in den Taschen, blickte sie sich interessiert um, registrierte die klare Luft, den weichen schlammigen Weg, das Geflüster der duftenden Kiefern, die winterkahlen Eichen und die mit jungen Kätzchen herausgeputzten Birken und Haselnußsträucher. Ihre Gedanken an den Vater des Dichters, des verrückten Jack Byron, hatte sie abzuschütteln vermocht und begonnen, Bill die Abenteuer der vergangenen Nacht zu erzählen.

»Ich fürchte, das ist typisch für Greg. Dir das mit dem Feuer nicht zu erklären und kein Brennholz dazulassen«, sagte Bill kopfschüttelnd. »Er hat bisweilen einen kleinlichen Zug. Du mußt wissen, er ist wütend, weil er wegen dir das Cottage aufgeben mußte.« Er stieß einen morschen Ast zur Seite, der halb über den Weg lag.

»Ich habe nicht gewußt, daß er da lebt.«

»O ja. Greg ist ein brillanter Maler. Vor ungefähr sechs Jahren hat er die Uni geschmissen, erst halb fertig mit seinem Kunststudium, ist zurück nach Hause gekommen und hat das Cottage besetzt. Das war, bevor Roger seinen Beruf aufgeben mußte. – Ich weiß nicht, ob du's bemerkt hast, aber er hat Krebs.« Er hielt einen Augenblick lang inne. »Wie dem auch sei, die Lindseys haben gute Miene zum bösen Spiel gemacht, anders kann man das nicht sagen, und ich glaube, Roger zahlt ihm eine Art Taschengeld. Aber als er jetzt aufhören mußte zu arbeiten, gab es den einen oder anderen Wink mit dem Zaunpfahl, Greg solle ihm nicht länger auf der Tasche liegen und sich eine Arbeit suchen, um die Familienfinanzen aufzubessern. Doch ich vermute, daß der das alles ungerührt zur Kenntnis genommen hat. Er hat hochtrabende Ansichten über die Heiligkeit des Talents und denkt wohl, daß der Rest der Welt ihm den Lebensunterhalt schuldet, damit er diesem Talent frönen kann. Arme Diana! Ich weiß gar nicht, wie sie das bisher geschafft hat. Die Idee, das

Cottage zu vermieten, ist bei unserem Leonardo nicht eben auf Begeisterung gestoßen, wie du dir vorstellen kannst. Wahrscheinlich haben sie ihn strampelnd und brüllend rausgezerrt. Also nimm seine Feindseligkeit nicht persönlich. Aber rechne auch nicht damit, daß er dir mit einem Blumenstrauß seine Aufwartung macht.«

Kate runzelte die Stirn. »Das hättest du mir auch alles früher erzählen können, Bill.«

»Warum? Hättest du es dir dann anders überlegt?«

Sie schüttelte den Kopf. »Nein, aber es erklärt eine Menge.« Sie hielt inne. »Ich habe im Schlafzimmer ein paar Bilder gefunden. Er muß sie vergessen haben.«

»Das bezweifle ich. Wenn er sie dagelassen hat, dann mit Absicht. Das heißt, er wollte, daß du sie siehst.« Bill sah sie an. »Seine Bilder sind ganz schön grimmig, nicht wahr?«

Sie nickte. »Ich mag sie nicht. Eins davon zeigt das Cottage unter dem Meer. Es war« – sie zögerte, suchte nach dem richtigen Wort »irgendwie morbid ... bedrohlich.«

»Beachte sie gar nicht. Wir bitten Diana, sie wegzuschaffen.«

»Macht das nicht zuviel Wind?«

»Überhaupt nicht. Du bist genauso Künstler wie er, klar? Ein besserer, weil du disziplinierter arbeitest. Und du hast das Recht, genauso sensibel und empfindlich zu sein wie er.« Er grinste. »Fühlst du dich sensibel und empfindlich?«

»Nicht im geringsten. Eher hungrig.«

»Gut. Dann gehen wir jetzt zu deinem Auto und fahren essen.«

Das Farmhaus war leer. Nachdem sie einen flüchtigen Blick durch die Fenster geworfen hatten, um sich zu vergewissern, daß wirklich niemand zu Hause war, richteten sie ihre Aufmerksamkeit auf die Scheune. Kates Peugeot stand da, ordentlich neben einem alten Volvo geparkt.

»Dianas Auto«, sagte Bill. »Sie können nicht allzuweit sein, wenn sie sich alle in diesen höllischen Land Rover gepfercht haben, jedenfalls nicht, wenn ihnen was an ihren Zähnen liegt.«

Als sie das Ende des Feldwegs erreicht hatten und wieder auf der asphaltierten Straße fuhren, fand Kate, daß er recht hatte und daß sie, sobald ihr nächster Tantiemen-Scheck kam, den Stoßdämpfern ihres Autos zuliebe ein paar Scheine opfern und sich für die Dauer ihres Aufenthalts eine alte Karre mit Vierradantrieb kaufen sollte.

Sie bestellten sich ein Currygericht im Black Swan, einem schönen langgezogenen, niedrigen, rosafarbenen Pub, das ein oder zwei Meilen von der Straße entfernt lag, und machten es sich in der Ecke beim riesigen Kamin bequem, in dem ein einladend glimmendes Holzscheit den Raum mit dem Duft von Gewürzäpfeln füllte. Hinter dem Tresen stand ein lächelndes Mädchen mit rosigen Wangen. Sie waren die einzigen Gäste.

»Und glaubst du, daß es dir in Redall gefallen wird?« Bill saß auf der hochlehnigen Bank und gab einen tiefen Seufzer der Zufriedenheit von sich, als er die Beine zum Feuer hin ausstreckte. Er hob sein Glas Bier und tat einen tiefen, dankbaren Zug.

Kate nickte. »Es ist der perfekte Ort zum Arbeiten.«

»Und die Einsamkeit macht dir nichts aus?«

Sie schüttelte den Kopf. »Ich muß zugeben, daß es ziemlich still war letzte Nacht. Nur das Meer. Aber daran gewöhne ich mich. Dann ist es dort sicher wunderbar zum Schreiben.« Sie hob ihr eigenes Glas – sie hatte sich für einen Scotch mit Wasser entschieden – und sah Bill einen Augenblick lang an. In dem dicken, braunen Pullover und dem Hemd mit offenem Kragen erinnerte er sie entfernt an einen zerzausten Hirtenhund.

»Hast du eigentlich noch mit Jon gesprochen, bevor er abgereist ist, Bill?«

Er blickte sie über den Rand seines Glases an. »Nur einmal. Er hat mich angerufen, um zu fragen, ob ich wüßte, wo du hin wolltest.«

»Hast du's ihm gesagt?« Sie wandte den Blick ab, weil sie nicht wollte, daß er sah, wie sehr sie sich ein Ja wünschte.

»Nein.« Er hielt inne, während er nachdenklich an seinem Bier nippte. »Wir haben ein paar Worte über alle möglichen Themen gewechselt, und alle drehten sich ums Chauvitum. – Seines. – Und um falsche Ritterlichkeit. – Meine. – Und um Neid im Beruf. – Dem von uns allen. — Und da habe ich ihn dann aufgefordert, endlich nach Amerika abzuhauen und dich mit deinem Leben weitermachen zu lassen. War das falsch?«

»Nein.« Das klang nicht sehr überzeugend.

Sie dachte an ihr letztes Zusammentreffen. Jon war auf dem Weg zum Flughafen gewesen, das Taxi stand schon vor der Tür. Sie war in die Wohnung zurückgekommen, weil sie dachte, er sei bereits abgefahren. Sie hatte sich eigentlich nicht mehr von ihm verabschieden wollen, weil sie fürchtete, daß ihr Entschluß, sich von ihm zu trennen, ins Wanken geraten könnte. Einen Augenblick lang war sie in Versuchung gewesen, sich umzudrehen und wegzulaufen. Aber er hatte sie gesehen, und schließlich waren sie ja erwachsene Leute. Sie hatten sich einen Moment lang angeblickt, dann hatte sie gelächelt und ihn auf die Wange geküßt. »Paß auf dich auf. Ich wünsche dir eine tolle Zeit. Und ich hoffe, alles wird ein großer Erfolg.« Einen Moment lang hatte sie gedacht, er würde sich ohne ein Wort umdrehen. Dann aber hatte er sie verlegen angelächelt. »Paß du auch auf dich auf, Kate, mein Liebling. Und vergrab dich nicht zu sehr in den alten George.« Der Abschied schmerzte sie beide; sie fühlten sich elend, waren aber zu halsstarrig. So blieb es dabei. Er hatte die Koffer genommen, war zum Taxi gegangen und eingestiegen, ohne ein weiteres Wort, ohne einen Blick zurück. Wie hätte sie wissen können, daß er Tränen in den Augen hatte.

»Ich hatte eine irische Großmutter, Kate«, sagte Bill nach einem Moment mitfühlenden Schweigens. »Sie steckte immer voller nützlicher Aphorismen. Einer ihrer Lieblingssprüche war: ›Es kommt alles, wie es soll.‹ Ich glaube, das paßt auch auf euch ganz gut.«

Kate lachte. »Du hast recht. Wir brauchen beide ein bißchen Abstand.« Sie blickte hoch, als eine Serviererin mit in zuckrigrosa Servietten gewickelten Messern und Gabeln, einer riesigen Schüssel mit Mango Chutney und großen Salz- und Pfefferstreuern erschien, die einem Paar alter Stiefel nachgebildet waren. »Aber sollte er wieder anrufen, dann sag ihm ruhig, wo ich bin.« Sie sah Bills Blick, und beide lächelten.

»Gibt es eine Frau in deinem Leben, Bill?« Sie versuchte, das Thema zu wechseln, und es kam nicht so raus, wie sie es gewollt hatte, aber das schien ihm nichts auszumachen.

»Im Moment nur Tantchen Beeb – die Göttin, für die ich arbeite. Es gab mal eine, aber die ist auch abgehauen.« Er machte eine nachdenkliche Pause und nahm einen großen Schluck aus seinem Glas. »Und du bist nicht zu haben, nehme ich an. Wie schmeichelhaft und verlockend so eine Möglichkeit mir auch schiene, ich glaube, es wäre für uns beide nicht gut.«

»Ich bin nicht zu haben. Aber ich brauche einen Freund. Einen, der hin und wieder mit mir im Wald spazierengeht und mich zu einem Currygericht in den Pub schleppt.«

»Abgemacht. Jedoch leider nicht so bald. Bis Weihnachten habe ich einen vollen Terminkalender.«

Sie war überrascht, wie niedergeschmettert sie sich bei diesen Worten fühlte. Sie hatte gewußt, daß er nach London zurückfuhr, und doch hatte sie irgendwie damit gerechnet, daß er nächstes Wochenende wieder hier sein würde.

»Noch einen Scotch?« Er hatte aufmerksam ihr Gesicht beobachtet und etwas von der Einsamkeit gesehen, die sich für einen Moment in ihren Augen gezeigt hatte.

Sie nickte und hielt ihm ihr Glas hin. »Dann können wir auf Lord Byron anstoßen. Bis ich dich wiedersche, dürfte er, mit ein bißchen Glück, schon mehrere Kapitel umfassen.«

Nachdem sie Bill am Bahnhof in Colchester abgesetzt hatte, nutzte sie die Gelegenheit und fuhr weiter in die Innenstadt, neugierig auf den Ort, der in den kommenden Monaten das nächstgelegene größere Zentrum für sie sein würde. Pevsner hatte sich in dem Buch über die Stadt, das sie zuvor schnell noch in der London Library konsultiert hatte, zu lyrischen Höhen emporgeschwungen, aber mittlerweile wetteiferten dort, wo sich das meiste des von ihm Beschriebenen befunden haben mußte, in rotem Backstein gehaltene Einkaufszentren aus den Sechzigern mit Glas und Beton aus den Achtzigern. Betrübt richtete sie ihre Aufmerksamkeit schließlich auf das Burgmuseum.

Das riesige Gebäude lag bereits im Schatten der späten Nachmittagssonne, als sie über die Brücke und dann durch die große Tür ging, um eine Eintrittskarte zu kaufen. Das Gebäude war seltsam leer. In der Entfernung konnte sie die körperlose, dramatische Stimme zu einem Endlos-Video hören. – Die Toneffekte und die Eindringlichkeit der Erzählung klangen inmitten der Glasvitrinen unter der hohen Balkendecke der Burg seltsam deplaziert. Sie ging zwischen den Ausstellungsstücken im Parterre hindurch und betrachtete Artefakte aus dem Bronze- und dem Eisenzeitalter, wobei sie sich langsam dem Geräusch näherte.

Einige Minuten lang blieb sie stehen und sah sich das Video an, das über die Römer in Colchester berichtete, dann wandte sie sich ab und ging die Stufen hinauf. Oben gab es Exponate aus der Römerzeit, lebensgroße Modelle, farbenprächtige Panoramabilder an den Wänden sowie eine weitere Videovorführung, dieses Mal über den Aufstand Boadiceas und die Plünderung der Stadt.

Arme Boadicea. Kate schlenderte langsam herum und studierte die Ausstellungsstücke, setzte nach und nach ihr Leben zusammen: Frau von Prasutagus; ihre Kinder; der politische Hintergrund im England des ersten Jahrhunderts; der Tod ihres Ehemanns; die Vergewaltigung ihrer Töchter und die Demütigung, als sie von einem Römer ausgepeitscht wurde. – Nach Jahren der Enttäuschung und Unzufriedenheit in einem Land unter fremder Herrschaft die letzte Beleidigung, die jenen Aufstand auslöste, der die Besetzung Britanniens durch die Römer fast beendet hätte. Was für eine Geschichte!

Plötzlich betrachtete Kate das Video mit gespannter Aufmerksamkeit. Was für eine Biographie sich daraus machen ließe; was für ein Buch, wenn der Byron fertig war ... Das brennende Colchester, der Raubzug von Boadiceas Truppen quer durch Essex und Hertfordshire, auf dem Weg nach London. Dann die letzten Stunden, in denen sie erkannte, daß alles fehlgeschlagen war, und sich das Leben nahm. Colchester stand im Mittelpunkt von allem – eine Stadt, in der die Flammen so heiß emporgelodert waren, daß in ihren Fundamenten fast zweitausend Jahre danach noch immer eine schwarze Schicht deutlich sichtbar war, die vom Tod kündete.

Sie sah sich das Video ein weiteres Mal an, allein in der abgedunkelten Kabine. – Sie sah die riesigen Umrisse der Krieger, hörte ihre Rufe und Schreie und war sich plötzlich fast schmerzhaft ihrer Anwesenheit in diesen Gewölben tief unter der Burg bewußt, die offensichtlich die einzigen Überreste des Claudius-Tempels waren – des Tempels, den Boadicea zusammen mit dem Großteil der Stadtbewohner, die sich darin befanden, bis auf die Grundmauern niedergebrannt hatte.

Sie kannte dieses Gefühl: diese angespannte, prickelnde, atemlose Erregung, wenn die Ideen sich in ihrem Kopf drängten, und sie fluchte leise. Sie hatte es schon früher gehabt, nachdem sie mit *Jane* fertig war; nicht, bevor sie mit *Jane* fertig war. Dies Gefühl jetzt zu haben, während sie noch mit dem *Herrn der Finsternis* beschäftigt war, bedeutete möglicherweise, daß sie sich monate-, wenn nicht jahrelang quälen würde: Ein anderer konnte die Geschichte vor ihr aufgreifen; sie würde ihrem Verleger vielleicht nicht gefallen; sie konnte in ihr Wurzeln schlagen, sich entwickeln und ihre jetzige Arbeit behindern.

Sie schüttelte leicht verärgert den Kopf und betrachtete erneut die Ausstellungsstücke. Wie konnte eine Frau – eine Frau –, wie verletzt und erniedrigt sie sich auch immer fühlte, das Abschlachten von Frauen, Kindern und Babys anordnen? Was für ein Mensch war sie, diese Königin aus grauer Vorzeit, die ihren Göttern Menschenopfer darbrachte, bevor sie in den Krieg zog?

Noch in Gedanken, blieb sie vor der Statue eines römischen Bürgers stehen: »MARCUS SEVERUS SECUNDUS, einer der wenigen Überlebenden des durch Boadicea angerichteten Massakers. Beteiligt am Wiederaufbau von Colchester nach dessen Plünderung 60 n. Chr., 72 n. Chr. in hohem Alter gestorben, ehrenvoll bestattet neben seiner Gemahlin Augusta. Ihre Gräber wurden 1986 ausgegraben. Siehe Exponate in Vitrine 14.«

Das also war der frühere Besitzer von Redall. Sie musterte eindringlich Marcus' steinernes Gesicht mit der leicht beschädigten Patriziernase, der kriegerischen Haltung, den sorgfältig gemeißelten Falten seiner Toga, und sie fragte sich, was für ein Mensch er gewesen sein mochte. Er war einer von denen gewesen, die das Massaker überlebt hatten und die zurückgekehrt waren, um wieder von vorne zu beginnen. Sie spürte plötzlich einen neuen Schauder der Erregung. Hatte er Boadicea gesehen? Hätte er die Kriegerkönigin der Icener beschreiben können, mit ihren wallenden roten Haaren, ihren wuchtigen Halsringen, ihrer Rüstung und ihrem Kriegswagen?

Sie erschrak, als plötzlich eine körperlose Stimme durch die Burg hallte und die baldige Schließung des Museums ankündigte. Sie warf einen letzten Blick auf Marcus. Sie wußte, daß sie zurückkommen würde, um ihn wiederzusehen.

IX

Er war der jüngste Sohn des verstorbenen Königs. Er war sein Lieblingssohn gewesen und überragte seine Brüder um Hauptes- und Schulterlänge. Seine Freude am Lernen, sein Gedächtnis, sein Geist hatten ihn von Kindheit an zum Studium und zur Weihe bestimmt. Sein Priestertum verlieh ihm Macht. Sein königliches Blut bestimmte ihn für die Vorsehung. Deshalb hatte man ihm Ländereien und Befehlsgewalt übertragen, deshalb bestellte man ihn in Camelodunum zum Ratgeber für die römischen Siedler, obwohl seine Brüder im Westen einen Aufstand anführten. Er trug römische Kleidung; er sprach ihre Sprache; er nahm ihr Wissen und ihre Sitten an. Und er hatte sich in eine ihrer Frauen verliebt. Dennoch haßte er sie und wartete auf seine Stunde.

Er sah voller Zorn, wie die verhaßten Oberherrn im Herzen von Camelodunum ihren Tempel errichteten: einen Tempel, der Claudius geweiht war; einem Mann, der sich selbst zum Gott ernannt hatte. Aber er behielt seine Ansichten für sich. Eines Tages würde die Zeit reif sein, eines Tages würden die Römer aus dem Land seiner Vorfahren vertrieben werden. An diesem Tag würde er Claudias Ehemann töten und sie in sein Haus nehmen. Doch bis dahin, ganz Diplomat, würde er lächeln.

Seinen Pflichten als Druide konnte er leicht nachkommen. Er war von königlichem Geblüt, reich, verliebt. Die Götter würden Verständnis haben. Er würde ihnen zu gegebener Zeit dienen, wenn die Glockenblumen verwelkt waren und das Blut langsamer in seinen Adern floß.

Die alten Priester mißbilligten sein Verhalten. Sie legten die Stirn in Falten und schüttelten die Köpfe, zuerst über ihn, dann über die Zeichen der Götter; der Götter, die die Römer verachteten, weil sie einen Menschen verehrten und ihn zum Gott erhoben.

Er wußte nicht, daß auch die Götter zornig zu werden begannen.

Es war fast dunkel, als Kate den Feldweg hinunter zur Scheune fuhr, wo sie ihr Auto wieder neben Dianas Volvo abstellte. Das Farmhaus, sie hatte es sofort und mit einer gewissen Enttäuschung bemerkt, lag in völliger Dunkelheit. Sie hatte es sich bis zu diesem Augenblick nicht eingestanden, wie sehr sie darauf gehofft hatte, hereingebeten zu werden, um es sich bei einer Tasse Tee am Kamin gemütlich zu machen, bevor sie den Weg durch den Wald zum Cottage antrat.

Auf der Rückfahrt hatte sie einen offenen Bauernladen gefunden, hatte ein wenig Brot und Milch, krümeligen Käse aus der Gegend und Essexhonig sowie, zu ihrer großen Freude, ein paar Feueranzünder und Zündhölzer kaufen können.

Sie hatte bereits die Plastiktasche über die Schulter geworfen und befand sich auf dem Weg, als sie noch einmal stehenblieb. Sie hatte die Taschenlampe im Auto vergessen. Sie machte kehrt, zog die Scheunentür auf, schloß den Peugeot auf und durchwühlte das Handschuhfach. Da war sie. Um sie zu testen, leuchtete sie in die Dachsparren – sie funktionierte. Beruhigt schloß sie den Wagen wieder ab und machte sich entschlossenen Schritts auf den Weg durch den Wald.

Der Weg verlief ein paar hundert Meter lang geradeaus, machte dann eine Kurve nach Osten und wurde immer enger, bis nur noch Platz für die Radspuren des Land Rover blieb. Es war sehr rutschig, und sie brauchte die Taschenlampe, um zu sehen, wo sie im Matsch die Füße hinsetzen konnte. Alles war still. Es wehte kein Wind, und die Bäume schwiegen. In einiger Entfernung hörte sie das Tremolo eines Brachvogels aus den Sümpfen. Das Geräusch fand in der hereinbrechenden Dunkelheit ein Echo und wurde mit dem Schrei einer Eule beantwortet. Sie klammerte sich fester an ihre Tasche, die Augen auf den Weg geheftet.

Mögen die Götter dich bis in alle Ewigkeit verfluchen, Marcus Severus Secundus, und deinen fauligen Körper und deine verdorbene Seele richten für das, was du heute hier getan hast …

Der Wald war noch immer still, die Bäume reglos. Die Worte aber, deutlich und klar wie von einer Ansagerin der BBC, klangen in ihrem Kopf nach. Kate hielt urplötzlich an, glänzenden Schweiß auf der Haut, das Herz hämmerte in den Ohren. Sie starrte um sich, schaute angestrengt in die Finsternis zwischen den hohen Baumstämmen, roch das verrottende Holz und die feuchte, dunkle Erde.

Dummkopf. Die Dunkelheit und die Stille nach dem Videodrama im Museum hatten dafür gesorgt, daß ihre Einbildungskraft Überstunden machte, das war alles. Sie ging weiter, dieses Mal ein bißchen schneller, die Hand so fest um die Taschenlampe geklammert, daß ihre Finger taub wurden.

Als endlich das Cottage in Sicht kam, war sie ganz außer Atem. Sie tastete in ihrer Tasche nach dem Schlüssel, sperrte die Tür auf, ging hinein und knipste das Licht an. Dann stellte sie ihre Einkaufstasche auf dem Küchentisch ab, rannte nach oben und packte einen der leeren Kartons im zweiten Schlafzimmer. Mit diesem Karton in den Händen ging sie wieder hinaus und auf den Holzschuppen zu. Bevor sie irgend etwas anderes unternahm und ehe sie völlig die Nerven verlor, würde sie sich schnell noch einen Vorrat an Brennholz ins Haus holen.

Sie leuchtete mit der Lampe in der kleinen Hütte herum, stapelte einige Scheite in ihren Karton, dazu einen großen Haufen Anzündhölzer. Die Hütte war aufgeräumt, die Reihen mit Scheiten unberührt unter den Spinnweben mit Ausnahme einiger weniger, die am Ende des Stapels heruntergefallen waren, der Spaten lehnte wie zuvor in der Ecke. Mit einem letzten Blick zurück machte sie die Taschenlampe aus und steckte sie wieder in die Tasche. Sie brauchte beide Hände für den vollen Karton. Ächzend wuchtete sie ihn hoch und kämpfte sich hinaus in den kalten Garten, im Bewußtsein der drohenden Bäume, die bis an die Vorderseite des Cottage heranreichten. Mit dem vollen Karton konnte sie unmöglich laufen. Dennoch ging sie, so schnell sie konnte, zurück in das Haus und ließ dort alles in der Diele auf den Boden fallen. Im Umdrehen warf sie die Tür zu und schob den Riegel vor.

In Sicherheit. Sie schloß die Augen und lachte, allein, wie sie war, still vor sich hin, verlegen über ihre eigene Dummheit. Sie hob den Karton wieder an, trug ihn ins Wohnzimmer und stellte ihn neben den Ofen. Dann zog sie die Vorhänge zu, ging in die Küche und setzte Wasser auf. Während sie darauf wartete, daß es kochte, läutete das Telefon.

»Hallo Kate. Ich wollte nur fragen, ob alles in Ordnung ist.« Es war Roger Lindsey. »Wir waren fast den ganzen Tag unterwegs, und da habe ich gedacht, ich rufe mal kurz an, ob Sie auch alles haben, was Sie brauchen.«

»Danke. Alles in Ordnung.« Sie holte tief Luft, überrascht darüber, wie froh sie war, den Klang seiner Stimme zu hören. »Ich bin vorhin bei Ihnen vorbeigekommen, um mein Auto wieder unterzustellen, und da habe ich gesehen, daß Sie nicht da waren.«

»Wir waren bei Freunden in Woodbridge zum Mittagessen. Nette Leute. Sie haben Ihr Buch gelesen.«

»Wirklich nette Leute.« Sie lächelte ironisch. »Roger, sagen Sie, wie kriege ich dieses Holzofending dazu, daß es über Nacht anbleibt?«

Sie hörte einen ungeduldigen Ausruf. »Hat Greg es Ihnen nicht gezeigt? Das tut mir leid. An die Dinger muß man sich gewöhnen, aber wenn Sie's erst mal raus haben, können sie ihn monatelang brennen lassen, und er geht nie aus. Soll ich hochkommen und es Ihnen zeigen?«

Sie wollte ihn eigentlich nicht herüberbemühen, denn schließlich war er krank und zudem den ganzen Tag unterwegs gewesen. Er war sicher müde. Doch plötzlich schien ihr der Gedanke an einen Besucher sehr verlockend. »Wäre das eine schreckliche Zumutung? Ich habe einen guten Whisky hier.«

Sie hörte ihn lachen. »Bin schon unterwegs.«

Es waren kaum fünfzehn Minuten vergangen, als sie die Scheinwerfer des Land Rover aus den Bäumen auftauchen sah. Roger kletterte aus dem Wagen. »Greg ist ein oder zwei Tage fort. Den mache ich zur Schnecke, wenn er zurückkommt. Er sollte Ihnen doch zeigen, wie alles funktioniert.«

»Das hat er bestimmt vergessen. Ich hatte so viel Zeug, das reingebracht werden mußte.« Sie machte die Tür hinter ihm zu und ging voraus ins Wohnzimmer. Sie hatte die Whiskyflasche und zwei Gläser auf den Tisch gestellt. Sie schenkte ein, dann sah sie ihm zu, wie er vor dem Ofen niederkniete und die Türen aufmachte. »Zuerst brauchen wir eine tüchtige Flamme, etwa so.« Wie durch Zauberei erschien ein Feuer unter seinen dünnen Händen. »Dann legen Sie ein oder zwei Scheite auf. So.« Er schob zwei Scheite in die schmale Öffnung, wundersamerweise paßten sie hinein. Dann machte er die Türen zu. »Jetzt lassen sie es eine Weile so brennen, die Luftklappen bleiben auf. Wenn das Feuer richtig brennt – etwa zwei Drittel das Glas da hinunter –, dann machen wir sie ganz zu. Das Geheimnis ist, es langsam und gleichmäßig zum Brennen zu bringen und dann soviel Luft wie möglich abzuschneiden. Zu guter Letzt müssen Sie die Scheite ganz dicht reinstapeln – das ist ein Kunststück, das Sie üben müssen, aber das haben Sie bald raus. Der Ofen hält alles mollig warm, wenn er erst mal richtig läuft.«

Er nahm das Glas, das sie ihm anbot, setzte sich in einen der Lehnstühle und blickte sich im Zimmer um. »Es sieht schon richtig gemütlich aus.«

Es war so beruhigend und normal, wie sich der lange, dünne Mann in seinen abgetragenen Cordhosen und der alten Tweedjacke in dem Sessel lümmelte, daß Kate spüren konnte, wie schnell sich die Welle nervöser Einsamkeit, die sie vorher überrollt hatte, zurückzog. »Soweit ich weiß, hat Ihr Sohn bis jetzt hier gewohnt. Es tut mir leid, wenn mein Kommen ihn gekränkt hat«, sagte sie, als sie sich ihm gegenüber hinsetzte.

»Er hat keinen Grund, gekränkt zu sein.« Einen Moment lang huschte ein Schatten über Rogers Gesicht. »Er weiß, daß wir das Geld brauchen. Tut mir leid, wenn ich das so deutlich sage, aber so ist das im Leben. Und es ist schön für uns, eine nette Nachbarin zu haben.« Er lächelte freundlich. »Wie Sie schon bemerkt haben, ist es hier oben ganz schön abgelegen. Und weil wir gerade dabei sind: Diana hat mir aufgetragen, Sie zu fragen, ob Sie am Mittwoch zum Abendessen zu uns kommen wollen. Wir haben vollstes Verständnis, wenn Sie nicht möchten, weil Sie arbeiten müssen, aber –«

»Oh, sehr gern.« Die Erwiderung kam so schnell, daß es sie selbst erstaunte. »Ich freue mich unheimlich darauf.«

»Gut.« Sein Lächeln war ansteckend, und es vertiefte das Geflecht aus Falten um seine Augen. »Sie haben dann das besondere Vergnügen, unsere beiden Kinder kennenzulernen, Allie und Patrick.« Er leerte sein Glas und stand auf. »Wenn nichts mehr zu tun ist, sollte ich besser heimfahren. Di hat bestimmt schon das Abendessen fertig.«

Bleiben Sie noch, wollte sie sagen. Bitte, bleiben Sie noch und unterhalten Sie sich mit mir. Sie mochte es, wenn er im Zimmer war. Seine Anwesenheit war beruhigend. Er war bodenständig. Und sicher. Aber sie sagte nichts. Lächelnd brachte sie ihn hinaus. »Ich erstatte demnächst Bericht über meinen Erfolg oder Mißerfolg mit dem Ofen, wenn wir uns sehen.«

»Tun Sie das.«

Sie sah zu, wie der Land Rover zurückstieß und dann wieder den Weg zurückfuhr, wie das Licht der Scheinwerfer sich gegen den Wald aufbäumte, als der Wagen durch die Furchen schlitterte. Einen Augenblick später war er außer Sichtweite.

Sie schloß die Tür, verriegelte sie wieder und ging zurück ins Wohnzimmer. Der Holzofen hatte sich beruhigt und erzeugte jetzt, als habe er die Hand eines Könners erkannt, eine ausreichend heiße Glut. Erfreut blickte sie sich um. Obwohl Roger gegangen war, war etwas von der Freundlichkeit, die er mitgebracht hatte, geblieben. Darin gut aufgehoben, würde sie sich ein Abendessen machen, ein bißchen lesen, ein wenig Musik hören, ein heißes Bad nehmen und früh zu Bett gehen. Morgen würde sie den Tag mit Lord Byron verbringen.

X

In der Stille der Nacht wanderte die Flut unmerklich den Strand hinauf, um die Landspitze herum und langsam, ganz langsam, in das Stauwasser der Flußmündung. Sie leckte am Schlamm, brachte Stränge von Gräsern und Tang zum Treiben, kräuselte sich um die Zehen schlafender Gänse und Enten, immer weiter ansteigend.

Der Sand der Düne war trocken, spröde, bröckelig; bereit, auseinanderzufallen. Darunter, jetzt nur noch einen Zentimeter darunter, befand sich der Lehm – Lehm, undurchlässig gegen Luft und Wasser. Und im Lehm wiederum Torf, Torf, in dem die Überreste von vier menschlichen Körpern lagen.

XI

Sie hatte mehrere Stunden lang am Computer gesessen und nicht bemerkt, daß es langsam hell wurde. Jetzt, mit Krämpfen in Armen und Beinen, im Kopf ein Hämmern wegen der intensiven Konzentration, lehnte Kate sich zurück, nahm die Brille ab, legte sie neben den Computer und starrte aus dem Fenster. Der Nebel hatte sich zurückgezogen und einem Sonnenaufgang von atemberaubender Klarheit das Feld überlassen. Der schmale, V-förmige Streifen Meer, der zwischen den Kieseldämmen von ihrem sorgfältig postierten Tisch aus sichtbar war, glitzerte in blendender Schönheit. Niemand hätte dem widerstehen können; und außerdem brauchte sie eine Pause. Sie zog Jacke, Schal und Stiefel an, öffnete die Haustür und trat hinaus in den eiskalten Wind. Sie blickte sich um und atmete reine Freude tief in sich ein. Das war ein Ort, an dem sich sogar Byron heimisch gefühlt hätte.

> Roll weiter, tiefer dunkler Ozean!
> Zehntausend Flotten ziehn umsonst auf dir davon …

Der Strand war noch naß von der zurückweichenden Flut, als sie ihn in nördlicher Richtung entlangstapfte, die Zeilen aus *Junker Harold* murmelnd, den Kopf gegen den stechenden Wind und das grelle Licht gebückt, die Wangen prickelnd unter den peitschenden Haarsträhnen, die sich aus ihrem Schal befreiten. Die Worte paßten natürlich nicht ganz. Das hier war kein Ozean, und das Meer war auch nicht so tief und dunkel, aber wenigstens war es dieselbe Stimmung. Es war berauschend. Sie wollte springen und rennen und tanzen, doch der Kies und der weiche Sand ließen nur einen uneleganten Galopp zu. Schließlich blieb sie erschöpft stehen und machte sich auf den Rückweg. Mit dem Wind und dem grellen Licht im Rücken konnte sie die verschiedenen Farben und Texturen des Wassers auf sich wirken lassen: Wo der Sand bis knapp unter die Oberfläche reichte, war es blaßgrün, sogar gelb. Weiter draußen vermischten sich Strähnen aus dunklem Türkis mit Grau und Schwarz und dem intensiven Saphirblau, in dem Kinder das Meer malen. In der Ferne machten die Kiesel dem matschigen Sand Platz, und am Rande des Wassers konnte sie Strandläufer und Rotschenkel sehen. Außer ihnen schien sie das einzige Lebewesen auf der Erde zu sein.

Sie befand sich jetzt auf gleicher Höhe mit dem Cottage, nahm befriedigt zur Kenntnis, wie geschützt es hinter den Kieseldämmen war und daß man nur ein schmales Stück von der Vorderseite hinter den wehenden Gräsern und den Sandhaufen sehen konnte. Vor ihr, auf der anderen Seite der Dünen, machte der vom Wasser bedrängte Strand einen Bogen. Von dort führte eine schmale Öffnung in die seichten, schlammigen Gewässer der Redall-Bucht mit ihrem Netz aus kleinen Inseln und von den Gezeiten angelegten Bächen.

An der letzten Düne blieb sie stehen. Ein Teil davon schien heruntergebrochen zu sein, und in der Mulde auf der dem Meer zugewandten Seite war offenbar kürzlich gegraben worden. Neugierig ging sie darauf zu. Mit ihren Stiefeln fand sie kaum Halt auf der nachgiebigen Mixtur aus Steinen und Schlamm und Sand.

Aus dem oberen Teil, der vom Cottage aus nicht zu sehen war, hatte jemand fein säuberlich eine horizontale Scheibe entfernt. Auf einer Länge von ungefähr drei und einer Breite von ungefähr einem Meter waren die ineinandergreifenden Grasflächen stückweise entfernt worden. Darunter hatte man den Sand zu lockeren Haufen aufgeschaufelt. Sie sprang in die Mulde und besah sich die freigelegte Wand der Düne. Die so geschaffene Narbe im Sand sah zu gleichmäßig und ordentlich aus, als daß es sich nur um ein Kinderspiel handeln konnte; und es war sicher auch keine Folge der Flut, obwohl ein Stück weiter, wo verräterischer Tang und verstreute Wellhornmuscheln bezeugten, daß der Ostwind die Flut besonders weit vorgetrieben hatte, der Einschnitt durch einen schlammigen Erdrutsch verlängert und willkürlich vergrößert worden war.

Fasziniert strich Kate mit der Hand über die Oberfläche des Sandes. Wer hatte hier gegraben, und weshalb? Hatte es etwas mit Schutzmaßnahmen gegen das Meer zu tun? Sie drehte sich um und blickte zurück zum Strand. Die zurückweichende Flut sah jetzt freundlich und wohlwollend aus, aber sie machte sich keine Illusionen über die Wucht, die sich ergab, wenn Wind und Mond richtig standen.

Sie wollte gerade aus der Mulde klettern und weitergehen, als ihr Blick auf etwas Glänzendes fiel, das aus dem Sand herausragte. Es sah aus wie ein Stück Ton. Sie hob es auf und untersuchte es. Es war dünn, fein, rot, verziert mit einem vorstehenden Muster und sah dem gallischen Geschirr sehr ähnlich, das sie erst gestern im Museum gesehen hatte. Doch das war unmöglich. Sie drehte sich um und begutachtete erneut die Oberfläche des Sandes. Handelte es sich hier um eine Art von Ausgrabung? Fast schuldbewußt schaute sie auf das Tonstück in ihrer Hand. Vielleicht hätte sie es nicht anfassen sollen. Andererseits hatte es im losen Erdreich gelegen und war offensichtlich übersehen worden. Die nächste Flut hätte es begraben, und es wäre vielleicht verlorengegangen. Sie zog den Schal von ihrem Haar, wickelte das Stück sorgfältig ein und steckte es ehrfürchtig in die Tasche, um sich dann umzudrehen und den freigelegten Sand weiter zu untersuchen. Er war sehr bröckelig. Die leiseste Berührung löste eine kleine Lawine aus.

Nicht weit links von ihr sah sie etwas Dunkles aus dem Erdreich ragen. Vorsichtig faßte sie es an. Metall. Sie kratzte mit den Fingern im Sand und versuchte zu sehen, was es war, ohne es zu weit herauszuziehen. Das enge, gewundene Metallstück ragte rechtwinklig aus dem Sand. Sie mußte die Lindseys fragen. Sie würden wissen, wer hier Ausgrabungen gemacht hatte und warum sie abgebrochen worden waren. Sehnsuchtsvoll beäugte sie das Metallstück. Wenn sie es berührte, und es war von archäologischem Interesse, dann zerstörte sie vielleicht wertvolle Beweise. – Andererseits konnte es bei der nächsten Flut unwiederbringlich verlorengehen. Als sie so überlegte, erschien in der Spitze der Düne wie von selbst ein kleiner Riß. Sie sah, wie ein Klumpen aus nassem Sand abbrach und ihr vor die Füße fiel. Eine Minute später fiel ein weiteres, etwa fünfzehn Zentimeter langes Stück herunter und riß den Gegenstand aus Metall mit sich. Sie bückte sich und hob es auf. Das Metall, gebogen und verrostet, lag schwer und kalt in ihrer Hand. Sie hatte nicht die geringste Ahnung, um welches Metall es sich handelte. Bestimmt war es kein Gold. Vielleicht Bronze, oder Silber. Sie untersuchte es voller Aufregung und mit ehrfürchtiger Scheu. Aller Wahrscheinlichkeit nach war sie der erste Mensch seit über tausend Jahren, der es berührte – vielleicht seit zweitausend Jahren, vielleicht mehr. Es war ein Halsreif.

MEINE LIEBE

Die Stimme in ihrem Kopf hatte so laut gesprochen, daß sie sie für real hielt. Sie ließ den Halsreif fallen und sah sich um, die Hände an den Ohren.

Aber es war niemand zu sehen. Nicht weit von ihr hüpfte ein Austernfischer am Wasserrand entlang und steckte immer aufs neue seinen Schnabel in den Sand.

Sie hörte ihr Herz in den Ohren hämmern, so wie schon letzte Nacht, im Dunkel des Waldes. Mit einem tiefen Durchatmen bückte sie sich, um das gebogene Metallstück wieder aufzuheben, dann kletterte sie aus der Mulde. Sie blickte sich aufmerksam um, die Hand über die Augen gelegt, um ihr wehendes Haar zurückzuhalten, das jetzt, da sie den Schal abgenommen hatte, lose war. So weit sie sehen konnte, war weit und breit kein Mensch. Die Stimme war in ihrem Kopf.

Sie machte sich auf den Weg zum Cottage. Reiß dich zusammen, Kennedy. Du bildest dir das alles nur ein, sagte sie streng zu sich selbst. Zuviel frische Luft, das ist alles.

Die Panik war verflogen, kaum daß sie über sie gekommen war. Hier draußen, am hellichten Tag, bei strahlendem Sonnenschein und im Wind, mit Vögeln, die unbekümmert am Wasser entlang patrouillierten, erschien ihr der eben noch reale Moment des Schreckens absurd; nichts als Einbildung. Ein Museumsbesuch, ihr erwachtes Interesse an Boadicea und den Ereignissen von vor neunzehnhundert Jahren, zusammen mit ihrer isolierten Lage, und schon hatte sie Halluzinationen. Ein starker Kaffee würde das rasch wieder in Ordnung bringen.

Ein wenig schneller, als sie normalerweise gegangen wäre, marschierte sie Richtung Cottage. Nur einmal warf sie einen Blick zurück. In der Mulde, in der sie gestanden hatte, wirbelte der Wind den Sand auf, von Licht durchstrahlt. Es sah fast aus wie eine Gestalt. Dann verschwand die Erscheinung.

Sie schloß die Tür auf und ging aus dem Wind hinein in das

Cottage, schüttelte die Haare aus dem Gesicht und setzte den Wasserkessel auf. Ihren Fund hatte sie auf den Küchentisch gelegt, noch bevor sie Jacke und Stiefel ausgezogen hatte. Während das Wasser kochte, ging sie zum Telefon, doch bei den Lindseys nahm niemand ab.

Sie trug ihren Kaffee und ihre beiden Fundstücke ins Wohnzimmer und stellte alles auf den Arbeitstisch. Unwillkürlich schaltete sie den Computer an. Während sie wartete, bis das Programm geladen war, nahm sie den Halsreif in die Hand und untersuchte ihn aufs neue. Er war groß, groß genug für den Nacken eines erwachsenen Mannes, und trotz der Korrosion noch immer schwer, oder vielleicht gerade deshalb. Sie starrte ihn lange Zeit an, legte ihn dann vorsichtig auf das Fensterbrett, bevor sie sich an ihre Tastatur setzte.

Als sie das nächstemal aufsah, war es fast ein Uhr.

Diesmal war Diana zu Hause, als sie anrief. Ihre Erkundigung nach den Grabungen am Strand wurde einen Moment lang mit verlegenem Schweigen aufgenommen. »Heute morgen waren Sie dort, sagen Sie?« fragte sie vorsichtig.

»Ja, als ich einen Spaziergang am Strand machte.«

»Das wird der Platz sein, wo meine Tochter ein bißchen herumgegraben hat. Es ist für ein Archäologie-Referat in der Schule. Mit einer anerkannten Fundstätte hat das nichts zu tun.«

»Verstehe.« Kate runzelte die Stirn. Sie konnte die Abwehr in der Stimme Dianas spüren. »Ich frage nur, weil es mir scheint, daß es sich da um –« Ihr Blick wanderte zur Tür, die in die Diele führte. Sie konnte das Fensterbrett, auf dem ihre Funde lagen, nicht sehen. »Ich habe mir gedacht, daß sich da vielleicht mal ein Wissenschaftler umschauen sollte. Es könnte sich um eine wichtige Fundstätte handeln.«

»Glauben Sie mir, Alison hat das gut im Griff. Das ist allein ihre Sache, Kate.« Dianas Stimme nahm eine ungewohnte Härte an. »Bitte überlassen Sie das ihr.«

Und stecke deine Nase nicht in fremde Angelegenheiten! murmelte Kate, als sie den Hörer auflegte. Sie schlenderte zurück ins Wohnzimmer und betrachtete den metallenen Halsreif. Wenn Alison das Museum informierte, war das in Ordnung. Sie würde ihnen dann auch ihre beiden Trophäen zeigen. Sie nahm das Stück gewundenen Metalls in die Hand und untersuchte es erneut. Es war stark verrostet und verbogen, aber die ineinander verschlungenen Metallstränge waren deutlich zu erkennen. Sie kratzte vorsichtig mit dem Fingernagel daran. Ein blasser Schimmer kam zum Vorschein. Sie zögerte, kratzte dann wieder, dieses Mal fester. Ein silbriges Funkeln. Ja, es war Silber. Sie hielt einen silbernen Halsreif in der Hand.

ICH VERFLUCHE DICH, MARCUS SEVERUS, FÜR DAS, WAS DU HEUTE HIER GETAN HAST.

Die Stimme kam so plötzlich und war so laut, daß sie den Halsreif auf den Tisch fallen ließ. Sie schüttelte wie wild den Kopf. Das Geräusch war hinter ihren Ohren gewesen; es kam aus ihrem Gehirn. Aus ihrem Kopf. Aus ihrer Seele. Verängstigt starrte sie im Zimmer herum. Dann holte sie tief Luft und nahm das gewundene Metall wieder in die Hand. Es fühlte sich sehr kalt an unter ihren Fingern. Genauso kalt wie in dem Augenblick, als sie es das erstemal vom nassen Sand aufgehoben hatte.

»Das ist doch blöd.« Sie sprach die Worte laut aus, aber im leeren Zimmer klang ihre eigene Stimme hell und nicht sehr kräftig. Sie trug den Halsreif und das Tonstück zu dem kleinen Tisch in der Ecke, auf dem die Lampe stand, zog die Schublade auf und legte beides hinein. Sie schob die Lade fest zu und drehte den Schlüssel um.

Wahnvorstellungen des Gehörs werden durch verschiedene Geisteszustände und verschiedene physische Voraussetzungen hervorgerufen. Sie hatte in einem von Annes Büchern etwas darüber gelesen. Aber was davon, wenn überhaupt, traf auf sie zu? Sie nahm die Flasche Scotch, ging hinüber in die Küche und machte die Tür fest hinter sich zu. Das erste, was sie tun konnte, war ihren Blutzuckerstand normalisieren. Vielleicht würde ein warmes Mittagessen vertreiben, was auch immer diese Wahnvorstellungen verursachte.

Sie saß an dem kleinen Küchentisch, vor sich ein aufgestelltes Buch, und aß gebratene Bohnen auf Toast mit geschmolzenem Käse, als jemand laut an die Haustür klopfte. Sie schob widerwillig ihren Teller weg und ging, um zu öffnen.

Ein Mädchen in Jeans und einem hellblauen Anorak stand auf

der Schwelle, das blonde, zu einem Pferdeschwanz gebundene Haar wehte wild im Wind.

»Ich bin hier, um Ihnen zu sagen, daß Sie von meiner Ausgrabung wegbleiben sollen.« Die grünen Augen funkelten voller Wut, das Gesicht war todernst. »Mum sagt, Sie haben in der Düne herumgeschnüffelt. Lassen Sie das bloß bleiben. Nur, weil Sie sich hier eingemietet haben, haben Sie noch lange nicht das Recht, in den Angelegenheiten anderer Leute rumzuschnüffeln. Bleiben Sie weg davon.« Das junge Gesicht war blaß und angespannt. Ihre Kopfschmerzen waren heute morgen noch schlimmer geworden, so schlimm, daß sie nicht in die Schule gehen, so schlimm, daß sie nicht einmal aufstehen wollte, bis ihr Diana erzählte, was draußen bei der Düne los war.

»Du bist bestimmt Alison.« Kate hob eine Augenbraue. Sie unterdrückte die erste verärgerte Reaktion auf die Unverschämtheit des Mädchens und sagte nur: »Tut mir leid. Ich wollte mich nicht einmischen. Natürlich gehe ich nicht mehr zu deiner Ausgrabungsstelle, wenn dir das lieber ist.«

»Bitte nicht.« Alison machte ein finsteres Gesicht.

»Du hast das Museum über deinen Fund informiert, nehme ich an.«

»Das mache ich noch.« Ihr unbewegliches Kinn drückte Entschlossenheit aus. Sie war ihrem älteren Bruder sehr ähnlich, wie Kate plötzlich sah. Sie waren eine gutaussehende Familie, aber ganz offensichtlich nicht eben berühmt für ihren Charme. »Zuerst schreibe ich alles auf und mache Photos und so.«

»Gut.« Kate lächelte. »Das ist genau das Richtige.« Sie trat einen Schritt zurück, um die Tür zuzumachen, aber Alison blieb stehen, die Hände in den Taschen, und wollte offenbar noch etwas sagen. »Sind Sie wirklich eine Schriftstellerin?« Endlich war es raus.

»Ja«. Kate lächelte. »Das bin ich.«

»Und Sie schreiben über Byron, hat Dad gesagt.«

»Stimmt.«

»Warum sind Sie dann hier?«

»Ich wollte an einen Ort, wo es ruhig ist, damit ich mich auf meine Arbeit konzentrieren kann.«

»Und Sie kennen sich aus mit Geschichte und sowas.«

Kate nickte. »Ein bißchen. Ich habe Geschichte an der Universität studiert.«

»Dann kennen Sie sich also auch mit den Römern aus.«

»Wie gesagt, ein bißchen. Soviel ich weiß, waren sie auch hier.«

»Es lebten aber schon vorher Menschen in dieser Gegend.« Alison runzelte leicht die Stirn. »Die Trinovanter haben in Essex gelebt, bevor die Römer gekommen sind. Das ist ein Römergrab.« Sie zeigte mit dem Kopf in Richtung Strand.

»Ein Grab?« Kate legte die Stirn in Falten. »Wieso glaubst du das?«

Marcus. Der Gedanke hatte sich ungebeten eingestellt, und genauso schnell war er wieder verflogen. Das Grab von Marcus Severus war an einem Ort namens Stanway gefunden worden, und das lag, wie sie auf der Karte neben seiner Statue gesehen hatte, auf der anderen Seite von Colchester, gut zwanzig Meilen entfernt.

»Ich weiß es eben.«

Kate sah das Mädchen an, beunruhigt. »Alison, wenn du mal ein bißchen Zeit hast, zeigst du mir dann deine Ausgrabung? Ich meine richtig. Erklärst du mir, was du bisher gemacht hast – die Grabung sieht sehr fachmännisch aus –, und erzählst du mir dann, was du gefunden hast?«

»Wollen Sie das wirklich wissen?«

»Klar, aber nicht, um mich irgendwie einzumischen. Es interessiert mich einfach.«

»Okay. Wollen Sie jetzt gleich mitkommen?«

Kate dachte einen Moment lang bedauernd an ihre Bohnen und an ihr Buch, nickte dann aber. »Sofort. Ich hole meine Jacke und meine Stiefel.«

Das Meer hatte sich mit der Ebbe bereits weit zurückgezogen, als sie nebeneinander am Rande der Mulde standen und die ausgegrabene Seite der Düne betrachteten. Der Wind peitschte den Sand in kleinen Wirbeln hoch, die zwischen den langen, trockenen Gräsern flüsterten. Die Sonne war verschwunden, versteckt hinter riesigen, drohenden Wolken.

»Ich habe ein paar Tonstücke gefunden – Scherben, genauer gesagt, und ein paar Gegenstände aus Metall«, sagte Alison langsam. »Ich habe sie bei uns zu Hause. Wenn Sie wollen, zeige ich sie Ihnen, wenn Sie zum Essen kommen.«

»Gern.« Kate sah das Mädchen an. Sie schien nicht die Absicht zu haben, in die Mulde zu springen. »Wie hast du gewußt, wo du graben mußt?«

»Das Meer hat damit angefangen. Die halbe Düne ist eingefallen. Danach habe ich dann die Sachen gefunden.«

»Wieso denkst du, daß es ein römisches Grab ist?«

»Weil man da Sachen findet. In Gräbern. Auf der Farm unseres Nachbarn gab es eine Villa. Sie ist unter seinem Acker, nicht weit von uns, und es gab eine Römerstraße zum Dorf und noch eine zur anderen Seite der Redall-Bucht.«

»Wirklich?« Kate war fasziniert. »Können wir runter in die Mulde klettern? Dann sind wir aus dem Wind, und du kannst mir genau zeigen, wie du das Erdreich unterteilt hast.«

Alison schien für einen Augenblick zu zögern, aber dann sprang sie doch hinunter in den weichen Sand und ging zu der von ihr freigelegten Stelle. »Ich war sehr vorsichtig, um nichts kaputtzumachen. Das Problem ist nur, daß der Sand immer wegbricht. Man kann nichts dagegen tun. Der Wind und das Meer tragen immer mehr von der Küste hier ab. Ein bißchen weiter unten, bei Redall Point, fallen am Ufer sogar Häuser ins Meer.« Sie hob vorsichtig die Hand in Richtung Sand, zog sie aber zurück, ohne ihn zu berühren. »Ich habe mein Werkzeug in Ihrem Holzschuppen gelassen.«

»Oh, ich habe mich schon gefragt, wem der Spaten gehört.« Kate schob die Haare aus dem Gesicht, holte die Brille aus der Tasche und warf einen genaueren Blick auf die Oberfläche der Düne vor ihr. »Schau, siehst du das? Hier, und hier. Die Zusammensetzung ändert sich. Der Sand ist klebriger. Er ist fester. Ich glaube, das ist eine Art Lehm- und Torfnase. Vielleicht hast du mehr Glück, wenn du hier gräbst. Er fällt nicht so leicht auseinander.«

»Nein.« Alison trat einen Schritt vor und untersuchte die Stelle, auf die Kate zeigte. Dann zitterte sie. Ihre Kopfschmerzen waren wiedergekommen, viel schlimmer als vorhin. »Es ist zu kalt, um heute zu arbeiten. Ich glaube, ich gehe jetzt nach Hause.« Sie drehte sich um. Als sie aus der Mulde zurück in die volle Wucht des Windes kletterten, sah Kate, wie das Mädchen einen Blick über ihre Schulter warf, hin zu der Stelle, an der sie gestanden hatten. Ihr Gesicht hatte einen sorgenvollen Ausdruck angenommen, als habe sie etwas gesehen, das sie verwirrte.

Erst als Kate Alison durch den Wald verschwinden sah und selbst wieder im Cottage war, wurde ihr bewußt, daß sie über ihre eigenen Funde kein Wort gesagt hatte. Sie ging zurück in die Küche und sah mit Bedauern auf ihren Teller. Dann schabte sie das ungenießbar gewordene Essen in den Abfalleimer und setzte den Kessel auf. Sie hatte heute schon genug Zeit vertan. Vergiß Alison Lindsey und ihr Römergrab. Heute nachmittag mußte sie zurück in die Welt der kalten, düsteren Zimmer in Aberdeen, wo der junge George Gordon auf den Knien seines Kindermädchens die Bibel kennenlernte, und noch vieles andere.

Kate hatte die Augen auf den Bildschirm ihres Laptop geheftet und bemerkte nicht, wie es im Zimmer dunkel wurde. Ihre Finger waren verkrampft; ihre Arme steif und schwer, und irgendwo zwischen ihren Schulterblättern gab es eine kalte Stelle, die ziemlich schlimm zu schmerzen begonnen hatte. Sie nahm die Brille ab, streckte die Hände aus und lockerte die schmerzenden Finger. Das Feuer war ausgegangen, das Zimmer eisig. Sie stellte sich auf die steifen Füße, erledigte, inzwischen routinemäßig, das Anzünden, Füllen und Schließen des Ofens und blieb dann einen Moment lang stehen, um das geschwärzte Glas der kleinen Türen zu betrachten. Sie hatte alles automatisch gemacht, in Gedanken noch bei Catherine Gordon und May Grey und ihren sprunghaften, verwirrenden Beziehungen zu dem Jungen, um den sie sich zu kümmern hatten, Beziehungen, von denen er fürs Leben gezeichnet werden sollte.

Davon überzeugt, daß das Feuer jetzt richtig brennen und sie wärmen würde, ging sie zurück zum Tisch und setzte sich, um die Arbeit des Nachmittags durchzulesen.

Mögen die Götter dich bis in alle Ewigkeit verfluchen, Marcus Severus Secundus, und deinen fauligen Körper und deine verdorbene Seele richten für das, was du heute hier getan hast …

Sie starrte mit leerem Blick auf diese Worte. Sie konnte sich nicht daran erinnern, sie geschrieben zu haben. Sie hatte sie nicht geschrieben. Plötzlich tauchten sie in ihrem Text auf, willkürlich, mitten in einer Beschreibung von Aberdeen im 18. Jahrhundert.

Sie schob den Stuhl zurück und erhob sich abrupt, dabei bemerkte sie, wie ihre Hände zitterten. Sie wandte sich vom Bildschirm ab und ging zurück zum Ofen. Sie machte die Türen auf und kniete mit ausgestreckten Händen davor nieder, versuchte, sie zu wärmen. Es ist nur ein Satz, der mir im Kopf herumgeschwirrt ist. Ich muß ihn irgendwo gelesen haben, und irgendwie hat er sich in meinem Gehirn festgesetzt, und ich habe ihn getippt. Idiot. Idiot.

Ihr Blick wanderte gegen ihren Willen zur Tischschublade. Mehrere Minuten lang widerstand sie dem Bedürfnis, hinüberzugehen, dann gab sie auf. Sie nahm den Halsreif und ging damit zurück zum Feuer, setzte sich vor der Flamme auf den Boden und drehte das Metallstück in ihrer Hand. Sie war keine Expertin, keine Archäologin, aber sie wußte genug darüber, um einigermaßen sicher zu sein, daß das ein keltisches Schmuckstück war. Wohl wirklich aus Silber und deshalb einst bestimmt das Eigentum eines reichen Mannes; eines Mannes und nicht einer Frau, nach dem Gewicht und der Größe zu urteilen. Es war bestimmt nicht römisch, egal, was Alison dachte. Also gehörte es nicht Marcus Severus. Hatte ihm nicht gehört, korrigierte sie sich sofort. Wem aber dann? Wie kam es in den Sand am Rande der Redall-Bucht? Die britischen Stämme, die gegen Rom gekämpft hatten, waren Kelten. Die Welt der Kelten, die heute im allgemeinen Bewußtsein nur mit Wales, Schottland, Irland und der Bretagne in Verbindung gebracht wird, erstreckte sich einst über ganz Britannien – über ganz Europa. East Anglia war genauso keltisch gewesen wie Gwynedd oder Galloway. Erst durch die Invasionen der Sachsen waren ihre Spuren in der Erinnerung der Menschen ausgelöscht worden.

Sie setzte sich weiter zurück, lehnte sich gegen das Sofa und zog die Knie hoch, das Metall in den Händen. Es war jetzt warm. Die Stellen, an denen sie gerieben und gekratzt hatte, blinkten im Schein des Feuers. Sie schloß die Augen. Dieser Teil des Landes – dieser Teil von Essex – war, wie Alison gesagt hatte, das Land der Trinovanter gewesen, also jenes Stammes, der sich Boadicea und den Icenern in ihrem Aufstand gegen Rom angeschlossen hatte. Enttäuscht und betrogen von ihren römischen Oberherren in Colchester, hatten sie nicht gezögert, gegen die fremden Unterdrücker zu revoltieren. Hatte dieser Halsreif einem von ihnen gehört? Einem keltischen Edelmann? Einem Fürsten? War das da draußen am Strand sein Grabhügel, gepeitscht von der winterlichen See?

Und was hatte Marcus Severus Secundus mit ihm zu tun?

Sie hörte, wie Hagelkörner gegen das Fenster prasselten und sah auf. Draußen war es völlig dunkel geworden. Das Licht der Lampe spiegelte sich in der Scheibe, und plötzlich war es im Zimmer sehr kalt geworden. Sie sah zum Feuer. Bei den offenen Türen hatte der Ofen die Scheite, die sie zuvor aufgelegt hatte, schnell aufgebraucht. Übrig war nur noch Asche. Sie stand auf, legte den Reif zurück in die Schublade, verschloß sie, ging dann zum Fenster und sah hinaus. Das Glas an ihrer Stirn war kalt. Kalt und hart. Der Abend war stockfinster. Sie glaubte, trotz des Regengeprassels und des Heulen des Windes hören zu können, wie sich am Strand die Wellen brachen. Mit einem Schauder trat sie zurück und zog die Vorhänge zu. Dann machte sie an diesem Tag zum drittenmal das Feuer an.

Erschreckt wachte sie in den frühen Morgenstunden auf. Das Schlafzimmer war kalt. Wind war aufgekommen, und sie konnte jetzt das Meer deutlich hören. Die Wellen, die sich am Strand brachen, das Stoßen und Klappern der Kieselsteine, und von der anderen Seite des Cottage – der Westseite – das Um-sich-Schlagen und Knarren der Bäume.

Sie spähte zur anderen Seite des Zimmers. Sie hatte im Gang das Licht angelassen – ein Überbleibsel jener alten Furcht vor der Dunkelheit – und sie konnte die Umrisse der Tür sehen, die beruhigende Keilform des Lichts. Eine Minute lang lag sie einfach so da, dann langte sie nach der Nachttischlampe. Gegen die Kissen gelehnt, mit Buch und Brille unter die Decke gekuschelt, fühlte sie sich warm und sicher. Fast genoß sie es, wie der Sturm am Haus rüttelte.

Ein Windstoß, stärker als üblich, rüttelte am Fenster, sie hörte das Stöhnen und Klappern der Scheiben, und plötzlich bemerkte sie den Geruch von nasser Erde. Bittersüß, fast widerwärtig süß, durchdringend, breitete er sich im Schlafzimmer aus. Es war der Geruch eines Gartens, von frischausgehobenen Blumenbeeten, von uralten Wäldern.

Sie tastete nach ihrem Morgenmantel, schlüpfte in die Hausschuhe und tapste durch das Zimmer. Sie öffnete die Tür, so weit sie konnte, und spähte hinaus in den Flur. Es war eiskalt dort und unglaublich zugig. Mit einem Stirnrunzeln ging sie zur Treppe und sah hinunter.

Die Haustür stand weit offen.

Einen Augenblick lang blieb sie wie angewurzelt stehen. Das war der Wind. Das mußte der Wind gewesen sein. Doch die Haustür lag auf der windgeschützten Seite des Hauses. Sie lief die Treppe hinunter und schlug die Tür zu. Sie hatte sie verriegelt. Sie hatte sie gestern nacht doch ganz bestimmt verriegelt? Mit aller Kraft schob sie den Riegel vor und drehte dann auch noch den Schlüssel im Schloß um.

Die Küchen- und die Wohnzimmertür standen sperrangelweit offen, die Zimmer dahinter waren dunkel. Sie warf einen Blick hinein, aber ihr war nicht ganz wohl bei der Sache. Angenommen, es war doch nicht der Wind gewesen, der die Tür aufgeworfen hatte. Angenommen, es war ein Einbrecher?

Komm schon, Kennedy. Wer würde denn hier einbrechen? Sie ging zur Küchentür und knipste das Licht an. Das Zimmer war leer, genau so, wie sie es vor ein paar Stunden verlassen hatte. Das Geschirr stand im Spülbecken aufgestapelt, der Kessel – sie legte die Hand auf das Metall und sah, wie es geringfügig unter ihrer Handfläche beschlug – war noch ein bißchen warm. Sie machte das Licht aus und ging zurück zur Diele. Sofort wurde der Geruch von Erde stärker. Sie blieb einen Moment lang stehen, schnüffelte. Die Haustür war geschlossen, der Geruch hätte jetzt eigentlich nachlassen müssen, aber nun schien er aus dem Wohnzimmer zu kommen.

Als sie die Hand nach dem Lichtschalter ausstreckte, spürte sie, daß noch jemand im Zimmer war. Ihr Mund wurde trocken. Sie hielt den Atem an, horchte. Sie wußte, daß die andere Person dasselbe tat. Zudem war sie sich schmerzhaft bewußt, daß sich ihre Umrisse gegen das helle Licht der Diele abzeichneten.

Da war eine Frau.

Sie war sich nicht sicher, woher sie das wußte; sie konnte niemanden sehen, aber ihr Entsetzen war plötzlich nicht mehr ganz so groß. »Alison?« Ihre Stimme klang lächerlich laut und schrill.

»Alison, bist du das? Was machst du hier?« Sie fand den Lichtschalter, knipste ihn an und sah sich um, während ihr Herz unter den Rippen hämmerte. Es war niemand da. Die Fenster waren geschlossen, die Vorhänge, die sie letzte Nacht zugezogen hatte, nach wie vor geschlossen, und das Feuer glühte ruhig vor sich hin, schön abgedeckt. – Diesmal würde es bis zum Morgen reichen. Aber wenn das Feuer an war, und wenn das Glas hinter der Ofentür glühte, warum war das Zimmer dann so kalt wie der Tod, und woher kam der seltsame Geruch? Sie biß sich auf die Lippen und schaute sich noch einmal angestrengt um, bevor sie vorsichtig ins Zimmer trat und schnell hinter das Sofa blickte, dann in alle Ecken, sogar hinter den Vorhang. Doch alles war so, wie es sein sollte.

Ganz zuletzt dachte sie noch daran, die Schublade zu überprüfen, in die sie den Halsreif gelegt hatte.

Die Lampe stand nicht mehr in der Mitte des Tischs. Hatte sie sie so auf die Seite geschoben, daß sie über den Rand hinausstand? Ein kleiner Schubs hätte sie auf den Boden werfen können! Sie legte die Hand an den Griff der Schublade, zog sie aber rasch wieder zurück. Der Griff war mit Erde bedeckt! Nasser, regendurchtränkter Erde. Vorsichtig, mit zwei Fingern, zog sie die Lade auf. Der Halsreif und das Tonstück waren noch da. Niemand schien sie angerührt zu haben.

Also war es Alison gewesen. Sie hatte Kate in Verdacht gehabt, etwas gestohlen zu haben, und war zurückgekommen, um ihren Schatz zu holen. Wahrscheinlich hatte sie einen Schlüssel zum Cottage. Als sie gehört hatte, wie Kate oben umherging, hatte sie die Nerven verloren und war weggelaufen. Mit einem ärgerlichen Kopfschütteln wischte Kate den Griff der Schublade ab und schloß sie. Sie sah sich ein letztes Mal im Zimmer um und ging zur Tür.

Gerade wollte sie das Licht ausmachen, als sie bemerkte, daß außer dem Geruch von nasser Erde noch ein anderer Duft im Zimmer war. Er war intensiv, feminin, es roch nach Moschus. Der Duft einer kultivierten Frau. Sie lächelte trocken. Vielleicht gaben sogar unverschämte, wilde Teenagerinnen mitunter schon erste Zeichen, daß auch sie eines Tages erwachsen sein würden.

XII

Die Entscheidung war getroffen: Das Opfer sollte in Beltane dargebracht werden. Das würde die Götter endlich besänftigen. Die Wahl des Opfers würde ihnen überlassen sein; der, der das verbrannte Brot aus dem Korb nehmen würde, wäre auch derjenige, der den dreifachen Tod zu sterben hatte.

Nion lachte, als er es hörte. Er war jung und stark und unbesiegbar. Und er war verliebt. In seinem Körper pulsierte das rote Blut der Leidenschaft. Seine Haut stand jedesmal in Flammen, wenn sie ihn berührte. Seine Augen hungerten nach ihrem Körper, auch wenn er sie fortgehen sah. Man wußte es, einer der älteren Druiden würde den verbrannten Brocken nehmen; einer der alten Männer; einer der Väter; einer, der bereit war, aus freiem Willen den Göttern gegenüberzutreten.

Das Schlafzimmer im New Yorker Hyatt Hotel war drückend heiß. Jon Bevan schreckte plötzlich aus dem Schlaf, sein Körper war schweißgebadet. Mit einem Stöhnen hob er das Handgelenk zum Gesicht und musterte das leuchtende Zifferblatt seiner Uhr mit Augen, die sich anfühlten, als seien sie mit heißem Sand eingerieben worden. Vier Uhr morgens. Er schwang die Füße auf den Teppich, tastete sich durch den Raum zum kleinen Badezimmer und suchte den Lichtschalter. Das helle weiße Licht blendete ihn. Mit einem erneuten Stöhnen ging er hinein, machte den Kaltwasserhahn an und ließ kaltes Wasser in das Becken laufen. Er tauchte die Hände hinein, spritzte das Wasser über Gesicht und Schultern. Es war nicht kalt, eher lauwarm, aber es war besser als nichts.

Was hatte ihn aufgeweckt? Er ging zurück ins Schlafzimmer und machte das Licht neben dem Bett an. Die schweren, doppelten Vorhänge waren geschlossen. Es war seltsam, wie er sich an Kates lächerliches, paranoides Bedürfnis gewöhnt hatte, die Schlafzimmervorhänge über Nacht offen zu lassen; jetzt bekam er Platzangst, wenn sie geschlossen waren. Er hob eine Ecke hoch und spähte hinaus, doch er wußte, es würden keine Sterne zu sehen sein. Sein Schlafzimmer blickte auf ein monströses, ausgehöhltes Treppenhaus, umgeben von anderen Fenstern, das zum Himmel reichte, bis es nicht mehr zu sehen war. Er hatte, als es noch hell war, seinen Kopf so weit wie möglich aus dem Fenster zu strecken versucht, um den Himmel zu sehen – ohne Erfolg. Er schob das Fenster ein paar Zentimeter nach oben. Kalte Luft drang in das Zimmer, und mit ihr die Gerüche und Geräusche der Stadt. Das Tuten einer Autohupe, in der Ferne das Heulen eines Martinshorns, ein Gemisch nicht unterscheidbarer Musik, ein Schrei von irgendwo aus der dunklen Fensterwand vor ihm und, transportiert von der kalten Luft, schwer, würzig und ekelerregend, der Geruch von tausend Küchen, die Steaks und Pommes, Hamburger und Bohnen und Zwiebeln kochten. Um vier Uhr morgens, verdammt nochmal.

Er zog das Fenster wieder zu und setzte sich mit einem Stöhnen auf das Bett. Die Party gestern abend im *Café des Artistes* hatte bis zehn Uhr gedauert. Dann waren er und Derek zum *44er* weitergezogen, wo sie sich mit ein paar anderen Schriftstellern verabredet hatten. Ab da konnte er sich kaum noch an etwas erinnern. Anschließend waren sie zum *Peace* gegangen, oder anderswo hin, er wußte es nicht mehr. – Sie hatten getrunken, zunehmend gefühlsselig vor sich hin philosophiert, stupende Prosastücke komponiert, die sie auf Papierservietten gekritzelt und prompt verloren hatten und die bis morgen vergessen waren, aber das war gut so. Er machte eine Grimasse. Schon die Erinnerung daran war ihm peinlich. Und morgen würde es so weitergehen. Ein Vortrag vor einer Gruppe angehender Schriftsteller, eine Autogrammstunde bei Rizzoli, Mittagessen mit … wem? Er zuckte die Schultern. Egal. Einer von Dereks Günstlingen würde schon auftauchen, ihn herumführen, Treffen arrangieren, sich darum kümmern, daß seine Kleidung richtig saß und sein Haar gekämmt war, und ihn pünktlich präsentieren – ein Günstling, angespannt, humorlos, einer, der die Kunst beherrschte, einen erschöpften Autor in New York nicht zu verlieren.

Mit einem Ausruf des Widerwillens warf sich Jon zurück auf das Bett und verschränkte die Arme hinter dem Kopf. Er würde bestimmt nicht mehr schlafen können. Er tastet nach der Fernbedienung und drückte willkürlich eine Taste. Sekunden später schaltete er das Fernsehgerät wieder ab. So verzweifelt war er denn doch noch nicht.

Kate fehlte ihm. Kate fehlte ihm ganz furchtbar. Und das Schuldgefühl wegen der Art, wie er sie behandelt hatte, war geblieben. Bei dem Gedanken packte ihn die Wut über sich selbst. Er war engstirnig gewesen, eifersüchtig, unsicher, ungerecht. Er listete sich seine Fehler gnadenlos auf. Na, wenigstens hatte er jetzt einen neuen Vertrag mit den Amerikanern so gut wie in der Tasche und würde zumindest einen Teil des Geldes zurückzahlen können, das er ihr schuldete. Er sah wieder auf die Uhr und rechnete träge aus, wie spät es jetzt in England war. Neun? Zehn? Jedenfalls war es Morgen. Er zog das Telefon zu sich und wählte Bills Nummer. Er mußte mit ihr sprechen. Sie fehlte ihm zu sehr.

XIII

Die Gezeiten hatten sich geändert, aber der Wind drängte das Meer immer noch gegen die Nordostküste Britanniens. Es füllte Redall Bay und war kurz davor, die tiefliegenden Inseln zu überschwemmen, auf denen so viele Vögel nisteten. Es spülte ein riesiges Klippenstück weg, sechs Meter lang, weiter die Küste hoch bei Wrabness, und warf dabei zwei Eichen krachend in den Sand, die sich verzweifelt an den Rand von etwas, das einmal ein Wald gewesen war, geklammert hatten. Den Strand hochrollend, strömte das Meer in die Mulde bei der Düne, riß an der Erde und untergrub allmählich die Erdoberfläche bei der Ausgrabungsstelle.

Zwei der Körper lagen aufeinander, der Mann mit dem Gesicht nach unten, das Gesicht in die durchsickernde Nässe des Lehms gedrückt, den Kopf angewinkelt, gegen die Schulter geneigt. Die Garrotte war tief in das seltsam vertrocknete Schwarz eingepreßt, von dem außer der Haut nichts übrig war. Er war nackt bis auf den Streifen hellbrauner Baumrinde, der ihm um den Arm gebunden war. Es war Rinde von der Esche; des Baumes, der sein Totem war; des Baumes, nach dem er benannt worden war: Nion.

Die Frau lag über ihm, zusammengekrümmt, verzerrt von den Qualen, unter denen sie gestorben war. Der Stoff ihrer Kleider war seltsam unversehrt. An ein oder zwei Stellen war noch die Farbe zu sehen, wenn auch dunkler geworden durch die chemischen Prozesse der Zersetzung. Und durch das Blut. Nicht zu sehen, da es sich unter ihr befand, über dem anderen Körper, war ein Schwert. Ein kurzes Schwert, aber scharf, korrodiert zu rasierklingendünnem Metall. Ihre eine Hand umklammerte noch den Griff. Die Spitze war auf der Höhe des Brustkorbs eingedrungen, zwischen dem neunten und zehnten Rückenwirbel.

XIV

Kate stellte am nächsten Morgen gerade das Geschirr in die Spüle, als sie zufällig aus dem Fenster schaute und Alison aus dem Wald kommen sah. Das Mädchen hatte einen leuchtend grünen Proviantsack über der Schulter, und in der Hand trug sie einen großen Kassettenrecorder. Noch erschöpft und wütend nach der unruhigen Nacht wartete Kate darauf, daß sie zum Cottage kam, aber Alison bog vom Weg ab und ging direkt auf den Schuppen zu.

Kate trocknete sich die Hände ab und ging hinaus. Die Stürme der Nacht waren verflogen, der Tag war hell und klar, es gab nur einen leichten Südwind.

»Guten Morgen.« Sie blieb hinter Alison stehen, als diese im Schuppen herumkramte.

Alison zuckte zusammen. Sie drehte sich um, den Spaten in der Hand. »Hallo.« Sie schien nicht sonderlich erfreut, sie zu sehen.

»Ich dachte, du kämst vielleicht herein, um Hallo zu sagen«, sagte Kate.

Alison zuckte mit den Schultern. »Ich wollte vorankommen.«

»Kann ich verstehen. Aber solltest du mir nicht zuerst ein paar Sachen erklären, wegen letzter Nacht?«

Es war nicht leicht gewesen, nach den Störungen wieder einzuschlafen. Obwohl die Haustür verschlossen und verriegelt war und im ganzen Haus die Lichter brannten, war Kate erst etwa eine Stunde vor Tagesanbruch wieder eingedöst, und auch da hatte sie nur sehr unruhig geschlafen.

»Wegen letzter Nacht?« Alison machte sich wieder im Schuppen zu schaffen und brachte eine Kelle und einen Besen zum Vorschein.

»Das warst doch du, die zum Cottage raufgekommen ist.«

»Ich?« Endlich besaß sie die volle Aufmerksamkeit des Mädchens. »Ich bin letzte Nacht nicht raufgekommen. Warum, zum Teufel, sollte ich das tun?«

Kate runzelte die Stirn. Die weit aufgerissenen Augen sahen wirklich verdutzt drein.

»Jemand ist zum Cottage gekommen letzte Nacht. Ungefähr um drei Uhr morgens, und ist hineingegangen. Sie müssen einen Schlüssel gehabt haben.«

»Unheimlich.« Alison schüttelte den Kopf. »Haben sie was gestohlen?«

»Nein.«

»Warum haben Sie gedacht, daß ich's war? Ich bin kein Dieb.«

»Ich weiß.« Kate wollte lachen, um die Stimmung aufzulockern. Aber ihr kamen plötzlich Bedenken. »Du würdest es mir doch sagen, oder? Denn wenn du es nicht warst, muß ich wissen, wer es gewesen ist.«

»Vielleicht war es Greg. Wahrscheinlich hat er noch einen Schlüssel.«

»Nein, es war eine Frau. Und sie hatte Erde an den Händen. Ich dachte, du hättest vielleicht wieder gegraben.«

»Um drei Uhr morgens?« Alison warf ihr einen vernichtenden Blick zu. »Wenn es ein Einbrecher war, melden Sie das besser der Polizei. Wir hatten hier noch nie Einbrecher.« Der Klang ihrer Stimme sagte, daß Kate ihrer Meinung nach den Ärger mitgebracht hatte. »Rufen Sie lieber Dad an.«

»Ja, das ist vielleicht besser.« Kate runzelte die Stirn. »Ich schaue bei ihm rein und rede mit ihm, wenn ich das Auto hole. Ich muß heute morgen ohnehin nach Colchester.«

Sie war nicht sicher, wann sie beschlossen hatte, noch einmal zum Museum zu gehen. Die Idee war ihr so nachdrücklich in den Sinn gekommen, als hätte sie es schon seit langem geplant.

»Er ist gerade nicht da. Sie sind den Tag über in Ipswich.«

»Oh.« Kate fühlte sich im Stich gelassen. Seit sie heute morgen aufgewacht war, hatte sie die ganze Zeit das Bild des freundlichen, beruhigenden Gesichts von Roger Lindsey vor Augen gehabt. Er würde wissen, was zu tun war. »Kommst du zurecht, wenn du hier ganz allein bist?« Sie wandte sich Alison zu, die all ihre Werkzeuge und den Recorder auf den Armen balancierte.

»Klar. Ich bin immer allein hier raufgekommen.« Die Stimme war munter, fest und widerlegte die kurz aufflackernde Unsicherheit in Alisons Augen.

Das Museum war erstaunlich leer, als sich Kate durch die Ausstellungsstücke aus dem Bronze- und Eisenzeitalter zur Treppe schlängelte. Drüben links konnte sie das Video hören, das vor sich hinspielte. Jemand hatte den Einschaltknopf gedrückt und war dann gegangen, so daß der Ton nun als körperloses Echo in der verlassenen Galerie widerhallte.

Marcus Severus Secundus starrte aus toten, steinernen Augen auf die Glasvitrinen um ihn herum. Die Plastik entsprach dem üblichen Stereotyp: gutaussehend, klassisch, das Haar gelockt. Hatte die Statue irgendeine Ähnlichkeit mit ihm, oder hatte sie ein Bewunderer oder Nachkomme – sein Sohn vielleicht – beim Bildhauer fertig gekauft, um sie zum Gedenken neben seinem Grab aufzustellen? Sie schaute ihn lange eindringlich an, versuchte, hinter diese leeren Augen zu dringen. Dann – sie wußte, daß sie damit gegen die Museumsordnung verstieß – hob sie vorsichtig die Hand und ließ die Finger über sein Gesicht gleiten, berührte die verstümmelte Nase, zeichnete die Linie seiner Backenknochen nach, seines Kiefers, seiner Schulter.

Die Vitrine, in der die Fundstücke aus seinem Grab aufbewahrt wurden, stand ganz in der Nähe. Sie ging hinüber und starrte mit einem Gefühl der Bestürzung auf die Exponate. Sie hatte nicht damit gerechnet, Knochen zu sehen.

»In einem für diese Epoche sehr seltenen Erdgrab, freigelegt am Fundort B4 beim dritten Grabhügel von Stanway, wurden die Überreste von Marcus Severus Secundus und seiner Gattin Augusta Honorata gefunden. Marcus Severus, ein Überlebender des Angriffs auf Colchester durch Boadicea, 60 n. Chr., war einer der führenden Männer beim Wiederaufbau der Stadt. Im Grab fand man Symbole seines Amtes, Schmuck und kleine Grabbeigaben.«

Kate starrte durch die Scheibe. Die Knochen lagen auf Haufen, ausgestellt in einer Gipsnachbildung des Grabes. Keines der beiden Skelette war vollständig. Waren sie zusammen gestorben, Marcus Severus und seine Frau? Sie ging in die Hocke, um den ausgestellten Schmuck besser sehen zu können. Zwei Ringe aus Gold, eine Halskette aus Türkis und Bernstein, zwei Broschen, eine aus Silber, eine emailliert, und mehrere Haarnadeln. Das mußte ihr gehört haben. Und ihm gehörte der schwere Siegelring, der unter einem Vergrößerungsglas lag, durch das sie die Gravur sehen konnte. Sie zeigte ein sich aufbäumendes Pferd. Und ihm gehörte vermutlich auch die große silberne Brosche mit dem komplizierten Muster und der langen, geprägten Nadel. Sie konsultierte die Informationstafeln am anderen Ende der Ausstellungsstücke und las: »Exponat 4: Eine gewundene Brosche aus heimischem Silber, keltisch. Stammt wahrscheinlich aus dem ersten Jahrhundert v. Chr. Ein ungewöhnlicher Fund in einem römischen Grab.« Was aber hatte Marcus Severus aus der römischen Legion in den Besitz einer keltischen Mantelbrosche gelangen lassen? Hatte er sie gekauft? Oder erbeutet? Oder hatte er sie geschenkt bekommen?

Schließlich verließ sie das Museum und fuhr zur Ortsmitte. Nachdem sie sich mit frischen Lebensmitteln, ein paar Filmen für ihren Photoapparat sowie einer großen Taschenlampe mit zwei Ersatzbatterien eingedeckt und sich in einem Weinlokal ein Glas Wein, einen Teller Fettuccine und einen Salat gegönnt hatte, machte sie noch einen spontanen Einkauf – eine Flasche Silberpolitur. Das verwitterte Silber der Brosche in der Glasvitrine hatte sie auf diese Idee gebracht. Auch sie mußte einmal ein korrodierter, unkenntlicher Metallklumpen gewesen sein. Es war vermutlich falsch, den Halsreif selbst zu reinigen. Sie sollte das eigentlich den ausgebildeten Restauratoren des Museums überlassen. Aber wenn sie dabei vorsichtig zu Werke ging, sehr vorsichtig? – Sie mußte einfach sehen, ob sie dasselbe zarte Leuchten erreichen konnte. Sie hatte den Halsring in ihr Auto gesperrt, sie hatte ihn nicht im Cottage lassen wollen, damit Alison ihn dort nicht fand. Jetzt wollte sie plötzlich wieder zu ihm, wollte sicher sein, daß nichts mit ihm geschah.

Ein kalter, winterlicher Sonnenschein flutete durch die Stadt, als sie zurück zum Auto eilte. Auf dem Weg dahin kam sie am Theater vorbei und durch den erhaltenen Bogen des römischen Balkerne-Tores. Sie hatte von hier einen wunderbaren Blick auf den Römerwall, als sie, beladen mit ihren Paketen, über die Fußgängerbrücke ging, die über eine der mehrspurigen Hauptverkehrsstraßen direkt zum mehrstöckigen Parkhaus führte.

Der Weg zur Redall-Farm hinunter war erschreckend rutschig. Zweimal brach der Wagen seitlich aus, wo er sich heute morgen noch seinen Weg gebahnt hatte. Vermutlich hatten andere Autos den Zustand des Feldwegs verschlimmert. Sie hoffte, die Lindseys hätten es sich anders überlegt und seien früher als geplant zurückgekommen, aber sie sah keine Spur von ihnen, als sie in der Scheune parkte. Sie nahm den Halsreif aus dem abgeschlossenen Handschuhfach und legte ihn in ihre Umhängetasche, lud all ihre Einkäufe aus und vertauschte schließlich ihre Schuhe mit schweren Stiefeln.

Es dauerte lange, bis sie die halbe Meile durch den Matsch zum Cottage hochgegangen war. Sie blieb mehrere Male stehen, um das Gewicht der schweren Taschen zu verlagern und zu verschnaufen. Der Wald sah im schräg einfallenden Sonnenlicht schön aus. Ohne Blätter waren die Bäume anmutige, hoch aufragende Tänzer im Wind, und rings um ihre Füße sah man verborgene Blumen; Labkraut, Winterheliotrope und Ehrenpreis, hin und wieder eine kleine Ansammlung Schneeglöckchen mit eng zusammengerollten Knospen. Der Duft von Kiefern, nasser Vegetation und Harz war scharf und belebend. Er war, das wurde ihr plötzlich bewußt, so ganz anders als der erdige Geruch, der vergangene Nacht ihr Cottage durchdrungen hatte.

Zu ihrer Erleichterung fand sie die Tür abgeschlossen vor. Im Haus lud sie ihre Einkäufe auf dem Küchentisch ab und unternahm eine aufmerksame Besichtigungstour. Nichts war angerührt worden. Das Haar, das sie über der Schublade befestigt hatte, war noch da. Niemand war eingedrungen. Je länger sie während des Tages darüber nachgedacht hatte, desto sicherer war sie, daß Alison für die Störungen der letzten Nacht verantwortlich gewesen war. Wer sonst konnte es gewesen sein? Mit einer wortlosen Entschuldigung an ihre junge Nachbarin in der Düne für ihren Verdacht, erneut in das Haus eingedrungen zu sein, legte sie den Halsreif zurück an seinen alten Platz. Erst dann, fröhlich genug, um bei der Arbeit zu pfeifen, packte sie ihre Taschen aus und setzte den Kessel auf.

XV

Alison hatte lange Zeit am Rande ihrer Ausgrabung gestanden und den Schaden begutachtet, den Wind und Flut an ihrer sorgfältig freigelegten Grabungsstelle angerichtet hatten. Die Düne war fast vollständig auseinandergebrochen. Die Hälfte der Erdschicht, die sie tags zuvor noch intakt verlassen hatte, war eingefallen. Sie lag, ein Gemenge aus nassem Sand und Erde, am Fuß der Senke, übersät mit in sich verschlungenem Seetang, Muscheln und dem verrottenden Kadaver eines großen Fischs. Alison verzog bei seinem Anblick das Gesicht. Sie stellte ihre ganze Ausrüstung am Rande der Senke ab und sprang hinein. Den toten Fisch hob sie mit einem Spaten hoch und schleuderte ihn voller Schauder zurück auf den Strand. Augenblicke später zog eine schreiende Möwe darüber ihre Kreise, die Krallen zur Landung ausgestreckt.

Alison wandte sich wieder ihrer zerstörten Düne zu und sah sich um. Sie hatte bereits einige weitere Stücke jener seltsamen roten Töpferware in der losen Erde entdeckt, aber da waren auch noch andere Dinge. Kleine runde Dinger. Schwarz. »Münzen!« Ihr schriller Schrei wurde von der Möwe zurückgegeben, die einen Augenblick lang hoch in die Luft tanzte, bevor sie zurückkam, um das kalte weiße Fleisch des Fisches in sich hineinzuschlingen.

Sie fand vierzehn Münzen, die sie sorgfältig in weiche Stoffteile wickelte, die sie voller Optimismus für eben diesen Zweck mitgebracht hatte. Dann verstaute sie diese in ihrem Proviantsack und wandte sich wieder der Grabung zu.

Sie haßte die Stille. Eine Stille, die das leise, ständige Rauschen von Wind und Wellen nicht durchzulassen schien. Sie erschien ihr bedrohlich. Wie ein Wesen drang sie in ihren Kopf ein, in ihr Gehirn. Sie war sich ziemlich sicher, daß sie ihr diese Migräneanfälle zu verdanken hatte, derentwegen sie nicht zum Unterricht gehen konnte. Doch diesmal hatte sie sich etwas einfallen lassen, um die Kopfschmerzen in Schach zu halten. Eine halbe Stunde später durchforschte sie zu den ohrenbetäubenden Klängen der Sex Pistols die Sandhaufen mit Heugabel und Kelle und sonderte systematisch alles aus, was von Interesse war, als sie innehielt und hinunter auf den Flecken aus dunklem Sand vor ihr schaute.

Der Dolch war noch halb vergraben, der Griff und der querstehende Handschutz stark korrodiert, aber nicht so stark, als daß er nicht sofort zu erkennen gewesen wäre. Einen Moment lang starrte Alison reglos darauf hinunter, dann ließ sie sich auf die Knie fallen und begann, den umliegenden Sand behutsam wegzuscharren. Der Dolch war etwa fünfunddreißig Zentimeter lang, die Klinge an der weitesten Stelle fünf Zentimeter breit. Sie blieb lange sitzen und hielt ihn in der Hand, musterte ihn mit ehrfürchtiger Scheu, während die Stimme von Johnny Rotten über den Strand schmetterte, zerrissen vom Wind und über das Wasser verstreut. Als sie endlich aufstand, hielt sie ihre Trophäe unbeholfen hoch und langte wieder nach dem Proviantsack.

Der eiskalte Windstoß traf sie völlig unerwartet. Er riß ihr den Proviantsack mit dem wertvollen Inhalt aus den Händen und fegte ihn den Strand hinunter, als sie, geblendet vom fliegenden Sand, seiner verzweifelt wieder habhaft zu werden versuchte. Ihr Besen fiel seitlich nach vorn und wurde davongeblasen, um schließlich verkeilt in den Kieseln am Ende der Düne zu landen. Ihr Kassettenrecorder versank langsam in der lockeren Erde, wo er weiter seine Musik in das Brüllen des Windes plärrte, bis schwere Erde auf die Tasten fiel und er plötzlich still war.

Kaum daß die Bö gekommen war, war sie auch schon wieder vorüber. Alison schob sich die Haare aus dem Gesicht und kletterte aus der Mulde. Ihr Proviantsack lag leuchtend zwischen einem Wirrwarr aus Seetang, knapp zwanzig Meter weiter, am Rande des Wassers. Sie rannte hin und riß ihn an die Brust, schwer atmend. Dann drehte sie sich um.

Über der Düne tanzte der Sand immer noch wie verrückt in einer wirbelnden Spirale, die sich etwa einen Meter in die Luft erhob. Sie sah einige Sekunden lang zu, wie er aus der Mulde wirbelte, fort von ihr, den Strand hinunter auf den Arm der Bucht zu. Dann war auch dieser Spuk verschwunden.

Sie schluckte nervös. Dieser Ort machte sie ganz schön fertig. Sie zwang sich, zur Mulde zurückzugehen, und starrte auf die

Stelle hinunter, wo sie erst vor fünf Minuten so friedlich gearbeitet hatte. All ihre Mühe war umsonst gewesen. Der Sand war wieder in sich zusammengestürzt, ihr Besen und ihr Spaten darunter begraben, ihre Kelle verschwunden, ihr Kassettenrecorder zur Hälfte in der Erde versackt und verstummt, und ihr Picknick – zwei Schokoladenriegel und eine Büchse Cola – war in eine Pfütze aus Meerwasser gefallen.

»Scheiße!«

Sie sprang hinunter in das Loch, barg ihre Habe und wuchtete alles hoch zum Rand. Sie schaltete den Recorder an. Es war tröstlich zu hören, wie er offensichtlich unversehrt weiterschmetterte. The Cure trugen eine Menge zur Wiederherstellung ihres seelischen Gleichgewichts bei. Sie riß die Verpackung eines Schokoriegels auf, die zum Glück unbeschädigt und auch nicht aufgeweicht war, und begann zu essen.

Einen Meter zu ihrer Linken, unbemerkt und fast unsichtbar im Lehm, aus dem sie hervorstand, begann eine Menschenhand, zerkratzt und zusammengeschrumpft, in der feucht-nassen Luft zu zerfallen.

Hinter ihr befand sich ein schwacher Schatten. Als Alison endlich aufblickte und ihn ansah, hatte er die Größe und Gestalt eines Mannes.

XVI

Oh, sie war schön, die Mutter seines Sohnes. Er beobachtete sie, wie sie, den Ellbogen auf den niedrigen Tisch gestützt, lustlos in den Feigen herumstocherte, die vor ihr auf dem Teller lagen. Ihr volles, dichtes Haar war auf ihrem Kopf hoch aufgetürmt und zu Schnecken geflochten, die durch vier Nadeln aus Elfenbein gehalten wurden. Ihre Haut war zart und cremefarben; ihre schweren Brüste üppig unter den weichen Falten ihrer langen Tunika. Er spürte, wie sein Körper sich straffte. Die Hände eines anderen Mannes hatten diese Brüste berührt; die Lippen eines anderen Mannes. Es war seltsam. Die Hitze seiner Wut und seiner bitteren Eifersucht war völlig von der Eisschicht umschlossen, die sich in seinem Innern gebildet hatte. Umschlossen und kontrolliert, aber nicht ausgelöscht.

Wäre alles anders gekommen, wenn er nach Rom zurückgekehrt wäre, in das Haus seines Vaters? War er ein Narr gewesen, als er das Landgeschenk in der ersten Colonia in Claudius' Provinz Britannien angenommen hatte? In der Colonia Claudia Victricensis, die früher Camulodunum geheißen hatte. Er kaute nachdenklich eine getrocknete Feige. Das Land hatte ihm Reichtum, Ansehen und Ehre gebracht – der ideale Abschluß für eine exemplarische Soldatenkarriere. Aber seine junge Frau war bestürzt gewesen. Sie hatte nach Rom zurückkehren wollen. Sie und ihre Schwester haßten Britannien. Einer der Gründe, weshalb sie unbedingt zurück wollte, war ein Mann gewesen. Sie dachte, daß er nichts davon wußte, aber dieser Mann war der Grund gewesen, weshalb Marcus dieses abgelegene Kommando überhaupt angenommen hatte. Er lächelte grimmig.

Erst vor ein paar Monaten hatte sie ihre Meinung über Britannien geändert, und sofort hatte er Verdacht geschöpft.

Claudia spürte, wie sein Blick auf ihr ruhte, und sah zu ihm hoch. Ihr Lächeln war leer. Kalt. Heuchelei. Er gab es zurück und sah Zweifel in ihren wunderschönen grauen Augen. Doch nur einen Moment lang. Sie glaubte, sie sei sicher. Sie glaubte, sie sei schlau. Sollte sie es nur glauben. Er würde warten, bis die Zeit reif war. Es mußte der richtige Augenblick sein. Nur ihr Liebhaber würde den wahren Grund für seinen Tod kennen, denn Marcus konnte sich einen Skandal nicht leisten. Persönliches Leid und persönlicher Zorn mußten unterdrückt werden, zum Wohle aller. Jede Flamme, die das Feuer der Revolte entzünden konnte, mußte ohne Aufsehen gelöscht werden. Es durfte keine Explosion des Hasses zwischen den Eingeborenenstämmen und Rom geben.

Dennoch, er würde sich ... er atmete tief durch, bezähmte seinen Zorn mit eisernem Willen ... er würde sich schon noch, wenn auch im geheimen, an ihm rächen.

Die anschließende Bestrafung seiner Frau aber würde ein Leben lang währen, bis in alle Ewigkeit.

Kate war einen Augenblick lang versucht gewesen, eine Thermoskanne mit Kaffee zu machen und sie zu Alison zu bringen, um zu sehen, wie es voranging. Doch sie überlegte es sich anders. Sie hatte sich bereits den Morgen freigenommen. Den Nachmittag, oder was davon übrig war, wollte sie mit ernsthafter Arbeit verbringen. Außerdem würde Alison, die ihre Grabungen für sich behalten wollte, sie als Störenfried nicht gerade willkommen heißen. Sie konnte später ja immer noch ein bißchen frische Luft schnappen gehen.

Sie hatte ungefähr eine halbe Stunde lang gearbeitet, als das Telefon sie in die Gegenwart zurückholte. Sie nahm ihre Brille ab, ging in die Küche und meldete sich.

»Kate. Hallo.«

»Jon?« Es war, sagte sie streng zu sich, nichts weiter als ein Pawlowscher Reflex, daß sich ihre Stimmung sofort besserte, eine Konditionierung, weil sie mit ihm gelebt und ihn geliebt hatte. »Woher hast du meine Nummer?«

»Von Bill.« Einen Moment lang klang er abwehrend, dann sagte er beschwichtigend: »Ich hoffe, das ist dir recht.«

Sie lächelte. »Ja, ist mir recht. Natürlich. Wie läuft die Tour?«

»Ganz gut. Ist fast vorbei, Gott sei's gedankt!« Er klang müde und bedrückt. »Und wie geht's dir?«

»Gut. Ich komme gut voran.«

»Ist das Cottage schön?«

Fragte er aus Höflichkeit, oder interessierte er sich wirklich dafür? »Ja, das ist es wirklich. Wunderschön.«

»Bill sagt, es liegt sehr abgelegen.«

»Stimmt. Man kann gut arbeiten hier.« Sie hatte einen Kloß im Hals. Plötzlich fehlte er ihr so sehr, daß es wehtat.

»Gut. Das Geld, das ich dir schulde, ist bald unterwegs, Kate. Tut mir leid, daß es so lange gedauert hat. Morgen fliege ich nach Boston. Vielleicht versuche ich, dich von da aus noch mal anzurufen.« Er wollte ihr so viel sagen, ihr so viel erzählen, doch er konnte nicht. Aus irgendeinem Grund brachte er keinen Ton heraus. Er liebte sie, und er hatte es vermasselt. »Paß auf dich auf.«

Das war alles. Er hatte aufgelegt. Sie starrte den Hörer in ihrer Hand an und fühlte sich plötzlich sehr, sehr einsam.

Sie war zu durcheinander, um weiterzuarbeiten. Sie kämpfte ein paar Minuten mit sich, dann stand sie auf, warf die Brille auf den Tisch und griff nach ihrer Jacke.

Der Strand war menschenleer. Bei einbrechender Dämmerung warf die schon reichlich angeschlagene Sonne von der Seite ihre letzten Strahlen, während sie im Dunst hinter der Mündung unterging. Die Strandläufer waren unten am Wasser damit beschäftigt, mit ihren Schnäbeln im Sand herumzustochern. Weit draußen auf dem Meer schwebte der Nebel am Horizont und wartete auf die Dunkelheit. Von Alison keine Spur.

Kate stand lange Zeit am Rand der Ausgrabung und schaute angestrengt hinunter. Das Gemenge aus aufgewühltem Sand und Schlamm, der verknäulte Tang, die Muscheln, alles zeugte vom Eindringen des Meeres in das, was das Mädchen für ein römisches Grab hielt. Es gab keine Spur mehr davon, wie sorgfältig sie den Sand umgegraben und durchkämmt hatte. An die Stelle der vertikalen Linien, die sie mit ihrem Spaten ausgestochen hatte, war eine horizontale Schicht getreten. Der Sand war jetzt durchsetzt mit langen Streifen aus hellem Lehm und breiteren schwarzen Keilen, den Überresten des 3000 Jahre alten Torfmoors, das hier das Flußtal bedeckt hatte, als das Meer noch drei Kilometer entfernt gewesen war. Kate fröstelte, als sie auf das Durcheinander da unten blickte. Sie konnte die Tonscherben sehen, die zurückgelassen in der Grube lagen. Aus irgendeinem

Grund hatte Alison sie nicht für wert befunden, sie mit nach Hause zu nehmen. Und auch das Metallstück hatte sie nicht mitgenommen, das auf einem ausgerissenen Grasbüschel lag.

Rutschend und schlitternd kletterte Kate selbst in die Mulde und hob es auf. Es war ein Dolch.

Sie drehte ihn in den Händen hin und her und betrachtete nachdenklich die stark korrodierte Klinge. Sie fühlte sich eiskalt an.

Marcus.

Es war ein Flüstern in ihrem Ohr. Ein Seufzer im Wind. Es war Einbildung. Hinter ihr, über dem Wald, tauchten, als der Himmel dunkel wurde, die Sterne auf.

Sie kletterte aus der Senke und ging schnell zurück in Richtung Cottage. Den Dolch hielt sie in der Hand, mit der Spitze zum Boden gerichtet, als wäre er noch scharf. Was er auch war.

Im Häuschen angekommen, schlug sie die Tür vor der rasch hereinbrechenden Dunkelheit zu, verschloß und verriegelte sie. Den Dolch legte sie auf den Küchentisch. Dann griff sie zum Telefonhörer.

In der Redall-Farm nahm niemand ab. Sie ließ es mehrere Minuten lang läuten und legte dann erst den Hörer auf. Wenn Alison nicht auf der Farm war, wo war sie dann? Nachdenklich ging sie ins Wohnzimmer und schaltete die Tischlampe an. Sie war gerade dabei, die Vorhänge zuzuziehen, als ihr Blick auf den Ofen fiel. Er war ausgegangen! Und es waren keine Scheite mehr im Karton.

»Verdammt!« Sie wollte nicht mehr hinausgehen, nicht einmal bis zur Hütte. Sie wollte auch die Haustür nicht mehr aufmachen. Plötzlich zitterte sie und bemerkte zu ihrem Erstaunen, daß sie den Tränen nahe war.

Idiotin. Dummes Weibsstück. So sehr vermißt du Jon also. Vor deinem eigenen Schatten fürchtest du dich! Los, Kennedy, wo ist dein Mumm geblieben? Was würde deine Schwester Anne von dir denken, wenn sie dich jetzt sehen könnte? Entschlossen zog sie die Jacke wieder an. In der Dämmerung konnte sie gerade noch die am nächsten stehenden Bäume mit ihren vor Feuchtigkeit glänzenden Stämmen sehen, als sie entschieden zur Hütte ging, den leeren Karton unterm Arm.

Alisons Werkzeug lag kreuz und quer im Eingang, als habe sie es in großer Eile dort hingeworfen. Kate suchte in der Tasche nach ihrer neuen Lampe und leuchtete in das Dunkel der Hütte. Der Strahl fiel auf die Kelle, die gleich hinter der Tür auf dem Boden lag. Sie biß sich auf die Lippe. Was hatte das Mädchen dazu veranlaßt, so schnell zu verschwinden, daß sie ihren bisher vermutlich besten Fund im Grab liegengelassen und ihre Ausrüstung, die von ihr zuvor immer so ordentlich aufgestellt worden war, nun planlos hingeworfen hatte?

Es war besser, nicht darüber nachzudenken. Wahrscheinlich war ihr ganz einfach langweilig geworden. Kate räumte schnell das Werkzeug auf, dann füllte sie den Karton mit Scheiten und Brennmaterial. Jetzt, wo der Karton so schwer war, hatte sie keine Hand mehr für die Taschenlampe frei. Widerwillig knipste sie sie aus und steckte sie in die Tasche. Ohne Taschenlampe wirkte der Garten sehr dunkel, aber durch das Licht, das aus dem Küchenfenster strömte, konnte sie dennoch recht gut sehen.

Und dann waren da noch die Scheinwerfer.

Sie blieb stehen, hob den Karton höher und beobachtete, wie sie den Weg entlangkamen. Der Land Rover glitt durch den Wald und über das freie Grasstück und hielt mit einem Ruck vor der Haustür. Kate war in der Dunkelheit nicht zu sehen. Sie wartete, bis die Tür aufging und der Fahrer herauskletterte. Er ging zur Tür des Cottage und öffnete sie.

»Hallo?«

Zu ihrer Enttäuschung war es eine tiefe Baritonstimme. Nicht Roger. Greg.

»Hallo.« Kate sah zu ihrer Genugtuung, daß er heftig erschrak, als sie leise um die Ecke des Cottage kam, den Karton in den Armen. »Guten Abend.«

»Da haben Sie mich aber erschreckt!« Er betrachtete sie einen Augenblick lang, aber als er sah, wie schwer sie bepackt war, siegte die tiefverwurzelte Ritterlichkeit, die ihm sein Vater eingebläut hatte, über seine absichtliche Rüpelhaftigkeit. »Kommen Sie. Lassen Sie mich das machen.«

Sie übergab ihm dankbar den Karton und ging ihm in das Cottage voraus. »Ich war in Colchester. Ich fürchte, das Feuer ist ausgegangen.« Sie machte die Haustür zu und versicherte sich, daß der Riegel eingerastet war. Dann ging sie in die Küche und zog die Vorhänge zu, wodurch sie die Lichtkaskade abschnitt, die hinaus auf das Gras fiel. Der Garten versank in der Dunkelheit.

»Ich bin hergekommen, weil ich Alison suche. Ist sie hier?«

Kate drehte sich schnell um und starrte ihn an. »Wollen Sie damit sagen, daß sie noch nicht zu Hause ist? Ich habe nachgeschaut, ob sie da draußen gegraben hat, aber es gab keine Spur von ihr.«

Sie starrten sich an. Die Feindseligkeit, die zwischen ihnen knisterte, war plötzlich verflogen. Greg stellte den Karton auf den Boden. »Sind Sie sicher?«

»Natürlich bin ich sicher.«

Hinter Kate läutete in der Küche das Telefon. Sie ging, um den Hörer abzuheben. Greg folgte ihr.

Es war Roger. »Sagen Sie Greg, daß sie bei einer Freundin ist. Das dumme Kind hat vergessen, uns eine Nachricht dazulassen. Wie es scheint, ist sie durch den Wald rauf zu den Farnboroughs gegangen. Sie bleibt da über Nacht.«

»Ich wußte, daß sie okay ist.« Greg schüttelte verzweifelt den Kopf. Dann beugte er sich hinüber zur Ablage und nahm die dort liegende Streichholzschachtel. »Soll ich Ihnen das Feuer anzünden, wenn ich schon mal hier bin?« Seine Stimme klang kurz angebunden, als mache er das Angebot nur widerwillig.

»Das wäre nett.« Sie gestattete sich nicht, zu dankbar zu klingen. »Die Anzünder sind da drüben. Ich hole uns einen Whisky.«

»Schon erledigt.« Greg kam Augenblicke später zurück. »Lieber Gott, was ist das?« Er hatte den Dolch entdeckt, der neben der Kaffeekanne auf dem Tisch lag. Er nahm ihn neugierig in die Hand und untersuchte ihn. »Wo haben Sie den gefunden?«

»In Alisons Ausgrabungsstelle.«

Er runzelte die Stirn. »Hat sie Sie nicht gebeten, dort nichts anzurühren?«

»Das hat sie, und ich hatte auch nicht die Absicht. Aber er lag am Rand auf dem Boden, als ob sie ihn fallengelassen hätte. Mit der nächsten Flut wäre er weggespült worden.« Sie schenkte zwei Gläser ein und schob ihm eines hin. »Wie gesagt, ich bin rausgegangen, um zu sehen, ob sie noch da ist. Es herrschte ein furchtbares Durcheinander.«

Er hob sein Glas und nippte am Whisky, den Dolch noch in der Hand. »Ich hätte gedacht, daß sie alles sehr sorgfältig macht.«

»Das hat sie auch. Sie hat es mir erst gestern gezeigt. Es muß dieser Sturm gewesen sein letzte Nacht. Die Grube ist voller Seetang, und die halbe Seite ist eingefallen. Ich vermute, so ist das zum Vorschein gekommen.« Sie nickte in Richtung des Dolches.

Er stellte sein Glas ab und untersuchte ihn genauer.

»Was meinen Sie, ist der römisch?« Er blickte auf.

Kate sah nicht die plötzliche Belustigung in seinen Augen. Sie zuckte mit den Schultern. »Ich weiß nicht. Ich glaube nicht. Ich glaube, er ist älter, aber ich bin keine Archäologin. Auf jeden Fall meine ich, daß sie ein paar Experten herholen sollte. Sie könnte nicht wiedergutzumachenden Schaden anrichten, wenn sie weiter so herumstochert.« Den Halsreif hatte sie noch immer nicht erwähnt.

»Nach Ihrer Beschreibung richtet das Meer viel mehr Schaden an, als sie das könnte. Wenigstens rettet sie so ein paar Dinge.« Greg legte den Dolch hin. »Bringen Sie ihn lieber mit, wenn Sie morgen zum Abendessen kommen.«

»Mache ich.« Ihre Blicke trafen sich. Eine Minute lang musterten sie sich, schätzten sich ein.

»Und. Wie gefällt Ihnen Redall Cottage?« fragte er schließlich.

»Sehr gut. Aber es tut mir leid, daß Sie meinetwegen ausziehen mußten.«

»Wollen Sie damit sagen. Sie möchten, daß ich hier bei Ihnen einziehe?« Er zog andeutungsvoll eine Augenbraue hoch.

»Nein.« Sie zuckte mit keiner Wimper. »Ich bezahle, damit ich allein sein kann.«

»Und dabei störe ich.« Er stellte sein Glas ab.

»Nicht in der nächsten halben Stunde. Ich erlaube mir gelegentlich eine Pause. Noch einen?« Sie nahm die Flasche und deutete auf das Glas. Er machte sie neugierig. Gutaussehend, rüpelhaft, vermutlich talentiert, war er in mancher Hinsicht für sie ein Rätsel.

»Warum nicht. In dem Ding werden sie mich kaum wegen Alkohol am Steuer drankriegen. Keiner würde den Unterschied bemerken.«

Er folgte Kate, als sie zum Wohnzimmer vorausging. Sie schenkte den Whisky ein und sah ihn dann an. »Jemand ist letzte Nacht hier eingebrochen.«

»Eingebrochen?« Seine Miene war ausdruckslos; höflich interessiert. Wenn er überrascht war, so zeigte er es nicht.

»Man schien nach etwas zu suchen.«

»Haben Sie die Polizei angerufen?«

Sie schüttelte den Kopf. »Wer immer es gewesen ist, er hatte einen Schlüssel.« Sie setzte sich und hielt ihr Glas auf dem Knie fest.

»Oh, ich verstehe. Sie glauben, ich war's.«

»Nein. Es war eine Frau.«

Das überraschte ihn doch. »Sie haben sie gesehen?«

Sie zuckte die Achseln. »Nicht wirklich. Aber ich weiß, daß es eine Frau war. Ich habe ihr Parfum gerochen. Ich dachte zuerst, daß Alison hier herumgestöbert hat, aber jetzt bin ich mir nicht mehr so sicher. Vielleicht war es eine Freundin von ihr.« Sie hielt inne. »Oder von Ihnen.«

Er ging nicht auf die Bemerkung ein. »Fehlt irgendwas?«

»Nein. Wenigstens nichts von mir.« Sie nippte an ihrem Glas, ohne ihn anzuschauen. »Haben Sie diese Bilder absichtlich oben gelassen?« fragte sie einen Moment später. Sie saß da und starrte auf den Ofen. Das Feuer brüllte wie ein wildes Tier.

Greg hob den Fuß und stieß die Luftklappe vor. »Ja. Im Farmhaus ist kein Platz mehr. Warum, gefallen sie Ihnen nicht?« Er warf sich in den Stuhl ihr gegenüber. In seinen Augen lag etwas Herausforderndes.

»Nicht besonders.«

»Zu stark für Sie, was?« Er sah plötzlich verdutzt aus. »Wollten Sie damit andeuten, daß eines davon fehlt?«

»Nein. Sie sind alle da, glaube ich. Und ja, ich denke schon«, gab sie zu. »Sie sind sehr verstörend.«

»Sie zeigen die Seele dieses Orts. Das Cottage. Die Bucht. Das Land. Das Meer. Eines Tages ertränkt das Meer das hier alles, wissen Sie.«

»Das dachte ich mir.« Sie war nicht bereit, sich durch seine pathetische Redeweise durcheinanderbringen zu lassen. »Und eher früher als später, wenn man aus dem Verlauf dieser Ausgrabung irgendwelche Schlüsse ziehen kann.«

Er blickte sie an. »Es ist eigenartig. Niemand von uns wußte, daß das da war. Allie hat es vor einiger Zeit gefunden. – Die Zeichen, daß dieser Hügel nicht natürlich war, sondern von Menschen aufgeschüttet. – Dann ist vor ein paar Wochen ein großes Stück herausgebrochen wie eine reife, verfaulte Frucht, und die hat angefangen, all diese Dinge auszuspucken.« Seine Stimme war ruhig, seine Wortwahl überlegt. Er hatte seine Augen nicht von ihrem Gesicht genommen. »Der Ort strömt Böses aus. Es ist in meinen Bildern. Ich wundere mich nur, daß Allie es nicht spürt. Aber sie ist ein erstaunlich unsensibles Kind. Vielleicht kommt es daher, daß sie sich die ganze Zeit mit diesem lauten Mist betäubt, den sie Musik nennt.«

Kate lächelte. »Ich habe den scharlachroten Apparat heute morgen gesehen.«

Er hatte recht. Sie hatte es gespürt. Das Böse. Sie erschauderte unfreiwillig und sah zu ihrem Ärger, daß er es bemerkt hatte. Er lächelte, stellte sein Glas ab, stand auf und ging zum Ofen. Er öffnete die Türen und legte noch ein Scheit auf. »Wollen Sie, daß ich die Polizei wegen Ihres Besuchers benachrichtige?«

Sie schüttelte den Kopf. »Es ist nichts gestohlen worden. Ich bin sicher, es war ein Jungmädchenstreich. In Zukunft verriegle ich die Tür.«

»Und es macht Ihnen nichts aus, ganz allein hier zu sein?« Er zog eine Augenbraue hoch. »Vielleicht war es gar kein Einbrecher. Vielleicht war die Frau, die Sie gesehen haben, ein Geist. Ich habe Ihnen ja gesagt, daß es hier spukt. Hier ist das Böse zu Hause. Die Einheimischen halten sich von hier fern.«

Ein Verdacht beschlich sie: Sagte er das etwa alles, um ihr Angst zu machen? Damit sie fortging von hier? Sie lachte. »Als Autorin von Geschichtsbüchern lebe ich sehr gern mit Geistern.«

»Hoffentlich fordern Sie damit nicht Ihr Schicksal heraus«, sagte er. Er warf sich wieder in den Sessel, schlug seine Beine übereinander, so daß sein linker Knöchel auf dem rechten Knie lag, und seufzte. »Nach einer Weile habe ich es hier immer als sehr bedrückend empfunden. Meine Bilder haben sich dann verwandelt. Sie sind immer wütender geworden. Während ich von Natur aus eher ein sonniges Gemüt habe.«

Sie beobachtete ihn aufmerksam.

»Im Farmhaus male ich anders, oberflächlicher«, fuhr er nachdenklich fort. »Wenn ich je ein Meisterwerk malen sollte, dann in diesem Cottage.« Einen Moment lang war es, als spräche er mit sich selbst. Er hatte vergessen, daß sie da war; vergessen, daß er ihr Angst machen wollte. Dann erinnerte er sich wieder an ihre Gegenwart und blickte sie an. »Kunst, so scheint es, ist kein Geschäft.«

Direkt aus der Hüfte. Sie schluckte es, ohne mit der Wimper zu zucken. »Heißt das, daß Sie Ihre Bilder nicht verkaufen?«

»Nein.«

In dieser Antwort lag tiefe Verachtung. Es folgte ein langes Schweigen. Sie fragte nicht weiter nach. Sie studierte sein Gesicht, während er mißmutig in die Flammen starrte, und bemerkte plötzlich die Linien des Überdrusses um seine Augen. Greg Lindsey war ein unglücklicher Mann. Dieser Augenblick des Verstehens brachte sie zum Verstummen. Die Stille zog sich unangenehm lang hin, als sie nun auch in das flackernde Feuer starrte.

Ein lautes Geräusch von oben brachte sie beide auf die Beine.

»O verdammt! Was war das?« Greg setzte sein Glas ab.

Sie schluckte. Einen Krach wie diesen hatte sie schon einmal gehört, und ihr Suchen hatte nichts ergeben. »Der Wind muß die Tür zugeschlagen haben«, sagte sie endlich. »Ich sehe lieber mal nach.«

Sie bewegte sich nicht. Das Zimmer schien plötzlich warm und sicher. Sie wollte nicht die Treppe hinaufgehen.

Der Lärm schien Greg aus seiner Selbstbetrachtung gerissen zu haben. Er sah sie an, bemerkte ihr blasses Gesicht, ihre verängstigten Augen und war überrascht von seiner Reaktion. Er hätte sich freuen sollen, daß sie Angst hatte, aber seine einstudierte Feindseligkeit geriet ins Wanken, und eine Sekunde lang spürte er eine Welle von Beschützerinstinkt in sich aufsteigen. »Ich sehe nach.«

Er nahm zwei Stufen auf einmal und schaute zuerst in den Abstellraum. Das Zimmer war leer bis auf ihre Koffer und Kartons und bis auf seine Bilder, die hinter der Tür standen, wo er sie zurückgelassen hatte. Sie standen noch mit der bemalten Seite zur Wand. Er bückte sich, um das Zimmer zu verlassen, und schaltete das Licht im Schlafzimmer an. Nach der nüchtern-geschäftsmäßigen Atmosphäre unten im Wohnzimmer mit dem Computer und den Büchern erschreckte ihn das Schlafzimmer – sein Schlafzimmer – durch die Aura ungewohnter Femininität. Er blickte sich um. Alles schien an seinem Platz zu sein. Beide Türen waren offen gewesen. Nichts schien umgefallen zu sein. Er betrachtete das Bild an der Wand. Es war von ihm. Untypisch, weil es so schön war, mit den Glockenblumen im Wald von Redall. Er setzte einen finsteren Blick auf. Seine Mutter mußte es herübergebracht haben, denn bis jetzt hatte es immer im Gästezimmer des Farmhauses gehangen.

Nachdem er sich versichert hatte, daß kein Grund für den Krach festzustellen war, ließ er seinen Blick noch einmal, langsamer, durch das Schlafzimmer wandern, bemerkte ihren über das Bett geworfenen Frotteebademantel, davor ihre Hausschuhe, beides in hellen Farben, die sicher gut zu ihrem Haar paßten. Einen Moment lang stellte er sie sich in dem Mantel vor. Auf der Kommode lag ein Haufen silberner Armreifen – er erinnerte sich, daß sie sie am Tag ihrer Ankunft getragen hatte – und daneben stand ein Glas mit Winterblumen, die sie im Wald gepflückt haben mußte. Der Naturforscher in ihm erkannte Immergrün, samtig rotes Labkraut und einen Zweig Seidelbast, den sie dort gefunden haben mußte, wo früher der Garten des Cottage war. Er setzte seine schnelle Prüfung fort und sah die kleine Sammlung Kosmetika. Bisher hatte sie offenbar kein Make-up getragen, aber offensichtlich war sie durchaus bereit, die Blume zum Leuchten zu bringen, wenn es die Gelegenheit erforderte. Er wandte sich dem niedrigen Fensterbrett zu, auf das sie mehrere Taschenbücher gestellt hatte – Lyrik und Sozialgeschichte, sah er. Keine Romanleserin, diese Autorin.

»Haben Sie etwas gefunden?«

Er schrak schuldbewußt auf, als er ihre Stimme hinter sich in der Tür hörte.

»Nichts. Beide Türen waren offen. Nichts scheint umgefallen zu sein. Und die Fenster sind geschlossen.«

»Könnte es draußen gewesen sein?«

»Der Kamin, meinen Sie?« Er lächelte. »Ich glaube, wir hätten es schon gemerkt, wenn er durch das Dach gefallen wäre.«

»Was war es dann?« Ihre Stimme verriet Ärger. Vom Flur aus hatte sie gesehen, wie er ihre Sachen betrachtete. Seine Neugier erzeugte in ihr ein Gefühl von Verletzlichkeit und Wut.

»Vielleicht war es Marcus' Geist. Ich habe hier schon oft Geräusche gehört.« Als sie auf diese Bemerkung nicht reagierte, ging er zurück zur Treppe und schaute auf seine Uhr. »Ich muß langsam wieder nach Hause, Kate. Hier ist nichts. Nichts, weswegen man sich Sorgen machen müßte. Ich werfe beim Gehen noch einen Blick auf das Dach und bringe Ihnen ein paar neue Scheite rein. Es war wahrscheinlich draußen in den Bäumen – ein abbrechender Ast oder sowas. Geräusche sind oft schwer zuzuordnen.« Er ging vor ihr die Treppe hinunter. »Wenn Sie sich fürchten, rufen Sie uns an. Dad oder ich kommen dann, um nachzusehen.«

»Das wird nicht nötig sein. Ich komme schon klar.«

Marcus.

Der Name, der ihr ungebeten in den Sinn gekommen war, ließ sie erschauern. Sie sah zu, wie Greg seine Füße in die Stiefel schob und nach seiner Jacke griff. Einerseits wollte sie, daß er ging. Er war vollkommen höflich gewesen, aber sie konnte seine Abneigung spüren. Andererseits hatte sie Angst. Der Gedanke ans Alleinsein gefiel ihr ganz und gar nicht. Aber sie mußte sich eben an das Alleinsein gewöhnen und an die komischen Geräusche, die das Landleben für sie bereithielt.

Als sollte ihre Entschlossenheit auf die Probe gestellt werden, erklang der durchdringende Schrei einer Füchsin, als sie die Haustür öffnete. Er drehte sich um und musterte ihr Gesicht. »Sie wissen, was das ist, nehme ich an.«

Der Scheißkerl! Er rechnete damit, daß sie Angst hatte. »Ja, ich weiß«, sagte sie. Es gelang ihr zu lächeln. »Ich habe die meiste Zeit meines Lebens auf dem Land gelebt, Greg. Nur weil ich eine Londoner Adresse habe – oder hatte«, verbesserte sie sich, wobei ihr wieder einmal bewußt wurde, was es hieß, aus Jons

Wohnung ausgezogen zu sein, »macht mich das noch nicht zur Städterin.«

Sie glaubte, er sei so anständig, ein wenig betreten dreinzuschauen, als er mit einer Verbeugung und einer spöttischen Berührung seiner Stirnlocke zum Land Rover ging. Sie hörte seine Bemerkung zum Abschied nicht, als er sich hinter das Lenkrad zog: »Scher dich zum Teufel, Lady Muck!«

Erst als sie die Rücklichter zwischen den Bäumen verschwinden sah, fiel ihr auf, daß er weder einen Blick auf das Dach geworfen hatte, bevor er fuhr, noch wie versprochen ein paar Reservescheite geholt hatte.

»Scheißkerl.« Dieses Mal sagte sie es laut. Es waren noch ein paar Scheite da, aber nach der Flamme, die er angefacht hatte, reichte es nicht mehr für die Nacht. Sie würde noch einmal hinaus in die Dunkelheit gehen müssen.

Die Taschenlampe lag noch auf der Ablage in der Küche, wo sie sie hingestellt hatte. Neben dem Dolch. Sie sah ihre Jacke an, die auf der Rückseite der Tür hing, und traf eine Entscheidung. Wenn das Feuer ausging, würde sie ein Bad nehmen – der Boiler wurde ja elektrisch beheizt – und dann zu Bett gehen. Nichts und niemand würde sie vor Tagesanbruch noch einmal aus dieser Tür hinausbringen.

Mit einem gewaltigen Gefühl der Erleichterung schob sie den Riegel vor und ging zurück ins Wohnzimmer. Sie versicherte sich, daß die Luftklappe geschlossen war – sorg dafür, daß das verdammte Ding so lange wie möglich an bleibt – legte eine Elgar-Kassette ein – die *Enigma Variation* – laut – und füllte ihr Glas dann noch einmal mit Whisky.

Nachdem sie noch ein paar Stunden an ihrem Buch gearbeitet hatte, erinnerte sie sich, während sie den Text ausdruckte, an die Silberpolitur, die sie in dem Schränkchen unter der Spüle verstaut hatte. Sie schaltete mit einem Seufzer der Erleichterung den Computer aus, legte die ausgedruckten Seiten ordentlich aufeinander und ging zur Schublade. Der Halsreif schimmerte grünlich-schwarz, als sie ihn herausnahm und im hellen Küchenlicht erneut untersuchte. Sie schüttelte die Flasche mit der Politur, schmierte vorsichtig etwas von der Mixtur auf das Metall und begann, es behutsam mit der Ecke eines Staubtuchs zu reiben. Nach zehn Minuten gab sie auf. Ihr immer energischeres Reiben hatte nicht die geringste Wirkung gehabt. Enttäuscht legte sie Metall und Staubtuch auf die Ablage, als das Telefon läutete.

»Hallo, Kate.« Jons Stimme klang so laut und klar, als sei er im nächsten Zimmer. »Ich bin in Boston. Was macht Lord George?«

»Kann nicht klagen.« Sie merkte, daß sie lächelte. »Und deine Tour?«

»Läuft gut. Ein bißchen ermüdend. Fast vorbei, Gott sei Dank. Bevor es wieder losgeht, stärke ich mich hier im Hotel noch schnell mit Englischem Tee und Muffins. Was treibst du so?«

»Ich reinige gerade einen uralten britischen Halsreif mit hochmoderner britischer Silberpolitur, allerdings ohne jeden Erfolg.« Gegen die Ablage gelehnt, den Hörer bequem ans Ohr geklemmt, drehte sie sich um und musterte ihr Werk.

»Klingt gut.« Die Antwort von jenseits des Atlantik klang gedämpft. »Darf ich fragen, woher du einen uralten britischen Halsreif hast?«

»Er lag am Strand.«

»Aha.« Sie spürte, daß er ihr nicht glaubte. »Aber es steckt nicht auch noch ein uralter Brite drin, nehme ich an?«

»Momentan nicht, nein.« Sie lächelte leicht vor sich hin. »Es würde dir hier gefallen, Jon.« Sie streckte vorsichtig die Fühler aus; es war ein Friedensangebot.

»Tolle Feste, was?« Die Ironie in seiner Stimme erinnerte sie daran, daß sie eigentlich keine Freunde mehr sein wollten. Oder Liebende. Warum hatte er sie also wieder angerufen?

Sie wußte es, ohne zu fragen.

»Es gibt hier keinen, mit dem ich Feste feiern könnte. Höchstens die Vögel. Und draußen in der Bucht gibt es, glaube ich, noch Seehunde.«

»Und hin und wieder einen alten Briten.«

»Genau.« Sie ahmte etwas nach, von dem sie annahm, daß es amerikanische Unbekümmertheit ausdrückte. »In Wirklichkeit ist der Geist ein Römer.«

Einen Moment lang herrschte Stille.

»Das klang jetzt fast ernst«, sagte Jon vorsichtig.

»Wirklich?« Sie erinnerte sich daran, wie schnell er Nuancen heraushörte; seine außergewöhnliche Sensibilität gehörte zu den Dingen, die sie an ihm liebte – geliebt hatte, korrigierte sie sich heftig. Das hatte es noch schwerer gemacht, sein Verhalten während der letzten Wochen zu ertragen.

Sie lachte leise. »Quatsch. War bloß ein Witz.«

»Verstehe.« Er war noch immer besorgt. »Geht es dir gut?«

»Ja.«

»Okay. Na, dann hab noch viel Spaß, Kleines. In ein oder zwei Tagen rufe ich wieder an.«

Erneut hatte er ihr nicht genug Zeit gelassen, um auf Wiedersehen zu sagen. Die Verbindung brach ab, und wieder blieb ihr nur, den Hörer anzustarren. Sie legte ihn zögernd auf die Gabel, ging langsam zurück zum Tisch und nahm das Staubtuch in die Hand.

Sie war überhaupt nicht auf den kalten, nach nasser Erde riechenden Windstoß hinter sich gefaßt. Sie wirbelte herum. Die Haustür mußte aufgeweht worden sein, obwohl sie sie doch sorgfältig verschlossen und verriegelt hatte. Sie spähte hinaus in die Diele. Die Tür war verschlossen, die Diele dunkel und menschenleer.

Komm schon, Kennedy. Entweder ist ein Fenster aufgegangen, oder der Wind hat von oben in den Kamin geblasen. Sie bemerkte, daß sie das zu sich selbst flüsterte, als sie in das warme, schwach beleuchtete Wohnzimmer sah. Aus dem Ofen drang noch ein leichtes Glühen, und der Karton mit den Scheiten war leer. Das Zimmer kühlte ab, aber der erdige Geruch kam nicht von dort. Er kam von oben.

Ihr Schlafzimmerfenster mußte offen sein. Sie überlegte. Vorhin hatte sie es geöffnet, um hinaus aufs Meer zu schauen, um zu sehen, wie der Nebel über das stille, graue Wasser trieb, während von Osten die Nacht hereinbrach. Offensichtlich hatte sie es nicht richtig verriegelt. Mit der Hand am Geländer ging sie langsam die Treppe hoch.

Oben standen beide Türen offen. Beide Zimmer waren dunkel. Sie schaltete das Licht an. Das Fenster in ihrem Schlafzimmer war geschlossen – im Grunde ihres Herzens hatte sie das gewußt – und die Vorhänge waren dicht zugezogen. Sie schnupperte. Es mußte eine feuchte Stelle im Haus geben, die der Regen irgendwie aktiviert hatte. Sie ging geduckt aus dem Zimmer und spähte in das andere. Der Geruch war dort stärker, und die Luft war kalt. Bitterkalt. Das Fenster dieses Zimmers zeigte nach Norden. Aber es war ebenfalls geschlossen und, nach den dichten Spinnweben um den Fenstergriff zu urteilen, seit langem nicht mehr geöffnet worden.

Langsam musterte sie die Wände und suchte nach den verräterischen Zeichen einer Verfärbung der Tapete. Winzige zitronengelbe Blumen auf braungrünen Stengeln tollten ohne ein Zeichen von Feuchtigkeit über die unebenen Wände und zwischen den Eichenbalken hindurch.

Nachdem sie das Licht ausgemacht hatte, ging sie wieder nach unten, schnuppernd. Der Geruch war noch immer da. Ein süßlicher, kalter Geruch wie von einem frisch umgegrabenen Blumenbeet nach dem Regen. Mit einem Schulterzucken ging sie zurück ins Wohnzimmer, drehte die Kassette um, drückte auf den Knopf und ließ sich in den Lehnstuhl beim Feuer fallen.

Als sie aufwachte, war *In the South* zu Ende, das Feuer aus und das Zimmer eiskalt. Ihr Kopf schmerzte, und einen Augenblick lang war sie zu steif, um sich zu bewegen. Mit einem Stöhnen zwang sie sich aufzustehen und langte nach der Tischlampe. Sie schaltete sie aus und machte sich auf den Weg zur Tür. Ein warmes Bett und ein Berg weicher Kissen zum Reinkuscheln, das war es, was sie jetzt brauchte. In der Tür drehte sie sich noch einmal um und musterte das Zimmer, bevor sie den Lichtschalter an der Wand betätigte und das Zimmer in Dunkelheit tauchte. Erst als sie im Badezimmer nach der Zahnbürste griff, wurde ihr bewußt, daß sie nichts zu Abend gegessen hatte. Zwei Whisky waren nicht gerade die nahrhafteste Art, den Abend zu beschließen. Vielleicht erklärte das ihre rasenden Kopfschmerzen. Aber sie hatte jetzt keinen Hunger. Dann merkte sie, daß sie vergessen hatte, den Boiler einzuschalten, so daß sie jetzt nicht genug heißes Wasser für ein Bad hatte. Mit einem Seufzer beugte sie sich über das Waschbecken und spritzte sich etwas lauwarmes Wasser ins Gesicht. Sie wollte nur noch schlafen. Alles andere konnte bis zum Morgen warten. Eine der Freuden des Alleinlebens war, daß man stets tun konnte, was einem gerade gefiel. Kochen oder nicht kochen. Sich waschen oder nicht. Schlafen, wann man wollte. Und jetzt wollte sie nichts weiter als genau das.

Sie setzte den Fuß auf die unterste Stufe der Treppe, da sah sie oben eine Bewegung. Wie angewurzelt blieb sie stehen. »Ist da jemand?« In der Stille klang ihre Stimme dünn und verängstigt.

Keine Antwort.

»Wer ist da?« Ihre Müdigkeit war verschwunden.

Nur das Prasseln des Regens an den Fenstern antwortete ihr, als eine Bö vom Meer heranraste.

»Mein Gott, jetzt habe ich schon Halluzinationen«, murmelte sie. Müde Augen. Zu viel Computer. Das war die logische Erklärung dafür. Dennoch forderte es ihr eine gewaltige Willensanstrengung ab, sich die Treppe hoch zu zwingen. Oben angekommen, schaltete sie sofort alle Lichter an. Alles war leer, die Fenster geschlossen. Nur der Regen lief an den Fensterscheiben herunter, als sie die Vorhänge aufzog und hinaus in die Finsternis starrte.

Sie zog sich so schnell aus, wie sie konnte, und schlüpfte unter die Decke. Das Licht auf dem Flur ließ sie an, als Schutz gegen die Dunkelheit. Eines der Kissen an die Brust gedrückt, lag sie hellwach da und schaute angespannt zur Tür hinaus, auf das kleine Stück Wand – in dunklem Suffolk-Pink gestrichen und durch einen fahlen Eichenbalken zweigeteilt –, das sie vom Bett aus sehen konnte. Und sie lauschte dem Regen.

XVII

»Bist du wach, Sue?« Alison starrte durch die Dunkelheit zu dem Bett an der Wand gegenüber, in dem ihre Freundin lag.

»Ja.«

Die letzten zwei Stunden hatten sie ständig geflüstert und gekichert, so daß Sue Farnboroughs Mutter, Cissy, zweimal hereingekommen war und sie entnervt aufgefordert hatte, endlich zu schlafen. Jetzt war sie selbst zu Bett gegangen, und das Haus lag im Dunkeln. Die Phasen des Schweigens zwischen den beiden Mädchen waren länger und länger geworden.

»Denkst du, ich sollte es ihnen zu Hause sagen?«

»Was am Grab passiert ist?«

»Sicher, was sonst.«

»Nein. Dann mischen sie sich bloß ein. Eltern mischen sich immer ein. Willst du wieder hingehen?«

Alison zögerte nur eine Sekunde. »Natürlich gehe ich wieder hin. Ich beende die Ausgrabung, keine Frage.«

»Ganz allein?«

»Du könntest mitkommen.« Alisons Stimme klang erwartungsvoll.

»Kommt nicht in Frage. Das ist nichts für mich.« Sue blieb unnachgiebig.

»Ach, komm schon. Es gefällt dir bestimmt. Es macht Spaß.«

»Es klingt aber nicht besonders spaßig.« Sue grinste boshaft in der Dunkelheit. »Du hast immerhin solche Angst gehabt, daß du dir fast in die Hose gemacht hättest.«

»Habe ich nicht gehabt.«

»Hast du doch. Warum bist du sonst gekommen? Warum bist du den ganzen Weg durch den Wald gelaufen, statt zu Hause zu bleiben und darauf zu warten, daß deine Mutter aus Colchester zurückkommt. Du hattest einfach die Hosen voll.«

»Hatte ich nicht.«

»Hattest du doch. Gehst du morgen in die Schule?«

»Nein. Mir geht's immer noch nicht gut.«

»Du schwänzt, meinst du. Auch gut, aber ich gehe. Also sei jetzt still, Allie. Ich will endlich schlafen.« Sue griff in der Dunkelheit nach den Kopfhörern ihres Walkman und schaltete den kleinen Apparat unter ihrem Kissen an. Das laute Geschmetter der Sisters of Mercy schien nicht gerade ein ideales Schlaflied zu sein, doch innerhalb weniger Minuten war sie eingeschlafen.

Am anderen Ende des Zimmers lag Alison wach, starrte auf die geschlossenen Vorhänge und lauschte dem Regen. Unter dem fremden Federbett hatte sie wieder angefangen zu zittern.

XVIII

Auf dem Küchentisch lag ein Häufchen nasser, sandiger Erde. Kate starrte darauf. Der Halsreif war noch da, wo sie ihn liegengelassen hatte, neben dem Staubtuch und der Flasche mit der Silberpolitur. Sie berührte die Erde mit dem Finger. Sie war naß und kalt. Sie schnupperte. Der Geruch war immer noch da, aber nur noch ganz schwach – der Geruch eines frisch umgegrabenen Gartens.

Oder eines frischen Grabes.

Sie schüttelte den Kopf. Sie hatte nicht gut geschlafen. Im Zimmer war es kalt gewesen, und die Geräusche von Wind und Regen, die gegen die Fenster peitschten, hatten sie mehrere Male aus ihrem unruhigen, traumschweren Schlaf gerissen. Ihr Kopf war so schwer, daß sie nicht einmal klar denken konnte, als sie hinüber zur Spüle ging, den Kessel füllte und ihn aufsetzte. Nach einer Tasse Kaffee würde sich vielleicht eine Erklärung für die Schweinerei auf dem Tisch finden. Es mußte einen Grund dafür geben. Erde materialisierte sich nicht einfach so auf einem Küchentisch. Sie war vielleicht von der Balkendecke gefallen, hatte sich durch die hereinkriechende Feuchtigkeit und den Regen gelöst, oder sie war durch einen besonders wilden Windstoß hereingefegt worden, unter der Haustür durch, zum Kamin herunter.

Sie löffelte Nescafé in einen Becher, goß Wasser darauf und sah zu, wie sich der Wirbel aus braunen Körnchen, die sich an den blauen Ton klammerten, auflöste, während sie umrührte. Sie verbrühte sich ein wenig die Zunge, als sie kostete, aber das Koffein schoß wohltuend schnell in ihr Nervensystem. Sie stellte den Becher ab, nahm den Halsreif in die Hand und musterte ihn aufmerksam. Man sah keine Spur von ihren Bemühungen, ihn zu reinigen. Sogar die Kratzer, die sie mit ihren Nägeln gemacht hatte, waren verschwunden. Das Metall war grünlich-schwarz und korrodiert wie zuvor. Nachdem sie es sorgfältig in das Staubtuch gewickelt hatte, trug sie es nach oben in das unbenutzte Zimmer. Für einen ihrer Koffer hatte sie Schlüssel; in den schloß sie den Halsreif ein, schob ihn dann in die Ecke, machte die Tür hinter sich zu und ging wieder nach unten. Sie stellte die Politur beiseite und ging zur Spüle, um ein Haushaltstuch mit heißem Wasser zu befeuchten. Es dauerte nicht lange, die Erde aufzuwischen, das Tuch auszuwaschen und es wegzulegen. Dann zog sie Jacke und Stiefel an, stieß die Haustür auf und ging mit dem Karton für das Holz nach draußen.

Es war ein heller, sonniger Morgen. Hohe, weiße Wölkchen rasten von Westen her über den leuchtend blauen Himmel, und hinter dem Cottage glitzerte das Meer so stark, daß es blendete.

Der Regen war in die Hütte geweht worden, und viele der Scheite waren naß. Sie suchte weiter hinten, bis sie ein paar trockene fand, und trug sie ins Haus. Das machte sie dreimal, bis sich neben dem Ofen reichlich Brennholz befand. Mit dem beruhigenden Gefühl, mindestens für vierundzwanzig Stunden genügend Brennholz zu haben, blickte sie auf den Ofen. Es war sinnlos, ihn jetzt anzuzünden. Sie mußte noch etwas tun, bevor sie sich wieder an die Arbeit machte. Es hatte in ihrem Hinterkopf genagt, seit sie die Erde in der Küche weggewischt hatte.

Nachdem sie die Haustür hinter sich abgeschlossen hatte, stopfte sie den Schlüssel in ihre Jackentasche und zog ihre Handschuhe an. Dann machte sie sich über das kurze Gras hinter dem Cottage auf den Weg zum Strand. Ein Schwarm Seeschwalben flog auf und drehte ab, als sie auf den Kieselbänken erschien und rutschend auf den Sand zulief. Der Strand war noch naß von der Flut und mit Tang übersät. Eine Linie aus Muscheln, weiß, rosa und glänzend-glatt im hellen Sonnenlicht, markierte die Linie der höchsten Flut. Die Luft war so kalt, daß sie ihr Tränen in die Augen trieb, als sie nach rechts ging und der Reihe von Dünen folgte, die zur Grabungsstelle führten.

Sie blieb am Rand stehen und sah in die Senke hinunter. Wieder war ein großes Stück der Düne weggebrochen, und sie konnte jetzt im hellen Sand deutlich die verschiedenen Schichten sehen. Es gab fahle Linien aus Lehm, verschiedene Schattierungen von Sand und Kies und jetzt, deutlich sichtbar, eine dicke, schwarze, bröckelnde Schicht Torf.

Ihr Mund war seltsam trocken, als sie halb in die Senke sprang, halb hinunterglitt. Die Gischt hatte eine Ansammlung von Blasentang über deren Boden drapiert. Etwas leuchtend Rotes, halb im Sand vergraben, erregte ihre Aufmerksamkeit, als sie sich alles aus der Nähe betrachtete. Stirnrunzelnd trat sie gegen den heruntergefallenen Sand. Alisons Recorder lag da, unter einem Haufen Tang. Sie bückte sich, um ihn herauszuziehen. Der »On«-Knopf war noch gedrückt. Alison war also heute schon am frühen Morgen hier gewesen und wieder gegangen. Sie stellte den Apparat auf den Rand der Senke und sah sich aufmerksam um. Was konnte passiert sein, das sie dazu brachte, ihren teuren Kassettenrecorder aufzugeben? Es gab keine Spur von den Werkzeugen des Mädchens, aber vielleicht waren sie unter dem Sand begraben worden, der zuletzt heruntergefallen war. Sie ging näher an die Wand heran und zog vorsichtig ihren Handschuh aus. Der Torf war weich, mehrlagig, zusammengedrückt. Als sie ihre Finger zurückzog, roch er nach nasser Gartenerde. Sie schluckte schwer. »Alison?« Der Wind peitschte ihren Schrei hoch, trug ihn aber nicht weiter als ein paar Meter, bevor er sich auflöste und verschwand. »Alison?« Sie schrie lauter. Sie kletterte auf den Rand der Grube, wo sie die Augen mit den Händen gegen das grelle Licht schützte und angestrengt um sich blickte. Der Strand war leer.

Sie drehte sich um. Es stand außer Frage, daß das Kind nicht dort unter dem Sand sein konnte, aber einen Moment lang spielte ihr ihre Phantasie die wildesten Streiche. Sie konnte sehen, wo der Boden weich und locker, wo er heruntergefallen war, und wo, auf dem Boden der Grube, sich ein langgezogener Hügel unter dem Lehm befand. Ein Hügel, der die Form eines Grabes hatte.

Sie starrte darauf. Alison konnte nicht in der Dunkelheit zurückgekommen sein. Sie war im Haus ihrer Freundin in Sicherheit, als Diana letzte Nacht angerufen hatte. Wer auch immer – was auch immer, verbesserte sie sich rasch – dort unten lag, es war kein fünfzehnjähriges Schulmädchen aus dem 20. Jahrhundert. Kate ging vorsichtig an den Hügel heran. Wahrscheinlich spielte ihre Phantasie wieder verrückt. Aus einem anderen Blickwinkel war der Hügel nur ein bißchen aufgeschütteter

Sand, ein Schatten, den die niedrige Sonne warf. Sie konnte jetzt die Erdhäufchen sehen, die die Würmer aufgeworfen hatten, und die losen Torfstückchen, die aus der Sandklippe gefallen waren.

»Was machen Sie da?« Alisons Stimme, schroff und wütend, brach so schrill in ihre Gedanken ein, daß sie erschrak.

»Gott sei Dank!« Die Worte waren ihr aus dem Mund entwichen, bevor sie sie zurückhalten konnte. »Ich habe gedacht, du hättest einen Unfall gehabt –«

»Sie haben gedacht, ich bin da begraben?« Der verächtliche Ton ihrer Stimme zitterte am Ende ein wenig. Alison trat weißgesichtig hinter der Düne vor. Unter den Augen hatte sie dunkle Ringe.

Kate lächelte. »Nur einen Moment lang. Als ich deinen Recorder gesehen habe.«

Alisons Augen wanderten zum Kassettenrecorder, aber sie machte keine Bewegung darauf zu. »Ich habe ihn vergessen«, sagte sie nach einer kurzen Pause.

»Das sehe ich. Ich fürchte, er war im Sand begraben. Ich glaube, daß die Flut ihn erwischt hat.«

»Warum sind Sie hergekommen?« Alisons Stimme war deutlich weniger aggressiv, als sie so dastand und auf Kate hinunterschaute. Sie hatte immer noch keine Anstalten gemacht, in das Loch zu springen oder ihren Recorder aufzuheben.

»Ich wollte mir da etwas genauer anschauen.« Kate kletterte heraus und stellte sich neben sie. »Die verschiedenen Schichten, die jetzt freigelegt sind. Siehst du? Seit letzte Nacht wieder Sand heruntergefallen ist, kann man die Schicht von einem Torfmoor sehen, das wahrscheinlich Tausende von Jahren alt ist.«

Alison blickte kurz auf die dunklen Streifen im Sand. Sie hatte sich noch immer nicht gerührt. »Haben Sie gesehen, daß sich irgendwas bewegt hat?« fragte sie. »Als Sie gekommen sind. War da irgend etwas – irgendwer hier?«

Kate sah sie durchdringend an. »Was meinst du damit?«

Alison zuckte heftig mit den Schultern.

»Ich weiß nicht. Gestern, als ich hier war. Da war etwas da.« Sie blickte ausweichend an Kate vorbei. »Ich glaube nicht, daß es was war. Vielleicht ein Vogelbeobachter oder ein Naturkundler oder sowas ...«

»Aber du hast niemanden wirklich gesehen«, soufflierte ihr Kate.

»Nein.«

»Hast du etwas Komisches gerochen? Nasse Erde?«

Alison starrte sie an. »Alles hier war naß.«

»Sicher.« Kate lächelte.

Einen Moment lang sahen beide schweigend hinunter. »Hast du vor, heute noch ein bißchen daran zu arbeiten?« fragte Kate endlich.

Alison zuckte mit den Schultern. »Kann sein. Aber ich muß noch einiges für die Schule nacharbeiten.« Sie trat unruhig von einem Bein auf das andere. Sie hatte heute nicht kommen wollen, aber irgend etwas hatte sie dazu getrieben. Sie hatte nichts dagegen tun können.

»Das ist hart. Ich habe mich schon gefragt, wieso du nicht in die Schule gehst«, sagte Kate. »Warst du krank?«

Alison nickte, gab aber keine weiteren Erklärungen. Kate bohrte nicht nach. »Ich glaube, es regnet bald. Besser, du gräbst heute nicht mehr.« Aus irgendeinem Grund würde sie sich viel besser fühlen, Alison nicht hier allein zu wissen. Der Gedanke, daß das Mädchen ganz allein an diesem einsamen Grab weitergrub, entsetzte sie. Denn es war ein Grab, Alison hatte recht.

»Du hast doch gesagt, daß du ein paar Photos machen willst. Würdest du mich das für dich machen lassen, wenn die Sonne richtig steht?« fragte sie endlich.

Alison schielte sie durch wild umherfliegende Haarsträhnen an. »Würden Sie das tun?«

»Natürlich. Das Licht müßte mittags am besten sein. Ich komme dann nochmal raus. Heute abend bringe ich den Film mit, und wer als nächstes in die Stadt kommt, könnte ihn entwickeln lassen.«

»Toll.«

War es wieder Einbildung, oder hatte ihre Begeisterung merklich nachgelassen? »Allie, hat dir gestern etwas Angst gemacht?« fragte Kate freundlich.

»Nein, wieso?« Die roten Flecken auf ihren Wangen und der trotzige Blick verrieten etwas anderes.

»Ich habe mich nur gewundert.«

»Warum, haben Sie denn Angst davor?« Mitleidig. Geringschätzig.

»Ein bißchen schon. Ja.«

»Warum?« Wieder der aggressive, höhnische Ton. Doch Kate spürte, daß sich eine Bitte darin verbarg. Und plötzlich wußte sie, daß sie die Ängste des Mädchens nicht noch vergrößern durfte. Sie zuckte mit den Schultern.

»Ich weiß nicht. Vielleicht ist es wirklich das, was dein Bruder gesagt hat, daß ich mich zu sehr an das Leben in der Stadt gewöhnt habe. Man vergißt dann die Geräusche auf dem Land. Und außerdem habe ich vorher noch nie so nah am Meer gewohnt.«

Zu ihrer Erleichterung heiterte sich Alisons Miene auf. »Sie gewöhnen sich schon noch dran«, erwiderte sie. Zum ersten Mal lächelte sie. »Machen Sie wirklich die Photos für mich?«

»Klar. Kein Problem.« Kate zögerte. »Magst du auf einen Kaffee mit zurück zum Cottage kommen, bevor du heimgehst?«

Alisons Nicken und das Tempo, mit dem sie ihren beschädigten Recorder aufhob und sich von der Ausgrabungsstelle abwandte, sprachen Bände. Kate ging hinter ihr her. Nur einmal noch warf sie einen Blick über die Schulter. Möwen schwebten über der Stelle, an der sie und Alison gestanden hatten. Dann aber drehten sie alle mit wildem Gekreische ab und flogen hinaus aufs Meer.

»Warum haben Sie abgeschlossen? Wir tun das nie.«

Außer Sichtweite der Dünen war Alison wieder hochnäsig wie eh und je.

»Aus Gewohnheit«, erwiderte Kate gelassen. »Immerhin ist jemand bei mir eingebrochen.« Sie machte die Tür auf. »Schwarz oder weiß?« Sie ging voraus in die Küche.

»Weiß, bitte.« Alison war ihr nicht gefolgt, und sie hatte auch nicht auf Kates Bemerkung reagiert. Sie war ins Wohnzimmer gegangen. »Sie haben den Brenner ausgehen lassen«, rief sie.

Kate schloß einen Moment lang die Augen und atmete tief durch. »Ich weiß, aber alles ist vorbereitet, er muß nur noch angezündet werden. Magst du das für mich machen?«

Sie griff nach der Kaffeedose und hielt inne. Über die Arbeitsplatte zog sich eine Spur schwarzer Torferde.

»Mein Gott.« Sie hatte nicht bemerkt, daß sie laut gesprochen hatte. »Was ist los?« Alison erschien hinter ihr in der Tür.

Kate atmete tief durch. »Nichts. Ich habe was verschüttet, nichts weiter.«

»Wo sind die Streichhölzer?« Alison bückte sich und kramte in dem Kästchen unter der Spüle herum. Sie hatte ihre Jacke ausgezogen und kämmte ihre Haare mit den Fingern nach hinten.

»Da, auf der Platte.« Kate starrte immer noch auf die Spur aus Erde, die zwischen den Bechern durchlief. »Allie, mach dir nicht die Mühe, ihn jetzt anzuzünden, okay? Wenn wir unseren Kaffee getrunken haben, gehe ich mit dir zurück. Ich muß heute morgen noch nach Colchester fahren.« Wieder war ihr dieser Gedanke ganz spontan gekommen. Vielleicht war er diesmal entstanden, weil sie nicht allein im Haus sein wollte.

»Was ist mit den Photos? Sie haben es versprochen.«

Zum Teufel mit den Photos!

»Das geht schon klar, ich mache sie heute noch, keine Sorge. Das Licht wird sowieso besser, je später ich sie mache. Die Bilder werden dann schärfer. Den Film habe ich fertig bis heute abend.« Sie hob zwei Becher aus der Erde und wusch sie ab, bevor sie die Kaffeedose nahm.

»Woher kommt dieser ganze Dreck?« Alison hatte die Erde gesehen. Sie fuhr mit dem Finger hindurch, so daß sie eine saubere Spur auf dem lackierten Holz der Arbeitsplatte hinterließ.

Kate schüttelte den Kopf. »Ich bin nicht sicher. Er muß reingekommen sein, als ich vorhin die Scheite reingebracht habe.«

Alison gab sich mit der Antwort zufrieden. Sie drehte sich um und ging wieder ins Wohnzimmer.

»Arbeiten Sie gern mit dem Computer?« Ihre Stimme kam durch die Tür, während Kate wartete, bis das Wasser kochte.

»Ja, schon. Es macht das Setzen von Fußnoten und überhaupt alles viel einfacher.« Kate trug die Kaffeebecher hinaus. Alison stand an ihrem Tisch und sah hinunter auf ihre Bücher und Notizen.

»Mein Bruder Patrick ist ein Computerfreak«, sagte das Mädchen. »Die meiste Zeit ist er ein Trottel, aber mit Computern ist er echt Spitze.«

»Ist er heute abend auch da?«

»Klar.«

»Und Greg auch?«

Alison zuckte mit den Schultern. »Keiner weiß, was Greg als nächstes macht.«

»Verstehe«, sagte Kate trocken. »Na, jedenfalls freue ich mich, zu deinen Eltern zum Abendessen zu kommen. Sie machen so einen netten Eindruck.«

»Sind sie wohl auch.« Alison trank ihren Kaffee aus und stellte den Becher ab. »Ich gehe jetzt. Wollen Sie mitkommen?«

Ihren Augen leuchteten wieder feindselig, und Kate hatte plötzlich genug von dem Kind. »Ich brauche noch ungefähr eine halbe Stunde«, sagte sie. »Wenn du auf mich warten willst, wäre das nett, sonst komme ich später nach.«

Alison zögerte einen Moment lang, offenbar wollte sie nur ungern allein zurückgehen. Dann ließ sie sich mit einem übertriebenen Seufzer in einen der Sessel fallen. »Okay, ich warte.«

»Danke.« Kate lächelte. Sie sammelte die Becher ein und ließ das Mädchen dort sitzen.

Die Tür zum Abstellzimmer war offen, die Kartons und Koffer waren über den ganzen Boden verstreut. Kate starrte bestürzt auf das Chaos, dann drehte sie sich um und rief die Treppe hinunter. »Alison, warst du das?«

»Was?« Die Stimme des Mädchens klang verdutzt.

»Na, das hier? Verdammt nochmal!« Ihr Koffer, der Koffer mit dem Halsreif, war noch verschlossen. Das konnte sie von der Tür aus sehen.

Alison rannte hinter ihr hoch und sah sich um. »Schöne Bescherung.«

»Diese ganzen Kartons, meine Sachen. Alles war aufgeräumt.«

»Oh.« Alison wich ihrem Blick aus. »Ich war's jedenfalls nicht. Wie auch? Ich war ja gar nicht oben.«

Kate spürte, wie ihr Herz laut in der Brust schlug. Es mußte eine Erklärung geben. Dieses Kind oder ihr Bruder, einer von ihnen mußte es gewesen sein. Vielleicht hatten Greg oder dieser Computerfreak sich hier hereingeschlichen, während sie am Strand gewesen war, und hier alles in Unordnung gebracht. Sie drehte sich um und stieß die Tür zu ihrem Schlafzimmer auf.

Dort schien nichts angefaßt worden zu sein. Alles war so, wie sie es verlassen hatte.

Alison zog die Augenbrauen hoch, als sie sah, wie weiß Kates Gesicht war. Auch sie hatte Greg in Verdacht. Als sie ihn das letztemal gesprochen hatte, trug er sich mit dem Plan, Kate so viel Angst einzujagen, daß sie wieder auszog. Er war ganz begeistert von der Idee gewesen, Kate glauben zu machen, daß es hier spukte. Konnte er das alles gemacht haben? Hatte er es schon so weit getrieben? Sie sah sich um und fühlte, wie sie fröstelte. Wenn er es war, dann funktionierte es. Ihre Augen verengten sich einen Moment lang. Aber war Greg das auch unten am Strand? Steckte er hinter allem, was gestern passiert war?

Plötzlich war sie außer sich vor Wut. Sie drehte sich um, lief die Treppe hinunter und machte die Haustür auf. »Los, kommen Sie schon. Ich muß endlich heim«, rief sie. »Gehen wir.«

Wenn es Greg war, dann würde sie es ihm heimzahlen, und wenn es das letzte sein würde, was sie jemals tat. Der Scheißkerl! Dieser hinterhältige, betrügerische Scheißkerl! Er hatte ihr wirklich Angst gemacht. Und er schuldete ihr einen neuen Kassettenrecorder.

XIX

»Du hättest nicht kommen sollen.« Nion nahm sie bei den Händen. »Was ist, wenn man dich gesehen hat?«

Sie riß sich los und lief vor ihm her, zum Rand des Wassers, hüpfend wie ein Kind. »Wer sollte etwas sehen? Er ist den ganzen Tag fort. Die Sklaven haben zu viel zu tun, um sich um mich zu kümmern. Und das Kind und das Mädchen denken, ich besuche meine Schwester.« Lachend drehte sie sich um sich selbst. »Ich war noch nie so glücklich. Ich kann gar nicht glauben, daß mir das geschieht. Ich, eine gesetzte römische Matrone, und du –« sie stand vor ihm, schaute ihm eindringlich ins Gesicht und ließ die Hände einen Augenblick lang auf den Falten seines Mantels ruhen, »– du, ein Prinz der Trinovanter.«

Nion lachte, warf den Kopf zurück, und die starken Zähne leuchteten weiß aus dem von der Sonne gebräunten Gesicht. Die Lachfalten um Augen und Mund hatten sich tief in die Aufrichtigkeit ausstrahlenden Gesichtszüge eingekerbt.

Um sie herum erstreckten sich meilenweit die Dünen. Sand, aufgewirbelt und vom Wind in Senken und Riffe geblasen, die Kiesel dicht und sauber, als die Flut zurückging. In der Nähe wartete ihr Maultier geduldig neben dem Pferd, das zwischen den Schäften seines Streitwagens stand, und graste auf dem salzigen Sand teilnahmslos Blumen und Gräser ab. Sie waren allein. Ganz allein. Er riß sie an sich, vergrub das Gesicht in ihre Haare.

»Ich will, daß du mit mir fortgehst. Einer meiner Brüder ist im Westen. Wir könnten zu ihm gehen. Dein Mann würde dich nie finden.«

Ihr Körper spannte sich. Langsam hob sie ihr Gesicht seinem entgegen und er konnte die widerstreitenden Gefühle in ihren Augen lesen. Verlangen, Hoffnung, Erregung loderten in meergrauen Tiefen, aber es gab dort auch Zweifel. Zweifel und Furcht. »Ich kann den Jungen nicht verlassen.«

»Dann nehmen wir ihn mit.«

»Nein.« Sie schüttelte traurig den Kopf. »Nein. Seinen Sohn

würde er nie gehen lassen. Mich –« Sie zögerte. »Ich weiß nicht, ob er mich verfolgen würde, aber er würde die ganze Welt nach seinem Sohn absuchen.« Ihre Augen schwammen in Tränen. »Und ich könnte auch nicht von dir verlangen, von hier fortzugehen – deiner Heimat.« Sein Land, seine Wälder, seine Weiden, seine Felder, sein Wasser, die Salzgruben, die ihn reich machten, alles von den Männern seines Volkes bewirtschaftet.

Sie zitterte, als sie wieder aufblickte und ihre Lippen zu den seinen hob. Seine Götter waren mächtig, grausam, fordernd. Manchmal fragte sie sich, ob sie der Verbindung zwischen ihrem Diener und einer Tochter Roms ihren Segen gegeben hatten oder ob sie ihr zürnten und nur auf den richtigen Moment warteten, sie für ihre Anmaßung zu bestrafen.

Hinter ihnen glitzerte die Sonne auf dem Meer, gab ihm die Farbe von Jade. Als seine Hände sich senkten, um ihren Gürtel zu lösen, vergaß sie ihre Furcht, vergaß alles, versank in der Wonne seiner Berührung.

»Wir müssen Ihnen wohl bald eine Dauerkarte ausstellen, wenn Sie so weitermachen!« meinte der Mann an der Kasse des Museums heiter.

Kate lächelte zurück. »Ja, das glaube ich auch. Oder Sie müssen mir einen Job geben!« Sie wußte immer noch nicht so recht, warum sie eigentlich hier war. War es der Gedanke an ihr nächstes Buch, der unkontrollierbar in ihrem Unterbewußtsein brodelte, oder war es die Faszination, die von dieser seltsamen Grube am Strand neben ihrem Cottage ausging? Sie weigerte sich zuzugeben, daß sie zugleich einen leichten Widerwillen dagegen verspürte, allein im Cottage zu bleiben. Aber vielleicht war es ein wenig von allem, was sie davon abhielt, an der Arbeit zu sein, sich mit George Byron und seiner lästigen, hysterischen Mutter zu beschäftigen.

Sie ging den ihr mittlerweile bekannten Weg nach oben und stand wieder einmal vor der Statue von Marcus Severus. Sie starrte ihm ins Gesicht, als ob sie irgendwo dort in den kalten, toten Augen die Lösung ihres Rätsels finden würde, denn er hatte etwas zu tun mit diesem Grab am Strand, dessen war sie sich sicher. Marcus Severus Secundus und Augusta, seine Frau.

Nachdenklich wandte sie sich der Vitrine zu, in der seine Knochen den Blicken preisgegeben waren. Aber sie fand dort keine Antwort. Nichts war da, außer dem leisen Summen der Lichter und, etwas entfernter, den gedämpften, unwirklichen Rufen und Schreien aus dem Endlos-Video über Boadiceas Massaker.

Als sie das Auto wieder in der Scheune abstellte, warf sie einen sehnsüchtigen Blick auf die Redall-Farm. Diesmal waren sie da; sie konnte sehen, daß Rauch aus dem Kamin kam, und in der Küche brannte Licht. Man erwartete sie zum Abendessen. Angenommen, sie klopfte an und ging schon jetzt hinein? Vielleicht konnte sie beim Kochen helfen. Oder sich, statt im Weg zu stehen, ans Feuer setzen und Tee schlürfen, oder besser noch Whisky, bis die Zeit zum Essen gekommen war. Aber das ging natürlich nicht. Sie warf einen Blick auf ihre Uhr. Es war kaum drei. Sie mußte noch fünf Stunden warten, bevor sie an ihre Tür klopfen durfte.

Sie schulterte ihre Tasche und machte sich auf den Weg durch den Wald. Die Sonne vom Morgen war verschwunden. Der Himmel wurde zunehmend winterlich, und als der Wind aufkam, raste ein schneller, leichter Schneeregenschauer durch die Bäume. Sie zitterte. Wenigstens mußte das Feuer zu Hause bloß noch angezündet werden.

Zu Hause. Sie hatte bisher nicht an das Cottage als ihr Zuhause gedacht, aber vorerst war es das wohl. Sie konnte die Vorhänge vor der hereinbrechenden Dunkelheit zuziehen, Tee trinken, ein Bad nehmen und ein paar Stunden arbeiten, bevor sie sich auf den Weg zurück durch die Finsternis machte.

Nachdem sie die Tür geöffnet hatte, ließ sie ihre Tasche auf den Boden fallen und sah sich um. Unbewußt machte sie sich darauf gefaßt, wieder Spuren eines Eindringlings zu finden. Es gab keine. Das Cottage war so, wie sie es verlassen hatte. Die Küche war tadellos sauber, Türen und Fenster waren geschlossen, und es roch leicht nach verbranntem Apfelholz. Erleichtert packte sie ihre Einkäufe aus und zündete das Feuer im Ofen an. Dann ging sie langsam nach oben.

Sie öffnete den Schrank und sah die Kleider durch, die sie mitgebracht hatte. Seit sie in Nordessex angekommen war, hatte sie Hosen und dicke Pullover getragen, aber heute abend wollte sie etwas anziehen, das ein wenig formeller war. Formeller, aber immer noch praktisch, denn sie hatte immerhin einen langen, schmutzigen Marsch durch den Wald vor sich. Sie zog einen Wollrock und eine Bluse mit langen Ärmeln hervor und warf beides aufs Bett.

Erst jetzt fiel ihr wieder ein, daß sie Alison versprochen hatte, das Grab zu photographieren. Sie warf einen Blick aus dem Fenster. Bald würde es dunkel werden, am Himmel zeigten sich bereits schwere Wolken. Vielleicht konnte sie es auf morgen verschieben. Doch sie wollte ihr Versprechen halten. Sie mußte das Vertrauen des Mädchens gewinnen, auch dem zuliebe, was von der Grabungsstätte noch übrig war. Sie zögerte noch einen Moment, dann machte sie sich widerwillig auf die Suche nach ihrer Kamera. Sie legte einen neuen Film ein und zog sich mit einem sehnsüchtigen Blick zum Feuer ihren Anorak über.

Der Strand wirkte ausgesprochen düster. Sie schlug den Kragen hoch, stemmte sich gegen den Wind und ging, so schnell sie konnte, zu Alisons Grabungsstelle. Eisern widerstand sie dem Zwang, über die Schulter auf die hereinbrechende Dunkelheit zu sehen. Der Wind hatte den Sand in weiche Rippen geblasen, die spitzen Ecken abgerundet und die Erdoberfläche getrocknet, so daß die verschiedenen Schichten schlechter zu sehen waren. Durch ihre Haare schielend, die sich aus ihrer Spange gelöst hatten und die der Wind in ihr Gesicht peitschte, hob sie die Kamera und spähte durch den Sucher. Sie nahm an, daß nicht einmal mit Blitzlicht etwas zu sehen sein würde, aber wenigstens hatte sie es probiert. Sie photographierte die Grabungsstelle aus jedem Winkel, bis der Film aufgebraucht war, und versuchte ohne große Hoffnung auf Erfolg, ein paar Großaufnahmen von der sandigen Oberfläche zu machen. Sie sah nicht die dunklen, verwitterten Stumpen, die einmal die Finger eines Mannes gewesen waren, und auch nicht den schwarzen Vorsprung, einstmals sein Oberschenkel, der, jetzt zerbrochen und zersplittert, im Sand zerfiel.

Als sie sicher wieder im Cottage angekommen war, schloß sie mit einem Seufzer der Erleichterung die Tür ab, nahm den Film aus der Kamera, packte ihn in den dafür vorgesehenen Plastikbehälter und steckte ihn in ihre Umhängetasche. Ihre Kleidung war feucht geworden, sie fröstelte. Nachdem sie eine Kassette mit Vaughan Williams' *Fünfter Symphonie* in den Kassettenrecorder gesteckt und laut aufgedreht hatte, ging sie die Treppe hinauf und zurück in ihr Schlafzimmer, wo sie ihren Schal abnahm, ihr nasses Haar ausschüttelte und sich langsam auszog.

Sie hatte gerade ihren Bademantel übergestreift, als sie innehielt und horchte, denn unten war die Musik leise geworden. Aus dem Abstellraum konnte sie ein leichtes Summen hören. Sie stutzte. Was war mit diesem verfluchten Haus, was machte sie so schreckhaft? Vielleicht war es eine Fliege, aufgeweckt durch ihre Bewegungen. Sie atmete tief durch, bevor sie die Tür aufriß und das Licht anmachte. Das Zimmer war leer. Ein rascher Blick zeigte ihr, daß ihre Koffer und Kisten unberührt waren. Auch Gregs Bilder standen noch da, wo sie sie stehengelassen hatte, hinter der Tür, mit der Vorderseite zur Wand. Ja, sie hatte recht gehabt, ein paar Fliegen krochen über das Fenster. Als das Licht anging, summten sie wütend gegen die Scheibe. Kopfschüttelnd ging sie rückwärts hinaus und schloß die Tür. Morgen würde sie sich um sie kümmern.

Im Badezimmer war es sehr kalt. Sie hatte eine Gänsehaut und zog an der Schnur, um den Heizkörper anzumachen. Dann steckte sie den Stöpsel in die Badewanne und drehte den Hahn mit dem heißen Wasser auf. Als die Fenster beschlugen, schloß sie die Vorhänge, dann kippte sie etwas Schaum-Badeöl in den dampfenden Wasserstrahl und trat zurück, um ihr Haar zu einem Knoten zu drehen, während sie zusah, wie die Badewanne sich mit duftendem Schaum füllte. Es war wie eine Ekstase, sich in der Wärme zurückzulegen. Mit einem genußvollen Stöhnen tauchte sie hinein und schloß die Augen.

Sie hatte die Fliege in der Ecke des Fensterrahmens nicht bemerkt. Als das Licht und die Wärme sie aufweckten, kroch sie unter dem Vorhang hervor und summte wütend auf die Neonröhre über dem Waschbecken zu. Kate öffnete die Augen und beobachtete sie verärgert. Das disharmonische Summen verdarb ihr die Laune. Nachdem die Fliege mehrmals gegen den Spiegel gesaust war, trat sie zu einer schnellen Rundreise durch das Badezimmer an. Kate duckte sich unwillkürlich, als sie über ihrem Kopf zum Sturzflug ansetzte. »Verflixt und zugenäht!« Sie schnipste mit Schaum nach ihr. Sie würde nicht zulassen, daß sie ihr das Bad verdarb.

Als das Wasser abzukühlen begann, drehte sie voller Hoffnung den Hahn auf, obwohl sie schon vorher wußte, daß der Tank noch nicht wieder aufgeheizt war. Wie erwartet, war das nachströmende Wasser kalt. Sie hievte sich aus der Wanne, stellte die Füße auf die Badematte und wickelte sich in ein Handtuch. Nachdem sie den Dampf vom Spiegel abgewischt hatte, setzte sich die Fliege auf den Rahmen des Spiegels. Sie schnipste danach, aber die Fliege machte sich davon, hinauf zum Licht. In diesem Moment läutete das Telefon. In das Handtuch gewickelt, ging sie in die Küche und nahm den Hörer ab.

»Kate, ich habe mir Sorgen gemacht. Ist alles in Ordnung?«

»Jon?« Ihr Herz tat einen Sprung, als sie sich fröstelnd setzte. »Mein Gott, wäre ich froh, wenn du da wärst.«

Sie hätte sich die Zunge abbeißen mögen. Warum hatte sie das gesagt?

»Das habe ich mir gedacht. Irgendwas ist los, oder? Ich konnte es gestern an deiner Stimme hören.«

»Nichts ist los«, sagte sie hastig. »Ich habe nur gemeint, daß es dir hier gefallen würde. Der weite Himmel, das Meer, die Stille. Das alles würde dir gut gefallen.«

»Vielleicht komme ich dich besuchen, wenn ich wieder da bin.« In der Verbindung war jetzt ein Echo – eine Pause nach jedem Satz; sie klangen beide verlegen, und sie sprachen nicht mehr lange miteinander. Nachdem sie den Hörer aufgelegt hatte, saß sie da und schaute mehrere Sekunden lang nachdenklich das Telefon an. Es war aus zwischen ihnen, warum rief er also dauernd an?

Um dreiviertel acht machte sie den Computer und die Schreibtischlampe aus und stand auf, um sich zu strecken. Während der Arbeit war ihr aufgefallen, daß der Wind draußen vor dem Cottage stärker wurde. Er rüttelte an den Fenstern, und von Zeit zu Zeit hörte sie, wie der Regen gegen die Scheiben klatschte.

Sie machte sorgfältig ein Feuer und schloß die Türen so dicht sie konnte. Die Luftklappen machte sie ganz zu, damit das Feuer noch brannte und der Ofen behaglich warm war, wenn sie zurückkam. Sie begann widerwillig, Jacke und Stiefel anzuziehen, und warf noch einmal einen Blick zurück ins Wohnzimmer, wo sie die Lampe auf dem Beistelltisch nicht ausschaltete, damit sie sie später willkommen hieß. Dann trat sie hinaus in die Nacht, zog die Haustür hinter sich zu und drehte den Schlüssel im Schloß um. Sie hatte gehofft, daß das Telefon läuten und Roger vorschlagen würde, sie abzuholen. Mit dem Land Rover hätte der Weg nur zehn Minuten gedauert. Sie seufzte, hielt die Taschenlampe fest umklammert, machte sie an und richtete den Strahl auf den schlammigen Weg, der in den Wald führte.

Sie brauchte dreißig Minuten für die halbe Meile durch den Wald. Der Weg war matschig und rutschig, und der Wind hatte federnde, harzige Kiefernzweige über den Boden gestreut, was den Pfad im unruhigen Licht der Taschenlampe tückisch machte. Sie blieb mehrmals stehen und leuchtete mit der Lampe in die Bäume. Der enge Strahl zeigte nur nasse, schwarze Stämme, tiefe Schatten und ein Wirrwarr aus verfilztem Gestrüpp.

Als Diana die Tür öffnete, blickte sie Kate voller Überraschung an. »Kate, meine Liebe, Sie sind doch nicht etwa zu Fuß gegangen! Greg hat vor einer halben Stunde gesagt, daß er rüberfährt, um Sie abzuholen.«

Greg, dachte sie. Natürlich! Sie lächelte. Dabei bemerkte sie, daß ihr Gesicht regelrecht steifgefroren war von der Kälte. »Schade, daß ich das nicht gewußt habe, sonst hätte ich auf ihn gewartet«, sagte sie. Sie folgte Diana nach drinnen, legte ihren nassen Anorak ab und wurde dann in die Kaminecke geleitet, von der sie vorhin geträumt hatte. Innerhalb von Minuten hatte man es ihr in der wärmsten Ecke des Sofas gemütlich gemacht, wo sie nun mit einem Whisky in der Hand und einem Kater auf dem Knie saß.

Das Zimmer roch herrlich nach brennenden Apfelholzscheiten und nach Essen. Sie schnupperte voller Vorfreude; Knoblauch, Oregano, Tomaten – also etwas Italienisches. Den Kopf gegen die Kissen gelehnt, lächelte sie Roger an, der sich zu ihr gesetzt hatte. »Das ist wie im Paradies. Für mich allein lohnt sich die Kocherei nicht. Die letzten paar Tage habe ich mich von Bohnen und Dosensuppen ernährt.«

»Und wie läuft's mit Ihrem Buch?« Roger lächelte. Diana

stand am Ofen, wo sie den Deckel von einem Topf genommen hatte, dessen Inhalt sie jetzt behutsam umrührte.

Kate nippte an ihrem Whisky und spürte, wie die Wärme durch ihre Adern floß. »Ganz gut. Was die Arbeit angeht, war es sehr gut, daß ich hierher gekommen bin. Ich habe jetzt die Zeit, mich zu konzentrieren.«

»Sonst gibt's da drüben nicht viel zu tun, was?« Roger lächelte. Als die Tür aufging und Greg hereinkam, sah er ihn erzürnt an. »Ich dachte, du wolltest unseren Gast abholen«, sagte er streng.

Greg verzog das Gesicht. »Tut mir leid. Ich wußte nicht, daß es schon so spät ist. Gerade wollte ich raus und Sie abholen fahren.«

Kate beäugte ihn kryptisch. Sie glaubte ihm nicht. Er hatte absichtlich so lange gewartet, damit sie zu Fuß gehen mußte. Sie sagte allerdings nichts. Sie wollte die Stimmung des Abends nicht verderben. »Macht nichts«, sagte sie leichthin. »Nichts passiert. Der Spaziergang hat mir gut getan.«

»Na, jedenfalls können Sie sich darauf verlassen, daß er Sie nach dem Abendessen zurückfahren wird«, versprach Roger. Als Kate die stählerne Härte in seiner Stimme hörte, wußte sie, daß Gregs Vater ebenso wußte wie sie, daß seine Nachlässigkeit Absicht gewesen war. Entspannt ließ sie sich tiefer in die Kissen sinken, ihre Hand streichelte Serendipity Smith zärtlich, und sie war überrascht, wie erleichtert sie sich fühlte, daß sie sich diese Nacht den kalten, nassen Bäumen nicht mehr allein aussetzen mußte.

Greg, der im Sessel in der Ecke mürrisch Bier getrunken hatte, sah erst wieder auf, als Alison und Patrick erschienen. »Haben Sie daran gedacht, den Dolch mitzubringen, den Sie bei Alisons Ausgrabungsstelle gefunden haben?« fragte er. Seine Stimme war ruhig, aber in seinem Ton lag etwas Feindseliges, das Kate sofort bemerkte.

Sie legte die Stirn in Falten. »Natürlich.« Vorsichtig, um den Kater nicht aufzuschrecken, bückte sie sich nach ihrer ledernen Umhängetasche, die bei ihren Füßen lag, und nahm den in ein Stück Zeitungspapier gewickelten Dolch heraus. »Ich habe ihn im Sand gefunden«, sagte sie und reichte ihn Alison. »Ich habe ihn nur aufgehoben, weil die Flut kam. Sonst wäre er weggeschwemmt worden.«

Alison zögerte einen Augenblick lang. Sie nahm das Paket aus Zeitungspapier mit offensichtlichem Widerwillen. »Danke.« Sie legte es hin, ohne es zu öffnen. »Ich hatte ihn in meinen Proviantsack getan. Er muß herausgefallen sein.«

Kate zog die Augenbrauen hoch. »Willst du ihn denn nicht ansehen?«

»Später.«

»Was ist los, Allie? Schon das Interesse verloren?« Gregs Provokation ließ Alison das Blut in die Wangen schießen.

»Natürlich nicht«, entgegnete sie zornig.

»Du bist heute nicht hingegangen.«

»Bin ich doch«, gab sie wutentbrannt zurück. »Du hast ja keine Ahnung. *Sie* hat mich gesehen. Haben Sie doch, oder?«

»Stimmt«, bestätigte Kate.

»Was halten Sie eigentlich von Allies Ausgrabung«, unterbrach Roger leise, daran gewöhnt, dazwischen zu gehen, wenn seine Kinder sich stritten.

»Bemerkenswert.« Kate beugte sich vor. »Ich hoffe, Alison holt bald ein paar Experten hier rauf. Die Flut spült den Sand sehr schnell weg. Wenn sie nicht aufpaßt, ist das ganze Ding verschwunden, bevor es korrekt dokumentiert ist.«

»Haben Sie daran gedacht, es zu photographieren?« Kate spürte, daß Alisons Frage weniger aus Interesse herrührte, als vielmehr aus dem Verlangen, sie beschuldigen zu können, ihr Versprechen gebrochen zu haben. Mit einiger Genugtuung nickte sie. Sie griff wieder in ihre Tasche und holte die Filmrolle hervor.

»Ich fürchte, das Licht war nicht so gut, wie ich gehofft hatte. Kann sein, daß die Bilder nicht besonders geworden sind, aber es ist besser als nichts.« Alison nahm den Film und warf ihn auf den Tisch neben sich. »Danke«, sagte sie wieder.

»Es war sehr nett von Ihnen, daß Sie die Bilder für sie gemacht haben«, warf Roger ein. Er hatte seine Tochter mit einem Stirnrunzeln beobachtet. »Alison, hast du schon jemandem von deinem Fund erzählt? Kate hat recht. Jemand, der sich mit solchen Sachen auskennt, sollte kommen und sich das Ganze ansehen.«

»Sie macht das schon, wenn sie so weit ist«, mischte Diana sich von der Küche aus ein. »Laßt das Kind in Ruhe. Laßt sie erst einmal ungestört ihr Referat schreiben, wenn sie das so will.«

Kate stützte sich mit dem Arm auf der Rückenlehne des Sofas auf und drehte sich um, so daß sie Diana sehen konnte, die gerade am Küchentisch Parmesan rieb. »Allmählich wird es aber wirklich dringend«, sagte sie fast entschuldigend. »Wenn die Flut noch ein paarmal kommt, ist der Grabhügel verschwunden.«

»Das ist es also. Ein Grabhügel«, warf Greg ein. »Mir scheint, wir haben hier eine Expertin im Haus.«

»Ich bin keine Expertin.« Kate drehte sich wieder zurück. Sie merkte, wie ihre offensichtliche Unfähigkeit, still zu sitzen, den Kater auf ihren Knien mehr und mehr irritierte. »Weit davon entfernt. Aber ich denke trotzdem, daß es wichtig sein könnte.«

MARCUS!

Die Stimme schien durch das Zimmer zu hallen.

Der Kater grub die Krallen in ihr Knie, sprang mit einem großen Satz von ihrem Schoß und flitzte die Treppe hinauf.

Die anderen sahen ihm voller Überraschung nach.

»Entschuldigen Sie. Ich hoffe, er hat sie nicht gekratzt«, sagte Roger mit einem verblüfften Lächeln. »Ich weiß gar nicht, wieso er das getan hat. Er schien Sie zu mögen.«

»Wahrscheinlich ist es der Geruch von Mums Essen«, warf Patrick ein.

Hatte es außer der Katze wirklich keiner von ihnen gehört? Der Schmerz in der Stimme, die durch das Zimmer zu hallen schien, hatte ihr doch so laut in den Ohren geklungen. Die Qual. Die Furcht.

Völlig orientierungslos bemerkte Kate, daß Greg sie aufmerksam beobachtete. »Vielleicht mögen Sie Katzen nicht wirklich«, sagte er leise. »Oft setzen sie sich aus reiner Perversität gerade auf Leute, die sie nicht mögen.«

»Natürlich mag ich Katzen«, schnauzte sie ihn an und umklammerte mit beiden Händen ihr leeres Glas. Als Roger das bemerkte, erhob er sich. »Ich hole Ihnen noch was, Kate. Denken Sie nicht mehr an den ollen Kater. Er ist eine verdammte Nervensäge.« Seine Stimme klang beschwichtigend. »Sie haben uns noch gar nicht erzählt, ob es Ihnen in Redall Cottage gefällt.«

»Haben Sie letzte Nacht wieder den Geist gesehen?«

Gregs Frage unterbrach die Unterhaltung, bevor sie Zeit hatte, Roger eine Antwort zu geben. »Was für ein Geist?« fragte Diana. »Es gibt da keinen Geist, Kate. Hören Sie gar nicht erst auf meinen Sohn. Er versucht nur, Sie aufzuziehen.«

»Tue ich das?« Greg lächelte. »Natürlich gibt es dort einen Geist. Kate und ich haben über die unangenehme Atmosphäre im Cottage gesprochen, als ich gestern bei ihr oben war. Oder etwa nicht? Und sie hat mir erzählt, daß sie ihn gesehen hat. Wir glauben beide, daß es was mit diesem Grab am Strand zu tun hat.«

Alison war leichenblaß geworden. »Halt den Mund, Greg.«

Ihr Bruder sah sie an. Als sich ihre Blicke trafen, zog er ganz leicht eine Augenbraue hoch. Alison blickte schuldbewußt in eine andere Richtung. Vor einer Stunde, als sie ihn wegen der Angelegenheit zur Rede stellte, hatte er ihr alles erklärt; wie er Lady Muck aus dem Cottage vertreiben wollte; wie sie schon nervös wurde, ganz allein dort draußen; daß es nur noch ein oder zwei unbedeutende Dinge brauchte – Geräusche vielleicht, oder seltsame Geschehnisse im Cottage –, um sie schreiend in die Nacht zu jagen. Aber das Grab hatte er nicht erwähnt.

Kate musterte Greg aufmerksam. Er war ein gutaussehender Mann mit einem, jedenfalls auf den ersten Blick, ehrlichen Gesicht und Augen ohne Tücke. Sie hatte bemerkt, wie er ihrem Blick standhalten konnte, ohne mit der Wimper zu zucken, wie Witz und Herausforderung zugleich unter der Maske bebten. Aber es war eine Maske. Er spielte mit ihr.

»Wenn es ein Geist ist, dann ist es ein liebenswerter.« Sie lächelte ihn an. »Und er hat ein schönes Parfum aufgelegt.«

Alison fuhr dazwischen. »Hört auf, darüber Witze zu machen. Das ist blöd.« Ihre Stimme war voller Panik. »Wann ist endlich das Essen fertig? Ich komme um vor Hunger.«

Am anderen Ende des Zimmers sah Diana, die dort den Küchentisch deckte, auf und lächelte. Sie hatte dem Wortwechsel zugehört und konnte sich denken, was Greg vorhatte. »Schon fertig. Komm und hilf mir, Allie. Dann können wir essen. Greg, schenk den Wein ein. Roger und Patrick, ihr könnt sitzenbleiben, bis ich euch rufe. Ich kenne euch. Sowie ihr glaubt, daß ich gleich zu Tisch bitte, verschwindet ihr, um etwas Dringendes zu erledigen, und ich sehe euch erst nach Stunden wieder.« Sie ging an die Spüle, um die Nudeln abzugießen.

Das Zimmer war warm und voller Leben. Kate nippte wieder an ihrem Whisky. Allmählich stieg ihr der Alkohol zu Kopf. Hatte es keiner von ihnen gehört? Oder war die Stimme irgendwie von Greg gekommen?

Plötzlich bemerkte sie, daß er vor ihr stand. Er streckte die Hand nach ihrem Glas aus. »Kommen Sie«, sagte er, indem er ihr den Arm reichte.

Sie rappelte sich auf. »Danke.« Er hatte ungefähr ihre Größe und eine breite, kräftige Statur. Sie konnte sein Rasierwasser riechen. Mit einem Gefühl des Erschreckens bemerkte sie, daß er ein sehr attraktiver Mann war. Auch war sie sich der kräftigen Berührung seiner Hand unter ihrem Ellbogen seltsam bewußt, als sie von ihm zum Tisch geleitet wurde.

»Wenn es denn Geister sind, dann aber mindestens zwei.« Kate amüsierte sich. »Und es sind Römer«, fügte sie hinzu, als Diana einen Teller mit Paté vor ihr auf den Tisch stellte. »Einer davon könnte Ihr Marcus Severus Secundus sein, und der andere, von dem ich glaube, daß ich ihn gesehen habe, vielleicht – Augusta, dessen Frau.«

Roger lachte. Er grub sein Messer in die Butter und schnitt sich eine unmodern große Ecke ab. »Gott im Himmel! Wie um alles in der Welt sind Sie denn zu diesem Schluß gekommen?«

Kate wandte sich an Greg. »Sie haben mir erzählt, daß Marcus in Redall Cottage herumspukt«, sagte sie. »Und ich war im Museum und habe mir angesehen, was dort von ihm und seiner Frau ausgestellt ist. Daher weiß ich auch, wie sie hieß.«

Greg grinste. Er nahm ebenfalls von der Butter. »Ich glaube, zu ihrer Zeit muß dort eine wunderschöne Villa gestanden haben. Eigenartig. Wenn Sie von ihm sprechen, dann wirkt es fast so, als könne man noch mit ihm reden. Ich kann nicht behaupten, daß ich ihn je beim Vornamen genannt hätte. Ich glaube, er war alles andere als ein angenehmer Zeitgenosse.«

»Warum sagen Sie das?« Kate hatte den Blick nicht von Gregs Miene abgewandt und versuchte, in seinen Gesichtszügen zu lesen.

»Greg.« Diana rügte ihren Sohn vom Ende des Tisches aus.

»Tut mir leid, Ma, aber ich finde, man sollte Kate warnen. Immerhin ist sie gewissermaßen Marcus' Gast. Und wenn er und seine Frau sich ihr vorgestellt haben, dann darf man annehmen, daß sie sie näher kennenlernen wollen.«

Einen Moment lang herrschte Stille.

»Der Dolch hat ihm gehört«, warf Alison leise ein. »Er hat damit Leute umgebracht.«

Kate blickte sie an. Gegen ihren Willen lief ihr ein Schauder der Besorgnis über den Rücken. Alison starrte auf ihren Teller. Ihre Kopfschmerzen waren wieder da.

»Dann bin ich ja froh, ihn los zu sein«, sagte Kate. Sie zwang sich, heiter zu klingen. »Wenn du gut auf ihn aufpaßt, ist er hier, außer seiner Reichweite, bestimmt besser aufgehoben. Heute abend habe ich mit einem Freund in den Staaten telefoniert und ihm davon erzählt«, fuhr sie fort, entschlossen zu zeigen, daß sie in keinster Weise aus der Fassung zu bringen war. »In Amerika gibt es keine römischen Gespenster. Er war ganz schön eifersüchtig.« Steckten sie beide unter einer Decke, Greg und Alison? Amüsierten sich hier alle auf ihre Kosten? »Greg, was meinen Sie denn eigentlich damit, wenn Sie sagen, er sei alles andere als ein angenehmer Zeitgenosse?« fragte sie nach. Sie sah Greg aufmerksam an. Wenn er es ihr sagte, dann wußte sie wenigstens, was sie zu erwarten hatte.

Er zuckte mit den Schultern. »Es heißt, daß man in gewissen Vollmondnächten, wenn die Flut steigt, die Schreie seiner Opfer hören kann –«

»Greg, jetzt ist es aber genug«, rief sein Vater. »Du machst deiner Schwester Angst.«

»Blödsinn. Allie ist hart im Nehmen. Es braucht schon einiges mehr, um ihr Angst zu machen«, gab Greg zurück. Er wandte sich zu Kate. »Und ich bin sicher, daß unsere Frau Historikerin keine Angst vor Geistern hat. Bei ihr gehören sie schließlich zum Handwerkszeug. Eigentlich müßte sie sich freuen, ein paar davon so billig anmieten zu können.«

Da war er also, der Stachel, der ihn verriet. Kate lächelte. Plötzlich fühlte sie sich wieder heiterer. Mit Greg Lindsey würde sie schon fertig werden. Nachdem sie noch etwas von Dianas köstlicher hausgemachter Paté gegessen hatte, wandte sie sich ihm wieder zu. »Warum sollten sie aber im Grab am Strand herumspuken? Sie sind dort nicht begraben worden, und ich bin auch ziemlich sicher, daß es keine römische Grabstätte ist.«

»Woher wollen Sie wissen, daß es eine Grabstätte ist?« Patrick machte wieder eine seiner seltenen Bemerkungen. »Allie hat doch keine Leiche gefunden, oder?«

»Nein, habe ich nicht!« Wieder die Panik. Ohne Erklärung. Plötzlich. Überwältigend. Alison ballte die Fäuste gegen dieses Hämmern hinter ihren Augen.

»Und sie wird wahrscheinlich auch keine finden. Der Sand löst Leichen auf«, warf Kate ein. Sie hatte Alison nicht angesehen. »Wie in Sutton Hoo. Es ist zwar eine sächsische Begräbnisstätte, und deshalb viel später, aber es muß doch dasselbe Prinzip sein. Die Salze im Sand lösen alles auf – bis auf den Abdruck. Und den können Archäologen nur dann finden, wenn das Grab noch unberührt ist.« Sie sah Alisons verzerrten Gesichtsausdruck und beeilte sich hinzuzufügen: »Die Flut und der Wind haben das Grab aber schon so beschädigt, daß es keine Hoffnung mehr gibt, solche Zeugnisse zu finden.«

Der Torf. Die Torfschicht in der Düne. Die Worte kamen ihr in den Sinn, als sie die Paté auf ihrem Teller anstarrte. Der Torf war gerade erst freigelegt, nur die Ränder bröckelten ab, und es roch nach süßlicher Gartenerde ...

Sie ließ die Gabel fallen. Die anderen sahen sie an. »Entschuldigung.« Sie lächelte, als sie danach tastete. »Es ist dieses ganze Gerede über Geister. Ich glaube, jetzt werde ich doch noch nervös.«

»Und das ist unverzeihlich«, warf Diana streng ein. »Nun aber genug mit diesem Unsinn. Ich kenne dieses Cottage schon fast mein ganzes Leben lang. Es spukt dort nicht. Es hat dort noch nie gespukt, und damit Schluß.«

Kate warf einen verstohlenen Blick auf Greg. Er hatte den Blick auf seinen Teller gerichtet.

Als das Essen beendet war und die anderen zurück zum Feuer gingen, legte Diana eine Hand auf Kates Arm. »Bitte helfen Sie mir mit dem Kaffee. Ich hatte noch keine Gelegenheit, richtig mit Ihnen zu reden.« Sie lächelte, als sie den Kessel vom Kaminsims nahm und ihn zur Spüle trug. Keine der beiden Frauen sprach, während das Wasser in den Kessel lief, dann winkte Diana Kate mit einem Blick über die Schulter näher zum Ofen. Es gab ein Zischen aus Dampf, als sie den tropfenden Kessel auf die heiße Platte stellte. »Ich vermute, Sie haben gemerkt, daß Greg versucht, Sie aus Redall Cottage zu verscheuchen«, sagte sie leise. »Es tut mir wirklich leid, daß er sich so kindisch verhält. Ich habe dafür gesorgt, daß er auszieht, und das kann er mir nicht verzeihen. Mit Ihnen hat das nichts zu tun. Ich bin es, auf die er wütend ist.«

Kate drehte sich zum Tisch um und fing an, die Teller aufeinander zu stellen. Sie schaute hinüber zum anderen Ende des Zimmers, wo Roger eine CD aus dem Stapel auf der Stereoanlage aussuchte. Greg beugte sich über das Feuer und legte ein paar neue Scheite nach.

»Ich hatte mir schon gedacht, daß es darum geht«, sagte sie nach einem Moment. »Er und Alison stecken beide unter einer Decke, glaube ich. Keine Sorge, damit komme ich schon klar.«

»Sind Sie sicher?« fragte Diana besorgt. »Es kommt mir so kläglich vor, wenn ich Ihnen sage, daß ich nichts tun kann, aber wenn sie denken, daß es funktioniert, machen sie bestimmt weiter, ganz egal, was ich sage.« Sie knallte verärgert zwei Teller aufeinander und trug sie hinüber zum Spülbecken. »Ich denke gar nicht gern daran, daß Sie allein da draußen sind. Es ist so weit weg von allem.«

»Sie glauben doch nicht, daß sie mir etwas antun würden?« Kate sah sie voller Verwunderung an.

»Nein, nein. Natürlich nicht. Keiner von beiden würde einer Fliege etwas zuleide tun. Aber es könnte ihnen Spaß machen, Sie in Angst zu versetzen.« Sie schüttelte den Kopf. »Ach, meine Liebe, es tut mir so leid. Das alles ist mir schrecklich peinlich. Greg ist so schwierig ...«

Kate spürte, wie die Wut in ihr aufstieg. Spontan legte sie eine Hand auf Dianas Arm. »Bitte regen Sie sich nicht auf. Wie gesagt, ich kann damit umgehen.« Sie grinste. »Bei wirklichen Geistern wäre ich mir nicht so sicher. Mit Scharlatanen aber werde ich fertig. Ich werde sie mit ihren eigenen Waffen schlagen.« Diana sah sie dankbar an und lächelte wieder. »Solange ich nur weiß, daß sie es sind. Und solange ich weiß, daß Sie und Roger auch noch da sind – ein Schuß Vernunft am anderen Ende des Telefons.«

»Darauf können Sie sich verlassen.«

»Dann gibt's auch kein Problem.« Sie nahm die Kaffeekanne, trug sie zum Spülbecken und ließ heißes Wasser hineinlaufen, um sie anzuwärmen. Greg und sein Vater setzten sich jetzt, einer auf jeder Seite des Kamins. Die zwei jüngeren Lindseys waren verschwunden. Leise schwebte der Klang der Musik durch den langen Raum mit der niedrigen Decke.

Es war fast Mitternacht, als Kate sich unwillig aufrichtete und erklärte, daß sie allmählich heimgehen sollte. Roger hatte während der letzten zwanzig Minuten in seinem Sessel geschlafen, und Diana sah trotz ihrer angeregten Unterhaltung erschöpft aus.

Greg stand sofort auf. »Ich fahre Sie zurück. Um diese Zeit sollten Sie lieber nicht allein durch den Wald gehen.« Er grinste.

Kate blickte Diana lächelnd an. Es war klar, was er damit sagen wollte. Die Geister. »Danke. Dazu sage ich nicht nein. Es ist erstaunlich, wie lang dieser Weg sein kann, wenn man müde ist.«

Der Himmel hatte sich aufgeklart. Die Sterne funkelten, und auf der Windschutzscheibe hatte sich eine dünne Eisschicht gebildet. Greg machte ihr die Tür auf, dann wühlte er unter dem Fahrersitz herum, bis er einen Kratzer fand. »Es dauert nur einen Moment. Haben Sie das Feuer im Ofen abgedeckt gelassen?«

Sie lächelte. »Ich glaube, ich habe endlich raus, wie das Biest funktioniert. Es hat einen Riesenappetit auf Aufmerksamkeit, stimmt's?«

»Allerdings.« Im Eis wurde ein kleiner Kreis frei. Offenbar reichte ihm das, um den engen Weg zu sehen. Er kletterte neben sie und schlug die Tür zu. Der Motor sprang zögernd an und heulte dann in der Stille der Nacht ohrenbetäubend auf, als er auf Touren kam. Greg stieß den Schaltknüppel nach vorn, wendete das Fahrzeug und fuhr auf die Bäume zu. Auf dem nassen Boden glänzte der Rauhreif, und die durchdrehenden Räder brachen verrückte Muster in die dünne Eispolitur, mit der die Pfützen zwischen den Furchen überzogen waren.

Kate hielt sich verbissen fest, während der Land Rover hin- und herrutschte.

»Der Mann in den Staaten, den Sie erwähnt haben«, fragte Greg plötzlich in die Stille hinein. »Ist das Ihr Freund?«

»Das war er mal.«

»Was ist passiert?« Er zog mit aller Kraft am Schaltknüppel, als die Räder ins Schleudern kamen.

»Leute leben sich auseinander.«

»Aber Sie haben noch Kontakt.«

Sie betrachtete von der Seite sein gutaussehendes Profil und versuchte, den Klang seiner Stimme zu deuten. Sie spürte einen leichten Schauder der Erregung. »Ja«, sagte sie mit fester Stimme. »Wir haben noch Kontakt.«

Zu ihrer Überraschung sagte er, bis sie ankamen, nichts mehr. Sie sprang von dem hohen Sitz herunter und lehnte sich hinein, um ihm zu danken, aber er war schon beim Aussteigen.

»Lassen Sie mich lieber nachsehen, ob alles in Ordnung ist«, sagte er. »Das ist das mindeste, was ich tun kann.«

»Nicht nötig. Ich bin sicher, daß die Geister verschwunden sind.« Sie lächelte ihn an, aber sie gab ihm ihren Schlüssel. Das Wissen, daß Diana und Roger auf ihrer Seite waren, hatte ihr neuen Auftrieb gegeben, und sie war neugierig darauf, was er als nächstes tun würde.

Die Lampe im Wohnzimmer war noch an, als sie hereinkamen, und der Holzbrenner war es zu Kates Erleichterung ebenfalls. Greg sah ihn fast anerkennend an, und sie bemerkte, wie er Notiz von dem riesigen Haufen Scheite daneben nahm. Wenn ihn ihre Voraussicht belustigte, gab er das nicht zu erkennen. »Scheint alles in Ordnung zu sein. Soll ich oben auch nachsehen?«

»Nicht nötig. Danke, ich komme schon klar. Ich habe keine Angst.« Sie hatte den Mantel nicht ausgezogen, wartete vielsagend an der Tür. Er sah sich ein letztes Mal um. »Also gut. Wir sehen uns.«

»Danke fürs Heimbringen. Und bitte bedanken Sie sich in meinem Namen noch einmal bei Ihren Eltern für den wunderschönen Abend. Ich habe ihn wirklich genossen.«

»Gut.« Einen Augenblick lang schwieg er und sah sie an. Da war er wieder, der Humor hinter dem ernsten, fast strengen Äußeren, und einen Moment lang dachte sie, er würde sich bücken und sie auf die Wange küssen, wie es sein Vater getan hatte. Sollte er das vorgehabt haben, so überlegte er es sich jedenfalls anders. Er deutete kurz eine Verbeugung an – den Gruß des Engländers – und drehte sich um.

Sie blieb einen Augenblick lang stehen und sah zu, wie er in seinen Wagen kletterte, mit dem bogenförmigen Scheinwerferlicht die Dunkelheit durchflutete, wendete und zurück in den Wald fuhr. Sie seufzte erleichtert, als sie die Tür schloß. Das Cottage war warm und sicher, das Feuer an, das Wasser heiß – sie hatte den Boiler angelassen –, die Tür war abgesperrt, und sie besaß Verbündete. Marcus war nur ein böser Streich, ein Trick.

XX

Sie schaltete die Lampe aus und ging in die Küche. Eine Wolke aus wütenden Fliegen erhob sich und summte um das Licht herum, schlug gegen die Decke und knallte an die Wände. Sie starrte sie voll Ekel an. Woher kamen sie nur? Sie blickte sich um. Sie hatte kein Essen herumliegen lassen, nichts, was die Fliegen hätte anziehen können. Außerdem war es Winter. Sie ging hinüber zur Anrichte und blieb dort stehen. Ein Streifen nassen Torfs lief über die helle Holzoberfläche. Noch mehr davon lag auf dem Boden vor den Schränken. Sie fand auch welchen im Spülbecken. Sie starrte auf die Schüssel aus rostfreiem Stahl und fühlte, wie sich ihr der Magen umdrehte. Es ringelten sich Maden darin. Plötzlich war das Zimmer wieder von diesem süßen, starken Geruch frischer Erde durchdrungen. Ein Geruch, den sie beim Hereinkommen nicht bemerkt hatte.

Sie ballte die Fäuste. Greg. Das hatte etwas mit Greg zu tun. Irgendwie hatte er, während sie weg war, das alles arrangiert. Einer seiner Freunde mußte zum Cottage gekommen sein, mit seinem Schlüssel, wohl wissend, daß sie im Farmhaus war und daß er alle Zeit der Welt haben würde, ihr eine nette kleine Überraschung zu bereiten.

Voller Wut drehte sie beide Hähne voll auf und sah zu, wie die schwarze Erde und die Maden den Ausguß hinuntergewirbelt wurden. Dann machte sie sich daran, den Rest des Drecks wegzuwischen. Was die Fliegen anging, konnte sie nichts machen. Mehrere energische Minuten mit einer zusammengerollten Zeitung brachten nur zwei tote Fliegen als Beute. Morgen würde sie ein Spray kaufen müssen.

Nachdem sie endlich das Licht ausgeschaltet und die Tür fest hinter sich geschlossen hatte, blieb sie am Fuß der Treppe stehen und sah hinauf. Sie zögerte. Was hatten sie dort oben angestellt? Verärgert und sehr müde ging sie festen Schrittes hinauf, machte das Licht im Schlafzimmer an und blieb in der Tür stehen, um sich mit angehaltenem Atem umzublicken. So weit sie sehen konnte, war alles in Ordnung. Mit einem Seufzer der Erleichterung ging sie zu ihrem Bett und zog die Spitzendecke zurück. Die Laken waren nicht angerührt worden. Erleichtert, daß sie nicht irgendeinem kindischen Drang nachgegeben hatten, auch noch ihr Bett zu verunreinigen, sah sie sich sorgfältig nach Zeichen ihres Eindringens um, doch es gab keine. Das Zimmer war so, wie sie es verlassen hatte. Der einzige Geruch kam von den süßlich duftenden Stielen des Seidelbasts im Glas auf dem Tisch beim Fenster. Sie ging zum Fenster hinüber, zog die Vorhänge zurück und öffnete es, um sich hinauszulehnen. Die Nacht war kristallklar. Das Licht der Sterne war so hell, daß sie jede Einzelheit des Gartens, der Hecke und über die Düne hinweg das Meer, das leuchtend und still dalag, sehen konnte. Am Strand brachen sich die schwerfälligen Wellen in einem langsamen, sich ständig wiederholenden Takt, der dem gleichmäßigen Atmen eines schlafenden Tieres glich. Sie blieb lange so stehen, die Ellbogen auf dem eiskalten Fensterbrett, dann schloß sie endlich fröstelnd das Fenster und drehte sich zum Bett.

Das Knarren der Tür auf dem Gang ließ sie fast aus der Haut fahren. Sie wirbelte herum und wollte sich der Gefahr stellen, das Herz pochte ihr wie wild unter den Rippen. Es war jemand hier; jemand versteckte sich im Abstellzimmer. Sie atmete tief durch und sah sich nach einer Waffe um, mit der sie sich verteidigen konnte. Sie konnte nichts entdecken, außer einem Kleiderbügel aus Draht, der auf dem Stuhl lag. Sie nahm ihn und hielt ihn fest umklammert vor sich hin, als sie auf Zehenspitzen zur Tür schlich. Sie hatte sie nicht ganz geschlossen, und es war leicht, dahinter Position zu beziehen und von dort in den dunklen Gang zu spähen. Sie hielt die Luft an. In dem schmalen Lichtstrahl, der aus ihrem Schlafzimmer über die Binsenmatte auf die gegenüberliegende Wand fiel, konnte sie sehen, daß die Tür des anderen Zimmers noch offen stand. Der Raum dahinter lag im Dunkeln. Einen Moment lang war sie in Versuchung, ihre eigene Tür zuzuschlagen, ins Bett zu springen, den Kopf unter das Kissen zu stecken und zu beten, daß der Eindringling weggehen möge, wer immer es auch sei. Aber das war unmöglich.

»Greg?« Ihre Stimme kam wie ein Quieksen aus ihrem Mund. Sie räusperte sich und versuchte es noch einmal. »Greg? Komm schon. Ich weiß, daß da jemand ist.« Sie riß ihre Tür bis an die Wand zurück, trat mutig auf den Flur und stieß die gegenüberliegende Tür auf. »Verdammt nochmal, hör endlich mit dem Blödsinn auf. Es ist ein Uhr früh. Los jetzt. Der Spaß ist vorbei!« Sie machte Licht. Einen Augenblick lang war sie von dem, was sie nun sah, so entsetzt, daß sie erstarrte.

Ihre Kartons und Koffer lagen überall verstreut; Gregs Bilder waren umgeworfen, die Rahmen zerbrochen, die Leinwand zerfetzt, und überall im Zimmer lag eine dünne Schicht schwarzer Erde. Ihr Geruch war überwältigend, süß, stark, geradezu widerwärtig süß. Sie hielt die Tür umklammert, lehnte sich an sie, um nicht zu fallen, und bemerkte, daß sie angefangen hatte zu zittern; ihre Knie waren kurz davor, nachzugeben. Sie konnte spüren, wie ihr im Hals die Galle hochkam. Wer immer das gemacht hatte, wer immer hier gewesen war, er hatte alles im Zimmer zerstört. Ihre Augen wanderten zum verschlossenen Koffer. Er war an den Scharnieren auseinandergerissen worden. Das Staubtuch, in das sie den Halsreif eingewickelt hatte, war in Fetzen gerissen, und die Stücke waren über den Boden verstreut. So weit sie sehen konnte, war der Halsreif verschwunden.

»O mein Gott!« Ihre Lippen waren trocken, die Handflächen feucht. Sie drehte sich um und spähte die dunkle Treppe hinunter.

»Wo zum Teufel steckst du?« schrie sie. Sie rannte die Treppe hinab und machte schnell das Licht in der Diele an. »Wo bist du?« Die Haustür war immer noch verschlossen und verriegelt – der Schlüssel lag in der Schale auf dem Dielentisch. Sie lief ins Wohnzimmer. Es war ebenfalls so, wie sie es verlassen hatte, die Fenster geschlossen. Auch die Küche war leer, bis auf eine Wolke aus Fliegen, die sofort zur Decke hinaufflogen, um dort ihr endloses Kreisen fortzusetzen.

Sie griff zum Telefonhörer. Es klingelte lange, bis sich Diana meldete, die Stimme schlaftrunken.

»Diana, entschuldigen Sie bitte, daß ich so spät noch anrufe.« Kate war sich nicht bewußt, wie sehr ihre Stimme zitterte. »Kann ich mit Greg sprechen? Sie haben mich gewarnt. Sie haben mich gewarnt, und ich dachte, ich würde mit ihm fertig, aber das ist einfach zu viel. Er soll sofort kommen und hier alles wieder in Ordnung bringen!«

»Kate, was ist passiert?« Diana setzte sich in ihrem Bett im Farmhaus auf und griff in Richtung Nachttischlampe. Neben ihr stöhnte Roger und machte die Augen auf.

»Jemand hat hier alles kurz und klein geschlagen. Meine Koffer, seine Bilder – seine eigenen Bilder – sind in Stücke gerissen!« Kate schluckte schwer und versuchte, sich dazu zu bringen, langsamer zu atmen; etwas von ihrer Ruhe zurückzugewinnen. »Bitte, sagen Sie ihm einfach, er soll herkommen!« Sie warf den Hörer auf die Gabel und blickte in der Küche umher. Zuerst hatte sie gedacht, alles sei wieder in Ordnung, alles sauber. Aber jetzt bemerkte sie, daß noch überall Erde lag, die sie übersehen hatte – hinter der Küchenuhr, hinter den Büchern, bei einem Stift. Sie starrte auf eine Made, die sich gerade über einen Kassenzettel schlängelte, den sie achtlos hingeworfen hatte, als sie aus Colchester zurückgekommen war. Ihr weißer, gelatineartiger Körper war mit faserigem Torf überzogen. Einen Moment lang glaubte sie, sie müsse sich dort, wo sie gerade stand, übergeben. Sie schloß die Augen und atmete tief durch. Sie spürte den kalten Schweiß auf ihrem Gesicht. Langsam ging sie rückwärts weg von der Anrichte. Sie schlug die Küchentür zu und ging zum Ofen.

Sie streckte die Hände aus und wartete auf das Geräusch des Land Rover. Es vergingen ganze zwanzig Minuten, bis sie den Motor hörte und das Licht der Scheinwerfer durch die Vorhänge sah.

Ihre Beine waren so zittrig, daß sie kaum bis zur Haustür kam. Tastend steckte sie den Schlüssel ins Schloß und zog den Riegel zurück, um Diana, Roger und Greg hereinzulassen.

»Was ist passiert?« Diana legte den Arm um sie. »Oh, meine Liebe, was ist denn passiert?«

»Fragen Sie ihn.« Kate machte eine Kopfbewegung zu Greg. Sie schämte sich, als sie merkte, daß sie den Tränen nahe war.

»Ich habe keine Ahnung, was zum Teufel ich gemacht haben soll«, gab Greg scharf zurück. Er ging ins Wohnzimmer und schaute sich um. »Was ist passiert?«

»Oben.« Kate hatte Schwierigkeiten, sich zusammenzureißen. »Das Abstellzimmer.«

Sie und Diana blieben in der Diele, während Greg die Treppe hinaufrannte. Er nahm zwei Stufen auf einmal, sein Vater folgte ihm langsamer nach. Einen Moment lang war alles still, dann hörten sie beide, wie Greg vor sich hin fluchte.

»Würde er das wirklich tun?« fragte Kate. »Seine eigenen Bilder zerstören?«

Diana sah sie nachdenklich an. Sie ließ Kate los und ging hinter den Männern her nach oben.

Greg stand mitten im Zimmer, eine seiner Leinwände in der Hand.

Er wirbelte herum, als Diana hereinkam, dicht gefolgt von Kate. »Wer war das?« Seine Lippen waren weiß.

»Ich dachte, Sie würden mir das sagen können«, erwiderte Kate. »Das war doch Ihr Plan. Mir eine Höllenangst einzujagen, damit ich gehe und Sie wieder hier einziehen können.«

»Glauben Sie, ich würde meine eigenen Bilder zerstören?« Er schrie. »Glauben Sie, das würde ich tun? Gott im Himmel! Das war eine meiner besten Arbeiten.«

Es war das Bild mit dem Cottage unter dem Meer.

»Warum haben Sie es dann hiergelassen?« giftete Kate ihn an. »Wenn es so wertvoll war, warum haben Sie es nicht mitgenommen?«

»Weil – weil es hierher gehört.« Sein Blick war stechend. »Weil ich es rahmen lassen wollte, um es hier aufzuhängen.« Er blickte auf die zerrissenen, verbogenen Überreste in seinen Händen.

»Offenbar hat Ihre Schlägertruppe was falsch verstanden.«

»Was zum Teufel wollen Sie damit sagen?« schrie er. »Wie kommen Sie bloß auf sowas? Ma, hast du etwa ...?«

»Du kannst nicht leugnen, daß du Kate rausekeln wolltest«, warf Roger ein. »Ich konnte es gar nicht glauben, als deine Mutter mir sagte, in welchem Verdacht sie dich hat. Doch sie hatte recht. Ich habe es heute beim Abendessen selbst mit ansehen müssen.« Er lehnte sich an die Wand, und seine Hand ging verstohlen unter die Jacke zu seiner Brust. Sein Gesicht war grau vor Erschöpfung.

Greg streichelte das Bild zärtlich mit dem Zeigefinger. »Ich gebe zu, daß Allie und ich ein bißchen Spaß haben wollten, mit dem Gerede über Geister und so. Das wäre es schließlich wert gewesen.« Er warf Kate einen grimmigen, herausforderndn Blick zu. »Aber das ... Nein, wirklich nicht.«

»Wer war es dann?« flüsterte Kate.

Sie sahen sich an.

»Vandalen?« Diana tat ein paar Schritte nach vorn und bückte sich, um eine kleine Skizze aufzuheben, die aus einem Buch gerissen worden war, das zusammen mit den Bildern an der Wand gelehnt hatte. Sie sah sie traurig an.

»Vandalen hätten es doch bestimmt nicht bei einem Zimmer belassen«, sagte Kate. »Und es ist auch nichts gestohlen worden, soviel ich sehen kann.« Sie hielt inne. Der Halsreif. Der Halsreif war verschwunden. Es sei denn, er lag noch irgendwo in den Trümmern.

Roger beobachtete ihr Gesicht. »Fehlt etwas?« fragte er.

»Vielleicht. Etwas, das ich am Strand gefunden habe. Etwas, das ich in diesen Koffer eingeschlossen hatte.«

»Etwas von der Ausgrabung?« Greg wandte sich in anklagendem Ton an sie.

Sie zuckte mit den Schultern. »Ich wollte es zum Museum bringen. Ich war mir ziemlich sicher, daß Alison sich nicht darum kümmern würde, und diese Fundstätte ist zu wichtig, um ein Kind damit herumspielen zu lassen. Es tut mir leid, aber das ist wirklich meine Meinung. Es war ein Halsreif.«

Sie ging in das Zimmer, hob den Koffer auf und warf ihn zur Seite. Dabei stieß sie mit dem Fuß gegen den Haufen Papier, der darunterlag. Etwas schlängelte sich dort herum. Sie starrte es einen Augenblick lang an und wandte sich dann ab.

»O mein Gott.« Diana bedeckte angeekelt die Augen.

»Ich glaube, wir rufen lieber die Polizei.« Roger seufzte. »Wenn Greg nichts mit dem hier zu tun hat, und ich glaube nicht, daß er etwas damit zu tun hat, dann ist das wohl Sache der Polizei.«

»Aber es ist niemand eingebrochen«, sagte Kate ruhig. »Die Tür war abgeschlossen. Und auch die Fenster waren alle geschlossen.«

»Stimmt. Ich habe unten nachgesehen.« Greg ließ sein beschädigtes Bild in die Ecke fallen. »Schade, daß Sie mich nicht auch hier oben haben nachsehen lassen. Vielleicht hätte ich Ihnen etwas von dem Schrecken erspart. Ich rufe die Polizei an, Dad.« Er bahnte sich einen Weg an ihnen vorbei und verschwand.

Diana faßte nach Kates Hand. »Sie müssen mit uns zurückkommen und bei uns bleiben, meine Liebe. Nach all dem, was passiert ist, können Sie unmöglich allein hier bleiben.«

Kate widersprach nicht. Sie folgte den anderen die enge Treppe hinunter und verschwand in der Küche, um vier Gläser und die Whiskyflasche zu holen, dann ging sie ihnen ins Wohnzimmer nach, wo Greg, der bereits die Polizei angerufen hatte, gerade das Feuer schürte. »Sie kommen, so schnell sie können«, sagte er. Er richtete sich auf und sah Kate an. »Ich muß mich bei Ihnen entschuldigen. Dad hat recht. Es war unglaublich kindisch von mir, Sie von hier vergraulen zu wollen, aber ich schwöre Ihnen, daß ich mit dieser Sache nichts zu tun habe.« Seine Schultern sackten leicht zusammen, als er das Glas Whisky von ihr annahm. Sie hatte keinem der Gläser Wasser beigemischt. »Mag sein, daß ich meine Bilder da oben leichthin abgetan habe, aber ein paar davon waren etwas ganz Besonderes. Ich hätte sie nie beschädigt.«

Sie schenkte ihm ein schwaches Lächeln. »Ich glaube Ihnen.«

»Kate.« Roger setzte sich in den Sessel am Feuer. »Wahrscheinlich sollten Sie jetzt Ihre Sachen durchsehen. Um sicherzugehen, daß sonst nichts fehlt.« Er warf einen Blick hinüber auf den Tisch, wo ihr Laptop und Drucker zwischen einem Berg von Büchern standen. »Obwohl ich nicht glaube, daß irgendein Einbrecher das übersehen hätte. Wenn sie etwas mitgenommen hätten, dann doch sicher das.«

Kate nickte. »Gott sei Dank haben sie meinen Computer hiergelassen. Aber Sie haben recht. Ich sehe besser nach. Ich hatte ein paar silberne Armreifen und Ringe im Schlafzimmer. Vorhin habe ich nicht darauf geachtet, ob sie noch da sind.« Sie ging auf die Tür zu, dann zögerte sie. Oben, das war plötzlich feindliches Gebiet.

Greg folgte ihr, ohne etwas zu sagen. »Ich gehe voraus«, sagte er.

Nichts in ihrem Schlafzimmer war angerührt worden. Es gab keine Spur, daß jemand auch nur im Zimmer gewesen war. Sie suchten alles sorgfältig ab, dann wagten sie sich noch einmal in den Abstellraum. »Eigentlich wollte ich nach dem Halsreif suchen«, sagte Greg. »Aber vielleicht sollten wir besser nichts mehr anfassen. Wahrscheinlich wollen sie von allem hier Fingerabdrücke nehmen.«

Sie sah sich angestrengt um. Die Fliegen waren auch noch da. Ihr wütendes Summen erschütterte die Stille, als sie im Sturzflug auf die einsame Glühbirne in der Mitte der Decke zurasten. Sie schüttelte den Kopf. »Ich verstehe das nicht. Ich verstehe das einfach nicht«, sagte sie.

Er zuckte die Achseln. »Wer weiß schon, warum Menschen tun, was sie tun. Es gibt so viele Gründe. Ich glaube, dieser Mensch hier war wütend. Aus irgendeinem Grund war er wütend.«

»Vielleicht hat er etwas gesucht, das er nicht finden konnte.«

»Aber was? Geld?«

»Wenn es Geld gewesen wäre, hätte er im Schlafzimmer gesucht. Unter den Sesselkissen. Im Kamin.« Ihr gelang ein schwaches Lächeln. »Ich weiß noch, wie in die Wohnung meiner Schwester eingebrochen wurde. Damals haben sie es so gemacht. Nein. Es war etwas hier, was er wollte. Etwas ganz Bestimmtes.«

»Der Halsreif?«

»Aber wie hätte er wissen können, daß er hier war?«

Sie sahen sich an.

Marcus.

Das Wort war nicht ausgesprochen worden, aber es war da, hing in der Luft. Kate schüttelte den Kopf. Marcus als Person war eine Erfindung, eine Erfindung, die sie und Greg und Alison sich auf seltsam spontane Weise ausgedacht hatten, geschaffen von einem fruchtbaren Kopf, ihrem Kopf, und genährt durch die Einflüsterungen zweier verschlagener Souffleure, Greg und Alison.

»Wer wußte noch davon?« fragte Greg leise. »Sie haben an jemanden gedacht, gerade eben.«

»Nur an Marcus«, sagte sie.

XXI

Die Polizei verbrachte viel Zeit damit, den Abstellraum im Cottage zu durchsuchen, und es war schon nach vier, als die müden Männer in ihr Auto stiegen und den holprigen Weg zurück zur Redall-Farm fuhren, gefolgt vom Land Rover der Lindseys. Kate stand einen Moment lang da und beobachtete die Rücklichter des Polizeiautos, wie sie im Wald verschwanden. Dann folgte sie den anderen ins Haus. In ihrem Kopf drehte sich alles, sie war erschöpft. Ihr wurde klar, daß sie Redall Cottage in der kurzen Zeit, die sie jetzt hier war, lieben gelernt hatte, trotz ihrer gelegentlichen Nervosität, und plötzlich war das Zutrauen, das sie zu dem Ort gehabt hatte, zerstört worden. Es war, als habe ein neuer Freund sich wie aus heiterem Himmel umgedreht und ihr ins Gesicht geschlagen.

Diana war in der Diele stehengeblieben, um auf sie zu warten. »Sie können in Gregs Zimmer schlafen, Kate. Er ist schon nach oben gegangen, um das Bett frisch zu beziehen.«

»Und wo schläft er?« Kate folgte ihr in das wohlbekannte Wohnzimmer. Das Feuer war zu Asche geworden, trotzdem war es immer noch gemütlich warm. Und es duftete nach Kaffee und Wein und einem leichten Anflug von Oregano und Knoblauch von dem Essen vor so vielen Stunden.

»Da machen Sie sich mal keine Gedanken«, meinte Roger streng. »Er hat mein Arbeitszimmer da drüben als Studio beschlagnahmt.« Er zeigte auf ein Zimmer gegenüber der Diele, das sie bis jetzt noch nicht gesehen hatte. »Da drin kann er seine Zelte aufschlagen. Sie sehen ganz erschöpft aus, liebe Kate. Ich schlage vor, Sie gehen direkt nach oben und legen sich schlafen. Morgen früh besprechen wir dann alles.«

Trotz ihrer Müdigkeit musterte Kate Gregs Schlafzimmer, als sie sich auf das Bett setzte. Ein Schlüssel zu seiner Persönlichkeit ließ sich hier nicht finden. Der Raum war das Gästezimmer des Hauses gewesen, und so sah er auch immer noch aus. Die Einrichtung, obwohl hübsch und bequem, verbreitete jene eigenartige, Gästezimmern eigene Atmosphäre, niemand Bestimmtem zu gehören. Der Stil war zu feminin für Greg, zu maskulin für das Zimmer einer Frau.

Sie betrachtete seine Sachen auf dem Tisch am Fenster. Vor dem kleinen, viereckigen Ankleidespiegel lagen verschiedene Gegenstände. Neben der obligatorischen Bürste und einem Kamm lagen dort auch Manschettenknöpfe – also trug er Gesellschaftskleidung, wenn es sein mußte. Irgendwie konnte sie sich das nicht richtig vorstellen. Außerdem gab es da noch einen offenbar unbenutzten Pinsel, mehrere Bleistifte verschiedener Stärke, einen Haufen Kleingeld, eine zerknüllte Zugfahrkarte, ausgestellt an der Liverpool Street, eine Reihe von Büroklammern, ein paar Stück Polo Pfefferminz in den zerknitterten Überresten von Silberpapier, und eine wunderschön emaillierte Schnupftabakdose. Sie hob letztere auf und besah sie sich genau, verzaubert, dann ließ sie ihren Blick weiter durch das Zimmer wandern. Die Wände waren mit einer hübschen, geblümten Tapete bedeckt und durch die Balken mit einem Kreuzmuster versehen; die Decke war niedrig, die Möbel hauptsächlich viktorianisch. Es war klein, gemütlich und sicher.

Sie brauchte nur zwei Minuten, um sich auszuziehen, das Baumwollnachthemd überzustreifen, das sie zusammen mit ihrer Zahnbürste in die Umhängetasche gestopft hatte, und dankbar ins Bett zu schlüpfen.

Kate zog das Federbett über den Kopf und schloß die Augen. Minuten später öffnete sie sie wieder. Sie war zu müde, zu angespannt und ihr Gehirn noch zu aktiv, um zu schlafen. Das Kissen umklammernd, lag sie da und schaute zum Fenster hinaus, in die Schwärze des Himmels. Tränen begannen ihr über die Wangen zu laufen. Draußen, weit hinter dem Gras, schimmerte der Schlamm im Sternenlicht, als die Flut langsam über den salzigen Sand hereinkroch.

Es war schon hell, als sie endlich in einen unruhigen Schlaf fiel. Und deutlich nach elf, als sie aus ihrem schlechten Traum hochschrak, denn im Zimmer nebenan ging plötzlich laute Popmusik los. Sie setzte sich langsam auf, schwenkte die Füße auf den Boden und rieb sich erschöpft das Gesicht mit den Händen. Als

Johnny Rotten einen Moment lang innehielt, um Luft zu holen, konnte sie von unten das Geräusch eines Staubsaugers hören.

Zehn Minuten später ging sie nach unten. Sie hatte sich das Gesicht mit kaltem Wasser gewaschen, das Haar gebürstet und sich Rock und Bluse von der letzten Nacht übergestreift. Die Hälfte des großen Wohnbereichs, die das Wohnzimmer bildete, war verlassen – sogar die Katzen fehlten. Als sie durch die Eichenpfosten lugte, die den Raum teilten, sah sie, daß Roger allein am Küchentisch saß. Er las die *Times*. Das Geräusch des Staubsaugers hatte sich in den äußersten Winkel des Hauses verlagert. Er hob den Kopf und lächelte. »Wir haben Kaffee gemacht. Wie wär's mit einer Tasse? Sie sehen aus, als ob Sie eine gebrauchen könnten.«

»Danke.« Sie setzte sich ihm gegenüber hin und fragte sich, wie es ihm gelungen war, so früh eine Zeitung aufzutreiben – hier draußen wurde sie doch bestimmt nicht zugestellt. Aber dann erinnerte sie sich, wie spät es war. Es war schon fast Mittag. Mehr Zeit als genug für jeden Gastgeber, um durch den halben Bezirk zu fahren und wieder zurückzukommen.

Er schob ihr eine Tasse hin, bevor er seine Zeitung zusammenfaltete, sie ordentlich neben seinen Teller legte und sich dann auf den Ellbogen nach vorn lehnte. »Ich hatte heute morgen ein langes Telefonat mit der Polizei. Seit sie drüber geschlafen haben, scheinen sie zu glauben, daß es doch Greg war, wie Sie das ja auch gedacht haben. Oder wenigstens, daß er dafür verantwortlich ist. Es gab keinerlei Zeichen für einen Einbruch, und er ist der einzige, außer Diana, mir und Ihnen natürlich, der einen Schlüssel zum Cottage hat.«

Kate starrte ihn an. »Aber er würde doch bestimmt nicht seine eigenen Bilder zerstören.«

Roger seufzte. »Manchmal läßt sich nur schwer sagen, was im Kopf meines Sohnes vorgeht, Kate. Oft glaube ich, er haßt sein Talent.« Er goß noch etwas Kaffee in seine Tasse. »Liebe Kate –« Er hielt inne, suchte nach den richtigen Worten. »Ich würde es natürlich verstehen, wenn Sie sich dafür entscheiden sollten, lieber abzureisen, und selbstverständlich würde ich Ihnen die Miete zurückerstatten. Ohne Abzüge. Es ist mir furchtbar peinlich, was hier passiert ist. Aber falls Sie doch hierbleiben wollen –« Er zögerte. »Falls Sie trotz allem im Cottage bleiben wollen, schicke ich noch heute jemanden rüber, der die Schlösser auswechselt, und ich selbst würde dafür Sorge tragen, daß niemand außer Ihnen einen Schlüssel dafür hat, solange Sie dort wohnen. Ich kann mich gar nicht genug für all den Kummer entschuldigen, den Ihnen diese Geschichte verursacht haben muß.« Er lächelte. Er sah erschöpft aus. Sein Gesicht war blutleer unter der trockenen, papierdünnen Haut.

Kate streckte spontan die Hand aus und legte sie auf seine. Im Licht des Tages hatte sich ihre Furcht verflüchtigt. »Ich glaube, ich würde gern bleiben. Es ist so wunderschön hier, und mit meinem Buch komme ich auch so gut voran.« Sie sah zum Fenster, vor dem blaue Gingham-Vorhänge angebracht waren. »Natürlich kann ich das jetzt leicht sagen, wenn draußen die Sonne scheint und ich in einem Haus voller Menschen bin.« Sie schaute hinunter in die Tiefen ihres Kaffees. »Ich bin nicht sicher, wie ich mich im Dunkeln fühlen werde, wenn ich wieder allein bin.« Sie zuckte entschuldigend mit den Schultern.

»Versuchen Sie es noch mal.« Er drehte seine Hand um, um einen Moment lang die ihre zu nehmen. »Sie können sich jederzeit umentscheiden. Und wenn Sie nervös werden, wissen Sie ja, daß wir ganz schnell da sein können. Einer von uns kommt immer, wenn Sie anrufen, das verspreche ich Ihnen.« Er stand auf. »Greg ist weggegangen. Kommen Sie, wir sehen uns seine Bilder an.«

Sie folgte ihm in das Arbeitszimmer, blieb dann aber in der Tür stehen, um sich umzuschauen, während Roger zu seinem Stuhl hinter dem Schreibtisch ging und sich darauf fallen ließ. »Er hat Talent«, sagte er müde. »Das ist keine Entschuldigung, aber vielleicht hilft es uns, ihn ein bißchen zu verstehen.«

Kate ging langsam im Zimmer herum. Sie hatte sich bereits durch die Bilder im Cottage eine Meinung von Gregs Talent gebildet, aber diese Auswahl verstärkte sie um das Zehnfache. Er war wirklich sehr gut. »Wer ist diese Frau?« Neugierig hielt sie ein kleines Porträt hoch. Es war eines von mehreren mit demselben Modell.

Roger zuckte mit den Schultern. »Ich kenne sie nicht. Jedenfalls sind sie alle aus der letzten Zeit.«

Kate musterte sie aufmerksam. Die Frau hatte große, ovale,

graue Augen, zu groß für das Gesicht – in jedem Bild waren es dieselben –, und zu einer Schleife gebundenes, kastanienbraunes Haar. Immer war sie blau gekleidet, aber es waren keine Einzelheiten von dem zu sehen, was sie trug, nur ein verschwommenes Etwas, die Andeutung von Schultern, Armen, nichts weiter. Fröstelnd stellte sie das Bild zurück. »Er ist ein guter Maler.«

Roger nickte. Er lächelte kurz wie ein Verschwörer. »Sagen Sie ihm nicht, daß ich sie Ihnen gezeigt habe. Kommen Sie. Wir fangen schon mal mit den Kartoffeln an, und nach dem Mittagessen bringen wir Sie zurück zum Cottage.«

Sie konnte sich eines beklommenen Gefühls nicht erwehren, als sie die Tür zum Cottage aufsperrte, aber die Anwesenheit von Roger und Diana gab ihr Sicherheit, ebenso die Ankunft des Schlossers zwanzig Minuten später. Während er sich um die Tür kümmerte, halfen ihr die anderen, oben den Abstellraum aufzuräumen und zu putzen.

Roger überprüfte die beiden Fenster. »Wollen Sie, daß er hier auch Schlösser anbringt, wenn er schon einmal da ist?« fragte er skeptisch, als er den Fensterrahmen untersuchte. Im ganzen Haus gab es keinen Hinweis auf ein gewaltsames Eindringen.

Kate zuckte mit den Schultern. »Das scheint mir doch ein bißchen übertrieben –«

»Vielleicht könnte man sie zuschrauben. Das wäre billiger«, meinte Diana. »Ich finde, wir sollten alle nur denkbaren Vorsichtsmaßnahmen ergreifen. Und die Haustür sollte einen größeren Riegel haben und ein Riegelschloß.«

Es war fast dunkel, als sie alle gegangen waren. Kate sah sich um. Seltsamerweise war sie erleichtert, daß sie nun allein war. In der beruhigenden Gewißheit, daß das Haus jetzt unangreifbar war wie Fort Knox, und in dem Bewußtsein, daß ihre eigenartigen Erlebnisse auf irgendeine Weise mit Greg zu tun hatten, hatte sie sich danach gesehnt, daß sie gehen würden; nachdem sie vierundzwanzig Stunden nicht geschrieben hatte, litt sie unter Entzugserscheinungen.

Sie trug eine Tasse Kaffee zum Schreibtisch, setzte sich und zog den Stapel mit bedruckten Seiten zu sich heran. Den Stift in der Hand, begann sie zu lesen.

Draußen war der Wintertag in die kalte, finstere Nacht versunken. Ein- oder zweimal hob sie den Kopf und sah zu den Fenstern, horchend. Sie hatte sich schließlich dagegen entschieden, sie zuschrauben zu lassen. Es erschien ihr so traurig, auf das beruhigende Geräusch des Meeres und die frische Luft verzichten zu sollen.

Im Moment allerdings kam von draußen überhaupt kein Geräusch. Kein Wind, kein Meer. Völlige Stille umhüllte das Cottage, nur unterbrochen vom leisen Brummen ihres Computers und dem Klappern der Tasten unter ihren Fingern. Das schrille Läuten des Telefons aus der Küche ließ sie zusammenfahren.

Es war Jon. Seine Stimme klang wieder hell und freundlich, beiläufig, als hätte er eigentlich keinen Grund, überhaupt von jenseits des Atlantik bei ihr anzurufen. »Wie geht's dir?«

»Geht schon«, erwiderte sie. Sie setzte sich auf den hohen Hocker. »Nicht so gut, um ehrlich zu sein. Bei mir ist eingebrochen worden.«

»Das ist doch nicht dein Ernst. O mein Gott, Kate, ist mit dir alles in Ordnung?« Die ehrliche Besorgnis in seiner Stimme ließ sie zum zweiten Mal wünschen, ihm die Neuigkeit nicht erzählt zu haben.

»Ja, es geht mir gut. Sie haben nichts mitgenommen außer –« sie hielt inne, »– weißt du noch, daß ich gerade einen Halsreif saubergemacht hatte, als du das letzte Mal anriefst?«

»Der einem alten Briten gehört?« Seine Worte wirkten unbeschwert, aber sie konnte doch die Sorge in seiner Stimme hören.

»Den haben sie mitgenommen. Und sie haben ein paar Bilder kaputtgeschlagen.«

»Kate, du kannst da nicht bleiben –«

»Nein. Es geht schon wieder. Ich bin okay. Ich habe das Telefon, und sie haben alle Schlösser ausgewechselt. Bin also hinter Schloß und Riegel, wie im Gefängnis von Holloway, nur daß ich einen Schlüssel habe. Es waren wahrscheinlich ein paar Jungs aus der Gegend, die gedacht haben, daß das Cottage leersteht. Ich glaube nicht, daß sie wiederkommen.«

»Was ist mit der Polizei? Geht es dir bestimmt gut? O mein Gott, Kate, wenn ich nur nicht so weit weg wäre.« Die Wärme seiner Stimme füllte die Küche. »Paß auf dich auf, mein Liebling, versprich mir das.«

Sie legte nachdenklich den Hörer auf. Mein Liebling, hatte er sie genannt. Mein Liebling. Er liebte sie noch immer.

Plötzlich bemerkte sie, daß draußen der Wind stärker wurde. Sie konnte das leise Stöhnen der Äste im Wald hören, aber es machte ihr nichts aus. Plötzlich spielte nichts mehr eine Rolle. Sie fühlte sich unerklärlich glücklich und behaglich. Im Wissen, daß ein ausreichender Vorrat an Brennholz in ihrem Karton lag, und mit einem nagelneuen Schloß und einem Riegel oben und unten an der Tür konnte sie sogar lächeln.

Sie machte sich wieder an die Arbeit. Es war schwer, sich zu konzentrieren. In Gedanken kam sie immer wieder zurück zu Jon, aber dann nahm die Erzählung sie doch wieder gefangen, und sie versetzte sich zurück in die Kindheit ihres Dichters. Die Beziehung Catherine Gordons zu ihrem Sohn war ziemlich rätselhaft, ihre Liebe ebenso verdreht und deformiert wie der Klumpfuß des armen Kindes. Kate lehnte sich in ihrem Stuhl zurück und kaute am Ende ihres Kugelschreibers. Eine Windbö traf das Cottage. Sie spürte, wie die Wände zitterten und hörte, wie plötzlich der Regen gegen das Fenster schlug, als sie sich nach vorn setzte, die Hände auf den Tasten, und weiterschrieb. Eine Minute später starrte sie voller Entsetzen auf den Bildschirm.

Mögen die Götter dich bis in alle Ewigkeit verfluchen, Marcus Severus, und deinen fauligen Körper und deine verdorbene Seele richten für das, was du heute hier getan hast …

»Mein Gott!« flüsterte sie. »O mein Gott!«

Wieder traf ein Schlag die Fenster, und sie zuckte zurück, als ob sie es gewesen wäre, die der Wind und der Regen getroffen hatten. Sie machte rasch den Computer aus, als hätte sie Angst, er würde sie verbrennen, und schob den Stuhl zurück. Ihre Hände zitterten.

Das habe ich nicht geschrieben.

Aber sie hatte es geschrieben, wie ein Roboter, der ein Diktat aufnahm. Sie starrte im Zimmer herum. Es war sehr still. Die Bö hatte sich so schnell zurückgezogen, wie sie gekommen war, und die Nacht draußen war wieder lautlos. Alles, was sie hören konnte, war das Hämmern des Pulses in ihren Ohren. Sie packte ihren Kassettenrecorder, legte mit bebenden Händen eine Kassette ein und schaltete ihn an. Die Klänge von Sibelius füllten das Zimmer, als sie tief durchatmend hinüber zum Ofen ging, sich bückte und die Türen öffnete, um in die warme Glut der schwelenden Scheite zu starren.

»Ich bin müde, nichts weiter«, flüsterte sie vor sich hin. »Es war ein langer Tag. Ich brauche Schlaf. Viel Schlaf.« Sie schenkte sich mit einer Hand, die immer noch zitterte, einen Whisky ein und stand, während sie ihn langsam schlürfte, mehrere Minuten vor dem Ofen.

Nur ganz allmählich wurde ihr bewußt, daß sich jemand hinter ihr befand. Sie hielt den Atem an und wagte nicht, sich zu bewegen. »Alison?« Ihre Stimme klang heiser vor Anspannung. Es war eine Frau. Sie war sicher, daß es eine Frau war. »Alison, bist du das?« Langsam drehte sie sich um.

Das Zimmer war leer. Sie starrte auf die geschlossene Tür. Im Lauf der Jahre hatte sie sich leicht verzogen, und sie war schon vertraut mit dem quietschenden Geräusch, wenn sie auf oder zu ging. Es war unverwechselbar – und laut. Aber sie hatte sie nicht gehört.

»Komm schon, Kennedy. Reiß dich zusammen.« Sie nahm einen weiteren Schluck von dem Whisky, spürte, wie seine Hitze ihr die Kehle verbrannte, wie er durch ihre Adern kroch. Er gab ihr den Mut, zur Tür zu gehen und sie aufzumachen. Die Diele draußen war menschenleer. Die Haustür war noch verschlossen und verriegelt. Sie hatte es gewußt, es war niemand da. Entschlossen ging sie die Treppe hoch, das Glas noch in der Hand, schaltete das Licht an und spähte in ihr Schlafzimmer. Es war leer. Das Zimmer war aufgeräumt. Einen Moment lang zögerte sie vor dem Abstellzimmer, dann holte sie tief Luft, stieß die Tür auf und machte das Licht an. Das Zimmer war so, wie sie es vor einiger Zeit verlassen hatten. Aufgeräumt, sauber, fast leer, ihre Koffer an der Wand gestapelt. Die Überreste von Gregs Bildern waren weg – in das provisorische Atelier im Arbeitszimmer seines Vaters gebracht. Beide Fenster waren geschlossen, die Fliegen verschwunden. Vom Halsreif gab es noch immer keine Spur.

Mit einem Seufzer der Erleichterung ging sie zurück nach unten ins Wohnzimmer.

O Gott, da war es wieder! Dieser Geruch von Erde und dieser süße, undefinierbare Duft. Mit einem müden Kopfschütteln ging sie zum Ofen, stopfte so viele Scheite wie möglich hinein und knallte die Türen zu.

»Geh zum Teufel, Marcus, wo immer du bist, und laß mich in Frieden!« sagte sie laut.

Sie wollte gerade die Schreibtischlampe ausmachen, da stieß sie einen Schrei aus, und ihr leeres Glas polterte auf den Boden: In der Ecke des Zimmers stand eine Frau.

Für den Bruchteil einer Sekunde sah Kate ihr rotbraunes Haar, ihre beschmutzte, zerrissene, lange blaue Robe, und sie wußte, daß sie diese Frau irgendwo schon einmal gesehen hatte. Doch schon war sie wieder verschwunden. Zurück blieb nur der Geruch von Erde und dazu das übersüße, blumige Parfum.

Mit einem ätzenden Geschmack im Mund ging Kate rückwärts zur Tür, sie ging rückwärts hinaus in die Diele, die Augen auf die Stelle gerichtet, wo die Frau gestanden hatte. Sie glaubte nicht an Geister. Niemand, der bei Verstand war, glaubte an Geister. Nur im Scherz bei den Lindseys. Es war ihre Einbildung; sie hatte zu intensiv an die schwarze, stürmische Nacht draußen vor den Fenstern gedacht, und das hatte in ihrem Kopf dieses Gesicht hervorgerufen. Das war es. Wer hatte doch gesagt, daß wir alle verrückt sind in der Nacht? War es Mark Twain? Sie schüttelte den Kopf. Wer auch immer es gewesen war, er hatte recht.

Oder war es der Whisky? Vielleicht hatte sie zu viel getrunken. Die halbleere Flasche war im Wohnzimmer, wo – es – gestanden hatte. Zu dumm. Doch sie konnte darauf verzichten. Sie lief die Treppe hinauf, nahm zwei Stufen auf einmal, rannte ins Schlafzimmer und schlug die Tür zu. Sie zitterte noch immer, aber nicht so sehr, daß sie den viktorianischen Stuhl – er war schwer, obwohl er hübsch und klein war – nicht durch das Zimmer schleifen und unter dem Türgriff verkeilen konnte. Warum, o warum nur hatte sie nicht darauf bestanden, daß der Schlosser auch an ihrer Schlafzimmertür einen Riegel anbrachte?

Erst als sie sich die Kleider vom Leib gerissen hatte und ins Bett getaucht war, wo sie sich sofort die Decke über den Kopf zog, fiel ihr ein, daß Geister auch durch Wände gehen können.

XXII

Patrick saß in seinem Zimmer und grübelte. Die mathematische Formel, an der er gearbeitet hatte, ging nicht auf. Er hielt einen Augenblick lang inne, starrte vor sich hin und lauschte der lauten Musik, die aus Allies Zimmer den Gang herunter schallte. Obwohl zwei Türen dazwischen waren, dröhnte sie ohrenbetäubend. Er seufzte. Brüllen würde nichts nützen. Sie würde die Musik dann nur noch lauter machen. Eine Weile dachte er darüber nach, wie sie Greg dazu gebracht hatte, für einen neuen Kassettenrecorder zu blechen. Ihr Vater hatte gesagt, daß die Versicherung letzten Endes wohl zahlen würde. Warum hatte Greg dann das Geld so schnell rausgerückt? Er rätselte noch ein paar Minuten darüber, aber dann wanderten seine Gedanken zurück zu den Zahlen auf dem Bildschirm.

Um ihn herum standen seine Bücher, die Buchrücken fein säuberlich aufgereiht, freundliche Kameraden im Halbdunkel. Das einzige Licht im Zimmer kam von der Schwebelampe über seinem Schreibtisch und vom Computerbildschirm. Er tippte ein paarmal auf die Enter-Taste und machte noch einen Versuch. Plötzlich drangen das entfernte Geräusch des Meeres, das Heulen des Ostwinds und der Regen, der an das Fenster prasselte, an sein Ohr.

Der Bildschirm vor ihm zitterte. Er runzelte die Stirn und rieb sich die Augen. Ein Buchstabe war vom oberen Ende des Bildschirms nach unten gerutscht. Dann noch einer und noch einer.

»O nein! Verdammte Scheiße!« Er starrte ungläubig auf den Bildschirm. »Bitte kein Virus! Kein verfluchtes Virus!«

Mit angehaltenem Atem hackte er verzweifelt auf die Tasten, versuchte zu retten, was er erarbeitet hatte, aber der Bildschirm war bereits leer, und der Cursor bewegte sich zielgerichtet wieder nach oben, in die linke Ecke. Langsam erschien eine Botschaft.

Mögen die Götter dich bis in alle Ewigkeit verfluchen, Marcus Severus Secundus, und deinen fauligen Körper und deine verdorbene Seele richten für das, was du heute hier getan hast …

Patrick starrte auf den Schirm, seine Hände umklammerten die hölzernen Lehnen seines Stuhls. Einen Moment lang saß er reglos da, las die Botschaft wieder und wieder, dann sprang er mit solcher Heftigkeit auf, daß sein Stuhl hinter ihm zu Boden fiel.

»Allie! Allie! Ich drehe dir deinen verdammten Hals um!« Er stürzte zu ihrem Zimmer. »Was hast du mit meinem Computer gemacht, du blöde, schwachsinnige Kuh?«

Nach der Dunkelheit in seinem Zimmer traf ihn das helle Licht wie ein Schlag. Wenigstens sechs Glühbirnen brannten bei ihr – zwei Scheinwerfer, ein Deckenlicht und drei Schreibtischlampen, die über den Boden verteilt waren. Kein Wunder, daß sie dauernd Migräne hatte!

Seine Schwester lag auf dem Bett, noch immer angezogen, und hörte mit benommener Miene zum tausendsten Mal die Sisters of Mercy.

Patrick machte einen Satz zum Gerät und zog den Stecker heraus. »Du blöde Kuh! Ist dir klar, was du getan hast? Du hast mir mein Referat ruiniert, vollkommen ruiniert!«

»Was?« Sie schaute ihn verständnislos an. Die plötzliche Stille nach dem Dröhnen der Musik wirkte seltsam schockierend auf sie.

»Die Nachricht auf meinem Computer. Sehr komisch! Äußerst drollig! Wenn das nicht zum Kichern ist!« Er spuckte fast vor Wut.

»Was für eine Nachricht?« Sie legte sich wieder zurück und bedeckte ihre Augen mit ihrem Arm. »Ich habe deinen blöden Computer nicht angerührt.«

»Wer war es dann?«

»Weiß ich nicht. Ist mir auch egal. Raus aus meinem Zimmer.«

»Allie.« Seine Stimme war plötzlich sehr ruhig. »Ich warne dich.«

»Ich sag' doch, ich weiß nichts davon«, wiederholte sie. »Raus.«

Er beugte sich vor und packte ihren Arm. »Komm mit.«

»Nein!«

»Komm mit!« Er zerrte sie vom Bett herunter.

»Paddy! Du tust mir weh!« jammerte sie, als sie ihm widerstrebend den Gang hinunter in sein Zimmer folgte, in dem es dunkel war wie im Mutterleib.

»Da. Erklär mir das!« Er zeigte mit einer schleudernden Armbewegung auf den Bildschirm.

Sie beugte sich vor und spähte hin.

»Sieht aus wie Mathe«, sagte sie. »Keine Ahnung, was das sein soll.«

»Mathe?« Er schob sie beiseite. Auf dem Bildschirm stand säuberlich und vollständig die Formel. Nichts flimmerte. Er starrte ungläubig darauf. »Aber es ist alles runtergefallen. Es gab eine Nachricht. Einen Fluch –«

Aber Allie war längst gegangen und hatte die Tür hinter sich zugeschlagen.

XXIII

»Ich hoffe, es schneit nicht zu stark. Ich möchte auf keinen Fall, daß Sie Ihren letzten Vortrag verpassen«, meinte Sam Wannaburger, Jons amerikanischer Verleger, und stemmte den schweren Koffer hoch. »Ich freue mich so, daß Sie sich bereit erklärt haben, hier raus zu kommen und uns zu besuchen.«

Er hatte Jon mit einem Pick-up von der Größe eines Möbelwagens im Hotel abgeholt und war eine ziemlich lange Strecke in südwestlicher Richtung gefahren. Sie hatten schließlich vor einem weißgestrichenen, etwas von der Hauptstraße zurückgesetzten Schindelhaus in einer kleinen Stadt irgendwo im tiefsten Massachusetts angehalten. Die Außenbeleuchtung war angeschaltet und erleuchtete die anmutigen Umrisse des Hauses und die umstehenden Kiefern. Es sah so aus, als triebe alles in einem Meer aus Weiß, denn hier waren Gras und Wege bereits mit fünf oder sechs Zentimetern weißem flockigen Schnee bedeckt.

»Wie dem auch sei, es ist zu spät, sich jetzt darüber Gedanken zu machen. Es gibt guten Schnaps, gute Gespräche, gutes Essen. Da kann es schneien, wie es will. Und wenn wir mit dem Pick-up nicht mehr in die Stadt kommen, überlassen wir es einfach der Eisenbahngesellschaft, uns dahin zurückzubringen.« Sam klopfte Jon auf den Rücken und schob ihn etwas unsanft den Weg hinauf zur Eingangstür.

Es war ein wunderbares Haus. Riesig. Eine umgebaute Remise aus dem frühen 19. Jahrhundert, wie Sam stolz erzählte. Allein der Kamin war fast vier Meter breit; die Scheite, die darin brannten, der Größe entsprechend zugeschnitten; die riesigen, weichen Sofas und Sessel darum herum offenbar nur für über zwei Meter große Amerikaner entworfen. Das Haus roch nach Blumen aus dem Gewächshaus und – Jon verbarg ein Lächeln, als er den Kopf hob und verstohlen schnupperte – konnte das wirklich Apple Pie sein?

Sams Frau war dünn bis zur Auszehrung, und so elegant, daß es aussah, als würde sie zerbrechen, wenn sie sich zu schnell bewegte. Ihre Hand fühlte sich trocken an, wie ein Zweig, und ihre Vitalität, dachte er bei sich, als er in ihre hellen, vogelartigen Augen lächelte, lag wahrscheinlich nur unwesentlich über Null. Sie war eine dieser Amerikanerinnen, die ihn mit Traurigkeit erfüllten – die strikt Diät hielten, sich in ein Korsett zwängten, sich das Gesicht liften ließen, sich in edelste Seide hüllten, die den guten Sam ein paar Tausend Dollar gekostet haben mußte, und die sich bei all dem so unwohl zu fühlen schienen, daß es ihm für sie weh tat. Es machte ihn zutiefst traurig, daß sie trotz all ihrer Bemühungen – vielleicht auch gerade deswegen – um Jahre älter aussah als der liebe, zerknitterte, schlampige Sam mit seinem Bierbauch, seiner beginnenden Glatze und seinem breiten, unverwüstlichen Grinsen. Während Jon zusah, wie sie sich auf die Zehenspitzen stellte und ihrem Mann eine Wange voller Rouge zum Kuß darbot – ein Kuß, der gut fünf Zentimeter kalte Luft zwischen ihnen ließ –, fragte er sich, ob sie jemals die Schuhe von sich geschleudert und so richtig albern gewesen war. Er mußte an Kate denken. In Sorge wegen des Einbruchs hatte er nach dem letzten kurzen Telefonat dreimal versucht, sie von Boston aus anzurufen, aber nie hatte sie den Hörer abgenommen. Er warf einen Blick auf seine Armbanduhr und rechnete. Sechs Uhr abends in Boston. Das hieß, es war zu Hause etwa elf Uhr. Er sah Sam an. »Könnte ich ein letztesmal versuchen, Kate anzurufen? Es ist jetzt elf da drüben. Ich bin sicher, daß sie mittlerweile zu Hause ist.«

»Klar.« Sam strahlte. »Ich zeige Ihnen Ihr Zimmer. Sie haben da Ihr eigenes Telefon.« Er nahm Jons Koffer und ging voraus, die breite Flucht offener Stufen hoch, die sich anmutig vom Wohnzimmer nach oben zu einem Flur schwang, der so breit war wie eine sechsspurige Autobahn. Jons Schlafzimmer war nicht so groß, wie er befürchtet hatte, aber es war luxuriöser, als er sich das jemals hätte träumen lassen. – Bett, Sessel, Gardinen, Teppich in harmonisierenden, miteinander verschmelzenden Grüntönen, so daß er das Gefühl hatte, in einem bewaldeten Schoß spazierenzugehen. Er lächelte in sich hinein bei dieser Metapher. Grotesk. Haarsträubend. Wie das Zimmer. Wie sein Gastgeber. Und wunderbar einladend. Als Sam ihn verließ, setzte sich Jon auf das Bett und zog das Telefon zu sich heran.

Zwanzig Minuten später hatte Jon sich geduscht und ein sauberes Hemd sowie einen Cashmerepullover angezogen, den Kate ihm letztes Jahr zum Geburtstag geschenkt hatte. Er ging nach unten und ließ sich von seinem Gastgeber einen großen Whisky einschenken. Sein Anruf war ein Reinfall gewesen. Nach langem Hin und Her zwischen den Damen der Telefonfirma AT&T und der britischen Vermittlung hatten sie herausgefunden, daß die Leitung nach Redall Cottage tot war.

XXIV

Die Priester waren in einer feierlichen Prozession zum heiligen Ort gegangen, einem Kreis aus Bäumen auf dem Hügel über dem Sumpf. Nion gehörte nicht zu den Höhergestellten – er war jung –, aber wegen seiner königlichen Abstammung nahm er eine Sonderstellung ein, als sie, feierlich und in Roben gehüllt, auf die ihnen zugewiesenen Plätze im Kreis traten.

Nion blickte um sich. Die Gesichter seiner Lehrer, seiner Freunde, seiner Mitpriester waren gestrafft, ihre Gedanken nach innen gerichtet, ihre Körper gebadet und ganz ihrem Zweck geweiht. Er verzog das Gesicht bei dem Versuch, den eigenen Geist auf Gebet und Meditation zu richten. Die Wahl des Opfers war eine Zeremonie, an der er erst einmal teilgenommen hatte. Damals war das heilige Brot über der Flamme gebacken und gebrochen worden, wie es die jahrhundertealte Tradition vorschrieb. Das verbrannte Stück, das Stück, das den Göttern gehörte, war von einem alten Druiden gewählt worden, der achtzig Sommer zählte oder mehr – einem Mann, der sein Leben den Göttern geweiht hatte und zu allem bereit war, was diese bestimmten. Doch selbst er hatte, als er das verbrannte Stück herauszog, das seinen Tod besiegelte, einen kurzen Moment lang sein Entsetzen nicht verbergen können, bevor er demütig den Kopf neigte.

Die Zeremonie lief nach strengen Regeln ab. Der Mann würde zunächst von seinen Mitpriestern geehrt und mit Gold gekrönt werden. In den Stunden, die ihm dann noch blieben, würde er seiner Familie Lebewohl sagen, seine Angelegenheiten in Ordnung bringen und sich zuletzt all seiner Gewänder entledigen und sich in Wasser baden, das mit Kräutern und Gewürzen geweiht war. Dann würde er den heiligen, mit einem Betäubungsmittel vermischten Wein des Todes trinken und sich bereitwillig zum Opfer niederknien: durch die Garrotte, falls sein Tod die Götter der Erde wohlgefällig stimmen sollte, durch den Strang, wenn er den Göttern des Himmels, und durch Ertrinken, falls er den Göttern der Flüsse und Seen geopfert wurde.

Jetzt sah Nion, den Kopf bedeckt wie die anderen, wie der Backstein gesegnet und erhitzt wurde. Sein Mund war trocken vor Angst, obwohl die Wahl ja vorbestimmt war. Er warf einen Blick auf den ältesten der anwesenden Druiden, einen Mann, der so zerbrechlich war wie ein Schilfrohr im Wind. Sein kahles Haupt wirkte unter dem Leinenschleier runzlig wie ein altes, totes Blatt. Die Wahl würde fast sicher auf ihn fallen, das Brot so herumgereicht werden, daß seines das verbrannte Stück sein würde. Wie mochte er sich fühlen, wo er doch wußte, daß er bei Morgengrauen tot sein würde? Nion schloß die Augen und versuchte, sich auf das Gebet zu konzentrieren. Um die Mittagsstunde würde er Claudia treffen. Sein Körper, stark, kraftvoll, lüstern, bebte bei dem Gedanken. Streng tadelte er sich und lenkte seine Gedanken zurück zu der Szene, die er vor sich sah.

Das Brot kochte mittlerweile, der Duft durchdrang die Morgenluft. Seine Nasenflügel nahmen den beißenden, versengten Geruch auf, und er schluckte nervös. Seine Augen wanderten wieder automatisch zu dem alten Mann, der erbleicht war wie schlecht gewordene Buttermilch.

Er sah zu, die Arme unter dem Mantel verschränkt, wie man das Brot abkühlen ließ, in kleine Stücke brach – einundzwanzig, sieben mal drei, eines für jeden von ihnen – und in den Korb legte. Langsam wurde der Korb im Kreis herumgegeben. Langsam. Langsam. Eine nach der anderen griffen die Hände hinein. Die Wahl war getroffen. Die Hände kamen heraus. Eines nach dem anderen entspannten sich die Gesichter erleichtert und wurden die Stücke gegessen. Der Alte war an der Reihe. Er griff hinein, sichtbar zitternd, und zog die Hand wieder heraus. Nion sah, wie er ungläubig sein Stück hin und her drehte. Dann wandelte sich seine Miene in ein zahnloses Lächeln. Die Götter hatten also einen alten, zerbrechlichen Mann zurückgewiesen. Angesichts der Bedrohung aus Rom war solch ein Opfer nicht genug.

In Nions Magen bildete sich vor Furcht ein schmerzhafter Knoten. Er bemerkte, daß mehrere Männer ihn, unter ihren Kopfbedeckungen verstohlen hervorlugend, beobachteten.

Der geflochtene Korb kam näher. Seine Hände schwitzten. Es blieben nur fünf Stücke. Dann war er vor ihm, gehalten von der Hand des Erzdruiden, der das Brot gebacken und selbst das erste

Stück genommen hatte. Nion zögerte einen Augenblick. Er hob die Augen zum Gesicht des anderen und las dort sein Schicksal, noch bevor er in den Korb gegriffen hatte.

Das Brotstück, das er nahm, zerbröckelte. Es war noch warm vom Backstein, und es war schwarz verbrannt.

Die Flut stand hoch um sechs Uhr morgens, der Wind kam von Nordost, über den Ural, ließ Eis auf die Kontinente tropfen und peitschte das Meer zu wütenden Schaumkronen.

Alison träumte schlecht und warf sich unruhig im Bett hin und her. Von überall fiel kalte nasse Erde auf sie herunter, verstopfte ihre Nasenlöcher, krümelte in ihre Augen, füllte ihre Ohren, so daß sie nichts mehr hören konnte, drückte sie in das feuchte Riedgras. Verbarg sie. Verbarg die Wahrheit. Die Wahrheit, die ausgesprochen werden mußte.

Mit einem panischen Schrei setzte sie sich auf, befreite sich aus dem Federbett. Sie blickte sich im Zimmer um. Es war stockdunkel, und sie konnte hören, daß es draußen im Garten in Strömen regnete. Wenn es hell wurde, würde auf dem Fensterbrett eine Pfütze zu sehen sein. Noch benommen von ihrem Traum, stand sie auf und griff nach ihrer Kleidung. Es gab da etwas, das sie tun mußte; etwas Dringendes. Das Hämmern hinter ihren Augen war hartnäckig, wie das Schlagen der Flut gegen die Küste. Es trieb sie an, schob sie gegen ihren Willen vorwärts. Sie machte die Tür auf und blieb einen Moment lang im Flur stehen, um zu horchen. Das Haus war still. Ihre Eltern schliefen am anderen Ende in einem Zimmer, das hinaus auf den Wald zeigte. Greg neben ihr und Patrick eins weiter schliefen immer wie tot, bis man sie aufweckte. Sie zitterte heftig. Heute war ein Tag, um die Toten aufzuwecken.

Kaum bei Sinnen, zog sie ihre wasserdichte Jacke an, zwängte ihre Füße in die Stiefel, öffnete die Tür und spähte hinaus in den eisigen Morgen. Der tosende Wind kam aus Nordost und wehte ihr voll ins Gesicht, während sie unter großen Schwierigkeiten die Tür hinter sich zuzog und sich in der Dunkelheit durch den Wald kämpfte. Sie wußte nur, daß sie es bis zum Grab schaffen mußte; sie mußte dort sein, bevor die Flut es wegspülte. Sie mußte es retten.

XXV

Kate war schließlich doch noch eingeschlafen, vollkommen erschöpft, doch auch sie war um sechs vom Geräusch des Regens an den Fenstern aufgewacht. Der Regen fiel diesmal gleichmäßig, hart und unnachgiebig, und hinter seinem Klang konnte sie den Wind hören.

Sie wollte nicht aufstehen. Unten gab es etwas Furchterregendes. Etwas, dem sie sich stellen mußte, wenn der Tag anbrach. Aber bis dahin würde sie bleiben, wo sie war, unter der Bettdecke in Sicherheit, die Lichter an. Müde griff sie nach ihrem Buch und legte sich zurück, zwischen die Kissen gekuschelt.

Als sie sich eine Stunde später aus dem Bett schleppte und aus dem Fenster blickte, konnte sie nichts sehen außer Schwärze, nur gemildert durch die Streifen von Regen, die die Scheibe hinunterliefen. Aber sie brachte es nicht über sich, wieder ins Bett zu gehen. Die Stille vor ihrer Tür war ihr zu bewußt.

Sie zog Jeans und einen dicken Pullover an und ging hinaus auf den Treppenabsatz, um nach unten zu sehen. Alles schien normal zu sein dort unten. Sie blieb mehrere Sekunden lang stehen, holte dann tief Luft, lief hinunter und warf die Tür zum Wohnzimmer auf. Das Zimmer war leer. Der Holzofen glühte noch immer ruhig vor sich hin. Alles war so, wie es sein sollte. In jedem Zimmer brannte Licht – Gott allein wußte, wie hoch ihre Stromrechnung sein würde, wenn sie abreiste –, aber alles war ruhig. Es gab keine seltsamen Gerüche, und es lauerten keine Gestalten im Schatten.

Sie tauchte das Gesicht in kaltes Wasser, machte sich einen Becher starken Kaffee, schüttete sich etwas Müsli in eine Schale und holte Milch aus dem Kühlschrank. Dann schüttelte sie den Kopf. Sie war ein Idiot allererster Güte mit einer Fünf-Sterne-Phantasie – wie hätte sie sonst eine erfolgreiche Schriftstellerin werden können – und einer gehörigen Portion von nervösem Bauchgrimmen. Alles, was sie jetzt brauchte, war etwas zu essen, einen starken Kaffee und dann einen stärkenden Spaziergang im

Regen, um im Kopf wieder klar zu werden. Dann würde sie den Computer einschalten und sich endlich wieder dem jungen George und seiner Mutter zuwenden.

Das Klopfen traf sie völlig unerwartet. Vor der Haustür stand Greg, den Kragen über die Ohren geschlagen. An seiner Barbour-Jacke floß der Regen in Strömen hinunter. Die Hände hatte er tief in den Taschen vergraben.

»Sehen Sie. Kein Schlüssel. Ich mußte klopfen«, sagte er mit grimmiger Miene. Der Wind riß die Worte von seinen Lippen und wirbelte sie mit dem Regen davon. »Darf ich reinkommen, oder bin ich zu gefährlich, um mich über die Schwelle kommen zu lassen?«

»Natürlich können Sie reinkommen!« Kate trat einen Schritt zurück, um ihn vorbeizulassen, und schloß dann mühselig die Tür hinter ihm. »Was soll der Sarkasmus?«

»Der Sarkasmus, wie Sie es nennen, wurde möglicherweise durch zwei Stunden Verhör bei der Polizei letzte Nacht hervorgerufen, die meinten, mir den Eindruck vermitteln zu müssen, daß sie mich immer noch für den Einbrecher halten.« Er zog seine Jacke aus, hängte sie an den Knauf am Fuß des Treppengeländers und schüttelte sich wie ein Hund. »Ich habe mir gedacht, ich komme vorbei, um Ihnen persönlich für den Vertrauensbeweis zu danken und mir bei der Gelegenheit ein oder zwei von meinen Sachen zu holen, die ich lieber nicht mehr hierlassen möchte.«

Kate konnte spüren, wie eine Feindseligkeit in ihr hochstieg, die seiner in nichts nachstand. »Ich versichere Ihnen, daß ich der Polizei gegenüber nicht behauptet habe, daß Sie es waren. Wenn die das denken, muß sie etwas anderes darauf gebracht haben«, sagte sie wutentbrannt. »Und wenn wir schon dabei sind: Ich frage mich, ob sie nicht vielleicht recht haben. Es sieht nämlich wirklich sehr nach einem Ihrer blödsinnigen Versuche aus, mich hier rauszuekeln. Darum ging's doch wohl, nehme ich an? Mich rauszuekeln.«

»Es wäre wunderbar, Sie hier rauszuekeln.« Er verschränkte die Arme. »Aber wahrscheinlich werden Wind und Wetter das für mich übernehmen. Wenn es Ihnen nichts ausmacht, würde ich jetzt gern mein Eigentum holen, und dann überlasse ich Sie ganz Ihrem Triumph.«

»Was genau ist das für ein Eigentum, das Sie hiergelassen haben?« Sie standen sich in der Diele gegenüber wie ein paar Katzen, die in Kampfstellung gingen. »Ich habe gedacht, Sie hätten Mittwoch nacht bereits alles mitgenommen.«

»Nur die kaputten Bilder. Es sind noch zwei andere hier. An den Wänden.« Er ging mit großen Schritten an ihr vorbei ins Wohnzimmer. Dort, in der Ecke beim Fenster, hing die kleine Porträtskizze einer Frau. Kate hatte bisher kaum Notiz von ihr genommen. Er nahm sie ab und legte sie auf den Tisch. »Oben ist noch eins. Wenn Sie erlauben.« Mit versteinertem Gesicht drehte er sich um und stieg mit großen Schritten die Treppe hinauf.

Kate zuckte mit den Schultern. Wie kleinlich man doch sein konnte! Ohne es eigentlich zu wollen, ging sie hinüber zu dem Bild und betrachtete es. Es war die Frau, deren Porträt sie drüben im Arbeitszimmer der Redall-Farm gesehen hatte, aber hier war ihr ganzer Körper zu sehen, mitsamt der Kleider.

Er war früh genug zurück ins Zimmer gekommen, um zu hören, wie sie nach Luft schnappte.

»Was ist los?«

Sie blickte zu ihm auf, das Gesicht weiß. »Sie haben sie gesehen. Sie haben sie hier gesehen.« Sie war starr vor Schreck.

»Wen?« In der Hand hielt er das kleine Bild mit den Glockenblumen, das in ihrem Schlafzimmer gehangen hatte. Sie warf einen bedauernden Blick darauf. Es war so anders als sein üblicher Stil. Dieses Bild hatte sie tatsächlich gemocht.

»Die Frau auf dem Bild. Ich habe sie gesehen. Letzte Nacht.«

Er runzelte die Stirn. »Unmöglich. Ich habe sie erfunden. Sie kommt aus meinem Kopf. Sie ist aus mehreren Stilen zusammengesetzt. – Ein Bild, das ich aus Spaß gemalt habe. Geschmiere.« Das Geschmiere eines Gesichts, das gekommen war, ohne daß er es gerufen hatte, und das ihn seitdem quälte.

»Ein Geschmiere, das Ihnen so wichtig ist, daß Sie es nicht hierlassen wollen.« Kate sprach so leise, daß er sie nur mit Mühe verstehen konnte.

»Richtig«, sagte er. Seine Stimme war aggressiv. »Was wollen Sie damit sagen: Sie haben sie letzte Nacht gesehen? Sie hatten Besuch, stimmt's? Sind Sie sicher, daß es keine Einbrecherin oder Vandalin war?«

»Sie war ein Gespenst.« Sie sagte es so tonlos, daß er nicht sicher war, ob er sie richtig verstanden hatte. Einen Moment lang starrte er sie an. Eigentlich war doch er es, der anderen Angst einjagen wollte; er war es, der gehofft hatte, sie mit dem Hinweis auf Geister vertreiben zu können. Und nun hatte sie es mit einem kurzen Satz geschafft, daß es ihm eiskalt über den Rücken lief und sich seine Nackenhaare sträubten.

Einen Augenblick später schüttelte er den Kopf. Sie versuchte, ihn mit seinen eigenen Waffen zu schlagen. Schön, wenn sie es so haben wollte. »Wo haben Sie sie gesehen?«

»Da. Etwa da, wo Sie jetzt stehen. Ihre Skizze ist einfarbig, aber ihr Kleid war blau, wie die anderen Bilder, die Sie von ihr gemalt haben, und die Bänder und Kämme in ihrem Haar waren schwarz.«

Greg mußte heftig gegen den Drang ankämpfen, in einen anderen Teil des Zimmers zu gehen. »Angenommen, ich gebe zu, daß ich sie gesehen habe.« In seinen Träumen; in seinem Kopf; sogar in seinem Herzen. »Macht es Ihnen keine Angst, das Haus mit einem Geist zu teilen?«

Einen Moment lang sagte sie nichts, als würde sie nachdenken. Sie sah ihn an. »Ich glaube, wenn ich ehrlich bin, doch, ja.«

»Aber trotzdem bleiben Sie. Nur, um mir eins auszuwischen.«

»Wenn ich das sagen darf: Sie machen sich eine sehr übertriebene Vorstellung von der Bedeutung, die Sie für mich haben«, erwiderte sie ernst. »Ich bleibe, weil ich hergekommen bin, um ein Buch zu schreiben; weil ich die nächsten paar Monate hier zu Hause sein will und weil –«, sie hatte das nicht hinzufügen wollen, aber es kam trotzdem heraus, »– weil ich sonst nirgends hin kann. Ich kann mir die Londoner Mieten im Moment nicht leisten.« Warum das so war, ging ihn nichts an.

»Also bleiben Sie.«

»Also bleibe ich.« Sie warf einen Blick auf das Bild unter seinem Arm. »Schade, daß Sie das Bild auch mitnehmen. Ich mochte es sehr.« Die Bemerkung war ein Zugeständnis.

Er ging nicht darauf ein. Es war eine Lappalie, eine hübsche Skizze, auf die er nicht besonders stolz war. »Ich bin sicher, Sie können sich einen Druck kaufen, wenn Sie Glockenblumen an den Wänden brauchen.«

Ihre Augen verengten sich. »Es geht wohl auch so«, sagte sie trocken. »Wenn weiter nichts ist, würde ich jetzt gern weiterarbeiten, und ich nehme an, Sie müssen sich wieder irgendwo auf einem Polizeirevier melden.« Sie schenkte ihm ein zuckersüßes Lächeln und wurde mit einem finsteren Blick belohnt.

»Nein. Da muß ich Sie leider enttäuschen, sie haben mich noch nicht verhaftet. Und auch keinen von meinen Freunden.«

»Ich bin sicher, das ist nur eine Frage der Zeit.« Sie ging an ihm vorbei zur Haustür.

Der Wind hatte sich leicht gedreht, und als sie die Tür öffnete, fegte Regen in die Diele, eisig, hart, grausam. Sie trat einen Schritt zurück, und er ging hinaus, ohne sich noch einmal umzusehen. Bis er in den Land Rover geklettert war, hatte sie schon die Tür geschlossen und war zurück in die Küche gegangen.

Sie war nachdenklich geworden. Ihre Intuition sagte ihr, daß er sie nicht belog, daß er nichts mit dem Einbruch zu tun hatte. Aber das Bild? Was hatte das Bild der Frau wirklich zu bedeuten?

Sie wartete, bis er außer Sichtweite war, dann zog sie ihren Anorak an und band sich den Schal um. Eigentlich hatte sie keine Lust mehr, aber sie beschloß, trotzdem aus dem Haus zu gehen, um ihren Kopf auszulüften, um das schreckliche Hämmern hinter ihren Schläfen loszuwerden und um sich wieder auf ihr Buch zu konzentrieren und Ordnung in ihre Gedanken zum nächsten Kapitel zu bringen. Irgendwie mußte sie die Bilder der letzten Tage loswerden. Das Cottage hatte aufgehört, ein unpersönlicher Ort zu sein, an dem sie ungestört denken und arbeiten konnte. Es war jetzt mit Menschen verknüpft: mit Greg und Alison; mit Roger und Diana – und, Gott helfe ihr, mit Marcus und der Dame im blauen Gewand.

Das nasse Gras klebte über den Stiefeln an ihren Beinen und durchnäßte ihre Hose. Dann aber hatte sie endlich die kurzgefressene Grasfläche erreicht, und etwas später ging sie bereits auf Sand. Es war Ebbe, doch die wütenden Wellen mit ihren weißen Schaumkronen peitschten noch immer gegen den Strand, saugten am angeschwemmten Tang, füllten die Luft mit dem durchdringenden, kalten Geruch weit entfernten Eises.

Kate wandte der Ausgrabungsstelle beharrlich den Rücken zu

und kämpfte, die Hände tief in den Taschen vergraben, gegen den Wind an. Die Kälte war so durchdringend, daß ihr Gesicht schmerzte und das Atmen wehtat. Sie preßte die Lippen fest zusammen und ging mit gebücktem Kopf entschlossen weiter. Sie hatte keine Augen für die Schönheit des Meeres hinter dem Strand, wo die perlmuttfarbene Luft kristallklar war und die wogenden Wassermassen den Glanz polierten Zinns hatten. Irgendwo in der Nähe schrie eine Möwe. Kate blickte nach oben und sah, wie sie mühelos, vom Wind getragen, ihre Kreise zog, Teil der furchterregenden Kraft um sie herum.

Der Wälder wildes Rauschen,
Des Meeres öder Strand,
Wo man, dem Licht zu lauschen,
Nur seinesgleichen fand …

Es war elementar; großartig. Wie immer, hatte Byron die richtigen Worte gefunden, um die Wucht der Szene zu vermitteln. Wenn es ihr nur gelingen würde, seine Bilder auch in ihr Buch zu übertragen …

Der Wind wirbelte den Sand, den der Schneeregen gelöst hatte, um ihre Füße. Vor sich konnte sie den Körper einer anderen Möwe sehen, einer Möwe, die den Kampf mit den Elementen verloren hatte und jetzt naß und verdreckt auf den Kieseln lag, ein Wirrwarr aus Tang neben sich. Erst als sie ganz nah war und traurig auf den Körper hinunterschaute, den sie mit der wilden Schönheit des Artgenossen über ihrem Kopf verglich, sah sie die grausame Angelschnur aus Nylon, die sich um die Beine des Tieres gewickelt hatte. Überwältigt von Wut über die gedankenlose, gleichgültige Arroganz der Menschen bückte sie sich, um die gesprenkelten, graubraunen Federn zu berühren. Es war nicht einmal ein ausgewachsener Vogel. Es mußte sein erster Winter gewesen sein, sein erstes freudiges Gerangel mit den Elementen. Der Körper des Vogels war kalt und hart, die Federn wie Gräten gegen den Körper gepreßt. Fröstelnd richtete sie sich auf und ging weiter.

Sie ging nicht sehr lange. Der trübe Nebel am Horizont kam näher; der Wind wurde noch stärker. Über den Wellen konnte sie einen leichten Schatten erkennen, den ein Hagelsturm warf, welcher die Küste hinunterfegte, auf die Redall-Bucht zu. Sie drehte sich um und ging mit schnellen Schritten zurück. Das Gehen fiel ihr jetzt leichter, da sie den Wind im Rücken hatte.

Sie hatte eigentlich nicht vorgehabt, zum Grab zu gehen, aber irgendwie konnte sie doch nicht widerstehen. Nur ein kurzer Blick, um zu sehen, ob es noch da war. Jede Flut war jetzt eine Bedrohung. Jeder Sturm, jeder Wind.

Ihre Schuhe rutschten an der Seite der Düne ab. Sie war fast da, als sie ein Schneeregenschauer traf. Scharf, beißend schnitt ihr das Eis in Gesicht und Hände, riß an ihrem Schal, als sie das letzte Stück hochkletterte. Als sie oben stand und hinunter in die Senke unter der freigelegten Oberfläche der Düne blickte, sah sie, daß sie nicht allein war. Alison kniete mit bloßen Händen im Sand. Sie schien ganz in ihre Arbeit vertieft. Ein Blick auf die Linie aus nassem Tang und Muscheln zeigte Kate, daß die Flut dieses Mal nicht annähernd an die Ausgrabungsstätte herangekommen war. Noch war sie in Sicherheit.

Sie zögerte, unsicher, ob sie davonschleichen sollte, denn sie wollte nicht stören. Das Mädchen rührte sich nicht. Kate runzelte die Stirn. Sie tat einen Schritt näher heran. Es gab keine Spur von irgendwelchen Schaufeln oder Kellen, keinen Kassettenrecorder, keine Werkzeuge. Alison hatte sich noch immer nicht bewegt. Ihre Haare peitschten wild um ihren Kopf; ihre offene Jacke flatterte um ihren Körper.

»Alison?« rief Kate besorgt. Sie hielt inne und wartete darauf, daß das Mädchen sich umdrehen und sie beschimpfen würde, aber Alison regte sich nicht.

»Alison!« rief sie erneut, dieses Mal lauter, während sie begann, zur Vertiefung hinunterzurutschen. »Alison? Bist du okay?«

Alison gab kein Zeichen, daß sie sie gehört hatte. Sie starrte weiter vor sich hin.

»Alison?« Sie legte den Arm um die Schultern des Mädchens. »Alison, hörst du mich?« Sie schüttelte sie vorsichtig. Der Körper des Mädchens war steif und kalt unter dem flatternden Parka. »Alison, was ist denn los?«

Über sie fegte der nächste Schauer vom Meer hinweg. Hagelkörner prasselten auf das drahtige Gras, schlugen lautlos in den Sand, ihnen ins Gesicht. Kate sah voller Entsetzen, daß Alison sich nicht einmal bewegte, als ihr der Hagel ins Gesicht geschleudert wurde. »Mein Gott!« Sie blickte sich verzweifelt um, in der vagen Hoffnung, es würde noch jemand da sein, jemand, der helfen konnte. »Alison, du mußt mir zuhören!« Sie packte die eiskalte Hand des Mädchens. »Alison, du mußt jetzt aufstehen. Komm schon. Steh auf.«

Alison rührte sich nicht. Bis auf die Hand, an der Kate zerrte und die schlaff und kalt wie der Tod war, blieb sie völlig steif.

Kate sah sich angestrengt um, auch ihr Gesicht war jetzt eiskalt durch den Schneeregen. In nur wenigen Augenblicken hatte sich die Farbe des Meeres von Zinn zu schwarzer Tinte verändert; undurchdringlich, dicht und düster war seine Bewegung. Weit draußen gab es jetzt keinen Unterschied mehr zwischen Himmel und Wasser. Alles war schwarz und bedrohlich.

»Alison, komm endlich. Das Wetter wird immer schlechter.«

Kate ließ die Hand des Mädchens fallen und trat vor sie hin. Alisons Gesicht war völlig reglos, die Augen stierten geradeaus und reagierten nicht einmal, als Kate ihre Hände erst kurz vor ihnen abstoppte. »Also gut.« Kate sprach mit einigem Nachdruck. »Tut mir leid, daß ich das jetzt tun muß.« Sie gab Alison eine heftige Ohrfeige. Das Mädchen rührte sich nicht. Sie blinzelte nicht einmal. Hinter ihnen raste der nächste Hagelschauer über das Meer, grub sich in den Sand, verwandelte den Strand in glitzerndes Weiß.

Kate starrte sie voller Verzweiflung an, riß sich dann die Jacke vom Leib, um sie hastig um Alisons Schultern zu legen. Ohne den gefütterten, wolligen Schutz umhüllte die Kälte sie wie ein Schleier, wickelte sich um sie, grub sich in ihre Lungen ein, griff mit Krallenhänden nach ihren Knochen, doch sie nahm keine Notiz davon. Sie zog Alisons Arm um ihren Nacken und versuchte vergeblich, sie hochzuzerren, sie auf die Beine zu bringen. »Steh auf, verdammt! Steh endlich auf, Alison, oder die Kälte bringt dich noch um.« Sie kämpfte verzweifelt mit dem Gewicht des Mädchens. »Bitte.« Sie atmete tief durch, legte erneut den Arm des Mädchens über ihre Schulter und den eigenen um Alisons Taille und versuchte mit aller Kraft, sie anzuheben. Sie schaukelte sie leicht zur Seite, um ein bißchen Schwung zu bekommen. Da regte sich Alison ein wenig. »Gut so. Hilf mir. Versuche aufzustehen.« Alison versuchte matt, auf die Beine zu kommen. »Schön. Noch einen Schritt. Braves Mädchen.« Kate schob sie verzweifelt vorwärts. Sie hatte Angst, daß Alison hinfallen würde, als sie jetzt so unsicher aufstand und sich schwer an sie lehnte. »Gut so. Ein Schritt nach dem anderen. Immer mit der Ruhe. So ist's gut.« Trotz des eisigen Platzregens rann ihr der Schweiß über das Gesicht, halb führte Kate Alison, halb schob sie sie nach oben, hinauf zum Strand. Die Augen des Mädchens hatten sich noch immer nicht bewegt. Sie schien nichts von dem wahrzunehmen, was um sie herum vorging, doch sie stolperte vorwärts, geführt von Kates verzweifelt festem Griff um ihre Taille, an Kates Schulter hängend wie eine riesige Flickenpuppe.

Zweimal mußten sie anhalten, aber langsam kamen sie doch näher an das Cottage heran. Irgendwie gelang es Kate, das Mädchen gegen die Wand zu lehnen, um nach ihren Schlüsseln zu suchen. Dann war die Tür endlich auf, und sie waren im Haus, geschützt vor dem Hagel. Kate schlug die Tür mit dem Fuß zu. Sie schleppte Alison ins Wohnzimmer und ließ sie dort auf das Sofa fallen. Dann schnappte sie keuchend nach Luft, rannte nach oben in ihr Schlafzimmer und riß eine Decke vom Bett. Auf dem Weg aus dem Zimmer packte sie noch ihren Bademantel und lief wieder nach unten. Alison hatte sich nicht bewegt. Sie hing auf dem Sofa, die Beine auf dem Boden.

»So, erst mal raus aus den nassen Kleidern.« Kate stützte das Mädchen unbeholfen auf die Kissen und machte sich daran, ihr den klatschnassen Pullover und das T-Shirt auszuziehen. Irgendwie gelang es ihr, die kalten, steifen Gliedmaßen in ihren Bademantel zu zwängen. Dabei versuchte sie, etwas Wärme in Alisons feuchtkalte Haut zu reiben, die sie in schrecklicher Weise an die Federn der toten Möwe erinnerte. Sie zog dem Mädchen auch die Stiefel, die Jeans und die Socken aus, hob ihre Beine auf das Sofa und wickelte sie fest in die Decke, so daß der Kopf des Mädchens mit dem zottigen nassen Haar daraus hervorstand wie der Kopf einer erschreckten Puppe.

»Telefonieren.« Mit klappernden Zähnen ging Kate zur Küche. Zitternd wählte sie die Nummer der Redall-Farm. Erst beim zweiten Versuch merkte sie, daß kein Freizeichen ertönte. Die Leitung war nicht unterbrochen, denn sie konnte etwas hören, ein leises Zischen, eine Resonanz, als sei jemand am anderen Ende. Doch ihre Stimme stieß nur auf den Widerhall der Stille. »O nein. Bitte nicht.« Es war ein Schluchzer der Verzweiflung. Sie holte tief Luft und wählte die Notrufnummer. Auch hier antwortete nur ein Schweigen, erwartungsvoll, als ob am anderen Ende jemand ebenso verzweifelt horchte wie sie. »Hallo?« Sie schüttelte den Hörer. »Hallo, hören Sie mich? Ist da jemand?« Aber niemand antwortete. Die nächste Ladung Eis traf das Fenster. Langsam legte sie den Hörer auf. Sie hatte sich noch nie so allein gefühlt.

Sie ging zurück ins Wohnzimmer und sah Alison an. Die Miene des Mädchens war unverändert, noch immer zum Ausdruck erstaunten Schreckens gefroren. Sie blinzelte nicht. Auch ihre Pupillen schienen nicht auf das Licht im Zimmer zu reagieren. Kate faßte unter die Decke und berührte ihre Hand. War sie eine Spur wärmer? Sie hatte den Eindruck. Was tat man nur in so einem Fall von Unterkühlung? Keinen Alkohol, hieß es. Wärmflaschen. Sie hatte keine Wärmflasche, und sie war sich ziemlich sicher, daß sie es gesehen hätte, wenn eine im Haus war. Sie glaubte auch nicht, daß Greg so etwas für notwendig hielt. Was konnte sie also sonst verwenden? Einen heißen Ziegelstein. Hatten die Leute früher nicht einen Ziegel benutzt? Einen heißen Ziegel, in Flanell gewickelt. Sie lächelte grimmig. Sie hatte weder einen Ziegel noch Flanell im Cottage gesehen. Dann erinnerte sie sich an die Steine draußen, die das einfaßten, was einmal die Auffahrt gewesen war. Große, glatte Steine in Kieselform, vielleicht vom Strand. Mit so einem könnte sie es doch versuchen, in ein Handtuch gewickelt. Sie drehte sich um, rannte zurück zur Haustür, öffnete sie und starrte hinaus in den Sturm.

Der klare Morgen hatte sich in boshafte Dunkelheit verwandelt, durch die ein Hagelsturm peitschte. Er riß an ihrer Kleidung und erinnerte sie daran, daß auch sie unterkühlt und naß bis auf die Knochen war. Sie tauchte hinaus und versuchte, einen der Steine hochzuheben. Er war sehr groß und hatte die Form eines Kissens. Einen Augenblick lang dachte sie, er stecke fest. Dann aber löste er sich mit einem saugenden Geräusch aus dem eisigen Boden. Sie trug ihn rasch ins Haus, legte ihn vorsichtig auf den Ofen, öffnete dessen Türen und schob ein paar neue Scheite hinein.

»Es ist gleich soweit«, sagte sie über die Schulter zu Alison. »Ich habe hier etwas, um deine Füße zu wärmen. Möchtest du etwas Heißes zu trinken?« Sie drehte sich zu dem Mädchen um. »Es kann dir nichts mehr passieren, Allie. Komm schon. Wach auf.« Sie setzte sich auf den Rand des Sofas und legte die Hand auf ihre Schulter. Das Mädchen zuckte zurück. Die Bewegung war so plötzlich und so heftig, daß Kate erschrak. »Du bist in Sicherheit, Allie«, sagte sie zärtlich. »Du mußt dich nicht mehr fürchten.« Unwillkürlich schaute sie zum Fenster. Draußen, jenseits des strömenden Eisregens, der die Scheibe herunterlief, war nichts zu sehen. Was war dort draußen bei der Düne passiert? Sie wünschte inständig, daß Greg da wäre. Oder daß er etwas vergessen hatte und in seinem Land Rover zum Cottage unterwegs war. Vielleicht sollte sie noch einmal zu telefonieren versuchen.

Als sie aufstand, packte Alison ihr Handgelenk. Kate stieß einen Angstschrei aus. Das Mädchen blickte sie durchdringend an, die Augen in ihrem weißen Gesicht schienen plötzlich wieder klar zu sehen. »Verlaß mich nicht.« Ihre Stimme war rauh, kaum hörbar.

Kate hauchte einen Seufzer der Erleichterung. »Keine Sorge. Du bist in Sicherheit.«

»Nein.« Alison schüttelte den Kopf. Die Bewegung schien ihr weh zu tun. Sie ließ sich zurückfallen, die Augen für eine Sekunde geschlossen. Kate war erleichtert, daß die furchtbare Starre verschwunden war, die Antwort aber ließ sie frösteln. »Warum bist du nicht in Sicherheit?« fragte sie leise. »Was ist passiert? Willst du es mir nicht sagen?«

Einen Moment lang dachte sie, Alison habe sie nicht gehört, aber dann öffneten sich die Augen des Mädchens. »Sie sind frei«, flüsterte sie. Ihre Finger klammerten sich mit überraschender Kraft an Kates Hand. Sie waren noch immer eiskalt. »Ich habe ihnen die Freiheit gegeben.« Ihre Worte waren undeutlich, als ob sie betrunken wäre. »Sie haben gewartet. Claudia. Claudia will Rache.«

»Claudia?« Kate starrte verdutzt hinunter auf das weiße, verfrorene Gesicht. »Wer ist Claudia?«

Alison lächelte unsicher, aber als ihre Stimme den Mund verließ, war sie erstaunlich klar. »Claudia ist eine Hure; eine Verräterin. Sie ist ein Tier. Sie hatte den Tod verdient.«

Kate starrte sie voll Entsetzen an. »Alison, weißt du, wo du bist?«

Die grünen Augen öffneten sich. Sie wanderten unruhig im Zimmer umher, dann richteten sie sich auf Kate. Das Mädchen schwieg einen Moment, dann brach sie in Tränen aus.

»Ach, Allie, Schatz, nicht. Ich sagte doch, du bist in Sicherheit.«

Kate war erstaunt über das ungeheure Mitgefühl, das sie überkam. Sie beugte sich nach vorn, um die Arme um Alison zu legen und sie festzuhalten. Das Mädchen wirkte plötzlich so zerbrechlich wie ein Vogel, jeder Knochen stach unter der Wärme des Bademantels hervor, und ihr Körper verströmte noch immer eine schreckliche Kälte. »Hör zu, ich gehe nur schnell nach oben und hole ein Handtuch. Ich habe einen Stein für dich heiß gemacht. Zum Aufwärmen.« Kate warf einen Blick auf den Ofen und wollte aufstehen.

»Nein!« Alison klammerte sich wieder an sie. »Laß mich nicht allein.«

Kate setzte sich wieder neben sie auf das Sofa. »Hier ist nichts, was dir Angst machen müßte, Alison«, wiederholte sie zärtlich. »Du bist in Sicherheit.«

Wie um ihre Worte zu unterstreichen, schüttelte eine besonders starke Windbö das Cottage. Der offene Ofen stieß eine Rauchwolke aus und brachte das durchdringende Aroma von brennendem Eichen- und Apfelholz in das Zimmer. Kate sah besorgt zum Fenster und fragte sich einen Augenblick lang, ob es der Gewalt des Sturms standhalten werde.

Plötzlich erschrak sie: Auf dem Fensterbrett bewegte sich etwas! Da war Wasser auf dem Fensterbrett. Aber nicht nur Wasser. Sie machte eine kaum merkliche Bewegung, ohne Alisons Hand loszulassen, und streckte den Kopf zur Seite, um besser sehen zu können. Kein Zweifel, auf dem Holz war eine Pfütze, und in der Pfütze schwammen Blätter und Erdstückchen, und da, an ihrem Rand zappelten Maden.

Einen Moment lang glaubte sie, sie müsse sich übergeben.

»Was ist los? Was ist passiert?« Alisons Stimme war schrill vor Angst; in Panik klammerte sie sich fester an Kate. »Was ist da?«

»Nichts. Gar nichts.« Kate zuckte vor Schmerz zusammen und versuchte, sich aus den krallenden Fingern des Mädchens zu befreien. »Eine undichte Stelle, durch die Regen hereinkommt, nichts weiter. Kein Wunder, bei dem Wind.« Sie zwang sich, ruhig zu klingen. »Ich muß schnell etwas holen, um das aufzuwischen. Ich stecke ein Handtuch ins Fensterbrett. Im Rahmen muß eine undichte Stelle sein. Und dann mache ich uns was Warmes zu trinken, was meinst du?«

Sie wußte nicht, wie es ihr gelang, ihre Stimme ruhig zu halten. Verzweifelt versuchte sie, sich aus Alisons Klammergriff zu befreien. Sie war wie ein Kind, das sich angstvoll an den Rock der Mutter klammert. Sobald es Kate gelungen war, eine Hand abzuschütteln, griff die andere nach ihr. »Alison, es gibt nichts, wovor du Angst haben mußt«, wiederholte sie.

Alison nickte wie wild. »Doch. Doch, verstehst du das denn nicht? Claudia ist frei. Claudia und ...« Sie zögerte, den Kopf plötzlich auf die Seite gelegt, als versuche sie, etwas in weiter Entfernung zu hören, in einem anderen Zimmer. »Claudia und ... und ... Claudia und ...« Ihre Stimme verhallte. Ein verdutzter Ausdruck erschien auf ihrem Gesicht. »Was habe ich gerade gesagt?«

»Nichts, Allie. Gar nichts.« Kate zwang sich, vollkommen ruhig zu bleiben. Das Kind hatte Wahnvorstellungen. War das ein Symptom der Unterkühlung? Sie wußte es nicht. Die Geistesabwesenheit, die Angst, war das alles ein Teil davon? O Gott, sie brauchte unbedingt einen Arzt. »Allie, ich werde deine Mutter anrufen. Du bist hier völlig sicher. Ich gehe nur in die Küche. Ich lasse jetzt beide Türen auf, dann kannst du mich die ganze Zeit sehen –«

»Nein!« Alisons Stimme steigerte sich zu einem Schrei. Bei dem Ton lief es Kate kalt den Rücken hinunter.

Alison kämpfte mit den Decken. »Ich komme mit. Ich mag ... nicht. Das Fenster da. Sie kommt bestimmt durch das Fenster.« Sie schleuderte einen Arm unter der Decke hervor. Kate sah zu der Stelle, auf die sie deutete. In der Pfütze lag jetzt noch mehr Erde. Erde und Torf und – sie konnte spüren, wie es ihr die Kehle zuschnürte, als sie am Rande ihres Gesichtsfeldes eine Bewegung sah.

»Okay. Gehen wir in die Küche. Komm, ich helfe dir. Wir machen uns was Heißes zu trinken, und ich versuche zu telefonieren.«

Bitte mach, daß es funktioniert. Bitte, lieber Gott, mach, daß das Telefon funktioniert.

Den Arm um Alison legend, half sie dem Mädchen, hinüber in die Küche zu schlurfen. Dort setzte sie sie, immer noch in die Decke gewickelt, auf einen Hocker.

Leise schloß sie die Tür und drehte den Schlüssel um. Dann – ihre Hand zitterte vor Angst – nahm sie den Telefonhörer ab.

Doch die Leitung war immer noch tot.

XXVI

Greg parkte sein Auto trotzig auf einem Parkplatz gleich neben dem Burgtor, der für Behinderte reserviert war, und ging mit weit ausholenden Schritten zum Eingang. Er warf einen Blick auf den Himmel. Schnee und Schneeregen hatten sie vorhergesagt. Für die Redall-Bucht hieß das wahrscheinlich Schneeregen, aber man konnte nie wissen. Manchmal blieb der Schnee auch liegen. Was immer passierte, in Colchester würde es schlimmer sein. Dort würde es viel Schnee geben.

Es war lange her, daß er zuletzt im Museum gewesen war. Er starrte verwirrt um sich. Die große Halle von damals, mit ihren an der Wand aufgereihten Exponaten, war verschwunden. Statt dessen gab es jetzt fast intime, abgeschlossene Sektionen. Aus einer entfernten Ecke konnte er das blecherne, aufdringliche Geplärr hören, das von einem Videoband kam. Er runzelte die Stirn. Warum konnten diese Arschlöcher nicht alles so lassen, wie es war. Früher hätte er Marcus mit verbundenen Augen gefunden. Weiß der Teufel, wo er jetzt war.

Er war oben, nicht weit von noch mehr Videoscheiße entfernt. Mit einem finsteren, ungeduldigen Blick auf die Nische, aus der die Geräusche eines Massakers drangen, stand Greg vor der Statue und starrte ihr lange und eindringlich ins Gesicht. Dann ging er, wie Kate vor ihm, zu den Ausstellungsstücken und sah hinunter auf das männliche Skelett. Sie hatte recht. Es war nicht Marcus, der in Redall begraben lag. Aber wer war es dann? Sein Blick wanderte hinüber zu den anderen Überresten. Kleiner, wenn auch nicht bedeutend kleiner: Marcus' Frau besaß einen starken Knochenbau. In der Kunstschule war sein Studium des menschlichen Skeletts eher oberflächlich gewesen, aber doch gründlich genug, um jetzt vermuten zu können, daß sie jung gestorben war. Wie? fragte er sich. Krankheit? Verwundung? Kindbett? Er warf einen Blick auf die Inschrift. Doch es gab keinen Hinweis, nichts, was über das wenige Wissen, das er bereits hatte, hinausreichte. Er starrte hinunter auf das, was von Marcus' Schädel übrig war. War seine Geschichte dort eingeschrieben, im Abdruck seiner Knochen? Seine Liebe, sein Haß, seine Triumphe, seine Katastrophen? Er hob die Hände und legte sie auf das kalte Glas der Vitrine.

»Komm schon, du Bastard, spuck's aus.« Ohne es selbst zu merken, hatte er diesen Fluch laut vor sich hingesprochen. Eine Frau in der Nähe drehte sich nach ihm um und starrte ihn an. Ihre Blicke trafen sich, doch sie sah rasch weg. Er grinste geistesabwesend, seine Aufmerksamkeit galt bereits wieder Marcus. Dem begüterten, erfolgreichen Marcus, der nach der Niederwerfung Boadiceas sein Glück gemacht hatte; der nach Colchester und nach Redall zurückgekehrt war und Land gekauft hatte. Er verzog das Gesicht – war es so gewesen? Oder hatte er einfach das Stück Land beschlagnahmt, das er haben wollte? War der frühere Besitzer von Redall beim Aufstand gestorben, oder hatte er alles mit Gewinn verkauft? Er beugte sich näher an das Glas heran, stützte seine Stirn auf und schloß die Augen.

HASS
ZORN
FURCHT
WUT

Als die Emotionen durch ihn hindurchfegten, löschten sie jeden anderen Gedanken in seinem Kopf aus. Sie wirbelten um ihn herum, schimmerten farbig: Rot! Schwarz! Ein bösartiges, gewalttätiges Orange! Er fauchte, schrie, zerriß die Luft. In einem entfernten Teil seines Selbst war er sich bewußt, daß er Schaum in den Mundwinkeln hatte, in seinen Ohren hörte er ein gequältes Heulen, und er wußte, daß es sein eigenes war.

Dann waren die Geräusche und die Farben und die Schmerzen wieder verschwunden, so schnell, wie sie gekommen waren, und er bemerkte beklommen, daß es plötzlich völlig still um ihn herum war.

Mann Gottes, war er das gewesen? Hatte er wirklich laut aufgeschrien, oder war das alles nur in seinem Kopf geschehen? Das Band in der Nische war an sein Ende gekommen und ein paar Minuten lang still, bevor es zu einer neuerlichen Aufführung der

Unterhaltung zweier Römer antrat, während die Horden immer näher rückten. Der Raum hallte wider von Stille und Kälte.

Das schnelle, besorgte Klappern der Absätze auf dem Boden drängte sich erst in sein schockiertes Entsetzen, als er eine ängstliche Hand auf seinem Arm spürte. »Geht es Ihnen gut? Möchten Sie, daß ich jemanden hole?« Die Frau, die ihn beobachtet hatte, blickte ihm besorgt ins Gesicht. »Ich sah Sie herumtorkeln. Ich dachte, vielleicht –« Sie geriet ins Stocken, als er sie mit leeren Augen anstarrte. »Ich weiß nicht, aber ich habe mich gefragt, ob Sie vielleicht Epileptiker sind oder so ...?« Ihre Besorgnis verlor sich, und sie lief dunkelrot an. »Bitte entschuldigen Sie.«

Er starrte sie dumpf an. »Es geht mir gut. Danke. Es muß die Hitze sein.« Er blickte verwirrt um sich. Der Saal war kalt. Sehr, sehr kalt.

Sie ging weg, das Gesicht ihm weiterhin zugewandt. Sobald er sie nicht mehr sehen konnte, würde sie in aller Eile nach unten laufen und vielleicht einen der Aufseher heraufschicken. Na gut, sollten sie nur kommen. Sie würden schon sehen, daß er nicht besoffen war. Er war nie nüchterner gewesen.

Er legte eine Hand auf die Vitrine, zog sie aber schnell wieder zurück, als ob sie ihn gestochen hätte. Was auch immer den Anfall verursacht hatte, es war aus diesem gläsernen Sarg gekommen.

XXVII

Niemand bewachte ihn. Sie vertrauten ihm vollkommen. Die Götter hatten gesprochen; es stand außer Zweifel, daß er gehorchen würde. Es verblieb ihm nicht mehr viel Zeit, um sich von seinen Lieben zu verabschieden.

»NEIN!«

Ihr qualvoller Schrei hallte über die Dünen und Sümpfe, sein Klang hob und senkte sich über Land und Meer, bis er sich in den Wolken hinter dem Horizont verlor.

»Claudia – mein Liebes.«

»Nein! Das lasse ich nicht zu! Was für barbarische Götter betest du an, die so etwas tun können? Du kannst unmöglich zu ihnen zurückgehen. Du darfst nicht! Du darfst nicht …« Sie brach in Tränen aus.

»Claudia. Ich muß. Die Götter haben mich erwählt.« Seine Stimme war fest, seine Stärke überraschend, auch für ihn selbst.

»Ich hasse deine Götter!«

»Das darfst du nicht. Du mußt sie ehren, wie ich es tue. Und gehorchen. Für das Große Opfer erwählt zu werden ist die größte Ehre, die es gibt.«

»Ehre! Ich habe gedacht, deine Leute opfern ihre Gefangenen! Ihre Sklaven! Was für eine Ehre ist das, zu sterben wie sie?« Die Tränen liefen ihr über das Gesicht und verschmierten den safrangelben Lidschatten, den sie sorgfältig aufgelegt hatte, bevor sie das Haus verließ. »Die größte. Die Götter fordern das Blut eines Prinzen.« Seine Stimme klang gelassen. Das Bedürfnis, sie zu beruhigen, gab ihm auf seltsame Weise Mut. »Vielleicht haben wir sie mit unserer Liebe beleidigt, mein Herz«, sagte er zärtlich und berührte dabei ihr Gesicht mit der Fingerspitze, als ob er sich für alle Ewigkeit die Form ihrer Nase, ihres Mundes und ihrer Augen einprägen wollte. »Vielleicht ist es so am besten. Ich hoffe, daß auch deine Götter durch meinen Tod besänftigt und geehrt werden.«

»Nein.« Sie schüttelte mit geschlossenen Augen den Kopf.

»Nein. Ich verehre Fortuna. Sie verlangt nicht den Tod ihrer Anhänger. Im Gegenteil. Sie will, daß sie leben und glücklich sind. Nein, ich lasse dich nicht sterben. Wenn du stirbst, dann will auch ich sterben.«

»Nein!« Er nahm sie bei den Schultern und schüttelte sie zärtlich. »Claudia, du mußt leben. Deinem Sohn zuliebe. Du mußt bei ihm bleiben. Und mir zuliebe. Um mein Andenken in deinem Herzen zu tragen. Du mußt stark sein. Du bist eine Tochter Roms, vergiß das nicht.« Das war etwas, worauf sie stolz war, ihre edle Abstammung. Wie er gehofft hatte, erreichte er sie mit diesen Worten.

Sie straffte ihre Schultern und hob den Kopf, obwohl ihr immer noch die Tränen über das Gesicht liefen. »Und du hast keine Angst?«

»Natürlich habe ich keine Angst.« Er lächelte eisern. »Ich bin ein Prinz, und ich bin ein Priester. Warum sollte ich Angst davor haben, meinen Göttern gegenüberzutreten?« Er griff nach der schweren Silberbrosche, die seinen Mantel zusammenhielt. »Ich möchte dir etwas schenken. Trag sie für mich und trauere nicht zu sehr.«

Sie nahm sie mit zitternden Händen und drückte sie an die Lippen. »Wann … wann ist es soweit?«

»In der Morgendämmerung. Wenn die Sonne sich über dem östlichen Rand der Erde zeigt.«

»Wo –?« Es war kaum ein Flüstern.

»Am heiligen Sumpf.« Er lächelte traurig. »Auf dem Boden, der meinen Vätern und den Vätern meiner Väter gehört hat. Auf dem Platz, an dem die Götter sich versammeln und wo diese und die nächste Welt Seite an Seite existieren.« Er richtete sich auf. »Du mußt jetzt gehen.«

»Noch nicht.« Ihre Stimme hob sich vor Pein.

»Bitte, Claudia Honorata. Ich will dir ohne Tränen Lebewohl sagen. Ich will, daß du voller Ehre, Mut und Stolz bist, wie du es als meine Frau gewesen wärest.« Seine Stimme war streng.

Sie schloß einen Moment lang die Augen und atmete tief. »Wenn du es wünschst, Gatte meines Herzens.« Sie zwang sich zu einem angestrengten Lächeln und hob den Kopf, um ihn auf die Wange zu küssen. Er nahm ihre Hände und drückte sie an seine Lippen, dann drehte er sich um, denn er spürte, daß ihn die Stärke verließ, und lief zu seinem Wagen.

Das Telefon funktionierte noch immer nicht. Dreimal wählte sie die Nummer – ihre Hand war so verschwitzt, daß sie kaum den Hörer halten konnte –, und dreimal vernahm sie das seltsam hallende Schweigen, davon überzeugt, daß am anderen Ende jemand ihrem schweren Atem lauschte.

»Stimmt etwas nicht?« Alison zitterte.

»Das Telefon scheint nicht zu funktionieren.«

»Sie meinen, wir sind abgeschnitten?« Die Stimme des Mädchens wurde zu einem Quietschen.

»Keine Sorge, Allie. Das macht nichts. Hier bist du sicher. Sicher und warm.« Kate zwang sich, beruhigend zu lächeln. »Ich mache uns jetzt endlich was Heißes zu trinken. Was möchtest du?« Sie sah Alison an, die mit den Schultern zuckte. Kate nahm den Kessel und ging hinüber zum Spülbecken, um Wasser einlaufen zu lassen. Dabei sah sie angestrengt aus dem Fenster. Die Bäume des Waldes, gerade noch sichtbar durch den strömenden Regen, krümmten sich im Sturm. Der Himmel stand voller bräunlicher Wolken, die seltsam dunkel waren. Schnee. Es waren Schneewolken.

Sie drehte den Hahn auf. Im Becken war Sand. Sand und Torf und – schaudernd riß sie den Kessel weg und schwenkte mit dem strömenden Wasser das Becken aus, um die Maden und die Erde wegzuwaschen. Sie warf einen Blick auf Alison, in der Hoffnung, daß diese nichts gesehen hatte. Das Mädchen hielt die Augen geschlossen und schaukelte auf dem Hocker leicht hin und her.

Mit einer Grimasse füllte Kate den Kessel. »Willst du nicht ins andere Zimmer zum Feuer gehen?« fragte sie freundlich. »Du kannst dich auf das Sofa legen und ein Nickerchen machen.«

»Nein.« Allie schüttelte den Kopf. »Ich will bei Ihnen bleiben.«

»Okay.« Kate holte zwei Becher herunter. Ihre Hand schwebte kurz über der Kaffeebüchse, dann griff sie nach einer ungeöffneten Dose mit Schokoladenpulver. Diana mußte sie hingestellt haben, als sie für sie einen Vorrat an Lebensmitteln angelegt hatte. Schokolade war nahrhaft, entspannend und wohltuend. Sie würde ihnen guttun. Sie hob den Deckel mit einem Löffel hoch und riß das Papiersiegel auf. Die Dose war voller Erde. Eine fette weiße Made schlängelte sich erbost im plötzlich einfallenden Licht. Mit einem Schrei schleuderte Kate die Dose durch das Zimmer. Sie schlug mit einem Knall gegen die Wand.

Alison richtete sich mit einem Ruck auf. »Was ist los?« Sie starrte auf die rote Dose, die in die Ecke gerollt war und eine Spur aus Schokoladenpulver auf dem Boden hinterlassen hatte.

Kate rieb sich die Augen. Sie zitterte wie Espenlaub. »Entschuldige. Sie ist mir aus der Hand gerutscht. Wie dumm …«

Sie zwang sich, die Dose aufzuheben. Sie schnupperte vorsichtig am übriggebliebenen Inhalt. Es roch gut; nahrhaft, süß und unverdorben. »Glücklicherweise ist noch genug für uns beide da.« Sie hatte Wahnvorstellungen und schimpfte sich eine dumme Gans. Alison zuliebe mußte sie ruhig und stark sein. Sie atmete tief durch. »Allie, wer ist Claudia?«

»Claudia?« Alison wandte sich ihr zu. Das Gesicht des Mädchens hatte jetzt wieder etwas mehr Farbe, und sie wirkte aufmerksamer, aber irgendwo hinter ihren Augen war eine eigenartige Leere, die Kate Sorgen machte. »Ich kenne niemanden, der Claudia heißt. Warum?«

»Ich dachte, du hast gesagt –« Sie hielt mit einem Seufzer inne. »Nein. Vielleicht habe ich dich falsch verstanden. Egal. Da, die Schokolade ist fertig. Komm, wir gehen in das andere Zimmer und setzen uns an den Ofen.«

Der Schneeregen peitschte gegen die Scheiben, und sie konnte sehen, daß die Pfütze auf dem Fensterbrett größer geworden war. Sie tropfte jetzt auf den Boden. Kate stellte die Schokolade ab und ging in die Küche zurück, um ein Tuch zu holen. Alison saß nach wie vor auf ihrem Hocker. »Komm mit. Ich lege ein paar neue Scheite auf. Soll ich dir helfen?«

Alison schüttelte den Kopf. »Ist es … ist da drin alles in Ordnung?«

»Natürlich ist alles in Ordnung. Das Fenster ist ein bißchen undicht, das ist alles.« Sie langte nach dem Tuch. »Ich wische schnell auf, und dann lege ich Holz nach.«

Sie näherte sich vorsichtig dem Fenster und schielte auf das

Brett. Im Wasser schwammen noch Erdstückchen, aber die Maden waren verschwunden. Mit einem Seufzer der Erleichterung wischte sie das Wasser auf und stopfte einen sauberen Putzlappen in den Winkel zwischen Fensterrahmen und Fensterbrett, damit er den geschmolzenen Schneeregen auffing, wenn er durchsickerte. Dann ging sie zum Ofen. In der Kiste waren nur noch drei Scheite. Sie öffnete die Türen und keilte einen davon in den Ofen, öffnete dann die Luftklappen, um das Feuer besser anzufachen. Zuletzt schüttelte sie die Kissen auf dem Sofa auf. Hinter ihr war Alison bis zur Tür geschlurft. Sie spähte in das Zimmer.

»Ist sie weg?« fragte sie.

»Wer?« Kate wirbelte herum.

»–« Alisons schweres Atmen brach ab, und sie ließ die Schultern hängen. »Ich weiß nicht. Es war jemand hier ... oder war sie am Strand ...?«

Kate ging zu ihr und legte den Arm um ihre Schultern. »Es ist niemand hier, Allie«, sagte sie leise. »Und du brauchst vor nichts Angst zu haben. Am Strand ist dir sehr kalt geworden, und ich glaube, du warst ein bißchen unterkühlt. Leute bilden sich dann manchmal etwas ein. Komm, setz dich und leg deine Füße hoch, und dann trink jetzt was Heißes. Du fühlst dich bald besser, versprochen.« Sie wollte nicht in die Ecke schauen, wo sie die Gestalt der Frau gesehen hatte. Auch das war Einbildung. »Hör mal, wieso machen wir nicht ein bißchen Musik an.« Sie ging zu ihrem Kassettenstapel. Bei dem Gedanken, was Alison wohl von Vaughan Williams oder Sibelius oder Bach halten würde, konnte sie sich ein Lächeln nicht verkneifen. Ihre Hand schwebte über den Bändern. Faurés Requiem. Wie war das da hingekommen? Es gehörte Jon. Sie starrte es eine Weile lang an, dann öffnete sie den Behälter und nahm die Kassette heraus. War es das Bedürfnis nach einem Gebet, das sie veranlaßt hatte, es mitzunehmen? Was auch immer es gewesen war, es konnte jedenfalls nicht schaden.

Als sie die Kassette in den Recorder steckte, fiel ihr Blick auf die gestapelten Manuskriptseiten auf ihrem Schreibtisch. Sie zuckte mit den Schultern. Es war jetzt nicht die Zeit, sich wegen der Arbeit Gedanken zu machen. Vielleicht würde sie ein bißchen schreiben können, wenn Alison einschlief. Es war klar, daß das Mädchen momentan nirgends hingehen konnte. Sie konnte nichts weiter tun, als sie warm zu halten und zu warten. Aber sollten sie später, wenn sich Alison besser fühlte, versuchen, zum Farmhaus zu gehen, oder sollten sie abwarten, bis Roger und Diana das Mädchen vermißten und hier nach ihr suchten? Sie fühlte sich so verlassen ohne Telefon; so ganz auf sich gestellt.

Als die ätherischen Klänge des *Introit* und des *Kyrie* den Raum erfüllten, ließ Alison sich zurücksinken und schloß die Augen. Kate beobachtete sie verstohlen vom gegenüberliegenden Sessel aus. Das Scheit brannte gut. Bald würde sie ein neues auflegen müssen. Dann würde nur noch eines übrig sein. Sie warf einen Blick auf das Fensterbrett. Das Tuch war noch trocken, und es bewegte sich nichts.

Das zögernde Klopfen an der Haustür ging in den Klängen der Musik fast unter, aber als sie es hörte, trieb ein Adrenalinstoß Kate panikartig aus ihrem Sessel, alle Nerven waren angespannt. Sie sah hinüber zu Alison, aber das Mädchen schien nichts gehört zu haben.

Patrick stand auf der Schwelle, einen gelben Regenumhang über der dicken Jacke. Die nassen Haare klebten ihm am Kopf, und seine Wangen waren gerötet von der Anstrengung, die es ihn gekostet hatte, auf dem Fahrrad den schlammigen Weg zum Cottage zu fahren.

»Hallo. Mum meint, Allie könnte vielleicht hier sein. Wissen Sie, daß Ihr Telefon nicht funktioniert?«

»Ja, das weiß ich, und ja, sie ist hier.« Kate zog ihn in die Diele und schloß die Tür. »Gott sei Dank, daß du gekommen bist!« Sie warf einen Blick über die Schulter, ins Wohnzimmer. Alison schien von der Ankunft ihres Bruders nichts bemerkt zu haben. Ihre Augen waren geschlossen, und der Schlaf hatte ihre Miene entspannt. »Komm mit in die Küche, da können wir reden.« Kate ließ ihn vorgehen und schloß leise die Tür hinter ihnen. Zu ihrer Schande bemerkte sie, daß ihre Hände zitterten. »Hör zu, etwas sehr Merkwürdiges ist passiert. Ich habe Alison draußen in den Dünen gefunden, wie sie in einer Art Trance in der Grabungsstelle kniete. Deine Eltern müssen mit dem Land Rover kommen und sie nach Hause holen. Es geht ihr gut, mehr oder weniger, aber nicht gut genug, um schon zu Fuß zu gehen. Ich glaube, ihr solltet sie zum Arzt bringen.«

»O verdammt.« Patricks schmales Gesicht war ein Bild der Sorge. »Greg ist mit dem Land Rover unterwegs. Niemand weiß, wo er hingefahren ist. Der Volvo schafft es nicht durch den Wald. Es ist ein einziger Morast. Und im Radio haben sie Sturmwarnung gegeben. Sie erwarten eine Menge Schnee.«

»Verflucht!« Kate kaute an ihrem Daumennagel.

»Was fehlt Allie? Was hat sie bei dem Wetter draußen bei der Grabungsstelle gemacht?« fragte Patrick nachdenklich.

»Ich weiß es nicht. Sie hatte weder eine Schaufel noch sonst was dabei. Sie schien sich in einem Schockzustand zu befinden.« Kate musterte ihn. Sie hatte bis jetzt kaum mit diesem ernsthaften jungen Mann gesprochen, aber was sie sah, gefiel ihr. Er schien ruhiger und ausgeglichener als seine Schwester und sein Bruder zu sein – tatsächlich schien er mehr nach seinem Vater zu schlagen. »Irgendwas ist ihr da draußen zugestoßen, Patrick. Ich weiß nicht, was, aber es hat ihr eine fürchterliche Angst eingejagt. Sie ist immer noch voller Furcht. Und ich auch.« Sie hatte den letzten Satz eigentlich nicht hinzufügen wollen.

Patrick sah sie argwöhnisch an. »Sie hat irgendwas losgetreten, als sie an diesem Grab herumgemacht hat, oder?« sagte er. Seine Stimme war angenehm, hell, ruhig. »Sie hat was wachgerüttelt.«

Kate schluckte. »Ich glaube, das könnte sein«, sagte sie vorsichtig.

»Glauben Sie, daß es das Grab von Marcus ist?«

Kate schüttelte den Kopf. »Eigentlich nicht. Sie haben ja sein Grab irgendwo in der Nähe von Colchester gefunden.« Sie zögerte. »Ich glaube, es ist das Grab einer Frau.«

»Verstehe.« Er runzelte die Stirn. Er wirkte nicht überrascht. Er fragte nicht, woher sie das wußte. Es ging ihm mehr darum, diese neue Reihe von Möglichkeiten in seinem Kopf hin und her zu wenden. »Sie meinen, der Geist ist kein Scherz. Es spukt wirklich eine Frau in diesem Cottage herum. Glauben Sie, Allie hat sie gesehen?«

Kate nickte. »Sie heißt Claudia.«

Patricks Augenbrauen schossen nach oben. »Woher wissen Sie das?«

»Allie hat was von ihr gemurmelt. Sie kann sich jetzt nicht mehr daran erinnern, aber sie hat den Namen mehrfach gesagt.«

»Wow.« Patrick sah von Ehrfurcht ergriffen aus. »O Mann. Ich wünschte, Mum und Dad wären hier.« Er sah nach oben und schlug ärgerlich in die Luft, als eine Fliege im Sturzflug auf das Licht neben ihm zuraste. Kate starrte sie an. Etwas Kaltes hatte sich in ihrer Magengrube eingenistet. Woher kamen sie, diese Fliegen – und die Maden?

Patrick grinste, als habe er ihre Gedanken gelesen. »Diese Fliegen gibt's im Winter oft in alten Häusern«, sagte er beruhigend. »Sie überwintern da oder sowas. Wahrscheinlich gibt es tote Mäuse unter den Dielenbrettern. Sie haben hier gut eingeheizt, das hat sie aufgeweckt.«

Er hatte natürlich recht. Kate fröstelte. Hatte sie wirklich angefangen, darüber nachzudenken, tief unten im Innersten ihrer selbst, ob die Maden und die Erde und die Fliegen irgendwie aus dem Grab gekommen waren? Sie versuchte ein schwaches Lächeln. »Ich war schon dabei, das Schlimmste anzunehmen.«

»Haben Sie sie auch gesehen? Claudia?« Patricks Augen waren wie die seines Bruders. Sie waren von einem tiefen Graugrün und sahen alles, aber im Gegensatz zu denen seines Bruders waren sie schläfrig und sanft. Und irreführend. Sie konnte spüren, wie sie sich in ihre Seele bohrten.

»Ja, ich habe sie gesehen.«

Wieder schien er ihre Antwort zur Kenntnis zu nehmen, ohne überrascht zu sein. Seine Stimme klang weder spöttisch noch ungläubig, als er die nächste Frage stellte.

»Glauben Sie, daß sie das Haus verwüstet hat?« Er hielt ihrem Blick stand.

Sie zuckte mit den Schultern. »Ich habe vorher nie wirklich darüber nachgedacht, ob ich an Geister glaube oder nicht. Es war ein netter Gedanke, daß sie existieren könnten – in sicherer Entfernung.«

»Wissenschaftlich gesehen ist der Gedanke natürlich unhaltbar.«

Sie lächelte. »Wirklich? Na ja.«

»Psychokinetische Energie ist meßbar, glaube ich, und man hat bewiesen, daß sie in der Lage ist, Dinge ein bißchen herumzuschleudern. Poltergeister sind nichts anderes. Sie stehen oft in Verbindung mit der Anwesenheit eines Teenagers. Mit unseren Ängsten und Frustrationen.« Er lächelte, und Kate dachte nicht ohne Belustigung, um wieviel erwachsener dieser ernste Junge war als sein großer Bruder.

»Allie hat was von einer Göre«, fuhr er fort, »aber sie ist kein schlechter Kerl. Sie hat nichts Bösartiges. Sie würde das nicht absichtlich tun.« Er sprach mit der Gewißheit eines Jungen, der zwei Jahre älter war. Er hob den Kopf, als ein ungewöhnlich starker Windstoß einen Hagelschauer an das Fenster schleuderte, und er fröstelte. »Kann ich das Zimmer sehen, wo es passiert ist, bevor ich gehe?«

»Nur zu. Oben links am Ende der Treppe.« Sie blieb in der Küche, als er hinauflief, und lauschte dem Klang seiner Schritte. Ein paar Minuten später kam er wieder herunter. »Alles sauber.«

»Sie hat, was sie wollte.«

»Allie?«

»Nein. Nicht Allie.«

Seine Augen wurden weiter. »Ich wußte nicht, daß etwas fehlt. Ich dachte, daß nichts mitgenommen wurde.«

»Sie haben – sie hat – den silbernen Halsring mitgenommen, den ich im Grab gefunden habe.«

»Wow.« Er schwieg eine Weile, während er darüber nachdachte, und sagte dann: »Es kann kein Geist gewesen sein. Es muß doch ein echter Dieb gewesen sein.« Er klang enttäuscht. »Geister können nichts stehlen.«

»Und ob.« Keiner von beiden hatte bemerkt, daß Alison in der Tür erschienen war. Sie steckte in der Decke wie in einem Mantel. Ihr Gesicht war so weiß, daß es fast durchsichtig wirkte. Sie ging mit unsicheren Schritten zum Hocker und zog sich hoch. »Sie wollte den Halsring, weil er ihm gehört hat.«

»Wem?« Patrick starrte seine Schwester an.

» –« Wieder hatte sie angefangen zu sprechen und dann gleich wieder innegehalten, als wäre ihr das Wort – der Name – von den Lippen gerissen worden. »Ich weiß nicht. Aber sie hat ihn geliebt.«

Patrick warf Kate einen schnellen Blick zu. Er schien sie um Verständnis zu bitten. »Allie, hör mir zu. Ich fahre jetzt heim und hole Mum und Dad. Du gehörst ins Bett, und zwar sofort.«

»Mir geht's gut.« Allies Körper strafte sie Lügen, als er unwillkürlich zu zittern begann.

»Komm mit ihnen zurück, so schnell du kannst«, sagte Kate leise, als sie mit Patrick zur Tür ging. »Bitte. Ich glaube, wir – sie – sollte hier nicht allein sein.«

Sie sah zu, wie er seinen leuchtend gelben Umhang überwarf. Plötzlich wollte sie nicht mehr, daß er ging. Sie wollte ihn am Ärmel festhalten und ihn anschreien, damit er blieb. Sie wollte, daß er sich mit ihnen im Haus verbarrikadierte. Dumme Gans. Wovor fürchtest du dich denn?

»Sie braucht einen Arzt, Patrick. Es ist halb so schlimm, glaube ich, solange sie sich warm hält, aber ich kenne mich mit solchen Sachen nicht aus. Mir wäre viel wohler, wenn jemand sie sich ansehen würde.«

Er nickte. »Keine Sorge. Mum war früher Krankenschwester. Sie weiß bestimmt, was zu tun ist. In zehn Minuten bin ich zu Hause. Wenn Greg noch nicht mit dem Land Rover zurück ist, rufen wir Bob Farnborough oben an der Hauptstraße an. Sein Auto hat Vierradantrieb.« Er drehte sich um und ging hinaus in den Schneeregen, dann blieb er stehen. »Es kommt alles in Ordnung, keine Sorge. Schließen Sie nur die Tür ab, und lassen Sie keinen rein.«

Sie starrte ihn an. Als sich ihre Blicke trafen, wurde ihr klar, daß auch er Angst hatte und daß er genauso gut wie sie wußte, daß Türen Claudia nicht fernhalten würden.

XXVIII

Am Boden der Senke war der Sand mit Flecken aus Torf durchsetzt, der aus der freigelegten Schicht der Düne herausgefiltert wurde und sich in den Pfützen aus Eiswasser auflöste. Der Regen und der Hagel trommelten auf die lederne Haut, hielten sie feucht, bewahrten sie für den Moment vor der Luft, machten sie wieder geschmeidig. Lange, kupferrote Haarsträhnen, noch seidig nach mehr als neunzehnhundert Jahren, schlangen sich um das blinde Gesicht, das nach oben in die Dunkelheit starrte. Ihr Arm, der über seiner Brust lag, war verdreht und gebrochen, die Finger ausgestreckt. Als die kalte Luft sie berührte, verloren sie an Steifheit und wurden wieder elastisch, liebkosten seine Schulter. Haut verschmolz mit Haut, Lippen mit Lippen, trockene, zerbrechliche Knochen zerkrümelten und wurden eins mit dem Sand.

Vom Meer her kam eine Bö, traf die Oberfläche der Düne und wirbelte noch mehr Sand herunter. Die weiche, nasse Mixtur aus Torf und Erde ergoß sich ins eisige Wasser, und langsam versank der silberne Halsreif, aus Nions fleischlosen Fingern gleitend, in Tiefen, in die ihnen kein menschliches Auge folgen konnte.

XXIX

Bill stand am Fenster, sah hinunter auf die Straße und seufzte. Er haßte London im Regen, und dieser kalte, stürmische Hagel war die schlimmste Art Regen. Er war zu naß, um als Schnee liegenzubleiben, zu kalt im Gesicht, um ihn ertragen zu können, nur dazu geeignet, den Dreck und die Blätter und den Abfall, der in den Rinnstein geblasen wurde, in eine eklige Suppe zu verwandeln. Er konnte hören, wie das Regenwasser den Rinnstein beim Fenster hinuntergurgelte. Es klang wie eine leerlaufende Badewanne, und es war äußerst deprimierend. Er versuchte, sich zu entscheiden, ob er zum Cottage fahren sollte oder nicht. Er hatte sich die ganze Woche auf ein paar freie Tage gefreut. Nach sorgfältigem Umschichten seiner Termine war es ihm gelungen, den ganzen Montag und den halben Dienstag freizubekommen, damit es ein langes Wochenende wurde. Aber jetzt sah das Wetter aus, als täte es sein Bestes, den ganzen Plan zunichte zu machen. Er ging zurück zu seinem Schreibtisch und nahm das Glas Wein von seiner Schreibunterlage – ein Überbleibsel der gestrigen Party; die Flasche war aus einem Kühlschrank im nächsten Stockwerk gekommen.

Es lag ganz bei ihm. Er konnte tun, was ihm gefiel. Wollte er sich wirklich die A 12 hinaufquälen und das Risiko eingehen, daß dieser naßkalte Regen zu Schnee wurde, wenn er erst einmal die Vororte von London erreicht hatte? Natürlich war selbst das verlockend. Er konnte sich Schlimmeres vorstellen, als kurz vor Weihnachten in seinem Cottage von der Außenwelt abgeschlossen zu sein, und wenn er genug zu Essen und Trinken mitnahm, würde er liebend gern ein paar Tage von der Bildfläche verschwinden. Er ging zurück zum Fenster, um die Entscheidung mit seinem Gewissen auszufechten. Ab Mittwoch nächster Woche hatte er einen vollen Terminkalender. Bald war Weihnachten, und er konnte es eigentlich nicht riskieren, Zeit zu verlieren. Er beobachtete, wie unter seinem Fenster zwei Londoner Busse nur knapp aneinander vorbeifuhren. Der Eisregen, der für den

Bruchteil einer Sekunde nicht schmolz, dann vor seinen Augen zu Wasser wurde und in Strömen an den Fenstern hinunterlief, brachte die gewölbten roten Dächer der Stadt zum Glänzen.

Hinter ihm läutete das Telefon. Er trank zuerst sein Glas leer, dann ging er zum Schreibtisch und nahm den Hörer ab.

»Bill, hier Jon Bevan.«

Bill machte es sich in seinem Sessel gemütlich. »Hallo. Seit wann bist du denn wieder da?«

»Ich bin noch nicht zurück. Ich fliege morgen heim. Bill, ich bin ein bißchen besorgt. Ich kann Kate nicht erreichen. Ihr Telefon funktioniert nicht. Hast du die Nummer der Leute im Farmhaus?«

»Klar.« Bill griff nach einem überquellenden, schäbigen Filofax, etwas, mit dem er sich erst wohlfühlte, seit sie ganz aus der Mode waren. »Wie läuft's denn in der großen weiten Welt?«

»Ganz gut. Ich wollte rausfinden, ob ich in Redall willkommen bin.«

»Da bin ich überfragt. Ich habe diese Woche noch mit keinem dort gesprochen.«

»Dann weißt du also nichts von dem Einbruch?«

»Einbruch!« rief Bill schockiert. »Im Farmhaus?«

»Nein, in Kates Cottage. Sie klang nervös, als ich zuletzt mit ihr gesprochen habe. Fast verängstigt. Ich mache mir Sorgen.«

»Verängstigt?« Bill starrte auf das erregte, kreisförmige Gekritzel, das er auf dem vor ihm liegenden Block gemalt hatte. Er fügte ein paar Spiralen hinzu, und dann ein Auge. »Haben sie viel gestohlen?«

»Ich glaube nicht. Etwas, das sie im Sand ausgegraben hat, nichts weiter. Ich hoffe, es geht ihr gut. Ich bin sicher, es gibt keinen Grund zur Sorge.«

Bill lachte. »Bestimmt nicht, aber ich rufe die Lindseys trotzdem mal an und frage sie. Komisch, gerade habe ich darüber nachgedacht, ob ich heute abend noch hinfahren soll. Ich bin mir nicht sicher. Das Wetter ist ziemlich schlimm hier bei uns.«

»Hier ist es auch nicht besonders.« In Massachusetts warf Jon einen Blick aus seinem Schlafzimmerfenster auf den dichten, weißen Schnee, der über den Garten wirbelte und den Blick auf die Ahornbäume auf der anderen Seite des Gartens verdeckte.

»Ich finde, du solltest fahren, Bill. Falls du fährst: Rufst du mich an, wenn du bei ihr warst? Oder sorg dafür, daß sie mich von irgendwo anruft. Warte einen Moment. Ich gebe dir meine Nummer.«

Bill notierte sie. »Ich ruf dich zurück, sobald ich mit ihr gesprochen habe, okay? Keine Angst, alter Junge. Ich bin sicher, Kate geht es gut.« Er versuchte es zuerst mit ihrer Nummer. Die Leitung war tot, wie Jon gesagt hatte. Dann rief er im Farmhaus an. Es dauerte eine Weile, bis jemand den Hörer abnahm.

»Greg?« Bill hatte gerade auflegen wollen. »Hier Bill Norcross. Kann ich mit Diana sprechen?«

»Tut mir leid. Sie sind scheinbar alle ausgeflogen.« Gregs Stimme klang reserviert. »Was kann ich für Sie tun?«

»Ich wollte nur fragen, wie das Wetter bei euch ist. Ich hatte vor, heute zu kommen.«

»Es ist windig, es hagelt, und die Vorhersage ist miserabel. Wenn ich Sie wäre, würde ich in London vor meinem Kamin bleiben und die Beine hochlegen.«

»Haben Sie irgendwas von Kate gehört?«

»Allerdings.« Gregs Stimme wurde noch kälter.

»Geht es ihr gut? Ihr Telefon funktioniert nicht.«

»Es schien ihr bewundernswert gutzugehen, als ich sie das letzte Mal gesehen habe. Topfit, könnte man sagen. Haben Sie es gemeldet?«

»Das mache ich gleich.«

»Gut. Und sobald es repariert ist, können Sie bei ihr anrufen und sie stündlich um den Wetterbericht bitten!«

Bill runzelte die Stirn. »Das mache ich. Danke, Greg.« Er legte auf. Der Bleistift, mit dem er seine Kritzeleien gemacht hatte, brach in zwei Hälften. Er starrte ihn überrascht an. »Bastard«, murmelte er vor sich hin. »Bastard.«

Patrick hatte Kate und Alison nun bereits seit fast zwei Stunden sich selbst überlassen, bis Kate einen Blick aus dem Fenster warf und sah, wie draußen ein altertümliches Gefährt rutschend anhielt. Es wurde von einem Fremden gesteuert, aber sie sah Diana und Roger aussteigen, dicht gefolgt von Patrick.

»Gott sei Dank«, murmelte sie. Alison lag, wieder in Decken gewickelt, auf dem Sofa. Das Mädchen schien zu schlafen.

Kate rannte zur Tür und öffnete.

»Wo ist sie?« Dianas Gesicht war bleich vor Sorge. Sie schob sich an Kate vorbei und ging ins Wohnzimmer.

»Hallo Mum.« Alison schlug die Augen auf.

»Was ist passiert?« Roger blieb in der Diele stehen und hielt Kate am Arm fest. »Darf ich vorstellen: Das ist Joe Farnborough. Er war so freundlich, uns hier raufzufahren.«

Kate warf einen Blick auf den großen, weißhaarigen Mann, der auf sie herunterstarrte, ohne seine Neugier zu verbergen. Als sich ihre Blicke trafen, grinste er, die Augen silbern in einem gebräunten, wettergegerbten Gesicht. »Klein Allie hat sich in die Klemme gebracht, was?« fragte er. Sie zuckte mit den Schultern. »Halb so wild. Aber sie sollte lieber zu Hause sein.« Sie folgten Diana ins Wohnzimmer und fanden sie über Alison gebeugt. Diana hielt ihre Hand. »Ich bin okay, Mum. Ehrlich.« Das Mädchen sah bleich und abgespannt aus, aber ihre Stimme hatte etwas von ihrer Stärke wiedergewonnen, und damit auch ihre Brummigkeit. »Macht kein Theater. Bringt mich einfach nur heim.«

»Aber was ist passiert, Allie?« Roger schob die Decken beiseite und setzte sich. »Komm schon, du mußt es uns sagen.«

Alison schüttelte den Kopf. »Ich bin nicht sicher. Ich bin zum Grab gegangen. Ich wollte es sehen. Es war früh. Es war noch dunkel.« »Du bist da rausgegangen, als es noch dunkel war!« wiederholte Diana schockiert.

Alison nickte. »Ich weiß nicht, warum. Es war einfach etwas, das ich tun mußte. Ich nahm eine Taschenlampe. Der Wald war kalt und naß. Es war sehr dunkel, und ich hatte Angst.« Ihre Stimme bebte. »Als ich zum Cottage kam, sah ich, daß alle Lichter brannten. Da fühlte ich mich besser. Ich dachte, ich würde klopfen und Kate bitten, mitzukommen. Aber ich konnte nicht.« Sie brach in Tränen aus. »Ich wollte es, aber ich konnte nicht.«

Kate starrte sie entsetzt an. »Allie, warum denn nicht? Ich wäre doch mitgekommen.«

»Ich meine nicht, daß ich nicht konnte, weil ich nicht wollte. Ich wollte schon, aber sie ließ mich nicht.«

Einen Moment lang waren alle still. Kates und Rogers Blicke

trafen sich. Er sah nachdenklich aus; sie nahm an, daß Patrick ihnen schon von Claudia erzählt hatte.

»Wer ließ dich nicht, Allie?« fragte Diana freundlich.

»Jemand. Sie. Ich weiß nicht. Er will, daß ich aufhöre, aber sie will mir etwas sagen. Sie kämpfen miteinander in meinem Kopf.« Sie legte ihre Handballen an die Schläfen, immer noch weinend. »Sie will, daß ich es weiß.«

»Sie will, daß du aufhörst, das Grab freizuschaufeln?« warf Patrick von der Tür her ein. »Das ist es, oder?«

»Nein.« Allie setzte sich auf. »Nein, gerade nicht. Sie will, daß ich es tue. Sie will, daß ich hingehe. Sie will, daß ich etwas finde ... irgendwas.« Sie legte sich wieder zurück.

»Nun, was immer auch passiert ist, ich schlage vor, wir bringen dich erst mal nach Hause, junge Dame«, warf Joe Farnborough von der Tür aus ein. »Ich will ja nicht drängeln, Leute, aber ich muß noch in die Stadt.«

»Natürlich, Joe. Entschuldige. Es war wirklich nett von dir, daß du gleich gekommen bist.« Diana wurde geschäftig. »Roger, kannst du sie tragen?«

»Nicht nötig, Mum. Ich kann gehen.« Alison schniefte erbärmlich, schwang die Beine über den Rand des Sofas und stand auf.

Kate sah zu, wie sie zur Tür hinaus und zum Rücksitz des Wagens geleitet wurde – ein Modell, das noch altertümlicher und dreckbespritzter war als das der Lindseys. Es war Patrick, der sich umdrehte und sie ansah. »Dad. Kann Kate mitkommen? Ich glaube nicht, daß sie jetzt allein bleiben sollte.«

Roger drehte sich zu ihr um. »Natürlich. Gar keine Frage. Sie müssen mitkommen, liebe Kate. Wir müssen über all das sprechen. Und auf jeden Fall müssen wir melden, daß Ihr Telefon gestört ist, und es reparieren lassen, bevor Sie hier wieder wohnen können.« Er nahm ihre Jacke vom Haken hinter der Tür und hielt sie ihr hin.

Kate schloß erleichtert die Augen. Einen Moment lang hatte sie gedacht, sie würden ohne sie gehen, und sie hatte gewußt, daß sie nicht die Willensstärke haben würde, ihnen hinterherzurufen. Der Drang, im Cottage zu bleiben, war so stark wie der, es zu verlassen. Sie ging zurück in das Zimmer, um die Lichter auszumachen. Sie schloß die Ofentüren und blickte sich um. Das Wasser auf dem Fensterbrett hatte begonnen, unter dem Tuch zu versickern. An seinem Rand konnte sie ein paar dunkle Erdstücke sehen, und dort, im Schatten, wand sich etwas Kleines und Weißes zielsicher auf den Rand des Fensterbretts zu. Sie drehte sich abrupt um und packte ihre Umhängetasche. Sie nahm auch den Stapel Manuskriptseiten von ihrem Tisch mit, und dazu die Diskette aus ihrem Computer. Dann folgte sie Roger nach draußen und schlug mit einem Knall die Tür hinter sich zu.

XXX

Diana war nach unten gegangen. Alison vergrub sich in ihrem Bett. Neben ihr, nicht zu sehen unter dem Federbett, lag ein alter, abgegriffener Teddybär mit einem Ohr. Alle Lichter im Zimmer brannten.

Ein paar Minuten später erschien Greg in der Tür. »Bist du wach, Allie?«

Sie schob den Teddybären noch weiter hinunter. »Was?«

»Wir müssen mal miteinander reden.« Er kam herein und machte die Tür zu. Dann setzte er sich auf den Bettrand und verschränkte die Arme. »Ich weiß, wir haben gesagt, daß wir sie verscheuchen sollten. Kate, meine ich. Ich weiß, daß ich eine Menge Zeug gesagt habe. Daß sie im Weg ist und so. Ich habe es auch so gemeint. Die Frau nervt.« Er schwieg eine Weile und schaute nachdenklich auf seine Füße.

»Sie war nett zu mir«, sagte Alison schließlich. In ihrer Stimme war nichts von der üblichen Schrillheit.

»Was ist wirklich passiert, Allie?« Er sah sie wieder an. »Dort draußen. Du hast nicht nur versucht, ihr Angst zu machen, oder?«

»Nein.« Sie klang sehr kleinlaut.

»Also. Was ist passiert?«

»Nichts.«

»Irgendwas muß passiert sein.« Er legte seine Hand einen Moment lang auf den Höcker, den ihre Schulter unter dem Federbett erzeugte. »Komm schon. Mir kannst du es sagen.«

»Es ist die Wahrheit. Es ist nichts passiert. Ich habe nichts gesehen. Es waren nur so Gefühle.« Ihr Mund begann zu zittern. Sie setzte sich auf und holte trotzig den Teddy nach oben und drückte ihn an die Brust. In ihrem Nachthemd von grüner Leuchtfarbe und mit den Haaren im Gesicht sah sie aus wie sechs.

Greg war erstaunt über die Welle von Zuneigung, die ihn überrollte. »Was für Gefühle?« fragte er zärtlich.

Sie runzelte die Stirn. »Furcht. Wut. Haß. Sie haben mich angefallen, es war ein wildes Durcheinander in meinem Kopf, so ein roter Wirbel. Es hat weh getan.« Ihre Augen waren voller Tränen.

Er starrte sie an, aber er sah sie nicht. Er sah eine kleine Frau mit grauen Haaren in einer hellblauen Steppjacke, die schlecht zu den hohen Absätzen paßte. »Ich sah Sie herumtorkeln ... ich habe mich gefragt, ob Sie vielleicht Epileptiker sind oder so ...« Die Stimme hallte in seinem Kopf wider. Unter den dicken Schichten seines warmen Hemds, seines Lambswoolpullovers und der uralten Tweedjacke spürte er, wie die Gänsehaut seine Arme hochkroch. Seine Kehle war wie zugeschnürt.

»Was ist los?« Ihre Augen waren riesig und rund, die Pupillen erweitert. »Fehlt dir was?«

»Nein. Mir fehlt nichts, Schatz.« Er nannte sie nie so. Der Kosename machte ihr noch mehr Angst als zuvor sein besorgtes Gesicht.

Er stand auf. »Hör mal, Allie. Du mußt jetzt endlich schlafen. Okay? Leg dich wieder hin, und ich decke dich zu.« Er beugte sich über sie, als sie auf den Kissen nach unten rutschte, zog das Federbett hoch zu ihrem Kinn und tätschelte ihr Gesicht mit unbeholfener, ungewohnter Zärtlichkeit. »Soll ich das Licht ausmachen?«

»Nein!«

Er sah sie durchdringend an. In dem gedämpften Wort, gefiltert durch den abgewetzten Pelz des Teddybären, lag der Klang echten Schreckens.

»Okay. Ganz ruhig.« Er versuchte zu lächeln. »Schlaf gut, Trottel.« Das war es schon eher. Normaler.

Unten saßen die anderen um den Kamin und hielten Becher mit dampfendem Tee in den Händen. Greg stellte sich mit dem Rücken zur Kaminecke in Positur – ein Redner vor seinem Publikum. »Wir müssen dieses Grab zuschütten. Alison darf nicht wieder da hingehen, und ich persönlich finde, daß Kate aus dem Cottage ausziehen sollte.«

»Damit Sie wieder einziehen können.« Kate sprach diese Worte freundlich aus, aber in ihrem Gesicht sah er eine Härte, die eine Menge über ihre Entschlossenheit zu bleiben sagte und, damit er es wußte, über ihr zunehmendes Unbehagen in seiner Gesellschaft.

Er seufzte. »Nein. Tatsächlich habe ich im Moment kein Verlangen, dort wieder einzuziehen. Aber wollen Sie wirklich da bleiben? Nach allem, was passiert ist? Ich glaube nicht, daß Sie gut vorankommen, wenn Sie dauernd dabei unterbrochen werden.«

»Tatsächlich arbeite ich im Moment sehr gut, vielen Dank«, gab Kate zurück. »Und es wäre sehr engstirnig von mir, wenn ich mich über die Zeit ärgern würde, die ich mit Alison verbracht habe. Sie ist ein nettes, intelligentes Mädchen. Ich mag sie immer lieber. Ich weiß nicht, wieso sie draußen bei der Grabungsstelle geblieben ist. Aber ich bin sicher, sie wird alles erklären, wenn es ihr besser geht. All das hat mir jedenfalls in keinster Weise die Lust genommen, weiter in Redall Cottage zu wohnen. Diese Schlösser, die Ihre Eltern für mich angebracht haben, geben mir ein Gefühl, als lebte ich in Fort Knox.«

»Ich stimme zu, was das Auffüllen des Grabes angeht«, warf Roger ein. Er lehnte sich bequem auf dem Sofa zurück. »Es hat nichts als Ärger gegeben, seit Allie diesen Platz gefunden hat. Ich schlage vor, wir bitten Joe, mit dem Bulldozer raufzukommen und alles einzuebnen.«

»Nein!«

Kate hatte nicht gemerkt, daß das Wort aus ihrem eigenen Mund gekommen war, bis alle sie anstarrten. »Nein«, wiederholte sie leiser. »Ich finde nicht, daß wir das tun sollten. Es ist eine wichtige Fundstätte. Am besten melden wir es bei der örtlichen archäologischen Vereinigung oder dem Museum, damit sie schnell rauskommen und feststellen, was da wirklich ist.«

»Ich glaube nicht, daß wir wissen wollen, was da wirklich ist«, sagte Greg schroff. »Du stimmst mir doch zu, Dad? Allie ist jetzt schon durcheinander genug.«

»Sie ist nicht durcheinander, was die Vorstellung angeht, daß es sich um ein Grab handelt«, erwiderte Kate.

»Entschuldigen Sie, aber ich glaube doch. Nach außen hin ist sie vielleicht ein lästiges, aufdringliches Kind, und sie hat bestimmt jede Menge Mumm, aber innerlich ist sie verletzt und leidet. Die ganze Sache nimmt sie sehr mit. Sie haben selbst gesehen, wie sehr ihre Phantasien sie aufgeregt haben. Das alles schadet ihr nur. Ma«, er wandte sich hilfesuchend an seine Mutter, »du mußt mich unterstützen.«

Diana blickte ihn nachdenklich an. Sie hatte den ganzen Wortwechsel schweigend angehört. »In gewisser Weise habt ihr beide recht. Sie ist besessen von diesem Ort, und ich glaube nicht, daß das gut für sie ist. Aber ich glaube auch nicht, daß die richtige Antwort darin besteht, daß man versucht, es wieder zuzuschütten. Es wäre dann noch immer da, und sie wüßte es.«

Kate nickte. »Besser, wir lassen es richtig ausgraben – eine Rettungsgrabung kann schnell organisiert werden. Dann kennen wir alle die Wahrheit.«

»Die Wahrheit worüber?« Gregs Stimme klang sehr ruhig. »Was daran ist so wichtig, daß wir es unbedingt wissen müssen? Ich glaube nicht, daß es da irgend etwas gibt, was wir unbedingt wissen müßten. Nicht das Geringste.«

XXXI

Das Licht war seltsam kalt. In der kühlen Dämmerung vor Sonnenaufgang war der Sumpf in einen fahlen Nebelschleier getaucht, der sich lautlos wie ein erstickendes Leichentuch über das Gras und das Schilf legte.

Nion stand am Rand des Teichs. Gebadet und in seine besten Kleider gehüllt, war er bereit. Hinter ihm standen die beiden Priester. Ihr Handwerkszeug lag vor ihnen auf einem Altar: eine Garrotte und ein Messer. Sie warteten jetzt, im Gebet, und beobachteten ihn. Sie respektierten seine Vorbereitungen. Wenn er soweit war, würde er es ihnen sagen.

Er runzelte die Stirn. Warum nur zwei Priester? Er hatte mit allen gerechnet, mit einem ganzen Kreis von Teilnehmern, und nicht mit dieser stillen, beinahe schäbigen Veranstaltung, ohne Zeugen und unbesungen. Langsam machte er sich an die Vorbereitungen. Um den Nacken trug er zwei Halsringe. Einen breiten, gewundenen Halsring aus Gold, das Symbol seines königlichen Blutes und seiner Priesterwürde, und darunter einen aus verziertem Silber, den Claudia ihm geschenkt hatte.

Er nahm den ersten, zog das schwere Gold über seine warme Haut, spürte das Gefühl der Enge, schluckte, verscheuchte aus seinen Gedanken, was noch kommen würde, betrachtete den Halsring in seinen Händen, strich mit den Fingern behutsam über das kunstvolle Muster auf dem Metall, bewunderte es zum letzten Mal. Es war wahrlich ein würdiges Geschenk an die Götter. Er hob es hoch über seinen Kopf, erwartete fast, daß sich ein verfrühter Strahl der Sonne, die sich noch versteckt hielt, verirren und auf das glänzende Metall fallen würde. Es kam keiner. Er murmelte die Worte der Opfergabe und schleuderte den Reif dann mit all seiner Kraft in das vom Nebel bedeckte Wasser. Er ging vor ihm in die jenseitige Welt ein. Als nächstes kam der silberne Reif. Nion zog ihn sich vom Hals, berührte ihn mit den Lippen, schleuderte ihn dann dem ersten hinterher. Dann drehte er sich um und bückte sich nach seinen Waffen. Schwert, Speer,

Dolch. Eine nach der anderen hob er sie hoch zum Zeichen des Opfers, hielt sie auf seinen Handflächen im Gleichgewicht und warf sie ins Wasser. Unter dem gewellten Weiß des Nebels gingen sie im kalten braunen Sumpf unter und versanken unaufhaltsam.

Nun kamen seine Kleider. Er löste seinen Umhang, faltete ihn sorgfältig zu einem möglichst kleinen Bündel, tat es langsam, peinlich genau, zögerte vielleicht die letzten wenigen Augenblicke hinaus, bevor sich der Rand der Sonne über dem Meer zeigte. Er heftete das Bündel mit seiner Umhangnadel fest und schleuderte es seinen Waffen hinterher. Dann kam der Beutel mit Geldstücken, sein Ledergürtel, seine Armbinden, seine Tunika. Schließlich war er nackt, bis auf den Streifen aus geflochtener Eschenrinde um seinen Arm, sein Geburtsrecht und sein Namenszeichen. Die Luft strich kalt über seine Haut. Er wollte auf keinen Fall, daß die Priester dachten, er zittere vor Furcht, und straffte seine Schultern, die Augen wie sie auf den östlichen Horizont gerichtet, an dem es mit jeder Sekunde heller wurde. Plötzlich bemerkte er, daß hinter ihm einer der Priester die Garrotte vom Altar aufgenommen hatte und begann, sie sich um die Hände zu wickeln.

Nion ballte die Fäuste. Die Sonne war noch immer nicht erschienen, aber dort draußen, hinter dem kalten Wasser, versteckt im Nebel, warteten die Götter.

Bis zum späten Nachmittag funktionierte das Telefon in Redall Cottage wieder. Roger fuhr Kate mit dem Land Rover durch den dichten Schneeregen und den Schlamm zurück und kontrollierte mit ihr Zimmer für Zimmer das Haus. »Scheint alles in Ordnung zu sein«, sagte er schließlich. Er hatte darauf bestanden, den Ofen anzuzünden und einen Vorrat an Scheiten hereinzutragen. »Sind Sie wirklich ganz sicher, daß Sie hierbleiben wollen?« Auf dem Küchentisch standen ein Karton voller Konservendosen, eine Kaffeebüchse, eine Flasche Scotch, ein paar Streichholzschachteln und einige andere Dinge, die Diana aus ihrer Speisekammer abgezweigt hatte. »Nur für den Fall, daß Sie von diesem furchtbaren Wetter eingeschlossen werden, das sie vorhersagen.« Und dann hatte auch sie sie beiseite genommen und noch einmal gefragt, ob sie nicht bei ihnen wohnen wolle, aber Kate blieb hartnäckig. »Ich muß arbeiten. Wirklich.«

Roger sah sich um, anscheinend unwillig zu gehen. »Sind Sie sich wirklich ganz sicher?« fragte er noch einmal.

»Absolut sicher.« Sie grinste ihn an. »Wirklich. Ich muß endlich wieder arbeiten.«

»Gut.« Er lächelte freundlich. »Na, Sie wissen ja, wo wir sind, wenn Sie irgendwas brauchen.«

Sie stand an der Tür und sah ihm nach, wie er in den Wald fuhr. Dann ging sie zurück ins Haus.

Was die Ausgrabungsstätte betraf, so war nichts beschlossen worden. Greg wollte sie unter so viel Sand wie möglich begraben, Roger und sie waren dafür, die Archäologen in Colchester anzurufen, nur Alison war, als sie endlich aufwachte, bei dem Gedanken, daß jemand das Grab auch nur ansehen könnte, völlig hysterisch geworden. Aus Respekt vor ihren Tränen hatte Diana für ein oder zwei Tage ihr Veto gegen jegliche Aktivität eingelegt, und Kate hatte sich widerwillig fügen müssen. Schließlich war es ihr Grund und Boden, ihre Düne.

Kate sah auf die Uhr. Es war fast vier. Sie stellte den Kessel auf, hievte sich auf den Hocker und griff zum Telefonbuch. Anne war zu Hause.

»Hallo, Fremde, ich habe mich schon gefragt, wie du so zurechtkommst.« Die Stimme ihrer Schwester klang fröhlich.

»Gut. Wie läuft's in Edinburgh?«

»Wunderbar. Sogar noch besser, als ich gehofft hatte. Die Arbeit ist faszinierend. Außerdem liebe ich die Stadt, und C. J. liebt die Wohnung. Sie ist riesig, verglichen mit unserer alten, und hinter dem Haus gibt es einen Garten mit einer Mauer drum rum. C. J. ist im siebten Himmel. Wenigstens war er das, bis es mit dem Schnee losging.« Sie lachte. »Jetzt erzähl mir aber von der wilden Küste East Anglias.«

»Alles ein bißchen eigenartig, um ehrlich zu sein.« Kate hielt inne und sah zu, wie der Dampf aus der Kesselschnauze stieg. »Anne. Gibt es sowas wie Poltergeister?«

Einen Moment lang war am anderen Ende der Leitung alles still. »Eine interessante Frage. Warum willst du das wissen?«

»Aus verschiedenen Gründen.« Kate verzog das Gesicht. Jetzt

gab es kein Zurück mehr, bis Anne ihr nicht auch noch das winzigste Detail aus der Nase gezogen hatte. Sie atmete tief durch. »Ich erzähle dir erst einmal die ganze Geschichte, dann sagst du mir deine Meinung ...«

Es dauerte überraschend lange, bis alles erzählt war. Anne hörte schweigend zu, schnipste nur einmal mit den Fingern nach Carl Gustav, als er herausfordernd seine Krallen an der Rückseite eines Sessels spielen ließ. Er sprang freudig auf ihren Schoß, wo er sich für einen längeren Aufenthalt zusammenrollte.

»Nach dem, was du sagst, und nach deiner einleitenden Frage zu schließen, vermutest du, daß Alison im Mittelpunkt des Ganzen steht, habe ich recht?« fragte sie schließlich.

»Das wäre doch eine Möglichkeit, oder? Die Ängste von Jugendlichen und so weiter. Fehlgeleitete Energie.«

»Denkbar ist das schon.« Kate konnte das Lächeln in Annes Stimme hören. »Und das Krachen, das du mir beschrieben hast, könnte sich spaltendes Holz gewesen sein. Du hast das Cottage wahrscheinlich aufgeheizt wie seit einer Ewigkeit nicht mehr, und jetzt fällt es langsam auseinander. Hast du daran schon gedacht? Es könnte allerdings auch das Explodieren von psychischer Energie sein, wenn man an solche Dinge glaubt. Ich habe auf jeden Fall darüber gelesen. Aber der Rest. Die Erde. Die Maden. Igitt. Das klingt nicht nach einem Poltergeist, um ehrlich zu sein. Mehr nach einem Horrorroman.«

Kate verzog ihren Mund. »Anne, das hier ist kein Roman! Laß das. Ich brauche deine Hilfe!«

»Na ja, vielleicht hat sie ja die plötzliche Wärme aufgeweckt. Aber für mich klingt das eigentlich mehr wie ein böser Streich, den man dir da spielt, Kate, Liebes, und wenn der Bruder – Greg heißt er, hast du gesagt? – auch nur annähernd so zornig ist, wie du sagst, würde ich gar nicht weiter suchen. Es sieht doch alles sehr nach einem unglücklichen, frustrierten Mann aus.«

»Du glaubst also nicht, daß irgendwas davon übernatürlich sein könnte?«

»Das halte ich für unwahrscheinlich. Sogar der Geist, den du glaubst, gesehen zu haben. Du warst müde. Du könntest es dir eingebildet haben. Der Geruch ist leicht zu erklären. Sowas bleibt manchmal Monate, sogar Jahre in Häusern hängen. Und

Maden, mein Gott! Was will er, daß du denkst? Daß sie aus einem zweitausend Jahre alten Grab kommen? Wie lange, glaubst du, hält sich das Fleisch an den Knochen? Wie lange, glaubst du, daß organische Stoffe überhaupt weiterbestehen? Und überhaupt, wie wären sie in dein Cottage gekommen?« Anne spielte mit Carl Gustavs Ohren. Kate konnte am anderen Ende der Leitung sein Schnurren hören. Sie fühlte sich plötzlich furchtbar allein.

»Wie gehe ich also damit um, große Schwester? Ich will hier nicht ausziehen. Es ist wunderbar hier. Ich liebe dieses Cottage, und die Arbeit läuft gut.«

»Ist irgendwas passiert, seit sie die Schlösser ausgewechselt haben?«

»Ja.«

»Und du glaubst nicht, daß die Maden sich auf etwas Totem unter den Bodenbrettern vermehren?«

»Nein.« Kate sah hinunter auf ihre Füße. Der Boden, das hatte sie schon festgestellt, war hundertprozentig aus Beton.

»Und du glaubst auch nicht, daß Alison eine Streichholzschachtel voll auf das Fensterbrett geschmuggelt haben könnte, während du nicht im Zimmer warst?«

»Nein. Das glaube ich nicht.«

»Ich glaube, ich muß länger darüber nachdenken. Das ist eine knifflige Angelegenheit.« Anne lachte. »Faszinierend, aber knifflig. Du hast doch keine Angst?«

»Ich glaube nicht.«

»Du klingst, als wärest du dir nicht sicher.«

»Na ja, wie würde es dir damit gehen? Mitten im Nirgendwo. Es wird langsam dunkel. Ich habe plötzlich eine Fliege hier drin.« Vor ein paar Minuten war sie noch nicht da, das wußte sie bestimmt, und jetzt umkreiste sie das Licht.

»Na, tröste dich damit, daß Fliegen nichts Übernatürliches an sich haben. Du findest vielleicht nicht heraus, woher sie kommen, aber es ist so sicher wie das Amen in der Kirche, daß sie ähnlich wie die Maden von irgendeinem fauligen Fleisch –«

»Was hast du gesagt?« unterbrach Kate sie. Vor Angst hatte sie einen Kloß im Hals.

»Ich sagte fauliges Fleisch.«

»›Dein fauliger Körper und deine verdorbene Seele‹«, zitierte Kate langsam. »Das sind die Worte, die mir nicht mehr aus dem Kopf gehen.« Sie hatte plötzlich schreckliche Angst.

»Das ist Zufall. Hast du noch nie von Synchronismus gehört?« Anne hatte die Angst in der Stimme ihrer Schwester gehört und versuchte sofort, sie zu beruhigen. »Außerdem kann man kaum von Zufall sprechen, wenn man über Maden redet. Hör zu, Liebes, gleich kommt jemand zum Essen. Ich muß jetzt wirklich weitermachen, sonst kriegen meine Gäste nur Sardinen auf Toast. Können wir morgen weiterreden? Ich schlage nach, was ich über Poltergeister und Teenager als Werwölfe finde, damit du ein bißchen Munition für Alison hast, aber wenn ich du wäre, würde ich was Starkes trinken, alle Türen verriegeln, nachsehen, ob unter der Anrichte eine Streichholzschachtel voller Maden versteckt ist, und mich in ein gutes Buch vertiefen. Und wenn du dann immer noch Angst hast, möchte ich, daß du mich sofort anrufst. Jederzeit. Klar? Ich muß Schluß machen.«

Sie hatte aufgehängt, bevor ihr Kate auf Wiedersehen sagen konnte.

»Anne. Anne?« Sie schüttelte den Hörer. Anne war nicht mehr da, aber es klang so, als bestünde die Verbindung noch. Sie horchte noch einen Moment. »O nein. Nicht schon wieder.« Sie spürte, wie plötzlich Panik in ihr aufstieg, und rüttelte am Telefon, legte auf und nahm dann den Hörer wieder ab. Die Leitung selbst war nicht unterbrochen. Aber man hörte kein Freizeichen. Sie legte den Hörer wieder auf und nahm ihn erneut ab. Es geschah dasselbe.

In Edinburgh starrte Anne auf das Telefon vor sich auf dem Tisch und biß sich auf die Lippe. Es sah Kate gar nicht ähnlich, vor irgend etwas Angst zu haben; überhaupt nicht. Zum Teufel mit den Gästen. Kate war wichtiger als ein perfektes Soufflé. Sie nahm den Hörer ab und wählte Kates Nummer.

Die Leitung war tot.

* * *

Kate sah sich in der Küche um. Alles kam ihr trostlos vor. Verflixt und zugenäht. Natürlich war es halb so schlimm. Morgen würde sie durch den Wald zum Farmhaus gehen und wieder einmal eine Telefonstörung melden. Wie Anne gesagt hatte: Sie sollte lieber etwas trinken, sehen, ob sie Maden fand, und sich dann wieder an die Arbeit machen.

Es war Viertel vor zwölf, als sie endlich den Computer ausschaltete, sich streckte und aufstand. Ihre Augen waren müde, und ihr Gehirn fühlte sich an, als sei es gequirlt worden. Sie starrte auf den Stapel mit ausgedruckten Seiten auf dem Schreibtisch, nahm dann ihre Brille und setzte sie wieder auf, um den letzten Abschnitt noch einmal durchzulesen. Er war gut. Er war aufregend, lebendig, großartig. In Hochstimmung wanderte sie hinüber in die Küche und griff nach der neuen Flasche Whisky. Die Lindseys tranken anscheinend Johnnie Walker. Sie schenkte sich etwas ein und ging zurück ins Wohnzimmer. Verdammt, wenn die Leitung unterbrochen war, konnte auch niemand bei ihr anrufen, und sie hatte, gestand sie sich plötzlich ein, auf einen weiteren Anruf von Jon gehofft. Sie seufzte. Er fehlte ihr so.

Der scharfe Knall über ihrem Kopf ließ sie kaum aufschrecken. Sie starrte nur kurz an die Decke, beugte sich langsam vor zum Tisch und griff nach der Flasche. »Verpiß dich, Marcus«, murmelte sie. »Du bist entweder psychische Energie oder ein Balken, der sich spaltet. Auf jeden Fall gehst du mich nichts an.«

XXXII

Greg fand Allie am nächsten Morgen in der Küche. Sie saß am Tisch und trug noch ihren Bademantel. Ihr Gesicht sah bleich und abgespannt aus. Er setzte sich ihr gegenüber und griff nach der Kaffeekanne. »Wie geht's dir, Trottelchen?« fragte er.

Sie sah ihn finster an. »Furchtbar.«

»Hat Ma gesagt, du sollst zum Arzt?«

»Nein. Sie glaubt, daß ich okay bin. Nur müde.«

»Hast du nicht geschlafen?«

»Was denkst denn du.« Sie legte die Arme auf den Tisch und legte den Kopf darauf.

»Wir rufen heute noch bei Joe an und bitten ihn, mit dem Traktor zu kommen und die Düne einzuebnen«, sagte er behutsam. »Dad denkt auch, daß das das Beste ist. Es ist sowieso nur noch eine Frage von Tagen, bis das Meer das Ganze wegspült.«

»Das könnt ihr nicht.« Sie starrte ihn entgeistert an. »Das dürft ihr nicht. Es ist eine archäologische Fundstätte. Das erlaubt man euch nicht!«

»Keiner wird es erfahren. Es tut mir leid, Allie, aber mein Entschluß ist gefaßt. Es gibt da Dinge, von denen man besser die Finger läßt. Wenn du darüber nachdenkst, wirst du mir zustimmen.«

»Nein!« Sie sprang auf und ließ ihren Stuhl schrill über den Steinboden kratzen. »Nein. Das lasse ich nicht zu! Das könnt ihr nicht. Das dürft ihr nicht.«

»Allie –«

»Nein!« Ihre Stimme war zu einem Schrei angeschwollen. »Verstehst du denn nicht. Die Leute müssen es einfach wissen. Sie müssen die Wahrheit wissen!«

»Die Wahrheit worüber?« Er runzelte die Stirn.

»Die Wahrheit über –« Sie zuckte mit den Schultern, wurde wieder ruhiger. »Die Wahrheit über das, was in dem Grab liegt. Die Wahrheit darüber, was dort passiert ist. Die Wahrheit über –« Sie brach mitten im Satz ab. Es war, als sei ihr wieder der

Name von den Lippen gerissen worden. »Die Wahrheit darüber, wessen Grab es ist«, improvisierte sie. »Ihr dürft es nicht anrühren. Auf keinen Fall. Wenn du auch nur daran denkst, Joe anzurufen, rufe ich das Museum an und erzähle ihnen alles. Dann erlassen sie eine Verfügung, daß es konserviert werden muß oder sowas.«

»Was zum Teufel weißt du schon von Verfügungen?« fragte Greg. Er spürte, wie der Zorn in ihm hochstieg. Es war idiotisch gewesen, es ihr zu sagen. Er hätte Joe anrufen und es einfach machen sollen, ohne es ihr zu sagen. Hinterher wäre es eben zu spät gewesen, etwas dagegen zu unternehmen.

»Ich weiß gar nichts darüber, aber ich weiß, daß man sie kriegen kann. Man kann sie kriegen, damit Farmer aufhören, ihre Felder umzupflügen, wenn besondere Dinge drin sind.«

»Nur, daß es hier nichts Besonderes gibt. Ein paar alte Scherben und ein paar andere Trümmer in einer Düne am Rand des Meeres. Weiter nichts. Sowas vergißt man besser.«

»Nein.« Ihre Augen verengten sich. Sie sah aus wie Serendipity, wenn er eine Maus oder einen Vogel gefangen hatte und dachte, daß jemand ihm seine Beute wegnehmen wollte. »Nein. Rühr es bloß nicht an. Die Wahrheit muß ans Licht.«

Greg stand auf und nahm seine Kaffeetasse. »Wie du meinst.« Er ging zum Sofa und setzte sich neben die Katzen, die sich in einer Weise häuslich niedergelassen hatten, die bedeutete, daß sie eine Außenwelt nachdrücklich zurückwiesen, in der der Schneeregen vom schiefergrauen Himmel fiel und der Wind wie mit Messern um die Ecke wehte und einem ins wehrlose Fleisch stach.

Greg war außergewöhnlich erregt. Adrenalin raste durch seinen Körper; seine Kehle fühlte sich trocken und krank an. Seine Hände, die die Tasse umklammerten, zitterten leicht, er war wütender als je zuvor. Er holte tief Luft und versuchte, wieder ruhiger zu atmen. Was zum Teufel war los mit ihm? Das verdammte Grab war ihm völlig egal, und es war auch keine große Sache, daß Alison ihn ausmanövriert hatte. Das tat sie dauernd, und meist ließ er es sich gefallen. Er trank einen Schluck Kaffee, lehnte sich zurück und schloß die Augen.

Sie saß immer noch am Tisch, hinter ihm. Sie schniefte und

wischte sich verstohlen mit dem Handrücken über die Augen. Ihr Kopf dröhnte, und ihr Gesicht fühlte sich verschwollen an, weil sie zu wenig geschlafen hatte. Irgend etwas hatte sie noch zu tun, aber sie konnte sich nicht daran erinnern, was es war. Sie starrte müde auf das Fenster, als ein Windstoß die nächsten Hagelkörner an die Scheibe warf. Die Küche war kalt. Sie warf einen Blick auf den Ofen. Das Feuer war an. Der Kessel auf der Herdplatte stieß kleine Dampfwölkchen aus. Warum konnte sie also nicht aufhören zu zittern? Sie stand unsicher auf, ging zum Sofa, auf dem ihr Bruder saß, und hockte sich auf die Lehne. »Ich rufe jetzt die Archäologen an.«

Er sah zu ihr hoch. »Du bist verrückt. Das interessiert die doch nicht. Und überhaupt, was zum Teufel können sie bei diesem Wetter schon tun?« Wie um seine Bemerkung zu unterstreichen, schüttelte eine Bö das Haus. Das Feuer loderte auf. Ein paar Funken flogen auf den Kaminvorleger. Alison stand automatisch auf und trat sie aus, einen nach dem anderen.

»Und ob es die interessiert.«

»Es interessiert sie nicht. Außerdem ist nichts mehr zu sehen, bis sie da sind. Ich nehme mal an, daß das Meer dann alles für dich ausgegraben hat.« Er trank die Tasse aus und sah zu, wie sie auf dem Teppich herumtrat, um sicherzugehen, daß sie alle Funken gelöscht hatte. Dann ging sie zur Tür.

»Wo gehst du hin?«

»Telefonieren.«

»Jetzt?« Er setzte sich auf.

»Ja, jetzt.«

»Allie, das darfst du nicht.«

»Warum nicht?« Sie drehte sich schnell um und stellte sich vor ihn hin. »Wieso bist du nur so dagegen?«

»Weil ich glaube, daß es uns nur noch mehr Ärger bringt.«

»Was für Ärger?« Sie hob das Kinn in der trotzigen Haltung, die natürlicher für sie war als diese abgehärmte Erschöpfung.

Er stand auf. »Laß es bleiben, Allie. Bitte. Warten wir wenigstens bis Montag. Wenn das Wetter so bleibt, kommen sie sowieso nicht zu uns durch. Oder noch besser, warte bis zum Frühling. Dann können sie kommen und schauen, ob es noch da ist.«

»Aber genau darum geht es doch.« Sie stampfte mit dem Fuß auf. »Verstehst du nicht. Sie müssen herkommen, bevor es weggespült wird. Sie müssen rausfinden, wer da begraben wurde, und wieso.«

»Nein.« Sein Gesicht war verschlossen, seine Stimme schroff. »Nein. Niemand darf das je herausfinden.«

»Warum um Himmels willen nicht?« Sie starrte ihn verwundert an und bekam Angst, als sie die unversöhnliche Wut im Gesicht ihres Bruders sah. »Greg, was ist los? Ich verstehe dich nicht.« Seine Augen waren hart, die verengten Pupillen kaum mehr stecknadelkopfgroß, obwohl es ziemlich dunkel im Zimmer war. Hinter ihm sprangen die beiden Katzen gleichzeitig vom Sofa und verschwanden hinter dem Herd.

»Greg?« Ihre Stimme klang bittend. »Was ist los? Du machst mir Angst.«

Einen Moment lang starrte er sie an, als ob der Haß, den er auf sie empfand, zu groß sei, um ihn zu unterdrücken; dann schien er sich von den seltsamen Empfindungen freizuschütteln, die ihn ergriffen hatten. »Es tut mir leid. Ich weiß nicht, was mit mir los ist. Es kümmert mich einen Dreck, was du mit deinem blöden Grab anfängst, Allie. Mach, was du willst.«

Was geschehen war, hatte ihn ziemlich mitgenommen. Da war es wieder gewesen, dieses seltsame Gefühl, daß irgendein fremdes Wesen in seinem Kopf steckte und auf seinen Schädel einprügelte – ein fremdes Wesen mit schrecklicher, rasender Wut. Mit einem Stöhnen lehnte er sich zurück gegen die Kissen und legte die Hand auf seine Augen.

Mit einem nervösen Blick auf Greg entkam Alison dankbar in das Arbeitszimmer ihres Vaters. Die Telefonbücher waren neben seinem Schreibtisch auf dem Boden gestapelt. Sie zog den Drehstuhl heran, setzte sich und griff nach dem örtlichen Verzeichnis. Um sie herum waren die Bilder ihres Bruders an die Wände gelehnt. Das Zimmer roch eigenartig. Sein eigener angenehmer, vertrauter Geruch war ausgelöscht durch Öl und Terpentin und den wunderbar geheimnisvollen Duft von Lack, Farbe und Leinöl. Sie klappte das Buch auf und suchte unter Archäologie nach einer Nummer. Da war nichts. Sie versuchte es unter Colchester. Es dauerte eine Weile, bis sie fündig wurde. Sie hielt den

Finger unter die Nummer und griff nach dem Telefon. Sie hatte bemerkt, daß Greg ins Zimmer gekommen war und in der Tür stand, von wo aus er sie beobachtete.

Ihre Finger zogen sich enger um den Hörer zusammen. Ohne ihn zu beachten, begann sie zu wählen. Sie horchte mehrere Minuten mit gerunzelter Stirn, dann rüttelte sie an der Gabel und wählte noch einmal.

»Was ist los? Stimmt was nicht?« Gregs Stimme von der Tür her klang fast höhnisch.

»Ich kriege kein Freizeichen.« Sie schüttelte den Hörer und versuchte es erneut. »Es klingt, als ob sich zwei Leitungen schneiden. Als ob jemand am anderen Ende zuhört.«

Er lächelte. »Vielleicht tun sie das«, sagte er leise.

XXXIII

Bill lehnte sich nach vorn und starrte durch die Windschutzscheibe. Er bedauerte es bereits zutiefst, daß er sich auf den Weg zum Cottage gemacht hatte. Als er am Nachmittag zuvor das Büro gerade hatte verlassen wollen, war jemand hereingekommen und hatte stundenlang mit ihm geredet. Als er dann ging, wurde es schon dunkel, und er hatte beschlossen, seine Entscheidung auf den folgenden Morgen zu verschieben.

Die Sonne schien nur halbherzig, als er um neun aufwachte. Er schielte prüfend aus dem Fenster, wo in der Ferne Hampstead Heath zu sehen war, und schaute dann wieder zurück in sein Schlafzimmer, das unaufgeräumt und stickig war. Er warf einen Blick auf die Socken, die er letzte Nacht ausgezogen und in die Ecke geworfen hatte. Vielleicht würde ihm ein Wochenende in der frischen, belebenden Luft von East Anglia guttun.

Die Sonne war verschwunden, kaum daß er die A 1 erreicht hatte. Bis er auf der M 25 war, zeigte sich der Himmel bedeckt, und über ihm zogen sich niedrige, dunkle Wolken zusammen. Als er nach Chelmsford kam, begann es zu schneien. Schneeregen, der unter den Reifen rauschte und die Scheibenwischer blockierte. Die Sicht war so schlecht, daß er nur langsam fahren konnte, obwohl wenig Verkehr herrschte und es auf der Straße für einen Samstagmorgen ungewöhnlich ruhig war. Bill verfluchte sich im stillen für seine Dummheit, überhaupt losgefahren zu sein. Er lehnte sich nach vorn und steckte eine Kassette in den Recorder, ohne den Blick von der schneenassen Straße zu wenden. Er würde bis Colchester fahren, den Wagen parken, sich im The George etwas zu essen und zu trinken genehmigen und sich dann entscheiden, ob er weiterfahren oder umkehren würde.

XXXIV

Kate träumte in dieser Nacht. In den mitternächtlichen Schatten schlich am Strand etwas Bedrohliches durch die Dunkelheit. Sie rannte, blickte über die Schulter nach hinten und wußte, daß die Bedrohung näher und näher kam. Sie konnte sich laut schluchzen hören, als sie versuchte, Luft zu holen. Sie kämpfte sich mit letzter Kraft voran, während sie spürte, wie sie auf dem unebenen Sand rutschte und taumelte. Sie würde es schaffen. Sie streckte die Hand aus und hörte, wie hinter ihr auf dem Sand stampfende Schritte immer näher kamen. Sie war zu Hause.

Sie griff nach der Tür und merkte plötzlich, daß jemand im Eingang stand und die Hand nach ihr ausstreckte. Es war Jon. Sie sah sein Lächeln, sah seine Hand, fühlte die leichte Berührung seiner Fingerspitzen, dann stolperte sie. Ihre Hand griff in die dünne Luft, und die Tür begann, sich zu schließen, während sie noch draußen in der Dunkelheit war, allein …

Kate erwachte mit einem Stöhnen, das Gesicht naß von Tränen. Ihr Kopf dröhnte, und ihr Mund war trocken. Sie versuchte, sich aufzusetzen, stöhnte wieder und ließ sich zurück auf das Kissen fallen. Sie wünschte, sie wäre tot. Sie lag mehrere Minuten reglos da, dann wurde ihr bewußt, daß sie würde aufstehen müssen, um zur Toilette zu gehen. Ein wenig schwankend gelang es ihr, sich die Treppe hinunter zu tasten. Die Kälte im Cottage sagte ihr sofort, daß sie vergessen hatte, genug Holz in den Ofen zu schieben.

Nachdem sie sich das Gesicht gewaschen, die Zähne geputzt und die Haare gekämmt hatte, fühlte sie sich nur unwesentlich besser. Sie setzte den Kessel auf und ging dann ins Wohnzimmer. Als sie die Vorhänge zurückzog, sah sie, daß es draußen hell war – aber nur gerade eben. Vor dem Hintergrund zinnfarbener Wolken fiel von Osten her der Schneeregen in Strömen vom Himmel; sie konnte das Schlagen und Schieben des Windes gegen die kalte Fensterscheibe spüren. Sie schaute auf das Fensterbrett.

Die Oberfläche war völlig trocken. Es gab keine Spur von etwas, das dort gelauert hätte.

Wieder in der Küche, machte sie sich eine Tasse schwarzen Kaffee. Während sie ihn schlürfte, nahm sie den Telefonhörer ab und horchte. Noch immer kein Freizeichen. Noch immer nichts außer dem seltsamen, interplanetarischen Echo. Sie knallte den Hörer auf und zuckte leicht zusammen, als der Knall in ihrem Arm und in ihrem Schädel widerhallte.

Sie zwang sich, sich anzuziehen, und entschied sich für ein Hemd und einen Pullover, die sie über der Hose trug. Dann zog sie Jacke, Schal und Handschuhe an. Ihre Stiefel standen bei der Haustür. Bevor sie das Haus verließ, zündete sie den Ofen wieder an und ließ ihn in der Hoffnung brennen, bei ihrer Rückkehr ein warmes Cottage vorzufinden. Mit ein bißchen Glück würde sie jemand vom Farmhaus zurückbringen.

Patrick öffnete ihr die Tür. »Hallo.« Seine Miene hellte sich bei ihrem Anblick auf. Er lächelte. »Kommen Sie rein.«

Der Gedanke, daß er sich freute, sie zu sehen, gab ihr ein Gefühl der Wärme. »Wie geht's Allie?« Sie folgte ihm in die Diele und zog die Stiefel aus.

»Ganz gut. Alles ist ein bißchen unheimlich, aber sie wird's überleben.«

Einen Moment lang fragte sie sich, ob sie ihn bitten sollte, diese dunkle Bemerkung zu erläutern, aber sie überlegte es sich anders. »Patrick, könnte ich wohl euer Telefon benutzen? Meins hat wieder mal den Geist aufgegeben.«

»Klar. Im Arbeitszimmer steht eins.« Er zeigte auf die Tür zu seiner Rechten. »Kommen Sie in die Küche, wenn Sie fertig sind. Dort sind die anderen. Ich sage ihnen, daß sie Ihnen schon mal einen Kaffee einschenken sollen.«

Mit einem dankbaren Lächeln öffnete sie die Tür zu Rogers Arbeitszimmer. Das Telefon stand auf dem Schreibtisch. Sie ging darauf zu und zog dabei die Haare aus dem Wollschal.

»Kann ich Ihnen helfen?« Die leise Stimme erschreckte sie fast zu Tode. Sie wirbelte herum. »Greg! Entschuldigung. Ich wußte nicht, daß jemand hier ist.«

»Das dachte ich mir.« Er saß auf der Armlehne eines bequemen, abgenutzten Sessels beim Fenster, in der einen Hand einen

Skizzenblock, in der anderen einen Bleistift. Das Licht einer der Wandleuchten fiel auf das blasse Papier. Sein Gesicht lag im Schatten, so daß sie es nicht sehen konnte.

»Ich wollte schnell telefonieren.«

»Aha. Sie trauen uns also nicht, was? Wollten das Museum selbst anrufen, stimmt's?« Seine Stimme klang schroff und sarkastisch.

»Nein, wollte ich nicht.« Verärgert sah sie ihn an. »Ich habe doch gesagt, daß ich nichts unternehmen werde, bis wir noch einmal darüber gesprochen haben, und daran halte ich mich. Und außerdem, wenn ich jemanden wegen des Grabes anrufen wollte, würde ich dafür wohl kaum den ganzen Weg hier rüber durch dieses furchtbare Wetter marschieren. Ich bin gekommen, um zu melden, daß mein Telefon schon wieder kaputt ist.«

»Verstehe.« Er grinste sie freundlich an. »Ich fürchte nur, da haben Sie kein Glück. Das hier ist auch kaputt.«

Sie war erstaunt über die plötzliche Welle der Angst, die durch sie hindurchflutete. Einen Moment lang fürchtete sie, ihre Füße würden nachgeben. Sie stützte sich auf den Schreibtisch. »Sind Sie sicher?«

»Probieren Sie's selbst.« Er wandte sich von ihr ab und beschäftigte sich wieder mit seiner Zeichnung.

Sie nahm den Hörer ab und lauschte. Das Geräusch war dasselbe wie das im Cottage. Diese eigenartige, widerhallende Stille, die eine Verbindung zu anderen Sphären herzustellen schien. Als sie den Hörer auflegte, bemerkte sie, daß ihre Handfläche feucht von eisigem Schweiß war. »Haben Sie es gemeldet?«

»Dad fährt später ins Dorf. Er wird das dann sicher machen.« Er sah hoch. Ihr Gesicht, das gerötet und glänzend gewesen war, als sie aus Wind und Regen kam, war bleich geworden. »Sind Sie okay?«

»Ja, natürlich.«

»Was macht Ihnen solche Sorgen? Kein Telefon zu haben?«

»Ja.« Sie zwang sich zu lächeln.

»Sie haben Angst, ganz allein da draußen, stimmt's?« Seine Stimme war sehr leise.

»Nein. Angst habe ich nicht.« Sie atmete tief durch. »Aber es kommt mir sehr ungelegen. Ich brauche das Telefon für meine

Arbeit. Ich muß manchmal mit meinem Verleger sprechen; und ich brauche es für meine Recherchen.«

»Vielbeschäftigte Frau.« Er legte den Skizzenblock weg und stand langsam auf. »Und natürlich wollen Sie den Mann in Amerika anrufen. Na, ich bin sicher, es ist bald repariert. Die Kabel sind alt. Sie haben immer Probleme mit den Leitungen in dieser Gegend. Soviel ich weiß, wird nächstes Jahr unser Telefonamt auf den neuesten Stand gebracht, damit es endlich ins Raumfahrtzeitalter paßt. Doch wenn sie die alten Telegrafenmasten und die ausgefransten Leitungen behalten, bricht weiter alles zusammen, wenn es regnet.« Er hielt inne und sah sie an. »Wie kommen Sie eigentlich mit Ihrem Buch voran?«

»Wollen Sie das wirklich wissen?«

»Ich würde meine Zeit nicht mit dieser Frage verschwenden, wenn ich es nicht wissen wollte.« Er schattierte Teile seiner Zeichnung, seine Bleistiftstriche waren sicher und fest.

»Dann vielen Dank der Nachfrage. Ich komme gut voran.«

»Schön.« Er sah wieder hoch. »Kate. Sie haben Allie gesehen, gestern. Sie wissen, in welchem Zustand sie war. Bitte nutzen Sie Ihren Einfluß, um sie davon abzubringen, weiter diese archäologischen Pläne zu verfolgen. Es nimmt sie zu sehr mit. Sie hat dauernd Alpträume – alle möglichen Schreckensbilder. Sie stellt sich Gott weiß welche Monster vor, die aus dem Grab steigen. Sie sehen doch auch, wie schlecht das für sie ist. Es ist wie im Horrorfilm.«

Kate ging nachdenklich um den Tisch herum und setzte sich auf Rogers Sessel. Sie lehnte sich vor und stützte das Kinn auf. »Es macht ihr Sorgen, nicht zu wissen, was in dem Grab ist, Greg. Indem ihr es zuschüttet oder mit dem Bulldozer raus ins Meer schiebt, helft ihr Alison nicht. Es, was immer es sein mag, ist dann immer noch da, weil es in ihrem Kopf ist. Es wäre viel besser, ein paar Fachleute zu holen, die es sich ansehen. Vielleicht sagen sie: ›Das ist ja alles Unsinn. Es ist nichts weiter als eine Müllgrube. Es gab hier kein Grab. Oder vielleicht sagen sie: ›Ja, das war ein Grab, eine Feuerbestattung aus dem Eisenzeitalter. Aber sehen Sie. Es ist nichts übrig außer ein paar Tonscherben und Metallstücken‹. Ihre schlimmsten Befürchtungen wären dann zerstreut. Und ich bin sicher, sie würden sie mitmachen lassen. Ihr bei ihrem Referat helfen. Sie ermutigen. Darüber reden. Ich glaube wirklich, daß das die beste Vorgehensweise ist. Das Schlimmste, was wir machen können, ist, so zu tun, als sei gar nichts da.«

»Sie sind ja eine richtige Psychologin.«

Sie weigerte sich, sich von seinem spöttischen Ton aufbringen zu lassen. »Nein. Ich glaube, das ist nur gesunder Menschenverstand.« Sie stand auf. »Patrick hat gesagt, in der Küche gibt es Kaffee. Kommen Sie mit?«

Er schüttelte den Kopf, ohne die Augen von seinem Skizzenblock zu heben.

»Dann gehe ich allein, wenn Sie mich bitte entschuldigen. Es war ein langer Marsch durch den Wald, und ich bin ziemlich durchgefroren –«

»Kate.« Er hatte seinen Block beiseite gelegt. »Eine Frage. Glauben Sie, daß sie sich das alles nur einbildet?«

Sie hielt seinem Blick dreißig Sekunden lang stand. »Nicht völlig. Nein.«

»Das ist ein bißchen mehrdeutig, wenn ich das sagen darf. Ist das so zu verstehen, daß Sie mich immer noch verdächtigen?«

»Es gibt einen Ausdruck, der es, wie ich finde, ganz gut trifft. Wenn Ihnen der Schuh paßt.«

»Offensichtlich glauben Sie es.«

Mit einem Schulterzucken ging sie zur Tür. »Es fällt mir schwer, mir darüber klar zu werden, Greg. Sagen wir es so. Wenn Sie es nicht sind, dann glaube ich, sollten wir uns zusammen mit Allie große Sorgen machen.«

»Ich möchte Ihnen etwas zeigen, bevor Sie gehen, um Ihren Kaffee zu trinken.« Greg stand auf. Er ging hinüber zum Schreibtisch und suchte in der untersten Schublade unter einem Stapel von Notizbüchern seines Vaters, nahm eine Phototasche heraus und legte sie auf den Schreibtisch. »Ich habe Ihre Bilder entwickeln lassen.«

Sie sah ihm ins Gesicht, dann zog sie aus der Tasche ihrer Jeans ihre Brille. Sie griff nach der Tüte, schlug sie auf und nahm die Photos heraus. Alles war still im Zimmer, während sie die Bilder studierte. Als sie wieder zu ihm aufsah, war ihr Gesicht noch bleicher als zuvor. »Sie könnten sie gefälscht haben.«

»Ach, kommen Sie. Das wäre ein bißchen zu viel der Mühe.«

»Haben Sie sie Allie gezeigt?«

»Natürlich nicht.«

Sie sah wieder auf die Photos. Sie waren gut geworden, trotz des schlechten Lichts. Jedes Sandkorn war zu sehen, jede Schichtlinie, jede Spur von Seetang und jede Muschel. Auf dreien der Photos war, gut sichtbar, noch etwas anderes, etwas, das sie nicht bemerkt hatte, als sie die Photos gemacht hatte.

»Was, glauben Sie, ist das?«

Greg hatte sich neben ihr über den Schreibtisch gebeugt. »Es sieht aus wie etwas, das sich schnell dreht; ein Staubteufel; ein Wirbelwind vielleicht. Wie sah es aus, als Sie die Photos gemacht haben?«

Sie schüttelte sprachlos den Kopf. »Ich habe es nicht gesehen. Ich habe überhaupt nichts Ungewöhnliches gesehen.« Unwillkürlich lief ein Zittern durch ihren Körper. »Das Licht war nicht besonders gut. Ehrlich gesagt, ich habe nicht geglaubt, daß sie was werden würden.« Sein Kopf war sehr nah neben dem ihren, als sie sich über den Schreibtisch beugten. Sie war überrascht, daß sie ein seltsames Kribbeln, etwas wie Erregung spürte, als seine Schulter die ihre streifte. Verärgert über sich selbst, stand sie abrupt auf, nahm eines der Photos und ging damit zu der Lampe, bei der sie gesessen hatte. Der ganze Rand des Bildes war scharf und klar, aber ungefähr am Ende des oberen Drittels, etwas links von der Mitte war eine seltsame, sich drehende, helle Masse zu sehen. »Glauben Sie, daß meine Kamera Licht reingelassen hat?« fragte sie. Sie hielt das Photo näher an die Lampe.

»Das glaube ich nicht. Dann wäre das ganze Bild nichts geworden. Wenn Sie sich die Ränder anschauen, können Sie alles völlig klar sehen. Hier. Versuchen Sie's damit.« Er nahm ein Vergrößerungsglas, das auf dem Schreibtisch gelegen hatte. »Sie sehen, das Ding, was immer das ist, hebt sich deutlich von dem Hintergrund ab. Es war davor, hat ihn verdeckt.«

Sie nahm das Glas und sah hindurch. »Haben Sie eine Theorie?«

»Ich glaube, es ist ein Energiefeld.«

»Und woher, glauben Sie, kommt die Energie?« Ihre Frage war vorsichtig.

»Meiner Ansicht nach gibt es drei Möglichkeiten. Die erste ist eine menschliche Quelle. Sie.« Er sah sie an. »Könnten Sie eine Art Kraftfeld freigesetzt haben? Unterdrückte Wut vielleicht? Entrüstung? Frustration?« Er grinste. »Ich nehme mal an, Ihnen sind alle drei Stimmungen vertraut, seit Sie im Cottage eingezogen sind.«

»Wahrscheinlich«, erwiderte sie scharf. »Aber nicht in ausreichenden Mengen, glaube ich, um einen Wirbelwind zu erzeugen.« Er stand wieder dicht neben ihr und starrte auf das Bild in ihrer Hand. Dieses Mal blieb sie stehen. »Wie lauten Ihre anderen beiden Erklärungen?« fragte sie.

»Daß es genau das war, ein Wirbelwind, und daß Sie ihn übersehen haben. Oder die Energie kam aus der Erde.«

»Die erste Möglichkeit kommt nicht in Frage.« Sie hoffte, daß er das plötzliche Beben in ihrer Stimme nicht gehört hatte.

»Und die andere?«

»Erdenergie? Wie Kornkreise, meinen Sie?«

»Das, oder vielleicht irgendeine andere Quelle im Boden.«

Es folgte ein langes Schweigen. »Greg. Was wollen Sie damit sagen?« Als sie zu ihm aufsah, war sein Gesicht sehr nah an ihrem. Sie bemerkte erst jetzt, daß er unrasiert war. Die Bartstoppeln hatten eine kräftige, goldene Farbe, viel heller als seine Haare.

Er zuckte mit den Schultern. »Ich frage mich nur, ob es vielleicht von etwas ausgehen könnte, das hier begraben ist.«

»Ding oder Mensch?«

»Ein Mensch, fürchte ich.«

»Aber wir können uns nicht sicher sein. Und genau darum sollten wir versuchen, es herauszufinden.« Da war wieder das leichte Prickeln der Erregung, als seine Hand ihre Schulter streifte.

Er griff nach dem Photo. »Ich glaube, wir können uns sicher sein, Kate. Schauen Sie sich das andere da an. Mal sehen, was Sie denken.« Er wandte sich zum Schreibtisch und begann, die Photos durchzusuchen. »Hier. Sehen Sie sich diese Ecke an. Auf der Oberfläche des Sandes.« Auf seinem Zeigefinger war ein körniger, kobaltblauer Farbklecks. Als sie das Photo nahm, berührte ihre Hand unabsichtlich die seine. Er zog sie nicht zurück.

Sie starrte durch das Vergrößerungsglas. Wütend bemerkte sie, daß ihre Hand plötzlich zitterte. »Was soll ich hier sehen? Es gibt keinen Sandteufel auf dem hier.«

»Da. Augenblick, ich deute mit dem Bleistift darauf. Sehen Sie.« Sie bemerkte, daß auch die Bleistiftspitze leicht zitterte. Sie kniff die Augen zusammen, starrte auf die feine Auflösung des Photos. Der Sand, die Linien des Torfs, die Muscheln, alles war überraschend deutlich, und am Rand des Photos stand etwas aus dem Sand vor.

»Mein Gott!« flüsterte sie.

»Es ist eine Hand, nicht wahr«, sagte Greg leise.

Sie sah ihm in die Augen. »Haben Sie das da hingetan?« Ihre Gesichter waren nur einen halben Meter voneinander entfernt.

»Nein.«

Dieses Mal glaubte sie ihm. Plötzlich gab es nicht mehr die Spur eines Zweifels für sie. Sie spürte, wie die feinen Haare auf der Rückseite ihres Handgelenks zu Berge standen, während sie das Photo hielt. »Wir müssen raus und nachsehen.«

»Ja.«

»Was haben Sie Allie wegen der Photos gesagt?«

»Daß ich sie zu spät für den Ein-Stunden-Service hingebracht habe und daß es deshalb ein paar Tage dauern würde. Sie wirkte ziemlich erleichtert.«

»Sie hat eine Heidenangst vor dem Ort. Sie will nichts mehr damit zu tun haben«, sagte sie nachdenklich. »Und trotzdem will sie immer noch, daß die Ausgrabung gemacht wird. Das ist eigenartig. Und gefährlich.«

Er nickte. »Also stehen wir auf derselben Seite.«

»Ist es eine Frage der Seite?« Sie schüttelte nachdenklich den Kopf. »Nein, Greg. Das Grab muß untersucht werden, das ist Ihnen doch sicher klar. Wenn es da am Strand eine Leiche gibt, muß zuerst einmal der Leichenbeschauer informiert werden, ganz egal, wie alt sie ist. Und wahrscheinlich auch die Polizei, könnte ich mir vorstellen.«

»Es handelt sich doch wohl kaum um die Untersuchung eines Mordes!«

Er hatte es lachend gesagt, warf den Kopf zurück und nahm ihr das Photo aus der Hand. Aller Ärger war verflogen, seine Gedanken eine Mischung aus geheimen Intrigen und einem Bulldozer, Kaffee in der Küche und der Frau, die so nah bei ihm stand. Plötzlich fiel ihm auf, daß sie sehr schön war, wenn sie sich nicht gerade so aufführte.

Das plötzliche Fallen der Temperatur überraschte beide. Es war, als hätte jemand in der Nähe eine Gefriertruhe aufgemacht. Einen Moment lang war die Atmosphäre im Zimmer elektrisch geladen.

»*Marcus.*«

Das geflüsterte Wort kam aus Kates Mund. Ohne es zu merken, hatte sie seinen Arm umklammert. »O mein Gott, Greg, was ist das?«

Er schüttelte den Kopf. »Weiß der Teufel. Los, kommen Sie. Offensichtlich haben wir irgendwo einen heiklen Punkt berührt. Gehen wir raus hier. Und kein Wort zu den anderen. Noch nicht.« Er öffnete die Tür und ging voraus in die Diele.

Sie folgte ihm, nicht ohne dabei einen Blick über die Schulter zu werfen. Das Zimmer sah völlig normal aus. Es gab nichts, was ihnen hätte Angst machen können. Nicht das Geringste, was ungewöhnlich gewesen wäre. Auch die Temperatur hatte sich ihrer Meinung nach nicht verändert. Nur eines fiel ihr auf, was sie schaudern ließ. Der Geruch von Farbe, Lack und Leinöl schien völlig ausgelöscht durch den alles durchdringenden Geruch von nasser, kalter Erde.

XXXV

Ihre Augen waren durch ihre Tränen geblendet, als sie mit zitternden Händen den Holunderbusch teilte und hindurchblickte. Sie konnte ihn ein paar Meter entfernt stehen sehen. Er war jetzt nackt, hatte die Arme zum Gruß gen Norden zum Himmel gehoben, die Fäuste gegen die blutroten Wolken geballt. Hinter ihm warteten die Priester. Sie sah das goldene Messer, den Strang, die Schale mit dem heiligen Met. Während sie das alles wahrnahm, drehte er sich um. Einen Moment lang sah sie sein Gesicht.Sein Gesichtsausdruck war verschlossen, kalt, gelassen, so als sei sein Geist bereits entschwunden. Der Priester trat mit der Schale vor. Mit einer Verbeugung reichte er sie Nion. Der junge Mann wandte sich wieder gen Osten. Er hob die Schale in Richtung der roten Wolken. In der Ferne, zwei Meilen entfernt, am Horizont, wo sich Himmel und Meer trafen, blutete die purpurrote Farbe von unterhalb der Erdkrümmung nach oben. Hinter ihm hob der Priester das Messer. Alle warteten, die Augen in die Ferne gerichtet, wo die Sonne aufgehen würde.

Claudia biß sich auf die Lippen, um ihre Tränen zurückzuhalten. Sie ballte die Fäuste. Er würde sie nicht sehen, noch ihre Qualen hören. Auch ihre Augen suchten den Horizont. Sie sah, wie ein winziges Stück Scharlach aus dem blutroten Nebel auftauchte.

Nions Körper straffte sich. Seine Finger umklammerten den Rand der Schale. Den Bruchteil einer Sekunde lang schien er sie in Richtung Sonne zu stoßen, dann warf er seinen Kopf zurück und begann zu trinken. Sie sah die Bewegung seiner Kehle; sie sah, wie die goldene Flüssigkeit an den Seiten der Schale überschwappte, auf sein Kinn, wie sie über seine Arme lief und auf seine Brust spritzte. Er trank die Schale leer bis zur Neige und schleuderte sie in den Sumpf, dann kreuzte er die Arme vor der Brust und kniete nieder.

Hinter ihm traten die beiden Priester vor. Sie sah, wie der rote Widerschein der Sonne auf der Messerklinge funkelte. Und sie sah die Garotte, wie sie schnell und geschickt um seinen Hals schlüpfte.

* * *

Das Essen war hervorragend gewesen. Bill saß anschließend noch lange über seinem Kaffee. Neben seiner Tasse lag die *Times*, ordentlich gefaltet, das Kreuzworträtsel oben. In der letzten Stunde hatte er nur zwei Hinweise geknackt, und er fühlte sich entmutigt. Er warf einen Blick zum Fenster. Draußen schien der Schneeregen aufgehört zu haben. Zwischen den Wolken blitzte es hellblau hervor. Als er das sah, spürte er, wie sich plötzlich seine Laune verbesserte. Verdammt nochmal, jetzt waren es nur noch an die zwanzig Meilen.

Er verfrachtete ein paar Tragetaschen voller Lebensmittel von *Marks and Spencer* und vier Weinflaschen in den Kofferraum seines Wagens und schob sich dann auf den Fahrersitz.

Es gab keine Probleme, bis er zu dem Weg durch den Redall-Wald kam, aus dem der Schneeregen einen Morast gemacht hatte. Er parkte am Straßenrand und stieg aus. Hinter ihm walzte sich ein Traktor die Straße entlang und hielt. Bill ging zu ihm hin. »Hallo, Joe. Hältst du mich für verrückt, wenn ich mit dem Auto runter zum Cottage fahre?«

Joe lachte. Er kratzte sich am Kopf. »Ich würde sagen, du bist verrückt, daß du überhaupt gekommen bist«, schrie er über das Zittern des Motors hinweg. »Ich sag' dir was. Du kommst mit und läßt dein Auto oben bei der Farm stehen, und ich bringe dich dann runter. Das ist das Vernünftigste.«

Statt weiter gegen den riesigen Motor anzubrüllen, machte Bill grinsend mit dem Daumen das Okay-Zeichen und ging zurück zu seinem Auto. Wenigstens würde er so nicht irgendwo steckenbleiben.

Eine Stunde später setzte Joe ihn vor seiner Tür ab. Nachdem er seinem guten Samariter zum Abschied nachgewunken hatte, steckte Bill seinen Schlüssel ins Schloß und schob die Tür mit der Schulter auf. Sofort drang der Geruch von Kälte und Feuchtigkeit in seine Nase, und er verzog das Gesicht. »Verdammter Idiot«, murmelte er zu sich selbst.

Die Haustür führte direkt ins Wohnzimmer. Die Einrichtungsgegenstände waren schäbig und nicht sehr hübsch – gut genug für die Wochenenden, aber nicht gut genug, um gestohlen zu werden. Es deprimierte ihn immer ein bißchen, wenn er ankam, aber aus langer Erfahrung wußte er, daß das kleine Haus lebendig werden würde, sobald er das Licht und das Radio eingeschaltet und das Feuer angezündet hatte. Vor seiner Abreise legte er stets schon das Holz dafür bereit. Er erwischte sich beim Summen, als er in die Küche ging, die notdürftig mit einer alten, tiefen Spüle, einem bejahrten Elektrokocher, einem Tisch und Stühlen aus Kiefernholz ausgestattet war, die mittlerweile als Antiquitäten wahrscheinlich ein Vermögen wert waren. Sobald er sich häuslich eingerichtet hatte, würde er seine Gummistiefel herauskramen und mit großen Schritten durch den Schlamm stapfen, um Kate zu besuchen.

Es war ihm nie in den Sinn gekommen, daß sie nicht zu Hause sein könnte. Er spähte durch die Fenster ihres Cottage. Der Ofen war an, er konnte den Schein des Feuers sehen. Er deckte seine Augen ab, als er sich näher heranbeugte. Ihr Schreibtisch war unaufgeräumt, als ob sie mitten in der Arbeit aufgestanden und weggegangen wäre. Und die Lampe auf dem Tisch in der Ecke war angeschaltet. Er warf einen Blick über die Schulter, hin zum Strand. Vielleicht war sie spazierengegangen.

Er rutschte mit seinen Gummistiefeln immer wieder im nassen Sand und Kies aus, als er sich auf den Weg zum Meer machte. Schließlich stand er am Strand und blickte angestrengt in beide Richtungen. Der Schneeregen war ins Landesinnere getrieben worden. Über ihm waren die Wolken immer noch dicht, aber sie standen jetzt höher am Himmel, und man sah hin und wieder einen blauen Fleck. Die Hände tief in die Taschen gesteckt, warf er die Schultern zurück und atmete tief ein. Es war eine unbesonnene Handlung und führte zu einem Hustenanfall, aber wenigstens bekam er die ersehnte frische Luft. Er kicherte vor sich hin und ging dann mit schnellen Schritten über den Sand, als er nach Norden den Strand hinaufmarschierte. Die See war mürrisch, hob und senkte sich drohend am Horizont, eine sich bewegende feste Masse scheinbar wellenlosen Wassers. Die Flut war halbhoch, schätzte er, und sie kroch lustlos näher, geiferte bei jeder Vorwärtsbewegung Tang und Muscheln auf den Strand, bevor sie in die schwarzen Tiefen zurückglitt, um Kräfte für den nächsten Angriff auf den Sandstrand zu sammeln.

Er ging nicht allzu weit. Der Wind in seinem Gesicht war nicht stark, aber er war beißend kalt. Er drehte sich um und schaute den Weg zurück, den er gekommen war. Nirgends eine Spur von Kate. Keine Fußspuren im Sand, die angezeigt hätten, wo sie gegangen war. Enttäuscht kehrte er um. Frische Luft einatmen. Man konnte auch zuviel davon kriegen. Er ging den Strand hinunter bis zum Ende der Dünen und kletterte hinauf, um besser auf die andere Seite der Flußmündung sehen zu können. Sie war voller Leben. Er sah viele Gänse, und es herrschte ein reges Treiben. Er konnte sie jetzt hören. Sie plauderten miteinander, zankten sich, schnatterten, als sie sich über das ruhige Wasser verteilten, auf die tiefliegenden Inseln und die salzigen Landzungen zu. Er mochte die Gänse. Sie waren fröhliche Gesellen, und wenn sie da waren, konnte man sich unmöglich einsam fühlen. Er konnte nicht verstehen, warum die Leute sie abschießen mußten. Aber es gab eben Leute, die bei der geringsten Gelegenheit alles umbrachten, was sich bewegte. Schulterzuckend zog er seine dick gefütterte Jacke fester um sich, drehte sich um und blieb abrupt stehen. In der Ferne stand eine Frau auf einer der anderen Dünen. Sein Herz hüpfte vor Freude. »Kate!« rief er. »Hier drüben.« Er winkte.

Sie stand mit dem Rücken zu ihm. Er konnte sehen, daß sie in irgendein langes Kleidungsstück gewickelt war. Ihr Haar flatterte im Wind.

»Kate!« Er legte die Hand an den Mund und brüllte. Das Problem war, daß der Wind von ihr zu ihm blies und seine Stimme davontrug. Einige der Gänse hatten ihn bemerkt, und er hörte eine Salve von ängstlichen Warnschreien. Er sprang von der Düne herunter und rannte durch den tiefen, weichen Sand auf sie zu. Er spürte, wie ihm unter der dicken Jacke der Schweiß ausbrach. Schnaufend und überzeugt, daß er gleich einen Herzanfall bekommen würde, kletterte er die Düne hoch, auf der sie gestanden hatte. Sie war nirgendwo mehr zu sehen. Er blickte nach unten. Die halbe Düne war weggebrochen und auf den Strand gefallen. Er konnte sehen, wo die Flut den Sand zu tangbedeckten Beutehaufen gewaschen hatte. Inmitten des Durcheinanders lag eine tote Krabbe auf dem Rücken. Er rümpfte die Nase. Rutschend und springend kämpfte er sich zurück auf den Strand, wo er sich angestrengt umschaute. Wo zum Teufel war sie hingegangen? Von draußen im Meer zog allmählich der Abend herein. Er konnte den Nebel sehen, der ein Vorbote der kommenden Dunkelheit war. Noch wartete sie am Horizont.

Verärgert marschierte er zurück zu ihrem Cottage. Offenbar hatte sie ihn nicht gesehen. Na, er konnte ihr nicht böse sein, wenn sie zurück ins Haus wollte. Es wurde deutlich kälter. Er konnte die eisige Kälte auf seinem Körper spüren, als der Schweiß trocknete. Plötzlich fühlte er sich sehr allein.

Das Cottage war noch immer menschenleer, die Haustür abgeschlossen. Er starrte sie ungläubig an. Vielleicht war es gar nicht Kate gewesen, die er gesehen hatte? Es mußte jemand anderer gewesen sein. Aber wer sonst konnte bei diesem Wetter und zu dieser Tageszeit draußen am Strand gewesen sein? Es waren weder Alison noch Diana gewesen. Die eine war zu klein, die andere zu kräftig gebaut. Obwohl die Gestalt, die er gesehen hatte, zu weit entfernt war, um sie zu erkennen, hatte er sehen können, daß sie groß und gertenschlank war, denn ihr eng um sie geschlungener Mantel hatte ihre Figur betont.

Enttäuscht wandte er sich von der Tür ab. Er könnte genauso gut zur Redall-Farm gehen und dort eine Tasse Tee abstauben. Vielleicht war sie dort. Bill zog den Kragen fester über die Ohren und machte sich auf den Weg in den Wald.

XXXVI

»Wo ist Allie?« Diana blickte sich in der Küche um, als ob sie die Abwesenheit ihrer Tochter erst jetzt bemerkt hätte. Vor zwei Stunden waren sie mit dem Mittagessen fertig geworden. Alison war zum ersten Gang erschienen, hatte ihr Essen aber kaum angerührt und sich mit einer Entschuldigung nach oben zum Schlafen zurückgezogen. »Lauf schnell hoch und schau nach, wie es ihr geht, Patrick. Bist du so lieb?« Sie und Kate hatten zusammen den Abwasch erledigt, und auf dem Herd kochte ein neuer Kessel Wasser. »Sie sollte etwas essen.«

Patrick verschwand nach oben. Diana lächelte. »Ich weiß, es ist dumm von mir. Aber ich mache mir einfach Sorgen. Es geht ihr noch nicht besonders.«

»Glauben Sie, Sie sollten sie zum Arzt bringen?« Kate reihte auf dem Tisch sechs Becher auf.

Dianas Antwort wurde durch Patricks Schrei abgeschnitten. »Ma. Hier oben ist sie nicht.«

Diana starrte hinüber zur Treppe. »Was meinst du damit, da oben ist sie nicht? Natürlich ist sie das.«

»Ist sie nicht. Und im Klo ist sie auch nicht. Ich habe überall nachgesehen.« Patrick tauchte wieder auf.

Roger hatte am Feuer gedöst. Er schob ein Bündel Katzen vom Schoß und stand auf. »Irgendwo muß sie ja sein. Das ist kein besonders großes Haus. Los, sucht sie.« Er konnte die Besorgnis in seiner Stimme nicht unterdrücken.

»Sie ist weg.« Diana ließ den Ofenhandschuh fallen, den sie übergestreift hatte, um den Kessel anzuheben. »Sie ist wieder zu diesem verflixten Grab gegangen.«

»Nein.« Kates Flüstern war nicht mehr zu hören, weil Roger seine Zeitung auf den Tisch warf.

»Das glaube ich nicht. Sie wäre doch nicht so dumm. Mein Gott. In einer Stunde ist es dunkel.« Er ging zur Tür.

»Schau, ob ihre Jacke noch da ist, Liebling.« Diana stand in der Mitte des Raums, steif vor Angst.

»Sie ist weg.« Er suchte bei den Mänteln und Regenhäuten, die an den Haken auf der Innenseite der Haustür hingen. »Und ihre Stiefel auch.«

Greg war mit seiner Tasse Kaffee ins Arbeitszimmer verschwunden, nachdem sie zu Ende gegessen hatten. Auf den Klang von Rogers lauter Stimme hin machte er die Tür auf und spähte heraus. »Was gibt's?«

»Deine Schwester. Sie scheint weggegangen zu sein.«

Gregs Augen suchten die von Kate. Seine Miene war plötzlich sehr grimmig.

»Kate und ich gehen sie suchen«, sagte er. »Wir nehmen den Land Rover. Mach dir keine Sorgen, Ma. Es passiert ihr schon nichts. Sie ist ja nicht dumm. Da sie ihren Mantel und ihre Stiefel mitgenommen hat, ist sie warm genug angezogen, und es zeigt auch, daß sie vernünftig ist.«

»Ich komme mit.« Sein Vater griff nach seinem Mantel, aber Greg legte eine Hand auf seinen Arm. »Nein, Dad, nicht nötig. Ehrlich. Kate und ich finden sie schon. Du bleibst hier bei Ma. Man weiß ja nie. Vielleicht geht sie nur im Garten spazieren, und wir machen uns ganz umsonst verrückt.« Er lächelte in die Stille hinein. Keiner von ihnen glaubte das; sie alle wußten, wohin sie gegangen war.

Im Land Rover war es kalt. Nachdem Kate sich auf den Beifahrersitz gehievt hatte, steckte sie die Hände tief in die Taschen und wartete, bis Greg zur Fahrertür herumgegangen war und diese öffnete. Er stieg ein, griff nach dem Zündschlüssel und blickte sie an. »Wie lange, glaubst du, ist sie schon weg?«

»Es könnten Stunden sein. Hätten wir es bemerkt, wenn sie das Haus verlassen hätte, als wir noch beim Essen saßen?«

Er zuckte mit den Schultern. »Sie mußte durchs Wohnzimmer, um zur Haustür zu kommen. Das Problem ist, wir haben uns so angeregt unterhalten, daß ich glaube, wir hätten sie nicht einmal bemerkt, wenn sie vor uns hochgesprungen wäre und uns angeschrien hätte.« Er rammte den Gang rein und fuhr langsam an. »Hast du die Decken reingeworfen?«

Kate nickte. Ihr Magen hatte sich verkrampft, und sie spürte ein Zittern.

»Etwas da draußen ruft sie zu sich.«

»Na, soll es nur rufen. Aber hingehen sollte sie nicht.« Greg warf das Steuer herum, um den Land Rover auf den Weg zu bringen. Er spürte, wie die Reifen seitlich wegrutschten, als sie versuchten, im Schlamm Halt zu finden.

Unter den Bäumen wurde ihnen plötzlich bewußt, wie bald die Dämmerung hereinbrechen würde. Die Schatten unter der Kiefer und der Lärche waren von einem weichen Schwarz; etwas weiter entfernt war der Wald schon tiefschwarz. Die Scheinwerfer schnitten eine Bahn durch das Unterholz und erleuchteten Flecken von Gelb, wo Irrlichter trotz der Kälte bereits die ersten Zeichen des Frühlings vorauswarfen.

»Meinst du, wir sollten nach Fußspuren Ausschau halten, um sicherzugehen, daß sie hier entlanggekommen ist?« fragte Kate zögernd. Sie hielt sich in dem Versuch, nicht vom Sitz zu rutschen, an der Tür fest.

»Wir wissen, daß sie hier entlanggekommen ist.« Greg warf einen schnellen Blick zu ihr hinüber. »Schnall dich an, dann wirst du nicht rausgeschleudert, wenn wir umkippen. Auf diesem Weg kommen wir bald nicht mehr durch, wenn das mit dem Wetter so weitergeht.« Sie fuhren über ein Schlagloch, und er riß das Lenkrad herum, um das Auto am Schleudern zu hindern.

»Wenn du vielleicht ein bißchen langsamer fährst.«

»Wir müssen unbedingt vor ihr da sein. Heiliger Strohsack!« Er riß am Schaltknüppel und schaffte es, den Wagen zurück auf den Weg zu bringen. Ein Spritzer aus Regentropfen traf die Windschutzscheibe, als sie einige Efeu- und Klematisranken streiften. Die nackten, hölzernen Zweige der Waldreben hatten bereits winzige neue Knospen. Vor ihnen, auf dem Weg, bewegte sich etwas. Er fuhr langsamer, und beide spähten durch die verschmierte Windschutzscheibe. »Was war das? Ist das Allie?« Kate beugte sich voll gespannter Ungeduld nach vorn.

Er schüttelte grimmig den Kopf. »Ein Reh.« Er drehte das Lenkrad herum. »Mein Gott, wie weit ist sie denn gekommen?«

»Gibt es noch einen anderen Weg? Könnte sie eine Abkürzung genommen haben?«

»Eigentlich nicht. Das ist die Abkürzung.«

Kate sah zu ihm hinüber. Die Sorge hatte sich deutlich in sein Gesicht eingegraben, die Falten zwischen Nase und Mund zeichneten sich klar und tief ab. Obwohl er sich dauernd mit seiner Schwester zankte, spürte er offensichtlich eine tiefe Liebe zu ihr. Sie fühlte eine Welle von etwas wie Zuneigung zu ihm. Sie zügelte den Impuls, tröstend seine Schulter zu berühren, und schielte wieder zur Windschutzscheibe hinaus. »Es ist ihr bestimmt nichts passiert. Wir finden sie.«

»Und ob.«

Sie fuhren mehrere Minuten schweigend weiter, dann stieß Kate einen Schrei aus. »Da ist sie! Dort drüben.«

Greg warf das Lenkrad herum. Der Land Rover verließ den Weg und steuerte auf die Gestalt zu, die Schutz unter einem Baum gesucht hatte. Sie hatten bereits neben dem Baum angehalten, und Greg machte schon die Tür auf, als beide im gleichen Moment merkten, daß es nicht Allie war. Die Gestalt, die auf sie zu taumelte, war die eines Mannes. Kate erkannte ihn erstaunt.

»Bill!« Sie sprang von ihrem Sitz und lief um den Wagen herum. »Bill, was tust du hier?«

»Paß auf. Er ist verletzt.« Greg hielt sie am Arm fest, so daß sie stehenbleiben mußte. Im Licht der Scheinwerfer konnten sie beide den Strom von Blut sehen, der ihm über das Gesicht lief.

»Bill?« Kates Magen zog sich aus Angst zusammen. Sie legte die Hand auf Bills Arm. »Bill, bist du okay? Ich bin's, Kate.« Die Augen, die er auf sie richtete, waren völlig leer.

»Ich hole eine von den Decken.« Greg drehte sich um und rannte zurück zum Auto. Als er wiederkam, legte er Bill die warme Decke um die Schultern. »Kannst du gehen, alter Junge? Los, nur ein paar Schritte. Kate, mach die hintere Tür auf. Hilf mir, ihn reinzuheben. Mein Gott, was ist bloß mit ihm passiert?«

Kates Mund war trocken vor Angst. Sie half Greg, Bill auf den Rücksitz hochzuhieven. Er war groß, und seine Arme und Beine schienen nicht mehr aufeinander abgestimmt zu sein. Sie konnte spüren, wie er unter der dicken Decke zitterte. Sie kletterte neben ihm in den Wagen und tastete nach seiner Hand. Sie rieb sie sachte, entsetzt über die Kälte seiner Haut. »Ich glaube, wir sollten ihn ins Krankenhaus bringen, Greg«, murmelte sie.

Greg nickte. »Sobald wir Allie gefunden haben. Ist er gestürzt? Warte. Ich hole eine Taschenlampe und den Erste-Hilfe-Kasten.« Während er in einer Kiste zu ihren Füßen herumsuchte, schaute er in den Wald, der immer dunkler wurde. Kate starrte Bills Gesicht an. Dieser Ausdruck blanken Entsetzens; dieser starre Blick; die eiskalte Haut. Es war dasselbe wie bei Alison. Ganz genau dasselbe. Sie schaute hinüber zu Greg, der sich auf den engen Sitz ihnen gegenüber geschoben hatte. »Genau so hat Alison ausgesehen, als ich sie gefunden habe.« Sie spürte, wie ein leichter Schauder über Bills Rücken lief.

»Mein Gott!« Greg biß sich auf die Lippen. »Kommt ihr klar da hinten? Wir müssen unbedingt weiter und sie finden.«

»Wir kommen schon klar. Er ist nicht ganz so durchgefroren wie sie.« Trotzdem konnte sie seine Zähne klappern hören. Sie bückte sich, um den Erste-Hilfe-Kasten zu öffnen. Bei dem diffusen Licht konnte sie kaum etwas erkennen, aber schließlich fand sie ein Antiseptikum und Verbandsmaterial. Sie tupfte ihm so behutsam wie möglich das Blut von der Stirn. Als sie die Blutergüsse an seinem Haaransatz sah, zuckte sie zusammen. Er saß reglos da, schien nicht zu bemerken, was sie tat, obwohl er ein- oder zweimal zusammenzuckte, als sie ihn mit dem Tupfer berührte.

Sie hatte gerade mit Heftpflaster einen Verband auf seiner Stirn befestigt und tupfte etwas von dem Blut ab, das auf seine Wange getropft war, als er sie plötzlich mit ganzer Kraft packte. »Alison!« keuchte er.

»Hast du sie gesehen?« In Kates Magengrube breitete sich ein seltsam kaltes, unbehagliches Gefühl aus. Sie ließ ihre Hand in der seinen. Seine Finger waren stark, aber sie waren noch immer sehr kalt.

Bill schüttelte verwirrt den Kopf. Er legte die Hand an seine Schläfe und zog sie wieder weg, um auf seine Finger zu blicken, als erwarte er, Blut zu sehen. Den Verband schien er nicht zu bemerken. »Sie war es, sie hat mich geschlagen.«

Greg war auf den Fahrersitz geklettert. Er drehte sich um, den Ellbogen auf der Rückenlehne. »Alison hat dich geschlagen?«

»Ich habe versucht, sie aufzuhalten. Sie war nicht allein. Die Frau, die ich am Strand gesehen hatte, war bei ihr.« Kate sah, wie sich Bills Augen mit Tränen füllten. »Ich wollte, daß sie mit mir kommt«, fuhr er fort. Er lallte leicht. »Ich versuchte, sie aufzuhalten. Ich nahm ihren Arm, und dann ging sie auf mich los. Ihr

Gesicht war –«, er wackelte mit dem Kopf, » – es war wild wie das eines Tieres. Sie packte einen heruntergefallenen Ast. Dort drüben. Sie hob ihn hoch und knallte ihn mir auf den Kopf. Ich muß die Besinnung verloren haben. Sonst kann ich mich an nichts erinnern, bis ihr gekommen seid.«

»Du bildest dir da was ein. Allie würde sowas nie tun!« sagte Greg entsetzt.

Kate sah zu ihm auf.

»Was für eine Frau war bei ihr, Bill?« fragte sie.

Er zuckte mit den Schultern. »Ich habe sie am Strand gesehen. Sie war groß. Schlank. Ich dachte, du bist es. Sie war fest eingehüllt, zum Schutz vor dem Wind. Ihre Haare waren lang, fielen ihr über die Schulter, alle ziemlich zerzaust. Sie war wütend. Ich konnte ihre Wut spüren.«

Gregs Augen sprangen von Bill zu Kate. Ihre Blicke trafen sich.

»Du fährst besser weiter, Greg«, sagte sie. Ihre Stimme war heiser geworden.

Er zögerte einen Augenblick lang. Dann nickte er. Er drehte sich um und griff zum Zündschlüssel.

Kate legte den Arm um Bills Schultern, als der Land Rover mit einem Ruck anfuhr, und sie fühlte, wie er neben ihr zitternd zusammensackte. So ruhig sie konnte, zog sie noch eine Decke aus dem Stapel, den Greg vor ihr auf den Boden geworfen hatte, und wickelte ihn darin ein. Dann tastete sie wieder nach seiner Hand und hielt sie fest. Sie brauchten noch einmal zehn Minuten, bis sie zum Cottage kamen. Greg brachte den Land Rover auf dem Gras so zum Halten, daß das Licht der Scheinwerfer am Gebäude vorbei fiel, hinunter in Richtung Strand. Kate lehnte sich nach vorn und starrte über die Rückenlehne des Sitzes zur Windschutzscheibe hinaus. »Ich kann sie nirgendwo sehen.«

Greg langte nach der Taschenlampe und warf die Tür auf. »Du bleibst hier. Ich gehe hinunter zum Grab.«

»Ich komme mit.«

»Das geht nicht.« Dann kam er nach hinten und machte ihr die Tür auf. Einen Moment lang blickte er Kate in die Augen. Er reichte ihr die Hand, um ihr herauszuhelfen. Sie spürte, wie er ihre Finger drückte. »Du mußt bei Bill bleiben. Bring ihn ins

Cottage. Stell Wasser auf oder sowas. Es wird nicht lange dauern. Wir wissen ja, wo sie ist.«

»Sei vorsichtig, Greg.«

»Klar.« Einen Moment lang sah er sie an, dann beugte er sich vor und küßte sie schnell auf die Lippen.

Sie beobachtete, wie sich das Licht der Taschenlampe entfernte. Nach ein paar Augenblicken verschwand es. Der Land Rover machte kein Geräusch, bis auf das Ticken des Motors, der langsam abkühlte. Kate schluckte. Einen Moment lang blieb sie stehen. Bill regte sich nicht. Sie atmete tief durch und suchte in ihrer Jackentasche nach den Schlüsseln. Sie konnte ein schwaches Leuchten sehen, das aus dem Fenster rechts neben der Haustür kam, wo sie die Lampe angelassen hatte.

»Wo gehst du hin?« Bill erwachte mit einem Ruck, als sie zur Tür gehen wollte.

»Ich will nur das Cottage aufschließen. Da hast du's bequemer. Im Warmen. Glaubst du, daß du gehen kannst?«

»Wo ist Greg?« Er schien erst jetzt zu bemerken, daß Greg fort war.

»Er sucht Allie –«

»Er allein?« Die Furcht in Bills Stimme erzeugte bei ihr eine Gänsehaut.

»Ihm passiert nichts. Greg ist ein großer Kerl. Und er weiß, daß er vorsichtig sein muß.« Sie war erstaunt, wie beruhigend ihre Worte klangen. »Soll ich zuerst die Tür aufsperren? Dann komme ich zurück und hole dich.«

»Nein!« Bills Finger klammerten sich an ihr Handgelenk. »Ich komme mit.«

Zu ihrer Erleichterung war das Haus noch warm. Sie lehnte Bill an die Wand, machte im Erdgeschoß alle Lichter an und zog die Vorhänge zu. Dann sah sie ihn sich das erste Mal richtig an. Sein Gesicht war ein einziger blutroter Fleck. Auf dem Kopf hatte er Platzwunden, die sie im schwachen Licht der Taschenlampe nicht gesehen hatte. Sein Pullover und sein Anorak waren zerrissen und voller getrocknetem Blut. Sie bemühte sich, ein beruhigendes Lächeln aufzusetzen, und hoffte, daß er ihr Entsetzen nicht gesehen hatte, als sie das ganze Ausmaß seiner Verletzungen erblickte. »Bill, du mußt dich hinlegen.«

»Nein. Nein. Ich will einen Moment stehenbleiben.« Er schob sich von der Wand weg. »Können wir was Warmes trinken? Mir ist so kalt.«

»Natürlich.« Sie nahm ihn am Arm und setzte ihn auf den Hocker in der Küche, bevor sie nach dem Kessel griff. Die ganze Zeit über horchte sie angestrengt auf Geräusche draußen vor dem Haus. Sie hatte die Haustür abgesperrt und den Riegel vorgeschoben.

»Ich sollte versuchen, diese Wunden ein bißchen besser zu reinigen«, sagte sie, während sie nach zwei Bechern griff.

»Mach dir keine Mühe. Ich bin okay.« Unter den Prellungen nahm sein Gesicht langsam wieder eine normalere Färbung an. Seine Hände zitterten allerdings noch, als er den Becher nahm.

»Kannst du mir noch irgend etwas darüber sagen, Bill?« fragte sie leise, als sie ihm gegenüber saß. »Über die Frau. Hat sie gesprochen?«

Er schüttelte den Kopf. »Nicht ein Wort. Sie hat nur so im Hintergrund herumgestanden.«

»Herumgestanden?«

»Na ja, zugeschaut. Ihr Gesicht war teilnahmslos. Uninteressiert. Es schien sie nicht zu kümmern, was Allie tat.« Seine Stimme bebte wieder.

»Bill.« Kate beugte sich vor und berührte beruhigend seine Hand. »Allie ist nicht sie selbst. Sie hatte am Strand so eine Art Unfall.« Sie zögerte. »Ich glaube nicht, daß sie wußte, was sie tat. Was diese Frau angeht –« Sie biß sich auf die Lippe. »Weiß der Himmel, wer sie ist. – Bill?« Sie bemerkte plötzlich, daß seine Aufmerksamkeit abgelenkt wurde. Er starrte auf den Vorhang vor dem Fenster, den Kopf leicht zur Seite geneigt.

»Hast du das gehört?« fragte er.

»Was?« Sie hielt den Atem an und horchte.

»Ich dachte, ich hätte was gehört – einen Schrei. Keine Ahnung.« Er legte den Kopf in die Hände.

»Soll ich nachsehen?« Es gab nichts, was sie weniger tun wollte, als die Haustür zu öffnen. Aber Greg war dort draußen, allein.

Er schüttelte stumm den Kopf. »Du kannst ihm nicht helfen«, sagte er nach einer Weile. »Niemand kann das.«

»Was meinst du damit?« Sie starrte ihn an und erbleichte.

Er zuckte mit den Schultern. Plötzlich lachte er, aber sie sah, daß ihm eine Träne über die Wange lief. »Ich bin rübergekommen, um dich zum Abendessen einzuladen. Ich habe Wein gekauft, und drüben bei mir wartet ein Feinschmeckergericht aus dem Kaufhaus auf uns.«

Sie beugte sich vor und nahm seinen Becher, um ihn nachzufüllen. »Das ist ein wunderschöner Einfall. Ich freue mich schon darauf.«

»Das war einmal. Jetzt ist alles anders.«

Er redete wie ein Kind. Wehleidig, weil aus seinem Plan nichts geworden war. Sie sah ihn verängstigt an. Bill war stark, zuverlässig, immer da zum Anlehnen. Dieser zitternde, verstörte Mann war nicht der Bill, den sie kannte.

»Wir machen es morgen«, sagte sie und bemühte sich, heiter zu klingen. »Vielleicht zum Mittagessen. Das wäre schön.«

»Ja. Zum Mittagessen.« Seine Stimme wurde schwerfällig. Er drückte wieder die Hand an den Kopf. »Ich bin müde, Kate.«

»Warum legst du dich nicht hin? Ich bleibe bei dir und leiste dir Gesellschaft.« Sie stand auf und nahm seine Hand.

Er folgte ihr ins Wohnzimmer und legte sich folgsam auf das Sofa. Seine langen Beine hingen über. Sie deckte ihn zu und schob behutsam ein Kissen unter seinen Kopf. Es sah nicht besonders bequem aus, wie er so auf dem kleinen Möbelstück lag, aber er rollte sich zur Seite gedreht zusammen und machte die Augen zu, ohne ein Wort zu sagen. Sie setzte sich ihm gegenüber hin und sah ihn besorgt an. Er hatte sicher eine Gehirnerschütterung; vielleicht einen Schädelbruch. Und es gab nichts, was sie für ihn tun konnte. Er mußte unbedingt ins Krankenhaus.

Sie lehnte sich in ihrem Sessel zurück und blickte ins Feuer. Im Haus war alles ruhig. Sie horchte angestrengt auf die Geräusche von draußen. – Nichts, bis auf das leise Kratzen des Rosenstrauchs am Fenster, das zum Meer hinausging. Wo war Greg? Warum dauerte es nur so lange?

XXXVII

Greg stand auf der Kiesbank und leuchtete mit der Taschenlampe in den Schneeregen. Alles, was er sehen konnte, waren silberne Nadeln, die schräge Streifen durch die Dunkelheit zogen; dahinter konnte er das Meer unter dem Heulen des Windes hören. Die ganze Welt schien substanzlos und in Bewegung zu sein. Sand. Kies. Wasser. Gräser. Alles wehte im Wind und schwankte hin und her, gestaltlos im Schein der Taschenlampe.

»Allie!« brüllte Greg. Seine Stimme verlor sich im Brüllen der Elemente. »Allie. Wo bist du?«

Warum hatten sie ihr nicht mehr Fragen gestellt? Warum hatten sie nicht versucht, herauszufinden, warum sie in der Dämmerung hinaus in die Kälte gelaufen war, um hierher zu kommen? Warum hatten sie nicht genauer nachgefragt, was passiert war? Er zitterte heftig. Was hatte sie dazu gebracht, Bill anzugreifen? Einen Mann, den sie Dutzende Male getroffen hatte. Hatte sie ihn nicht erkannt, oder war der Angriff von jemand anderem gekommen; der Frau, die bei ihr war? Und wer war diese Frau? Lieber Gott, laß sie am Leben sein!

Er ging weiter. Seine Stiefel rutschten auf den nassen Steinen aus. Mit der Taschenlampe suchte er wieder die Gegend ab. Vergeblich. Es war nichts zu sehen.

Fröstelnd stemmte er sich gegen den Wind. Er ging zwischen den Dünen hindurch zum Strand und dann zum Grab. In der brüllenden Dunkelheit konnte er das Aufblitzen der Brecher sehen und das saugende Geräusch des Wassers hören, als sie sich gegen den Wind zurückzogen. Unter seinen Füßen schien der Boden zu beben.

»Allie!« Seine Angst, die er in Kates Gegenwart noch kontrolliert hatte, wurde von Sekunde zu Sekunde größer. Angst um Allie und Angst um sich selbst. Er war diesen Strand tausendmal entlanggegangen, bei jedem Wetter, um Mitternacht und am Tag, aber nie zuvor war er ihm so furchtbar und grauenerregend erschienen.

Seine Schritte wurden langsamer, als er sich dem Grab näherte. Er konnte spüren, wie sein Herz unter seinen Rippen donnerte. Ihm war kalt, und er fühlte sich krank. Er konnte die schlüpfrige Taschenlampe kaum festhalten, als er sie vor sich ausstreckte und den flackernden Lichtstrahl zum Rand der ausgegrabenen Mulde gleiten ließ.

»Allie?« Seine Stimme wurde heiser. »Allie? Trottelchen! Wo bist du?«

Es war dunkel in der Grube unter dem Lichtstrahl. Der anstürmende Hagel und der Wind schienen darüber hinwegzurasen, so daß die gähnende Schwärze still blieb.

Im nassen Sand abrutschend, kletterte er hoch zum Rand und schaute hinunter. Er ließ den Lichtstrahl mit schnellen Bewegungen durch die Grube gleiten, auf und nieder. Einen Moment lang blieb ihm das Herz stehen. Eine schwarze Höhle schien sich unter seinen Füßen aufzutun, die für immer und ewig nach unten führte. Die Taschenlampe verweilte einen langen Augenblick darauf, dann zwang er sie, sich weiterzubewegen, und er sah, daß es nur eine Sinnestäuschung gewesen war, eine Lüge, für die Licht und Schatten verantwortlich waren. Es war nur eine etwas höhere Rippe im Sand, die diesen tiefen, undurchdringlichen Schatten geworfen hatte. Daneben lagen wie üblich Muscheln und Seetang verstreut. Die Grabungsstätte war leer. Er fühlte eine überwältigende Erleichterung und gleichzeitig die Qual der Enttäuschung. Er hatte mehr oder weniger damit gerechnet – darauf gehofft –, sie kniend dort zu finden, so wie Kate sie gefunden hatte.

Er sprang hinunter in die Mulde. Das Licht der Taschenlampe zeigte ihm jede Unebenheit und jede Einbuchtung im Sand, aber er konnte keine Fußspuren entdecken, nur die Einschläge des Regens.

Er ging in die Hocke und richtete, gegen den Wind geschützt, die Taschenlampe auf die Sandwand, ließ den Lichtstrahl über die verschiedenen Schichten gleiten. Sie war jetzt glatt, naß, fest. Er konnte keine Spur von irgendwelchen Überresten sehen. Keine Knochen. Keine Hand, die aus dem Sand gestreckt war, die gebrochenen Finger flehend winkend. Er spürte, wie wieder ein unkontrollierbarer Schauder seinen Körper erschütterte. Er stand auf und leuchtete umher. Wo war sie? Wo in Gottes Namen war sie?

Dieses verfluchte Grab. Wenn sie es nicht gefunden hätte, wäre nichts passiert. Er trat voller Wut gegen den Sand und sah mit einem starken Gefühl der Freude, daß ein großes Stück der Sandwand wegbrach und herunterfiel. Er trat erneut zu. Es würde nur ein paar Minuten dauern. Der Sand war so weich. Man würde glauben, es sei das Meer gewesen. Hinter ihm schleuderte sich die Flut immer näher über den Strand heran. Mit knirschenden Zähnen zog er den Fuß zurück, um diesmal gegen den Fuß der Sandklippe zu treten, als er hinter sich ein Geräusch hörte. Er wirbelte herum, die Taschenlampe vor sich ausgestreckt wie eine Waffe.

»Allie!« Seine Stimme kam wie ein Krächzen aus seinem Mund. »Allie?« Er versuchte es noch einmal. »Wo bist du?«

Er hatte seinen Plan, die Düne zu zerstören, vergessen und kletterte, rutschend und stolpernd, zurück in den Wind. Der Strahl der Taschenlampe wurde allmählich schwächer. Er schüttelte sie wütend und schlug sie gegen seine Handfläche. Seine Hände waren eiskalt und naß, seine Finger wurden langsam taub.

Die Dunkelheit war leer. Sie konnte sonstwo sein. Hilflos drehte er sich langsam um, starrte in die zerreißende Dunkelheit, spürte, wie die eiskalten Finger des Schneeregens in seinem Kragen hinunterrutschten. Er kämpfte gegen den prügelnden Wind an, hörte sein Dröhnen in den Ohren.

Sie konnte wieder beim Cottage sein. Seine Hand umfaßte die Taschenlampe fester. Angenommen, sie war dort? Sie mochte Kate. Sie schien ihr zu vertrauen. Bestimmt war es das, was sie getan hatte. Er drehte sich um und ging den Weg zurück, den er gekommen war, mit dem Rücken zum Meer.

In diesem Moment glaubte er, am äußersten Rand seines Lichtstrahls eine Gestalt zu sehen.

Es war ein Mann.

Als die Gestalt zurückwich, brachte Gregs schwacher Lichtstrahl etwas zum Blinken, das aussah wie eine Messerklinge, bevor der Mann in der Dunkelheit verschwand.

XXXVIII

»Bill?« Kates Flüstern klang seltsam laut in der Stille des Zimmers. »Bill, schläfst du?« Er lag auf der Seite, unter der Decke zusammengekauert, in die sie ihn eingewickelt hatte, den Kopf auf dem Kissen, das sie aus ihrem Bett heruntergebracht hatte. Eine der Platzwunden an seiner Schläfe hatte sich wieder geöffnet, und sie sah, wie das schwarze Blut, das durch den Verband drang, langsam auf den geblümten Kissenbezug tröpfelte und den ineinandergeschlungenen Korn- und Mohnblumen eine ekelerregende Verzierung hinzufügte, die im Licht der Lampe ölig glänzte. »Bill?« Sie kniete an seiner Seite nieder. Sein Schlaf machte ihr Angst. Er war zu tief und zu plötzlich, und sie wußte nicht, was sie tun sollte.

Sie blickte auf ihre Armbanduhr. Es war sieben Uhr. Zwei Stunden, seit sie die Redall-Farm verlassen hatten, vielleicht eineinhalb Stunden, seit sie zum Cottage gekommen waren. Wo blieb Greg? Sie starrte hoch zu den Vorhängen vor dem Fenster und horchte angestrengt. Das Cottage war erfüllt von den Geräuschen des Windes und des Meers. Die Wände schienen unter ihrem gemeinsamen Angriff zu vibrieren. Wie in Tropfen wirbelte der Luftzug über den Boden, bewegte die Vorhänge, ließ die Flammen im Ofen auflodern, trieb sein Spiel mit den Fransen eines der Kissen auf dem Sessel.

Sie nahm Bills Hand, streichelte sie zärtlich, entsetzt über die eisige Kälte. Sie legte die Finger um sein Handgelenk und fühlte seinen Puls. Sie glaubte, etwas spüren zu können, aber er war furchtbar schwach, kaum ein Flattern unter ihren frostigen Fingern. Weil sie zuviel Angst hatte, ihn weiter zu berühren, schob sie seine Hand unter die Decke und stand auf. Der Stein, den sie für Alison hereingeholt hatte, lag noch an der Feuerstelle. Nachdem sie ihn auf den Ofen gewuchtet hatte, öffnete sie die Türen und legte noch ein Scheit auf. Dann ging sie zu ihrem Kassettenrecorder. Das Requiem steckte noch im Gerät. Als die Musik den Raum erfüllte, warf sie einen Blick zurück auf Bill.

Es war lange her, seit sie zuletzt gebetet hatte. Sie hatte es nicht mehr getan, seit sie als kleines Kind neben dem Bett gekniet hatte, die Hände ordentlich und inbrünstig unter dem Kinn gefaltet; um ein Pony hatte sie damals gebetet. Sie hatte es nie bekommen, und ihr Glaube, der für kurze Zeit in ihrem Inneren entflammt war, war enttäuscht zusammengeschrumpft und abgestorben. Sie war nicht sicher, ob sie noch wußte, wie man betete. Vater unser, der du bist im Himmel, rette Bill. Bitte, rette ihn und beschütze uns. Erlöse uns von dem Bösen. Denn dein ist das Reich. Sie ließ die Augen offen, ließ den Blick durch das Zimmer wandern, wollte, daß die Musik sie beruhigte und tröstete. Hinter ihr, auf dem Fensterbrett, war die Wasserpfütze auf ihrer Seite des Rahmens größer geworden. Ein Tropfen fiel von der Kante auf den Boden. Und noch einer.

Das *Pie Jesu* war zu Ende. Das Zimmer versank in Schweigen, das nur durch das scharfe Klicken unterbrochen wurde, als der Recorder sich abschaltete. Sogar der Wind schien sich vorübergehend gelegt zu haben. Eine Weile blieb Kate reglos sitzen, dann stand sie auf. Sie nahm das Handtuch, das sie aus dem Badezimmer geholt hatte, und wickelte es um den heißen Stein. »Bill?« flüsterte sie. »Bill? Schläfst du?« Das schwere heiße Bündel umklammernd, schaute sie auf ihn hinunter. Seinem bleichen, total gelassenen Gesicht nach war er weit weg. Die Wunde an seiner Schläfe hatte jetzt zu bluten aufgehört. Sie konnte sehen, wo das Blut zu einer getrockneten Kruste auf seiner Haut geronnen war. »Bill, ich lege dir das an die Füße. Das hilft dir, dich warm zu halten.« Aber es ging nicht. Seine Füße hingen über den Rand des Sofas herunter. Sie hob die Decke hoch und schob den mit einem Handtuch umwickelten Stein auf Höhe der Knie unter seine Beine. Seine Hose war feucht. Vielleicht sollte sie versuchen, sie ihm auszuziehen. Dann begriff sie, was passiert war. Er hatte uriniert. Sie schloß die Augen und deckte ihn wieder zu.

Sie hatte vorher noch nie versucht, an jemandes Hals den Puls zu finden, aber sie erwartete auch nicht, ihn zu finden. Die völlige Leere im Zimmer sagte ihr, daß er tot war. Sie wandte sich ab, setzte sich vor das Feuer und verschränkte die Arme vor den Knien. Die Tränen strömten ihr über die Wangen.

XXXIX

Er hatte sich, auf dem Bauch liegend, im Schilf versteckt, von wo aus er eine gute Sicht auf die Geschehnisse hatte. Er war nahe genug, um sehen zu können, wie dem Mann der mit einem Betäubungsmittel versetzte Met über das Kinn rann, in die Vertiefung seines Schlüsselbeins tropfte und ihm dann über die Brust lief. Als sich die Garrotte zusammenzog, stand er auf, langsam und gut sichtbar, die Hände in den Hüften. Er sah, wie Nions Augen sich weiteten; er sah, wie dieser begriff, sah, wie der Mann wild mit den Armen um sich schlug und, in dem Versuch, den Strang wegzureißen, an seinen Hals griff. Er begann zu lachen. »Es waren nicht die Götter, die deinen Tod verlangt haben, Nion, Prinz der Trinovanter!« schrie er in die aufgehende Sonne. »Ich habe dafür gesorgt, daß du stirbst, ich und die Priester, die ich bestochen habe. Du stirbst, um meine Ehre wiederherzustellen. Und du zahlst mit deiner eigenen.«

Er konnte sehen, wie das Fleisch auf beiden Seiten des Stricks um den Hals des jungen Mannes anschwoll. Er konnte die Blutstropfen sehen, als sein Todeskampf immer verzweifelter wurde. »Kein Mann teilt das Lager meiner Frau und bleibt am Leben. Kein Prinz, kein Druide, kein Brite und auch kein Römer! Und kein Gott wird auf dich warten, um dich über den Styx zu geleiten. Du stirbst entehrt.«

»Marcus!«

Der Schrei von der anderen Seite der Opferstätte klang wie der eines wilden Vogels. Er wirbelte herum, wie betäubt vor Schreck, während hinter ihm der Priester Nion das Messer in den Rücken stieß. Einen kurzen Augenblick lang überwältigte ihn die Schönheit seiner Frau, erleuchtet durch die rosig-goldenen Strahlen der aufgehenden Sonne, dann verhärtete ihm der Haß wieder die Brust, und er starrte sie mit kaltem Abscheu an, als sie mit wilder Miene an ihm vorbeiblickte, hin zu Nion.

Einen Moment lang richtete sich der junge Mann auf, die ersterbenden Augen zur Sonne gewandt. Seine Hände fielen von der Garrotte um seinen Hals ab. Als das Licht in seinen Augen erstarb, knickten seine Knie ein, und er fiel nach vorn in den Schlamm.

Sie stand knietief in den Binsen. Ihr blaues Gewand war naß und klebte ihr am Körper, ihr gelöstes Haar fiel ihr über die Schultern. Sie rannte mit dem Gesichtsausdruck einer Wahnsinnigen auf ihn zu, die Arme erhoben, die Nägel gekrallt wie die eines Tieres.

»Mögen die Götter dich bis in alle Ewigkeit verfluchen, Marcus Severus, und deinen fauligen Körper und deine verdorbene Seele richten für das, was du heute hier getan hast!«

Als ihr Schrei durch den Sumpf hallte, stieg ein Schwarm Enten aus dem Schilf auf, schwang sich hoch in die Lüfte und flog auf die aufgehende Sonne zu, ein V aus glitzerndem Grün und Gold, als sie aufstiegen in das klare Licht des neuen Morgens.

Greg rannte. Sein Atem verfing sich in seiner Brust und rasselte in seiner Kehle, als er seine Beine durch den weichen Sand vorantrieb. Der schwächer werdende Strahl der Taschenlampe schwang vor seinen stampfenden Füßen wild hin und her.

»Allie!« Seine Rufe waren fast nicht zu hören. Seine Kehle war trocken, und er hatte nicht genug Luft, um laut zu schreien. »Allie, um Gottes willen, wo bist du?«

Das Meer kam näher. Seine Füße waren naß. An seinen Schuhen klebte Seetang. Er lief weiter. Bei jedem Schritt spritzte das Wasser in die Höhe, und er spürte, daß es ihm schon bis zu den Knien reichte, sich dann zurückzog und unter den nassen Kleidern die Kälte wie eine Brandwunde auf seinem Fleisch zurückließ. »Allie!« Er drehte ab und entfernte sich vom Meer, bis er spürte, daß seine den Strand entlang stapfenden Füße festeren Sand unter sich hatten. »Allie!«

Der Mann war wieder verschwunden. Zweimal hatte er ihn kurz gesehen, ein Schatten inmitten der Dunkelheit, und beide Male hatte die Taschenlampe die Klinge des Messers gefunden.

Stolpernd blieb er stehen und blickte sich um. Seine Brust hob und senkte sich, und er spürte, wie das Eis im Hagel an seiner Nase kratzte. Sein Gesicht fühlte sich wund an, als seien ihm mehrere Schichten Haut abgezogen worden. Er beugte sich nach vorn und machte einen Moment lang die Lampe aus, während er sich mit den Unterarmen auf die Schenkel stützte.

Sein ganzer Körper krümmte sich von der Anstrengung, diese qualvollen, zitternden Atemzüge zu machen. Neben ihm donnerte wieder eine Welle auf den Strand, raste auf ihn zu, hielt erst unmittelbar vor ihm an und bespritzte ihn mit Gischt. Er richtete sich auf, seine Rippen waren eine Zwangsjacke des Schmerzes. Ohne den verengenden, eingrenzenden Lichtkegel der Taschenlampe hatte sich der Horizont plötzlich vergrößert. Die Dunkelheit war nicht mehr so vollkommen. Er konnte die verworrene, leuchtende Spitze des weißen Wassers auf der sich hebenden und senkenden Finsternis des Meeres sehen; er konnte das Glitzern des nassen Sandes sehen und wie das tiefe Umbra der Wolken sich über dem Wasser blähte.

Sein Kopf dröhnte, und es verschlug ihm den Atem, als sein entsetzter Blick sich auf den Mann richtete, der jetzt nur etwa einen Meter von ihm entfernt wieder aufgetaucht war. Er konnte ihn deutlich sehen. Das ausgeprägte Patriziergesicht, das Haar vom Regen an die Stirn geklatscht, die durchnäßten Kleider am Körper klebend, der Unterarm in dunkleres Material gehüllt, darunter in der Faust der erhobene Dolch.

ZORN
HASS

Bohrend, stoßend, sich ausdehnend wirbelte die Wut durch Gregs Hirn. Die Taschenlampe fiel ihm aus den Fingern, als er die Hände zu seinem Kopf hob in dem Versuch, sich von den Qualen zu befreien. Er taumelte zurück. Sein Fuß verfing sich in einem Klumpen gallertartigen Seetangs, rutschte aus und knickte um. Der plötzliche, stechende Schmerz in seinem Knöchel zwang ihn jäh auf ein Knie, und er spürte, wie seine Arme herumfuchtelten.

Die Gestalt war plötzlich näher gekommen. Sie lächelte, und in den tiefliegenden Augenhöhlen, die den Bruchteil einer Sekunde leer zu sein schienen, funkelte es hell.

Greg spürte, wie ihm die Luft abgeschnitten wurde. Er konnte das Aussetzen seiner Lungen fühlen. Erstarrt mühten sie sich, die Luft einzuatmen, die einfach nicht kam. Ihm schwirrte der Kopf. Sein Blick wurde trüb. Das Weiß war aus dem Meer verschwunden. Alles, was er fühlte, war die Kälte. Eine unheimliche, allumfassende Kälte, die tief aus seinem Innern kam und sich Schicht für Schicht durch seinen Körper zur Oberfläche vorarbeitete. Wenn sie sein Hirn erreichte, würde er sterben. Das wußte er genau. Und ebenso wußte er, daß genau dies mit Alison und Bill passiert war. Er würde hier am Strand an Unterkühlung sterben, und niemand würde ihn finden, weil die Flut hereinkam.

Er hob die Augen zu dem Mann, der über ihm stand, aber die Gestalt war verschwunden. Die Nacht war leer. Hoch über den knotigen Wolken saugte ein zunehmender Mond am Meer und spuckte die Flut immer höher über das Land.

XL

Zögernd griff Kate nach ihrem Schal und wand ihn sich um den Kopf. Sie zog ihre dicke Jacke und die Handschuhe an, und mit einem letzten verzweifelten Blick auf Bill nahm sie die Taschenlampe und öffnete die Haustür. Sie mußte Greg finden.

An der Ecke des Cottage blieb sie einen Moment lang stehen, um Kraft zu sammeln, dann warf sie sich, ohne sich noch Zeit zum Nachdenken zu lassen, in den Sturm und kämpfte sich den Weg zu den Dünen hinunter.

Die Ausgrabungsstätte war menschenleer. Sie stand an ihrem Rand und schaute hinunter. Ihre Augen verengten sich in der Kälte. Sie stand mit dem Rücken zum Wind und spürte, wie die Kälte durch die Schultern ihrer Jacke sickerte. Die Mauer aus Sand ihr gegenüber war an einer Stelle eingestürzt, und im Licht der Taschenlampe konnte sie in den freigelegten Schichten große verfärbte Flecken sehen. Sie starrte ausdruckslos darauf. Es waren die Umrisse eines Körpers, deutlich wahrnehmbar im Licht der Lampe, zusammengekauert wie ein Fötus. Sie starrte ihn an. Einen Moment lang war sie zu entsetzt, um irgend etwas zu tun. Die Lampe in ihrer Hand war naß zwischen ihren behandschuhten Fingern. Sie bemühte sich verzweifelt, sie ruhig zu halten.

Hatte Alison das gesehen? War es das, was sie um den Verstand gebracht hatte, so daß sie im Wahnsinn einen Menschen angegriffen und getötet hatte? Sie schwenkte wie irr geworden den Lichtstrahl herum, stellte sich wieder in den Wind, suchte nach Greg, aber in der fürchterlichen Dunkelheit konnte sie nichts sehen. Unter ihren Füßen erzitterte der Boden, als die Wellen auf den Strand krachten. Die Flut war hoch, nur wenige Meter von ihr entfernt. Sie konnte spüren, wie die Gischt mit jeder neuen Welle, die den Sand und den Kies hinaufdonnerte, ihren Rücken benetzte.

»Greg!«

Ihre Tränen fühlten sich auf ihren eisigen Wangen siedendheiß an; sie strich sie sich mit dem Oberarm aus den Augen. Wo war er? Sie hatte nicht die geringste Idee, wo sie suchen sollte. Die Dünen, der Strand und der Sumpf erstreckten sich in beiden Richtungen über Meilen. War er auf der Suche nach Allie am Rand des Meeres entlanggestürmt, oder war er zurück zum Cottage gegangen, oder sogar in den Wald?

Sie schwenkte den Lichtstrahl in Richtung der Düne. Er war noch da, dieser Körper, die kauernden Umrisse im nassen Torf. Unter ihm sickerte ein erstes Rinnsal des schäumenden, mit Tang durchsetzten Wassers in die Mulde. Wenn die Flut jetzt nicht bald nachließ, war die Düne verloren. Sie wandte sich ab. Es war ihr egal.

Sie entschloß sich, am Rand der Flut entlangzugehen, nach Norden zu, und so gut sie konnte einen Parallelkurs zum Meer zu halten. Wenn sie fünfzehn Minuten lang nach Norden ging, dann etwa fünfzig Meter ins Inland und wieder zurück, immer noch parallel zum Meer, würde sie sich nicht verlaufen. Das wäre besser, als ziellos in den Dünen herumzuwandern. Sie machte die Lampe aus und stopfte sie in die Tasche. Die See leuchtete seltsam, und sie konnte auch ohne Lampe gut sehen. Es war besser, die Taschenlampe aufzusparen, bis sie sie wirklich brauchte.

Vor ihr in der Dunkelheit bewegte sich etwas. Sie blieb stehen und blinzelte in den Wind. Alison? Es war nicht Greg, da war sie sich sicher. Sie spürte, wie ihr der Atem in der Kehle stockte. Alison war immer noch hier draußen in der Dunkelheit. Alison, die einen Menschen getötet hatte. Ihre Hand schloß sich um die Taschenlampe, aber sie machte sie nicht an. Langsam ging sie auf die Stelle zu, an der sie eine flüchtige Bewegung gesehen hatte.

Die Gestalt hatte den Platz gewechselt. Sie war jetzt ein wenig links von Kate, fast hinter ihr. Und sie winkte. Sie winkte Kate, ihr zum Grab zu folgen. Es war nicht Allie. Diese Frau war größer, schlanker, und sie trug irgendeine Art wehendes, langes Gewand – einen Rock. Trotz des Wetters. Kate blieb fast die Luft weg, sie atmete nur noch stoßweise. War das die Frau, die Bill bei Allie gesehen hatte – die Frau, die zugesehen hatte, wie Allie ihn angriff, und die keinen Finger gerührt hatte, um ihm zu helfen?

»Claudia?«

Es war nur geflüstert. Bitte, lieber Gott, laß das nicht passieren. Laß sie nicht wirklich da sein. Kate trat ein paar Schritte zurück. Die Frau schien ihr zu folgen. Kate suchte mit den Fingern die Taschenlampe ab, bis ihr Daumen den Schalter gefunden hatte, dann zog sie sie aus der Tasche. Mit einer schnellen Bewegung schob sie den Schalter vor und hob die Lampe, um der Frau direkt ins Gesicht zu leuchten. Sie reagierte nicht. Der Lichtstrahl ging durch sie durch. Kate konnte hinter ihr die wehenden Gräser und den hochgewirbelten Sand sehen, als sei die Gestalt aus Glas.

»Hilfe!« Die Stimme klang, als sei sie weit weg, vom Wind fast ausgelöscht. »Warum hilft mir keiner! Kate!«

Kate ging rückwärts, den Blick weiter auf die Frau gerichtet. Die Frau schien ihr zu folgen. Ihr Gesicht war deutlich zu sehen. Es war ein ziemlich junges Gesicht, bleich im Licht der Taschenlampe, mit hohen Backenknochen, das gelöste Haar peitschte im Wind. Obwohl sie durchsichtig waren, konnte sie die Farben deutlich sehen. Das helle Blau des Gewands mit den Flecken auf der Brust, die Röte ihres Haares, der seltsam goldene Lidschatten über den tiefliegenden Augen.

»Was ist? Was willst du?« Kates Stimme zitterte. Sie war sich lebhaft der Schreie hinter sich bewußt, aber sie wagte nicht, der Gestalt den Rücken zuzukehren. Sie schien sie in keiner Weise zu bedrohen, aber ihr Schrecken war so groß, daß sie zu nichts anderem fähig war, als rückwärts langsam von ihr wegzugehen.

Die Gestalt streckte ihre Hände aus, aber gleichzeitig verschwand sie allmählich. Der Hintergrund wurde stärker. Kate bemerkte plötzlich, daß der Strahl ihrer Taschenlampe immer schwächer wurde. »O nein. Bitte geh nicht aus.« Sie schaltete die Lampe aus und dann wieder an, hielt sie weiter verzweifelt auf den Platz gerichtet, wo die Gestalt gewesen war. Aber die Frau war verschwunden. Kate leuchtete nach oben und unten und sah, wie der Lichtstrahl in ihren zitternden Händen ermattete. Es war nichts mehr da. Nichts außer der Gewalttätigkeit der Nacht. Sie drehte sich schnell um und begann, zu der Stelle zu laufen, von der die Stimme gekommen zu sein schien. Der Lichtstrahl schwang auf und ab, während sie rannte. Dann sah sie ihn. Greg. Er hockte am Rande des Sandes, fast im Wasser.

»Greg. O Greg, Gott sei Dank!« Sie ließ sich neben ihm auf den Boden fallen, warf ihn fast nach hinten in den Sand. Tränen strömten ihr über das Gesicht. »Greg. Greg.« Sie konnte nichts weiter tun, als nur immer und immer wieder seinen Namen wiederholen, während sie sich an seine Jacke klammerte.

Er legte den Arm um sie und zog sie zu sich heran. »Schon gut, Kate. Schon gut. Ganz ruhig.«

»Ich habe sie gesehen. Ich habe den Geist gesehen. Claudia. Sie stand am Grab. Und da ist auch eine Leiche, Greg. Eine Leiche.« Schluchzend drückte sie ihr Gesicht in seinen Ärmel. Seine Jacke war naß und kalt, und sie konnte spüren, wie er darunter zitterte. »Greg. Bill ist tot.« Sie hatte die Worte durch den grünen, gewachsten Stoff gemurmelt, aber er verstand sie deutlich genug.

»O mein Gott.« Er drückte sie enger an sich. »Hör mir zu, Kate. Du mußt mir helfen. Auch wenn dir das vielleicht komisch vorkommt, ich sitze hier nicht zum Spaß mit den Füßen im Wasser. Irgendwas ist mit meinem Knöchel los. Ich bin irgendwo hängengeblieben. Jedesmal, wenn ich versuche, mich vorzubeugen, um freizukommen, wird mir ganz eigentümlich im Kopf.«

Er mußte schon lange so gelegen haben. Er hatte, am Rande des Bewußtseins treibend, zugesehen, wie die Flut immer höher stieg. Er war nicht paralysiert wie Alison, und auch nicht benommen wie Bill, aber er wußte, als er sich zurücklegte und aufhörte, gegen die Kälte anzukämpfen, die an seinem Körper hochkroch, daß er sehr bald das Bewußtsein verlieren würde. Dann hatte er eine Sekunde lang hinter sich in den Dünen das wild blinkende Licht von Kates Taschenlampe gesehen. Dieser Anblick hatte ihm jenen Schuß Hoffnung gegeben, der ihm wieder das Adrenalin durch die Adern trieb.

Kate beugte sich vor. Sie hielt die Lampe nah an seinen Knöchel. »Es ist eine Angelschnur. Ganz eng um deinen Fuß gewickelt. Der Haken ist durch deinen Schuh gegangen.«

Sie spürte, wie sich ihr beim Anblick des Blutes, das rings um seinen Fuß in den Sand sickerte, der Magen zusammenzog. Die Schnur hatte sich in einem Berg von Unrat verheddert, der sich seinerseits in etwas verwickelt hatte, das aus dem Sand ragte. Sie zog daran, gab acht, seinen Fuß nicht zu berühren, aber die Schnur gab nicht nach und hielt ihn dort im Pfad der Flut fest.

Greg stützte sich auf seinen Ellbogen. »Kriegst du's los? In einer meiner Taschen habe ich ein Messer. Innen, hier.« Er versuchte, den Reißverschluß nach unten zu ziehen, aber seine Hände waren kalt und schlüpfrig, und er konnte spüren, wie sich die nächste Welle von Übelkeit und Schwindel aufbaute.

»Ich suche es.« Sie ließ von seinem Fuß ab und kam wieder näher an ihn heran. Die verknoteten Enden ihres Schals flatterten wild im Wind. Er konnte spüren, wie sie auf seine Wange trommelten, als sie sich neben ihn hinkniete, die Augen zusammengezogen. »Warte, ich muß erst meine Handschuhe ausziehen.« Sie gab ihm die Taschenlampe und begann, sich mit den Zähnen den Handschuh von den Fingern zu ziehen. Er schaltete die Taschenlampe aus, weil er sah, wie schwach die Batterie war. Plötzlich duckte er sich, denn eine Welle, die stärker als gewöhnlich war, raste den Strand herauf und überrollte sie fast. Sie waren beide mit eisiger Gischt bedeckt.

Sie mühte sich, den Reißverschluß seiner Jacke herunterzuziehen. Der Wind schnitt ihm in den Körper, als er in die Jacke drang und eiskalt seine Haut traf. Ihre Hand folgte, und er spürte ihre Finger, die im Jackenfutter suchten. Er veränderte leicht seine Position, stützte sich auf den anderen Ellbogen und legte den freien Arm um ihre Schultern, um etwas von ihrer Wärme zu borgen. Aber seine Jacke war durch den Regen glatt und kalt geworden. Sie sah zu ihm auf, ihr Gesicht nur Zentimeter von dem seinen entfernt, und er sah, daß sie in der Dunkelheit grimmig lächelte. »Halt aus. Ich finde es schon. Du hast mehr Taschen als der billige Jakob.«

»Such weiter. Ich wünschte, es ginge mir besser. Dann würde ich die Gelegenheit für einen massiven Annäherungsversuch nutzen!« Er grinste matt.

»Bei dieser Kälte könnte es glatt sein, daß ich ihn erwidere.« Ihre Hände durchsuchten methodisch jede der tiefen Taschen an der Innenseite seiner Jacke. Die nächste Welle brach über sie herein, und sie hörte sich wegen der Kälte keuchen.

Sein Arm um sie straffte sich. »Sie kommt näher.«

»Die Flut muß fast ihren Höchststand erreicht haben. Die Welle geht bis über den Rand des Grabs.«

»Der Wind kommt von Osten. Er schiebt sie höher als normal.« Er sah zum Himmel. »Gott sei Dank ist der Mond nicht ganz voll. Wir haben keine Springflut, sonst wär's schon aus mit mir.«

Der Schmerz, der von seinem Fuß ausging, traf ihn stoßweise. Er wanderte sein Bein hoch und ließ dann wieder nach, aber von seinem Knöchel abwärts war er gleichbleibend. Den Versuch, seinen Fuß zu bewegen, wagte er nicht. Der Schmerz, als er es doch einmal tat, hatte ihn ohnmächtig werden lassen. Er war wieder aufgewacht, weil eine Welle über sein Gesicht geschlagen war; halb erstickt war er wieder zu sich gekommen. Er wagte nicht, darüber nachzudenken, wie stark der Schmerz sein würde, wenn Kate ihn befreite. Falls es ihr gelang. Vielleicht würde er wieder ohnmächtig werden – Gott hatte seine eigene Narkose.

Er versuchte, sich auf ihre Hand zu konzentrieren, die in den Taschen seiner Jacke herumirrte. Völlig erschöpft war er noch nicht, denn sein Körper reagierte auf die suchenden Hände einer schönen Frau. Ihre Haaare rochen nach dem Rauch und der Asche aus dem Holzofen, und ihr Leib, der eng an den seinen gedrückt war, hatte den Geruch von nasser Wolle, vermischt mit dem Parfum, das sie am Morgen aufgetragen hatte – was immer und wann immer das gewesen war –, und ihrem eigenen undefinierbaren Geruch, dem Geruch, den man unbewußt wahrnahm und der einen jeden Menschen, den man traf, mögen oder nicht mögen oder ihm auch völlig gleichgültig begegnen ließ. Ihren Geruch fand er, trotz des Ärgers, den sie ihm bereitet hatte, äußerst anziehend. Er lehnte sich ein bißchen zurück, versuchte, das Gewicht auf den Ellbogen zu verlagern, und zuckte zusammen, als die Bewegung sein Bein erschütterte.

»Entschuldige. Habe ich dir wehgetan?« Sie hatte es bemerkt.

»Du nicht. Der Haken.«

»Gefunden.« Endlich spürte sie das Messer zwischen ihren Fingern. Sie holte es aus seiner Tasche, griff nach dem Reißverschluß und zog ihn wieder zu. »Du sollst schließlich nicht erfrieren.« Sie schüttelte den Kopf, als sich die nächste Flut aus kalter Gischt über sie ergoß. Eigentlich hätte die Flut seit einer halben Stunde zurückgehen müssen, aber niemand schien es dem Meer gesagt zu haben. Sie sah ihm ins Gesicht. »Ich versuche, dir nicht wehzutun.«

Er zwang sich zu einem Grinsen. »Hör mal, wenn ich umkippe, dann mach einfach weiter. Schneid die Schnur durch, mach den Haken raus und stoppe die Blutung.« Er hielt inne, um zu Atem zu kommen, da packte ihn der nächste Schmerzanfall. »Aber versuch nicht, mich wegzuschleppen. Ich bin schwer.« Wieder ein mattes Grinsen. »Wenn ich zu mir komme, schaffe ich's schon. Dann kannst du Hilfe holen.«

»Okay, Boß.« Sie legte ihre Hand für einen Moment auf seine und drückte sie. Dann hob sie die Taschenlampe auf.

Was auch passierte, sie durfte das Messer nicht fallen lassen. Sie versuchte, die Klinge mit ihren kalten, nassen Fingern aufzuklappen, doch sie rutschten ab. Fluchend versuchte sie es noch einmal. Ihre Hände zitterten. Hinter ihr hatte sich Greg in den Sand zurückgelegt. Die Augen hatte er geschlossen. Kate blies sich einen Augenblick lang auf die Finger, um sie zu wärmen, öffnete den Reißverschluß an ihrer Jacke zur Hälfte und schob die Hand unter den gegenüberliegenden Arm, um die Finger an der Wolle des Pullovers zu trocknen und wieder Gefühl in ihnen zu bekommen. Als sie nach kurzem Warten erneut versuchte, die Klinge auszuklappen, öffnete sich das Messer. Mit einem Seufzer der Erleichterung kniete sie sich neben seine Füße. Sein freies Bein war unter dem Körper angewinkelt, das andere Bein ausgestreckt, der Fuß verdreht, das Blut hatte die Flut mittlerweile weggewaschen.

Kate hielt die Taschenlampe nah an den Fuß. Ihre Hände zitterten, und plötzlich überkam sie ein Gefühl der Übelkeit. Es war klar, daß sie zuerst die verhedderte Angelschnur dort abschneiden mußte, wo sie sich um den Knöchel gewickelt hatte. Sie setzte die Messerklinge flach an seiner Socke an und versuchte vorsichtig, die Nylonschnur zu durchtrennen. Doch nichts geschah. Sie zog die Klinge fester zu sich heran. Greg stöhnte. Kate biß sich auf die Lippe. »Ich schneide sie erst einmal hier ab. Dann tue ich dir nicht so weh.« Sie tastete unter seinem Fuß im Tang herum. Die nächste Welle überschwemmte ihre Hände. Sie hielt verzweifelt das Messer fest und wartete, bis das Wasser wieder zurückwich. Wie hatte er sich nur derart darin verwickeln können? Es war, als ob jemand die Schnur immer und immer wieder um seinen Fuß geschlungen hätte, um ihn an etwas festzubinden, das im Strand vergraben war. Sie schaufelte mit den Händen den Sand weg, der mit Muscheln bedeckt war; dann kam der eiskalte, nasse Sand, und dann stießen ihre Finger auf etwas Hartes. Ein Holzbalken, tief eingegraben. Die Schnur schien von unterhalb des Balkens zu kommen. Sie drückte die Schnur mit der Klinge gegen den Balken und riß mit aller Wucht daran. Sie hatte die Schnur durchtrennt. Vorsichtig fühlte sie nach dem nächsten Stück. Diesmal war es leichter. Es ließ sich sofort durchschneiden, und das nächste ebenfalls. Aber die letzten, um seinen Fuß gewickelten Stränge waren extrem festgezogen. Das war wahrscheinlich passiert, als er versucht hatte, seinen Fuß freizubekommen. Sie wischte sich das Wasser aus dem Gesicht und arbeitete beständig weiter, Strang um Strang, bis endlich auch das letzte Stück abfiel.

Er stöhnte wieder, aber sie achtete nicht darauf. Sie leuchtete die Stelle um seinen Schuh ab. Der Angelhaken in seinem Fuß war der längste von mehreren, die in die Schnur geknotet waren. Gebogen und spitz lagen sie glitzernd im Licht der Lampe, alle bis auf den einen, der in der Seite seines Schuhs verschwand. Sie sah sich den Schlamassel genauer an. Dann drehte sie sich um und leuchtete einen Augenblick lang mit der Lampe in Gregs Gesicht. »Sollen wir versuchen, dich vom Meer wegzuschaffen, bevor ich weitermache? Die Schnur, die dich festgehalten hat, habe ich durchtrennt.«

Er richtete sich auf, stützte sich auf die Ellbogen und nickte. »Ich bin bestimmt zu schwer für dich, Kate. Hilf mir einfach, wenn ich versuche, mich zu bewegen.« Er krümmte das unverletzte Bein, verkeilte die Ferse im nassen Sand und im Kies und schob sich voran. Auf seiner Stirn brach der Schweiß aus. Er biß unnachgiebig die Zähne zusammen und wiederholte diese Bewegung. Qualvoll schob er sich so Zentimeter für Zentimeter weg vom Rand des Meeres. Die Schmerzen in seinem verletzten Fuß waren kaum auszuhalten. Er wußte, daß Kate hinter ihn getreten war, und er spürte ihre Hände unter seinen Achseln. Noch einmal ziehen, und er würde außer Reichweite der Wellen sein. Sie zog. Es war qualvoll. Er biß sich auf die Lippen, um nicht zu schreien, dann wurde alles schwarz.

»Greg! Greg? Bist du okay?« Kate ließ ihn sachte auf den Boden gleiten. »Greg?«

Seine Augen waren geschlossen. Sie starrte in die Dunkelheit und atmete tief durch. Sie wußte, was sie zu tun hatte: den Haken herausholen, jetzt, solange er bewußtlos war. Sie verkeilte die Lampe so im Kies, daß das immer schwächer werdende Licht auf seinen Fuß fiel, und suchte in ihrer Tasche nach dem Messer. Die Schuhbänder ließen sich glücklicherweise leicht lösen, und das Material des Schuhs war ebenfalls nicht sehr widerstandsfähig. Sie schnitt sorgfältig um den Haken herum, und es gelang ihr, den Schuh zu entfernen und den verbogenen Fuß geradezurichten. Er war geschwollen und hatte sich verfärbt. Sie fragte sich, ob er gebrochen war. Sie schluckte die Welle der Übelkeit hinunter, die sie zu überwältigen drohte. Behutsam nahm sie den übrigen Teil des Schuhs ab und starrte auf den Haken. Er war ganz durch seinen Fuß gedrungen. Sie mußte ihn so herauszuziehen, wie er eingedrungen war. Die grausame Spitze am Ende des Hakens stand zur Hälfte an der Oberseite seines Fußes heraus, verkeilt zwischen zwei Sehnen. »O Gott.« Einen Moment lang überlegte sie, was zu tun war. Sie hatte keine Wahl. Sie schnitt das verbleibende Stück Schnur durch, an das der Haken geknotet war.

Was für Dreckskerle ließen solch ein gefährliches Zeug am Strand liegen, das alles und jeden einfing, der nach ihnen hier entlangkam? Sie dachte an die Möwe, ertrunken und kalt, die Füße mit Nylongeflecht zusammengeschnürt. Voller Zorn mühte sie sich weiter. Sie mußte mit allem fertig sein und seinen Fuß irgendwie bandagiert haben, bevor er zu sich kam und bevor – sie warf einen Blick auf die Taschenlampe – die Batterie vollkommen leer war. Sie zog den Haken durch das eiskalte Fleisch – er ruschte überraschend leicht durch den Fuß. Dahinter quoll frisches, dunkles Blut hervor. Sie nahm ihren Schal und kramte dann in ihrer Tasche nach dem Päckchen mit Papiertaschentüchern, das sie vor Tagen eingesteckt hatte. Sie waren noch da. Sie holte mehrere davon aus dem Zellophan, faltete sie sorgfältig zu zwei kleinen Kissen – eines für die Eingangs-, das andere für die Ausgangswunde – und band sie mit dem Schal am Fuß fest. Sie wand die Enden des Schals einige Male um seinen Knöchel und zog sie so fest wie möglich zusammen, sie mehrfach verknotend. Als sie den letzten Knoten machte, ging die Taschenlampe aus. Sie ließ sich auf den Strand fallen, schlang die Arme um ihre Beine, legte erschöpft den Kopf auf ihre Knie, und blieb einen Moment lang so sitzen. Sie zitterte derart, daß sie sich nicht bewegen konnte, aber Gregs Stöhnen brachte sie wieder auf die Füße. Sie kniete sich neben ihn und ergriff seine Hand. »Alles erledigt. Der Haken ist raus, und ich habe deinen Fuß wieder gerade gerichtet.«

»Fühlt sich höllisch an.« Er versuchte, sich aufzusetzen, aber es gelang ihm nicht. Er schloß die Augen und konzentrierte sich mit aller Kraft darauf, nicht wieder ohnmächtig zu werden. »Und was jetzt?«

Kate schüttelte müde den Kopf. »Ich nehme an, ich sollte versuchen, Hilfe zu holen. Ich glaube nicht, daß wir es bis ins Haus schaffen.« Sie warf einen Blick auf die stürmische Schwärze des Meeres hinter ihnen.

Seine Hand zog sich um die ihre zusammen. »Der Gedanke, daß du allein da draußen herumläufst, gefällt mir nicht. Warum wartest du nicht, bis ich ein bißchen zu Kräften gekommen bin? Vielleicht kann ich dann gehen.«

Kate lächelte traurig. »Aussichtslos. Du hast dich ganz furchtbar verletzt.«

Greg schwieg einen Moment lang. »Wenn du etwas finden würdest, auf das ich mich stützen kann. Vielleicht ein Stück Treibholz. Am Strand liegt jede Menge Zeug herum. Wenn wir ganz langsam gehen, komme ich schon bis zum Cottage.«

Das Wort Cottage löste in ihrer beider Gedanken etwas aus. Kate sackte neben ihm zusammen, und Tränen schossen ihr in die Augen. »Bill ist im Cottage.«

»Ich weiß.« Er streckte die Hand aus und berührte ihr Gesicht. »Aber der Land Rover ist auch dort.« Es gelang ihm, mit fester Stimme zu sprechen. »Du mußt uns zurück zur Farm fahren.« Alison erwähnte er nicht. »Bist du schon mal mit einem Vierradantrieb gefahren?«

Sie schüttelte wortlos den Kopf.

»Na, macht nichts. Das ist ganz einfach. Ich habe schon überlegt, wie weit du damit auf dem Sand kommen würdest.« Er dachte einen Moment lang schweigend nach, dann seufzte er tief. »Nein. Das hat keinen Sinn. Es gibt hier so viel Schlamm und kaum festen Boden. Wenn du steckenbleibst, ist es aus. Unsere einzige Hoffnung ist ein Gehstock.« Irgendwie schaffte er es, daß seine Worte ermutigend klangen.

»Ich schau' mal, ob ich entlang der Flutlinie was finde.« Kate wischte sich die Nase am Ärmel ab – genau wie ein kleines Kind, dachte er liebevoll – und richtete sich erschöpft auf. »Ich gehe nicht zu weit weg. Ich bleibe immer in Sichtweite.« Sie beruhigte sich selbst damit ebenso wie ihn.

»Das ist, glaube ich, auch nicht nötig. Ich wundere mich ohnehin, wie gut man sehen kann, wenn man sich an die Dunkelheit gewöhnt hat. Da unten liegt eine Menge Zeug.« Er streckte die Hand aus und legte sie auf ihre. »Aber paß um Gottes willen auf, wo du hintrittst, Kate. Tritt bloß nicht auch auf einen von diesen verfluchten Haken.«

Er sah zu, wie sie vorsichtig zurück zur Flutlinie ging. Was geschehen war, verschwamm in seiner Erinnerung; ein Alptraum, der plötzlich aufblitzte. Er hatte den Fuß auf etwas Schlüpfriges gesetzt; er wußte noch, daß es unter ihm weggerutscht und daß er im eisigen Wasser in die Knie gegangen war. Dann entsann er sich: Er war vor etwas weggerannt. Oder vor jemandem. Stirnrunzelnd zermarterte er sich das Gehirn.

Kate ging inzwischen langsam von ihm fort, nach vorn gebeugt, und suchte in dem Durcheinander herum, das die Flut angeschwemmt hatte. Sie fand einen Ast und hob ihn triumphierend hoch, aber er brach entzwei, sobald sie ihn belastete, und sie schleuderte ihn weg.

Sie war jetzt am Rand seines Gesichtsfelds. Greg versuchte, sie nicht aus den Augen zu verlieren. In der Dunkelheit war sie ein dunkler Fleck. Hin und wieder richtete er sich auf und blickte sich um. Dann konnte er ihr Gesicht sehen, ein blasses, verschwommenes Etwas unter wehendem Haar. Er verlor sie aus den Augen. Dann sah er sie wieder, ein paar Meter von der Stelle entfernt, wo sie zuletzt gewesen war. Sie stand jetzt aufrecht da und starrte aufs Meer. Es war seltsam. Sie wirkte jetzt größer. Größer und breiter, und was war nur mit ihren Haaren? Er warf einen Blick zurück zu der Stelle, wo er sie zuvor gesehen hatte, und sein Herz stand still. Sie war noch immer dort, hatte am Rand der Flut gehockt und sprang jetzt zurück, als sich eine

Welle den Strand heraufstürzte. Er konnte etwas in ihrer linken Hand sehen. Dann blickte er zur anderen Gestalt hinüber. Ganz in ihrer Nähe. Und beobachtete sie. Der Mann mit dem Messer.

Allmächtiger Gott!

»Kate! Paß auf!« Greg brüllte hinaus in den Wind. »Kate, um Gottes willen, paß auf! Hinter dir.« Sie konnte ihn nicht hören. Sie hatte ihm den Rücken zugekehrt, und auf diese Entfernung wäre nur ein Nebelhorn durch das Tosen von Wind und Wasser gedrungen. »O mein Gott!« Verzweifelt beugte Greg sich vor und versuchte, auf die Knie zu kommen. »Kate!« Der Bastard war näher an sie herangekommen. Er bewegte sich auf sie zu. Gleich würde er direkt hinter ihr sein.

»Kate!« Er schrie jetzt, so laut er nur konnte. »Kate, um Gottes willen, lauf weg!«

Er stemmte sich hoch und taumelte nach vorn. Doch bevor er überlegen konnte, was er getan hatte, spürte er sein ganzes Gewicht auf dem verletzten Fuß. Mit einem Schrei fürchterlichsten Schmerzes fiel er auf sein Gesicht. Er hatte bereits das Bewußtsein verloren, als er auf dem Boden aufkam.

XLI

Diana rührte den Eintopf um, der auf dem Herd stand. Er bestand aus den Resten des Mittagessens, zu denen sie gebratene Zwiebeln und getrocknete Kräuter aus den Gläsern auf der Anrichte sowie Kartoffeln, Pilze und Karotten gegeben hatte. Es roch köstlich. Die beiden Katzen saßen Seite an Seite hinter ihr und beobachteten respektvoll jede ihrer Bewegungen. Aus ihrem aufmerksamen Blick sprach die Bewunderung für ihre Kochkunst.

Patrick saß hinter ihr am Tisch. Seine Finger trommelten rhythmisch und langsam auf die Tischplatte; ein Trommelwirbel für den Gang zum Schafott.

»Hör auf damit, Paddy!« Dianas Stimme war schrill.

Er starrte sie an und sah dann hinunter auf seine Hand, als ob er nicht wüßte, daß sie ihm gehörte. »Entschuldige.«

»Sie müßten längst zurück sein.« Sie klapperte mit ihren Töpfen und Pfannen. »Sie müßten sie längst gefunden haben.«

»Es ist ziemlich stürmisch da draußen, Ma. Vielleicht sind sie mit dem Land Rover steckengeblieben. Oder vielleicht sind sie lieber im Cottage geblieben.«

»Oder vielleicht haben sie sie nicht gefunden.« Diana drehte sich um und sah ihren Mann an, der gerade in die Küche kam. »Geht das Telefon wieder?«

Er schüttelte den Kopf. In sein Gesicht hatte sich eine unendliche Mattigkeit eingegraben, und sie sah, wie seine Hand verstohlen unter die Jacke ging und an die Brust faßte. »Roger, Liebling. Komm, setz dich.« Sie lief zu ihm hin und umarmte ihn. »Komm schon. Ruh dich aus. Du strengst dich zu sehr an.«

»Ich sollte bei ihnen da draußen sein und mitsuchen.« Er schüttelte verärgert den Kopf, aber er ließ es geschehen, daß sie ihn in Richtung Feuer steuerte.

»Ich gehe.« Patrick folgte ihnen. »Ich nehme das Rad und sehe, wo sie bleiben.«

»Nein.« Diana schüttelte streng den Kopf. »Nein, Paddy. Du bleibst hier bei uns.«

»Laß ihn gehen, Di.« Roger ließ sich in einen Sessel fallen und lehnte sich mit geschlossenen Augen zurück. »Er kann zum Cottage fahren und nachsehen, ob sie da sind.«

»Nein!« Es war ein lautes Wehklagen. »Nein. Ich will, daß er hierbleibt. Ich will nicht, daß sich auch noch das letzte meiner Kinder verläuft.« Diana setzte sich unvermittelt. Sie blinzelte und konnte gerade noch die Tränen zurückhalten.

»Ich verlaufe mich schon nicht, Ma. Ich kenne den Weg wie meine Westentasche.« Patrick legte ihr die Hand auf die Schulter.

Ihre Finger suchten die seinen und hielten sie fest. »Aber der Sturm …«

»Wenn was passiert ist – ich meine, wenn sie eine Panne mit dem Land Rover hatten, oder wenn der Weg blockiert ist oder sowas, dann haben sie keine Möglichkeit, es uns wissen zu lassen. Jetzt, wo die Leitungen unterbrochen sind. Mit dem Rad kann ich in einer halben Stunde zurück sein, und dann braucht ihr euch keine Sorgen mehr zu machen.«

»Er hat recht, Di.« Roger ließ die Augen geschlossen. »Laß ihn fahren.«

Ihre Hand glitt hilflos aus der ihres Sohnes. Er drückte ihr die Schulter und ging zur Tür.

»Geh kein Risiko ein, Paddy.« Roger machte die Augen auf. »Nicht das geringste. Wenn du irgendwas siehst, mit dem du nicht fertig wirst, kommst du sofort zurück, ist das klar?«

»Klar, Dad.«

»Spiel nicht den Helden.«

Patrick grinste. »Zum Supermann eigne ich mich sowieso nicht, Dad. Und was soll ich schon finden? Schlamm. Bäume. Schnee. Also nur Mut. Ich bin bald zurück.« Er ging hinaus in die Diele und kam mit seiner Öljacke wieder, die er überstreifte. »Haben wir eine anständige Taschenlampe?«

»Ich hol' sie.« Diana ging zurück in die Küche. Sie kramte in einer Schublade herum.

Patrick folgte ihr. »Laß Dad nicht rausgehen«, flüsterte er. »Er sieht schrecklich blaß aus.«

»Keine Sorge.« Als sie die Taschenlampe fand, machte sie sie an, um zu sehen, ob sie leuchtete. »Wenigstens sind Batterien drin. Paddy, ich weiß, daß es albern ist, aber in diesem Cottage gehen seltsame Dinge vor. Du paßt doch auf dich auf, mein Schatz, nicht wahr?«

Patrick nickte. »Versprochen.« Er küßte sie auf die Wange und stopfte die Lampe in seine Tasche. Ein paar Minuten später war er draußen im Schneeregen.

Die Kälte raubte ihm den Atem. Das Eis im Wind fühlte sich an, als schneide es ihm ins Gesicht. Er streifte seine Handschuhe über, ging zur Scheune und zog das schwere Tor zurück, um sein Rad herausschieben zu können.

Der schmale Strahl seiner Fahrradlampe erleuchtete zuerst die sich über den Weg wölbenden Bäume, als das Rad über die Schlaglöcher rutschte, und dann den morastigen Weg selbst, wo die letzten Reifenabdrücke noch deutlich zu sehen und von der Nässe noch nicht verwischt waren. Patrick brauchte all seine Konzentration, um auf dem Fahrrad zu bleiben und nicht im Gebüsch zu landen. Er kniff die Augen zusammen, um sie vor dem Wetter zu schützen, suchte die am wenigsten gefährliche Route und spähte in die Ferne. Jetzt, da er allein hier draußen war, fühlte er sich nicht mehr annähernd so mutig. Seine Gedanken kehrten immer wieder zu Alison zurück, zu ihren verrückten Augen, und zu Kates Cottage – für ihn war es Kates Cottage, nicht Gregs – und der Schweinerei, die jemand dort angerichtet hatte. War jemand da draußen im Wald? Ein entsprungener Irrer? Oder war wirklich jemand oder etwas dort draußen beim Grab?

Nachdem er in dem dicken Schlamm besonders stark ins Schleudern gekommen war, hielt er an und versuchte, zu Atem zu kommen. Den Fuß auf eine Baumwurzel gestützt, wurde er sich bewußt, daß alle seine Muskeln vor Anstrengung und Schrecken bebten. Er sah sich angestrengt um. Der Wald wirkte furchtbar dunkel. Der Wind heulte zwischen den Bäumen, und manchmal klang es wie ein gespenstisches Wehklagen, dann wieder wie ein tiefes Stöhnen. Er beugte sich nach vorn, nahm den Lenker fest in die Hände, atmete tief durch und stieß sich ab, um weiterzufahren. Er trat mit all seiner Kraft in die Pedale und dachte lieber nicht an die Finsternis, bis zu der der Lichtstrahl nicht reichte.

Seine Erleichterung war groß, als er vor dem Cottage die kompakten Umrisse des Land Rover sah, die sich gegen das Rechteck des erleuchteten Fensters abhoben. Er lehnte das Rad an die Wand und klopfte an die Tür. Er wartete, rieb sich mit dem Rücken des Handgelenks die Nase, schob sich die nassen Haare aus dem Gesicht und klopfte dann noch einmal. Wieder wartete er. Schließlich platschte er durch die Pfützen bis zum nächsten Fenster. Aber der Vorhang war zugezogen, und er konnte nichts sehen. Er ging wieder zur Tür und klopfte erneut. Diesmal hämmerte er mit der ganzen Faust. »Kate! Greg! Hey, laßt mich rein!«

Endlich hörte er ein Geräusch. Im Haus wurde eine Tür zugeschlagen.

»Kate! Greg! Was soll das? Es ist verflucht kalt hier draußen!« Schniefend hielt er inne, um wieder zu horchen. Die Stille im Innern des Cottage war vollkommen, im Gegensatz zum Tosen und Schreien der Elemente vor dem Haus.

Plötzlich hatte er Angst. »Kate! Greg! Warum laßt ihr mich nicht hinein?« rief er noch einmal. Er hämmerte wieder gegen die Tür, diesmal mit beiden Fäusten. »Macht schon. Bitte.« Seine Stimme machte einen Sprung nach oben. Er fühlte, wie ihm langsam die Tränen kamen. Er rannte zurück zum Fenster und klopfte, drückte dabei sein Gesicht an die Scheibe, aber der helle, von der Sonne gebleichte Stoff der geblümten Vorhänge versperrte den Blick auf das Innere des Zimmers. Er rannte erneut zurück, vorbei an der Tür und zu den Fenstern an der Seite des Hauses.

Das Badezimmerfenster stand einen Spaltbreit offen. Er steckte seinen Arm hindurch und rüttelte am Riegel, bis er aufging. Das Fenster schwang ein wenig nach außen. Der Spalt war jetzt breit genug, um hineinklettern zu können. Er versuchte, sein Knie auf das enge Fensterbrett zu ziehen, aber er blieb hängen. Fluchend öffnete er den Reißverschluß seiner Öljacke und riß sie sich herunter. Wind und Regen schlugen mit aller Macht gegen seinen Körper, als er das sperrige Kleidungsstück zusammenknüllte und es durch das Fenster warf. Dann hievte er sich durch den Spalt auf das Fensterbrett und ließ sich unbeholfen auf den Boden fallen. Das Badezimmer war dunkel. Er tastete sich die Wand entlang, bis er die Tür fand und daneben die Kordel für das Licht. Er zog daran und sah sich dann im Hellen um. Auf dem Boden der Badewanne war dunkle, nasse Erde verstreut. Der Hahn tropfte ein bißchen, und er konnte die Spuren sehen, die das Wasser in die Erde gewaschen hatte. Er runzelte die Stirn. Kate hielt er für die Art Mensch, der nach dem Bad peinlich genau die Badewanne auswusch. Aber vielleicht war sie, genau wie Greg, auch der Typ, der sich nicht ablenken ließ, wenn er eine kreative Phase hatte; Greg vergaß, seine Kleider zu wechseln, sich zu waschen, ja sogar zu essen, wenn er malte.

Er öffnete die Tür einen Spaltbreit und spähte hinaus in den Korridor. Es war dunkel dort draußen, aber er konnte einen dünnen Lichtstrahl sehen, der aus dem Wohnzimmer kam. Er machte die Tür weiter auf und blickte die Treppe hoch. Alles war dunkel und still.

Plötzlich fühlte er sich wie ein schrecklicher Eindringling, der in ein Haus kam, ohne daß die Bewohner es wußten. Es wurde ihm bewußt, wie sehr er Kate ängstigen würde, wenn sie allein im Wohnzimmer war, und er rief nervös: »Kate, sind Sie da?« Er klopfte an die Badezimmertür und erschrak selbst darüber, wie laut das dumpfe Geräusch war, das er erzeugte. »Kate, ich bin es, Patrick.«

Er schlich zur Wohnzimmertür und stieß sie auf. Das Zimmer war leer bis auf eine Gestalt, die unter einer Decke auf dem Sofa lag. Ihn überkam ein Gefühl der Erleichterung. Sie schlief. Das war die Erklärung. Er war schon in das Zimmer geschlichen, als er bemerkte, daß die Füße und Beine, die über die Armlehne des Sofas hingen, die eines Mannes waren.

»Greg?« Er ging näher heran. Die Luft im Zimmer war abgestanden und ein wenig unangenehm. Es war sehr heiß. Er warf einen Blick auf den Ofen. Er glühte vor Hitze. »Greg?« Er zog die Decke vom Gesicht des Mannes und schrie kurz auf. Das Fleisch in Bills Gesicht war verfärbt und aufgedunsen; seine Augen, unter schlaffen Lidern halb geöffnet, waren glasig und trüb. Speichel war in einem kleinen Bach aus dem Mundwinkel auf das Kissen gelaufen, wo er inmitten von schwarz verkrustetem Blut zu einer klebrigen Substanz getrocknet war. Er war tot.

Patrick bäumte sich auf, wandte sich von der Leiche ab und übergab sich. »O mein Gott! O mein Gott – O mein Gott – O mein Gott!« Er beugte sich vor und übergab sich erneut. Als er in den Taschen seiner Jeans nach etwas suchte, mit dem er sich den Mund abwischen konnte, stießen seine Finger auf den öligen Lappen, den er früher am Tag benutzt hatte, um den Ölmeßstab des Volvos abzuwischen, als er für seinen Vater den Ölstand im Motor überprüft hatte. Er hob ihn gedankenlos an sein Gesicht, um sich Mund und Augen damit abzuwischen und hinterließ dabei dunkle, verschmierte Ölspuren auf seinen Wangen. Die Augen auf die Leiche gerichtet, ging er rückwärts zur Tür. Wo war Kate? Er erreichte den Korridor, schlug die Tür zu und lehnte sich gegen sie. Trotz der Hitze im Haus war ihm furchtbar kalt, und seine Beine zitterten. Er setzte sich auf die unterste Stufe der Treppe und holte tief Luft. Dann wandte er sich halb um und verdrehte den Kopf, so daß er hinauf in die Dunkelheit am Ende der Treppe blicken konnte. »Kate?« Seine Stimme war heiser, kaum ein Flüstern. »Kate, sind Sie da oben?«

Er erhob sich und ging langsam die Treppe hinauf. Über ihm schlug eine Tür zu. »Kate?« Seine Stimme zitterte. »Kate, ich bin es, Patrick.« Hier oben konnte er den Wind deutlicher hören. Er heulte um die Fenster, und dahinter toste das Meer, dessen Wellen sich in einem tiefen, unterschwelligen Rhythmus brachen. Er erreichte den Treppenabsatz. Er spähte angestrengt in die Dunkelheit, während er sich an der Wand entlangtastete, bis er einen Lichtschalter fand und ihn anknipste. Beide Schlafzimmertüren standen weit offen. Im Gegensatz zum Erdgeschoß war die Luft hier oben eiskalt, obwohl, wie er unwillkürlich dachte, Hitze doch eigentlich nach oben steigt. Aber vielleicht war irgendwo ein Fenster auf.

»Kate?« Er ging auf Zehenspitzen zu ihrer Schlafzimmertür. Dann blieb er stehen. Nachdem das Entsetzen über das, was er unten gesehen hatte, etwas nachließ, begann sein Gehirn wieder zu arbeiten, und ihm dämmerte, was das, was er unten gesehen hatte, bedeutete. Kein Sturz konnte solche Verletzungen verursacht haben, wie er sie auf Bills Kopf und Gesicht gesehen hatte. Bill war erschlagen, ermordet worden, und der Mörder lief in der Dunkelheit herum, war jetzt vielleicht hier oben. Ihm fiel das Geräusch der zuschlagenden Tür wieder ein. Aber beide Türen waren offen. Er schluckte, und erneut stieg ihm eine große Übelkeit die Kehle hoch. – Kate. Was war mit Kate geschehen?

Er holte tief Luft, stieß dann die Tür zu ihrem Schlafzimmer auf und starrte hinein. Das Licht war an. Das Zimmer war leer. Er sah sich um. Seine Hand umklammerte den Türgriff so fest, daß die Knöchel seiner Finger knackten. Bis auf das Bett, von dem die Decken weggenommen worden waren, schien das Zimmer unberührt zu sein. Friedlich. Es war durchdrungen vom Duft eines unidentifizierbaren Parfums – allerdings nicht dem von Kate. Er schnupperte verblüfft. Es war angenehm, wohlriechend, aber es beunruhigte ihn. Er spürte plötzlich einen eiskalten Schauer, der ihm über den Nacken lief. Die Sache gefiel ihm nicht.

Er wandte sich von der Tür ab und ging über den Gang zum anderen Zimmer. Nachdem er das Licht angeschaltet hatte, sah er, daß es leer war. Nur ein paar Koffer und Pappkartons waren neben dem Fenster am anderen Ende des Zimmers auf dem Boden gestapelt. Keine Spur von Kate. Außerdem waren die Fenster in beiden Zimmern fest verschlossen. Was für eine Tür hatte er also zuschlagen gehört, und woher kam die Kälte? Ihn schauderte.

Die Küche. Er hatte nicht in der Küche nachgesehen. »Kate!« Plötzlich fand er seine Stimme wieder. »Kate, wo sind Sie?« Er lief die kurze Treppe hinunter, zwei Stufen auf einmal, und warf sich gegen die Küchentür. Die Küche war leer. Er starrte voller Verzweiflung um sich. Sie mußte einfach hier sein. Bitte, lieber Gott, laß sie hier irgendwo sein.

Patrick blickte sich gehetzt um, machte auf dem Absatz kehrt, lief zur Haustür und riß sie auf. Alles, woran er denken konnte, war, so schnell wie möglich nach Hause zu kommen.

Draußen war die Dunkelheit undurchdringlich und naß, wie auf dem Grunde des Meeres. Er konnte nichts sehen und nichts hören, bis auf den Wind. Als er zögernd einen Schritt vortrat, hörte er, wie hinter ihm die Tür zuschlug. Voller Angst sah er sich um. Das Fahrrad war nicht mehr da. Er konnte es nicht finden. Es war verschwunden.

Einen Augenblick lang dachte er in heller Panik daran, den Land Rover zu nehmen. Er war schon damit gefahren, auf dem

Feldweg. Er rannte hin, öffnete die Tür, sah hinein. Es steckte kein Schlüssel im Zündschloß. Mit einem enttäuschten Schluchzen warf er die Tür zu und blickte wieder um sich.

Wo war sein Rad? Es mußte hier sein. Verzweifelt lief er ein paar Schritte den Weg hinauf, und plötzlich sah er es. Es lag direkt vor ihm. Er konnte aber nicht mehr rechtzeitig anhalten und war darüber gefallen, ehe er wußte, wie ihm geschah. Er schlug sich die Schienbeine und auch die Stirn auf und spürte das warme Rinnsal aus Blut die Beine und das Gesicht hinunterlaufen, aber er achtete nicht darauf. Er richtete das Rad auf und tastete mit tauben Füßen nach den Pedalen. Erst als er wieder auf dem Weg durch den Wald war, sein Gesicht von Regen und Blut überströmt, merkte er, daß er sein Ölzeug auf dem Badezimmerboden im Cottage liegengelassen hatte.

XLII

Auf halbem Weg zurück hatte Patrick einen Platten im Hinterreifen. Das Rad pflügte sich tief in den Schlamm und blieb stecken. Keuchend versuchte Patrick, es mit Gewalt vorwärtszubringen, dann gab er auf, den Tränen nahe. Um ihn herum schien der Wald bedrohlich nahe zu kommen. Er packte die Fahrradlampe, löste sie aus der Halterung und leuchtete damit in einem großen Bogen die Umgebung ab. Die Bäume hingen über ihm, klauenbesetzte Finger wie aus einem Märchenbuch griffen nach ihm, lauerten darauf, nach seinem Fleisch zu schnappen. Ihre Stämme waren zu grinsenden Fratzen verzerrt, und von ihren Zweigen tropfte der Schneeregen, als sei es Säure, die ihm das Gesicht zerfressen wollte.

Schluchzend begann er zu laufen. Seine Stiefel fanden kaum Halt und rutschten immer wieder weg. Sein Körper war schweißgebadet, und das Licht der Fahrradlampe, die er umklammert hielt und die die Pfützen erleuchtete, wurde von den funkelnden Schneekristallen im schwarzen, sirupartigen Schlamm so zurückgeworfen, daß es ihn blendete. Er war noch keine hundert Meter gekommen, als er – gekrümmt und mit einem quälenden Seitenstechen – stehenbleiben mußte. Keuchend legte er seine Hand auf die Hüfte. Da sah er im Schatten der Bäume eine Gestalt.

Das Stechen verschwand wie von Zauberhand. Langsam richtete er sich auf. Er widerstand dem Drang, die Lampe auszuknipsen. Langsam leuchtete er einen Bogen aus, ließ das Licht über das glänzende Schwarz der Zweige spielen und sah, wie die Schatten zurückwichen und sich außerhalb der Reichweite des Lichtstrahls neu formierten. Er hielt den Atem an. Wenn es Kate oder Greg wären, hätten sie sich bei seinem Anblick sofort zu erkennen gegeben. Das Bild von Bills zerschlagenem, totem Gesicht stand ihm plötzlich wieder vor Augen, und einen Moment lang raubte es ihm den Atem. Er machte mehrere Schritte rückwärts und spürte mit einemmal den schmalen Stamm einer

Fichte im Rücken. Wenigstens konnte ihn so niemand von hinten angreifen. Unter dem Baum war der Geruch von Harz rein und scharf und stark. Er bekam dadurch einen klareren Kopf. Er leuchtete erneut mit der Taschenlampe um sich. Es war niemand da. Er kauerte sich hin und versuchte, ruhiger zu atmen, denn sein Keuchen schien ihm ohrenbetäubend laut zu sein.

Er war sich nicht sicher, wie lange er so verharrt hatte, als er heftig zu zittern begann. Der Schneeregen drang durch seinen dicken Pullover, und ihm war eiskalt. Zwischen den Bäumen gab es nicht die Spur einer Bewegung mehr. Wer immer es gewesen war, er war lange fort. Er hatte Krämpfe in den Beinen. Vorsichtig trat er vor und richtete sich auf. Er leuchtete noch einmal mit der Lampe um sich, die rasch schwächer wurde. Nichts. Er sah den Weg hoch, nach links, nach rechts, und er hatte plötzlich einen Moment lang das Gefühl völligen Entsetzens. In welcher Richtung lag die Farm? Er schloß die Augen. Ruhig bleiben. Suche einen Anhaltspunkt. Er kannte diesen Weg wie seine Westentasche; er war immer stolz darauf gewesen, daß er jeden beliebigen Baum im Wald erkennen konnte.

Er leuchtete wieder mit der Lampe umher, konzentrierte sich diesmal auf die Vegetation. Aber im Dunkeln sah alles so anders aus, so unheimlich. Seine Augen brannten verdächtig, als würde er gleich weinen müssen. Er hatte sich in seinem ganzen Leben noch nie so verlassen und verloren gefühlt. Aber da entdeckte er eine einzeln stehende Kiefer. Es war ein Baum, den sie alle gut kannten, ein Baum, der die anderen im Wald um Schulterhöhe überragte, eine uralte schottische Kiefer, deren unverwechselbare Umrisse außer Reichweite seiner Lampe gewesen war. Mit einem verlegenen Grinsen ging er auf sie zu. Er wußte jetzt, daß er sich nur zehn Minuten vom Farmhaus befand.

Als er um die Scheune herumkam, fiel sein Blick auf jemanden, der im Windschatten der Wand kauerte, und er blieb abrupt stehen. Wer immer es war, er bewegte sich nicht. Er sah zum Haus. Der Anblick des aus den Fenstern des Erdgeschosses fallenden Lichts beruhigte ihn. Dann sah er wieder auf die Gestalt. Seine Fahrradlampe war zwar kaum noch stark genug, um den Weg vor seinen Füßen zu erleuchten, dennoch hielt er sie argwöhnisch in Richtung der Scheunenwand.

»Allie?« Seine Stimme klang heiser. »Allie, bist du das?« Er machte ein paar Schritte näher heran. »Allie?« Er rannte auf sie zu. »Allie, was hast du? Was machst du hier draußen? Fehlt dir was?« Er packte seine Schwester am Arm und riß sie hoch.

Sie starrte ihn an. Ihre Augen waren hart und ausdruckslos. Über eine Seite ihres Gesichts, von der Schläfe bis zur Kinnlade, lief ein tiefer Kratzer, und als er sie an sich zog, sah er, daß ihre Hände aufgescheuert waren und bluteten.

»Komm rein, Allie.« Seine Stimme klang dringlich. »Komm rein. Schnell.« Er warf einen Blick über seine Schulter. Dort draußen im Wald war ein Mörder, und wie es aussah, hatte er auch seine Schwester angegriffen.

Er öffnete die Haustür und schleifte Alison hinein. »Ma!« Er schaffte sie ins Wohnzimmer. »Ma!«

Diana rannte auf sie zu. »Mein Gott! Alison! Was ist mit ihr passiert?«

Patrick schüttelte den Kopf, unfähig zu sprechen, und sah zu, wie Diana Alison zum Sessel am Feuer führte und neben ihr niederkniete, um ihr die Hände zu reiben.

Hinter ihm war sein Vater vom Küchentisch aufgestanden, wo er während der letzten vierzig Minuten ausdruckslos auf das Kreuzworträtsel der *Times* gestarrt hatte. Nach einem ersten entsetzten Blick auf seine Tochter wandte er sich seinem Sohn zu. Der Ausdruck auf Patricks Gesicht erschreckte ihn. Er legte den Arm um die Schultern des Jungen, führte ihn in die Küche und setzte ihn an das Kopfende des Tisches. Ohne ein Wort griff er in den Schrank und holte eine Flasche Brandy hervor. Er goß etwas davon in ein Glas und drückte es seinem Sohn in die Hand. »Trink erst mal. Und dann erzähl.«

Patrick nippte an dem Glas. Seine Augen begannen, sich mit Tränen zu füllen.

Die Hand seines Vaters lag auf seiner Schulter. »Schon gut, Junge. Schon gut. Laß dir Zeit.« Roger warf über Patricks Kopf einen Blick hinüber zu seiner Frau. Sie wickelte gerade Alisons Beine in eine Decke. Das Mädchen hatte weder gesprochen noch sich bewegt, seit sie sich gesetzt hatte.

»Gib ihr ein bißchen was von dem Brandy, Di«, rief Roger. Er schob die Flasche über den Tisch.

Diana sah ihn an. Ihr Gesicht war bleich, als sie von Alison wegging. Sie blieb einen Moment lang vor Patrick stehen und starrte ihn an. »Was ist ihnen denn nur zugestoßen, Roger? Was in Gottes Namen ist passiert?«

Patrick nahm noch einen Schluck aus seinem Glas. Seine Hände hatten sich so fest um das Glas geklammert, daß man die Knöchel sehen konnte, die weiß durch die aufgesprungene Haut schimmerten. Zitternd holte er tief Luft und sah seinen Vater an. »Bill Norcross ist tot. Er liegt im Cottage. Ermordet.« Seine Augen füllten sich wieder mit Tränen, und dieses Mal gab er sich keine Mühe, sie zu verbergen. »Sein Schädel ist eingeschlagen, und sein Gesicht ...« Er trank noch einen Schluck. Das Glas in seinen Händen zitterte so sehr, daß seine Eltern hören konnten, wie es an seine Zähne schlug. »Ich habe Kate und Greg nicht gefunden. Ich habe gerufen und gerufen. Das Cottage war leer, also bin ich zurückgefahren, dann hatte ich einen Platten, und ich sah, wie jemand im Wald herumschlich ...«

Roger setzte sich unvermittelt. Sein Gesicht war grau. Er schloß die Augen, als die Schmerzen seinen Körper schüttelten. »Schau doch mal, ob das Telefon wieder geht, Di. Vielleicht haben sie den Schaden inzwischen behoben.«

Einen Augenblick lang blieb sie reglos stehen, dann drehte sie sich um und lief zum Arbeitszimmer.

Alison sah ihr mit ausdruckslosen Augen zu. »Die Wahrheit muß ans Licht«, sagte sie langsam. Sie schob die Decke weg und stand unsicher auf.

Ihre Mutter blieb plötzlich in der Tür stehen. »Allie? Was meinst du damit? Hast du gesehen, was passiert ist?«

Alison lächelte. »Es war Marcus. Sie hat mir alles erzählt. Es war Marcus. Er hat sie alle umgebracht.« Sie bückte sich, um Serendipity auf den Arm zu nehmen, der sich auf dem Sofa zusammengerollt hatte.

»Er hat sie alle umgebracht?« flüsterte Diana. Ihr Mund öffnete sich voller Entsetzen. »Wen hat er umgebracht?«

Alison lächelte wieder. Sie gab der Katze einen Kuß auf den Kopf. »Alle. Alle sind im selben Grab.«

»Wer?« Roger stand plötzlich hinter ihnen. Er packte seine

Tochter am Arm und riß sie herum, so daß sie ihn ansah. Der Kater befreite sich mit einem Jaulen aus ihrem Griff und hinterließ einen langen Kratzer auf ihrem Arm, aber sie schien es nicht zu bemerken. »Alison! Antworte mir. Wer wurde umgebracht? Wo ist dein Bruder?« Diana schnappte entsetzt nach Luft, aber das Geräusch ging in seinem Schreien unter. »Alison! Hörst du mich? Wer wurde umgebracht?«

»Alle.« Sie lächelte unbestimmt. »Oder dachtet ihr, er würde sie am Leben lassen?«

Roger wirbelte herum und wandte sich an seinen Sohn. »Was meint sie damit? Hast du den Land Rover gesehen? Hat Greg es bis zum Cottage geschafft?«

Patrick nickte. »Er stand vor dem Haus.«

»Also muß er die –« Er hielt inne. »Also muß er Bill dort gesehen haben.«

»Ich glaube schon.« Patrick atmete tief durch. »Jemand hatte sein Gesicht verpflastert. Er lag zugedeckt auf dem Sofa. Jemand hatte versucht, sich um ihn zu kümmern.«

»Greg und Kate vielleicht.« Diana klammerte sich an den Gedanken. »Sie haben ihn bestimmt gefunden. Haben versucht, ihm zu helfen.«

»Die Polizei muß kommen.« Roger legte die Stirn in Falten. »Hast du versucht zu telefonieren?«

Diana schüttelte den Kopf. Sie starrte ihre Tochter an, die sich nicht gerührt hatte. Alison stand am Feuer, ihre Arme baumelten nach unten. Von dem Kratzer an ihrem linken Unterarm tropfte das Blut langsam und gleichmäßig auf den Teppich.

Roger ging mit großen Schritten an ihr vorbei, zum Arbeitszimmer. Nach dreißig Sekunden war er wieder da. »Immer noch tot.« Er setzte eine grimmige Miene auf. »Ich werde das Auto nehmen und versuchen müssen, zu Joe zu kommen, um Hilfe zu holen.«

Er warf einen Blick auf Patrick, der immer noch am Küchentisch saß und verloren in sein leeres Glas starrte.

»Paddy!« Seine Stimme klang schneidend, als er den Kosenamen für seinen Sohn benutzte, den Patrick so sehr haßte.

Patrick schrak auf. Er sah seinen Vater mit großen, verwirrten Augen an.

»Patrick, deine Mutter muß hierbleiben und sich um Alison kümmern. Wenn ich jetzt weg bin, mußt du auf sie beide aufpassen. Ich will, daß du hinter mir die Tür abschließt und sie verriegelst. Du darfst keinen reinlassen. Niemanden, verstehst du?«

»Dad, das ist zu anstrengend für dich.« Patrick fuhr sich mit dem Ärmel über das Gesicht. Er zitterte wieder in seinen durchnäßten Kleidern. »Laß mich den Volvo nehmen. Ich weiß, wie man damit fährt.«

»Er hat recht, Roger. Du darfst nicht fahren.« Diana sah in qualvoller Unentschlossenheit von Alison zu ihrem Mann und wieder zurück. »Ich sollte fahren.«

»Nein. Alison braucht dich.« Roger schüttelte den Kopf.

»Ich kann das, Dad«, sagte Patrick ruhig.

Die Tatsache, daß Roger auch nur eine Sekunde lang zögerte, zeigte deutlicher als alle Worte, wie krank und schwach er sich fühlte, aber er schüttelte langsam den Kopf. »Nicht bei diesem Wetter. Das ist zu gefährlich. Außerdem habe ich ja nichts weiter zu tun, als dazusitzen und das Auto seine Arbeit machen zu lassen. Ich fahre hinauf zur Straße und von da zu Joe. Joe kümmert sich dann um den Rest und bringt mich zurück.« Er zögerte, als er die seltsame Gefühlsmischung im Gesicht seines Sohnes sah, die er gut verstand. Erleichterung, daß er nicht wieder nach draußen mußte; Sorge um seinen Vater; Verärgerung und Demütigung, weil man ihn nicht für alt genug hielt, um mit der Situation fertig zu werden.

Roger seufzte. »Sei ein guter Junge und hol den Wagen für mich aus der Scheune.« Er lächelte. »Ich hole in der Zeit meinen Mantel.« Er nahm Patrick beim Arm und zog ihn beiseite. »Du wirst hier mehr gebraucht, mein Junge. Falls irgendwas passiert.« Er blickte seinem Sohn in die Augen und wußte, daß das, was er gesagt hatte, um den Stolz seines Sohnes nicht zu verletzen, eigentlich die Wahrheit war. »Du bist stärker als ich. Du kannst sie besser beschützen. Ich will, daß du das Gewehr lädst und es immer in deiner Nähe hast.«

Patrick starrte ihn an. Dann nickte er. »Ich hole das Auto.«

Nachdem er die Schlüssel von der kleinen Leiste hinter der Tür genommen hatte, öffnete er diese und spähte hinaus. Er wollte nicht wieder nach draußen gehen. Draußen, das war feindselig und beängstigend. Es hatte alle Sicherheit und allen Zauber verloren, die er sein Leben lang gekannt hatte – das geheimnisvolle Wunder des schwarzen, sternenübersäten Himmels, die rasenden Wolken, sogar der Regen und der Schnee. Er hatte das alles wegen jenes ganz besonderen, reinen und frischen Geruchs geliebt, der mit der Nacht kommt, wegen jener Stille, die das Land umhüllt und ein paar Stunden lang all den lauten Schrecken des 20. Jahrhunderts auslöscht.

Patrick machte die Tür hinter sich zu und lief, so schnell er konnte, hinüber zur Scheune. Er zog die schwere, zweiteilige Tür auf, tastete nach der Lichtschnur und zog sie nach unten. Das riesige, dunkle Gebäude wurde von einer doppelten Reihe von Lampen, die schief und krumm in sieben Meter Höhe von Ketten und elektrischen Kabeln hingen, in hartes, blaues Licht getaucht. Über sich hörte er ein unruhiges Rascheln in den Dachsparren und einen mißmutigen, piepsenden Schrei. Irgendein Vogel, der windgeschützt dort oben schlief, beklagte sich bitterlich über sein Eindringen.

Er öffnete die Wagentür und ließ sich hinter das Lenkrad gleiten, schlug sie zu und rammte die Schlösser nach unten. Es war bitterkalt in dem Auto. Sein Atem ließ die Windschutzscheibe beschlagen. Er zog den Choker und drehte den Schlüssel um. Das treue alte Auto sprang beim ersten Versuch an, und er saß ein paar Minuten lang da, ließ seine Zehen mit dem Gaspedal spielen und spürte, wie sich der kalte Motor langsam mit warmem Leben füllte. Mit vor Konzentration angestrengtem Gesicht legte er den Rückwärtsgang ein, drehte den Kopf über seine Schulter nach hinten und fuhr den Wagen durch die undurchdringlichen Schwaden seiner eigenen Abgase rückwärts aus der Scheune und vor das Haus, wo er ihn ordentlich vor der Haustür zum Stehen brachte. Auftrag ausgeführt.

Beim Herausklettern zögerte er einen Moment lang, dann streckte er den Arm in das Innere des Wagens und schaltete den Motor aus. Es gab keinen Grund, den Wagen mit laufendem Motor dort stehen zu lassen.

Er sah zu, wie sein Vater sich in Schal und Mantel hüllte. Dann wandte er sich ab und gab vor, nicht gesehen zu haben, daß Roger eine Packung Tabletten in die Tasche steckte. Er wußte auch so, welch furchtbare Schmerzen sein Vater litt. Sein abgehärmtes Gesicht und die Blässe seiner Haut sagten alles.

»Hier.« Roger gab ihm einen Schlüssel. »Für den Gewehrschrank. Ich meine es ernst, Paddy. Lade es und behalt es in deiner Nähe. Und schau nach, ob alle Türen und Fenster verschlossen und verriegelt sind, während ich weg bin. Ich komme zurück, so schnell ich kann.«

»Sei vorsichtig, Roger.« Diana lief zu ihm hin und warf die Arme um seinen Hals. »Ich sollte dich nicht fahren lassen. O mein Liebling, paß auf dich auf.«

Er lächelte mühsam. »Mach ich. Keine Sorge.« Er drehte sich zur Tür um und öffnete sie. In den wenigen Minuten, seit Patrick hereingekommen war, hatte sich der Schneeregen in Schnee verwandelt. Er wirbelte vom Himmel herunter und bedeckte bereits die geschützteren Ecken des Gartens. Er spähte durch den wirbelnden Schnee und wandte sich dann um. »Wo hast du das Auto hingestellt?«

»Gleich da. Vor der Tür.« Patrick zeigte an ihm vorbei. Mit besorgter Miene machte er einen Schritt an seinem Vater vorbei.

Das Auto war nicht mehr da.

Patricks Kinnlade fiel nach unten. Er starrte hilflos um sich. »Aber ich habe es hier abgestellt. Genau hier.« Er stand genau an der Stelle, wo er den Wagen geparkt hatte. Im Licht, das aus der Haustür fiel, war dort, wo der Wagen gestanden hatte, deutlich ein rechteckiger Umriß im Schnee zu sehen. Er sah seinen Vater verzweifelt an.

»Du hast die Bremse nicht angezogen«, sagte Roger langsam. Er hatte die Stirn in Falten gelegt. Das Kiesstück, auf dem der Wagen gestanden hatte, war völlig eben.

»Doch, habe ich.« widersprach Patrick heftig. »Und ob ich das getan habe, verdammt! Und abgeschlossen habe ich es auch. Er ist gestohlen worden. Er muß mich die ganze Zeit beobachtet haben.« Er fühlte, wie sich ihm die Nackenhaare sträubten.

»Er muß ihn aufgebrochen und kurzgeschlossen haben.«

»Ich habe nicht mehr als zwei Minuten gebraucht, nachdem du ihn abgestellt hattest, Patrick. Dann war ich hier draußen«, sagte sein Vater langsam. »Niemand kann so schnell ein Auto aufbrechen. Nicht, ohne die Scheibe einzuschlagen, und das hätten wir gehört. Bestimmt war die Bremse nicht angezogen.« Er starrte vor sich auf den Boden.

In der dünnen Schneeschicht gab es keine Reifenspuren.

XLIII

Marcus starrte die Frau an, mit der er vermählt war. Sie hatte noch nie so schön ausgesehen. Ihre gelösten Haare wehten wild im Wind, ihre Augen waren feurig, als sie auf ihn zu lief. Er lächelte kalt, die Arme vor der Brust verschränkt. Er bemerkte, wie die Priester sich zurückzogen, und er wußte, daß der Körper langsam, mit dem Gesicht nach unten, im weichen Schlamm des Moores versank. Das blutige Rot des Sonnenaufgangs ergoß sich über das Ried, spiegelte sich in den stillen Gewässern, die sie umgaben. Sie kam auf ihn zugerannt, aber es schien eine Ewigkeit zu dauern, bis sie ihn erreichte, bis sie die Hand zu seinem Gesicht hob, die Nägel wie Klauen, sich unter seinem ausgestreckten Arm hindurchbückte und nach dem Schwert griff, das in der Scheide an seinem Gürtel steckte. Er trat einen Schritt zurück, um sich zu schützen, und sie lachte. Der Klang ihrer Stimme ließ ihm das Blut in den Adern gerinnen. Sie hob das Schwert. »Sei verflucht, Marcus. Sei verflucht. Sei verflucht. Du kannst uns nicht trennen.«

Einen Augenblick lang schien es, als ob das Schwert sich im dünnen Stoff ihres Gewandes verfinge. Dann hatte sie es daraus befreit und stieß es sich in den Bauch. Einen Moment lang stand sie da, hoch aufgerichtet, stark, stolz, die Fäuste um den Griff geballt. Dann riß sie das Schwert nach oben, ohne sich den Schmerz ansehen zu lassen, eine wahre Tochter Roms. Langsam begannen ihre Knie nachzugeben, und das Blut spritzte über ihren Rock.

Kate drehte sich ruckartig um und versuchte angestrengt, mit den Augen die Dunkelheit zu durchdringen. Sie hatte das Gefühl, daß jemand hinter ihr stand. »Greg?« Sie blickte wild um sich, aber sie konnte ihn nicht sehen; sie war weiter gegangen, als sie gedacht hatte. Der Strand war menschenleer. Es gab keine Spur von ihm, wie er im Sand saß. Ihr Herz begann unregelmäßig zu pochen, als ob sie gelaufen wäre. Sie hielt das Stück

Treibholz umklammert, das sie am Rand der Flut gefunden hatte. Es fühlte sich kalt und naß, aber stabil an. Langsam ging sie den Weg zurück, den sie gekommen war, und spähte in die Dunkelheit. Lieber Gott, wo war sie bloß? Sie spürte, wie Panik in ihr aufstieg. Allein hatte er nicht weggehen können. Also mußte er hier noch irgendwo sein. Sie strich sich den Schneeregen aus den Augen und bemerkte, daß es jetzt mehr Schnee war als noch zuvor, der, vorhin noch hart und schneidend, jetzt leicht und federartig ihre Haut liebkoste.

Da war sie wieder. Die seltsame Überzeugung, daß jemand in ihrer Nähe war. Daß jemand neben ihr war, ganz dicht neben ihr, so dicht, daß sie die Wärme seines Körpers spüren, seine Umrisse erahnen konnte. »Idiot!« In ihrer Angst hatte sie laut gesprochen. Sie wandte sich ab und ging Richtung Meer, versuchte, sich von diesem Gefühl freizumachen. Eine Welle brach sich an ihren Stiefeln und bespritzte sie mit Gischt. Sie sprang zurück, außer Reichweite der nächsten Welle, und da fühlte sie es erneut – da stand ein Mann neben ihr. Sie blieb stehen, stand ganz still und sah sich angestrengt um. Es war niemand da. Es war eine Täuschung, hervorgerufen durch Wind und Wetter.

Zähneknirschend ging sie weiter. »Greg!« Sie klemmte sich das Stück Holz unter den Arm und legte beide Hände an den Mund. »Greg! Wo bist du?« Erschöpft trottete sie weiter und spähte wieder in die Dunkelheit. Da begriff sie, daß sie wieder in Richtung Meer ging. Ohne daß sie es bemerkt hatte, war sie zwischen zwei Wellen über die Flutlinie hinaus geraten. Das Tosen der See und des Windes hatten ihr die Orientierung geraubt, und jetzt jagte eine Welle auf sie zu, hoch wie eine Flutwelle. Kate erstarrte. Tsunami. Ohne daß sie es gesucht hätte, blitzte das Wort in ihrem Kopf auf. Verzweifelt drehte sie sich um und versuchte zu laufen, doch sie konnte nicht. Sie kam nicht von der Stelle. Es war, als hielte sie jemand fest, als zwänge sie jemand nach vorn, auf das heranbrausende Wasser zu. Fast konnte sie spüren, wie jemand ihre Arme hielt und sie vorantrieb.

»Greg!« Sie hörte, wie ihre Stimme sich zu einem Schrei steigerte, als sich die Wassermassen über ihrem Kopf zu türmen schienen. »Greg!«

Das Wasser schlug krachend über ihr zusammen und warf sie

zu Boden. Das letzte, was sie hörte, bevor das Tosen alles übertönte, war das Lachen eines Mannes.

Als sie wieder zu sich kam, lag Greg über sie gebeugt. »Gott sei Dank, dir ist nichts passiert. Verdammt, Kate, ich weiß wirklich nicht, was hier vor sich geht.« Gregs Körper bot ihr Schutz. Er hatte einen Arm um sie gelegt, fast so, als ob sie miteinander geschlafen hätten. Er mußte sich über die nassen Kiesel zu ihr geschleppt haben, sein armer nutzloser Fuß bei jeder Bewegung eine einzige Qual. »Ich habe die Welle gesehen. Ich habe gesehen, wie er dich geschoben hat. Ich dachte, du seist tot.« Er umklammerte ihre Hand, hielt sie gegen seine Brust.

Verzweifelt versuchte sie, einen klaren Gedanken zu fassen. »Wer hat mich geschoben?«

»Marcus. Es war Marcus, Kate. Ich habe seine Toga gesehen, seinen Mantel, und ich habe sein Schwert gesehen. Er war neben dir, dann hat er dich geschoben, und ich habe gesehen, wie sich diese verfluchte Welle auftürmte ...« Er lehnte sich nach vorn und legte seinen Kopf auf ihre Brust. Es war ein seltsam tröstliches Gefühl – vollkommen frei von Erotik. Sie hob die Hand und strich ihm durchs Haar.

»Marcus existiert nicht, Greg. Er ist nicht real. Er ist eine Statue. Ein Witz. Ein eingebildeter Geist.«

»Es war nichts Eingebildetes an ihm.« Er murmelte in ihre Jacke. »Er war real. Ich habe gesehen, wie er dich gestoßen hat. Ich habe gesehen, wie du nach vorn geschossen bist, auf diese Welle zu. Er war real, er hat versucht, von meinem Verstand Besitz zu ergreifen. Er hat das schon früher versucht, und jedes Mal habe ich ihn weggeschoben. Mir war nicht bewußt, was passierte; ich verstand es nicht. Aber jetzt, aus irgendeinem Grund, will er, daß wir beide sterben.«

Sie legte sich einen Moment lang zurück, starrte hoch zum Himmel, die Augen zum Schutz vor dem leise fallenden Schnee zusammengekniffen. Es schneite jetzt stärker. Weiter den Strand hoch, außer Reichweite des Wassers, blieb der Schnee liegen, bedeckte die Dünen, trieb im Wind. »Warum? Warum will er, daß wir sterben?«

Greg schüttelte den Kopf. »Ich weiß es nicht. Es hat was mit dem verdammten Grab zu tun. Wir haben seine Ruhe gestört.«

»Es ist nicht sein Grab. Er ist in Colchester begraben.« Sie wandte sich ihm zu. Dabei löste sich sein Kopf von ihrer Brust, so daß er mit dem Gesicht nach unten neben ihr zu liegen kam. Behutsam strich sie mit ihrer Hand über seinen Rücken. »Kannst du dich umdrehen? Warte, ich helfe dir. Wir müssen versuchen, irgendeinen Schutz vor dem Wetter zu finden.« Wo war das Stück Holz? Sie blickte um sich, aber in der Dunkelheit war nichts mehr davon zu sehen. Das Meer mußte es ihr entrissen haben, bevor es sie zurück auf den Strand geworfen hatte. Stöhnend richtete sie sich auf. Ihr ganzer Körper schien ein einziger blauer Fleck zu sein. Sie war durchnäßt bis auf die Haut und konnte bereits spüren, wie ihr immer kälter wurde. Wenn nicht schnell etwas passierte, würden sie beide an Unterkühlung sterben.

Greg hatte sich mit einem leisen Seufzer zurück auf den Sand fallen lassen und die Augen geschlossen. Einen Moment lang überkam sie Panik. Er war tot. Er war gerade gestorben, gleich neben ihr, zwischen zwei Augenblicken, wie Bill. »Greg!« Ihre Stimme steigerte sich zu einem lauten Schrei.

Er schlug die Augen auf und lächelte. »Hast du einen Plan?«

Ihre Erleichterung war so überwältigend daß sie ihn fast geküßt hätte. »Wir müssen hier weg. Auch wenn du noch so große Schmerzen hast. Nur so können wir am Leben bleiben. Zum Teufel mit Marcus. Wenn er wieder auftaucht, beten wir oder sowas. Vertreibt das nicht die Geister? Wir machen das Kreuzzeichen. Das Zeichen gegen den bösen Blick. Das machen sie immer in historischen Romanen, und da funktioniert es doch auch.«

Gregs Lächeln nahm zu. »Kennst du das Zeichen gegen den bösen Blick?« Er schien zufrieden, so dazuliegen. Wie sie selbst einen Augenblick zuvor konnte er spüren, wie ihn der stille, alles verschlingende Friede des Schnees umhüllte.

»Mir fällt sicher was ein. Komm schon, Greg. Beweg dich. Du mußt dich bewegen. Versuch, dich auf den Bauch zu rollen. Wenn du kriechst, brauchst du den Fuß nicht zu belasten. Komm schon. Du darfst nicht aufgeben.«

Mit einem Stöhnen gehorchte er ihr und schwang sich zur Seite, bis er auf dem Bauch lag, das Gesicht in den kalten, nassen

Sand gedrückt. Ein stechender Schmerz überkam ihn, und er spürte, wie sich die Hitze seines eigenen Schweißes wie ein Mantel über seinen unterkühlten Körper breitete. Ächzend grub er seine Ellbogen in den Sand und schleppte sich einen halben Meter vorwärts. Dann fiel er wieder hin und stöhnte laut. »Das dauert so verflucht lang.«

»Vielleicht dauert es die ganze Nacht, aber wir schaffen es«, sagte sie voller Grimm. »Wenn es so nicht geht, mußt du aufstehen und dich auf mich stützen.«

»Klingt verlockend, aber ich glaube, wenn ich versuche aufzustehen, werde ich wieder ohnmächtig.« Er ballte die Faust und kroch mit übermenschlicher Anstrengung wieder ein Stück voran. Dann fiel er in sich zusammen. »Es hat keinen Sinn. Ich schaffe es nicht. Du mußt den Land Rover holen. Das Cottage kann nicht weit sein.« Er hob mühevoll den Kopf und blinzelte in den wirbelnden Schnee, als könne er den Blick darauf erzwingen.

»Ich kann dich nicht allein lassen, Greg.« Sie kniete vor ihm.

»Du mußt, sonst sterben wir beide. Ich komme schon klar. Ich bewege mich langsam vorwärts, wie gehabt, parallel zum Meer. Versuch nicht, runter auf den weichen Sand zu fahren. Bleib auf dem festeren Untergrund, weg von den Dünen. Versuch einfach, so nah wie möglich heranzukommen. Realistisch gesehen überleben wir nur, wenn wir's in den Land Rover schaffen. Ich hab genug, und du bist durch und durch naß. Sogar wenn er steckenbleibt, haben wir da drin eine Chance, und außerdem finden sie uns leichter.« Er kämpfte sich hoch auf die Ellbogen. »Also los, Kate. Hier, nimm die Schlüssel. Sie sind in meiner Tasche.« Er suchte mit schmerzverzerrtem Gesicht in seiner Jacke herum und zog sie mit tauben Fingern heraus. Als er sie auf ihre Handfläche fallen ließ, zwang er sich zu einem Lächeln.

Ihre Hand schloß sich um sie. Sie sah ihn voller Verzweiflung an. Er hatte recht. So würde er es nie schaffen.

Sie richtete sich auf und machte sich daran, die Jacke abzustreifen.

»Nein, mach keinen Unsinn.« Er schüttelte zornig den Kopf. »Du brauchst sie genauso sehr wie ich. Mir bricht bei der geringsten Bewegung der Schweiß aus. Mach dir um mich keine Sorgen. Behalt sie an und komm lieber so schnell du kannst wieder zurück.«

Sie nickte grimmig. Sie zögerte noch einen Moment, dann drehte sie sich um und lief mit unsicheren Schritten zurück den Strand hinunter. Sie hatte den Wind jetzt im Rücken, und das war um vieles leichter, ohne den Schnee und den Regen in den Augen.

Ihre Erschöpfung war mittlerweile so groß, daß sie Schmerz und Kälte kaum noch empfand. Sie kämpfte sich weiter und immer weiter, manchmal wurde sie langsamer und ging ein Stück, dann lief sie wieder, und nur ganz leise war sie sich bewußt, daß ein Teil von ihr über ihre Schulter horchte, ob ein Verfolger zu hören war. Aber wer sollte sie verfolgen? Marcus?

In großen Zügen sog sie ihre Lungen voll Luft und stapfte weiter, von der Angst vorwärtsgetrieben. Sie mußte es zurück zum Cottage schaffen. Sie mußte den Land Rover finden. Sie konnte sich unmöglich verlaufen, mit der Meer zu ihrer Linken, dessen Wellen sich an der Küste brachen, unzählige Male zurückwichen, immer wieder am Sand zerrten wie ein Tier, das seine Beute nur unwillig zurücklassen wollte. Und doch mußte sie feststellen, daß sie langsam in Panik geriet, als sie den Strand hinaufblickte. Wo war das Cottage? Sie hätte doch längst die erleuchteten Fenster sehen müssen? Sie hatte das Licht angelassen. Das wußte sie genau. Sie hatte sie angelassen, weil sie den Gedanken nicht ertragen konnte, den armen Bill im Dunkeln liegen zu lassen. Ihre Augen füllten sich mit Tränen, und sie wischte sich mit dem nassen, eisigen Ärmel ihrer Jacke darüber. Dann blieb sie stehen.

Sie beugte sich.vornüber und sog die Luft in großen, keuchenden Zügen ein. Weil sie es nicht wagte, sich umzusehen, stierte sie weiter angestrengt in die Dunkelheit vor sich. Dann, plötzlich, sah sie es. Die aufragende Silhouette der Dünen und die eckigen schwarzen Umrisse eines Dachs. In den Fenstern des ersten Stocks war keine Spur von Licht.

Sie schluckte. Mit einer Willensanstrengung verlangsamte sie ihren Herzschlag, als sie dem Meer den Rücken zukehrte und den Weg zwischen den Dünen suchte. Der Garten des Cottage war schneebedeckt; unterhalb der Mauer war er vom Wind aufgewirbelt und zu flachen Haufen getürmt worden, die schon fast zehn Zentimeter hoch waren. Ohne sich Zeit zum Nachdenken zu lassen, ging sie an der Wand lang, auf die Haustür zu, und lugte um die Ecke. Der Land Rover stand noch da, wo sie ihn abgestellt hatten. Sie schloß die Augen und ließ sich an die Wand sinken, schwach vor Erleichterung. Erst jetzt wurde ihr bewußt, daß es sie nicht überrascht hätte, wenn er verschwunden gewesen wäre. Sie trat aus dem Schutz der Mauer und ging auf ihn zu, blieb dann unvermittelt stehen. Die Haustür des Cottage stand weit offen.

»Bill.« Ihre Lippen formten lautlos seinen Namen. Plötzlich stülpte sich ihr fast der Magen um, und ihre Beine schienen keine koordinierten Bewegungen mehr ausführen zu können, aber irgendwie zwang sie sich, auf die Tür zuzugehen. Aus der Diele fiel Licht, und sie konnte sehen, wie weiß und rein der Schnee war. Keine Spur von irgendwelchen Fußabdrücken.

Sie schlich zur Tür und spähte hinein. Die Wohnzimmertür stand auf, und sie sah, wie die Vorhänge gegen das Fenster wehten. Im Cottage stank es nach Erbrochenem. »Allie?« Ihre Stimme war ein Krächzen. »Allie?« versuchte sie es noch einmal. »Bist du da?«

Die Willensanstrengung, die nötig war, um sich zum Weitergehen und zu einem zögernden Blick in das Zimmer zu zwingen, war enorm, aber irgendwie gelang es ihr. Es war so, wie sie es verlassen hatte. Bill lag noch immer auf dem Sofa; nichts war angerührt worden. Vorsichtig trat sie ein. Der Ofen hatte sich abgekühlt. Es gab jetzt von dort kein Leuchten, das sie willkommen geheißen hätte. Das Zimmer war ausgesprochen kalt. Sie tat noch einen Schritt vorwärts und blieb dann stehen, überwältigt von Ekel und Entsetzen. Die Decke, die sie Bill über das Gesicht gezogen hatte, war zurückgeschlagen worden. Sein Gesicht, blau und aufgedunsen, war ihr zugewandt, die halbgeöffneten Augen waren in einem blinden Starren direkt auf sie gerichtet. Vor ihm auf dem Boden befand sich eine Lache von Erbrochenem.

Sie stürmte aus dem Haus und rannte zum Land Rover, wo sie sich über die Kühlerhaube fallen ließ und den Kopf in den Armen vergrub. Eine Weile lang rührte sie sich nicht, kämpfte auf zitternden Beinen gegen die Übelkeit, dann gelang es ihr endlich, in der Tasche nach den Schlüsseln zu tasten. Sie fand sie und stolperte zur Fahrertür, wo sie verzweifelt versuchte, einen der Schlüssel in das Schloß zu stecken. Erst nach einer Weile bemerkte sie, daß die Tür nicht verschlossen war. Sie machte sie mühsam auf, zog sich auf den Sitz hinauf und knallte die Tür zu. Dann brach sie in Tränen aus.

Ihre Brille. Sie hatte ihre Brille verloren. Wild schniefend suchte sie mit zitternden Händen in ihrer Tasche herum, bis sie sie endlich fand; sie war in einer der Innentaschen. Sie rieb sich mit dem feuchten Ärmel die Augen und setzte sie auf. Dann beugte sie sich nach vorn und steckte den Zündschlüssel ins Schloß. Sie tastete an den ungewohnten Gängen herum und riß den Schaltknüppel vor und zurück, ehe es ihr gelang, den ersten Gang zu finden. Schließlich wendete sie das schwere Fahrzeug und fuhr ruckweise auf die Dünen zu.

»Komm schon. Komm schon. Bleib jetzt bitte nicht stecken, du Scheißding, bleib bitte nicht stecken«, bettelte sie mit heiserer Stimme, als sie verzweifelt nach vorn durch die beschlagene Windschutzscheibe schielte.

Der Land Rover ruckelte über das Grasstück und hinunter auf den Sand, die Reifen rutschten und schlidderten, aber irgendwie fanden sie doch Halt in der nachgebenden, nassen Oberfläche des Strandes. Im Schneckentempo schlängelte sie sich damit zwischen den Dünen hindurch, vor sich im Scheinwerferlicht nur eine wirbelnde Mauer aus Sand und Schnee und Regen. Als sie endlich das Meer erkennen konnte, sah es aus wie eine Barriere aus wütendem Weiß, das vor ihr aufragte und sich gegen das Land schleuderte. Sie warf das Lenkrad herum, fuhr jetzt nach Norden. Sie fuhr in Schrittgeschwindigkeit, blieb aber immer in Bewegung. Jeder ihrer Muskeln war angespannt, all ihre Willenskraft darauf gerichtet, daß die Räder die Bodenhaftung nicht verloren. Wo war er? Bitte, lieber Gott, mach, daß ich ihn finde. Voller Verzweiflung suchte sie den Strand nach Gregs zusammengekrümmter Gestalt ab. Sie hatte hoffentlich nicht zu lange gebraucht? Sie verfluchte die Zeit, die sie nutzlos vergeudet hatte, und steuerte das Fahrzeug weiter weg vom Meer, als es mit einem fürchterlichen Ruck in eine mit Wasser gefüllte, tangbedeckte Furche fuhr und stehenblieb. »O nein!« Verzweifelt jonglierte sie mit Kupplung und Gaspedal und bemühte sich, nicht noch tiefer hineinzufahren. »Bitte. Bitte, komm schon.« Sie riß den Schaltknüppel gewaltsam vor und zurück, als der Wagen nach vorn schaukelte und dann mit einem Ruck wieder stehenblieb. Die Reifen drehten durch. »Verdammt!« Voller Wut schlug sie auf das Lenkrad ein. »Komm schon. Komm schon!« Im kalten, mitleidlosen Strahl der Scheinwerfer blieb der Strand unerbittlich. Weit und breit gab es kein Leben. Im zweifachen Lichtstrahl wirbelte Schnee herum, der Sand glänzte vor Kälte, und dahinter, sogar über das Motorengeräusch hinweg, konnte sie das wütende Tosen des Meeres hören. Voll konzentriert versuchte sie eine neue Gangkombination, und wirklich, wie durch ein Wunder erwachte das alte Fahrzeug zu neuem Leben und zog sich aus der Senke, befreite sich mit einem Schütteln wie ein großes Nilpferd, das sich im Schlamm gesuhlt hatte. »Paß jetzt auf.« Kate sprach jetzt laut zu sich selbst. »Paß jetzt bloß auf, du blöde Kuh. Schau, wo du hinfährst. Das nächste Mal kommst du nicht mehr raus.« Sie umklammerte das Lenkrad mit aller Kraft, beugte sich wieder vor und spähte in die Schatten am Rande des Scheinwerferlichts.

Mitternacht: Geisterstunde an diesem menschenleeren, gottverlassenen, einsamen Ort.

Wo in Gottes Namen war er?

XLIV

»Allie?« Diana beugte sich über das Bett ihrer Tochter. »Allie, Liebling, hörst du mich?« Das Kind war wieder eiskalt, die Haut klamm, aber sie zitterte nicht. Sie hatte nichts mehr gesagt, seit ihre Mutter sie nach ihrem Ausbruch nach oben geführt, ihr ein heißes Bad eingelassen und ihr beim Ausziehen geholfen hatte. Normalerweise hätte Allie schon bei dem Gedanken wild protestiert, daß Diana auch nur das Badezimmer betreten könnte, während sie in der Wanne saß, aber jetzt ließ sie es sich gefallen, daß Diana sie auszog, hob folgsam wie ein kleines Kind die Arme, als ihr ihre Mutter den Pullover und das T-Shirt über den Kopf zog, und stieg widerspruchslos in die Wanne. Sie setzte sich, zog ihre Knie an und legte die Arme um sie. Mit geschlossenen Augen stützte sie den Kopf auf, als ihr Diana mit warmem Wasser den Rücken wusch. »Willst du dich ein bißchen zurücklegen, um aufzutauen?« Das Kind war so dünn. Sie hätte es bemerken müssen, daß sie so viel Gewicht verlor! Diana fuhr fort, ihr mit dem Schwamm den Rücken zu waschen und beobachtete entsetzt, wie das parfümierte Wasser von Allies vorstehenden Rippen tröpfelte und um die deutlich sichtbaren Wirbel ihres Rückgrats lief. »Allie, hast du gehört, was ich gesagt habe? Leg dich zurück und laß dich ein bißchen aufwärmen.«

Das Schütteln des Kopfes war kaum sichtbar.

»Dann komm raus. Ich bringe dich ins Bett. Und dann erzähl mir, was passiert ist. Hast du Greg und Kate gesehen?«

Alison blieb hölzern stehen, während ihre Mutter sie trockenrieb, und als ihr das Nachthemd über den Kopf gezogen wurde, bewegte sie ihre Glieder mit der Ruckhaftigkeit eines Roboters. Folgsam erlaubte sie Diana, sie in ihr Schlafzimmer zu führen, und dort kletterte sie in ihr Bett. Erst als ihr Diana den Teddy in den Arm legte, zeigte sie eine Gefühlsregung. Das Stofftier an den Brust gedrückt, drehte sie sich zur Seite, zog die Knie hoch bis unters Kinn, bis sie zusammengerollt war wie ein Embryo. Dann begann sie zu weinen.

»Allie, Liebes.« Diana saß neben ihr auf dem Bett und legte die Hand auf die Schulter des Mädchens. Sie fühlte sich hilflos, und sie hatte Angst. »Liebes, bitte. Wein doch nicht. Dir kann jetzt nichts mehr passieren.«

Aber Alison fuhr fort zu weinen. Sie schluchzte in das Fell des Teddybären, bis sie endlich einschlief.

Diana blieb noch lange bei ihr sitzen, die Hand auf die magere Schulter ihrer Tochter gelegt. Schließlich stand sie auf. Sie schaltete das Deckenlicht aus, ließ aber die kleine Nachttischlampe brennen und schlich auf Zehenspitzen aus dem Zimmer. Die Tür ließ sie einen Spaltbreit offen.

Das Wohnzimmer war leer. »Roger? Paddy?« Sie ging schnell zum Arbeitszimmer. Auch das war leer. »Roger?« Sie geriet in Panik, und ihre Stimme wurde immer lauter. »Patrick? Wo seid ihr?« Sie ging zur Haustür und öffnete sie. Der Vorgarten und das Gras waren unter der wirbelnden Dunkelheit in ein einheitliches Weiß getaucht. Es gab keine Spur von ihrem Mann oder ihrem Sohn. Nachdem sie die Tür wieder zugemacht und verriegelt hatte, ging sie langsam zurück zum Feuer. Sie mußten beschlossen haben, doch zu zweit zur Hauptstraße zu fahren. Sie blickte sich im Zimmer um. Die beiden Katzen saßen auf dem Sofa, ein Paar ruhender Löwen, Schulter an Schulter, und starrten in die Glut. Ihr Anblick beruhigte sie, aber das erste Mal seit Jahren wünschte sie sich, daß sie einen Hund hätten. Wenn dort draußen im Wald wirklich jemand war, würde ein Hund sie wenigstens warnen. Ihr nachdenklicher Blick fiel auf das Gewehr, das Roger in die Ecke gelehnt hatte. Auf dem Stuhl daneben lag eine Schachtel mit Patronen.

Unfähig, sich zu setzen und zu entspannen, ging sie in die Küche und begann, sauberzumachen, doch ihre ganze Konzentration galt dem Bereich außerhalb des Hauses. Sie horchte.

»Wir hätten das Gewehr mitnehmen sollen, Dad.« Patrick hatte Angst. Er blieb so nahe wie möglich bei seinem Vater, als sie den Feldweg hochgingen. Zu ihren Füßen suchte der Strahl der Taschenlampe die Furchen nach Spuren von Fuß- oder Reifenabdrücken ab.

»Es ist kein dichter Schnee. Hier unter den Bäumen ist er

kaum liegengeblieben. Dennoch, wenn er diesen Weg genommen hätte, müßten wir doch was entdecken.« Roger war eher ungehalten als verängstigt. Er glaubte nicht daran, daß jetzt noch ein Mörder durch den Wald schlich. Wer immer Bill angegriffen hatte, er war längst nicht mehr hier. Er blieb stehen und warf einen wütenden Blick hinunter auf den fahlen Lichtkreis der Taschenlampe, der auf einem Fleck aus matschigen, im wässerigen Schlamm glänzenden Kiefernnadeln verweilte. Trotzdem durften sie kein unnötiges Risiko eingehen. Das Auto war nicht hier entlanggefahren. Davon war er überzeugt. Und sie hatten Diana im Farmhaus allein gelassen. Es war besser, wenn sie zurückgingen und noch einmal den Boden vor der Haustür absuchten, wo der Wagen gestanden hatte. Ein Fremder konnte immerhin durch den Garten davongefahren sein. Nein, er brach diesen Gedankengang ab. Es hatte keine Spur der Verwüstung durch die nackten Blumenbeete gegeben. Die andere Möglichkeit war, daß er über den Rasen und hinunter zum Sumpf gefahren war. Der Garten war auf dieser Seite des Hauses weniger geschützt. Vielleicht hatte der Schnee wirklich die Reifenspuren verborgen, oder sie hatten sie in ihrer anfänglichen Panik übersehen, als sie entdeckt hatten, daß der Wagen verschwunden war.

Sie kehrten um. Dieses Mal schwenkte er das Licht der Lampe abwechselnd nach rechts und links, um die Dunkelheit zwischen den Bäumen abzusuchen. Patrick war so dicht neben ihm, daß er fühlen konnte, wie die Schulter des Jungen seine eigene streifte. Plötzlich wünschte er sich um ihrer beider willen, daß Patrick klein genug wäre, um ihn bei der Hand zu nehmen.

Vor der Haustür blieben sie stehen. Roger stieß einen tiefen Seufzer der Erleichterung aus. Die Schmerzen wurden wieder stärker. Er konnte nicht mehr weitergehen. Er folgte Patrick zur Tür und wartete, an die Wand gelehnt, während Patrick laut klopfte. Er war dankbar, daß die Dunkelheit sein Gesicht verbarg.

Die Tür ging innerhalb von Sekunden auf, und Diana fiel ihnen in die Arme. Sie drückte sie an sich und schleppte sie zum Feuer. »Gott sei Dank! Seid ihr durchgekommen? Ist der Arzt unterwegs? Und die Polizei?«

Sie sah von einem zum anderen und machte ein langes Gesicht. »Ihr habt's nicht geschafft, habe ich recht?« sagte sie mit leiser Stimme. Sie setzte sich unvermittelt.

Roger setzte sich neben sie und nahm ihre Hand. Er schüttelte den Kopf. »Das Auto ist weg, Di. Gestohlen.« Er lehnte sich zurück und schloß die Augen.

»Also war er hier. Direkt vor diesem Haus.« Ihr Blick ging zu den Vorhängen beim Fenster neben ihr. Sie schloß sie kraftlos, ließ sich dann an Rogers Schulter sinken. »Was sollen wir nur tun?«

»Nichts. Jedenfalls nicht heute nacht.« Roger war plötzlich so müde, daß er kaum noch sprechen konnte. »Wir können nur beten, daß Greg und Kate zusammen sind, und in Sicherheit. Greg paßt schon auf sie auf ...«

Seine Stimme verlor sich in Gedanken an Bill. Bill war ein Mann; ein großer Mann, und er war nicht sicher gewesen.

»Es hilft keinem, wenn wir jetzt in der Dunkelheit nach ihnen suchen. Besser, wir bleiben hier, bis es hell wird. Wir kontrollieren nochmal, ob auch alle Fenster und Türen verschlossen sind, und dann warten wir. Sonst können wir nichts tun.«

»Ich mach' das schon, Dad.« Patrick war stehengeblieben und hatte auf seine Eltern hinuntergesehen. Er kämpfte gegen die Welle der Furcht an, die in seinem Inneren angeschwollen war, als ihm plötzlich voll und ganz bewußt wurde, daß sie ebenso hilflos und verängstigt waren wie er; daß sie zum ersten Mal, seit er denken konnte, nicht in der Lage waren, ihm oder sich selbst aus der Patsche zu helfen.

Sein Vater sah zu ihm hoch, und ihre Blicke trafen sich. »Es kommt alles wieder in Ordnung.« Roger lächelte matt. »Wenn es hell ist, klären wir das alles.«

»Klar, Dad.« Patrick ging zur Treppe. Dann blieb er stehen. »Greg ist doch nichts passiert, oder?«

»Einem großen, starken Burschen wie Greg? Sicher nicht.«

»Aber er war nicht im Cottage.«

»Ich nehme an, sie haben Allie gesucht.«

»Und er weiß nicht, daß sie in Sicherheit ist.« Patricks schwankende Stimme wurde lauter. »Sie suchen bestimmt noch immer, Dad. Greg würde nie aufgeben.«

»Ihnen passiert schon nichts, Paddy.« Diana zwang sich aufzustehen. »Greg ist kein Dummkopf. Er wird wissen, daß er bei diesem Wetter nichts unternehmen kann. Er und Kate gehen sicher zurück zum Cottage, oder sie kommen hierher. Du gehst jetzt nach oben und siehst nach, ob alles in Ordnung ist. Ich setze inzwischen Wasser auf. Überprüf auch nochmal, ob Allies Fenster zu ist, aber weck sie nicht auf.«

Sie sah zu, wie ihr jüngerer Sohn nickte und sich umdrehte. Dann blickte sie hinunter zu ihrem Mann. Sein Gesicht war grau, die Augen geschlossen. Unglücklich zog sie die Decke von der Lehne des Stuhls, auf der sie sie heute morgen gefaltet hatte – gestern morgen, verbesserte sie sich mit einem Blick auf die Uhr – und deckte ihn damit zu, dann ging sie zum Herd und stellte den Wasserkessel auf die Kochplatte.

XLV

Kate hielt den Land Rover an und machte die Augen zu. Es gab keine Spur von ihm. Sie war dreimal langsam den Strand hinauf- und wieder heruntergefahren, immer näher am Wasser entlang, hatte das Fahrzeug so weit nach Norden gesteuert, wie sie sich traute, weit über das Gebiet hinaus, wo sie gegangen waren. Er mußte sich in die Dünen geschleppt haben, und sie wußte, daß sie es nicht riskieren konnte, weiter zu fahren. Das einzige, was sie tun konnte, war, langsam zurückzufahren, dieses Mal weiter vom Rand des Wassers entfernt, in der Hoffnung, daß er ihre Scheinwerfer sehen und versuchen würde, sich auf sie zu zu schleppen.

Vorsichtig trat sie die Kupplung und lenkte den Wagen auf das Meer zu, um die Scheinwerfer ein letztes Mal über die brodelnden Wellen gleiten zu lassen. Da sah sie ihn endlich. Er kniete am Rande des Wassers und winkte ihr zu.

»Greg!« Unvorsichtigerweise gab sie Gas, einen furchtbaren Moment lang spürte sie, wie die Reifen die Bodenhaftung verloren und ins Schleudern gerieten. Doch da war sie bereits nahe bei ihm. Sie hielt an und sprang heraus. »Ich konnte dich nicht finden.« Sie schob sich die Haare aus dem Gesicht und rannte zu ihm, um die Arme um ihn zu werfen.

Einen Moment lang bewegte er sich nicht, dann fühlte sie, wie auch er sie umarmte, den Mund an ihren Haaren. »Kate. Oh, Kate«, murmelte er. Sie klammerten sich für eine kurze Weile aneinander, dann machte sie sich sanft los.

»Komm schon. Versuch aufzustehen. Wir setzen dich hinten rein, damit du dein Bein auf den Sitz legen kannst.« Ihm mußte schrecklich kalt sein. Sie konnte durch seine nassen Kleider fühlen, wie er zitterte. »Komm schon, Greg. Du mußt aufstehen. Ich kann dich nicht hochheben.«

Er starrte das Fahrzeug an. »Aber ich habe dich doch gesehen. Ich habe dich da draußen gesehen.« Er deutete hinter sich, auf das Meer. »Ich habe gehört, wie du mich riefst. Ich bin auf dich zugekrochen, dann hat mich diese Welle erwischt, und ich wäre fast ertrunken.«

Sie sah ihn an. »Du hast die Orientierung verloren und bist wieder zurück zum Meer gekrochen. Also komm. Versuch, auf dem gesunden Bein zu stehen. Ich traue mich nicht, mit dem Auto näher an das Wasser ranzufahren. Du mußt auf dem einen Bein hüpfen.«

»Ich kann nicht.« Stöhnend ließ er sich zurück auf den nassen Sand fallen. »Ich bin fertig. Ich kann mich nicht mehr bewegen.«

»Du kannst. Du mußt.« Sie biß die Zähne zusammen. »Komm schon. Du darfst jetzt nicht aufgeben.« Sie zog ihn am Arm. »Ich suche was, wo du dich aufstützen kannst. Du mußt es versuchen, Greg.« Sie war am Rande der Verzweiflung.

»Okay, okay.« Er versuchte, den Kopf zu schütteln. Gischt und Schneeregen fühlten sich in seinem Gesicht kalt an; Tränen und Schweiß heiß. Die Salzmischung lief ihm in die Augen, und er konnte nichts mehr sehen. Dennoch nahm er hinter ihr eine Gestalt wahr. Warum half sie nicht? Es war eine Frau. Aber nicht Allie. Nicht Ma. »Helfen Sie uns. Bitte.« Seine Worte waren undeutlich. Er spürte Kates Arm unter dem seinen; dann ihre Schulter, als er sich hochhievte. Die andere Frau half mit, nein, sie war verschwunden. Wo war sie? Er fühlte, wie seine Knie einknickten. Er konnte mit dem rechten Fuß nicht auftreten. Das Tosen der Wellen füllte seinen Kopf; verschwommen konnte er die Umrisse des Land Rover sehen. Die hintere Tür war offen. Im Innern war Sicherheit, Wärme, dort konnte er sich ausruhen. Mit einer übermenschlichen Anstrengung katapultierte er sich in drei Hopsern auf seinem gesunden Bein darauf zu, warf sich halb zur Tür hinein. Dann verlor er wieder das Bewußtsein.

»Greg! Greg!« Kate beugte sich über ihn. »Komm schon, gleich hast du's geschafft.« Das Auto war ihr sicherer Hafen. Sie wollte, daß sie beide drin waren, hinter verschlossenen Türen. Der Strand hinter ihnen war feindselig und bedrohlich.

Sie warf einen Blick über ihre Schulter und sah den Schatten; eine Frau schlich nicht weit von ihnen herum, als schwebe sie. Sie bekam eine Gänsehaut. Das blaue Kleid war immer noch blutbefleckt; es wehte nicht im Wind; der Schneeregen schien dem Haar der Frau nichts anhaben zu können, aber sie beobachtete sie, und Kate konnte riechen, wie sie duftete. Trotz des Windes und des Schneeregens und des Salzgeruchs der See konnte sie dieses blumige Parfum riechen. Ihr wurde übel. Ihr Entsetzen war so groß, daß sie sich für einen Moment nicht bewegen konnte. Erst ein Stöhnen von Greg holte sie mit einem Ruck zurück aus der Faszination des Schreckens. Sie drehte sich um. »Steig ein, Greg. Steig schnell ein«, drängte sie ihn. »Kriech einfach. Schnell.«

Etwas von ihrer Panik drang durch den schwarzen Schleier bis zu ihm. Seine Hände tasteten auf dem Sitz vor ihm herum; irgendwie zog er sich an ihm entlang, lag keuchend darauf und verkrallte sich in das Material, um Halt zu finden. Kate faßte ihn um die Hüften und schob ihn mit aller Macht vorwärts. Ohne Rücksicht auf seinen verletzten Fuß packte sie seine Knie, preßte sie zusammen und schlug die Tür zu.

Sie drehte sich schnell um und starrte hinaus in die Nacht, als das nächste Schneegestöber über den Strand herein wirbelte. Wo war die Frau? Es war nichts mehr zu sehen. Verzweifelt wandte sie sich um und floh. Sie rannte um das Auto herum, kämpfte mit dem Griff der Fahrertür, zog sie schließlich auf und warf sich auf den Sitz, um dann die Tür hinter sich zuzuschlagen und das Schloß zuzuknallen. Mit einem erleichterten Schrei ließ sie sich zurückfallen und versuchte, wieder zu Atem zu kommen.

Die weiße Gestalt, die sich rasend schnell auf die Kühlerhaube warf, war so dicht vor ihr, daß sie laut aufschrie. Sie sah ein riesiges, blutunterlaufenes Auge. Etwas knallte gegen die Windschutzscheibe, und sie sah, wie ein splitteriger Riß zitternd über das Glas lief. »Nein!« Sie drückte sich so eng sie konnte an die Lehne ihres Sitzes und hob instinktiv den Arm, um das Gesicht zu schützen. »Nein! Bitte nicht! *Greg!*«

Greg regte sich. Er fand sich mit dem Gesicht nach unten auf der groben Decke liegend, die über den Rücksitz gebreitet war. Wie in einem Krampf umklammerte er sie und spürte, wie ein quälender Schmerz sein linkes Bein hochschoß, das, in der Mitte gefaltet, neben ihm auf dem Boden zu sein schien. »Kate?« Seine Stimme war undeutlich, gedämpft durch die Decke. »Kate, wo bist du?«

»Hier!« Ihr Flüstern erreichte ihn kaum. »Greg. Hilfe!

Schau!« Die Angst in ihrer Stimme drang durch den schwimmenden Schleier des Schmerzes zu ihm. Mit einer gewaltigen Anstrengung hob er den Kopf. Irgendwie gelang es ihm, sich zur Seite zu drehen und sich dann in eine sitzende Position hochzuziehen. Seine Zähne klapperten, und das Fieber schüttelte seinen Körper heftig durch, als er versuchte, den Blick auf Kate zu richten. »Ich bin hier. Ich bin ja hier.« Er klammerte sich an den Rücken der Lehne.

Sie hatte die Augen noch immer auf die Windschutzscheibe gerichtet und drehte sich nicht um. »Schau.«

Es war noch da – ein riesiges, flatterndes weißes Etwas. Wieder sah sie das Auge, gelb, drohend, und dann einen bösartigen, gebogenen Schnabel. Kate zuckte zurück, hob den Arm, um sich zu schützen, schloß erschreckt die Augen, als mit einem schallenden Klirren ein heftiger Schlag auf die bereits zerbrochene Scheibe niederging.

»Kate?« Gregs Stimme war verschwommen und undeutlich.

»Es ist eine Möwe!« Sie schluchzte voller Angst und Erleichterung. »Es ist eine riesige Möwe.« Einen Augenblick lang lösten sich das Wirbeln flatternder Flügel und die grausamen Augen und der bösartige Schnabel voneinander und ergaben eine klar umrissene Gestalt, die Schwimmfüße suchten auf dem Kühler nach Halt, und dann war der Vogel verschwunden, hatte sich hoch in den Wind und außer Sicht katapultiert. Kate griff zum Zündschlüssel. Ihre Hände zitterten so sehr, daß sie kaum den Motor anlassen konnte. Sie packte den Schaltknüppel und stieß ihn nach vorn. Der Land Rover machte einen Ruck, dann starb der Motor.

»Gut gemacht.« Es war fast ein Kichern, das vom Rücksitz kam.

Kate ließ den Motor wieder an. Sie zwang sich, ruhig zu sein, trat die Kupplung und legte diesmal behutsamer den Rückwärtsgang ein. Der Land Rover fuhr rückwärts vom Meer weg, die Scheinwerfer strichen über den Strand. »Ich sehe sie nicht mehr. Keine Spur von ihr.«

»Ich glaube nicht, daß wir wegen der Möwe einen Suchtrupp losschicken sollten. Verschwinden wir von hier. Siehst du genug? Versuch lieber, zurück zum Weg zu kommen.« Greg biß die

Zähne zusammen, als ihn eine neue Woge des Schmerzes traf. Ohne den Schmerz weiter zu beachten, zerrte er an der Decke auf dem Sitz und zog sie sich über die Schultern. Das schummerige Halbdunkel im Wageninneren begann wieder, vor seinen Augen zu verschwimmen.

»Also dann los.« Kate warf einen Blick zurück auf das Meer. Zog sich die Flut endlich zurück? Jedenfalls schien das Wasser weiter weg zu sein, und auch der Wind schien nachgelassen zu haben. Vorsichtig lenkte sie das Fahrzeug nach Süden. Sie hielt sich parallel zu den Wellen und machte sich auf den Weg zurück zum Cottage. Nach vorn gebückt, damit sie durch die zerbrochene Scheibe sehen konnte, beobachtete sie den Strand; sie konnte im Sand unmöglich sehen, wo es sicheren Untergrund gab. Sie konnte nur noch beten, als sie das Lenkrad herumwarf und auf die Dünen zufuhr. Im Scheinwerferlicht sah alles so anders aus; der Schnee und die Sandwirbel veränderten alle Orientierungspunkte und machten sie unkenntlich. Nichts war, wo es sein sollte. Sie spürte, wie der Land Rover plötzlich seitlich ausbrach, und klammerte sich an das Lenkrad. Einen Moment lang dachte sie, sie würden stehenbleiben, dann hatten die Räder wieder festen Halt, und es ging weiter. Ein paar Augenblicke später sah sie hinter den Dünen, noch ein Stück entfernt, die Lichter des Cottage. Sie murmelte ein kurzes Dankgebet und fuhr beharrlich auf die Lichter zu, schlängelte sich um die Dünen herum und folgte dem Pfad, den sie so oft zu Fuß entlanggegangen war, bis sie endlich spürte, wie das Fahrzeug sich auf das schneebedeckte Gras zog.

Die Haustür stand immer noch offen, aber sie nahm keine Notiz davon. Sie hatte nicht das geringste Verlangen, noch einmal dort hineinzugehen, wo der arme Bill immer noch auf dem Sofa lag. Statt dessen steuerte sie den Weg zur Redall-Farm hoch. Sie fuhr jetzt schneller, und sie holperten über die Schlaglöcher und schlitterten durch eisumrandete Pfützen. Ein- oder zweimal zerbrachen unter den Reifen heruntergefallene Äste. Da bemerkte sie voller Entsetzen, daß der Zeiger der Benzinuhr im roten Bereich hin und her sprang. Sie konnte es nicht glauben. Es konnte ihnen jetzt doch nicht auch noch das Benzin ausgehen. Nicht hier. »Fahr weiter, du Scheißkiste. Fahr bloß weiter.« Sie kaute vor Wut auf ihrer Lippe herum, zog automatisch den Kopf ein, als sie unter den tief herunterhängenden Ästen einer Lärche hindurchfegten und dann zurück auf den eigentlichen Weg schlidderten.

Durch die zerbrochene und trübe Windschutzscheibe konnte sie den Schatten, der direkt vor ihnen auf dem Weg auftauchte, erst sehen, als er kaum mehr als einen Meter von der vorderen Stoßstange entfernt war. Sie trat mit aller Macht auf die Bremse, kämpfte um die Kontrolle des davonrutschenden Fahrzeugs, warf das Lenkrad herum und hörte mit einem gequälten Schrei das durchdringende Krachen, als sie gegen einen Baum knallten. Sie hatte den Sicherheitsgurt nicht angelegt, und mit einem Ruck wurde sie nach vorn gegen die Windschutzscheibe geschleudert.

Es dauerte eine Weile, bis sie sich aufsetzte und sich vorsichtig befühlte. Auf der Stirn hatte sie eine Beule von der Größe eines Eis, und sie fühlte sich, als habe ihr ein Pferd in die Rippen getreten, doch sie war am Leben.

Die Scheinwerfer waren im schiefen Winkel nach oben in die Luft gerichtet. Vorne klebten sie an einem Baum, mit den Hinterrädern in einer Art Grube. Eins wußte sie sofort: Es würde unmöglich sein, den Wagen da rauszubekommen. »Verdammt.« Sie schlug mit der Handfläche auf das Lenkrad. »Verdammt, verdammt, verdammt! Greg? Bist du okay?« Sie drehte ihren schmerzenden Körper mühsam zu ihm um. Er war durch den Aufprall auf den Boden geworfen worden und lag da zusammengerollt unterhalb des Sitzes, ohne sich zu bewegen. »O mein Gott!« Steif tastete sie nach dem Türgriff und versuchte, die Tür zu öffnen. Sie war offenbar verklemmt. Sie spähte wieder hinaus. Was war das gewesen, das sie da plötzlich vor sich gesehen hatte? Sie erschauderte. Was immer es gewesen war, es war verschwunden. Wahrscheinlich war es ein Hirngespinst ihrer überreizten Phantasie, denn der Wald war jetzt wieder menschenleer wie zuvor.

»Greg. Greg? Bist du okay?« Sie kämpfte mit dem Griff. »Greg. Hörst du mich?«

Es hatte keinen Sinn. Sie konnte die Tür nicht öffnen. Sie warf einen Blick hinüber zur Tür auf der anderen Seite. Sie sah aus, als wäre sie leichter zu öffnen. Sie kletterte hinüber auf den Beifahrersitz und zog am Griff. Nach einem Moment sprang die Tür auf, und es gelang Kate, hinauszuklettern. Ein Blick an den Scheinwerfern vorbei zeigte ihr, daß der vordere Kotflügel eingebeult und der Kühler weggerissen war, und daß der Vorderreifen einen Platten hatte. »Verdammt!« Sie trat so fest sie konnte gegen den Reifen, dann drehte sie sich um und zerrte an der rückwärtigen Tür. Sie war abgeschlossen. Zitternd vor Panik kroch sie zurück auf den Vordersitz und streckte die Hand nach Greg aus. In der Dunkelheit konnte sie sein Gesicht nicht sehen. »Greg? Greg, hörst du mich?«

Sie hatte noch ihre kleine Taschenlampe. Sie schaltete sie an und leuchtete nach Greg. Er lag mit dem Gesicht nach unten auf dem Boden, den Körper zusammengekrümmt, seine Arme darunter eingeklemmt als habe er nicht die geringste Anstrengung unternommen, sich zu retten, als er nach vorn geschleudert wurde. Es gelang ihr, über den Sitz zu klettern. Sie legte die Arme um ihn und richtete ihn auf dem Boden zwischen den Sitzen auf. Er stöhnte, aber die Augen schlug er nicht auf. Einen Moment lang blieb sie regungslos sitzen und blickte hinaus auf den grellen Strahl der Scheinwerfer, der den Wald erleuchtete. Bald würde die Batterie leer sein, und sie würden ausgehen. Sie warf einen erschöpften Blick auf ihre Armbanduhr. Es war nach zwei. Es half alles nichts. Sie würde ihn hierlassen und zu Fuß versuchen müssen, Hilfe zu holen.

Mit zusammengebissenen Zähnen steckte sie die Lampe in die Tasche, wickelte Greg fester in die Decke, kurbelte das Fenster etwas herunter, damit Luft herein kam, und kletterte hinaus in die Kälte. »Ich komme zurück, so schnell ich kann. Halt durch«, flüsterte sie. Sie blickte den Weg rauf und runter und richtete den winzigen Strahl ihrer Lampe auf die Bäume. Die einzigen Geräusche, die sie hörte, waren das Tropfen des schmelzenden Schnees und ein gelegentliches Rascheln der Blätter.

Es konnten nicht mehr als 500 Meter sein – zu Fuß allerhöchstens zehn Minuten. Sie ging den Pfad hinauf und hielt sich in der Mitte zwischen den Reifenfurchen. Ihre Stiefel rutschten wiederholt in den eisigen Pfützen und im gefrorenen Schlamm aus. Ihre Schultern überlief vor Angst eine Gänsehaut. Sie war sich sicher, daß sie jeden Moment fühlen würde, wie eine Hand nach ihr griff und sie berührte. Immer wieder drehte sie sich im Gehen um, um in die Dunkelheit zu starren. Es war niemand hinter ihr. Die Stille wurde intensiver, als der Schneeregen nachließ und das Tropfen von den Bäumen langsam weniger wurde, das Geräusch ihres schweren Atems und das gleichmäßige Quietschen ihrer Gummistiefel aber begleiteten sie.

Als sie in einiger Entfernung Licht sah, war der Anblick so wunderbar, daß sie stehenblieb und sich die Augen rieb. Es war ein rechteckiges Licht, ein fahles Blau, das Licht eines Fensters im ersten Stock der Redall-Farm. Schluchzend begann sie zu laufen, platschte durch den Morast, schob die drahtigen Zweige der Lärchen und Fichten zur Seite, die vor ihr herunterhingen und ihr ins Gesicht peitschten.

Sie keuchte, als sie über das schneebedeckte Gras lief und sich an die Tür warf, wo sie wild klingelte.

Mehrere Sekunden lang folgte keine Antwort auf ihr rasendes Klingeln, dann hörte sie auf der anderen Seite Schritte. »Wer ist da?« Patricks Stimme klang gedämpft.

»Ich bin es, Kate. Laß mich um Gottes willen rein.«

Sie hörte, wie Schlösser umgedreht und die zwei Riegel zurückgeschoben wurden, dann war endlich die Tür auf, und sie fiel in die Diele.

»Kate, Gott sei Dank ist Ihnen nichts passiert. Wo ist Greg?« Diana, noch angezogen, das Gesicht abgehärmt vor Erschöpfung, packte ihren Arm.

»Er ist im Land Rover. Wir sind gegen einen Baum geschleudert. Er hat sich den Fuß verletzt, und ich glaube, er könnte sich auch den Kopf angeschlagen haben. Es ist nur ein paar hundert Meter den Weg hoch. Ihr müßt mir helfen, ihn nach Hause zu bringen.«

»Du lieber Gott!« Diana sah hilflos ihren jüngeren Sohn an. Es blieb nur noch Patrick, der helfen konnte. Roger war zu Bett gegangen und hatte zwei seiner Schmerztabletten genommen. Als sie vor einer Stunde einen Blick in ihr Schlafzimmer geworfen hatte, schlief er bereits tief und fest. Sein Gesicht hatte im Licht der abgedunkelten Nachttischlampe weiß und verhärmt ausgesehen, wie er so dalag und sich an das Kissen klammerte. Auch Allie hatte geschlafen, schwer atmend, den Mund ein wenig geöffnet, mit einer seltsam harten Miene, obwohl ihr Gesicht wieder eine normale Farbe angenommen hatte. Diana hatte leise die Tür zugemacht und war nach unten gegangen. Der Anblick ihrer Tochter hatte sie mit Sorge erfüllt.

Patrick war im Sessel beim Feuer eingeschlafen. Sie hatte ihn zugedeckt und ihn dort sitzen lassen, nahe bei der tröstlichen Glut. Sie hatte am Küchentisch gesessen und gerade ihre dritte Tasse Kaffee getrunken, als Kates wildes Läuten sie aufgeschreckt, Patrick geweckt und sie beide in die Diele getrieben hatte, hinter die verriegelte Haustür.

»Setzen Sie sich, Kind, und kommen Sie erst mal wieder zu Atem«, befahl Diana, als Kate ins Wohnzimmer stolperte. Sie war völlig durchnäßt und schlammbeschmiert, ihre Haare hingen ihr in verfilzten Rattenschwänzen um ein Gesicht, das vor Erschöpfung durchsichtig geworden war.

»Ich glaube, er ist erst mal in Sicherheit. Ich habe die Türen abgeschlossen, und eine Decke hat er auch, aber nachdem Bill –« Plötzlich weinte sie. »Ihr wißt ja noch nicht, was mit Bill –«

»Wir wissen es, Kate.« Diana legte den Arm um Kates Schultern. »Paddy war drüben beim Cottage, als es noch nicht so schlimm geschneit hat. Paddy, hol den Brandy, mach schnell«, befahl sie. »Holen Sie erst mal Luft, Kate, und dann erzählen Sie uns alles. Und danach überlegen wir, wie wir Greg holen.« Ihre Augen wanderten zum Fenster. Er war ganz allein da draußen. Allein und verletzt.

»Alison –«, sagte Kate plötzlich. Sie versuchte sich aufzusetzen, aber Diana schob sie in die Kissen zurück. »Machen Sie sich keine Sorgen um Alison, meine Liebe. Sie ist in Sicherheit. Sie ist von allein nach Hause gekommen. Jetzt liegt sie oben im Bett. Wir müssen nur noch Greg holen, dann können wir uns erst mal ausruhen.«

Einen Moment lang sagte niemand etwas. Sie dachten alle an Bill. Armer, lieber Bill. Kate wünschte, er wäre nicht allein im Cottage. Aber es gab nichts, was sie für ihn tun konnten, solange Greg dringend Hilfe brauchte.

»Hat Alison erzählt, was passiert ist?« Sie öffnete die Augen und sah Diana prüfend an. Erschöpfung und Sorge hatten ihre Spuren auf dem Gesicht der Frau ihr gegenüber hinterlassen.

»Eigentlich nicht. Ihr war kalt, und sie war sehr müde. Morgen früh haben wir Zeit genug, uns alles erzählen zu lassen.« Diana schwieg, bis Patrick mit einem Tablett zurückkam. Darauf standen drei Gläser und eine Flasche Brandy. Er schenkte in alle großzügig ein und gab eines der Gläser an Kate weiter, ein anderes an seine Mutter. Die Tatsache, daß sie nichts einwandte, als er selbst das dritte nahm, erfüllte ihn mit Sorge. Er nippte vorsichtig daran und fühlte, wie ihm die Tränen in die Augen stiegen, als sich das Feuer in seiner Kehle ausbreitete. »Wie holen wir Greg am besten? Könnten wir vielleicht Ihren Wagen dafür nehmen, Kate?«

Kate schüttelte den Kopf. »Der Weg ist so gut wie unpassierbar. Darum bin ich ja ins Schleudern geraten.«

»Glauben Sie, daß er irgendwie gehen kann? Sie sagten, es seien nur ein paar hundert Meter.«

»Er ist verletzt, und er hat keine Kraft mehr. Wir müssen ihn tragen. Irgendwie.«

»Ihn tragen?« Gregs Mutter war einen Moment lang fassungslos. Sie sah Patrick an und dann die erschöpfte Frau, die vor ihr auf dem Sofa saß. Sie waren zu dritt. Konnten sie es schaffen? Greg war groß und kräftig. Er wog bestimmt 170 Pfund. Aber es mußte gehen, oder sie mußten ihn die ganze Nacht da draußen lassen ...

»Wir tragen ihn«, sagte sie bestimmt. »Es ist ja nicht weit. Zu dritt schaffen wir das schon. Sowie Kate wieder zu Atem gekommen ist und diesen Brandy runtergegossen hat. Ich hole schon mal Stiefel und Handschuhe.«

»Willst du es nicht Dad sagen?« fragte Patrick besorgt.

»Dein Vater schläft. Wir sind wieder da, bevor er überhaupt gemerkt hat, daß wir weg waren«, sagte Diana bestimmt. »Wir brauchen ihn nicht zu wecken. Das Haus werden wir abschließen. Allie schläft auch. Hier sind sie in Sicherheit.«

Kate nahm einen Schluck Brandy und schloß die Augen. Sie konnte spüren, wie die Wärme wieder durch ihre Adern strömte, aber mit der Wärme kam auch eine Welle totaler Erschöpfung. Wie sollte sie es schaffen, Greg mit zurück zum Farmhaus zu tragen? Mit größter Willensanstrengung zwang sie etwas Energie zurück in ihren Körper, als sie noch einen Schluck trank. Als sie die Augen aufmachte, sah Patrick sie an. »Alles in Ordnung?« fragte er leise. »Ma ist rausgegangen, um ihren Schal und so zu holen.«

»Ich schaff's schon.« Kate versuchte zu lächeln. »Paddy, könnte ich mir ein paar warme Socken leihen? Ich hatte die halbe Nordsee in meinen Stiefeln, und meine Füße sind so durchgefroren, daß sie mich gar nicht mehr erkennen.«

»Klar.« Er grinste. »Ich hole welche.«

Sobald er gegangen war, ließ sie sich zurück in die Kissen fallen und schloß erneut die Augen. Plötzlich begann sich alles um sie zu drehen. Sie machte die Augen rasch wieder auf, als Patrick mit einem Paar dicker, wollener Fußballsocken und einem Handtuch wiederkam. »Sind die warm genug?«

Kate nickte. Sie blickte an sich herunter, und ihr wurde bewußt, daß sie mit ihren schmutzigen Stiefeln im Wohnzimmer der Lindseys saß, die Füße vor sich auf dem Teppich ausgestreckt. Patrick folgte ihrem Blick. »Keine Sorge. Ma ist's egal.« Er grinste wieder. »Soll ich sie Ihnen ausziehen?«

»Bist du so gut? Ich glaube, ich habe nicht mehr genug Kraft.«

Sie lehnte sich zurück, während er mit dem Rücken zu ihr mit gespreizten Beinen über ihren Beinen stand und ihr fachmännisch erst den einen, und dann den anderen Stiefel auszog. Ein Hagel von schmutzigem nassen Sand fiel auf den Teppich. Er kniete sich hin und streifte ihr die Socken ab. Ihre Füße waren weiß, runzlig und eiskalt.

»Arme Füße.« Er lächelte. Er nahm das Handtuch und rieb sie, so fest er konnte, trocken, bis sie sie vor Schmerz zurückzog, dann zog er ihr die Socken an. »Ich schaue mal, ob ich auch noch ein Paar trockene Stiefel finde. Welche Größe?«

»Fünfeinhalb. Sechs.« Sie setzte sich nach vorn an den Rand des Sofas. »Ich glaube, ich wasche mir das Gesicht. Das macht mich vielleicht ein bißchen wacher.«

»Gut. Ich finde bestimmt was, das Ihnen paßt, auch was zum Anziehen. Was Trockenes.«

Im Badezimmer beugte Kate sich über das Becken zum Spiegel und starrte ihr Gesicht an. Sie sah verhärmt aus, grau, die Augen tiefliegend und ruhelos. Sie wusch sich lange das Gesicht mit warmem Wasser, bevor sie nach einem Handtuch griff. Sie würde es schaffen. Was immer das da draußen auch war, es würde sie drei nicht angreifen. Sie würde dafür sorgen, daß Patrick sein Gewehr mitnahm – sie hatte es in seiner Hand gesehen, als sie ihr vorher die Tür aufgemacht hatten – und sie würden Greg hierher bringen. Das Ganze würde in weniger als einer Stunde geschafft sein.

Es dauerte zwei. Er war bei Bewußtsein, als sie schließlich zum Land Rover kamen, und es gelang ihm, seine Mutter mit so etwas wie guter Laune zu begrüßen und den Schrecken zu vergessen, der ihm in die Glieder gefahren war, als er zu sich gekommen und ganz allein gewesen war. Aus der Decke machten sie für Greg eine Art Sitz, mit dessen Hilfe es ihnen mit vielen Pausen gelang, ihn kurz nach vier Uhr morgens zum Farmhaus zu bringen.

Diana schloß die Tür auf und ging als erste hinein. Sie blickte sich nervös um, während Greg auf einem Bein im Eingang stand und sich am Türrahmen festhielt. »Scheint alles in Ordnung zu sein. Sie schlafen bestimmt noch.« Sie schob ihre Schulter unter Gregs Arm. »Also los, mein Großer. Komm rein und setz dich. Dann schauen wir uns die Bescherung mal an.«

Hinter ihnen verriegelte und verschloß Patrick die Haustür und lehnte das Gewehr in die Ecke. Er hatte gesehen, wie Kate dauernd über die Schulter zurückblickte, und auch die Erleichterung in ihrem Gesicht, als sie wieder beim Farmhaus waren. Auch er hatte sie gespürt, die Atmosphäre draußen im Wald; die Gewißheit, daß sie verfolgt wurden.

Auf Gregs Stirn, mit der er bei dem Unfall gegen den Rücken von Kates Sitz geprallt war, hatte sich ein großer blauroter Fleck gebildet. Aber sonst wirkte er, abgesehen davon, daß er erschöpft und völlig durchgefroren war, bemerkenswert unbeschadet. Sein verletzter Fuß allerdings sah schlimm aus.

Greg lag gut verpackt auf dem Feldbett in Rogers Arbeitszimmer und hatte eine starke Dosis Aspirin gegen die Schmerzen bekommen, als Patrick endlich leise mit Kate sprechen konnte. Seine Mutter war nach oben gegangen, um nach Alison zu sehen.

»Sie sollten mir sagen, was passiert ist.«

»Das habe ich.« Kate sah ihn an. Ihr Gesicht war bleich und abgespannt. Sie nahm den Becher mit heißer Schokolade, die Diana ihr gemacht hatte, in die Hand, blies und nippte dann vorsichtig daran. »Nein, haben Sie nicht. Nicht, was vorher passiert ist. Wo haben Sie Bill gefunden?«

Kate nahm noch einen kleinen Schluck Schokolade und fühlte, wie sie sich heiß und süß in ihrem Mund ausbreitete. Die Erinnerungen an die Kindheit, die die Schokolade bei ihr auslöste, beruhigten sie.

»Wir fanden ihn am Wegesrand. Er wollte es im Farmhaus probieren, nachdem er mich im Cottage nicht finden konnte.«

»Konnte er …« Patrick zögerte. Er war plötzlich überwältigt von der Erinnerung an den toten Mann, der im Cottage lag. »Konnte er Ihnen noch sagen, was passiert ist?«

Kate zögerte. »Er war völlig durcheinander. Fast bewußtlos.« Sie holte tief Luft, wie um zu sprechen, schwieg dann aber. Wie konnte sie Patrick sagen, daß Bill Alison beschuldigt hatte, ihn angegriffen zu haben? »Er glaubte offenbar, daß es zwei Frauen waren«, sagte sie endlich vorsichtig.

»Frauen?« wiederholte Patrick schockiert.

Kate nickte. »Er war in einem furchtbaren Zustand, Patrick. Ich glaube nicht, daß er sich an viel erinnern konnte. Wir haben ihn in den Land Rover gelegt und zum Cottage gebracht. Greg ist dann allein los und hat versucht, Allie zu finden. Du kannst dir vorstellen, wie besorgt wir waren.« Sie hielt wieder inne. Ihre Hände hatten begonnen, ziemlich schlimm zu zittern. Sie umklammerte den Becher und hielt ihn ganz nah an ihre Brust, lächelte Patrick dann unsicher an. »Ich wußte nicht, was ich für Bill tun sollte. Ich habe dafür gesorgt, daß er es schön warm hatte, und ich habe versucht, die Blutung zu stoppen, doch er verlor das Bewußtsein.« Plötzlich kämpfte sie mit den Tränen. »Ich wußte einfach nicht, was ich tun sollte. Wenn ich was von Erster Hilfe verstanden hätte …« Sie stellte den Becher ab und versuchte, sich die Tränen aus dem Gesicht zu wischen, die sie jetzt nicht mehr zurückhalten konnte.

Patrick stand auf und holte aus der Küche eine Schachtel Kleenex. Er legte sie neben sie auf die Armlehne des Sessels.

»Ich habe ihn gesehen«, sagte er leise. »Ich glaube nicht, daß Erste Hilfe genützt hätte.

Ich würde sagen, er hatte einen gebrochenen Schädel. Sie dürfen sich keine Vorwürfe machen.« Er kniete jetzt vor dem Kamin, nahm den Feuerhaken und schürte das Feuer. »Allie hat gesagt, daß Marcus Bill getötet hat«, sagte er nach einer Minute. Er starrte dabei in die rauchende Glut. »Sie sagte, daß er auch noch andere Menschen umgebracht hat.« Seine Stimme klang tonlos und unsäglich müde.

»Marcus?« erwiderte Kate automatisch. Sie klang nicht besonders überzeugt.

»Irgendwer muß es schließlich gewesen sein.« Patricks Gesicht verzog sich plötzlich. Er kämpfte mit den Tränen und drehte sich von ihr weg, während er das Feuer schürte.

»Wie auch immer, vor Tagesanbruch können wir jedenfalls nichts unternehmen.« Kate richtete sich mühsam auf und kam zu ihm, um sich neben ihn hinzuknien. Sie legte den Arm um seine Schultern und spürte, wie der zitternde Körper des Jungen unter ihrer Berührung erstarrte. »Wir sollten versuchen, ein paar Stunden zu schlafen«, sagte sie nach einer kurzen Weile. »Hier sind wir alle in Sicherheit. Was auch immer – wer auch immer es ist –, er kommt hier nicht rein; die Türen sind verschlossen, und du hast ein Gewehr. Wieso gehst du nicht schlafen.«

Er schüttelte wortlos den Kopf.

»Dann leg dich aufs Sofa. Mit dem Gewehr neben dir.«

»Und Sie?« Er hatte sie immer noch nicht angesehen. Aber sie wußte, daß ihm die Tränen über die Wangen liefen.

»Wenn du hier unten bleibst, leihst du mir dann dein Bett?« Sie bemerkte plötzlich, daß ihre Erschöpfung so groß war, daß sie sich nicht sicher sein konnte, ob sie es überhaupt noch die Treppe hinauf schaffte.

»Natürlich.« Er sah sie endlich an und lächelte durch die Tränen. »Tut mir leid, daß ich mich so anstelle.«

»Ach was. Du bist sehr tapfer.« Sie richtete sich mühsam auf. »Versuch jetzt, ein bißchen zu schlafen. Wir müssen unsere fünf Sinne beisammen haben, wenn es hell wird.«

Nahezu kraftlos zog sie sich die Treppe hoch. Jeder Knochen und jeder Muskel ihres Körpers tat weh; sie hatte rasende Kopfschmerzen, und ihre Füße schmerzten, als sie sich die letzten hohen Stufen hinauf und zu Patricks Zimmer schleppte. Vor dem Eingang zu Alisons Zimmer hielt sie an und warf einen Blick hinein. Das schwache Licht der Nachttischlampe fiel heraus auf den Gang. Diana saß am Bett des Mädchens und sah auf die schlafende Gestalt hinab. Sie hob den Kopf und legte einen Finger an die Lippen. Dann stand sie auf und kam auf Zehenspitzen zur Tür.

»Patrick sagt, ich kann mich eine Stunde oder zwei in sein Bett legen«, flüsterte Kate.

Diana nickte. Sie nahm Kates Arm und führte sie den Gang hinunter in Patricks Zimmer. Sie schaltete das Licht an und starrte auf das Durcheinander aus Büchern und Blättern. Sie nahm einfach den Berg von Büchern und Kassetten und schichtete sie auf dem Boden auf. »Ich hole frische Bettwäsche«, bot sie erschöpft an.

»Nein. Bitte machen Sie sich keine Mühe.« Kate warf sich so, wie sie war, auf die Steppdecke. Sie war zu müde, um zu denken, sich zu bewegen, noch eine Sekunde länger zu stehen. Sie schloß die Augen. Sofort begann sich alles zu drehen, als ob sie zuviel getrunken hätte. Stöhnend zwang sie sich, die Augen wieder zu öffnen, während Diana eine Decke über sie legte.

Diana sah einen Augenblick lang auf sie hinunter, dann wandte sie sich ab und machte das Licht aus. »Schlafen Sie ein bißchen, Kate. Wir reden dann, wenn es hell ist«, flüsterte sie. Auf Zehenspitzen schlich sie hinaus und zog die Tür hinter sich zu. Draußen schrie ein Fasan seinen Weckruf in die Dunkelheit des frühen Morgens und war dann wieder still.

XLVI

Die schwere, reich verzierte Brosche war aus massivem Silber. So wie die Einheimischen sie herstellten. Sie hatte ihm gehört; dem Briten. Er hatte es die ganze Zeit über gewußt. Er beugte sich über sie, riß ihr die Brosche vom Gewand und steckte sie sich mit triumphierendem Hohnlachen selbst an den Mantel. Dumme Gans. Hatte sie gedacht, ihm mit ihrem Fluch Angst machen zu können? Glaubte sie wirklich, ihn bis in alle Ewigkeit verfolgen zu können?

Er stand einen Augenblick lang da, schaute auf sie hinunter und fragte sich, wie er sie so sehr hatte lieben können. Er machte keine Anstalten, das Schwert aus ihrem Körper zu ziehen. Wut und Haß brannten wie siedendes Öl in seinen Adern. Schließlich bückte er sich, nahm sie unter den Armen und schleppte sie zum Rand des Sumpfes. Eine Sache gab es, die er für sie tun konnte, seine süße Frau, die mit ihm das Bett geteilt hatte, die Mutter seines Sohnes – er konnte sie zusammen mit ihrem Verführer in den Hades schicken. Mit einer gewaltigen Anstrengung hob er sie hoch und schleuderte sie knapp einen Meter weit in den Sumpf. Mit Genugtuung sah er, wie ihr Körper fast an der Stelle auftraf, wo auch der Körper ihres Liebhabers verschwunden war. Eine Weile lang lag sie da, das blaue Gewand über dem Schlamm ausgebreitet. Das Schwert ragte noch aus ihrem Körper, und im Licht der aufgehenden Sonne sah ihr Haar wie ein kastanienbrauner Spritzer aus. Dann begann sie langsam und kaum wahrnehmbar zu versinken.

Die Hände in den Hüften sah er zu; ein höhnisches Lächeln spielte um seine Lippen. Rache; süße, wohltuende Rache. Und niemand würde es je erfahren. Langsam zogen sich die Wolken zurück, der Himmel wurde blau. Es würde ein schöner Tag werden. Er legte die Hand an den Gürtel und tastete nach dem Dolch, den er dort trug, neben der leeren Scheide, in der sein Schwert gesteckt hatte. Er faßte nach dem Griff und streichelte ihn einen Moment lang, dann zog er den Dolch heraus, spürte das

Gewicht und die schöne Form einer geliebten und vertrauten Waffe.

Nun wandte er sich den Priestern zu.

»Wirst du heute zusammen mit Alison an euren Referaten weiterarbeiten, Sue?« Cissy Farnborough blickte auf den Kopf ihrer Tochter. Viel konnte sie nicht davon sehen, denn das Mädchen saß am Tisch und hatte das Gesicht in ein dickes Taschenbuch vergraben.

Man liest nicht bei Tisch, wollte sie sagen, aber wie konnte sie, wo doch Joe auf der anderen Seite der Cornflakes-Packung saß und sich genauso tief in den *Sunday Telegraph* vergrub. Sie seufzte. »Sue!« versuchte sie es noch einmal, jetzt lauter und ärgerlicher. »Hast du gehört, was ich dich gefragt habe?«

Sue hob den Kopf. Ihr unfrisiertes Haar stand ihr vom Kopf wie ein unordentlicher Heiligenschein; ihr Nachthemd, geschmückt mit einem besonders häßlichen Bild irgendeines stark behaarten Popstars in Nahaufnahme, war verknittert und ausgesprochen schmuddelig. »Ich weiß nicht, was sie vorhat. Sie war letzte Woche nicht in der Schule. Ich rufe sie später an«, sagte sie unfreundlich.

»Mach das bitte. Ich würde gern wissen, wie viele wir zum Mittagessen sind.«

»Du machst sowieso immer zuviel«, meinte Sue schroff und vergrub sich wieder in ihr Buch.

Cissy seufzte. Sie stellte den Wasserkocher an und griff nach der Kaffeedose. Wie immer hatte Joe darauf bestanden, sich so lange mit Gekochtem vollzustopfen, bis er kurz vor dem Platzen oder dem Tod durch eine Überdosis Cholesterin nahe war. Schaudernd warf sie einen Blick auf die fettige Bratpfanne. Er erlaubte ihr nicht einmal, seinen Speck zu grillen. »Ich verdiene mein Geld durch harte Arbeit, Frau«, hatte er sie angebrummt, als sie ihm eine leichte Änderung seiner Ernährungsweise vorschlug. »Was weiß so ein Muttersöhnchen von Doktor schon vom Leben auf dem Land. Diese Ärzte schreiben für Stadtleute; für Schreibtischhengste. Männer, die tagaus, tagein den Hintern nicht richtig hochkriegen. Die sollten's mal mit richtiger Arbeit versuchen. Dann ging's ihnen gleich besser!« Sie hatte es aufgegeben. Es war das alte Thema. Eine Mischung aus bäuerlicher Arroganz und Groll gegen ihren Vater, der vor seiner Pensionierung Buchhalter in London gewesen war. Schweigend dachte sie, daß sie eben den falschen Mann geheiratet hatte. Er war einfach unter ihrem Niveau; auch ihre Eltern waren davon überzeugt. Und unglücklicherweise hatten sie aus ihrer Meinung kein Geheimnis gemacht. Sie hatte Joe verteidigt, hatte mit ihm geschlafen und ihn schließlich geheiratet, aber natürlich hatten ihre Eltern recht gehabt. Er hatte eine zweitklassige Privatschule in Suffolk besucht, war aber keineswegs das, was sie als gebildet bezeichnet hätte. Einzig und allein an der Farm interessiert, las er nie etwas anderes als die Sonntagszeitungen, und er verachtete Bildung bei anderen – besonders bei seiner Frau.

Bei Susie war das anders. Nichts war gut genug für sie, dennoch unterstützte er Cissy nie, wenn sie versuchte, Susie dazu zu bringen, ihre Hausaufgaben zu machen. »Laß das Mädchen in Ruhe«, sagte er jedesmal ungeduldig, wenn Cissy Susie aufforderte, endlich den Walkman oder den Fernseher auszumachen und sich auf ihre Arbeit zu konzentrieren. »Sie sieht gut aus. Sie findet schon einen Mann. Sie braucht diesen ganzen Mist nicht!«

»Es ist keine Orangenmarmelade mehr da, Ciss!« Joe tauchte hinter seiner Zeitung auf und sah sie vorwurfsvoll an, den Deckel des Marmeladenglases in der Hand.

»Verdammt!« Cissy formte das Wort lautlos mit ihren Lippen. Warum, warum nur mußte er sich immer beschweren? Warum fand er immer etwas, das sie vergessen hatte?

»Nenn mich nicht Ciss«, gab sie unfreundlich zurück. Cecilia Louise. Das waren die Namen, die ihre Eltern ihr gegeben hatten. Aber Joe hatte sie noch nie im Leben Cecilia genannt. Zuerst hatte sie es lustig gefunden, Cissy genannt zu werden, aber der Witz hatte schnell an Reiz verloren. Jetzt trug er nur noch mehr zu ihrer Verstimmung bei.

»Geh jetzt und ruf Alison an.« Wie immer richtete sich ihre Wut und Hilflosigkeit gegen ihre Tochter statt gegen den richtigen Adressaten. »Und zieh dich an. Du siehst aus wie eine Schlampe.«

Zu ihrer Überraschung stand Sue sofort auf, und sie sah auch, wie Joe sie verstohlen anblickte. Vielleicht war ihr Ton schärfer gewesen, als ihr bewußt war.

»Ich setze die Marmelade auf die Einkaufsliste«, sagte sie ruhig. »Du wirst warten müssen, bis ich wieder zum Einkaufen fahre. In der Speisekammer ist noch jede Menge anderer Marmelade.« Sie lächelte ihren Mann an. »Sogar ohne Zucker.« Sie sah, wie er sichtlich zusammenzuckte, aber zu ihrer Überraschung sagte er nichts. Lammfromm bestrich er seinen Toast besonders dick mit Butter und aß ihn so. Na schön, wenn das bei ihr ein schlechtes Gewissen erzeugen sollte, dann würde es nicht funktionieren. Was sollten fünfzig oder hundert Gramm Butter mehr schon ausmachen, nach der Unmenge von Fett, die er über die Jahre in seinen Körper geschaufelt hatte?

Sie wandte sich ab und warf einen Blick aus dem Küchenfenster. Es war scheußlich draußen. Der Himmel war noch fast finster, obwohl es schon nach neun war. Der Ostwind warf die Obstbäume hinter dem Küchengarten fast um, und er trieb schnell schmelzende Flocken über das Gras. Sie zitterte. Es fiel immer noch Schneeregen. Vor dem Fenster stritt sich eine Schar kleiner Vögel an der Schale mit zerlaufenem Fett und Samenkernen, die sie ihnen hinausgestellt hatte. Das einzige, was sie an Joes Eßgewohnheiten mochte, war, daß sie aus dem vielen Fett, das sich auf den Essensresten bildete, Vogelpaste machen konnte. Mit dem Anflug eines Lächelns sah sie zu, wie sich zwei Rotkehlchen mit ein paar Spatzen zankten. Auf dem teilweise mit Schnee bedeckten Gras unter dem Vogelhaus stöberten etwa 50 kleine Vögel nach den Samenkernen, die sie dort verstreut hatte.

»Mum! Ihr Telefon geht nicht«, rief Sue mißmutig und knallte den Hörer auf die Gabel. »Zum Teufel nochmal. Scheiße!«

Joe hob den Kopf. »Susan, geh in dein Zimmer!« brüllte er.

»Aber Dad. Allie hat meine Notizen. Ich muß mit ihr reden.«

»Mir egal, was sie hat.« Endlich war etwas durch seine Lethargie gedrungen. »Kein Kind von mir sagt in meinem Haus solche Sachen.«

Cissy trank schweigend ihren Kaffee. Sollten sie selber damit klarkommen. Was Sues Freundschaft mit Alison anging, so tat sie alles, um sie zu unterstützen. Die Lindseys waren eine angenehme Familie. Sie sprachen ein gepflegtes Englisch und hatten gute Manieren. Es war nicht ihre Schuld, daß sie kein Geld hatten. Der arme Roger war so krank, und trotzdem schaffte es Diana mit Stil und Würde, um die Cissy sie beneidete, ihren Haushalt zu führen.

Sie blickte über den Frühstückstisch und wandte sich an Sue. »Ich fahre dich runter zur Redall-Farm, sobald ich das Mittagessen auf dem Herd habe«, sagte sie besänftigend. »Dann kannst du deine Notizen holen, und Allie kann mit zu uns kommen, wenn sie will. Eigentlich können sie alle mitkommen. Diese Woche habe ich einen riesigen Braten. Du hast recht, es gibt genug für alle, und es wäre nett, sie hier zu haben. Bei diesem Wetter kann sowieso niemand draußen arbeiten.« Sie lächelte ihren Mann und ihre Tochter an und war plötzlich gut gelaunt. Ihre Verstimmung war ebenso schnell wieder verschwunden, wie sie gekommen waren. Die Lindseys würden sie alle aufheitern.

XLVII

Kate schreckte aus dem Schlaf. Sie starrte an die Decke und fragte sich, wo sie war. In ihrem Kopf drehte sich alles. Nichts an dem Zimmer kam ihr bekannt vor. Durch die zugezogenen, orangefarbenen Vorhänge fiel schwaches Licht.

Sie blickte sich um, sah überfüllte Regale, einen unordentlichen Schreibtisch mit Computer, auf jedem freien Flecken Poster an der Wand. Sie blinzelte auf ihre Armbanduhr. Viertel nach neun. Nun bemerkte sie, daß sie unter dem Federbett noch angezogen war. Sie drehte sich zum Bettrand. Jeder Teil ihres Körpers tat ihr weh. Sie blieb für einen Moment still liegen und versuchte, ihre Gedanken zu sammeln. Was war letzte Nacht passiert? Warum konnte sie sich an nichts mehr erinnern?

Sie drehte ihr Gesicht zur Tür, als sie ein leises Klopfen hörte. Es war Patrick. Er grinste. »Tut mir leid, daß es hier so unaufgeräumt ist. Ich bringe Ihnen Tee.«

Natürlich. Plötzlich war alles wieder da. Der Schrecken und die Angst; die Kälte und die Erschöpfung. Sie stützte sich auf ihren Ellbogen, strich sich das Haar aus dem Gesicht und griff nach der Tasse. »Du bist ein Engel. Mir war gar nicht bewußt, wie durstig ich bin. Ist mit den anderen alles in Ordnung?«

»Jedenfalls leben sie.« Patrick zog den Stuhl unter seinem Schreibtisch hervor und setzte sich rittlings darauf, ihr gegenüber. »Was passiert mit uns? Was sollen wir jetzt machen?«

Sie nippte an ihrem kochend heißen Tee. »Wir müssen rauf zur Hauptstraße kommen. Wir brauchen Hilfe. Einen Arzt; die Polizei.« Sie hielt inne, legte die Stirn in Falten. »Wie geht's Greg?«

»Sein Fuß ist ganz entzündet. Mum sagt, er müßte eigentlich ins Krankenhaus.« Die Welle der Angst, die sich über sie ergoß, überraschte sie. Greg war der einzige von ihnen, der stark war; der einzige, der sie beschützen konnte, wenn … Wenn was? Wenn sie angegriffen wurden?

Fast, als hätte er ihre Gedanken erraten, schüttelte Patrick den Kopf. »Wer immer Bill getötet hat, ist längst nicht mehr hier. Er hat gestern unser Auto gestohlen. Ich gehe jetzt zu Fuß zu den Farnboroughs. Dafür brauche ich nicht mehr als eine Stunde.«

Sie trank noch etwas Tee und spürte, wie er ihre Kehle hinunterfloß wie ein Lebenselixier. »Du kannst nicht allein gehen. Ich komme mit. Ich wasche mich schnell und esse einen Happen.« Ihr wurde plötzlich bewußt, wie hungrig sie war. »Dann bin ich zu allem bereit. Wie ist das Wetter?«

Patrick stand auf. Er lehnte sich über den Schreibtisch, zog die Vorhänge auf und ließ ein schwaches, bräunliches Licht herein. »Nicht besonders. Es ist immer noch windig, und es ist ziemlich viel Schnee gefallen. Sie sagen einen Schneesturm voraus –« Er brach plötzlich ab.

»Was ist los?« Die Panik, die mit einem Ruck durch ihren Magen lief, sagte Kate, daß sie nicht annähernd so ruhig war, wie sie gedacht hatte. Die ganze Angst war noch da, unter der Oberfläche, und wartete nur darauf, wieder über sie hereinzubrechen.

»Unser Auto!« Patricks Stimme klang erstickt. Kate stellte die Tasse ab, taumelte aus dem Bett und stellte sich neben ihn. »Wo? Verdammt, meine Brille ist in meiner Jacke.« Sie blickte mit zusammengekniffenen Augen über das schneebedeckte Gras zum Watt.

»Da. Da draußen.« Patricks Stimme war halb erstickt vor Schreck. Der Volvo stand ein paar hundert Meter vom Gras und vom Sand entfernt, am Rand des Watts, und hielt ein prekäres Gleichgewicht auf hohen, grasbestandenen Stücken Schlamm. Unter seinen Rädern lief die Flut fröhlich plätschernd aus der kleinen Bucht und ließ einen Vorhang aus Seetang zurück, der über die Stoßstangen des Wagens drapiert war.

»Sitzt jemand drin?« Kate konnte aus dieser Entfernung nur die Umrisse erkennen.

»Ich glaube nicht.« Patricks Stimme klang besorgt. »Wie ist es bloß da hingekommen? Hinfahren kann man es nicht bis dort.«

»Nicht mal bei Ebbe?«

»Schauen Sie sich an, wie hoch der Boden ist, auf dem es steht! Das sind richtige kleine Inseln. Sie müssen mehr als einen Meter über dem Boden liegen. Es gibt keine Möglichkeit, wie der Wagen da hingekommen sein könnte, gar keine.«

»Die Flut muß ihn hingetragen haben. Es gab einen heftigen Sturm letzte Nacht –«

»Und er hat in unsere Richtung geblasen. Vom Meer weg. Das ist ein Auto, Kate. Ein verdammt großer Volvo. Nicht irgendein Spielzeugauto. Im Wasser würde er untergehen.«

»Ja. Natürlich.« Sie merkte, daß sie zitterte, und schob die Hände tief in die Taschen. »Können wir da rausgehen? Wenn die Flut ein bißchen zurückgegangen ist?«

Er nickte geistesabwesend. »Ich muß es Dad sagen.«

»Ich komme gleich runter.«

Sie trat einen Schritt zurück und sah zu, wie er zur Tür ging. Er wirkte benommen. Sie blickte zum Fenster. Das Auto war noch da. Ein Sonnenstrahl, der sich verirrt hatte, brachte die Windschutzscheibe zum Glänzen.

Auf dem Weg nach unten warf sie durch die offene Tür einen Blick in Alisons Zimmer. Das Mädchen lag reglos da, das Haar über das Kissen ausgebreitet. Der Teddybär lag auf dem Boden, daneben eine Wärmflasche. Kate blieb einen Moment lang stehen und sah sie an. Sie hatte das Gefühl, daß Alison nicht wirklich schlief.

»Allie?« flüsterte sie. »Allie, bist du wach?« Keine Antwort.

Roger saß am Küchentisch. Vor ihm stand eine Tasse Kaffee. Diana wartete in seiner Nähe auf den Toast.

»Konnten Sie etwas schlafen?« Sie lächelte Kate an und deutete auf die Kaffeekanne.

Kate griff dankbar nach der Kanne. »Ein bißchen.«

»Gießen Sie Greg auch einen ein, Kate, seien Sie so gut und bringen Sie ihm den rüber. Ich glaube, er wird sich freuen, Sie zu sehen«, sagte Roger. Er setzte ein tapferes Lächeln auf. »Dann frühstücken Sie und ich und Paddy erst mal. Hinterher ist die Flut dann hoffentlich niedrig genug, daß wir uns zu unserer Familienkarosse durchkämpfen können. Diese Schweine. Ich kann mir einfach nicht vorstellen, wie zum Teufel sie ihn da hingekriegt haben, aber er ist keinen Pfifferling mehr wert, wenn ihn die Flut erst mal voll erwischt hat.«

»Wir sind ja versichert, Dad.« Patrick war aus dem Arbeitszimmer aufgetaucht.

»Hoffentlich zahlen die auch.« Als Kate mit zwei Bechern Kaffee durch das Zimmer ging, sah sie, daß Roger finster vor sich hinstarrte.

Greg saß aufrecht gegen einen Berg aus Kissen und Decken gestützt auf dem Feldbett im Arbeitszimmer. Jemand hatte die Kissen um seinen verletzten Fuß so angeordnet, daß er das Gewicht der Bettdecke nicht spürte, und obwohl Kate den Schmerz in seinen Zügen sehen konnte, als er sie angrinste, sah er doch viel viel besser aus als die Nacht zuvor.

»Wie geht's dir?« Sie kniete sich hin, um ihm den Kaffee zu geben, und setzte sich dann neben ihm auf den Boden. »Dem Fuß soll's ja nicht so gutgehen?«

»Ich werd's überleben.« Er streckte eine Hand nach ihr aus. »Und das verdanke ich dir. Du hast mir gestern nacht ungefähr fünfmal das Leben gerettet. Du hast ganz schön was gut bei mir.«

»Red keinen Unsinn.« Verlegen schaute sie auf ihren Kaffee. Er war schwarz und stark.

»Weiß schon. Das hätte jeder getan.« Er lachte. »Naja, trotzdem danke. Wenn ich du gewesen wäre, hätte ich mich wahrscheinlich da liegen lassen, bis ich verfault wäre, und mir gedacht, daß es mir recht geschieht, nachdem ich so blöd mit dir rumgemacht habe.«

Sie lächelte. »Sehr poetisch ausgedrückt.«

Beide schwiegen einen Moment lang. Dann streckte Greg wieder die Hand nach ihr aus. »Kate, ich hatte einen äußerst seltsamen Traum, während ich schlief. Ich glaube, daß wir alle immer noch in einer furchtbaren Gefahr sind. Ich habe es Paddy erzählt, und jetzt erzähle ich's dir. Du wirst denken, ich habe Halluzinationen; wahrscheinlich glaubst du, ich hatte auch letzte Nacht welche –«

»Wenn es welche waren, dann hatten wir sie beide«, warf sie leise ein. »Wir haben beide diese Gestalt gesehen.«

Er schüttelte den Kopf und ließ ihre Hand los, um die Kaffeetasse zu nehmen. »Als du hierhergekommen bist, habe ich beschlossen, dich zu vergraulen. Das weißt du. Aber der Spaß, wenn es einer war, hat sich verdammt schnell verselbständigt. Wir haben alle angefangen, uns Dinge einzubilden ...« Er hielt inne, den Blick auf den Inhalt der Tasse geheftet. »Vielleicht hat mir in diesem Zustand meine Phantasie diktiert, was ich sehen sollte.« Er hielt wieder inne. »Thomas De Quincey hat es ziemlich treffend einmal so ausgedrückt, wenn ich mich recht erinnere: ›Wenn ein Mann, der immer nur von Ochsen spricht, zum Opiumesser wird, dann träumt er auch von Ochsen‹ – stimmt das?« Er warf ihr unter seinen Augenlidern einen schnellen Blick zu, und der Ausdruck des Erstaunens in ihrem Gesicht blieb ihm nicht verborgen. »›Und wenn ein Philosoph einen Opiumtraum hat, dann ist es … *humani nihil* –‹«

»›*Humani nihil a se alienum putat*‹«, führte Kate den Satz für ihn zu Ende. »Nicht schlecht. Ich hätte nie gedacht, daß du die *Bekenntnisse* gelesen hast.«

Er lächelte. Obwohl es grau vor Schmerz war, stand ihm doch der Schalk ins Gesicht geschrieben. »Na ja, früher konnte ich auch mal lesen und schreiben, weißt du. Ich weiß sogar, was es heißt: ›Nichts Menschliches ist ihm fremd.‹ – Stimmt's?« Als sie nichts sagte, fuhr er fort. »Ich habe sogar bei Byron nachgelesen, nachdem ich gehört hatte, was Lady Muck in meinem Cottage zu tun gedachte.«

»Lady Muck?« Sie war noch erstaunter als zuvor.

»Wenn du gewußt hättest, daß ich dich so genannt habe, hättest du mich sicher den Haien überlassen.«

»Allerdings.« Nachdenklich trank sie einen Schluck Kaffee. »Du hast mir noch nicht erzählt, was du geträumt hast. Welche Phantasmagorien haben dich verfolgt?«

»Marcus.«

Sie sog die Luft ein. »Wer sonst.«

»Er hat versucht, mich zu kriegen, am Strand. Er hat versucht, Macht über mich zu bekommen. Ich habe dagegen angekämpft …« Er hielt inne. »In meinem Traum hat er versucht, wieder in meinen Kopf zu kommen.« Er verlagerte mühsam sein Gewicht. »Es war der schrecklichste Traum, den ich bisher gehabt habe, der schrecklichste Traum meines Lebens, und trotzdem kann ich mich nur an ein paar Bruchstücke erinnern.«

»Vielleicht bist du von einem Fremden aus Porlock* aufgeweckt worden.«

* Coleridge hat behauptet, er habe sein Gedicht Kubla Khan – »In Xanadu did Kubla Khan a stateley pleasure dome decree« – im Opiumrausch geträumt und sei gerade beim Aufschreiben gewesen, als ein Mann aus Porlock gekommen sei und so lange auf ihn eingeredet habe, bis er den Rest vergessen hatte. (Anmerkung der Übersetzer)

Kate lächelte ihn an. Sie versuchte, ihn von seiner finsteren Stimmung zu befreien.

»Schon gut, schon gut. Glaub's oder glaub's nicht. Alles, woran ich mich erinnere, ist, daß er versucht hat, in meinen Kopf reinzukommen, und daß er in dieses Haus gekommen wäre, wenn ich ihn gelassen hätte. Und das war es, was er wollte. An uns rankommen. Weil wir sein Geheimnis kennen.«

Sie sah ihn aufmerksam an. »Und was ist sein Geheimnis?«

Er blickte sie an, suchte nach Zeichen, daß sie ihm nicht glaubte, ihn belächelte. »Daß er Claudia getötet hat. Aber das ist noch nicht alles. Noch längst nicht. Warum wäre er sonst so wütend? Und so verzweifelt?«

Die Stille im Raum wurde drückend. In seinen Augen war kein Spott gewesen, auch keine erlösende Leichtigkeit. Was sie dort gesehen hatte, hinter der verengten graugrünen Iris, war Angst. Sie schluckte, flocht nervös ihre Finger ineinander.

»Wer, glaubst du, hat Bill getötet?« fragte sie endlich. Ihre Stimme klang heiser.

Greg seufzte tief. »Ich weiß nicht, was ich denken soll. Weißt du, ob Allie irgendwas gesagt hat?«

»Patrick hat mir gesagt, daß sie behauptet, es sei Marcus gewesen.«

»Hast du ihnen erzählt, was Bill gesagt hat?«

»Nein.«

Greg richtete sich auf. In seinem Fuß hämmerte der Schmerz, heiße Stiche schossen bis zu seinem Knie. Auch ohne das verfärbte Fleisch zu sehen, wußte er, daß es sich entzündet hatte. »Schläft sie noch?«

»Ich glaube schon. Sie hat jedenfalls fest geschlafen, als ich runtergekommen bin. Greg, das Wichtigste ist jetzt, daß wir einen Arzt für dich holen – und für sie. Patrick und ich gehen jetzt rauf zur Hauptstraße.« Sie warf einen Blick zum Fenster hinaus. »Bei Tageslicht erscheint es einem längst nicht mehr so furchterregend.«

Er streckte die Hand aus und berührte wieder die ihre. »Es tut mir so leid, daß das alles passiert ist, Kate. Armer alter Byron.«

Sie lächelte kläglich. »Er läuft mir schon nicht davon.«

»Weißt du«, er zögerte. »Ich glaube, ich bin jetzt doch ganz froh, daß du hier bist.« Er beugte sich zu ihr und küßte sie zärtlich auf die Stirn und fuhr ihr mit einem Finger über die Wange. »Du hast interessante Backenknochen. Wenn das alles vorbei ist, male ich dein Porträt.«

Sie lächelte, überrascht von dem Zittern der Erregung, das trotz ihrer Erschöpfung durch ihren Körper gelaufen war. »Ist das etwa ein Kompliment?«

»O ja. Wer mich gut kennt, würde für so ein Kompliment einen Mord begehen.« Aus seinen Augen funkelte der Schalk.

Sie studierte einen Moment lang sein Gesicht, dann stand sie halb zögernd auf. »Wir wissen jetzt, wo das Auto abgeblieben ist.«

»Wirklich?«

Sie lachte. Ein knappes, kleines Lachen, das einen Augenblick lang an der Schwelle zur Hysterie verharrte. »Es ist draußen im Watt; mitten im Wasser. Niemand kann es da hingefahren haben.«

Er sagte nichts. Seine Augen ließen die ihren nicht los, dann lachte auch er voller Unbehagen. »Nicht schlecht. Möglicherweise kann er einen Streitwagen fahren, aber ein Volvo ist nun mal was anderes.«

»Du glaubst doch nicht ernsthaft –«

»Ich weiß nicht, was ich glaube.« Plötzlich war er mit seinen Nerven am Ende. »Verdammt nochmal, was kann ich von hier aus schon machen? Paß gut auf. Sorg dafür, daß Paddy das Gewehr mitnimmt, und seid bloß vorsichtig. Wir wissen nicht, womit wir es zu tun haben. Da draußen ist jemand, der töten will. Da macht es auch keinen großen Unterschied, ob es ein gemeingefährlicher Irrer aus Fleisch und Blut ist oder einer aus dem Geisterreich. Das Resultat scheint dasselbe zu sein.«

»Also denkst du nicht, daß es Alison war.« Sie hatte sich zur Tür umgedreht.

»Natürlich nicht. Sie wäre nicht stark genug, selbst wenn sie jemanden töten wollte. Und sie hatte nichts mit dem Auto zu tun.« Er ließ sich zurücksinken, überwältigt von Hilflosigkeit, Frustration und Schmerz. Sie blickte auf ihn hinunter, zögerte noch einen Augenblick lang, öffnete dann leise die Tür und schlüpfte hinaus.

Roger schob ihr über den Tisch eine neue Tasse Kaffee hin. »Allie ist aufgewacht. Diana und Paddy sind bei ihr.« Er deutete auf einen Stuhl. Er sah nicht besser aus als vergangene Nacht; seine Lippen hatten immer noch einen beunruhigenden Anflug von Blau, als Kate sich ihm gegenüber setzte.

»Wie geht es ihr?«

Er schüttelte den Kopf. »Ich wollte lieber warten, bis sie runterkommen. Sie will nicht, daß wir uns da oben alle in ihrem Zimmer drängeln.« Außerdem schaffe ich es einfach nicht, die Treppe hochzukommen. Der Gedanke, obwohl unausgesprochen, war deutlich in seinen Augen zu lesen.

Kate wandte den Blick ab. Es schmerzte sie zu sehen, wie krank er war. »Sobald Paddy runterkommt, sollten wir einen Arzt holen, denke ich.«

»Und wir müssen der Polizei Bescheid sagen.« Er blickte in seine Kaffeetasse, rührte nachdenklich darin herum und beobachtete die Bewegung der Flüssigkeit, in der sich die Deckenlampe spiegelte. »Ich weiß, daß ihr alle so eine verrückte Idee habt, daß dort draußen ein Geist rumspukt, Kate. Kommt zur Besinnung, Leute, wie Allie sagen würde. Geister schlagen keine großen, starken Männer tot.« Schließlich hob er den Blick und sah sie an. »Seid vorsichtig. Bitte seid vorsichtig –« Er brach ab, und sie sah, wie ein Lächeln sein Gesicht aufhellte, wie es kurz um seinen Mund huschte und dann erstarb. Sie folgte seinem Blick und drehte sich auf ihrem Stuhl herum. Alison stand in der Tür zur Treppe. Sie trug ihr Nachthemd, das Haar hing ihr zerzaust um die Schultern. Sie blickte sich im Zimmer um, als ob sie es noch nie zuvor gesehen hätte.

»Allie?« Roger stand auf und schob dabei mit einem gräßlich schrillenden Geräusch, das an den Nerven zerrte, den Stuhl über die Fliesen zurück. »Ist alles in Ordnung, Sweetheart?«

Sie bewegte leicht den Kopf, als hätte sie Schwierigkeiten, klar zu sehen, und blickte Kate und ihn verständnislos an. Ihr Körper schwankte hin und her. Hinter ihr erschien Patrick in der Tür. Sein Gesicht war weiß. »Allie?« Er drückte sich an ihr vorbei. »Allie, setz dich. Setz dich. Ich hole dir was zu trinken.« Hinter seinem Rücken gestikulierte er wild in Richtung Roger und Kate.

Sie blickten sich an. Die Atmosphäre im Zimmer war plötzlich elektrisch geladen. Alison machte wieder einen Schritt nach vorn. Sie setzte mit enormer Vorsicht einen Fuß vor den anderen, als würde der Boden schwanken wie das Deck eines Schiffs. Als sie so auf sie zuging, sprangen die beiden Katzen, die neben dem Feuer geschlafen hatten, vom Stuhl, auf dem sie ineinanderverschlungen geschlafen hatten, und flitzten davon. Innerhalb von Sekunden waren sie durch die Katzenklappe verschwunden. Kate schaute ihnen verdutzt hinterher. Ihre Augen hatten wild geleuchtet; das Fell im Nacken und auf dem Schwanz war vor Schreck gesträubt. Stirnrunzelnd schaute sie zurück zu Alison, die wieder stehengeblieben war, und sie fand, daß das Mädchen aussah, als sei es betrunken.

Roger hatte denselben Gedanken. »Alison?« Seine Stimme war scharf. »Was ist los mit dir?«

»Sie hat Mum angegriffen«, murmelte Patrick mit heiserer Stimme. Er erreichte den Tisch und rutschte dahinter, brachte ihn zwischen sich und seine Schwester. »Sie ist verrückt geworden. Oh, Dad, was geschieht hier bloß?« Sein Gesicht war bleich und angespannt. Er sah verängstigt aus.

Roger warf einen schnellen Blick auf ihn und schaute dann wieder seine Tochter an. Ihr Gesicht war völlig ausdruckslos. Sie tat wieder einen Schritt nach vorn, die Hände vor sich ausgestreckt, als taste sie in völliger Dunkelheit herum.

»Alison!« sagte Roger laut. »Antworte mir! Was fehlt dir?« Er sah schnell seinen Sohn an. »Wo ist Di? Ist sie verletzt?«

Patrick schüttelte den Kopf. »Nur geschockt. Sie kommt gleich –«

Er wurde von einem plötzlichen, langsamen Lachen unterbrochen. Das Geräusch, bemerkte er erschaudernd, kam von Alison, aber es war nicht ihre Stimme. Kate überlief es eiskalt, als sie das Mädchen ansah.

»Niemand.« Alison sprach langsam, die Stimme war heiser. »Niemand wird dieses Haus verlassen. Niemand wird je herausfinden, was passiert ist.«

Hinter ihr erschien Diana in der Tür. Kate hörte, wie Roger scharf den Atem einzog, als er seine Frau anblickte. In ihrem Gesicht hatte sie einen großen purpurnen Fleck. Sie schlüpfte in das Zimmer und blieb, wo sie war, mit dem Rücken zur Wand. Ihr ganzer Körper drückte deutlich ihren Schmerz, ihre Verwirrung und ihre Angst aus.

Roger schluckte. »Allie, Liebes, ich glaube, wir sollten uns unterhalten. Warum setzt du dich nicht. Wir trinken erst mal alle was Heißes –«

Sie schien ihn nicht gehört zu haben. Langsam und gequält machte sie den nächsten Schritt. Kate sah auf ihre Augen. Sie waren leer; völlig leer.

»Roger.« Sie trat näher zu ihm hin, ihre Stimme war kaum ein Flüstern. »Ich glaube, sie schläft.«

Roger blickte sie scharf an, dann sah er wieder zu seiner Tochter. Er kniff die Augen zusammen. »Mein Gott. Ich glaube, Sie haben recht! Was tun wir?«

»Heißt es nicht, daß es gefährlich ist, so jemanden zu wecken?« Kate sandte einen flehenden Blick in Dianas Richtung.

Es war Patrick, der handelte. »Wenn sie schläft, kann sie uns nicht sehen«, sagte er leise. Er machte einen vorsichtigen Schritt auf seine Schwester zu, und dann, als sie nicht reagierte, noch einen. Er schlüpfte um sie herum und legte ihr von hinten die Hände auf die Schultern. »Komm, Allie, zurück ins Bett.« Sie beachtete ihn nicht. »Allie. Komm schon. Du mußt dich hinlegen –« Er steigerte leicht den Druck und versuchte, sie umzudrehen. Ihr Körper straffte sich. Dann plötzlich befreite sie sich aus seinem Griff, wirbelte herum und versuchte, Patrick einen gewaltigen Schlag zu versetzen, der aber nur seine Schulter streifte, da er ihm auswich.

»Also gut, Alison, jetzt ist es genug.« Roger bewegte sich mit überraschender Geschwindigkeit. Er packte sie an den Handgelenken und zog sie zu einem Stuhl. »Wach oder nicht, so ein Verhalten gibt es in diesem Hause nicht.« Überrascht tat sie zwei Schritte mit ihm, blieb dann stehen und schüttelte ihn ab. Er taumelte zurück. Er war zwar durch die Krankheit geschwächt, aber er war groß und auch noch ziemlich schwer. Doch seine Tochter hatte ihn so leicht abgeschüttelt, als wäre er nur halb so groß wie sie. Ihre Miene war noch immer leer; aller Ausdruck war völlig aus ihren Gesichtszügen verschwunden.

»Sie ist wie ein Roboter«, flüsterte Patrick. Er schlüpfte hinüber auf die Seite seines Vaters. »Bist du okay, Dad? Hat sie dich verletzt?«

Roger schüttelte den Kopf. Sie alle hatten ihre Augen auf Alisons Gesicht gerichtet, das reglos blieb. Kate runzelte die Stirn. Schlief sie wirklich? Oder war es etwas anderes? Das Mädchen blieb mehrere Minuten lang reglos stehen; keiner rührte sich, keiner sagte etwas. Dann sah Kate im Augenwinkel, wie Diana aus dem Zimmer schlüpfte. Gleich darauf kam sie zurück. Sie hatte einen Gürtel aus Leinen in der Hand. Sie sahen alle zu, wie sich Diana auf Zehenspitzen hinter Alison schlich und vorsichtig begann, den Gürtel um sie zu legen, über ihre Arme. Offenbar hatte sie vor, ihr die Arme an den Körper zu fesseln. Alison reagierte nicht. Diana zog vorsichtig den Gürtel enger, gleich über den Ellbogen des Mädchens. »Hol eine Decke, Roger. Wickel sie fest ein«, befahl sie. »Schnell. Bevor sie aufwacht.«

Alison ging beim Klang ihrer Stimme nach vorn, als werde ihr erst jetzt bewußt, daß sie gefesselt war. Sie versuchte, ihre Arme zu bewegen, und ein Blick ängstlicher Verwirrung blitzte in ihrem Gesicht auf, auf den unmittelbar danach ein wütendes Gebrüll folgte. Sie drehte sich um, schlug mit den Händen um sich und zerriß fast ohne Anstrengung den Gürtel. Ihr Gesicht hatte den Ausdruck reinster Wut angenommen. Sie wandte sich zum Tisch und streckte die Hand aus. Kate sah zu spät, daß neben dem Brotlaib ein Messer lag; sie sprang hin, aber Alison war zuerst dort, und ihre Hand legte sich vor der von Kate auf den Griff des Brotmessers. Kate packte ihr Handgelenk, und für einen Moment trafen sich über den Tisch hinweg ihre Blicke. Kate hatte ein stechendes Gefühl des Entsetzens; die Augen, die sich in die ihren bohrten, waren nicht die Alisons; sie waren nicht mehr ausdruckslos; sie schliefen nicht mehr; sie waren kalt, berechnend und sehr wütend.

»Allie –«, keuchte sie. »Bitte.«

Alison lachte. Ein tiefes, kehliges Lachen. Mühelos verdrehte sie unter Kates Fingern ihren Arm, hob das Messer hoch, drehte sich um und stürzte sich auf ihre Mutter. Sie verfehlte sie und verlor das Gleichgewicht. Patrick nutzte die Gelegenheit und warf sich auf sie. Miteinander ringend fielen sie zu Boden.

»Paddy –« Dianas Schrei hallte durch den Raum, als die

Klinge seinen Unterarm traf und Blut über die Binsenmatte spritzte. Aber er ließ nicht los. Sie kämpften wild weiter. Patrick trat und wand sich, doch Alison gewann langsam, aber sicher die Oberhand. »Roger, tu doch etwas!« schrie Diana, die vergessen hatte, wie schwach ihr Mann war. Aber es war Kate, die das zusammengefaltete Tischtuch auf der Anrichte packte und es Alison über den Kopf warf. Im selben Moment entwand sich Patrick dem Griff seiner Schwester. Er stellte seinen Fuß auf ihr Handgelenk und drückte es fest auf den Boden, während er ihr das Messer entriß. Erst danach merkten sie, daß Greg auf einen Gehstock gestützt ins Zimmer gehumpelt war, das Gesicht bleich vor Schmerz.

»Hier.« Er gab seiner Mutter eine Schachtel. »Schnell. Es ist Dads Beruhigungsmittel.« Mit sichtbar zitternden Händen öffnete Diana die Schachtel und holte eine Spritze heraus. Sie warf einen Blick auf Roger, füllte dann die Spritze und näherte sich ihrer sich windenden Tochter. Sie schob das Nachthemd hoch und stach die Nadel in eine von Alisons Pobacken. Das Mädchen stieß einen Wutschrei aus, der durch das Tischtuch kaum gedämpft wurde, das ihr Kate um den Kopf hielt. Auf ihn folgte ein Schwall von Flüchen, die nur ganz langsam abklangen. Es dauerte mehrere Minuten, bevor sich ihre geballten Fäuste lösten und sie auf den Boden sank. Kate entfernte vorsichtig das Tischtuch und schaute hinunter. Alisons Gesicht, gerötet vom Kampf, hatte sich entspannt; sie atmete schnell und leicht, ihre Haare waren über den Boden gebreitet. Patrick bückte sich langsam und zog das Nachthemd seiner Schwester nach unten, um ihren Hintern zu bedecken, dann drehte er sich um und nahm ein Geschirrtuch von der Spüle, um die Blutung an seinem Arm zu stillen.

»Nicht, Patrick. Das ist nicht sauber.« Dianas Bemerkung kam ganz automatisch; ihre Augen waren immer noch auf Alisons Gesicht gerichtet.

»Habt ihr gehört, was sie geschrien hat?« Greg ließ sich auf einen Stuhl fallen. In seinem Kopf drehte sich noch alles von der Anstrengung, mit der er sich aus dem Arbeitszimmer geschleppt hatte.

»Es war irgendeine fremde Sprache«, sagte Roger nach einem Moment des Zögerns.

»Nicht *irgendeine* fremde Sprache.« Greg sah Kate an. »Los. Sag ihnen, was es war.«

Kate schüttelte den Kopf. »Ich bin mir nicht sicher –«

»Natürlich bist du dir sicher. Du hast gehört, was sie gesagt hat. Es war irgendwas auf lateinisch. Los, gib's zu. Du hast es gehört.« Er starrte in die Runde. »Ihr habt es alle gehört. Es war Lateinisch!«

Patrick bückte sich, um das Messer aufzuheben. Er starrte es einen Augenblick lang an, als könne er nicht glauben, daß er es in der Hand hielt. »Allie hätte das nie getan; sie hätte das nicht tun können. Kein Mädchen hat so viel Kraft.«

Diana hob den zerrissenen Gürtel auf. Er war an zwei Stellen gesprengt worden. Sie starrten ihn alle an. »Wie lange hält die Spritze vor?« fragte Roger leise und sah seine Frau an.

»Nicht lange. Ich hatte nicht erwartet, daß es so schnell wirken würde.« Sie sah hinunter auf Alisons zusammengesunkenen Körper. »Oh, Roger, was sollen wir nur mit ihr machen?« Ihre Stimme war tränenerstickt.

Roger legte den Arm um ihre Schultern. »Ich weiß es nicht.« Sein Körper war in sich zusammengesunken, ein Bild der Niederlage.

»Es gibt da etwas, das ihr wissen solltet.« Greg sah von einem zum anderen, und dann zu Kate. Sein Gesicht war voller Mitgefühl. »Bevor er starb, hat Bill uns gesagt, daß es Alison war, die ihn angegriffen hat.«

»Nein!« Dianas Protest war halb Schrei, halb Stöhnen.

»Doch, das hat er gesagt«, bestätigte Kate. »Aber es war nicht Alison, oder? Wir alle wissen das doch. Diese Augen sind nicht die von Alison.«

»Was wollen Sie damit sagen?« fuhr Diana sie an.

»Du weißt, was sie sagen will«, sagte Greg. Er starrte hinunter auf seine Schwester. »Sie ist besessen.«

»Nein.«

»Wie willst du es sonst nennen?« Er streckte die Hand nach seiner Mutter aus, aber sie wich zurück. Er zuckte mit den Schultern. »Das war nicht Alison, die da gesprochen hat; Alison würde auch nicht solche Dinge tun. Kate hat recht. Es sind nicht einmal ihre Augen.«

Diana brach in Tränen aus. »Was sollen wir nur tun?«

Greg sah zuerst Kate an und dann seinen Vater, der sich auf den Stuhl am Kopfende des Tisches hatte sinken lassen, das Gesicht grau vor Erschöpfung. »Wir müssen einen Arzt holen.«

»Nein!« Diana war dagegen. »Wir holen keinen Arzt, und auch keine Polizei. Ich lasse nicht zu, daß Allie von hier weggebracht wird –«

»Und was ist mit meinem Fuß?« Gregs Stimme war sanft. »Und was ist mit Dad? Ich finde, der Arzt sollte ihn sich ansehen.« Er hielt inne. »Allie braucht Hilfe. Dringend. Du weißt das so gut wie ich.«

»Nein.« Diana schüttelte den Kopf. Tränen liefen ihr über die Wangen. »Nein, wir bringen das alles selbst wieder in Ordnung. Keine Sorge. Allie geht es bald wieder gut, sie muß einmal richtig ausschlafen. Dein Fuß ist nicht so schlimm, Greg. Er sieht schon besser aus, das hast du selbst gesagt, und dein Vater muß sich nur ausruhen –«

»Di.« Roger hob den Kopf. Er rieb sich müde mit den Händen über die Wangen, und sie hörten alle das kratzende Geräusch seiner Hände auf dem 24-Stunden-Bart. »Wir schaffen das nicht allein. Das weißt du auch. Da draußen im Cottage liegt ein Toter. Ein Toter, Di. Das ist keine Einbildung. Und das bringt sich auch nicht von selbst wieder in Ordnung.«

»Allie hat nichts mit dem Auto zu tun, Ma«, warf Patrick plötzlich ein. »Da draußen muß noch jemand sein.«

»Patrick und ich gehen zu den Farnboroughs, um zu telefonieren.« Kate stand auf. »Ich denke, wir sollten jetzt wirklich los.«

»Nimm das Gewehr mit, Paddy.« meinte Roger. »Greg und ich kommen hier schon klar.«

Patrick blickte unsicher vom Gesicht seiner Mutter zu dem seines Vaters, dann wandte er sich Kate zu. »Okay?« flüsterte er.

XLVIII

Die Küche war blitzblank, der Braten im Ofen, und die Kartoffeln brieten langsam vor sich hin. Cissy sah sich mit einem zufriedenen Lächeln um. Sogar Joes Sonntagszeitungen waren am äußersten Ende des Küchentischs zu einem mehr oder weniger ordentlichen Stapel aufgeschichtet. Nichts würde ihr jetzt mehr ein schlechtes Gewissen bereiten, wenn sie und Sue runter zur Redall-Farm fuhren und in der Ecke beim Kamin eine Tasse von Dianas wunderbarem Kaffee aus dem Laden in Ipswich tranken.

Sie fragte sich oft, weshalb sie Dianas Haus so sehr mochte. Das Wohnzimmer der Redall-Farm war genau das, was es sein sollte, – ein Zimmer zum Wohnen, wo man immer knietief durch Zeitungen, Nähzeug und Katzen watete und wo haufenweise Gregs Bilder und Patricks Bücher herumlagen. Diese Unordnung war allerdings immer durch frische Blumen verschönt; sogar im tiefsten Winter gelang es Diana, im Wald etwas zu finden. Und das Haus duftete immer nach Kaffee, selbstgebackenem Brot und getrockneten Kräutern, und auch wenn es gelegentlich ein wenig nach Katze roch, war doch alles sehr einladend.

Mit einem Seufzer blickte sich Cissy in ihrer eigenen Küche um. Auch wenn sie sich noch so sehr bemühte, Dianas Durcheinander war nichts für sie. Jedenfalls nicht, wenn es ihr eigenes Haus betraf. Sie hatte versucht, Blumen zu trocknen, aber überall waren verschrumpelte Blütenblätter auf den Boden gefallen; sie versuchte auch, Brot zu backen, aber sie ärgerte sich über den Anblick der mit Tüchern bedeckten Pfannen, in denen der Teig seitlich nach oben stieg; und das Ergebnis, auch wenn es gut roch, lag schwer wie Blei im Magen.

»Sue!« Sie stand am Fuß der Treppe und rief hinauf. »Kommst du mit runter nach Redall?«

»Komme schon.« Sie war tatsächlich zu Sue durchgedrungen. Der Walkman lag aus irgendeinem Grund (keine Batterien, vermutete sie) unbeachtet auf dem Nachttisch. Sue tauchte auf, zugänglich für menschliche Kommunikation. »Toll. Kommen sie dann mit zum Mittagessen?«

»Das hoffe ich. Hol deine Handschuhe, Schatz.« Cissy betrachtete skeptisch die Ausstattung ihrer Tochter – schwarze Leggings, schwarzes T-Shirt, einen schwarzen Pullover, der vorn bis zu den Knien reichte und hinten gerade eben den Po bedeckte, einen schwarzen, um den Kopf gewickelten Schal und schwarzen Eyeliner. Sie seufzte. Als sie heute morgen aufgestanden war, hatte das Kind wie ein normaler Teenager ausgesehen. Jetzt sah sie aus wie ein Zombie aus den Sümpfen.

Mit einem Seufzer der Verzweiflung nahm Cissy die Schlüssel für den Range Rover vom Tisch in der Diele und ging voran nach draußen. Es war ein kalter, feuchter Morgen; der Himmel war stark bewölkt. Jeden Moment würde es wieder anfangen zu schneien. Sie kletterten in den Range Rover, und Cissy ließ den Motor an. Sie ließ ihn ein paar Augenblicke lang laufen, während sie die Scheibenwischer anschaltete und innen mit einem Tuch den Beschlag von den Scheiben wischte.

»Ich hasse dieses Wetter.« Sue beugte sich nach vorn, um das Radio anzumachen, und probierte die Sender durch.

Ihre Mutter verzog das Gesicht, als Radio Eins in die kalte Stille schmetterte. »Muß das sein?«

»Ach komm schon, Mum. Demnächst sagst du mir noch, daß du die Vögel hören willst.«

»Warum nicht?« Cissy zuckte mit den Schultern, dem Argument nicht gewachsen. Mit einem Seufzer löste sie die Handbremse und ließ das schwere Fahrzeug hinaus aus dem Hof und auf die Straße rollen. Das Streufahrzeug war in der Nacht hier gewesen, und auf der Straße lag gelblicher Schneematsch. Es waren keine anderen Autos in Sicht, als sie vorsichtig die zwei Meilen fuhr, nach denen die Redall Lane abzweigte. »Ich hoffe, ihr Weg ist nicht zu schlecht«, murmelte sie, als sie einbog. »Ich verstehe nicht, wieso Roger ihn nicht asphaltieren läßt. Man könnte meinen, sie wollen, daß sie hier unten von der Welt abgeschnitten sind.«

»Sie haben nicht genug Geld für sowas«, warf Sue ein. Sie legte einen Knöchel auf ihr Knie und lehnte sich lässig gegen die Tür. Sie versuchte, es sich bequem zu machen, während das Auto über die Schlaglöcher ruckelte. »Wenn Dad was von Nachbarschaft hielte, würde er es für sie machen. Es würde ihn nicht mal was kosten – er macht andauernd die Farmstraßen, und für die Lindseys würde das einen Riesenunterschied machen.«

Cissy holte Luft und wollte schon erwidern, daß das nicht so einfach sei – Joe würde es nie tun, und Roger würde es nie annehmen –, als sie sich eines Besseren besann. Die Kinder sahen oft völlig klar, was getan werden mußte, und oft taten sie es dann auch. Es waren die Erwachsenen, die mit ihrem Hin und Her und ihren selbst auferlegten Regeln alles zum unlösbaren Problem werden ließen. Warum sollten sie zur Abwechslung nicht mal jemandem helfen? Joe konnte ja sagen, daß er zuviel Kies oder Asphalt oder was immer sie zum Straßenbauen verwendeten, bestellt habe; eine fromme Lüge, um Rücksicht auf Rogers Stolz zu nehmen.

»Warum lächelst du so?« Sue starrte sie trotzig an; sie wartete darauf, daß ihre Mutter ihr sagte, sie solle sich hinsetzen wie eine Dame. Cissys Lächeln wurde nur noch breiter. Na und, scheiß drauf. Das Kind konnte sich hinsetzen, wie es wollte. Schließlich war es ihr Leben.

Der Range Rover schlidderte glücklich um die erste der steilen Ecken und bewegte sich stetig auf die nächste zu. Wagemutig gab Cissy etwas mehr Gas. Sie wollte endlich dort sein. Über ihnen wölbten sich die Bäume unter einem feinen Nebel aus Schnee. Die weißen Furchen glänzten dunkel und reflektierten kein Licht vom Himmel. Cissy schaltete verärgert die Scheinwerfer an. Im nächsten Moment stieß sie einen Schrei aus: Das Licht fiel auf eine Gestalt, die vor ihnen auf dem Weg stand. Sie machte eine Vollbremsung und kämpfte mit aller Kraft mit dem Lenkrad, aber der Range Rover geriet ins Schleudern.

»O Gott!«

Verzweifelt bemühte sie sich, den Wagen unter Kontrolle zu bringen. Sie hörte, wie Sue mit einem lauten Krachen zur Seite gegen das Fenster geschleudert wurde.

»O mein Gott!« schrie sie wieder. Die Gestalt schien ihr Gesichtsfeld auszufüllen, die Hände erhoben. Dann raste der Wagen seitwärts über den Rand des Weges und krachte in den Graben. Cissys Kopf knallte gegen das Lenkrad, der Motor starb.

In die anschließende Stille drang die Stimme von Bruce Springsteen aus dem Radio und legte sich über das tickende Geräusch des Motors und das Zischen, das aus dem dampfenden Kühler kam.

XLIX

Patrick hielt das Gewehr fest unter seinem Arm. Er hielt sich an keine der Regeln; es war geladen und es war entsichert, aber Kate hatte nichts dazu gesagt, als sie ihm nach draußen gefolgt war und hörte, wie Diana hinter ihnen die Tür verriegelte.

»Sollen wir einen Blick auf den Wagen werfen?« Patrick wandte sich fragend zu ihr um. Sein Gesicht war abgezehrt und bleich, und sie spürte etwas, das wohl irgendwie mütterlich war. Auch wenn er noch so sehr versuchte, erwachsen zu sein, so war er in mancher Hinsicht doch noch ein kleiner Junge und erwartete von ihr, die Erwachsene zu sein. Aber eigentlich brauchte sie ebenso eine Hand, an der sie sich festhalten konnte.

Sie blieb stehen und horchte. Die Luft war rauh und kalt; sie roch nach feuchten Kiefern und Schlamm, verfing sich in ihrem Hals und fühlte sich in ihrem Gesicht feucht und klamm an.

»Warum eigentlich nicht«, sagte sie langsam. »Es dauert nur ein paar Minuten.« Sie war genauso wenig erpicht darauf wie er, den dunklen Weg hochzugehen.

Sie kämpften sich durch das hohe Gras zu dem Sandstück, das zwischen dem Garten und dem Watt lag, und blieben einen Moment lang stehen, um hinaus auf den Schlick zu blicken. »Die Flut ist weit genug draußen. Ich gehe hin und seh' es mir an.« Patrick gab ihr das Gewehr. »Warten Sie hier?«

Sie nickte. Das Gewehr war überraschend schwer. Sie hatte Zweifel, ob sie es zur Schulter führen und dann ruhig halten konnte, wenn sie mußte. Aber es fühlte sich beruhigend an. Sie kniff die Augen zum Schutz vor dem Wind zusammen und sah zu, wie Patrick in seinen langen Stiefeln von Grasbüschel zu Grasbüschel sprang, sich so hinaus zum Schlick kämpfte, ab und zu spritzend durch das zurückgehende Wasser stapfte und sandige, schlammige Sandbänke hochkletterte, die wie kleine Inseln aus dem Wasser ragten. Er erreichte den Wagen, und sie sah, wie er durch die Fenster spähte und vorsichtig um ihn herum ging. Er suchte in seiner Tasche, holte den Schlüssel heraus, sperrte die

Beifahrertür auf und schlüpfte hinein. Mit angehaltenem Atem sah sie zu. Der Garten hinter ihr war vollkommen still. Sie stellte sich vor, daß Diana und Greg vom Küchenfenster aus zusahen, und der Gedanke tröstete sie.

Nur Sekunden später kam Patrick wieder aus dem Wagen geklettert. Sorgsam schloß er die Tür ab – etwas, das ihr unglaublich komisch vorkam, weil es so fehl am Platze war. Dann machte er sich auf den Rückweg. Er war schmutzig und außer Atem, als er schließlich wieder neben ihr stand.

»Er war abgeschlossen. Es gibt keine Spur, daß jemand versucht hat, die Tür aufzubrechen und die Drähte unter dem Armaturenbrett kurzzuschließen. Alles war so, wie es sein sollte. Kein Schmutz, kein Wasser, keine Kratzer. In bestem Zustand.«

»Sollten wir uns darüber freuen?« fragte Kate trocken.

Patrick sah sie an. »Wie ist er da hingekommen, Kate?«

Sie zuckte mit den Schultern. »Das überlegen wir uns später. Konzentrieren wir uns jetzt lieber darauf, zur Straße hinaufzukommen.« Sie gab ihm das Gewehr und drehte sich um, weg vom Meer.

Er nickte. »Es gibt eine Abkürzung. Nehmen wir die. Ich zeige sie Ihnen.« Er ging voraus, zurück über das Gras.

Im Haus wandte Greg sich vom Fenster weg. Hinter ihm hatte sein Vater sich auf das Sofa gelegt. Innerhalb von Sekunden war er eingeschlafen. Mit einem mitfühlenden Blick auf Rogers erschöpftes Gesicht humpelte Greg zurück zur Küche. »Sie sind fort. Hör mal, Ma, was machen wir jetzt mit Allie? Sie schläft bestimmt nicht mehr sehr lange.«

Er wußte, was er zu tun hatte – sie irgendwo einsperren –, und er wußte auch, daß seine Mutter nichts davon hören wollte. »Wir können nicht die Augen davor verschließen, daß sie wieder gefährlich werden könnte. Ich weiß, daß es nicht ihre Schuld ist; es ist nicht Allie, um Gottes willen. Aber wir müssen vorsichtig sein.«

»Was schlägst du also vor?« Dianas Stimme war heiser vor Erschöpfung.

»Hat die Tür zu ihrem Zimmer einen Schlüssel?«

»Das weißt du doch. Sie sperrt sich schließlich dauernd ein.«

»Dann ist es auch kein Unglück für sie, wenn wir sie hinaufbringen und einsperren, wenn wir sie ins Bett gebracht und gut zugedeckt haben. Für unseren eigenen Seelenfrieden.«

Zu seiner Überraschung zuckte sie nur mit den Schultern. »Ist gut.«

Er warf einen Blick auf seinen Vater und dann zurück zu ihr. »Wir beide werden es tun müssen, Ma.«

Sie nickte. Einen Augenblick lang saß sie still, wurde sichtlich matter, dann straffte sie ihre Schultern und hob den Kopf. Sie versuchte, tapfer zu lächeln. »Tut mir leid, Greg. Ich bin nicht gerade eine große Hilfe. Du hast natürlich recht.« Sie stand auf. »Ich bringe sie nach oben.«

»Das kannst du nicht allein.«

»Natürlich kann ich –« Diana brach plötzlich ab. Für einen Moment hatte keiner von beiden mehr Alison beobachtet, aber jetzt, während sie sprachen, bemerkten sie, daß das Mädchen die Augen aufgeschlagen hatte.

»Allie?« Es war Greg, der zuerst sprach. »Alles mit dir in Ordnung?«

Ihre Augen waren weit, ängstlich, verwirrt. Es waren wieder ihre eigenen. Er blickte seine Mutter an und sah, daß auch sie es gesehen hatte. Sie ging auf ihre Tochter zu, kniete sich nieder und legte die Arme um sie. »Allie, Liebes. Du hast uns einen schönen Schrecken eingejagt.«

»Bin ich hingefallen?« Alison bemühte sich, sich aufzusetzen, und lehnte sich an ihre Mutter.

»Du hattest einen Schwindelanfall, altes Haus«, erwiderte Greg. Er grinste sie beruhigend an. »Wieder besser?«

»Ich … ich glaube schon.«

»Ins Bett, Sweetheart.« Dianas Stimme war fest. »Dann bringe ich dir was zu essen rauf.«

Alison richtete sich unsicher auf und blieb dann, leicht schwankend, einen Moment lang stehen, um sich benommen umzusehen. »Er ist weg, oder?« sagte sie endlich.

»Ja, er ist weg.« Greg schüttelte warnend den Kopf, als Diana den Mund aufmachte, um zu sprechen. »Es gibt nichts, worüber du dir Sorgen machen mußt, Schwesterchen.«

Alison lächelte. »Nichts, worüber ich mir Sorgen machen muß«, wiederholte sie gehorsam. Sie sah noch immer benommen aus.

Diana nahm ihren Arm. »Komm, Liebes. Nach oben. Du erkältest dich noch hier unten.«

Greg sah zu, wie sie durch das Zimmer gingen, dann setzte er sich. Plötzlich war ihm wieder bewußt, wie schlimm sein Fuß schmerzte.

Es dauerte mehrere Minuten, bis Diana zurückkam. »Sie hat sich sofort hingelegt, und sie scheint wieder eingeschlafen zu sein.«

»Hast du die Tür abgesperrt?«

Sie nickte. »O Greg, ich hasse es, das zu tun.«

»Es tut ihr ja nicht weh. Und besser das als eine Wiederholung von – was auch immer vorhin passiert ist.«

Sie nickte, riß sich zusammen und ging entschlossen zu ihm. »Also gut. Sehen wir uns den Fuß an.«

»Sollten wir nicht warten, bis der Arzt kommt?«

»Damit er ihn amputieren kann? Komm schon. Leg dein Bein rauf auf den Stuhl.« Sie wußten beide, daß sie sich irgendwie beschäftigen mußte.

Vorsichtig zog sie den Verband ab. Sie betrachteten den geschwollenen Fuß. »Ich werde wohl den Eiter ablassen müssen.« Sie sah ihn an.

Es gelang ihm, ein Lächeln aufzusetzen. »Traust du dir das zu?«

»Natürlich. Ich hole den Erste-Hilfe-Kasten.«

Er war im Arbeitszimmer. Sie machte das Licht an und spähte nach dem Kasten, den sie auf den Schreibtisch gestellt hatte. Er schien nicht da zu sein. Nervös begann sie, das Zimmer zu durchsuchen, dann hielt sie plötzlich inne. Es war kalt hier, außerordentlich kalt. Und sie konnte Erde riechen, feuchte Erde. Sie kämpfte gegen den plötzlichen Zwang an, aus dem Zimmer zu laufen. »Greg? Was habe ich mit dem Verbandskasten gemacht?« Ihre Stimme war unnatürlich laut, als sie über ihre Schulter rief. Die Tür hinter ihr war zu. Sie hatte sie doch bestimmt nicht zugemacht! Sie sprang hin, packte den Griff. Sie ließ sich nicht öffnen. »Greg!« Es war jetzt ein Schrei. »Greg!« Jemand war hinter ihr. Jemand war ganz nah bei ihr. Sie roch ein seltsames Parfum; süß, widerwärtig süß, und die Kälte war jetzt sogar noch intensiver, schnitt in ihre Finger, während sie mit der

Türklinke kämpfte. »Greg!« schluchzte sie auf, wirbelte herum und hob ihre Arme vors Gesicht, um abzuwehren, wer immer es war.

Das Zimmer war leer. Sie starrte um sich, fassungslos. Sie war sich so sicher gewesen; sie hatte sie gehört, sie gefühlt, sie gerochen; eine Frau. Sie wußte, daß es eine Frau gewesen war. Schluchzend vor Angst drehte sie sich um, um wieder mit der Klinke zu kämpfen. Die Tür ging problemlos auf.

»Ma? Ist alles in Ordnung?« Sie konnte Gregs Stimme hören, die nach ihr rief; nicht besorgt, nicht ängstlich, eher neugierig. Hatte er denn ihre Schreie nicht gehört? Sie schluckte schwer bei dem Versuch, sich zu fassen, und sah dann zurück ins Zimmer. Der Verbandskasten stand auf dem Regal neben der Tür, wo sie ihn sofort hätte sehen müssen, wenn sie hingeschaut hätte. Sie packte ihn, warf die Tür hinter sich zu und ging zurück ins Wohnzimmer.

»Konnte ihn nicht gleich finden.« Sie lächelte Greg breit und unnatürlich an. »Gut. Was ich jetzt brauche, ist kochendes Wasser und das Desinfektionsmittel, dann bin ich soweit.« Sie holte ein Handtuch aus der Schublade, während das Wasser warm wurde, legte es unter Gregs Fuß und packte umständlich ihre Ausrüstung auf dem Tisch aus.

Er legte eine Hand auf ihren Arm. »Bist du okay?«

Sie nickte. »Mir geht's gut.«

»Es kommt schon wieder alles in Ordnung.« Er lächelte sie beruhigend an. »Es gibt für all das eine Erklärung; Bill kann nichts mehr lebendig machen, aber ich weiß, daß es nichts mit Allie zu tun hatte. Sobald die Polizei hier ist, wird sich alles klären, du wirst sehen.«

Sie nickte wieder und konzentrierte sich darauf, ihre Verbände und Bandagen zu sortieren.

Sie legte die Rasierklinge mehrere Minuten lang in kochendes Wasser, anschließend wusch sie sich die Hände mit Wasser und Seife, dann mit dem Desinfektionsmittel und wartete, bis die Klinge hinreichend abgekühlt war, um sie anzufassen. »Schau nicht hin.«

Er grinste. »Wenn ich nicht hinschaue, stellt sich hinterher womöglich heraus, daß du mir den Fuß abgehackt hast.« Er knirschte mit den Zähnen, als sie die Klinge auf die geschwollene

Haut legte. Sie schien fast keinen Druck auszuüben, da drang schon ein Brei aus gelbgrünem Eiter aus der Wunde. Er schluckte schwer, wandte, ohne es zu wollen, doch die Augen ab und zuckte vor Schmerz zusammen, als er den Druck ihrer Finger spürte, die den Rest des Eiters herausdrückten. Sie nahm mit einer Pinzette ein Stück Baumwolle und tupfte die Wunde immer wieder ab, dann war es endlich vorüber. Er fühlte den kühlen, sauberen Verband auf der brennenden Haut, und dann die Bandage.

»Danke.« Er sprach durch seine zusammengebissenen Zähne, wobei ihm ganz schwindlig vor Schmerz war.

Sie hatte es bemerkt. »Ruh dich ein wenig aus. Ich mache uns inzwischen eine Tasse Tee.« Sie sammelte die Tupfer ein und warf sie in den Abfalleimer, räumte alles auf und wischte den Tisch ab. Dann nahm sie den Kessel und war schon auf halbem Weg zum Spülbecken, als das Licht ausging.

»Scheiße!« Greg sah sich um. »Es muß eine Sicherung sein.«

»Beweg dich nicht.« Diana legte ihm die Hand auf die Schulter, als er aufstehen wollte. »Du wartest hier, und ich gehe und suche eine im Schrank.«

Ohne das Licht war das Zimmer fast dunkel; graues, düsteres Tageslicht fiel vom Garten her durch die Fenster, wo es wieder angefangen hatte zu schneien – dieses Mal waren es weiche weiße Flocken, die aus den dichten Wolken herunterwehten.

Sie hörten einen lauten Knall im ersten Stock und sahen sich erschreckt an.

»Allie!« rief Greg. »Sie ist aufgewacht.« Er blickte zu seinem Vater. Roger hatte sich nicht bewegt, der Kopf lag auf dem Arm.

»Ich sehe nach.« Diana setzte den Kessel ab. Sie war entsetzt und beschämt, weil sie Angst hatte – Angst davor, zu ihrer eigenen Tochter zu gehen.

»Sei vorsichtig. Denk dran, daß sie nicht sie selbst ist«, sagte Greg leise.

Sie starrte ihn zornig an. »Und wer, denkst du, ist sie?«

»Ich weiß nicht. Niemand. Ich sage nur, sei vorsichtig. Sie hat viel durchgemacht und sie hatte fürchterliche Alpträume, und ich glaube, daß sie im Moment nicht die Hälfte von dem weiß, was sie tut.«

Der nächste Knall folgte auf den ersten, und beide sahen nach oben. »Das kam aus Patricks Zimmer«, flüsterte Diana.

»Nimm das Nudelholz mit«, murmelte Greg, als sie sich den Pfosten näherte, die das Wohnzimmer von der Küche trennten. »Zur Sicherheit.«

»Um damit meine eigene Tochter zu schlagen?« Sie blieb stehen.

»Wenn nötig, ja. Euch beiden zuliebe.« Er hievte sich auf die Beine. »Zum Teufel mit diesem Fuß, ich komme mit.«

»Nein, Greg –«

»Doch. Gib mir einen Gehstock aus der Diele. Es geht ganz gut, solange ich ihn nicht zu stark belaste.« Er starrte hoch zur Decke.

Sie brachte ihm den Stock ohne weitere Einwände und ging dann voraus. Sie machte die Tür auf, die die dunkle Treppe verbarg. Sie sah nach oben und horchte. Greg war gleich hinter ihr. Schwer atmend versuchte er, mit dem Stock das Gleichgewicht zu halten.

Mit angehaltenem Atem begannen sie, die Treppe hochzusteigen. Oben angelangt, spähten sie vorsichtig in den Flur. Er war leer. Die Tür zu Alisons Zimmer war geschlossen wie zuvor. Der Schlüssel war in ihrer Hosentasche. Sie hielt ihn fest. Mit einem Blick über die Schulter zu Greg schlich sie verstohlen zur Tür und horchte. Am Ende des Flurs stand die Tür zu Patricks Zimmer einen Spaltbreit auf.

Sie biß sich auf die Lippen, als sie versuchte, geräuschlos vorwärts zu gehen, auf die Tür zu. Greg folgte ihr. Er spürte, wie ihm auf der Stirn der Schweiß ausbrach, als er sich zwang, leise hinter ihr herzugehen. Ohne Licht war der rückwärtige Teil des Flurs fast dunkel; die schwarzen Balken warfen keilförmige Schatten über das zarte Rosa der Decke. Die Vorhänge, obwohl offen, hielten doch alles Licht ab, das vom bewölkten Himmel hereinfallen mochte. Im Garten war alles völlig still. Sogar das Geräusch des Windes war erstorben. Diana umfaßte den Griff des Nudelholzes fester und wurde langsamer, je näher sie der Tür kam. Sie zögerte hineinzugehen.

Greg, der hinter ihr stand, spürte, wie er im Nacken eine Gänsehaut bekam. Er streckte die Hand aus und packte seine Mutter am Arm. »Laß mich«, flüsterte er.

Sie widersprach nicht. Sie drückte sich an die Wand, um ihn vorbeizulassen und beobachtete, wie er langsam mit dem Ende seines Stocks Patricks Tür aufschob. Als sie über seine Schulter spähte, konnte sie zuerst nichts sehen, dann machten ihre Augen langsam das dunkle Innere des Zimmers aus. »Himmel, schau dir die Bücher an«, sagte Greg laut. Er schob die Tür ganz gegen die Wand und tat einen Schritt in das Zimmer. Der Inhalt aller Bücherregale war in die Mitte des Fußbodens geworfen worden. Es war niemand da.

»Hat Allie das gemacht? Warum? Und wie ist sie rausgekommen?« flüsterte Diana. Das Zimmer roch leicht nach Moschus.

Greg zuckte mit den Schultern. Er stocherte mit seinem Stock unter dem Bett herum und ächzte vor Schmerz, als er sein Gewicht auf den verletzten Fuß verlagerte. Dann öffnete er die Schranktür. Nirgendwo sonst im Zimmer konnte sich jemand verstecken. Diana schob sich an ihm vorbei und zog die Vorhänge auf, um etwas mehr Licht hereinzulassen. Zum Vorschein kam nichts außer dem Durcheinander aus Büchern in der Mitte des Teppichs. »Einige davon sind zerrissen«, sagte sie traurig, als sie dastand und das Chaos betrachtete. »Er wird ganz schön geknickt sein.«

»Wo ist sie?« Greg drehte sich um und hüpfte zurück auf den Flur. Eine nach der anderen warf er die übrigen Türen auf – zu seinem eigenen Zimmer, zum Schlafzimmer seiner Eltern, zum Badezimmer. Alle waren leer. Blieb nur noch Alisons Zimmer. »Sie muß wieder da drin sein.« Er sah seine Mutter an. »Soll ich nachsehen?«

Sie nickte traurig. Er legte die Hand auf den Türgriff und drehte ihn. »Abgeschlossen«, sagte er mit einem Flüstern.

»Ich habe den Schlüssel.« Sie legte ihn in seine Hand. Mit einem leichten Zögern steckte er ihn ins Schloß und drehte ihn um, so leise er konnte.

Auch Alisons Zimmer war dunkel. Die Vorhänge waren zugezogen, und das Licht auf ihrem Nachttisch, das angeschaltet gewesen war, war jetzt aus, wie alle anderen. Greg stand in der Tür und spähte in die Dunkelheit; versuchte, etwas zu sehen. Wenn sie doch eine Taschenlampe hätten, die funktionierte. Seine Ohren, die angestrengt in die Stille horchten, hörten nur ein Atemgeräusch. Es war langsam und gleichmäßig und kam vom Bett. Er griff in seine Tasche und zog eine Schachtel Streichhölzer hervor, gab seiner Mutter, die unmittelbar hinter ihm stand, den Stock, zündete ein Streichholz an und hielt es hoch. Das Licht erhellte kaum das Zimmer, aber es genügte, um im Bett die gekrümmte Gestalt seiner Schwester zu sehen. Mit schmerzverzerrtem Gesicht machte er einen schlurfenden Schritt nach vorn und hielt es nahe an ihr Gesicht. Einen kurzen Moment lang sah er ihre geschlossenen Augen, die dunklen Kratzer auf ihrer Wange, ihre Faust, die unter ihrem Kinn die Decke umklammerte.

Mit angehaltenem Atem wartete er. Fast rechnete er damit, daß sie mit einem Schrei aus dem Bett springen würde, aber nichts geschah. Die Stille füllte das Zimmer. Alles, was er hören konnte, war ihr langsames, schweres Atmen, und hinter ihm das seiner Mutter, schneller, leichter, voller Angst. Er holte ein zweites Streichholz aus der Schachtel. Als er es anzündete, schien das kratzende Geräusch ohrenbetäubend laut in dem Zimmer widerzuhallen. Es flackerte auf und wurde gleichmäßig, aber Alisons Lider zuckten nicht einmal. Er beobachtete sie mehrere Sekunden lang, bevor er das Streichholz in die Höhe hielt und sich im Zimmer umblickte. Soweit er sehen konnte, war alles wie sonst auch: Ihre Kleider lagen auf einem Haufen auf dem Boden, Kassetten und Bücher wild durcheinander auf den Stühlen und dem Tisch. Das einzige, was ihm auffiel, war der Geruch. Als das schwache Licht wieder ausging, sog er den Geruch ein. Das Zimmer war voll von dem schweren, süßen Duft, den er zuvor auch im Arbeitszimmer gerochen hatte. Irritiert begann er, rückwärts aus dem Zimmer zu gehen. Diana tat es ihm nach. Lautlos zog er die Tür zu und schloß wieder ab, dann ging er mit seiner Mutter zur Treppe.

Als sie unten angekommen waren, ließ er sich neben seinem schlafenden Vater in einen der tiefen Lehnstühle fallen. Er bemerkte plötzlich, daß er zitterte. Glänzender Schweiß lief ihm eiskalt über die Haut, als der Schmerz wieder mit neuer Gewalt sein Bein hochlief. Er lehnte sich zurück, schloß die Augen und kämpfte mit einer Ohnmacht.

»Ich überprüfe die Sicherungen.« Dianas Stimme erreichte ihn trotz des Dröhnens in seinen Ohren. Sie suchte in seiner Tasche nach der Streichholzschachtel, blieb einen Moment lang stehen, um sanft die Hand auf Rogers Kopf zu legen, und war schließlich verschwunden.

Greg hatte sich in das sich drehende Kaleidoskop des Schmerzes davonrutschen lassen und sank tiefer in etwas, das sich dem Schlaf näherte, als er spürte, wie ihm ein Glas in die Hand gedrückt wurde. »Brandy.« Die Stimme klang knapp und befehlend. »Komm schon, Greg. Es tut mir leid, aber ich brauche dich wach.«

Er öffnete gehorsam die Lippen und spürte das Feuer auf seiner Zunge. Noch eine Minute lang leistete er Widerstand, dann spürte er, wie er um Luft ringend zurück ins Bewußtsein getrieben wurde.

»Ich habe alle Sicherungen überprüft, und keine ist durchgebrannt. Trotzdem funktioniert nichts.«

Als er die Augen öffnete, sah er, daß das Zimmer mit Kerzen erleuchtet war. Er war noch immer benommen. »Hast du das Parfum gerochen?«

»Was für ein Parfum?« Ihre Stimme klang irritiert. »Hast du mich verstanden, Greg? Der Strom ist weg. Überall. Und ich kann nicht herausfinden, woran das liegt.« Ihre Stimme wurde etwas lauter, und ihm wurde klar, daß es Angst war, was er hörte. Verzweifelt riß er sich zusammen und kippte noch einen Mundvoll Brandy hinunter. Dieses Mal schoß Feuer durch seine Adern, und er fühlte, wie ihm schnell klar im Kopf wurde. »Es ist der Wind und der Schnee«, sagte er, so ruhig er konnte. »Du weißt doch, daß der Strom oft ausfällt, wenn das Wetter schlecht ist. Wir haben den Kamin, den Ofen und Kerzen. Kein Grund zur Sorge.«

»Nein.« Sie klang nicht gerade überzeugt. »Was oben passiert ist, Greg, das war nicht Allie, oder doch?« Sie setzte sich neben ihm auf die Armlehne seines Sessels. Er konnte fühlen, wie sie zitterte, als sie sich an seine Schulter lehnte. Er nahm ihre Hand und drückte sie zärtlich. »Nein. Allie war das nicht.«

»Aber wer – ?«

Er schüttelte den Kopf. »Der Wind? Ein Erdbeben? Vielleicht war das Gewicht der Bücher zu schwer für die Regale. Vielleicht waren es die Katzen. Wo sind sie eigentlich? Den beiden traue ich durchaus zu, daß sie Millionen von Büchern runterwerfen, wenn sie im ganzen Haus rumtoben.«

»Vielleicht, als sie jünger waren.« Sie schniefte. »Jetzt nicht mehr. Schon ewig nicht mehr. Normalerweise sind sie hier, beim Feuer.« Plötzlich füllten sich ihre Augen mit Tränen. »Ich habe sie nicht mehr gesehen, seit Allie zurückgekommen ist.«

Greg runzelte die Stirn. Jetzt, da es ihm aufgefallen war, war ihre Abwesenheit überdeutlich. Es war selbstverständlich, daß der eine oder der andere oder beide immer da waren, auf dem Sessel, in dem er jetzt saß, oder bei seinem Vater auf dem Sofa oder auf dem Schaukelstuhl neben dem Ofen. Ohne sie wirkte das Zimmer unvollständig, leer. Bedrohlich. »Ich vermute, sie sind nach draußen gelaufen, bevor das Wetter noch schlechter wird«, sagte er und versuchte, seine Mutter zu trösten. »Sie sind bestimmt nicht weit weg, nicht bei diesem Wetter. Es sind zarte kleine Kerle, auch wenn sie gern glauben, daß sie stark und zäh sind.«

»O Greg!« Trotz ihres Bemühens, ruhig zu wirken, entrang sich ihr ein Schluchzen. »Was geschieht nur mit uns? Der Wagen; die Katzen; Allie; Bill. – Ich ertrag's einfach nicht mehr.«

Er legte den Arm um sie. »Nur eine Abfolge seltsamer Zufälle«, sagte er, so fest er konnte. »Und irgendein Scheißkerl da draußen, der bald hinter schwedischen Gardinen sitzen wird, wenn Paddy und Kate ein Wort mitzureden haben.«

»Werden sie durchkommen?« Es war ein Flehen.

»Natürlich werden sie durchkommen.« Er wünschte sich, so sicher zu sein, wie er klang.

L

Schneeregen traf die Seite der Düne, drang in die sandigen Spalten, blieb dort einen Moment lang liegen, halb Schnee, halb Eis, schmolz dann und lief in die Risse und Ritzen. Wieder fiel ein Klumpen Sand ab. Der schwarze, schwammige Torf darunter roch süßlich. Jetzt, da er nicht mehr mit einer luftdichten Hülle überzogen war und da seit fast 2000 Jahren zum erstenmal Tageslicht auf ihn fiel, wusch ihn der Schneeregen in einem schwarzen Streifen über die Vorderseite der Ausgrabung nach unten.

Weiter unten sank der große goldene Halsreif, das Symbol von Nions königlicher Abstammung, noch tiefer in den Grund. Durch sein Gewicht von seinem silbernen Begleiter getrennt und angenommen von welchen Göttern auch immer, dort in dieser finsteren Unterwelt, würde er nie wieder im Licht der Sonne erstrahlen.

Das Meer war unruhig, die Wellen braun von den Sandbänken, die der Sturm in der Nacht abgenagt und neu formiert hatte. Darüber sandte ein tief und schnell fliegender Schwarm Gänse seine laut tönenden Signalrufe hinaus in den Wind, wo sie sich verloren.

Noch eine Flut, noch ein Sturm, und die Düne würde verschwunden sein, der Torf und der Lehm würden sich mit den tosenden Tiefen der Nordsee mischen, und ihr Geheimnis würde für immer verborgen sein. Wieder löste sich ein Stück weicher schwarzer Erde, rutschte hinab, und die Luft, zerstörerisch, ätzend, heimtückisch, berührte den Arm, der dort in etwas gebettet lag, was einmal ein Floß aus blühenden Binsen gewesen war. Um den Oberarmknochen, lose, wo er einmal eng angelegen hatte, lag der zu einem Halbkreis gebogene Armring des Priesters.

»Kommen Sie, hier durch.« Patrick wandte sich Kate zu und reichte ihr seine Hand. Sie keuchten jetzt beide, erschöpft von der Kletterei durch ein Wirrwarr aus nassem Gestrüpp.

»Bist du sicher, daß du weißt, wo diese Abkürzung hinführt?« Kate kletterte hinter ihm her und hörte, wie ihre Jacke an einem Brombeerstrauch hängenblieb und den nächsten Riß bekam, als sie sich einen rutschigen Abhang hochhievte. Schließlich stand sie neben ihm in einer Lichtung.

»Natürlich. Greg und ich sind früher immer so gegangen. Der Weg verläuft völlig anders; so schneiden wir die ganze Ecke ab und kommen gleich unterhalb des Hauses der Farnboroughs raus.« Patrick sah sich um. Es war vollkommen dunkel in der Lichtung; die Bäume, glänzend vom Schneeregen, hingen tief über ihnen, und auf den Blättern einer Steineiche konnten sie das Zischen des Regens hören. Die Luft roch nach nasser Erde, Bucheckern und verfaulenden Blättern.

Kate lief ein Schauder über den Rücken. Sie blickte zu Patrick. Er trug das Gewehr jetzt auf dem Rücken; in der Hand hielt er einen dicken Stock, den er aus einem Gebüsch gezogen hatte, als sie in den Wald eingetaucht waren. Beides beruhigte sie. Sie blickte sich wieder um. Nicht zum erstenmal hatte sie das Gefühl, daß sie beobachtet wurden. Ihre Faust legte sich fester um ihren eigenen Stock. Er war nicht so lang wie der von Paddy, aber genauso kräftig. Sie hielt ihn vor sich, als ihr Blick sich in den Schatten verlor.

Patrick sah ihren Blick. »Da ist niemand.« Er klang nicht sehr zuversichtlich. »Wenn da jemand wäre, würden wir hören, wie die Vögel auffliegen. Fasane. Tauben. Sie haben ja vorhin gehört, was für einen höllischen Lärm sie machen, als wir sie aufgescheucht haben. Und hier unten gibt es Elstern. Sie alle würden es uns wissen lassen, wenn irgendwer in der Nähe wäre – oder irgendwas.

Sie nickte. »Trotzdem wünschte ich, wir hätten einen Hund dabei.«

Patrick nickte. Er grinste. »Eine Abteilung Fallschirmjäger wäre auch nicht verkehrt. Los. Es kann nicht mehr weit sein. Wenn wir erst auf der Straße sind, geht's uns gleich besser.«

Also spürte er es auch. Kate schaute wieder hinter sich. Es war nichts mehr zu sehen, woher sie gekommen waren. Das Gewirr aus Brombeersträuchern, toten braunen Gräsern und Nesseln hatte sich wieder geschlossen, ohne eine Spur davon zu hinterlassen, wo sie sich durchgekämpft hatten. Einen Moment lang geriet sie in Panik. »Wohin jetzt?«

»Aufwärts. Die Straße liegt ein gutes Stück höher als unsere Farm. Es geht immer den Berg hoch. Wir müßten dann irgendwo zwischen Welsly Cross und der Farnborough-Farm auf die Straße stoßen. Wir können uns gar nicht verlaufen.«

»Nein?« grinste sie matt. »Ich hoffe, das sind keine dieser berühmten letzten Worte.«

Er war schon im Begriff weiterzugehen, als er plötzlich stehenblieb. Er sah sie lange an. Sein schmales Gesicht war eingefallen vor Erschöpfung. »Sie sehen völlig kaputt aus.«

Sie lächelte. »Genauso wie du.«

»Das alles ist bald vorbei, oder?«

»Natürlich ist es das.« Der Versuch, ihn zu beruhigen, vergrößerte ihre eigene Zuversicht keineswegs. Sie schaute zum Himmel. Wo sie ihn durch die ineinanderverschlungenen Zweige des Gebüschs sehen konnte, wurde er immer schwärzer. »Wir sollten weitergehen.«

»Ich weiß. Es war nur ein Vorwand, um wieder zu Atem zu kommen.« Er zog den Gewehrriemen höher über seine Schulter, dann drehte er sich um und ging mehr mit gespielter Tapferkeit als wirklicher Zuversicht voraus, den hohen rutschigen Abhang hinauf, der aus dem Dickicht und, wie er hoffte, nach Norden führte.

Zehn Minuten später blieb er stehen. »Es müßte hier so eine Art Waldweg geben. Aber er könnte zugewachsen sein.« Er klang unsicher.

»Hast du einen Kompaß?« Alle Jungen auf dem Land behängten sich doch mit so etwas.

Er schüttelte den Kopf. »Ich kenne diesen Weg wie meine Westentasche.«

Sie enthielt sich eines Kommentars.

Er räusperte sich. »Es wird immer dunkler.«

»Ich weiß. Bald schneit es wieder. Man kann es riechen.«

Er lächelte. »Und dabei hat Greg gedacht, Sie seien Lady Muck aus der Stadt. In vieler Hinsicht wissen Sie mehr über das Land als er.«

»Das mag sein –« Sie verstummte, als sie aus dem Augenwinkel eine Bewegung sah. Sie wirbelte herum und starrte in die Schatten der Bäume. »Was war das?« flüsterte sie.

»Wo?« Er riß sich das Gewehr von der Schulter.

»Es war, als hätte sich etwas bewegt.«

Sie starrten schweigend in die Dunkelheit, Seite an Seite.

»Wahrscheinlich ein Kaninchen oder ein Reh«, flüsterte Patrick.

Sie versuchte, das dichte Gebüsch mit ihren Blicken zu durchdringen. Da war es wieder, ein Schatten vor den Schatten. Aufrecht. Ein Mensch. »Da.« Ihr Flüstern war kaum zu hören. »Da ist jemand.«

»Was sollen wir tun?« Patricks Stimme wurde vor Panik höher, und das erinnerte sie daran, daß er noch ein Schuljunge war und wahrscheinlich noch mehr Angst hatte als sie.

»Ich weiß es nicht. Er muß uns gesehen haben.«

»Glauben Sie, daß er ein Gewehr hat?«

Sie schüttelte den Kopf. »Kaum. Das wüßten wir mittlerweile.«

»Soll ich auf ihn schießen und versuchen, ihn zu vertreiben?«

»Ich weiß nicht.« Sie hatte wieder angefangen zu zittern. »Was, wenn ihn das nur wütend macht?«

»Wenn er dann auf uns losgeht, wissen wir wenigstens, wer er ist. Und ich kann ihn dann wirklich erschießen.« Sie sah, wie Patricks Finger sich um den Abzug legte.

Sie hatte nur eine Sekunde lang den Blick von dem Schatten abgewandt. Jetzt, als sie wieder hinschaute, war er näher gekommen. Er war groß; dunkel. Zu ihrem Entsetzen sah sie, daß er sich sehr schnell bewegte. Er schien keine Probleme mit dem Wirrwarr aus Gestrüpp zu haben. »Ja. Los, schieß.« Sie hörte, daß ihre Stimme vor Angst zitterte.

Der Gewehrknall war gewaltig. Er hallte durch den Wald, wurde von den Bäumen zurückgeworfen und machte sie vorübergehend taub. Ein Fasan flog schreiend auf, gefolgt von einem Paar Tauben mit laut klatschenden Flügeln. Patrick ließ vorsichtig das Gewehr sinken und fühlte in seinen Taschen nach den Patronen. »Wo ist er geblieben? Habe ich ihn getroffen?« Zu seinem Verdruß wußte er nicht, ob er auf die schemenhafte Gestalt gezielt hatte oder nicht. Er hatte zuviel Angst gehabt, um zu denken.

»Ich sehe nichts.« Sie starrte in die Bäume, richtete den Blick angestrengt auf die dunkelsten Ecken. Es war nichts zu sehen.

Mit bebenden Händen lud Patrick das Gewehr. »Wenn ich jemanden getötet habe, komme ich ins Gefängnis.«

»Aber nicht, wenn dieser Jemand Bill ermordet hat, verlaß dich drauf.« Sie berührte beruhigend seine Schulter. »Ich weiß nicht, ob da jemand war. Es könnte auch nur ein Schatten gewesen sein.«

»Sollen wir nachsehen?«

Sie zögerte, dann schüttelte sie den Kopf. »Schauen wir lieber, daß wir auf die Straße kommen und die Polizei holen. Die können dann nachsehen.«

Langsam, jetzt noch nervöser, kämpften sie sich voran. Ein paar Minuten später blieb Patrick so plötzlich stehen, daß Kate mit ihm zusammenstieß. »Da, sehen Sie.« Er zeigte nach vorn.

Sie folgte seinem Finger und hielt den Atem an. Da war er wieder. Auf dem Wildwechsel vor ihnen. Neben ihr hob Patrick das Gewehr. Sie sah, wie der Lauf schwankte, als er den Hahn spannte, und starrte auf die Gestalt. Es war nicht mehr als ein Schatten. Sie konnte keine Gesichtszüge sehen – überhaupt kein Gesicht, nur eine Silhouette. Aber es war ein Mann.

Er war verschwunden, bevor Patrick abdrücken konnte. »Wo ist er?« Patrick stand völlig reglos, das Gewehr an der Schulter.

»Verschwunden.« Kate spürte, wie sie zitterte. »Er verschwand, während ich ihn beobachtete. Paddy, halt das Gewehr schußbereit, und laß uns langsam weitergehen.«

Sie machte einen Schritt nach vorn, so nahe an Patrick, daß er spüren konnte, wie ihre Jacke seinen Arm streifte.

»Man sollte nicht mit einem geladenen Gewehr herumlaufen«, flüsterte er.

»Das ist ein Notfall. Stolper nur nicht.« Sie waren mittlerweile dort, wo er gestanden hatte. Sie sah auf den Boden. Es gab keine Fußspuren im Schlamm.

»Marcus?« Sie hauchte den Namen.

Patrick ließ das Gewehr sinken. »Mir gefällt das gar nicht, Kate. Und wir müßten längst auf der Straße sein.« Er warf einen Blick über die Schulter. »Wir haben uns verirrt.«

»Wie groß ist dieser Wald?« Sie suchte den Boden immer noch

nach Fußabdrücken ab. Hier und da, wo der Boden weich war, entdeckte sie die Spur eines Kaninchens und die tiefen, scharf geschnittenen Spuren eines Rehs, aber keine, die ein Mensch hinterlassen hatte. »Hunderte von Morgen. Auf der anderen Seite sind Nadelbaumschonungen. Meilenweit.« Er zitterte sichtlich.

»Findest du zurück zu eurer Farm?« Sie sah ihn an. Der Junge war den Tränen nahe.

Er schüttelte den Kopf. »Ich weiß nicht, wo wir sind.«

»Also gut«, meinte sie zuversichtlich. »Denken wir nach. Dein ursprünglicher Plan, immer dem ansteigenden Gelände zu folgen, klingt vernünftig. Wir können nicht den ganzen Tag hier draußen bleiben; wir dürfen nicht aufgeben. Also los. Am besten, wir gehen nur bergauf. Wenn wir dann, wie du sagst, auf die Straße stoßen, ist alles in Ordnung.« Sie versuchte, sich im Geiste ein Bild von der Landkarte zu machen. Das Meer mußte im Osten liegen; die Flußmündung im Süden. Blieben nur zwei Richtungen: nach Norden, wo die Straße von Osten nach Westen zur Küste führte, oder nach Westen, wo sich vermutlich der Wald bis zu der trostlosen, landwirtschaftlich genutzten Grassteppe östlich von Colchester und südlich der sanft bewaldeten Bodenfalten des Stour-Tals erstreckte.

»Komm schon, Paddy. Wir können uns nicht verirren. Nicht hier. Schließlich ist das kein unerforschtes Gebiet. Uns wird nur langsam kalt, und müde werden wir auch.«

»Und verängstigt«, warf er ein. Sie wünschte, er hätte es nicht gesagt.

»Also gut, und verängstigt.«

»Sie denken, es ist Marcus, stimmt's?«

Sie schüttelte den Kopf. »Ich weiß nicht. Ich weiß nicht, was ich denken soll. Ich will auch nicht mehr denken. Sparen wir uns unsere Kraft für das Gehen auf.«

Er zögerte, wollte etwas sagen, dann überlegte er es sich anders. Er sicherte das Gewehr und hängte es wieder über die Schulter. »Okay. Wo, würden Sie sagen, geht's nach oben?«

Sie blickte sich um. »Immer den Wildwechsel da rauf. Soll ich vorangehen?« Der Weg war so schmal, daß sie hintereinander gehen mußten. Sie sah, wie er zögerte, und wußte, daß er nichts lieber als Ja sagen würde. Aber seine Ritterlichkeit oder männlicher Stolz, oder der Besitz des Gewehrs, oder etwas von allen dreien siegte, und er schüttelte den Kopf. »Ich gehe zuerst. Sie können mir den Rücken decken.« Sein Kichern grenzte an Hysterie.

Zwei Minuten später blieb er stehen und schnappte vor Entsetzen nach Luft. Der Schatten auf dem Weg war nur ein paar Meter von ihnen entfernt. Ein eisiger Wind wirbelte um ihn herum, peitschte Blätter und Erde vom Boden auf, heulte durch die Zweige der Bäume nach oben, wurde immer stärker, bevor er sich zu einem Schrei erhob, als der Haß und die Wut sie trafen wie etwas, das sich mit Händen greifen ließ. Kate hörte, daß Patrick einen Schrei ausstieß, und sie sah, wie er zur Seite taumelte und das Gewehr in die Luft flog. Einen Augenblick lang bekam sie keine Luft. Sie spürte, wie sich ihr die Kehle zuschnürte. Die Füße versagten ihr den Dienst. Sie hörte einen gewaltigen Knall, und plötzlich wurde ihr schwarz vor Augen.

LI

Fett, zuversichtlich, arglos starben die Priester wie Schafe; ihre Kehlen ließen sich durchschneiden wie Butter. Auf den Lippen hatten sie noch ein entrüstetes, protestierendes Winseln, als sie zu Boden fielen. Soviel zur Macht ihrer Götter! Er wischte sein Messer an einer Falte seines Mantels ab und steckte es triumphierend lächelnd zurück in die Scheide. Damit war die Sache erledigt. Die Britannier, die Hure, alle tot, alle auf dem Weg in den Hades. Niemand würde es je erfahren. Die Trinovanter würden nie einen Grund zur Rebellion von ihm geliefert bekommen. Dieses kleine Drama endete am Rande des Sumpfes, wo es auch begonnen hatte. Wenn hier Männer verschwunden waren, würde man annehmen, daß die Götter mehr als ein Opfer verlangt hatten; sie waren gierig, diese britannischen Götter; sie dürsteten nach Blut wie Hunde in der Arena.

Er verschränkte die Arme und starrte hinaus über den Sumpf, zum Himmel im Osten. Er war jetzt wolkenlos. Die Sonne schien kalt und dunstig, sauber wie die Klinge seines Messers, und das Licht schnitt durch den Wind. Ein schwerer Salzgeruch lag in der Luft und legte sich über den flachen, fahlen Geruch des Schlamms, reinigte ihn mit dem Weihrauch der Meere im Norden. Sein Blick fiel auf die Binsen, die am Rande des Sumpfes wuchsen; sie waren grün, auf den Spitzen saßen stachelig schimmernde Blüten. Alles war wie zuvor. Es gab nicht die geringste Spur, daß jemand da gewesen war. Er spannte langsam die Muskeln seiner Finger an und starrte auf seine Hand. Vier Leben, ausgelöscht wie Flammen, als ob es sie nie gegeben hätte. Und niemand würde es je erfahren.

Sie erwachte vom Klang eines Schusses. Laut und nah explodierte er in ihrem Gehirn. Dann Stille. Eine lange, lange Stille, in der sie sich mühsam durch das Nichts quälte. Ein Schuß. Es konnte kein Schuß gewesen sein. Wer sollte geschossen haben? Das Geräusch mußte in ihrem Kopf gewesen sein. Ein Teil des

Alptraums. Ein Teil des Schmerzes. Cissy bemühte sich nicht, aus Unsinn Sinn zu machen. Sie schlief weiter.

»*Mummy!*«

Dieses Mal war es ein Schrei, der wie ein Traum in ihren Kopf trieb. »Mummy, es tut so weh. Hilf mir.«

Das Geräusch drehte sich und drehte sich, und endlich gelangte es in einen Teil ihres Gehirns, der zu einer Handlung fähig war. Cissy zwang sich mit einem Stöhnen, die Augen aufzumachen. »Susie?« Sie versuchte, sich zu bewegen. Um ihre Rippen lag ein enges Band, das sie am Atmen hinderte. »Susie?«

»*Mummy.*« Auf das Wort folgte ein Schluchzen.

Das Geräusch drang durch den Rest von Cissys Verwirrung. Mein Gott! Sie hatte einen Unfall gebaut. Es fiel ihr schwer, den Kopf zu heben. Sie schaute sich um und versuchte, Sinn in eine Welt zu bringen, die verkehrtherum war. Die auf der Seite lag. Der Wagen lag auf der Seite, und sie hing in ihrem Sicherheitsgurt. Sie schaute nach unten. Rot. Blut. Eine schreckliche Menge Blut. Lieber Gott, hatte Sue überhaupt den Sicherheitsgurt angelegt? Das Kind war unter ihr, vor dem Beifahrersitz zusammengekauert.

»Bist du okay?« Irgendwie schaffte sie es, daß ihre Stimme trotz der Schmerzen in ihren Rippen ruhig klang.

»Wir hatten einen Unfall!« Die Erwiderung war im Ton einer Beschwerde abgefaßt.

»Das sehe ich, Darling.« Cissy biß sich auf die Lippe bei dem Versuch, sich unter Kontrolle zu halten. »Darling, ich weiß nicht, wie ich mich bewegen soll. Bist du verletzt? Versuch eins nach dem anderen, ob du deine Arme und Beine bewegen kannst. Sieh nach, ob sie alle in Ordnung sind.« Ihre Lider waren schwer. Sie wollte die Augen schließen, sich von dem Schmerz fortschleichen.

»Alles okay.«

»Und dein Kopf? Tut er weh?«

Sue bewegte ihn versuchsweise hin und her, und ihre Augen füllten sich mit Tränen. »Ja.«

»Und dein Genick?«

»Ja.«

»Aber nicht so schlimm, daß du dich nicht bewegen kannst.«

»Nein.«

»Kannst du irgendwie rausklettern?« Verschwommen sah sie, daß die Windschutzscheibe weg war. Deshalb war es so kalt. Sie zitterte jetzt, ihr ganzer Körper wurde von kurzen, qualvollen Anfällen geschüttelt. »Wenn ich meinen Sicherheitsgurt aufmache, falle ich direkt auf dich drauf.«

»Explodiert jetzt das Auto?« Sue weinte so sehr, daß sie nichts gehört hatte.

»Nein, Darling, natürlich explodiert es nicht. Ein Range Rover kann nicht explodieren.« Wenn doch, dachte sie, wäre das vermutlich schon geschehen. »Bitte, Susie, ich will, daß du versuchst, tapfer zu sein. Wir müssen hier rauskommen. Versuch, ob du dich durch die Windschutzscheibe rauswinden kannst. Und dann schau, ob du aufstehen kannst.« Das Atmen fiel ihr jetzt schwer. »Das ist ein furchtbar großes Abenteuer.« Wer hatte das gesagt? Peter Pan, nicht wahr? Aber er sprach vom Tod. »Bitte, Darling. Du mußt rausklettern. Wenn du mir nicht helfen kannst, mußt du runter zur Redall-Farm gehen und Hilfe holen. Wenn ich ...« sie schluckte und erstickte fast, »... wenn ich ohnmächtig werde, darfst du keine Angst haben. Ich glaube, ein paar Rippen sind gebrochen. Es ist nichts Ernstes –« bitte lieber Gott » – aber es tut sehr weh. Ich glaube, wir müssen den Gurt durchschneiden.« Um sie drehte sich alles. Sie runzelte die Stirn und versuchte, noch klar zu sehen. Sie konnte Susie jetzt gar nicht mehr erkennen. Oder hören. Warum konnte sie nichts hören? Sie versuchte, den Kopf zu heben und sich umzusehen, aber ihre Augen schwammen in Tränen. Hände. Wo waren ihre Hände? Warum konnte sie ihre Hände nicht bewegen?

»Ich bin draußen, Mummy.« Susies Stimme war weit weg, aber sie schien kräftiger zu sein. »Ich glaube, mir ist nichts passiert.« Plötzlich war ihr Gesicht da, nah bei Cissy. »Kannst du rausklettern?«

Cissy versuchte nachzudenken. Rausklettern. Es klang wie eine gute Idee. Aber wie? Durch ihren Schmerz schien sie in der Luft zu hängen, im All zu treiben.

»Ich ...« Sie versuchte es noch einmal. »Alles in Ordnung. Meine Rippen. Ich glaube, meine Rippen sind gebrochen.«

»Es ist der Sicherheitsgurt. Du hängst im Sicherheitsgurt.« Susies Stimme war außergewöhnlich kräftig. »Ich sehe mal, ob ich ihn mit irgendwas durchschneiden kann.«

»Nein.« Das Kopfschütteln tat weh. Vielleicht war auch ihr Genick gebrochen. Ihre Gedanken waren verstreut, wie ein Schwarm Tauben, nachdem ein Knallkörper losgegangen war. Ordne sie neu. Krieg sie in den Kopf. Denk nach. »Kannst ihn nicht durchschneiden. Du mußt ihn lösen.«

»Mum, ich kann nicht. Ich komme nicht an den Verschluß ran, du drückst ihn zu.« Susies Haare hingen ihr ins Gesicht. »Wir müssen dich irgendwie hochkriegen. Kannst du dich in diese Richtung ziehen?«

Die Hände des Mädchens waren besonnen und kompetent. Sie würde eine gute Krankenschwester abgeben. Cissy dachte ein paar Sekunden lang über ihre Hände nach. »Mummy!« Die Stimme klang jetzt böse; ungeduldig. »Konzentrier dich. Du kannst nicht da hängenbleiben. Wir müssen dich hier rauskriegen. Leg deine Hand da oben hin. Da, wo meine ist. Gut so. Jetzt halt dich fest. Genau. Nicht loslassen.«

Sie würde auch einen guten Befehlshaber abgeben. Entschlossen. Bestimmt. Ruhig. Wenn sie sich in ihrer endlosen Popmusik verlor, konnte man leicht vergessen, was das Kind für ein Mensch war. Sie war ein Schatten geworden, der im Haus herumging und nach einem unhörbaren Rhythmus zuckte –

»Mummy!«

Dummes Ding. Gab Befehle. Dumme Befehle.

»Mummy! Leg deine Hand hierhin.«

Auch noch ungeduldig. Pampige kleine Kuh nannte sie ihr Vater. Joe. Joe! Wo war Joe?

Sie mußte laut gerufen haben. Susies Gesicht war da, wieder direkt vor ihr. Besorgt, freundlich. »Dad kommt bald, aber zuerst müssen wir dich hier rausholen.«

Susie hatte gesehen, daß ihrer Mutter etwas Blut aus dem Mundwinkel tropfte. Es jagte ihr fürchterliche Angst ein. Cissy sollte sich um sie kümmern, nicht umgekehrt. Sie warf erneut einen Blick über die Schulter, auf die dunklen Bäume. Es war nichts von ihm zu sehen, von dem Spinner, der plötzlich mitten auf dem Weg vor ihnen gestanden hatte und der schuld daran war, daß sie ins Schleudern geraten waren, aber er mußte noch da draußen sein. Er mußte gesehen haben, wie sie umstürzten.

Marcus

Der Name trieb in ihren Kopf. Der tote Römer aus Allies Grab am Strand.

»Mummy!« Ihr Entsetzen gab ihr Kraft, und sie wandte sich wieder der zerbrochenen Windschutzscheibe zu, lehnte sich an die Kühlerhaube, versuchte, ob sie die Schulter ihrer Mutter packen konnte. »Wenn ich es sage, versuchst du, so viel von deinem Gewicht wie möglich hier rüber zu legen, auf den Türrahmen. Ich probiere dann, den Sicherheitsgurt aufzukriegen.« Sie atmete tief durch und streckte den Arm durch die zerbrochene Windschutzscheibe in den Wagen. Am Sicherheitsgurt klebte Blut; der Verschluß war schlüpfrig, schwer zu drücken, und der Gurt spannte sich unter dem Gewicht ihrer Mutter. Sie legte die Finger um den Verschluß und machte sich bereit. »Jetzt. Jetzt! Komm schon, zieh dich hoch, so weit du kannst. JETZT!« Verzweifelt drückte sie den Verschluß nach unten, um ihn zu lösen. Nichts geschah. »Nicht nachlassen. Zieh dich weiter rauf!« Er mußte aufgehen. Er mußte.

Ziehen. Cissy krampfte die Finger um den Fensterrahmen. Ziehen. Gute Idee. Das Gewicht verringern. Den Druck von den Rippen nehmen. Sie zog erneut, und der Druck war weg.

»Geschafft!« Der schrille Schrei in ihrem Ohr war ekstatisch. Dann fiel sie. Verzweifelt klammerte sie sich wieder fest. Susie hatte den Arm um sie gelegt und mußte ihr ganzes Gewicht halten. Sie spürte, wie das Mädchen schwankte. Der Arm schloß sich um sie, und der Schmerz kam mit voller Wucht zurück, aber irgendwie war sie halb durch die Windschutzscheibe gekommen. Als sie mit den Händen wild um sich schlug, spürte sie Gras und Dornensträucher; durch ihr Gewicht rutschte sie über die Kühlerhaube aus dem Wagen auf den Boden, und plötzlich lag sie im Schlamm, zusammengerollt, vom Schmerz völlig übermannt.

»Gut gemacht!« Susie triumphierte. »Jetzt setz dich hin. Lehn dich hier an die Böschung.«

Das Mädchen warf wieder einen Blick auf die Bäume. Da war doch etwas. Es bewegte sich in der Dunkelheit der Schatten. Sie stand auf, ließ ihre Mutter zurück auf den Boden sinken und strengte ihre Augen an, um zu sehen, was es war.

»Wer ist da?« Ihre Stimme bebte. »Greg? Paddy?« Sie hoffte inständig, daß es einer von ihnen war. Sie konnten nicht weit vom Farmhaus entfernt sein. Sie blickte sich um, verwirrt. Wie weit waren sie gekommen, bevor sie umgekippt waren? Sie wußte es nicht.

Da war es wieder. In den Bäumen bewegte sich etwas. Ihr Mund war trocken wie Sandpapier; sie konnte nicht richtig atmen. Ihre Knie begannen zu zittern. »Mummy.« Es war ein Reflex, dieses verzweifelte Flüstern nach Hilfe. Sie wußte, daß ihre Mutter sie nicht hören konnte. »Mummy, kannst du ihn sehen?«

Die Gestalt war groß; das Gesicht finster, mit einer Adlernase, grausam. Seltsam, sie hatte immer gedacht, Geister seien durchsichtig, nicht körperhaft, und man könne durch sie hindurchgehen. Ohne sich dessen bewußt zu sein, sank sie neben ihrer Mutter auf den Boden und nahm ihre Hand. »Mummy. Hilf mir. Er kommt.«

Cissy hörte sie. Sie versuchte, ihre Finger zu bewegen, aber es schien nicht zu gehen; ihre beruhigenden Worte verloren sich im Blut, das ihr in die Kehle sickerte.

LII

Joe kratzte sich am Kopf und sah wieder auf seine Armbanduhr. Seltsam, daß sie noch nicht zurück waren.

Er konnte den Rinderbraten riechen. Das ganze Haus war voller appetitlicher Gerüche, die ihm das Wasser im Munde zusammenlaufen ließen. Vielleicht hatte sie nicht gemerkt, wie spät es war. Cissy steigerte sich immer so rein, wenn sie runter nach Redall fuhr. Irgendwas war an dem Haus, das einen die Zeit vergessen ließ – er hatte es auch schon gespürt. Aber wenn sie mit ihnen essen sollten, dann hätten sie doch eigentlich längst da sein müssen? Er schaute noch einmal auf die Uhr; es war nach drei. Der Braten würde noch anbrennen. Er warf einen Blick auf den Ofen und schüttelte den Kopf. Er sollte wohl besser runterfahren und nachsehen, was los war. Er griff sich einen Topflappen, zog die Klappe auf und holte den Braten heraus. Das Fleisch war trocken und um den Knochen zusammengeschrumpft, die Kartoffeln fast schwarz. Er schüttelte traurig den Kopf und stellte die Bleche mit dem Essen auf die Abstellplatte. Alles schon verdorben.

Draußen warf er einen Blick auf den Himmel. Es gab kaum noch Tageslicht, die Wolken waren schwarz und bedrohlich, der Wind – er schnupperte wissend – blies aus Norden. Das würde richtigen Schnee bringen; von der Art, wie sie ihn an dieser Küste seit vier Jahren nicht mehr gehabt hatten.

Nachdenklich zog er sich hinauf auf den Sitz des alten Land Rover, der neben der Scheune stand, und beugte sich nach vorn, um den Schlüssel umzudrehen.

Zuerst erkannte er nicht, was er sah; seine Augen weigerten sich einfach, sich ein Bild aus den Achsen, den Rädern, dem Auspuff zu machen, denn das war alles, was er von seinem Range Rover sehen konnte, der seitlich im Graben lag. Alles, was er durch den peitschenden Schneeregen im Licht der Scheinwerfer sehen konnte, war ein undefinierbares Etwas aus glänzendem

Schlamm und Stahl. Dann aber war ihm plötzlich klar, was er da sah. Er bremste abrupt und geriet fast ins Schleudern; er richtete die Scheinwerfer auf das Wrack, hievte sich aus dem Fahrersitz und sprang hinunter in den Schlamm. »Cissy?« Lieber Gott, wo waren sie bloß? »Cissy, Liebes?« Er sprang hinunter in den Graben und kletterte rutschend um das Fahrzeug herum.

Der schwarze Umriß des Wracks lenkte den Strahl seiner Scheinwerfer ab, und es dauerte einen Moment, bevor sich seine Augen an das Halbdunkel gewöhnt hatten, um Cissy sehen zu können, die im Lichtschatten an die Kühlerhaube gelehnt dasaß, die Augen geschlossen. Susie hatte sich nahe bei ihr niedergekauert, die Arme um die Knie, und schaukelte mit dem Oberkörper langsam hin und her.

»Susie?« rief Joe.

Das Mädchen hielt ihre Knie noch fester. »Sie ist tot.« Sie hielt den Kopf gesenkt. »Sie ist tot.« Tränen liefen ihr über das Gesicht.

Joe rutschte näher heran und kniete sich neben sie. Sein kantiges Gesicht war kreidebleich. »Nein. Nein, Baby, nein.« Er riß sich seine Handschuhe herunter, streckte die Hand aus, an Susie vorbei, und nahm zärtlich Cissys Handgelenk. Es war kalt. »Ciss? Ciss, mein Liebling? Komm schon.« Seine Finger waren rauh und aufgesprungen, für so etwas nicht zu gebrauchen. Hartnäckig befühlte er überall ihr Handgelenk und drückte die weiche kalte Haut, bis er plötzlich ein schwaches Flattern spürte.

»Nein, sie ist nicht tot, Sue.« Er zitterte genauso wie seine Tochter. »Fast, aber nicht ganz. Hilf mir, sie hochzuheben. Wir schaffen sie auf die Ladefläche des Land Rover.«

Er hob sie hoch, als hätte sie überhaupt kein Gewicht, und trug sie rutschend und schliddernd zurück auf den Weg. Die Ladefläche war voller alter Werkzeuge, Säcke und Stücke von Schnüren. »Spring rauf, Susie. Leg den Kopf deiner Mutter auf deinen Schoß. Mach's ihr bequem.«

Jetzt, da es etwas zu tun gab, war er so ruhig, daß es ansteckend wirkte. Susie tat, was er sagte, setzte sich auf den Boden und zog ein paar Säcke über den reglosen Körper ihrer Mutter.

Joe ging zurück zum Fahrersitz und zog sich hoch. Ein Blick auf den steilen, vereisten Weg, den er Minuten zuvor noch heruntergerutscht war, sagte ihm, daß sie es wahrscheinlich nicht wieder hoch schaffen würden. »Ich würde sagen, wir bringen sie runter nach Redall. Diana weiß bestimmt, was zu tun ist. Sie war früher Krankenschwester. Wenn ihr Telefon noch immer nicht funktioniert, fahre ich noch einmal los und hole einen Krankenwagen. Jetzt halt sie fest, Susie mein Liebling. Ihr seid schon fast da gewesen. Es sind nur noch ein paar hundert Meter nach Redall.«

Er weigerte sich, die Möglichkeit in Betracht zu ziehen, daß sie tot war. Er hatte ihren Pulsschlag gespürt. Er war sich dessen sicher. Behutsam ließ er die Kupplung kommen, lenkte mühsam den Land Rover zurück auf den Weg und fuhr hinunter zum Farmhaus.

Diana hatte sie kommen sehen, aber erst, als Joe hinter dem Lenkrad auftauchte, öffnete sie die Tür. »Joe? Gott sei Dank! Wo ist die Polizei? Ist sie unterwegs?«

»Die Polizei?« Joe schüttelte den Kopf, ganz mit seinen eigenen Sorgen beschäftigt. »Ich habe sie noch nicht angerufen, den Notarzt auch nicht. Ich habe mir gedacht, ich lasse sie hier bei euch, und versuche, ob ich über einen Nebenweg zurückkomme. Da oben ist es einfach zu rutschig, sogar für dieses alte Mädchen.« Er gab dem Auto mit seiner knotigen Hand einen Klaps, als er nach hinten ging und Cissy vorsichtig heraushob.

»Cissy!« rief Diana. »Was fehlt ihr?« Hinter ihr war Roger müde herbeigekommen. Er sah ihr über die Schulter.

»Wir hatten einen Unfall mit dem Range Rover.« Susie kletterte von der Ladefläche. »Sie ist tot. Ich weiß, daß sie tot ist!« Sie brach wieder in Tränen aus.

»Bringt sie rein. Schnell.« Diana blickte hinaus in den dunklen Wald. Die Dämmerung kam früh. Der Himmel, aus dem federleichter Schnee fiel, hatte blaue Flecken. Der Wald war still.

»Leg sie auf das Sofa.« Sie starrte auf Cissys kreidebleiches Gesicht und griff dann, wie Joe vor ihr, nach ihrem Handgelenk. »Wo sind Paddy und Kate? Hast du sie nicht gesehen?«

Sie hatte mehr Erfahrung als Joe und fand den Puls fast sofort. Er war schwach, aber regelmäßig.

Hinter ihnen tauchte Greg aus dem Arbeitszimmer auf. Er schloß die Haustür und verriegelte sie. Die Kerzen im Wohnzimmer flackerten.

Greg, Roger, Susie und Joe standen um das Sofa und sahen hinunter auf die reglose Gestalt, die dort lag. Diana saß neben ihr, fuhr vorsichtig mit der Hand über sie und enthielt sich jeden Kommentars darüber, wie ungeschickt Joe seine Frau aus dem Range Rover gehoben hatte. Falls ihr Genick oder ihr Rücken verletzt sein sollten, war es zu spät, jetzt noch etwas zu sagen. Sie hatte Blutergüsse im Gesicht, die Lippe war aufgeplatzt – hoffentlich kam das Blut von da. Weitere Blutergüsse waren auf Cissys Schultern und Rippen zu sehen, als Diana ihre Bluse öffnete.

»Joe, ich glaube, du fährst jetzt besser zurück und rufst einen Krankenwagen«, sagte Greg, während er die Hände seiner Mutter beobachtete. »Und wir brauchen die Polizei. Jemand hat Bill Norcross totgeschlagen.«

Joes Gesicht verzog sich vor Schrecken, aber noch immer wandte er den Blick nicht von seiner Frau ab. »Denkst du, er hat auch Cissy angegriffen?« Schließlich sah er Greg an. Vom Nacken aus breitete sich eine dunkle Röte über sein Gesicht.

»Nein, Dad«, antwortete Susie. »Wir sind ins Schleudern geraten. Da war ein Mann –« Sie hielt abrupt inne.

»Ein Mann.« Greg wandte sich ihr zu und sah ihr prüfend ins Gesicht.

»Was für ein Mann, Susie?« Joe packte sie und drehte sie herum, so daß sie ihm in die Augen sah. »Du hast bis jetzt nichts von einem Mann gesagt.«

»Er ... er tauchte plötzlich vor uns auf.« Susie fing wieder an zu weinen. »Mummy ist voll auf die Bremse gestiegen, und wir sind ins Schleudern gekommen. Ich habe mir den Kopf am Fenster angeschlagen.«

»Wie sah er aus, Susie?« Greg ließ seine Stimme freundlich klingen.

»Er hatte einen langen Umhang oder sowas an. Ein Schwert ...«

»Ein Schwert!« unterbrach Joe ungläubig, während Greg und Diana sich nur ansahen.

»Und ihr habt keine Spur von Kate und Patrick gesehen?« Diana befühlte Cissys Beine. Wenigstens war nichts gebrochen.

»Nein.« Susie schüttelte den Kopf.

»Sie haben ein Gewehr«, warf Greg ein.

»Ich glaube, ich habe einen Gewehrschuß gehört.« Susie riß sich von ihrem Vater los und kniete sich neben ihre Mutter. »Gleich nach dem Unfall gab es einen lauten Knall.«

Diana schloß kurz die Augen. Irgendwie gelang es ihr, die Hände ruhig zu halten, als sie die Decke nahm, die Greg ihr reichte, und sie über Cissys reglose Gestalt legte. Als sie aufstand, wandte sie sich an Joe. »Du mußt Hilfe holen, Joe. Wir kümmern uns um sie, so gut es geht, aber sie braucht einen Arzt. Ich glaube, sie hat nur ein paar Blutergüsse, aber sie könnte auch eine Gehirnerschütterung haben. Sie muß unbedingt geröntgt werden.«

»Aber sie wird wieder gesund werden?« Joe sah sie hilflos an.

»Das hoffe ich.« Diana lächelte ihn beruhigend an und legte ihm die Hand auf den Arm. »Susie kann hierbleiben; ich kümmere mich um die beiden, Joe, versprochen.«

Er nickte. Einen Moment lang zögerte er unsicher, dann wandte er sich unbeholfen ab.

Greg humpelte hinter ihm her. In der Diele sprach er leise und eindringlich zu ihm. »Joe, da draußen läuft ein Irrer rum. Sei um Gottes willen vorsichtig. Paddy und Kate haben sich vor Stunden zu euch auf den Weg gemacht, um zu telefonieren. Halt die Augen auch nach ihnen offen, und sag der Polizei, was passiert ist.«

Joe nickte kurz. Er streckte die Hand aus, um die Tür zu öffnen. »Paß gut auf alle auf.«

»Das mache ich, keine Sorge.« Die Verbissenheit in Gregs Stimme war beruhigend.

Auf der Stufe nach draußen blieb Joe kurz stehen. Die Welt war völlig still, in wirbelnden Schnee gehüllt. Einen Moment lang zögerte er. Nur ungern überquerte er die paar Meter weißen Bodens bis zu seinem Land Rover. Dann schüttelte er den Kopf und ging mit großen Schritten vorwärts, während er hörte, wie Greg hinter ihm die Tür verriegelte.

Er ging hinten um den Wagen herum und streckte den Arm über die offene Ladeklappe nach seinem Gewehr aus, dessen Halterung an den Rahmen des Fahrzeugs geschraubt war. Mit einem Ruck nahm er das Gewehr aus der Halterung, dann schob er den Deckel einer Kiste zurück, die neben dem Notsitz stand. Die Patronen waren noch da; er hatte sie nach der letzten Jagd in der Kiste gelassen. Wegen solch einer Nachlässigkeit konnte er den Jagdschein verlieren, aber es wußte ja keiner. Fast hätte er sie geküßt, als er die Patronen in seine ausgebeulte Jackentasche steckte und hinter das Lenkrad kletterte. Er legte das Gewehr neben sich auf den Sitz und griff nach dem Schlüssel, den er im Schloß steckengelassen hatte, die Augen auf der Windschutzscheibe, die dicht mit Schnee bedeckt war.

Der Motor sprang nicht an.

Er drehte den Schlüssel wieder und wieder in der Zündung, ohne Erfolg. Hinter ihm ging die Tür zum Haus wieder auf. Greg hatte ihn vom Fenster des Arbeitszimmers aus beobachtet. »Was ist los?« Der Schnee dämpfte seine Stimme.

»Die verfluchte Batterie. Warte, ich versuch's mit der Anlasserkurbel.« Er stieg aus, froh, daß noch jemand da war. Das Schweigen des Waldes wurde immer bedrückender.

Das Metall fühlte sich sogar durch die Handschuhe kalt an, als er die Kurbel in das Loch steckte und sie herumwarf. Der Motor sprang noch immer nicht an. »Verdammtes, blödes Ding!« Er versuchte es noch einmal und spürte, wie ihm auf der Stirn der Schweiß ausbrach.

Hinter ihm musterte Greg die Bäume. Er fühlte ein Prickeln der Angst auf der Haut. Irgendwer – oder irgend etwas – beobachtete sie. Er war sich ganz sicher. »Joe«, sagte er leise. »Joe, nimm das Gewehr und komm ins Haus.«

»Ich versuch's nur noch einmal.«

»Nein, Joe. Laß es. Nimm dein Gewehr und komm rein.«

In Gregs Stimme lag eine Dringlichkeit, die Joe abrupt einhalten ließ. Er richtete sich auf. Jetzt konnte auch er es fühlen. Eine Panik baute sich auf, die langsam über ihn kroch. Er ließ die Kurbel, wo sie war, holte das Gewehr aus dem Wagen, drehte sich um und lief, so schnell er konnte, zum Haus zurück. Greg warf hinter ihm die Tür zu und schob rasch den Riegel vor. Einen Moment lang standen die beiden Männer in der kleinen Diele und horchten. Von draußen kam kein Ton. »Glaubst du, er ist da draußen?« flüsterte Joe.

Greg nickte.

»Hast du ihn gesehen?«

»Kate und ich haben ihn unten am Strand gesehen.«

»Und Norcross ist tot?« Es schien gerade erst bei ihm angekommen zu sein. »Bist du sicher?«

»Ganz sicher.« Gregs Stimme ließ keinen Raum für irgendeinen Zweifel. »Was zum Teufel machen wir jetzt, Joe? Wir brauchen unbedingt Hilfe.«

»Ich könnte euren Wagen nehmen. Ich denke mal, der alte Volvo hätte eine ganz gute Chance, den Seitenweg raufzukommen.«

Greg schüttelte den Kopf. »Unser alter Volvo ist draußen im Watt, Joe. Frag mich nicht, wie er da hingekommen ist. Und den Land Rover haben wir an einen Baum gefahren.«

Joe starrte ihn an. »Du meinst, es gibt kein Auto, das funktioniert? Gar keins?«

»Und kein Telefon.«

Die beiden Männer starrten sich an. »Und du glaubst, er war es. Er ist schuld an Cissys Unfall.«

»Und an dem von Kate. Außerdem hat er versucht, mich am Strand umzubringen.« Greg hielt inne. »Warte, Joe. Gerade fällt mir etwas ein. Kates kleines Auto. Der Peugeot. Er ist in der Scheune. Ich weiß nicht, ob er es den Weg rauf schaffen würde, aber einen Versuch ist es wert.«

»Also dann.« Joe vergrub seine Hand in der Tasche und holte zwei Patronen hervor. »Ich stecke ein paar von denen ins Rohr, dann probieren wir's. Ist die Scheune offen?«

Greg zuckte mit den Schultern. Er suchte in der Tischschublade und holte zwei Schlüssel an einem großen Ring hervor. Er drückte sie Joe in die Hand. »Ich komme mit. Warte einen Moment, ich hole meine Stiefel.«

»Nein.« Joe schüttelte den Kopf. »Ich schätze, allein bin ich schneller. Du kümmerst dich um deinen Dad und die Frauen.«

»Ich weiß nicht, ob sie den Schlüssel steckengelassen hat.«

»Wenn nicht, schlage ich das Fenster ein und schließe ihn kurz. Ich bin sicher, sie verzeiht mir; schließlich ist es ein Notfall. Meine Cissy braucht einen Arzt.«

Greg entriegelte wieder die Tür und öffnete sie. Es wurde langsam finster. Die Schatten der Bäume bildeten einen starken Kontrast zum strahlenden Weiß des Rasens. Irgendwo ein Stück entfernt stieß ein Fasan seinen manischen Warnschrei aus. Joe umklammerte sein Gewehr fester. Er bedeutete Greg mit erhobenem Daumen, daß alles gutgehen werde, dann drehte er sich um und rannte auf die schwarze Scheune zu.

Das Vorhängeschloß hing offen vom Schließring herab. Joe starrte es mit einem unguten Gefühl an. Vorsichtig zog er die Tür ein Stück weit auf. In der Scheune war ein seltsamer Geruch. Er sog die Luft ein. Es roch nach Benzin, und noch nach etwas anderem – wie Kordit. Und da war Rauch. Er hatte kaum die Zeit, einen halben Schritt zurückzutreten, da brach ein Feuerball aus gelber und goldener Hitze aus Kates Wagen heraus und warf ihn zurück in den Garten.

»Gott im Himmel!« Greg hatte noch keine Zeit gehabt, die Tür zu schließen, als er sah, wie Joes Körper mit dem Rücken zuerst vom Tor der Scheune zurückgeschleudert wurde. Feuer und Rauch drangen bereits durch das Scheunendach, Funken sprangen in die Luft und verloren sich im Schnee.

»Greg? Was ist los? Was ist passiert?« Diana lief zu ihm, gefolgt von Susie. Roger blieb einen Moment lang reglos stehen, die Augen geschlossen, dann schleppte er sich langsam hinter ihnen zur Tür.

»Daddy!« Susie ließ auf ihren hysterischen Schrei ein lautes Schluchzen folgen, als sie sah, daß die Gestalt auf dem Gras begann, zu ihnen zu kriechen.

»Ich helfe ihm.« Diana schob sich an Greg vorbei. Nach Sekunden kniete sie neben ihm.

»Mir fehlt nichts. Mir fehlt nichts. Bin nur ein bißchen durchgeschüttelt.« Joe hustete heftig, seine Augen waren voller Tränen. »Such das Gewehr. Schnell. Such das verdammte Gewehr. Und paß auf, es ist geladen.« Er stand auf und begann, zum Haus zu wanken.

Greg, zur Untätigkeit verdammt, sah voller Qual, wie seine Mutter auf das lichterloh brennende Gebäude zulief. »Hol mir meinen Stock«, brüllte er Susie an. »Schnell! Hol mir meinen Stock!«

Er riß ihn ihr aus der Hand und war schon dabei, zu Diana zu humpeln, als er sie gebückt im Rauch verschwinden und gleich darauf wieder auftauchen sah, das Gewehr unter dem Arm.

Roger schob sich an seinem Sohn vorbei und lief hinaus in den Schnee. »Di –«

»Schnell rein, Joe.« Greg stieß ihn ins Haus und humpelte hinter seinem Vater her, die Augen auf die Scheune gerichtet. Rauch drang überall durch das Dach; eine Reihe kleiner Explosionen erschütterte das Gebäude. Diana lief keuchend zu ihnen. Einen Moment lang standen sie alle da und blickten auf das Feuer, dann nahm Greg seine Mutter am Arm und zog sie weg. »Schnell, zurück ins Haus.«

»O Greg.« Ihre Augen füllten sich mit Tränen. Todunglücklich ging sie zu Roger, der den Arm um sie legte und sie zurück zum Haus brachte.

Greg setzte in seiner Ungeduld ein paar Schritte lang den Fuß auf. Der Schmerz schnitt durch ihn hindurch wie ein Messer. »Gott sei Dank weht wenigstens der Wind in die andere Richtung, weg vom Haus; und der Schnee löscht bestimmt die Funken. Aber die Scheune sind wir los, Dad. Nichts mehr zu machen.«

Sie blieben einen Moment lang im Hauseingang stehen und sahen voller Verzweiflung zu, wie die ersten Flammen durch die schwarzen Bretter züngelten. Dianas Augen füllten sich mit Tränen. »Ich habe diese Scheune geliebt. Sie war wunderschön. Und meine Rosen! Meine armen Rosen. Sie werden verbrennen.«

»Ich nehme an, den Wurzeln wird nichts passieren.« Roger versuchte, beruhigend zu klingen. Er zog sie behutsam ins Haus und schloß die Tür. »Komm, setz dich zu Joe. Greg, schaffst du es, uns allen einen Brandy zu holen?«

»Bist du verletzt, Joe?« Diana versuchte, nicht an ihre kostbaren Pflanzen und die Vögel zu denken, die in der Dämmerung immer zum Schlafen in die Scheune kamen, und wandte sich Joe zu. Sie sah die schwarzen Flecken in seinem Gesicht prüfend an.

Er schüttelte den Kopf. »Nur verdammt geschockt.« Er klang eher wütend als irgend etwas anderes. »Was für ein Scheißkerl macht sowas? Das war eine richtige Todesfalle!« Er warf sich auf einen Sessel. »Ich schätze, den Brandy kann ich vertragen. Danke, Greg.« Er sah Cissy an. »Wie geht's ihr?«

»Unverändert.« Diana setzte sich neben sie und legte die Hand auf Cissys Stirn. Ihr pochte das Herz in den Ohren von dem Schock über das, was geschehen war. Sie glitt mit den Fingern nach unten, um hinter Cissys Ohr den Puls zu fühlen. Er war jetzt stärker und regelmäßiger.

Sie hob den Kopf und sah, daß Greg mit einem Glas in der Hand hinter ihr stand.

Sie griff danach. »So. Und wie geht's jetzt weiter?«

»Ich gehe zu Fuß. So geht's weiter.« Joe goß seinen Brandy in einem Zug hinunter und hielt Greg das leere Glas wieder hin. »Kein verfluchter Mörder macht das mit mir und kommt dann auch noch davon.«

»In der Dunkelheit kannst du nicht gehen, Joe.« Greg warf einen Blick aus dem Fenster. »Das wäre Wahnsinn. Kate und Paddy haben mittlerweile sicher euer Haus erreicht. Wenn sie nicht reinkommen, versuchen sie bestimmt, zu den Headleys oder zur Heath-Farm zu kommen. Auf jeden Fall können sie viel schneller Hilfe holen als du.«

»Und wenn sie's nicht geschafft haben?« Joes Frage war auf brutale Weise direkt. »Was, wenn er sie erwischt hat?«

»Er hat sie nicht erwischt, Joe.« Greg sah seine Mutter an. »Paddy hat ein Gewehr. Und er hätte keine Angst, es zu gebrauchen.«

Sein Blick wanderte nachdenklich hinüber zu Sue. Sie hatte gesagt, sie habe einen Schuß gehört. Aber Geister kann man nicht erschießen. Ein Gewehr würde gegen Marcus nichts ausrichten. Nicht das Geringste.

Als hätte sie seine Gedanken gelesen, sah Diana ihn an.

»Ein Geist könnte nicht die Scheune anzünden, Greg. Oder mit dem Volvo fahren. Das muß ein Mann aus Fleisch und Blut gewesen sein.«

»Ein Geist?« Joe starrte sie an. »Was hat ein verdammter Geist mit all dem zu tun? Wollt ihr mir erzählen, daß ein verdammter Geist meine Frau von der Straße gedrängt hat?«

»Ich weiß nicht, was wir dir erzählen sollen, Joe. Ich weiß es einfach nicht.« Greg war bleich vor Hilflosigkeit. Er warf sich wieder in den Sessel. »Mein Gott, wenn ich nur gehen könnte! Wo sind bloß Kate und Paddy?«

LIII

Kate lag auf dem Gesicht, den Kopf auf die Arme gebettet. In ihren Haaren über der linken Schläfe war ein kleines Rinnsal aus Blut zu einer Kruste getrocknet. Sie war nicht sicher, wie lange sie so gelegen hatte, aber in der Zwischenzeit war ihr sehr kalt geworden. Vorsichtig hob sie den Kopf. Sie erwartete, jeden Moment eine eisige Hand auf dem Rücken zu spüren, aber da war nichts, nur die lange Brombeerranke, die ihr den Kopf zerkratzt hatte, als sie gefallen war. Ihre Hand schloß sich im Schlamm, der jetzt verharscht war, weil er zu gefrieren begann. Sie bemerkte, daß sie zitterte. »Paddy?«

Es war nichts mehr zu hören gewesen, seit das Gewehr losgegangen war. Das Entsetzen hatte sie gelähmt. Ein tiefverwurzelter Instinkt hatte ihr gesagt, daß Sich-tot-stellen ihr einziger Schutz war. Sie wußte nicht, wie lange dieser Zustand angehalten hatte. Sie bewegte leicht die Hand und versuchte, ihr Handgelenk mit der schmalen, goldenen Uhr in Sichtweite zu bringen, ohne den Kopf mehr als ein paar Zentimeter zu heben.

»Paddy?« Sie versuchte es wieder, diesmal lauter.

»Hier.« Seine Stimme klang gedämpft, aber er war nicht allzu weit weg.

»Bist du in Ordnung?«

»Ich glaube schon. Ich habe das Gewehr verloren. Ich bin hingefallen.« Sie konnte die Tränen in seiner Stimme hören. »Ist er weg?«

»Ich weiß nicht.« Sie hob den Kopf etwas höher, um besser zu sehen. »Ich glaube schon.«

»Wo sind Sie?«

»Hier.« Sie richtete sich auf den Knien vorsichtig auf und wünschte, sie könnte aufhören zu zittern. Ihre Zähne klapperten. »Ich bin hier. Red weiter, und ich versuche, dich zu finden.« Es gab fast kein Tageslicht mehr.

Irgendwo links von sich hörte sie ein Rascheln. Sie drehte sich schnell um. »Bist du das?«

»Ja. Ich bin okay. Hier.« Er klammerte sich mehrere Sekunden lang an sie, und sie konnte seinen eiskalten Körper an dem ihren spüren. »Er ist weg«, flüsterte sie. »Ich kann fühlen, daß er nicht mehr da ist.«

»In welche Richtung gehen wir?« Er ließ sie los, und sie spürte, wie er sich statt dessen an seinem Stolz festhielt, fast als wäre es eine Rüstung, die er wieder anlegte.

»Wir hätten einen Kompaß mitnehmen sollen.« Sie versuchte, es leicht dahinzusagen. »Allerdings können wir weiter immer bergauf gehen.«

»Das scheint nicht zu funktionieren.«

»Paddy, was können wir sonst tun? Wir können nicht die ganze Nacht hierbleiben.« Sie hatte gerade erst bemerkt, daß es wieder schneite. Dieses Mal war es richtiger Schnee, federleicht und erbarmungslos; ein fahles Schimmern zu ihren Füßen zeigte ihr, daß er liegenblieb.

»Können Sie irgendwelche Gebete?«

Die Frage überraschte sie. »Na ja, das Vaterunser natürlich, das kann jeder.«

»Das spricht man doch, um sich gegen das Böse zu schützen, oder? Um ihn fernzuhalten.«

Kate nahm seine Hand. »Wir könnten es zusammen sprechen, wenn das hilft. Du hast recht. Es soll böse Geister fernhalten. Ich kenne mich nicht so besonders aus mit Gebeten.«

»Und auch nicht mit bösen Geistern, nehme ich an.« Sein leises Lachen klang gezwungen. »Können Sie es auf lateinisch? *Pater Noster* oder so. Er spricht bestimmt Lateinisch, wenn er ein Römer ist. Wir lernen kein Latein in meiner Schule.« Wieder das gezwungene Lachen. »Ich hätte nie gedacht, daß ich es mal brauchen könnte.«

Mögen die Götter dich bis in alle Ewigkeit verfluchen, Marcus Severus, und deinen fauligen Körper und deine verdorbene Seele richten für das, was du heute hier getan hast.

Kate rieb sich mit den Händen das Gesicht. Die Worte waren in ihrem Kopf. Sie kamen nicht von außen. Wenn doch, hätte Paddy sie auch gehört. Und die Worte waren englisch.

»Ich glaube, er versteht unsere Sprache«, sagte sie vorsichtig. Ihr fiel auf, daß sie beide sicher waren, Marcus gesehen zu haben und nicht irgendeinen Eindringling aus Fleisch und Blut. »Ich glaube, wenn wir mit ihm oder irgendwem sonst kommunizieren, dann geschieht das in unseren Köpfen.«

»Aber Sie könnten ihm doch auf lateinisch sagen, daß er sich verpissen soll?« Er sagte es so voller Hoffnung, daß sie laut lachen mußte.

»Ich habe Latein gelernt, wie man es eben so tut in der Hoffnung, dann die Literatur besser verstehen zu können«, sagte sie entschuldigend. »Ich glaube nicht, daß ich je gelernt habe, wie man ›Verpiß dich‹ sagt.« Sie hielt inne. »Aber das *Pater Noster* kann ich schon.«

»Dann sagen Sie es.«

»Pater Noster, qui es in coelis, sanctificetur nomen tuum. Adveniat regnum tuum. Fiat voluntas tua, sicut in coelo, et in terra. Panem nostrum quotidianum da nobis hodie. Et dimitte nobis debita nostra, sicut et nos dimittimus debitoribus nostris. Et ne nos inducas in tentationem: sed libera nos a malo …« Sie hielt inne.

Einen Moment lang herrschte Stille. »Weiter«, flüsterte er.

»Das war's. Wenigstens war das alles, woran ich mich erinnern kann. Aber das ist der wichtige Teil. *Libera nos a malo*. Erlöse uns von dem Übel.« Es war egal. Da draußen war jetzt niemand mehr, der zuhörte. Sie war sich dessen sicher. Er war fort. »Paddy, laß uns versuchen, das Gewehr zu finden. Es kann nicht weit sein.« Es war fast finster. Das Tageslicht nahm schnell ab.

»Ich glaube, ich habe es da drüben verloren. Erzählen Sie Dad nicht, daß es losgegangen ist. Sonst kriege ich es nie wieder.«

»Es hat uns wahrscheinlich das Leben gerettet«, sagte sie kurz angebunden. »Ich sehe es. Da. In den Nesseln dort.«

Der Schneefall war jetzt dichter. Hier formten sich die Flocken zu einer bleichen Wolke, dort trieb sie der Wind in stechende Büsche.

Patrick holte sich vorsichtig das Gewehr zurück. Er blickte sich um. »Keine Spur von einem Weg. Ich kann nicht mal sehen, aus welcher Richtung wir gekommen sind.«

»Von da.« Kate zögerte nicht. Sie zwängte sich durch ein Brombeergebüsch und begann, eine kleine Steigung hochzuklettern. Mit ihren geborgten Stiefeln rutschte sie im Schnee aus.

»Warten Sie.« Patrick starrte herum. »Da, sehen Sie. Durch die Bäume.«

»Wo?«

»Da. Ich sehe ein Licht.«

»Gott sei Dank!« Es kam aus tiefstem Herzen. Seite an Seite kämpften sie sich darauf zu. Sie rutschten und schlidderten jetzt bergab, aus dem stürmischen Wind und zurück in den Schutz des Waldes.

»Es ist verschwunden. Ich sehe es nicht mehr.«

»Da. Da ist es.« Patrick blieb stehen. »Es ist Redall. Oh, Kate, wir sind im Kreis gelaufen. Wir sind wieder da, wo wir losgegangen sind. Er läßt uns nicht entkommen.« Die Enttäuschung und die Angst in seiner Stimme waren mit Händen zu greifen.

Sie biß sich auf die Lippe. Sie ärgerte sich über sich selbst, über ihre Dummheit genauso wie über den überwältigenden Sturm der Erleichterung, der in ihr aufgestiegen war. »Es hilft nichts. Wir gehen wieder rein und sehen, ob wir einen Kompaß finden.«

»Gut.« Er nickte.

»Dann müssen wir's nochmal versuchen. Und diesmal bleiben wir auf dem richtigen Weg.«

»Einverstanden.« Er grinste sie breit an. »Aber zuerst was Warmes zu trinken, ja?«

»Ja.« Sie legte den Arm um seine Schulter.

LIV

Jon öffnete seine Wohnungstür und spähte hinein. Es roch abgestanden; unbewohnt. Erst gestern, bevor er vom John-F.-Kennedy-Flughafen abflogen war, hatte er erfahren, daß Cyrus nur zwei Tage bei ihm gewohnt hatte. Dann hatte es einen gewaltigen Streit mit den Sponsoren seines Londonbesuchs gegeben, und er war zurück in die Staaten geflogen.

Jon ließ seine Reisetasche auf den Boden fallen, schob mit dem Fuß die Tür hinter sich zu und bückte sich, um die Post aufzuheben. Müde ging er hinüber zum Tisch und warf sie darauf. Auf dem Fensterbrett stand eine Vase mit vertrockneten Blumen über einem Kreis aus klebrigem gelben Blütenstaub. Er nahm sie und trug sie in die Küche. Dabei rümpfte er die Nase wegen des Gestanks des abgestandenen Wassers. Auf der Anrichte lag ein Schlüsselbund. Er drehte den Hahn auf und ließ Wasser in die Vase laufen, um die schleimig-grünen Ablagerungen wegzuspülen, die sich auf dem groben Porzellan festgesetzt hatten. Dann nahm er die Schlüssel und sah den Anhänger an.

Eine kleine schwarze Katze. Kates Schlüssel. Er knallte sie auf die Anrichte. Zwei Tage! Lausige zwei Tage war Cyrus geblieben, und dafür hatte er sie so gut wie hinausgeworfen! Na ja, wenigstens hatte er ihr jetzt die erste Hälfte von ihrem Geld zurückgezahlt.

Er ging ins Wohnzimmer, warf sich auf das Sofa und streckte die Hand zum Tisch neben ihm aus, um auf die Wiedergabetaste des Anrufbeantworters zu drücken. Die Anrufe wollten nicht enden. Er hörte abgespannt zu, die Augen geschlossen. Die Prozession der Stimmen durch das kalte Dämmerlicht des Nachmittags war wie ein Blick auf sein Leben. »Hi Jon. Ruf mich an, wenn du zurück bist ...«, »Jon, wenn du um den 18. herum da bist, sollten wir uns treffen ...«, »Jon, vergiß nicht, 12 Uhr 30 am 23. im Groucho ...«, »Jon ...«, »Jon ...«, »Jon ...« ...

Er stand auf, um sich einen Scotch einzugießen. Die Flasche – alle Flaschen auf dem Tablett – waren leer.

»Scheiße!«

»Jon. Hier ist Bill. Wollte dich nur wissen lassen, daß alle Telefone oben in Redall außer Betrieb zu sein scheinen. Ich fahre heute morgen rauf – es ist jetzt Sonntagmorgen, ungefähr zehn Uhr –, um zu sehen, was los ist.«

Jon schaltete den Anrufbeantworter ab. Er griff zum Telefon und wählte Bills Nummer. Es läutete in der Stille immer weiter. Er wählte erneut – dieses Mal die Nummer von Bills Cottage. »Komm schon, nimm ab.« Jon trommelte mit den Fingern auf den Knien. Unvermittelt legte er einen Finger auf die Gabel. Er versuchte die Nummer von Redall Cottage. Die Leitung war immer noch tot. Er murmelte ein paar Flüche vor sich hin und wählte die Nummer der Lindseys. Wieder nichts. Er knallte den Hörer auf die Gabel und stand auf. Was zum Teufel ging dort oben vor?

In der Reisetasche fand er die Flasche Talisker, die er am Flughafen im Duty-free-Shop mitgenommen hatte. Er machte sie auf und schenkte sich einen Schluck ein.

Warum zum Teufel machte er sich überhaupt solche Sorgen? Kate war Geschichte. Sie waren nicht miteinander ausgekommen. Die Affäre war zu Ende. Aus und vorbei. Alles kaputt. Es gab nichts mehr, das sich neu entfachen ließ. Sie war nicht mehr an ihm interessiert, egal wie freundlich sie am Telefon gewesen war. Das war nichts als Höflichkeit; typisch Kate, wollte niemandes Gefühle verletzen. Wahrscheinlich würde er sie nie wiedersehen.

Er trank sein Glas aus und schenkte sich noch eins ein. Draußen vor dem Fenster mit seinem Schleier aus rußigem Tüll wurde es dunkel in den Straßen von London. Es hatte begonnen, gleichmäßig zu regnen. Der Regen war mit Schnee vermischt. Jon setzte sein Glas ab und ging in die Ecke, um die hohe Chromlampe anzumachen. Dann nahm er die Straßenkarte in die Hand.

LV

HASS
ZORN
WUT

tobten in ihrem Kopf. Es gab keine Worte, keine Gestalt; ein Mahlstrom wirbelnden Schmerzes.

»Mummy!«

Der Schrei war gedämpft, voller Qual. Ungehört fiel er in die schwarze Stille des Zimmers.

»Mummy, hilf mir!«

Sie waren in ihrem Kopf, und sie kämpften miteinander. Er, Marcus, immer der Stärkere, zerrte am Innersten ihres Gehirns, wollte sie, benutzte sie, brauchte ihre Stimme, ihre Arme, ihre Kraft.

Und sie. Claudia. Sie gab einfach nicht nach. Die Wahrheit mußte ans Licht kommen. Nion. Verraten. Eine Beleidigung der Götter. *Nion. Nion. Liebe meines Lebens, Gefährte meiner Seele.*

Sie herausreißen. Sie loswerden. Sich von ihnen befreien. Nägel. Sie mit ihren Nägeln herausreißen. Ihren Kopf aufreißen.

»MUMMY. HILF MIR!«

»Bring die Wahrheit ans Licht. Ich will, daß die Wahrheit ans Licht kommt.« Das Schreien war lauter geworden, Claudia stärker. *»Das Grab ist offen. Es gibt kein Geheimnis mehr. Die Menschen von Britannien werden unseren Tod rächen. Der Fall des Römischen Reiches ist nicht Rache genug. Mögen die Götter dich für das, was du getan hast, bis in alle Ewigkeit verfluchen, Marcus Severus Secundus …«*

»Nein, nein, *NEIN!«*

Alison fuhr mit einem Ruck hoch, die Hände an den Schläfen. Ihre Nägel waren rot von ihrem eigenen Blut. Sie blickte sich im Zimmer um. Das Licht war nicht mehr an, aber sie konnte alles ganz deutlich sehen. Die Frau stand am Fenster. Ihr blaues Gewand wehte leicht, als stünde sie im Wind, die Füße im weichen Sand der Düne, das Haar trotz der Kämme durcheinander. Sie schien direkt durch die Wand zu blicken, durch das Haus, durch die Dunkelheit und den Schnee.

Alison kauerte sich an die Wand. Blut. Überall war Blut; auf der Vorderseite des Kleids der Frau, auf dem Boden, auf ihren Laken und – sie sah plötzlich nach unten, konnte problemlos in der Dunkelheit alles sehen, überall auf ihren Händen.

Ihr Schrei überdeckte das Geräusch der Stimmen. Sie schrie und schrie, außer Kontrolle, sah sich von der Tür aus selbst zu, sah zu, wie unten die Leute vom Küchentisch aufsprangen, ihre Kerzen nahmen und zur Treppe liefen. Diana war zuerst da. Die Flamme ihrer Kerze zitterte und zog Rauch hinter sich her.

»Alison. Alison, Liebes! Mein Gott, was ist bloß los mit ihr?«

Sie konnte sehen, daß ihre Mutter den Arm um sie gelegt hatte, sah, wie sich ihr Mund bewegte, aber sie spürte nichts. Er war jetzt da, wieder in ihrem Kopf. Er lachte. Warum lachte er? Er lachte über das Blut und den Schmerz. Er lachte über sie: die Frau beim Vorhang. Sie war jetzt nur noch undeutlich zu sehen, ein Schatten aus einer fernen Vergangenheit. Nicht mehr. Verschwand. Bezwungen. Löste sich im Sand auf. Teil der vergessenen Zeit …

»*Pater noster* …« Es war Patricks Stimme, bebend, im Schatten. »*Libera nos a malo. Ave Maria. Libera nos a malo.*« Die Worte gingen in ein qualvolles Schluchzen über.

»Ihr Gesicht. Mein Gott. Di, schau ihr Gesicht an.« Roger war atemlos zu der Gruppe im Flur gestoßen. Er wandte sich seinem Sohn zu. »Halt den Mund, Paddy! In meinem Haus gibt keiner diesen sentimentalen Unsinn von sich!«

»Geht jetzt. Ihr alle.« Diana hielt Alisons Schultern fester. »Bitte geht. Ich kümmere mich um sie.« Sie hob den Kopf, konnte aber durch ihre Tränen kaum etwas sehen. »Kate, bleibst du bitte. Und ihr anderen geht wieder runter.«

Roger öffnete kurz den Mund, wollte etwas sagen, dann überlegte er es sich anders. Er gab Kate seine Kerze und wandte sich ab. Er zitterte sichtlich, als er die anderen nach unten schob.

Kate ging ins Badezimmer, um einen Waschlappen zu holen,

und kam damit zurück in Alisons Zimmer, nachdem sie ihn ausgewrungen hatte. Diana wischte Alison das Blut von den Händen und führte sie dann behutsam zurück zum Bett. »Jetzt kann dir nichts mehr passieren, Sweetheart. Gar nichts.«

»Was ist mit ihrem Gesicht?« Kate hielt die Kerze ruhig.

»Ich kümmere mich später darum. Es sind keine schlimmen Kratzer.« Diana sah sie matt an. »Ich lasse nicht zu, daß du oder Paddy oder Joe heute nacht noch einmal dieses Haus verlaßt.«

»Jemand muß Hilfe holen, Diana.«

»Es ist noch früh genug, wenn es hell wird. Bis dahin können wir nichts tun.«

»Aber was ist mit Greg? Und mit Cissy?« Kate war entsetzt über den Anblick von Cissy Farnborough gewesen, die kaum bei Bewußtsein auf dem Sofa beim Feuer lag.

»Keine Sorge. Ich kümmere mich um sie. Da draußen ist jemand, der uns alle umbringen will, Kate!« Diana zog die Bettdecke bis über Alisons Kinn hinauf und steckte sie an den Seiten fest. »Ich lasse nicht zu, daß nochmal jemand einen Fuß vor dieses Haus setzt.«

Kate sah hinunter auf Alison. Das Mädchen war jetzt ruhig. Sie lag ganz still auf ihrem blutbefleckten Kissen und atmete in langen, gleichmäßigen Zügen, als sei sie wieder eingeschlafen. »Was, glaubst du, ist passiert?« fragte sie flüsternd.

»Sie hatte einen Alptraum.«

»Ich glaube, es war mehr als das.« Kate ging weiter in das Zimmer hinein. Der kleine intime Raum, den zwei Kerzen erhellten, war eiskalt. Auf dem Boden vor den Vorhängen war etwas Sand verstreut. Kate starrte einen Moment lang darauf hinunter und wandte sich dann ab. »Warum hat dein Mann Paddy so angeschnauzt, als er gebetet hat?«

»Er glaubt nicht an Gott. Er hat an dem Tag aufgehört, an ihn zu glauben, als er erfuhr, daß er Krebs hat.«

»Und glaubt er an das Böse? An Besessenheit? An Geister?«

Jetzt war Diana an der Reihe zu zittern. »Er vereinfacht gern alles, und er ist Fatalist. Er glaubt an nichts, was nicht wissenschaftlich beweisbar ist.«

»Wie seltsam.« Kates Blick wich nicht von Alisons Gesicht. Ihr war Roger immer wie ein Mann mit Poesie in der Seele vorgekommen. Und er war ein Mann, der in höchster Not immer noch Gottes Namen rief, obwohl er ihm nichts mehr bedeutete.

»Betest du?« Diana setzte sich auf den Bettrand und legte ihrer Tochter zärtlich die Hand auf die Stirn. Sie war sehr kalt.

»Nicht sehr oft. Aber ich war es, die Paddy die richtigen Worte beigebracht hat. Draußen in der Dunkelheit schien es das Richtige zu sein. Er dachte, Marcus würde das Latein verstehen.«

»Und hat er es verstanden?« Der ironische Ton, auf den Diana abgezielt hatte, wollte sich nicht einstellen; die Frage kam ihr ganz normal über die Lippen.

»Ich weiß nicht. Aber durch die Worte habe ich mich besser gefühlt. Ein Schild. Ein Talisman gegen das Böse.«

»Er hat uns hier in seiner Falle, oder?« Diana sah sie plötzlich an, und einen Augenblick lang konnte sie ihre Panik nicht mehr verbergen. »Alle Autos sind kaputt; das Telefon funktioniert nicht; niemand weiß, was passiert ist. Bill und Cissy haben versucht, uns zu helfen, und schau dir an, was mit ihnen passiert ist.« Eine Träne lief ihr die Wange hinunter. »Und Allie. Was ist mit Allie geschehen?«

Kate kniete sich neben sie und nahm ihre Hand. »Ich finde, wir sollten Allie nach unten bringen. Ich glaube, wir bleiben besser alle zusammen.«

»Sie hat recht.« Sie schreckten beide auf, als sie aus dem Flur Gregs Stimme hörten. Er humpelte herein und schaute hinunter auf seine Schwester. »Ich bitte Joe, sie runterzutragen, und dann, denke ich, solltest du uns allen einen großen Kessel Suppe machen.« Er sah seine Mutter an. Dann warf er einen Blick auf Kate, die noch immer am Boden kniete. »Morgen früh sieht alles ein bißchen weniger schlimm aus, dann können wir Verstärkung holen.«

Kate brachte nur ein schwaches Lächeln fertig. »Es klingt ganz leicht, wie du das sagst.« Das flackernde Licht der Kerzen ließ ihr Gesicht ätherisch aussehen. Er bemerkte nicht zum erstenmal, daß sie von einer zarten, präraffaelitischen Schönheit war, die durch ihr unordentliches, verworrenes Haar noch betont und, so vermutete er ironisch, durch ihre unterwürfige Haltung, wie sie zu seinen Füßen kniete, noch gefördert wurde. »Das ist es auch. Bei Tageslicht sieht immer alles besser aus.«

»Fordere die Vorsehung nicht heraus!« Sie stand auf. Stehend war sie genauso groß wie er. »Greg.« Sie legte ihm die Hand auf den Arm, ihre Stimme war kaum ein Flüstern. »Schau, beim Fenster. Auf dem Boden.«

Er zog eine Augenbraue hoch, nahm dann die Kerze, hinkte hinüber und musterte den Teppich.

»Sand. Er könnte von Allies Schuhen kommen.«

»Kommt er aber nicht. Als ich vorhin hier oben war, war er noch nicht da.«

»Was macht dich so sicher?«

»Ich weiß es eben.« Sie zuckte mit den Schultern. »Solche Sachen fallen mir auf. Wie im Cottage.«

»Worüber redet ihr da?« Diana drehte sich um, um den Teppich anzusehen.

»Sie sagt, daß ein bißchen Sand zum Fenster reingeweht ist und daß es besser wäre, wenn wir alle nach unten gingen, um uns an den Kamin zu setzen«, sagte Greg bestimmt.

»Behandle mich nicht wie ein kleines Kind«, schnauzte Diana ihn an. Sie stand auf. »Was hat der Sand zu bedeuten?« Sie blickte zu Kate.

»Schon gut, ich sag's dir«, erwiderte Greg langsam. »Es bedeutet, daß ich nicht glaube, daß wir es mit einem Menschen zu tun haben. Ich glaube nicht, daß es irgend jemand dort draußen im Wald oder am Strand ist. Ich glaube, unser Feind ist ein Mann, der seit fast zweitausend Jahren tot ist; ein Mann, der sehr, sehr zornig ist, weil wir den Frieden eines Grabes im Sand gestört haben. Und ich glaube, daß wir alle in furchtbarer Gefahr sind.«

LVI

»Ich muß verrückt sein, hierher zu kommen, völlig verrückt!«

Anne Kennedy ging, den Schlüssel in der Hand, die Reihe der kleinen Autos entlang und spähte durch die dicken Schneeflocken, als sie versuchte, das Fahrzeug zu finden, das man ihr zugewiesen hatte. In der anderen Hand hielt sie die Griffe einer großen Reisetasche aus Segeltuch, eine Straßenkarte, die sie im Flughafen am Stand der Autovermietung gekauft hatte, sowie den Tragegurt ihrer Umhängetasche. In der Beuge ihres Ellbogens balancierte sie drei Bücher. In Edinburgh hatte es nicht geschneit. Schwesterliebe gut und schön, aber das war zuviel.

Da war es. Nummer 87. Ein netter kleiner hellroter Ford Fiesta. Erleichtert steckte sie den Schlüssel ins Schloß und öffnete die Tür. Das Auto roch nach Plastik und Duftstreifen. Er war makellos sauber. Sie warf ihre Tasche und ihre Bücher auf den Rücksitz, stieg ein, schloß die Tür und tastete nach dem Lichtschalter für die Innenbeleuchtung. Sie mußte erst einmal nachsehen, wie man von Stansted raus zur Ostküste kam, wobei sie hoffte, daß sich der Schnee noch nicht zu hoch auf den Landstraßen türmte.

Ihre letzte Unterhaltung mit Kate hatte sie sehr besorgt gemacht, ebenso wie die Tatsache, daß Kates Telefon noch immer nicht funktionierte. Sie war äußerst erleichtert gewesen, als sie zwei Gastdozenten gefunden hatte, die auf ihre Wohnung aufpassen und C. J. jede seiner Launen erfüllen wollten, so daß sie für drei Tage nach Süden fahren und sich versichern konnte, daß alles in Ordnung war. Jetzt aber bezweifelte sie, daß vernünftig war, was sie da tat. England wies mal wieder alle Anzeichen auf, wettermäßig völlig durchzudrehen. Die Wettervorhersage wurde immer verrückter, und außerdem erwartete sie Kate noch nicht einmal, was der Inkompetenz der Telefontechniker zu verdanken war, die bei jedem ihrer Anrufe schworen, daß sie die Leitung überprüft hätten und daß sie vollkommen in Ordnung sei.

Sie warf einen letzten Blick auf die Straßenkarte, prägte sich die Route ein – A 120 nach Osten bis Colchester, A 12 nach Norden Richtung Ipswich und dann wieder die A 120 –, ließ den Motor an und schaltete das Innenlicht aus. Sie schätzte, daß die Fahrt etwa eine Stunde dauern würde, höchstens eineinhalb. Sie warf einen Blick auf die Uhr des Armaturenbretts. Es war schon fast neun.

Der Zustand der Straßen war unerfreulich, aber sie waren nicht unpassierbar, als sie nach Osten fuhr. Die Scheibenwischer schnitten Halbkreise in den Schneeregen, der im Scheinwerferlicht entgegenkommender Autos weiß funkelte. Die Straße war einigermaßen gerade, und sie kam viel schneller voran, als sie erwartet hatte. Sie fuhr an Dunmow und Braintree vorbei und bog schließlich auf der mehrspurigen Hauptverkehrsstraße, die durch die Ebenen von East Anglia nach Suffolk führte, nach Norden ab. Im Hintergrund spielte leise das Radio, und einmal gab es eine Unterbrechung für den Wetterbericht. – Gräßlich: über Nacht zunehmende Schneefälle, und morgen würde ein stürmischer Ostwind Schneeverwehungen verursachen und bei Vollmond die Flut stark steigen lassen. – Es folgten die neuesten Nachrichten, dann gab es wieder Brahms und Schumann.

Es war zehn nach zehn, als sie auf einer Parkbucht vor einem vielarmigen Wegweiser anhielt und das Innenlicht anschaltete, um noch einmal auf ihre Straßenkarte zu sehen. Redall war als kleiner Punkt an der Küste eingezeichnet, zu dem eine durchbrochene Linie führte, die irgendeine Art von Weg anzeigte. Um zu diesem Weg zu kommen, mußte sie zuerst etwa vier Meilen über kleine, verwinkelte Landstraßen fahren. Sie machte ein finsteres Gesicht. Der Schneefall war stärker geworden, und obwohl das kleine Auto bisher tapfer durch alles gefahren war, was sie ihm vor die Räder gelegt hatte, gab es jetzt, da sie sich auf einer verlassenen Straße befand, Anzeichen dafür, daß es allmählich die Bodenhaftung verlor. Außerdem hatten sich auf beiden Seiten der von Hecken gesäumten Straße trügerisch glatte Schneeverwehungen gebildet.

»Was soll's, pflügen wir uns weiter durch«, murmelte sie vor sich hin. Sie hatte bereits einen Pub an einer Art Hauptstraße ausgemacht, etwa eine halbe Meile von Redall entfernt. Vielleicht sollte sie erst einmal darauf zuhalten.

Die Reifen schlitterten beunruhigend, als sie den ersten Gang einlegte und hinaus auf die Mitte der Fahrbahn fuhr, aber nachdem sie erst einmal im Fahren war, hielt der Wagen auch die Spur. Links. Links. Rechts. Sie wiederholte laut die Abzweigungen, als sie immer vorsichtiger in die zunehmend engeren Straßen einbog. Sie mußte jetzt fast da sein. An der nächsten Biegung sollte der Pub sein.

Irrtum. Sie fuhr weiter. Die Abzweigung, von der sie wußte, daß sie nach ein paar hundert Metern auftauchen mußte, kam nicht. Die Straße machte einen Bogen landeinwärts, lief nicht eingezeichnete steile Hügel hinauf und wieder hinunter und wand sich zu ihrem nicht geringen Ärger zurück in die Richtung, aus der sie gekommen war. Sie mußte irgendwo eine Abzweigung übersehen haben.

»Verdammt!« Sie hielt an und konsultierte wieder die Karte. Auf dem Papier sah alles so einfach aus. Links, links, rechts. Ein Stück geradeaus, eine Kurve, der Pub und dann noch ein paar Kurven bis zum oberen Ende des Weges. Sie kurbelte das Fenster herunter und starrte hinaus. Der Wind war eiskalt, schneidend. Eiskristalle bissen ihr in die Haut. Alles, was sie hören konnte, war das ferne Stöhnen des Windes. Hastig kurbelte sie das Fenster wieder hoch.

Sie dachte schon über die Möglichkeit nach, die Nacht im Auto zu verbringen. – Ohne Decken und Thermoskanne nicht eben eine angenehme Aussicht; da sah sie, daß sich vor ihr die Lichter eines Hauses durch den Schnee abzeichneten. Es war zwar kein Pub, aber wenigstens würden die Bewohner wissen, wo sie sich befand.

Sie wußten es: Es waren noch gut fünf Meilen bis Redall. »Sie sind dort hinten falsch abgebogen.« Der ältere Mann im Bademantel, der die Tür geöffnet hatte, hatte sie in die Diele gebeten, wo sie beide die Karte studierten. »Besser, Sie fahren da unten weiter«, er zeigte mit einem vom Nikotin verfärbten Finger darauf, »und dann die Flußmündung entlang zurück.«

»Sind Sie allein unterwegs?« Eine dürre, bleiche Frau in einem nilgrünen Bademantel, das zottige Haar in Lockenwicklern, erschien oben an der Treppe. »In einer solchen Nacht sollten Sie hier nicht allein rumfahren.«

»Ich weiß.« Anne setzte ein breites Lächeln auf. »Ich wußte nicht, daß das Wetter so schlimm werden würde.«

»Möchten Sie vielleicht eine Tasse Tee, bevor Sie weiterfahren?« Die Frau kam jetzt mühsam die Treppe herunter, eine Stufe nach der anderen.

Anne geriet schwer in Versuchung, aber sie schüttelte den Kopf. »Das ist sehr freundlich von Ihnen, aber ich glaube, ich sollte besser nicht länger warten. Der Schnee ist schon ziemlich hoch, und ich will nicht steckenbleiben.«

»Fahren Sie vorsichtig«, nickte die alte Dame. »Und hüten Sie sich vor dem Schwarzen Hund aus dem Sumpf.« Sie kicherte, während sie zusah, wie Anne ihren Kragen hochschlug und zurück zum Wagen lief.

»Schwarzer Hund!« murmelte Anne vor sich hin, als sie den Motor wieder anließ. Sie hatte bereits von East Anglias schwarzem Geisterhund gehört und grinste. Sie hatte nicht erwartet, jetzt schon mit dem Übernatürlichen Bekanntschaft zu machen.

Als das Auto den Weg hinunterschlitterte und schließlich auf eine etwas breitere Straße einbog, auf der es Anzeichen gab, daß sie kürzlich mit Sand bestreut worden war, ließ der Schneefall nach, und ein Stück klarer Himmel gab den Blick auf einen hoch stehenden, kalten Mond frei, der fast voll war und hinter riesigen, angeschwollenen Wolken den Himmel entlangsegelte. Anne gab behutsam ein wenig mehr Gas und folgte vorsichtig der gewundenen Straße. Der Mann hatte etwas von einer Mündungsstraße gesagt, und Anne sah plötzlich, weshalb. Auf einen steilen Abhang, wo sich die Reifen des Wagens einen Moment lang wild drehten, folgte ein flaches, gerades Stück, und sie schaute hinunter auf eine breite Flußmündung, die im Mondlicht silbern glänzte. Sie hielt den Wagen an und machte große Augen. Es war atemberaubend. Eine Landschaft aus Weiß, Silber und poliertem Stahl. Und völlig menschenleer. Erst jetzt fiel ihr auf, daß sie seit über einer halben Stunde kein anderes Auto mehr gesehen hatte. Bedauernd kehrte sie der Aussicht den Rücken zu und fuhr weiter, dieses Mal langsamer. Sie war entschlossen, die Abzweigung nicht wieder zu übersehen, die sie über die Landzunge bringen würde und die zur Rückseite der Redall-Bucht führte.

Sie fand denn auch den Weg an der beschriebenen Stelle. Es gab keinen Zweifel daran, daß sie ihn endlich gefunden hatte, aber es war auch offensichtlich, daß sie mit dem kleinen Auto nicht weiterfahren konnte. Der Wind hatte den Schnee zu mehr als einen Meter hohen Verwerfungen zusammengekehrt, die sich direkt in der Einfahrt der Abzweigung türmten. Sie stieg aus und sah sich verzweifelt um. Das Mondlicht war jetzt so hell, daß die Straße in beiden Richtungen mehrere hundert Meter weit deutlich zu sehen war. Vor etwa einer halben Meile war sie an einem Farmhaus vorbeigekommen. Vielleicht sollte sie zurückfahren und dort um Hilfe bitten? Sie warf einen Blick auf die Uhr. Es war nach elf. Aber sicher nicht zu spät, in dieser Situation noch an die Tür zu klopfen.

Als sie das Farmhaus erreichte, war alles finster, und auf ihr wiederholtes Klopfen reagierte niemand.

Sie zitterte. Die Wolken verdichteten sich wieder; sie verdeckten den Mond bereits zur Hälfte. Noch ein paar Minuten, und er würde verschwunden sein. Sie setzte sich wieder ins Auto und war froh, daß es immer noch warm war. Sie lehnte sich einen Moment lang zurück und dachte nach. Es gab nur zwei Möglichkeiten. Entweder fuhr sie weiter, in der Hoffnung, daß im Pub ein Zimmer frei war, oder sie ließ den Wagen an der Straße stehen und ging den Weg nach Redall zu Fuß hinunter.

Wieder auf der Straße, fuhr sie langsam zurück zum Beginn des Weges und hielt an. Trotz der Schneeverwehungen war deutlich zu sehen, wie er sich durch den Wald schlängelte. Sie schaltete das Innenlicht an und betrachtete die Karte. Der Weg konnte nicht länger als eine halbe Meile sein, vermutlich war er kürzer. Sie nahm mit ihrem Daumennagel Maß. Es wäre verrückt, jetzt, da sie endlich hingefunden hatte, wieder wegzufahren. Sie blickte durch die Windschutzscheibe und warf erneut einen Blick zum Himmel. Der Mond war jetzt gut zu sehen und erleuchtete alles, als wäre es Tag. Die Schneewolken, die sie über der Flußmündung gesehen hatte, schienen nicht näher gekommen zu sein. Sie würde den Weg problemlos hinuntergehen können.

Sie stieg aus dem Wagen und zog ihre Tasche hervor, in der eine Flasche Laphroaig war, ein schottisches Erzeugnis. Sie hatte nicht vergessen, wie sehr ihre Schwester Malt Whisky mochte, und wenn sie in ein Schneeloch fiel, würde sie – zum Teufel mit allen Weisheiten über Kälte und Alkohol – ihn selber trinken. Sie löschte das Licht, schloß den Wagen ab, schulterte mit einem skeptischen Blick auf ihre schicken, hauchdünnen Stiefel aus der Princes Street die Tasche und ging auf die Bäume zu.

Auf den ersten fünfundzwanzig Metern erleuchtete das Mondlicht den Weg strahlend hell, und es war leicht, nicht weiter an Kates Poltergeist zu denken. Der Schnee war weich, aber nicht sehr tief, und sie kam gut voran, auch wenn ihre Tasche seltsam schnell schwer wurde. Dann machte der Weg unvermittelt eine Biegung und führte in ein dicht bestandenes Wäldchen, dessen Baumkronen alles Mondlicht schluckten. Der Weg unter ihren Füßen war jetzt düster. Unwillkürlich warf sie einen Blick über die Schulter, auf die dunkleren Schatten. Es war sehr still. Auch der Wind blies nicht mehr, und sie konnte nichts hören außer dem gleichmäßigen Knirschen des Schnees unter ihren Stiefeln.

Sie blieb stehen, um ihre Reisetasche über die andere Schulter zu werfen. Ohne das gleichmäßige Geräusch ihrer Schritte war die Nacht schaurig still. Kein Wind, kein Blätterrascheln. Dann hörte sie in der Ferne das Tu-Wit, Tu-Wit einer Eule, gefolgt von einem langen, zitternden Schrei, ein Geräusch, das sie frösteln ließ. Sie ging weiter, ohne zu bemerken, wie tief sich der Tragegurt der Tasche in ihre Hand über ihrer Schulter drückte.

Ihre Augen hatten sich jetzt an die Dunkelheit gewöhnt, und sie konnte mehr Einzelheiten erkennen. Die knorrigen Eichen mit ihrem massiven, leicht erkennbaren Profil, die verworrene Masse der Bäume des Wäldchens, die sich am Rande des Weges drängten, der dichte Vorhang, den eine Schlingpflanze bildete – eine Waldrebe vielleicht –, die in Büscheln über den Weg hing, der nun erneut einen Knick machte. Der Boden unter ihr war plötzlich wieder in Mondlicht gebadet. Mit einem Seufzer der Erleichterung ging sie schneller. Als der Weg steiler wurde, geriet sie in ein unkontrolliertes Schlittern, schwankte, blieb aber auf den Beinen.

Dann sah sie den umgestürzten Wagen. Vorsichtig näherte sie sich ihm. Mit unruhig pochendem Herzen bahnte sie sich einen Weg durch die abgebrochenen Zweige. Unter dem Schnee waren noch die Schleuderspuren zu sehen, und ebenso die dunklen Flecken, die sich bei Tageslicht wahrscheinlich als Blut herausstellen würden. Ihr Atem beschleunigte sich, als sie um die auf der Seite liegende Kühlerhaube spähte. Es war niemand da. Erleichtert berührte sie das kalte Metall und sah den Schnee, der im Inneren auf der Konsole liegengeblieben war. Der Unfall mußte vor einiger Zeit passiert sein, und wer auch immer sich im Auto befunden hatte, war nicht mehr hier.

Das laute Krachen eines brechenden Zweiges ließ sie abrupt stehenbleiben. Sie sah sich mit laut pochendem Herzen um und warf einen Blick zum Himmel. Der Mond war fast verschwunden. Noch ein paar Sekunden, und das dicke Band aus schweren Wolken voller Schnee, das gleichmäßig vom Meer herantrieb, würde ihn geschluckt haben. Es war fast Mitternacht.

Über ihren Nacken lief ein Schauer, während sie weiterging und versuchte, ihre Gefühle objektiv zu betrachten. Es war eine primitive Reaktion auf die Angst vor etwas, das gar nicht existierte. Oder war da draußen in der Dunkelheit vielleicht doch etwas? Etwas, das sie beobachtete. Sie schluckte schwer und zwang sich weiterzugehen. Es konnte jetzt nicht mehr weit bis zum Farmhaus sein. Ein Nachlassen des Mondlichts ließ sie wieder einen Blick nach oben werfen. Nur noch ein paar Sekunden, und der Mond würde verschwunden sein. Sie hielt ihre Tasche fester umklammert, wollte aber nicht schneller gehen. Die Angst vor der Dunkelheit war ein irrationaler Rückfall in primitive Zeiten. Sie lebte im 20. Jahrhundert. Hier draußen gab es keine wilden Tiere, die Schlange standen, um sie zu fressen, keine feindlichen Stämme, keine bösen Geister, keine Gespenster. Sie war eine rationale, aufgeklärte Frau; eine Wissenschaftlerin. Andererseits in wenigstens einem der Bücher in ihrer Tasche wurden überzeugende Argumente dafür vorgebracht, daß Geister und Gespenster tatsächlich existierten.

Als die Dunkelheit schließlich kam, war sie vollkommen. Sie geriet ins Stolpern – eine logische Reaktion auf die plötzliche Blindheit. Das würde sich geben, sobald sich ihre Augen wieder an die Dunkelheit gewöhnt hatten. Sie wußte, daß der Weg ohne Hindernisse war; einen Moment zuvor hatte sie noch zwanzig Meter weit sehen können, warum hatte sie also angehalten? Warum war sie davon überzeugt, daß auf dem Weg jemand stand, direkt vor ihr? Warum verspürte sie diesen schrecklichen Drang, sich umzudrehen und dorthin zurückzulaufen, wo sie hergekommen war?

»Komm schon, Anne!« Wie ihre Schwester neigte auch sie dazu, laut mit sich selbst zu sprechen. »Beweg dich. Deine Füße werden kalt!« In der Stille wirkte der Klang ihrer Stimme schockierend; störend. »Gleich singst du *Onward Christian Soldiers*«, fuhr sie im Plauderton fort. »Also los, du Scheißkerl.« Sie sprach jetzt nicht mehr zu sich selbst. »Wenn du da draußen bist, dann zeig dich, wer immer du bist.«

Das war ja lächerlich. Da war niemand. Niemand. Sie biß die Zähne zusammen und ging weiter, konzentrierte sich verzweifelt auf die Schönheit der Nacht. Sie konnte verstehen, wieso Kate ganz verzaubert von diesem Ort war. Die Stille, die frische, saubere Luft, die, wie sie annahm, direkt vom Eis der Arktis kam. Außerdem hatte sie, bevor der Mond verschwunden war, durch die Bäume gelegentlich einen Blick auf glitzerndes, stilles Wasser erhascht. Sie malte sich das Cottage aus, in dem Kate es sich inzwischen vermutlich unter der Bettdecke behaglich gemacht hatte. Ein warmer Ofen, Eichenbalken, schmucke Vorhänge, ein altes Bett mit weicher Federkernmatratze und einer altmodischen Patchwork-Decke. Wenn sie ankam, würde es Kaffee und Essen und natürlich Whisky geben, und eine lange Nacht voller Getratsche am Kamin, die Füße gut zugedeckt.

Plötzlich wurde sie aus ihren Träumereien gerissen. In der Ferne konnte sie den Klang eines galoppierenden Pferdes hören. Es kam näher. Das Quietschen von Leder, die schnaubenden Nüstern des Pferdes. Sie sprang zur Seite, herunter vom Weg, fühlte, wie der Boden unter dem Reiter erzitterte, als er rasend schnell den Weg hinaufgaloppierte. Dann war er verschwunden. Schockiert starrte sie zurück in die Richtung, aus der sie gekommen war. Gesehen hatte sie nichts. Wie konnte jemand mit solcher Geschwindigkeit durch die Dunkelheit reiten? Und warum? Was war so wichtig?

Voll dunkler Vorahnungen ging sie zurück auf den Weg und umklammerte ihre Tasche wieder fester. Plötzlich bemerkte sie einen neuen Geruch in der kalten Frische der Luft. Einen ekelhaften, beißenden Geruch. Den Geruch von Verbranntem.

Sie blieb einen Moment lang stehen, sah die noch schwelenden Reste der Scheune, spürte die Hitze, die unter der schwarzen, stinkenden Asche herausschlug, dann ging sie langsam auf das Farmhaus zu und klopfte laut an die Tür.

Lange Zeit geschah nichts. Keine Lichter gingen an. Es gab kein Geräusch. Sie geriet bereits in Panik, daß niemand da wäre, als sie endlich hörte, wie irgendwo innen eine Tür aufging.

»Wer ist da?« Hinter der Tür klang die Stimme des Mannes seltsam hohl.

»Hallo. Tut mir leid, daß ich noch so spät störe. Ich bin mit meinem Wagen den Weg nicht runtergekommen. Ich bin Anne Kennedy. Kates Schwester.« Mit einer verriegelten Tür zu sprechen, kam ihr ein wenig lächerlich vor. Sie wünschte, sie würden sich beeilen und öffnen. Irgend etwas hier draußen stimmte nicht, etwas Beängstigendes lag in der Luft. »Bitte. Darf ich reinkommen?« Sie versuchte, die Panik aus ihrer Stimme fernzuhalten.

»Warten Sie.« Es klang kurz angebunden. Fast grob.

Anne starrte ungläubig auf die Tür. Sie wäre nie auf die Idee gekommen, daß sie sie nicht hereinlassen könnten. Sie blickte hinter sich auf den matten, weißen Glanz des schneebedeckten Rasens.

»Anne? Bist du das?« Plötzlich hörte sie Kates Stimme. Die Klappe des Briefkastens hob sich, und eine Taschenlampe leuchtete heraus in die Dunkelheit. »Mach dich kleiner, damit ich dein Gesicht sehen kann.«

»Um Gottes willen, Kate! Natürlich bin ich es. Aber ich wünschte aufrichtig, es nicht zu sein!« Sie hatte den letzten Rest ihrer Selbstbeherrschung verloren. Anne beugte sich nach vorn und starrte in den Briefschlitz. »Was ist bloß mit euch allen los?«

»Sie ist es. Laß sie rein.« Sie hörte die gedämpften Worte, als die Klappe zufiel. Sofort folgte das Geräusch von Riegeln, die zurückgeschoben wurden.

»Schnell. Komm rein.« Kate zog sie über die Schwelle in die

dunkle Diele. Im schwachen Schein einer flackernden Kerze, die auf einer Untertasse stand, sah Anne, wie jemand hinter ihr die Tür zumachte und die Riegel wieder vorschob, dann wurde sie in ein von Kerzen erleuchtetes Wohnzimmer geführt. Es war warm und roch nach wunderbarem Essen, und es war voller Menschen. Sie mußte zweimal hinschauen. »Hier sieht's ja aus wie im Krankenhaus von Scutari«, platzte sie heraus. »Kate, Schatz, was ist hier los?«

Auf dem Sofa lag eine Frau mit einem blauen Auge, die den Arm in der Schlinge trug; auf den Kissen in der Ecke lag ein in Decken gewickeltes Mädchen; neben dem Kamin saß ein Mann, der seinen bandagierten Fuß auf einen Schemel gelegt hatte. Und hinter ihr standen die zwei Männer – ein Mann und ein Junge, korrigierte sie sich, als sie einen Blick auf die beiden warf, – die mit Kate zusammen die Tür geöffnet hatten, und starrten sie an, als sei sie gerade vom Mars gekommen. Zwei andere Erwachsene und ein Mädchen befanden sich in der Nähe, und alle sahen sie an. »Was geschieht hier? Was ist los?«

»Oh, Anne!« Kate warf sich in ihre Arme.

»Die *dea ex machina* kommt zu unserer Rettung, nehme ich an.« Die Worte kamen von dem Mann mit dem verletzten Fuß.

Anne starrte ihn verständnislos an, dann wandte sie sich wieder Kate zu. »Mir scheint, du mußt mir einiges erklären«, sagte sie.

LVII

Er ritt schnell, beugte sich vor zum Nacken seines Pferdes. Die Brosche, die Eingeborenenbrosche, mit der sie ihre Toga festgesteckt hatte, hielt jetzt, da er gegen den Wind ritt, seinen Mantel. Der Prinz der Trinovanter hatte den Preis bezahlt und war unterwegs zu seinen Göttern, an seiner Seite die Frau, die der Hölle entstiegen war, mit ihren Flüchen, ihrem Haß. Sollte sie ihn nur verfluchen. Wer würde je wissen, was heute hier geschehen war? Es gab keine Zeugen, keine Überlebenden. Ihre Schwester war ein einfaches, fügsames Mädchen, sie würde ihm glauben, wenn er ihr erzählte, daß Claudia mit ihrem Liebhaber zu dessen Brüdern in den Westen geflohen war. Sie würde bestürzt sein, aber sie würde ihm glauben. Und sie würde die Notwendigkeit einer Scheidung einsehen.

Er lächelte, während er dahinritt, und er hob die Hand, um sein Pferd noch schneller vorwärts zu peitschen, als es den Anstieg erklomm und mit den Hufen Wolken aus Staub emporwirbelte. Er hatte bereits beschlossen, wieder zu heiraten. Ihre Schwester sah ihr sehr ähnlich. Außerdem war sie viel jünger und ungleich gehorsamer. Sie würde seinen Haushalt führen und seinen Sohn großziehen; ihm mehr Söhne schenken, wenn sie ihre Pflichten gut erfüllte. Und er würde dafür sorgen, daß der Stamm des Prinzen nie wieder nach Colonia Claudia Victricensis kommen würde. Der Stamm war eine Brutstätte für Aufwiegler; sie hatten sich mit den Icenern gegen Rom verschworen. Ein brennender Strohhalm konnte den Haß gegen ihre Oberherren entzünden, aber es würde nicht sein Strohhalm sein; auf sein Betreiben würde es keinen Aufstand geben. Und auch sie würde nicht dazu beitragen. Claudia. Die Frau, die er wie eine Göttin behandelt hatte. Niemand würde je erfahren, was sich heute hier zugetragen hatte. Sie würde es keinem mehr erzählen können; sie hatte ihren Verrat und ihre Wut mit in den schlammigen, schmählichen Tod genommen.

»Es sind zehn Menschen in diesem Haus.« Roger stand mit dem Rücken zum Kamin und blickte auf die anderen hinunter, die um ihn saßen. Allie hatte noch immer nicht gesprochen. Sie schlief in der Ecke auf einem Berg von Polstern und Kissen. Sue saß neben ihr, hielt ihre Hand, und ihre Augen schlossen sich, als sie in der Wärme des Zimmers langsam einnickte. »Ich kann einfach nicht glauben, daß wir das, was uns heute nacht hier bedroht, nicht bezwingen können. Anne. Sie sind, wie ich höre, eine Expertin.« Er verbeugte sich in ihre Richtung. »Und wir scheinen uns darin einig zu sein, daß unser Feind kein Mensch ist. Darf ich Sie bitten, uns zu sagen, was zum Teufel wir tun sollen!« Er ging zu seinem Sessel und ließ sich mit einem Stöhnen hineinsinken.

Anne fühlte sich tausendmal besser als zuvor, als sie noch allein durch den Wald gegangen war. Aber jetzt, nachdem man ihr den ganzen Schrecken der Lage erläutert hatte, konnte nicht einmal eine Schüssel heiße Suppe das Frösteln vertreiben, das ihren ganzen Körper durchzog. Sie schüttelte den Kopf. »Ich bin Psychologin, kein Medium. Ich weiß sehr wenig über Gespenster. Soweit ich weiß, habe ich noch nie eines gesehen.« Wer aber war dann der geheimnisvolle Reiter gewesen, der auf dem Weg an ihr vorbeigedonnert war? Niemand im Haus wußte etwas über ihn.

»Du mußt Allie helfen, Anne«, bat Kate sie von ihrem Sitz auf dem Boden aus. Sie hatte sich an die Seite von Gregs Stuhl gelehnt und starrte in die Glut. Seine Hand lag leicht auf ihrer Schulter.

»Ich glaube, sie ist besessen«, sagte Greg ruhig. »Ihre Kraft, ihre Stimme, ihre Handlungen. Nichts davon gehört zu Alison.«

»Greg. Nicht!« Dianas Stimme war voller Qualen. Sie blickte hinüber zu den beiden Mädchen. Sues Kopf war nach vorn gefallen; sie hielt Alisons Hand nicht länger fest, und ihre Finger hingen nach unten. Sie döste. Alison bewegte unruhig den Kopf hin und her und lag dann wieder still. Ihre Augen waren nicht richtig geschlossen. Unter den halboffenen Lidern war das Weiße als bleicher Schlitz zu sehen.

Anne biß sich auf die Lippe. Sie sahen sie alle an, und sie wußte nicht, was sie sagen sollte. »War sie in letzter Zeit beim Arzt?« fragte sie endlich. »Es gibt eine ganze Menge Beschwerden, auf die einiges von dem, was mit ihr passiert ist, gut passen würde.

Hat sie zum Beispiel in den letzten paar Monaten eine Kopfverletzung gehabt? Schon ein sanfter Schlag könnte genügen.« Sie sah von Diana zu Roger und dann wieder zurück. Diana schüttelte den Kopf. »Und soweit Sie wissen, hat es auch zu keiner Zeit einen organischen Schaden gegeben? Zysten, Gewebsveränderungen, Tumore oder ähnliches? Hat sie über Kopfschmerzen geklagt?«

»Ja, das hat sie.« Patrick und Greg sprachen gleichzeitig.

»Aber Sie sind da auf dem falschen Dampfer«, fuhr Greg fort. »Ganz und gar.«

»Nicht unbedingt.« Anne sah ihn ernst an. »Es könnte medizinische Gründe dafür geben, daß sie unter diesen seltsamen Verwirrtheitszuständen leidet, und wir müssen sie ausschließen, wenn wir können.« Sie sah wieder Diana an. »Gibt es, soweit Sie wissen, in der Familie irgendwelche Fälle von Schizophrenie oder genetisch bedingte Störungen?«

Diana schüttelte den Kopf.

»Und es kann auch nicht sein, daß sie Drogen nimmt?«

»Völlig unmöglich. Ich war Krankenschwester, Anne. Glauben Sie, ich habe an all das nicht schon selbst gedacht? Außerdem ist Allie nicht die einzige, die seltsame Erlebnisse hatte.«

Anne hielt inne. Sie hatte sich auf ziemlich sicherem Gelände gefühlt, als sie medizinische Fakten heranzog. »Okay«, fuhr sie behutsam fort. »Untersuchen wir also noch andere Möglichkeiten und finden wir heraus, worüber wir genau reden. Stimmt es, daß innerhalb dieses Hauses nichts Konkretes passiert ist?« Sie sah Gregs Hand auf Kates Schulter ruhen.

»Außer daß Allie so eigenartig geworden ist; aber das ist wahrscheinlich, wie Kate gesagt hat, am Strand passiert.«

»Und meine Bücher lagen alle auf dem Boden«, warf Patrick ein.

»Und ich habe ihr Parfum gerochen. Es war in Ihrem Arbeitszimmer, Roger.« Kate umklammerte fester ihre Knie.

Roger zog eine Augenbraue hoch. »Was nimmt sie? Chanel?«

»Etwas mit Blumen – Jasmin vielleicht – und Moschus. Und außerdem ist immer der Geruch von nasser Erde dabei.«

Anne sah sie aufmerksam an. »Wie oft hast du das gerochen?«

»Oft. Im Cottage auch.«

»Und geht es immer irgendeiner Art von Phänomen voraus?«

Kate zuckte mit den Schultern. »Nicht immer. Manchmal ist es nur das.«

»Und er. Marcus. Hat er auch einen Geruch?«

Kate blickte zu Greg auf. Er schüttelte den Kopf. »Mir ist nichts aufgefallen. Wenn er in der Nähe ist, hat man zu sehr die Hosen voll, als daß einem noch groß was auffallen würde.«

»Ist es eine Massenhysterie?« fragte Diana langsam. »Stecken wir uns alle gegenseitig an?« Sie zitterte trotz der Wärme des Feuers.

Anne zuckte mit den Schultern. »Schon möglich. Wie viele von Ihnen haben tatsächlich etwas gesehen?« Sie sah Roger an, der fast bedauernd den Kopf schüttelte. »Diana?«

»Nein. Es ist alles Hörensagen. – Natürlich bis auf das, was mit Allie passiert ist.«

»Kate und ich haben sowohl Marcus als auch Claudia gesehen«, sagte Greg langsam. Er streichelte zärtlich Kates Nacken. »Cissy und Sue haben ihn deutlich gesehen. Allie hat sie offensichtlich beide gesehen. Paddy – ?«

»Ich habe ihn gespürt«, sagte Patrick langsam. »Und wir haben ihn da draußen gesehen. Ich habe auf ihn geschossen. Und er hat auf meinem Computer eine Nachricht geschrieben.«

»War er es, oder hast du sie geschrieben, ohne es zu bemerken?« fragte Anne.

»Ich weiß nicht. Ich erinnere mich nicht, es getan zu haben. Aber wie sollte ein Römer wissen, wie man mit einem Computer umgeht?«

Anne lächelte. »Er wüßte es nicht.«

»Ich habe auch etwas Seltsames auf meinem Computer geschrieben«, fügte Kate hinzu. »Einen Fluch. ›Mögen die Götter dich bis in alle Ewigkeit verfluchen, Marcus Severus Secundus, für das, was du heute hier getan hast …‹«

Sie sagte die Worte mit ruhiger Stimme, aber sie blieben unangenehm lange im Zimmer hängen. Kate saß still, den Blick auf das Feuer gerichtet. »Ich frage mich, was er mit ihr gemacht hat.«

»Es muß etwas ziemlich Furchtbares gewesen sein«, sagte Greg leise.

»Mord. Ich glaube, er hat sie ermordet. Ihr Kleid ist voller Blut.«

»Und es ist ihr Grab, das Alison in den Dünen gefunden hat.«

Anne zitterte. Sie zog eines der Kissen vom Ende des Sofas, warf es auf den Boden vor dem Kamin und setzte sich darauf, die Arme um die Knie gelegt wie ihre Schwester. »Angenommen, du hast recht«, sagte sie nachdenklich. »Wovon müssen wir dann ausgehen? Daß Alison mit ihrer Ausgrabung ein uraltes Verbrechen aufgedeckt hat? Daß eine Frau nach 2000 Jahren oder so noch immer nach Rache schreit, und daß sie und der Mann, der sie ermordet hat, aus irgendeinem Grund jeden angreifen, der ihnen über den Weg läuft? Daß sie in der Lage sind, einen Mann totzuschlagen, eine Scheune niederzubrennen, ein Auto ins Meer zu werfen, die Telefonleitung zu unterbrechen, Erde und Maden und Parfum erscheinen zu lassen und jeden körperlich zu bedrohen, der töricht genug ist, nach draußen zu gehen?«

»So klingt es wie ein ziemlich schauriges Szenario«, kommentierte Roger trocken. »Aber weil wir keine bessere Theorie haben, und weil es fast genau Mitternacht ist, also die traditionelle Geisterstunde, und weil, was immer auch geschehen ist, eine recht große Gruppe verantwortungsbewußter Menschen, von denen die meisten ansonsten geistig gesunde Erwachsene sind, in Angst und Schrecken versetzt hat, würde ich sagen, sie klingt erst einmal ziemlich überzeugend.«

»Vielleicht hat Kate recht, und wir sollten beten«, warf seine Frau zögernd ein. »Ich weiß, daß du Gebete ablehnst, Schatz, aber es scheint die einzige Möglichkeit zu sein, die uns bleibt, und traditionell gesehen, um deinen Ausdruck zu benutzen, ist es die einzig vernünftige Reaktion.«

»Es ist die einzig mögliche Reaktion«, murmelte Patrick.

»Blödsinn«, gab Roger zurück. »Die einzig vernünftige Handlung ist, daß wir alle schlafen gehen. Morgen frühstücken wir dann erst mal, und anschließend gehen einige von uns mit Joe den Weg hinauf und rufen die Polizei. Immerhin ist ein Mord geschehen. Wenn da draußen irgend jemand ist, und ich bezweifle, daß er noch immer da ist, dann ist es meiner Meinung nach ein Mensch. Irgendein Irrer, der irgendwo entsprungen ist. Der arme Bill war zufällig zur falschen Zeit am falschen Ort. Die

Polizei wird ihn schnappen. Aber daß wir anderen jetzt alle durchdrehen wegen dem, was passiert ist, kommt nicht in Frage. Ich bin sicher, daß wir eine logische Erklärung finden werden. Ihr könnt machen, was ihr wollt. Ich gehe jetzt schlafen.« Er stand auf.

Niemand sonst rührte sich. »Es gibt nicht genug Betten für alle, Roger«, warf Diana geistesabwesend ein.

»Dann können alle, die das wollen, hier unten am Kamin bleiben. Es gibt jede Menge Decken. Jeder kann es sich bequem machen.« Roger bückte sich und warf ein paar Scheite ins prasselnde Feuer. Es sprühte Funken. »Joe. Ich schlage vor, du nimmst das Bett meines Sohnes, weil er besser nicht Treppen steigen sollte. Kate, Sie und Anne –«

»Wir bleiben hier unten, Roger, danke. Ich fühle mich sehr wohl hier am Feuer.« Kate lächelte ihn an.

»Ich auch«, setzte Patrick hinzu.

Kate blickte zu Greg. »Du gehst besser ins Arbeitszimmer und legst dich hin, Greg. Schone deinen Fuß. Wir halten Wache. Wenn irgendwas passiert, rufen wir dich.«

Er legte ihr wieder die Hand auf die Schulter. Die Berührung war nur leicht, ein Streifen, nicht mehr. »Danke, aber ich glaube, ich bleibe lieber her. Ich fühle mich hier zu wohl, um wegzugehen.«

Als die älteren Mitglieder der Gruppe nach oben gegangen waren, setzte Anne sich in den Sessel, den Roger freigemacht hatte. »Hat irgendwer von euch die Wettervorhersage gehört?« sagte sie leise. »Sie ist unglaublich schlecht. Ich weiß nicht, ob es durch die Nähe zum Meer besser wird, aber morgen soll es Schneestürme geben. Es wird nicht leicht sein, Hilfe zu holen.«

»Denken Sie, wir sollten es jetzt versuchen, bevor es zu schlimm wird?« Greg lehnte sich nach vorn.

Sie zuckte mit den Schultern. »Ich weiß nicht, was ich denken soll. Ich wollte euch nur warnen.«

»Ich finde nicht, daß wir nochmal rausgehen sollten«, warf Kate ein. »Bis jetzt haben wir Glück gehabt.« Ihr Blick wanderte hinunter zu Gregs Fuß. »Aber ich denke, wir sollten nichts mehr riskieren.«

»Ich finde, wir sollten eine Flasche Wein aufmachen.« Greg

hievte sich auf die Füße. »Wenn wir wachbleiben, können wir das genausogut auch genießen, und wenn es uns hilft einzuschlafen, ist es auch nicht schlecht.«

Er humpelte hinüber zur Küche. Dann blieb er plötzlich stehen. »Wo sind die Katzen?«

Paddy zuckte mit den Achseln. »Ich habe sie nicht gesehen.«

Greg runzelte die Stirn. »Sind sie oben?«

»Wenn sie wie C. J. sind, dann liegen sie mitten im besten Bett«, sagte Anne. »Keine Katze ist bei dieser Art Wetter irgendwo anders.«

»Sie gehen gewöhnlich nicht rauf.« Greg bückte sich und zog eine Flasche aus dem Weinständer in der Ecke. »Meistens ist es zu kalt. Schön warm ist es nur um den Kamin oder den Herd herum.« Er nahm den Korkenzieher aus der Schublade, entfernte die Folienversiegelung und begann, den Korkenzieher einzudrehen. »Üblicherweise hat jeder von uns fünfzehn Decken und Steppdecken und Heizgeräte und sowas, aber den Anforderungen eines Katers genügt das natürlich nicht. Hier, Paddy, sei so gut und trag das für mich. Wir brauchen auch ein paar Gläser.« Mit einem Stöhnen humpelte er zurück zum Feuer. Er legte Kate wieder die Hand auf die Schulter, dieses Mal fester, und ließ sie dort. »Nur Mut, hier kann uns nichts passieren.«

Sie schüttelte den Kopf. »Ich habe gerade an den armen Bill im Cottage gedacht, so ganz allein.«

Sie ließ sich von Paddy ein Glas geben und nahm einen Schluck. »Ich kann kaum glauben, daß all das wirklich geschehen ist. Es ist lächerlich. Es ist unmöglich. Im wirklichen Leben passiert einem so etwas nicht.« Gregs Hand lag noch immer auf ihrer Schulter. Ohne nachzudenken, nahm sie die Hand und hielt seine Finger. Sie waren warm und beruhigend kräftig, als sie die Berührung erwiderten.

»Ich fürchte, so etwas passiert gerade den ganz normalen Leuten«, warf Anne ein. Sie lächelte Patrick an, als er ihr ein Glas gab. »Aber ich bin froh sagen zu können, daß es normalerweise selbst für das seltsamste Phänomen eine ganz banale Erklärung gibt. Ich bin geneigt zu glauben, daß die meisten von euren unheimlichen Geschehnissen hier eine Kombination völlig normaler Dinge gewesen sind. Autos geraten bei schlechtem Wetter nun mal ins Schleudern; auf steilen, vereisten Wegen gibt es dauernd Unfälle. Leute bilden sich ein, Dinge zu sehen, wenn das Wetter schlecht ist. O ja, das tun sie, Kate. Und Leute stecken sich sehr leicht gegenseitig mit einer Art Hysterie an, wenn sie verängstigt sind und wenn es erst einmal einen richtigen Grund gab, Angst zu haben. Immerhin ist ein Mann ermordet worden.«

»Aber schon bevor er ermordet wurde, war es so. Als ich dich angerufen habe. Da haben wir schon über alles geredet.« Kate veränderte leicht ihre Stellung, um sich an Gregs unverletztes Knie zu lehnen.

»Poltergeister.« Anne nickte. »Mit Alison im Mittelpunkt. Das halte ich für gut möglich. Sie scheint im Moment emotional sehr gestört zu sein.« Sie warf einen Blick auf die beiden Mädchen, die auf ihrem provisorischen Bett in der Ecke tief zu schlafen schienen.

»Also halten Sie Poltergeister für real?« fragte Greg.

»Ja. Insofern, als sie eine äußerliche Manifestation innerer Konflikte sind; die Energie, die das Gehirn erzeugt, ist wirklich erstaunlich.«

»Stark genug, um ein großes Auto in den Sumpf zu werfen? Stark genug, eine Scheune in Brand zu setzen?«

»Letzteres könnte genausogut ein Herumtreiber gewesen sein, Greg.« Kate hatte den Verlust ihres Wagens überraschend ruhig hingenommen; gemessen an dem, was sonst noch alles passiert war, erschien ihr das fast unwichtig.

Paddy hatte sein Glas halb leergetrunken, als er plötzlich den Kopf hob. »Die Katzen waren doch nicht in der Scheune, oder?«

»Natürlich nicht. Wenn überhaupt, dann gehen sie nur im Sommer in die Scheune, um Vogelnester zu plündern. Sie können ja auch gar nicht rein, wenn die Tür abgeschlossen ist.«

»Natürlich können sie. Es gibt – oder besser gab – jede Menge Löcher, durch die sie reinschlüpfen konnten.«

»Sie waren bestimmt nicht drin, Paddy, keine Sorge«, warf Anne ein, als sie die Panik in Patricks Stimme hörte, die er nur schwer verbergen konnte. Der Junge war am Ende seiner Kräfte. »Beim ersten Anzeichen von Ärger wären sie weg gewesen. Katzen haben für sowas einen siebten Sinn.«

Einen Moment lang herrschte Stille, dann stieß Greg ein kurzes, bellendes Lachen aus. »Nicht gerade die glücklichste Wortwahl, unter diesen Umständen.«

Anne schnitt eine Grimasse, als sie sich hochzog. »Tut mir leid. Wie sieht's aus, gibt es hier unten ein Klo? Ich will keinen von den Schläfern aufwecken.«

»Gleich über den Flur, hinter dem Arbeitszimmer.« Kate zeigte auf die Tür. »Da, nimm die Kerze mit.«

Im Flur war es nach der Wärme am Feuer ausgesprochen kalt. Anne schützte die Flamme mit der Hand und drückte sich an den Mänteln, Stiefeln und der geschlossenen Tür zum Arbeitszimmer vorbei. Im Nacken konnte sie den Zug von der Haustür spüren. Sie bräuchten einen Vorhang dafür. Überall im Flur standen Sachen herum. Vorsichtig hielt sie die Kerze in die Höhe und versuchte, nicht zu stolpern. Sie beleuchtete die Körbe und Schuhe, die Spazierstöcke, eine Schachtel mit Katzenfutter, einen alten Elektro-Ofen – dieses Haus zu beheizen, war offensichtlich ein Problem –, eine Schachtel mit etwas, das nach Steinen aussah, ein paar Rollen Weihnachtspapier und eine Schachtel mit Weihnachtsschmuck, der nur noch auf den Baum zu warten schien, und – sie blieb stehen. Vor ihr hatte sich etwas bewegt, außerhalb des Kerzenlichts. Es mußte eine der Katzen sein. Sie hob die Hand ein wenig höher und versuchte, den schwachen Lichtkreis ein bißchen weiter nach vorn zu werfen. Da war es wieder. Im Schatten. Aber nicht auf dem Boden; es war so groß wie ein Mensch. »Wer ist da?« Widerwillig mußte sie zugeben, daß ihre Stimme zitterte.

Keine Antwort. Kein Geräusch, bis auf das leise Seufzen des Windes vor der Haustür. Sie hörte keine Stimmen mehr aus dem Wohnzimmer.

»Wer ist da?« wiederholte sie, diesmal lauter. Sie stand wie angewurzelt. »Ach, Scheiße, komm schon. Sei nicht albern. Wer ist da?«

Sie konnte es jetzt riechen. Das Parfum. Intensiv, exotisch, derb, mit einer starken Beimischung nasser Erde. Sie schluckte und bemerkte, daß ihre Hände bebten; das Kerzenlicht hatte angefangen zu zittern.

»Okay, Lady Claudia. Zeig dich.«

Sie zwang sich, noch einen kleinen Schritt vorzutreten. Jetzt zitterten auch ihr die Knie. Das Kerzenlicht fiel über den Flur, ließ noch eine Reihe mit Haken erkennen, noch etliche Regenmäntel und Jacken. Sonst nichts. Kein Gespenst. Keine römische Dame. Sie atmete tief durch. Ihre Hand war klamm und eiskalt, als sie sie nach dem Türgriff ausstreckte und die Tür aufzog. Die kleine Toilette war ordentlich, mit hellgrünen Vorhängen, einem dicken Fleckerlteppich, einem grünen Handtuch und Seife. Sie stellte die Kerze auf das Fensterbrett und wollte gerade den Reißverschluß ihrer Hose öffnen, da schaute sie nach unten, in das kleine Waschbecken. Im Becken lag etwas schwarze Erde, und darin schlängelten sich mehrere Maden, die im Kerzenlicht fette, schwerfällige Schatten warfen.

LVIII

Die Dünen waren schneebedeckt. Das strömende Mondlicht warf lange, farblose Schatten über den Strand. Als die Wolken unaufhaltsam von Nordosten hereintrieben, senkte sich der Himmel, dessen Hintergrund erst opal- und dann matt zinnfarben leuchtete. Kein Nachtvogel stieß seinen Ruf aus; nur der Wind in den Bäumen hinter dem Cottage störte die Stille des Grabes, das jetzt mit einem Mantel aus Schnee bedeckt war.

Der junge Mann, der davorstand, warf keinen Schatten; er hinterließ keine Fußspuren. Wie die Frau, die er liebte, wollte er Rache. Kein freundlicher Gott hatte seine Seele als Opfer in Empfang genommen, denn bei seinem letzten Atemzug hatte er geschworen zurückzukommen, und dieser Schwur hatte ihn von seiner Geliebten getrennt. Es war nicht nötig, entfernte Galaxien zu durchkämmen; Marcus Severus Secundus war durch Blut an diesen Ort gefesselt, das Blut seiner Opfer. Sein Haß hatte sie durch die Jahrhunderte voneinander ferngehalten. Der junge Mann lächelte. Sie waren alle drei durch die Einmischung des Mädchens befreit worden. Durch sie würde dieses geheime Beinhaus der Welt bekanntgemacht, und seine Rache würde süß werden.

Ein Wolkenmantel verhüllte plötzlich den Mond. Dunkelheit fiel wieder über das Land, und mit ihr kam der Schnee. Dicht, weiß, wirbelnd löste er den Schatten auf, außer dem nichts mehr von Nion, dem Druiden, übrig war, bis auf sein Bedürfnis nach Rache und seine Liebe.

Sie hatte ein Haar im Mund. Sie griff mit verzogenem Gesicht danach und öffnete die Augen. Neben ihr auf dem Kissen lag ein Kopf. Stirnrunzelnd starrte sie ihn an. Sue. Es war Sue. Das Haar über das Kissen verstreut, schlief sie tief neben ihr auf dem Boden. Alison bewegte leicht den Kopf. Hinter ihren Schläfen hatte sich ein heftiger Schmerz eingenistet, als würden dauernd Türen zugeknallt, aber im Kerzenlicht konnte sie verschwommen etwas erkennen.

Kerzenlicht? Waren sie zu einer Party gegangen? In einer Disco irgendwo? Warum lag sie auf dem Boden? »Sue!« Sie stieß das Mädchen neben ihr mit dem Ellbogen an. »Sue!« Sie setzte sich auf. In ihrem Kopf drehte sich alles. Sie konnte Sues Mutter sehen, die auf dem Sofa schlief. Warum war sie da? Warum schliefen sie in ihrem Haus vor dem Kamin? Sonst sah sie niemanden. Das Feuer brannte vergnügt vor sich hin – sie konnte die Wärme spüren. »Sue!« Diesmal schrie sie.

Sue schlug die Augen auf. »Was?«

»Wie lange bist du schon hier?« »Ich weiß nicht. Stunden. Bist du okay?« Sue setzte sich auf und sah sie eindringlich an.

»Natürlich bin ich okay. Wieso?«

»Sie haben gesagt, du bist irgendwie komisch.«

»Was soll das heißen: komisch?«

»Ich weiß nicht. Alle möglichen komischen Sachen passieren hier. Mum hat den Lande Rover kaputtgefahren, schau dir meine blauen Flecken an! Und wir haben dein Gespenst gesehen. Den Römer. Es war fürchterlich.«

»Ihr habt ihn gesehen?« Alison machte große Augen. Sie setzte sich auf und legte zitternd die Arme um die Knie. »Seid ihr deshalb hier?«

»Ich glaube schon. Dad hat uns gefunden. Er war nicht einmal böse. Ich glaube, er hat Angst.«

Einen Moment lang herrschte Schweigen, während sie darüber nachdachten. Sue biß sich auf die Lippe. »Mum schläft.«

Sie schauten beide hinüber zum Sofa.

»Wo sind die andern alle?«

»Ich weiß nicht.« Aus Sues Stimme klang zunehmend Hysterie.

»Sie müssen doch irgendwo sein.«

»Natürlich sind sie irgendwo.« Sue klang nicht allzu überzeugt. »Soll ich nachsehen?« »Nein! Laß mich nicht allein!«

Die beiden Mädchen umarmten sich und blickten sich verängstigt um, während Cissy im Schlaf etwas murmelte. Die Stille im Zimmer war überwältigend. Sogar das Feuer schien still zu sein, und der süße, rauchige Duft von brennendem Apfelholz machte langsam dem aufdringlichen Geruch nasser Erde Platz.

LIX

Greg und Patrick starrten voller Ekel in das Waschbecken. Hinter ihnen im dunklen Flur stand Kate und umklammerte Annes Hand. »Du hast sie gesehen, habe ich recht? Claudia.«

Anne zuckte mit den Achseln. »Gesehen habe ich sie nicht gerade ...«

»Aber du hast ihren Duft gerochen. Du hast sie gespürt. Du hast die Erde gesehen, und die Maden, die überall, wo sie geht, von ihr abfallen!«

Anne schluckte schwer. »Gehen wir zurück zum Feuer. Ihr habt ja wohl genug gesehen.«

Als sie in das von Kerzen erleuchtete Wohnzimmer zurückkamen, saßen Alison und Sue aufrecht in ihren Decken. Beide Mädchen sahen zerzaust und verängstigt aus.

»Greg, was ist los? Was passiert hier?« fragte Alison mit hoher Stimme.

Er sah sie lange prüfend an, dann ließ er sich wieder auf seinen Stuhl fallen. Er verzog vor Schmerz das Gesicht, als er den Fuß zurück auf das Kissen legte. »Wir sitzen ganz schön in der Klemme«, erwiderte er scheinbar fröhlich. »Na, und wie geht's euch beiden denn?«

»Lausig. Mein Kopf dröhnt fürchterlich.« Susies Gesicht war noch bleicher als das ihrer Freundin.

»Allie, und du?«

Alison zuckte mit den Schultern. »Ich fühle mich ein bißchen benommen. Müde. Wer ist das?« Sie hatte Anne bemerkt.

»Tut mir leid. Ich hatte vergessen, daß ihr euch noch nicht kennt«, schaltete sich Kate ein. »Das ist meine Schwester Anne. Sie hat sich ein richtig scheußliches Wochenende ausgesucht, um mich zu besuchen.« Sie ging hinüber zu den beiden Mädchen und kniete sich neben sie. »Wollt ihr irgendwas essen? Diana hat eine Suppe gekocht. Sie steht auf dem Herd.«

Alison schüttelte vehement den Kopf. »Ich kann unmöglich was essen. Mir ist schlecht.«

»Mir auch.« Sues Gesicht war inzwischen nicht mehr bleich, sondern grünlich. »Eigentlich könnten wir doch zum Schlafen rauf in dein Zimmer gehen, Allie?«

»Nein!« Patricks Schrei erschreckte sie alle.

»Warum nicht?« Alison streckte ihr Kinn vor.

»Na ...« Patrick geriet ins Schwimmen und warf Kate einen verzweifelten Blick zu. »Ist es hier unten nicht wärmer, am Kamin?«

»Ich glaube nicht, daß sie oben irgendwie in Gefahr sind, Paddy«, warf Greg ruhig ein. »Nicht, wenn sie zusammen sind. Warum geht ihr nicht rauf, ihr beiden. Das ist eine gute Idee. Nehmt die Decken da mit, die halten euch warm. Susie hatte einen bösen Schock durch den Unfall, und Allie leidet wahrscheinlich immer noch an Unterkühlung. Ein warmes Bett ist jetzt das Beste für euch zwei.«

Die anderen sahen schweigend zu, wie die beiden Mädchen sich aufrappelten. Jede nahm einen Arm voll Decken und Kissen, dann gingen sie zur Tür. Es war bedrückend, wie ungewohnt still sie waren, als sie nach oben verschwanden.

»Das hättest du nicht zulassen sollen, Greg«, sagte Patrick, sowie sich die Tür zur Treppe hinter ihnen geschlossen hatte. »Du weißt, daß es gefährlich ist.«

»Was ist gefährlich?« Cissys Stimme war schwach, aber völlig klar.

Greg machte eine Grimasse. »Paddy hat an den Lärm gedacht, den die beiden veranstalten, wenn sie zusammen sind. Es ist mitten in der Nacht.«

Cissy lag da und starrte an die Decke. »Ich war unterwegs, um euch zum Mittagessen einzuladen«, sagte sie plötzlich. »Jemand ist vor den Range Rover gesprungen. Ich weiß noch, wie ich ausweichen wollte und ins Schleudern geriet ...« Sie schaute Kate an, die sich neben sie auf den Rand des Sofas setzte. »Habe ich ihn überfahren?«

Kate lächelte beruhigend. »Nein. Niemand wurde verletzt bis auf Sie, Sie Ärmste.«

»Joe ...?«

»Joe ist oben und schläft. Wo Sie auch sein sollten.«

»Habe ich mir die Rippen gebrochen?«

»Diana meint, sie sind nur schlimm geprellt. Sie müssen sich ausruhen. Wir konnten noch keinen Arzt erreichen – das Telefon funktioniert nicht –, und es hat so stark zu schneien angefangen, daß Joe es für besser hielt, bis zum Morgen hierzubleiben.« Es klang überzeugend, schließlich war es auch die Wahrheit.

»Der Braten«, rief Cissy plötzlich außer sich. »Mein schöner Braten ist bestimmt ganz verbrannt. Wie schade.« Plötzlich legte sie sich die Hand auf den Kopf. »O Gott, ich bin so müde –«

»Sie könnten in Paddys Zimmer schlafen, Mrs. Farnborough«, sagte Greg. »Wenn Sie glauben, daß Sie es die Treppe hoch schaffen.«

Sie traute es sich zu. Mit Kates und Annes Hilfe wusch Cissy sich das Gesicht, zog unter Schmerzen ihre zerrissene und blutige Bluse aus und Dianas Bademantel an. Dann ließ sie sich in Paddys Bett sinken. Trotz ihrer Schmerzen schlief sie ein, kaum daß ihr Kopf das Kissen berührt hatte. Draußen im Flur sahen Kate und Anne sich an. Auf ihre Gesichter fielen die Schatten der Kerze, die Kate in der Hand hielt. Dann öffnete Kate die Tür zu Alisons Zimmer, und sie spähten hinein. Die beiden Mädchen hatten sich in dem kleinen Bett aneinandergeschmiegt, die Köpfe eng nebeneinander auf dem Kissen. Beide schliefen tief. »Scheint alles in Ordnung zu sein«, sagte Kate leise, während sie die Tür wieder schloß.

Patrick hatte noch ein paar Holzscheite aufgelegt, und das Feuer war zu neuem Leben erwacht. Er kniete davor, den Schürhaken in der Hand, und stieß wild darin herum, als die beiden Frauen zurück ins Zimmer kamen.

»Alles in Ordnung da oben?« fragte Greg.

Kate nickte. »Alle scheinen zu schlafen.«

»Keine seltsamen Gerüche oder Erde, wo keine sein sollte?«

Sie schüttelte den Kopf.

»Gott sei Dank. Vielleicht können wir uns hinlegen und auch noch ein bißchen schlafen.«

»Ich glaube, wir haben noch was zu besprechen«, sagte Anne nachdenklich. »Außerdem wäre es auch nicht gut, wenn wir alle schliefen. Unser Verstand ist besonders anfällig, wenn er schläft. Wir müssen weiter auf der Hut sein.«

»Also geben Sie zu, daß es sich hier um etwas Übernatürliches handelt.« Greg beobachtete sie mit zusammengekniffenen Augen, als sie es sich auf einem Kissen am Kamin bequem machte.

Sie zuckte mit den Schultern. »Ich habe versucht, mich dieser Möglichkeit nicht zu verschließen, und ich habe da draußen bestimmt etwas gesehen …« Sie hielt kurz inne. »Ich glaube, Sie hatten recht. Es ist ein Phänomen, in dessen Mittelpunkt Alison steht. Ich habe ein paar Bücher über Gespenster und Poltergeister gelesen, nachdem ich mit dir gesprochen hatte, Kate. Deine Geschichte hat mich fasziniert. Es scheint zwei Theorien zu geben: Die eine Theorie besagt, daß alle seltsamen Geschehnisse um das Unbewußte eines Menschen, in unserem Fall eines Teenagers, zentriert sind oder von ihm geschaffen werden. Das macht sie nicht weniger real, aber es sind eher subjektive als objektive Phänomene. Die zweite Theorie besagt, daß echte Geister oder Gespenster – wie auch immer man sie definieren mag – daran beteiligt sind. Mit anderen Worten, Kräfte von außen.« Sie zögerte. »Es gibt angesehene Wissenschaftler, die glauben, daß Poltergeister tatsächlich körperlose Seelen sind, die sich von den emotionalen Energien bestimmter Menschen nähren. Pubertierende Kinder und Teenager haben oft eine Menge dieser Energien zu vergeben. Wenn man einer dieser Theorien glaubt, dann heißt das, daß die am Werk befindlichen Kräfte sehr stark sind – stark genug, um ein Feuer anzuzünden, schwere Gegenstände zu bewegen und sich in Dingen zu manifestieren wie zum Beispiel in Erde und Maden, die hier immer wieder auftauchen.« Sie blickte einen nach dem anderen an. »Poltergeister verletzen für gewöhnlich niemanden. Sie sind eher gedankenlos und schelmisch als bösartig, und gelegentlich nehmen sie den Charakter der Person an, um die sie zentriert sind.« Wieder sah sie sich in der Runde um. Die anderen schauten sie schweigend an.

»Bei Geistern, Gespenstern, oder wie immer man sie nennen will, kann es anders sein. Aber sogar in den Fällen – jedenfalls in den Büchern, die ich gelesen habe –, in denen es Tote gab, geschah das im allgemeinen durch einen Herzinfarkt oder einen Sturz, also weil jemand panische Angst hatte oder weglief – das heißt durch etwas Indirektes. Nirgendwo habe ich etwas über einen direkten körperlichen Angriff gelesen, bei dem jemand totgeschlagen wurde.«

»Es sei denn, ein Mensch ist von einem Geist besessen, und dieser benutzt seine oder ihre Körperkraft dafür«, sagte Greg langsam.

»Wenn wir annehmen, daß Alison lediglich von Marcus besessen war«, warf Kate ein. »Aber war es nicht weit mehr? Er hat ihr seine eigene Kraft gegeben. Sie hätte das, was sie getan hat, nie allein tun können.«

»Spielt es eine Rolle, wie sie es getan hat?« unterbrach Patrick. »Wichtig ist nur, wie wir verhindern, daß es nochmal passiert, und wie wir Marcus vertreiben.«

»Du hast recht, Paddy.« Anne zog die Knie hoch und schlang die Arme um sie, während sie ins Feuer starrte.

Es folgte ein langes Schweigen.

»Und?« fragte Greg endlich. »Wie machen wir's?«

Anne zuckte mit den Schultern. »Ich wünschte, ich wüßte es. Wenn ein Priester hier wäre, könnten wir es mit solchen Dingen wie Hostien und Kruzifix versuchen. Und mit Weihwasser.«

»Aber wir haben keinen Priester hier.« Gregs Stimme klang gereizt. »Unabhängig davon, ob wir an den ganzen Hokuspokus glauben. Aber wir haben eine Psychologin hier – jemanden, der den menschlichen Geist versteht. Warum nehmen wir also nicht an, daß Alison hinter all dem steckt – daß sie dieses Gespenst irgendwie angezogen hat – und nähern uns dem Problem durch sie.«

Kate blickte ihre Schwester an und dann ihn. »Er hat es auch bei dir versucht, Greg. Das stimmt doch? Du hast gesagt, daß du gespürt hast, wie er von dir Besitz nehmen wollte.«

Anne warf ihm einen schnellen Blick zu. »Warum haben Sie das nicht früher gesagt?«

»Weil ich immer noch nicht sicher bin, ob es nicht meine Phantasie war, darum.«

»Beschreiben Sie, wie es sich angefühlt hat.«

Greg runzelte die Stirn. »Es war, als ob jemand mit Boxhandschuhen in meinem Kopf über zehn Runden ginge. Es fühlte sich unsagbar angsteinflößend an. Ich wurde von Wut- und Haßgefühlen überwältigt, die nicht die meinen waren.« Er starrte nachdenklich auf die brennenden Scheite. »Das erstemal, als es passierte, kam jemand zu mir und verschwand wieder; das zweite

Mal wehrte ich ihn ab. Ich fragte mich, ob ich dabei war, den Verstand zu verlieren.«

»Und Allie konnte ihn nicht abwehren. Sie wußte überhaupt nicht, wie«, meinte Kate leise.

»Er hat sie benutzt, bis er ihr alle Energie geraubt hatte«, ergänzte Greg. »Also, wie bekämpfen wir ihn?« Er sah Anne an.

Anne schloß die Augen. »Das Problem ist, daß ich keine Psychiaterin bin. Ich bin auch keine Psychotherapeutin. Und vor allem bin ich keine Parapsychologin. Ich weiß nicht, wie.«

»Indem Sie zuerst einmal mit Allie sprechen.«

Sie schüttelte den Kopf. »Das sagt sich so leicht, aber wenn ich sie bedränge, kann das ausgesprochen gefährlich sein.«

Paddy stand auf. Er ging unruhig hinüber in die Küche, nahm den Wasserkessel, trug ihn hinüber zum Spülbecken und ließ ihn vollaufen. »Sie haben gesagt, wir sollen nicht schlafen. Glauben Sie, daß Marcus sonst in einen von uns fahren könnte?« Er versuchte zu verhindern, daß die Angst in seine Stimme kroch.

»Das halte ich für unwahrscheinlich, aber ich denke, wir sollten auf der Hut sein.«

»Was ist mit den anderen im ersten Stock? Sie sind alle vollkommen schutzlos.«

Kate biß sich auf die Lippe. »Sollten wir nicht lieber raufgehen und sie wecken?«

Anne zuckte mit den Schultern. »Eure Eltern schienen sich über das Risiko keine Gedanken zu machen. Joe auch nicht. Natürlich sind sie älter. Vielleicht haben sie keine überschüssigen Energien. Susie und Cissy –« Sie runzelte die Stirn. »Es kann sein, daß ihre Erlebnisse ihre Energien so erschöpft haben, daß sie ihm ohnehin nicht mehr von Nutzen wären.«

»Ich gehe rauf und sehe mal nach ihnen allen.« Kate richtete sich auf.

Die Treppe war kalt und dunkel, als sie, die Kerze in der Hand, unten stand und hinaufsah. Sie hielt die Hand vor die Kerze, als sie zu flackern begann, und setzte den Fuß auf die unterste Stufe. Hinter ihr, durch die offene Tür, sah sie, wie Paddy die Teekanne füllte. Am Kamin starrten Anne und Greg in die Flammen.

Sie machte den nächsten Schritt und dann noch einen, blickte angestrengt nach oben. Der Flur roch wie immer, sauber und ein wenig nach Mottenkugeln – aus dem Wäscheschrank, nahm sie an. Sie blieb stehen, wartete, daß sich das Kerzenlicht beruhigte, sah, wie die Schatten über die rosa Wände liefen. Hinter der geschlossenen Tür zu Gregs Zimmer hörte man ein gleichmäßiges, kehliges Schnarchen. Joe. Sie atmete tief durch, legte die Hand auf den Griff und schob die Tür vorsichtig ein Stück weit auf. Das Zimmer war stockfinster, aber das Geräusch des Schnarchens, das plötzlich laut in ihren Ohren hallte, war beruhigend gleichmäßig. Sie zog die Tür wieder zu und wandte sich dem Ende des Korridors zu. Das Schlafzimmer von Diana und Roger. Alles war still. Sie zögerte. Es erschien ihr ungehörig, einen Blick in ihr Schlafzimmer zu werfen, aber sie mußte es tun. Keiner von ihnen würde schlafen können, bevor sie nicht wußten, daß alles in Ordnung war. Sie hielt ihre zitternden Hände so ruhig sie konnte, drückte den Griff nach unten und öffnete die Tür. Auf dem Nachttisch brannte eine kleine Kerze. Im Licht der Flamme konnte sie gerade noch die beiden Köpfe auf dem Kissen sehen. Alles schien ruhig zu sein. Blieben noch Alison und Susie. Sie öffnete ihre Tür und blickte hinein, ging dann in das Zimmer und beleuchtete mit ihrer Kerze die beiden schlafenden Gesichter. Die Mädchen sahen friedlich aus, die Wangen leicht gerötet, ihre Gesichter ergreifend jung und verletzlich. Sie schlich auf Zehenspitzen aus dem Zimmer und warf einen Blick nach hinten, auf das dunkle Rechteck von Patricks Tür. Cissy.

Im Zimmer herrschte immer noch ein einziges Durcheinander. Patrick hatte nur einen kurzen Blick auf seine heruntergerissenen Bücher geworfen und war dann aus dem Zimmer gegangen. Soviel sie wußte, hatte er es seitdem nicht mehr betreten. Sie konnte die gekrümmte Gestalt der Frau in seinem Bett sehen. Sie drehte sich unruhig hin und her, und während Kate sie beobachtete, begann sie zu murmeln. Kate verharrte in ihrer Bewegung. Ihre Hand, die die Kerze hielt, zitterte heftig, und sie sah, wie die Schatten über die Wände sprangen und tanzten. Die Temperatur war um mehrere Grad zurückgegangen.

Wo bist du?

Die Worte formten sich lautlos auf ihren Lippen. Sie machte das Kreuzzeichen über Cissys Kopf und schloß einen Moment lang die Augen zum Gebet. Als sie sie wieder öffnete, schien das

Zimmer wärmer geworden zu sein. Sie ging rückwärts aus dem Zimmer, schloß leise die Tür und überließ Cissy sich selbst.

Patrick stellte das Tablett mit den Bechern unten vor dem Feuer auf den Kaminrand und warf sich dann in einen Sessel. Sein Gesicht war grau vor Erschöpfung, als er seinen Bruder anblickte. »Es kommt alles wieder in Ordnung oder, Greg?« Seine Stimme zitterte.

Greg sah den Jungen aufmerksam an, und seine Gesichtszüge wurden weich. »Klar doch.«

»Versuch, ein bißchen zu schlafen, Paddy.« Kate schlüpfte in das Zimmer und schloß hinter sich die Tür zur Treppe. Sie nahm einen der Becher, drückte ihn an ihre Brust und hoffte, daß die anderen das Zittern ihrer Hände nicht bemerkten.

Patrick nickte. Er lehnte sich zurück und schloß die Augen.

Das Zimmer wurde still. Auch Greg spürte, wie ihm die Lider immer schwerer wurden. Er blickte von Anne zu Kate und wieder zurück. Es gab eine starke Familienähnlichkeit zwischen ihnen. Ihr Teint und ihr Körperbau glichen sich, und in diesem Moment auch der Ausdruck von Erschöpfung, der sich auf ihren Gesichtern abzeichnete. Er seufzte. Schlaf. Sie alle brauchten jetzt Schlaf. Vielleicht würden sie morgen aufwachen und herausfinden, daß das Ganze ein gräßlicher Alptraum gewesen war.

LX

Jon schreckte aus dem Schlaf hoch. Er blickte angestrengt im Zimmer herum und versuchte, das Geräusch auszumachen, das ihn geweckt hatte. Es war das Telefon, das schnelle, herrische Läuten eines englischen Telefons, das so anders war als der bedrückend monotone Klang amerikanischer Apparate. Mit einem Stöhnen quälte er sich aus dem Bett und zog seinen Morgenrock an. Verdammt, wie spät war es bloß? Er wankte durch das Schlafzimmer und tastete nach dem Lichtschalter, als er ins Wohnzimmer kam.

»Jon? Meine Güte, es tut mir ja so leid, Sie um diese Zeit wecken zu müssen.«

Also war es wirklich mitten in der Nacht. Zuerst erkannte er die Stimme nicht, dann dämmerte es ihm. Kates Mutter. »Hallo, Anthea. Wie geht es Ihnen?« Er versuchte, sich die Müdigkeit und den Jet-lag nicht anmerken zu lassen.

»Mir geht es gut, mein Lieber. Bitte verzeihen Sie, daß ich so früh anrufe, aber ich mache mir solche Sorgen.«

»Wegen Kate?« Hatte sie ihren Eltern denn nicht gesagt, daß sie sich getrennt hatten?

»Wegen allen beiden. Anne wollte runterfliegen und Kate in diesem Cottage besuchen, das sie gemietet hat. Ich kann keine von beiden erreichen, und wie es scheint, ist das Wetter dort drüben an der Ostküste entsetzlich.«

Jon beugte sich vor und hob mit dem Finger ganz vorsichtig den Vorhang. Draußen war die Straßenbeleuchtung an, und er sah ein dichtes Schneetreiben; der Schnee blieb liegen. Er runzelte die Stirn. Wenn es in London schon so schlimm war, wie um alles in der Welt würde es dann auf dem Land aussehen? »Es tut mir leid, Anthea. Ich bin erst gestern aus den Staaten zurückgekommen. Ich konnte sie bis jetzt auch nicht erreichen. Das Telefon da oben funktioniert nicht.« Er klemmte den Hörer unter sein Ohr, streckte die Hand nach der Whiskyflasche aus und schraubte flink den Verschluß ab. »Ich bin sicher, es geht ihnen gut.«

»Glauben Sie wirklich?« Die Stimme der Frau verriet ein leichtes Beben. »Ich habe so ein ungutes Gefühl. Ich kann es nicht erklären, aber ich bin sicher, daß etwas passiert ist.«

Er goß einen Doppelten in das Glas, das noch von letzter Nacht auf dem Tablett stand. Dann stellte er es ab, ohne den Whisky anzurühren. »Anthea. Hat Kate Ihnen irgend etwas darüber erzählt, was dort vor sich geht? Irgend etwas, das Ihnen besonders Sorge macht?« Hatte sie den Einbruch erwähnt? Wie er Kate kannte, wahrscheinlich nicht, nicht, wenn es ihre Mutter beunruhigen konnte.

»Sie hat mich ein paarmal angerufen. Sie sagte, sie sei sehr glücklich, aber ich habe gemerkt, daß sie etwas zurückhielt.«

Jon lächelte grimmig. Soviel zu dem Versuch, seinen Eltern etwas zu verheimlichen. Er konnte sich noch gut daran erinnern, mit welchem untrüglichen Instinkt seine Mutter seine Missetaten zutage gefördert hatte, als er ein Junge war.

»Jon, mein Lieber. Ich weiß, daß Sie und Kate nicht sehr gut miteinander ausgekommen sind. Sie hat mir gesagt, daß sie wahrscheinlich nicht wieder in Ihre Wohnung ziehen wird. Ist das noch immer so?«

»Ich weiß es nicht, Anthea.« Jetzt hob er das Glas an die Lippen. »Ich hatte gehofft, sie umstimmen zu können.«

»Sie wissen, daß es dort unten einen Mann gibt.«

»Einen Mann?« Der Klang ihrer Stimme sprach Bände. Er stellte fest, daß der Schock in seinem ganzen Körper nachhallte.

»Einen Künstler. Anne glaubt, daß sie sich in ihn verliebt hat. Jon, ich habe gestern noch mit Anne gesprochen, bevor sie runtergeflogen ist. Sie machte sich große Sorgen um Kate. Sie sagte, alle möglichen furchtbaren Dinge seien geschehen. Sie sagte, Kate habe bestürzt und verängstigt geklungen. Sie sagte, jemand sei in ihr Cottage eingedrungen und habe es verwüstet. Offenbar sprach sie von Gespenstern und bösen Geistern und dergleichen –«

»Langsam, langsam.« Jon schluckte. Anne teilte offensichtlich nicht die Skrupel ihrer Schwester, ihrer Mutter Angst einzujagen. »Sie hat bestimmt übertrieben. Kate hat mir von dem Einbruch erzählt. So schlimm war es nicht. Kinder, denkt die Polizei.«

»Böse Geister. Anne sagte böse Geister. Jon, bitte. Sie müssen hinfahren und herausfinden, ob ihnen etwas passiert ist. Bitte.«

Jon warf einen Blick aus dem Fenster. »Das Wetter ist furchtbar, Anthea. Ich glaube nicht, daß ich durchkommen würde. Sie haben durchgesagt, daß man lieber nicht mit dem Auto fahren soll –«

»Jon, bitte. Ich weiß, daß Sie sich auch Sorgen machen.«

Er dachte kurz nach. »Wie Sie schon sagten, Kate und ich sind nicht mehr zusammen.«

»Ich verstehe«, sagte sie entmutigt. »Also ist es Ihnen egal –«

»Nicht doch, Anthea. Natürlich ist es mir nicht egal.« Es war ihm alles andere als egal. »Hören Sie, ich sage Ihnen, was ich tun werde. Ich rufe beim Bahnhof an, um herauszufinden, ob die Züge noch durchkommen. Wenn ja, werde ich versuchen hinzukommen, und dann suche ich mir vor Ort jemanden, der mich das letzte Stück da rausbringt. Aber ich kann nichts versprechen.«

»Um diese Jahreszeit bleibt der Schnee nie sehr lang liegen, Jon. Es ist zu früh. Der Boden ist nicht kalt genug. Bis morgen ist er wieder weg.«

Jon lächelte ironisch. »Es ist heute, nicht morgen, Anthea. Also gut, ich tue, was ich kann.«

Die Züge fuhren. Noch. Aber es war schon Nachmittag, als er schließlich Colchester erreichte, und dort blieb der Zug stehen. Dutzende von verstimmten Fahrgästen mußten hinaus in den Schnee. Als Jon endlich die Spitze der Schlange erreicht hatte, waren keine Taxis mehr zu sehen. Fröstelnd schulterte er seine Segeltuch-Reisetasche und sah sich um. Wenn er überhaupt ein Taxi fand, würde er einen Taxifahrer mit dem Mut eines Verrückten brauchen, denn ein anderer würde ihn nicht hinaus zur Küste fahren. Er warf einen Blick auf die Telefonzelle. Sollte er Anthea anrufen und ihr sagen, wie weit er gekommen war? Ein weiterer Blick auf die Schlange von Menschen, die bereits vor dem Telefon warteten, ließ ihn sich anders entscheiden.

Der Taxifahrer, der ihn schließlich mitnahm, war eine größere Hilfe, als er zu hoffen gewagt hatte. Nachdem er zusammen mit Jon dessen Karte studiert hatte, sah er ihn an und lächelte. »Die Hauptstraßen sind inzwischen geräumt, Kumpel. Ich kann Sie ziemlich nah hinbringen.« Er warf einen Blick über die Lehne seines Sitzes, auf Jons Schuhe. »Wollen Sie kurz haltmachen und sich ein Paar Gummistiefel besorgen, bevor wir losfahren?«

Jon grinste. »Klingt nach einem guten Rat.«

Er kaufte Stiefel, eine Taschenlampe, eine kleine Flasche Whisky und einen langen Wollschal, während sein Fahrer im Halteverbot wartete (»Kann das Verbotsschild nicht sehen, bei dem ganzen Schnee.«), dann stieg er neben ihm ein.

»Wie ein Polarforscher.« Der Mann grinste wieder.

Jon lachte. »Ich bin gerade erst aus den Staaten zurückgekommen. Da war es auch nicht viel besser.«

»Aber die kommen klar, stimmt's?« Der Fahrer fuhr los. »Hier in diesem verflixten Land bricht alles zusammen, wenn es erst mal eine Stunde geschneit hat. Mir reicht's auch. Schätze, ich verdrücke mich auch nach Hause, wenn ich Sie hingebracht habe.«

»Wenn Sie mich hinbringen.«

»Ich bringe Sie bis zum Black Swan an der Hauptstraße. Da können wir dann immer noch aufgeben. Vielleicht bringt Sie ein Farmer das letzte Stück. Mit ihren Traktoren kommen die überall durch.«

Ein tröstlicher Gedanke. Der Wagen fuhr rutschend nach Osten. Die Scheibenwischer schoben mühsam Stücke aus festgefrorenem Schnee zur Seite, die die Sicht behinderten. Jon fröstelte. Er war in Versuchung, die Whiskyflasche aufzumachen, aber er hielt es für unfair, allein zu trinken, und er wollte dem Fahrer nichts anbieten, jedenfalls nicht, solange er noch fuhr.

Hin und wieder näherte sich ihnen durch das starke Schneegestöber ein schwaches Paar Scheinwerfer, fuhr an ihnen vorbei und verschwand wieder. Der Fahrer saß weit über das Lenkrad gebeugt und starrte nach vorn.

»Es wird immer schlimmer, was?« meinte Jon schließlich besorgt.

»Da könnten Sie recht haben.« Der Wagen brach mit flatternden Vorderrädern kurz zur Seite aus, und der Fahrer riß den Lenker herum. »Aber wir sind fast da. Kann nicht mehr weit sein.«

»Denken Sie, wir sollten anhalten?«

»Nicht hier. Nein. Pete Cutler gibt nicht auf, wenn ein anständiger Pub in Riechweite ist!« Die breiten Schultern zuckten, während er in sich hineinlachte. »Wir erfrieren, wenn wir hier anhalten, Kumpel. Ich schätze, es sind noch zwei Meilen. – Jawohl!« Er stieß plötzlich einen triumphierenden Schrei aus, als sich vor ihnen ein Wegweiser abzeichnete und wieder verschwand. »Nur Mut. Wir schaffen es.«

Die Art, wie Pete das Taxi abschloß und ihm in den langen, niedrigen, rosa gestrichenen Pub folgte, gab Jon das Gefühl, daß der Fahrer nicht beabsichtigte, umzukehren und zurück nach Colchester zu fahren. Jon hatte recht. »Ich rufe die Zentrale an und sage Bescheid, daß ich über Nacht hier im alten Schwarzen Schwan meine Zelte aufschlage. Für mich eine Halbe Dunkles.« Augenzwinkernd verschwand er in den Korridor, der vom Gastraum wegführte. Jon öffnete die Tür. Im riesigen Kamin brannte ein helles Feuer, aber der Raum war leer.

Es dauerte mehrere Minuten, bevor eine Gestalt hinter dem Tresen auftauchte. »Hätte nicht gedacht, daß heute jemand kommen würde«, begrüßte ihn der Wirt gutgelaunt. »Wie sind Sie hergekommen? Sie hat wohl der Nikolaus mitgenommen, was?«

Jon lächelte. »Sowas Ähnliches. Für mich einen Whisky bitte, und eine Halbe Dunkles für meinen verrückten Fahrer. Und schenken Sie sich auch was ein.« Er hievte sich auf einen Barhocker. »Ich nehme nicht an, daß es eine Möglichkeit gibt, von hier aus ans Ziel meiner Reise zu kommen, oder? Ich will zur Redall-Bucht.«

Der Wirt konzentrierte sich darauf, das Bier zu zapfen. Er legte die Stirn in Falten und zog durch seine Zahnlücke eine Lunge voll Luft ein. »Das ist gar nicht so einfach. Sie bräuchten was Vierradgetriebenes, schätze ich. Sie besuchen die Lindseys, was? Oder sind Sie ein Freund von Bill Norcross? Ich habe gesehen, daß er dieses Wochenende raufgekommen ist.«

»Ich bin ein Freund von Bill, ja. Und von Kate Kennedy. Ich weiß nicht, ob Sie sie kennen? Sie wohnt im Cottage.«

»Schriftstellerin?« Er stellte das Glas auf den Tresen und machte sich daran, noch ein Bier zu zapfen, vermutlich für sich selbst. »Doch, er war mal mit ihr da. Vor einer Woche oder so.«

»Sie sind seit ein paar Tagen von der Außenwelt abgeschnitten, und ohne Telefon, deshalb konnte ich nicht anrufen.«

»Unberechenbare Dinger, diese Telefone.« Der Wirt stellte das zweite Glas auf den Tresen. »Läuten immer, wenn man's nicht will, und funktionieren nicht, wenn man sie braucht. Möchten Sie etwas essen, Sir, während ich überlege, was Sie tun können?« Er nahm noch ein Glas und hielt es ins Licht.

»Ja, sehr gern.« Jons Laune wurde von Sekunde zu Sekunde besser. Er drehte sich um, als die Tür aufging. »Ihr Bier, Pete.« Einen Augenblick lang musterte er seinen Begleiter, der bis jetzt nicht mehr gewesen war als ein Paar breiter Schultern und ein rundliches, gerötetes Gesicht mit einem breiten, schiefen Grinsen. Pete war insgesamt sehr groß. – Nicht gerade die ideale Gestalt, dachte Jon, um sich ein Leben lang hinter das Steuer eines Taxis zu zwängen. Über den strahlend blauen Augen, die von den goldenen Fassungen seiner Drahtbrille umgeben waren, hatte er dicke rotblonde Augenbrauen, und unter dem Anorak trug er zwei farblich nicht zusammenpassende hellrote Pullover.

Die beiden Männer gingen zum Kamin und setzten sich. »Essen wir was.« Jon gab ihm die Speisekarte. »Das wenigste, was ich tun kann, ist, Sie zum Essen einzuladen, nachdem Sie mich so weit gebracht haben.«

»Das ist wirklich nett von Ihnen.« Pete grinste. »Schon einen Traktor gefunden?«

»Der Wirt denkt darüber nach.«

»Er strengt sich an, was?« Pete lehnte sich mit einem lauten Seufzer auf der Bank zurück. »Ich kenne Ron Brown jetzt seit sechs Jahren. Er ist ein guter Kerl. Er macht das schon. Wissen Sie, ich schätze, das Ganze macht mir langsam Spaß.«

Eine Hühnerpastete mit Bratkartoffeln, mehrere Biere und eine Menge wechselseitiges Auf-den-Rücken-Klopfen später hatte Pete Ron rumgekriegt, ihnen seinen alten Land Rover zu leihen. »Ich bin Berufsfahrer, Kumpel«, sagte er, und das nicht zum ersten Mal. »Du weißt, daß du ihn mir ruhig geben kannst.«

»Bei diesem Wetter, und ausgerechnet dir, wo du voll wie eine Strandhaubitze bist? Ich verliere bloß den Führerschein, wenn ich ihn dir gebe.«

»Wie wär's dann, wenn wir ihn uns ausleihen, ohne es dir zu

sagen?« Pete rülpste zufrieden und klopfte sich auf den Bauch. »Das war prima. Und ich habe eine gute Geschichte gehört. Ich schätze, jetzt würde ich gern noch ein bißchen auf Geisterjagd gehen, um den Abend abzurunden. Warum schließt du nicht einfach ab, und kommst auch mit? Heute kommt sowieso keiner mehr.«

Die beiden Männer hatten mit lebhaftem Interesse zugehört, als Jon von Kates Geist erzählte. Um sie unterhaltsamer zu machen, hatte er die Geschichte schamlos ausgeschmückt.

»Das fehlte noch. Nein danke, ich gehe ins Bett.« Ron schüttelte den Kopf. »Ich habe keine Lust, bei diesem Wetter noch irgendwo hinzufahren, und du hättest auch keine, wenn du noch ein bißchen Vernunft hättest.« Er bückte sich und tastete unter dem Tresen herum, richtete sich dann wieder auf und warf Pete einen Schlüsselbund hinüber. »Aber bringt ihn mir morgen bitte wieder in einem Stück zurück, Jungs. Okay?«

Jon stand auf. »Danke. Machen wir.«

Auf der Stufe zum Eingang überlegten sie es sich fast noch einmal anders. Es war noch mehr Wind aufgekommen, und der Schnee wehte ihnen direkt entgegen.

Er zögerte. Sie konnten genauso gut bis zum Morgen warten, wenn der Schneepflug dagewesen war, und dann fahren. Er sah Pete an, der offensichtlich dasselbe dachte. Ihre Blicke trafen sich.

»Kleines Abenteuer gefällig?« fragte Pete grinsend.

Jon nickte, als er merkte, daß er immer lebhafter wurde. Er hatte recht. Es war ein Abenteuer.

Sie fanden den alten Land Rover (laut Zulassung, dachte Jon, mußte er mehr als zwanzig Jahre alt sein) in einer angebauten Garage hinter dem Pub. Dem Wind abgekehrt, war es dort hinten erstaunlich geschützt, und nur wenig Schnee war unter das Dach in die Garage geweht worden. Die beiden Männer kletterten in den Wagen, und Pete, der die Kühlerhaube getätschelt hatte, als begrüße er einen alten Freund, steckte den Schlüssel ins Zündschloß.

»Bist du sicher, daß du fahren kannst?« Jon sah ihn zweifelnd an. Er hatte keine Angst, daß außer ihnen noch andere Autos auf der Straße sein würden, aber er stellte sich vor, wie es sein würde, wenn sie in einen Graben rutschten.

»Wie eine Eins.« Der Motor sprang beim ersten Versuch an. »Keine Sorge. Das Bier wird von der Hühnerpastete und dem Kaffee in Schach gehalten. Mit mir ist alles klar. Außerdem – wer fährt heute nacht schon gut? Halt nur immer scharf Ausschau nach diesem Weg runter zur Bucht.«

Es war leicht, den Land Rover rückwärts aus der Garage zu fahren. Seine riesigen Reifen hatten keine Probleme im rutschigen Hof. Sie fuhren rückwärts an Petes jetzt schneebedecktem Taxi vorbei und zurück auf die Straße. Pete legte den Vorwärtsgang ein. Hinter ihnen sah der Pub mit seinem strohgedeckten Dach und seinen an einer Schnur aufgezogenen farbigen Lichtern richtig heimelig aus.

»Eine Meile, hat er gesagt.« Jon beugte sich hinüber, um einen Blick auf den Meilenzähler zu werfen. Er prustete. »Ich frage mich, wie oft sie dieses Ding zurückgedreht haben.«

»Wahrscheinlich nur einmal. Ich schätze, Ron hat ihn schon seit frühester Jugend.« Pete hatte sich wieder nach vorn gebeugt. Er wirkte plötzlich bemerkenswert nüchtern.

»Das mit der Meile war wohl geraten«, fuhr Jon nachdenklich fort. »Es ist ja bekannt, wie schlecht Leute Entfernungen einschätzen können.«

»Nein, ich glaube, er hat recht. Da, schau.« Pete bremste vorsichtig in der Mitte der Straße und hielt an. Sie spähten hinaus in die Dunkelheit. Zu ihrer Rechten führte ein steiler Weg hinunter in den Wald. Die Beschaffenheit der Fahrbahn war nicht zu erkennen, weil der Schnee alle Unebenheiten ausglich und verbarg. In der Nähe stand ein Hinweisschild, die Schriftzüge ausgelöscht. Sie konnten ein Auto erkennen, das ganz in der Nähe unter den Bäumen geparkt und schon fast völlig eingeschneit war.

»Privatstraße zur Redall-Bucht?« Pete sah Jon an. »Schaust du schnell?«

Jon stieg aus und rutschte über die glatte Straße mit ihrem Belag aus zusammengepreßtem Eis und Schnee hinüber zu dem Schild. Er wischte mit dem Ärmel den Schnee weg und buchstabierte angestrengt: »Privatst—-e zur Red—-ucht.« Die teilweise abgeblätterten Worte waren gerade noch erkennbar. Er ging hinüber zu dem anderen Auto, schob den Schnee von der Windschutzscheibe und spähte hinein. »Europ-car« stand auf dem Aufkleber auf der Windschutzscheibe.

»Verstehe.« Er stieg wieder in den Land Rover. »Das muß Annes Auto sein. Sie muß es am Flughafen gemietet haben. Bis hierher ist sie jedenfalls gekommen, ohne daß ihr etwas passiert ist. Was machen wir jetzt? Versuchen wir runterzufahren?«

Pete verzog das Gesicht. »Ron hat gesagt, es ist sogar bei schönem Wetter ein verflucht schlechter Weg. Ich kapiere nicht, warum sich die Leute das Leben so schwer machen. Warum lassen sie nicht jemanden kommen, der ihn für sie einebnet und eine Ladung Teer draufwirft? Die Welt würde das nicht kosten, und sie würden sich den einen oder anderen Achsenbruch ersparen.« Er fuhr den Land Rover an den Straßenrand. »Ich bin dafür, daß wir zu Fuß gehen.«

»Mir recht.«

Jon grinste ihn an. Als sich Pete voller Enthusiasmus der Expedition angeschlossen hatte, war seine Erleichterung so überwältigend gewesen, daß es ihn überrascht hatte. Er war sich nicht bewußt gewesen, wie sehr er sich vor dem Gedanken gefürchtet hatte, den langen Marsch vom Pub aus allein durchstehen zu müssen. Er hatte nicht eine Minute lang an Kates Geschichte von einem Gespenst geglaubt, aber die unglaubliche Einsamkeit der Nacht, der Schnee, die Stille, der Wind, all das war ziemlich entnervend.

Sie stellten den Land Rover neben den roten Fiesta unter die Kiefern, dann holten sie Jons Reisetasche und eine Plastiktasche vom Rücksitz, die vier von Ron als Abschiedsgeste spendierte Dosen Lager enthielt. Sie sperrten den Wagen ab und schauten hinunter auf den Weg.

»Fertig?« Pete grinste seinen Begleiter an.

»Fertig.«

Jon zwang sich zurückzulächeln, aber plötzlich hatte er angefangen zu zittern.

LXI

Sie waren wieder da. Stimmen eines Alptraums. Voller Haß und Wut. Sie trieben sie aus dem Bett. Horchend stand sie mitten im Zimmer. Sie lauschte auf etwas, das weit weg war. Das Meer. Das Meer war jetzt die Gefahr. Sie konnte das Tosen der Wellen hören, konnte sehen, wie Wände aus Gischt über den Dünen zusammenschlugen.

Erzähl es ihnen. Erzähl ihnen meine Geschichte.

Claudia war jetzt die Stärkere. Im Heulen des Windes war ihre Stimme lauter als seine.

Erzähl es ihnen. Erzähl es ihnen. Laß sie selbst urteilen.

Dann war er da. Marcus. Seine Stimme war lauter. Haß. Wut.

»*Nein!*«

Alison drehte sich langsam im Kreis, hob die Hände an den Kopf und riß an ihren Haaren. Sie kämpften miteinander; kämpften in ihrem Kopf; kämpften um den letzten Rest ihrer Kraft.

Das Grab. Sie mußte zum Grab gehen.

Sie mußte es vor dem Wasser retten.

Sie mußte sterben.

Sterben mit der Hure im Lehm.

Leben.

Sterben.

Leise ging die Tür auf, und sie ging hinaus in den Korridor, die nackten Füße warm auf dem dünnen Teppich. Sie ging weiter zur Treppe, begann hinunterzugehen, sah nichts als die Vision in ihrem Kopf. In der Dunkelheit am Fuße der Treppe gingen ihre Hände unfehlbar zum Griff auf der Innenseite der Tür, obwohl es dort stockfinster war, ohne ein Licht. Die Tür öffnete sich, und sie betrat das Wohnzimmer. Leise schritt sie zwischen den schlafenden Gestalten hindurch zur Diele.

Am Feuer bewegte Paddy sich unruhig in seinem Stuhl, aber erschöpft machte er nicht die Augen auf, nicht einmal, als der kalte Luftzug von der offenen Tür die Scheite im Kamin hell auflodern ließ.

Mit noch immer nackten Füßen stand sie auf der Schwelle und starrte blind hinaus in den Schnee. Etwas ließ sie innehalten – ein innerer Schutzengel befahl ihr, in Stiefel und Jacke zu schlüpfen –, dann machte sie die Tür leise hinter sich zu und ging.

Im Wohnzimmer schliefen die anderen weiter.

LXII

Jon und Pete rutschten im Schnee immer wieder aus, als sie langsam den Weg hinunterstapften. Petes fröhliches Geplauder war schließlich leiser geworden, und außer einem gelegentlichen, von Herzen kommenden Fluch, wenn er in den hart gefrorenen Furchen ausrutschte, war er still geworden. Jon blieb hin und wieder stehen, um einen finsteren Blick auf das zu werfen, was noch vor ihnen lag. Der Schneefall hatte jetzt nachgelassen, und er konnte alles um sie herum deutlich sehen. Der Mond stand hoch über den Wolken und warf ein mattes, weißes Leuchten über den Wald. Er war sicher, daß sie sich verlaufen hatten.

Der Weg, dem sie gefolgt waren, schien plötzlich zu Ende gewesen zu sein, und die letzten zwanzig Minuten hatten sie sich gezwungen gesehen, einem schmalen Pfad durch das Gestrüpp zu folgen, der aussah wie ein Wildwechsel. Was immer es war, er war eng und voller Brombeersträucher, und der Schnee war manchmal so hoch gewesen, daß er ihm von oben in die Stiefel gefallen war.

Hinter ihm fluchte Pete wieder. Jon grinste. Er blieb stehen und drehte sich um. »Kann nicht mehr weit sein.«

»Nein? Ich schätze, dieser Ort ist so eine Art Brigadoon. Dies Dorf taucht nur alle hundert Jahre mal auf.«

»Hoffentlich täuschst du dich.« Jons Antwort kam von Herzen. Er zitterte, als ein Windstoß an seiner Kleidung riß.

Hundert Meter weiter begann der Wald sich zu verändern. Das dichte Eichen- und Weißdornwäldchen wurde lichter. Die Luft wurde, wenn das überhaupt möglich war, noch kälter, und als sie um eine Biegung des Weges kamen, fanden sich Jon und Pete am Rand der Dünen.

Jon kniff die Augen zusammen, um sie vor dem Wind zu schützen, und sah sich angestrengt um. »Wohin jetzt?«

»Ich kann das Meer hören.« Pete hielt sich die Hand ans Ohr. »Gleich hinter dem Sand da. Teufel, es ist ganz nah.«

Sie kletterten die Düne hoch und konnten jetzt den Strand

überblicken. Riesige Reihen wütender Brecher brachten den Strand zum Schäumen, und über dem Wasser konnten sie sehen, wie die braunen, bauchigen Wolken, die den Schnee brachten, auf sie zu rasten.

»In fünf Minuten haben wir den nächsten Schneesturm.« Jon wandte sich besorgt an Pete. »Wohin? Was meinst du?«

»Nach links.« Pete sagte es ohne Zögern. »Du hast gesagt, vom Farmhaus aus sieht man auf die Flußmündung. Wir sind zu weit nach Osten gegangen. Hier sind wir richtig ans Meer gekommen.« Er drehte sich um und stapfte im Windschatten der Düne voran. »Komm schon. Hier unten sind wir ein bißchen geschützt. Gott steh' uns bei, wenn das alles runterkommt.«

Es schien Stunden zu dauern, bis sich das Cottage vor ihnen in der Dunkelheit abzeichnete. Mit gegen den Schnee zusammengekniffenen Augen packte Pete Jon am Arm und zeigte darauf. »Da haben wir das Scheißding endlich!«

Jon grinste vor Erleichterung. Endlich. Gott sei Dank. Kate.

Die beiden Männer eilten mit neuer Energie weiter, kämpften sich durch die Dünen und durch den schneebedeckten Garten, und immer hörten sie hinter sich das mächtige Donnern des Wassers. Die Flut würde, wie der Wetterbericht gewarnt hatte, stark ansteigen.

Gegen den Wind gestemmt, gingen sie herum zur Vordertür und fanden dort endlich Schutz vor dem Sturm. »Ich bete zu Gott, daß sie da ist.« Die dunklen Fenster gefielen Jon gar nicht. Das Cottage wirkte leer. Schon jetzt war er sich ziemlich sicher, daß sie kein wärmendes Feuer finden würden; niemand zu Hause. Wer konnte es ihr verübeln? Wenn er hier wohnen würde, nur einen Steinwurf von der Nordsee entfernt, und wenn er einen Wetterbericht gehört hätte wie den, den sie heute gesendet hatten, dann hätte er auch auf der Stelle gepackt und wäre von hier verschwunden.

Der Schnee vor der Haustür wirkte unberührt. Kein Zeichen von Fußspuren. Als er die Hand zum Türklopfer hob, kreuzte Jon verstohlen seine eiskalten Finger.

Die Tür sprang auf. Ihm schlug das Herz bis zum Halse. »Sind wir überhaupt richtig hier?« Die Tür hätte verschlossen und verriegelt sein sollen. »Hallo!« rief er. »Kate?«

Schweigen.

Er ging einen Schritt hinein. »Kate, bist du da?« Seine suchenden Finger fanden einen Lichtschalter, und er schaltete ihn mehrere Male an und aus. »Kein Licht.«

Pete war ihm aus dem Wind in die Diele gefolgt. »Schlechte Luft hier drin.« Er sog die Luft ein. »Jemand hat gekotzt.« Er nahm Jons Taschenlampe und leuchtete damit in der Diele umher. »Offenbar keiner da. Ich schätze, deine Freundin ist ausgezogen – wenigstens für heute nacht.« Er ging weiter, machte eine Tür auf und leuchtete hinein. »Küche.« Er bediente auch hier den Lichtschalter. »Kein Strom.« Dann drehte er sich um und ging zur Tür auf der anderen Seite des Flurs. »Wohnzimmer. Mit einem Holzofen. Den können wir wenigstens anmachen. – O mein Gott!« Der wandernde Strahl der Taschenlampe war auf das Sofa gefallen.

»Was ist los?« Jon schob sich hinter ihm durch die Tür und schaute ihm über die Schulter. »O Gott!« Beide Männer blieben einen Moment lang wie angewurzelt stehen, den Blick auf die Gestalt unter der Decke auf dem Sofa geheftet. Es war Jon, der zögernd näher trat. Hinter ihm leuchtete Pete in das zerschlagene Gesicht. – Keine Frage, der Mann war tot.

Jon schloß die Augen, drehte sich um und taumelte aus dem Zimmer. Pete folgte ihm. »Kennst du ihn?«

Jon nickte. »Bill Norcross. Der Freund, von dem ich dir erzählt habe.«

»Scheiße.«

Sie gingen zurück in die Küche, und Jon setzte sich neben die Anrichte, die Hände im Gesicht. »Was zum Teufel ist da drin passiert?«

»Ich würde sagen, man hat ihn zusammengeschlagen. Verflucht nochmal, Jon. Wo ist dein Mädchen? Wo ist ihre Schwester?«

Jon schüttelte den Kopf. Er zitterte plötzlich wie Espenlaub.

Pete legte ihm die Hand auf die Schulter. »Du bleibst hier sitzen. Ich sehe mich weiter um.«

Jon schüttelte den Kopf. »Ich komme mit.«

»Nicht nötig.« Beide Männer dachten dasselbe. Waren Kate und Anne irgendwo dort oben?

»Ich komme trotzdem mit.«

Sie nahmen zwei Stufen auf einmal. Es war Pete, der zuerst die eine Tür aufmachte, dann die andere. Beide Zimmer waren leer. Sie standen in Kates Schlafzimmer und blickten sich angestrengt um. Der Boden war mit Sand und Erde bedeckt, die offenbar hereingeweht worden waren. Das Bett war nicht gemacht. In seiner Mitte waren Decken auf einen Haufen getürmt, und auch da lag Erde. Das Zimmer war erfüllt von ihrem süßen, modrigen Geruch. Und von etwas anderem. Einem Parfum. Der überwältigende Duft hatte nichts von dem unangenehmen Geruch durchgelassen, der von unten die Treppe heraufsickerte.

»Niemand hier.« stellte Pete fest. »Ich schätze, sie sind davongekommen.«

Jon setzte sich auf das Bett. Seine Finger liefen über die durcheinandergebrachten Laken, und zwischen den Kissen, unter die sie es vermutlich irgendwann gefaltet gelegt hatte, fand er Kates Nachthemd. Er erkannte es. Es war blau mit heiteren scharlachroten Streifen. Schick. Fast maskulin. Er erinnerte sich daran, wie ihre langen schlanken Beine unter dem unanständig kurzen Saum hervorsahen. Er hielt das Nachthemd an die Brust. O Gott, Kate. Wo war sie? »Was machen wir jetzt?« fragte er mit belegter Stimme.

»Wir gehen und suchen dieses Farmhaus. Es dürfte nicht allzu weit weg sein. Da werden wir sie finden.« Petes Stimme klang stark. Zuversichtlich. Nicht zum erstenmal dankte Jon dem Geschick, das bestimmt hatte, daß gerade dieser Taxifahrer aus Colchester heute nacht bei ihm war.

Nachdem sie die Haustür hinter sich geschlossen hatten, standen sie vor dem Haus und sahen sich um. Es gab keinen Hinweis, in welche Richtung sie gehen sollten. Jeder Weg, den es hier geben mochte, war längst unter dem Schnee verschwunden. Pete leuchtete mit der Taschenlampe im Kreis und wollte sie schon wieder ausschalten, als er die Spuren sah. Fußabdrücke. Frische Fußabdrücke, die nahe bei der Tür vorbeiführten und dann über den Schnee auf das Meer zuliefen.

»Jemand ist hier vorbeigekommen, während wir drin waren«, meinte Pete.

Kate? Anne?

Die beiden Männer wandten ihre Gesichter vom Wind ab und gingen zurück in die Richtung, aus der sie gekommen waren, zurück in die schneebedeckten Dünen.

LXIII

»Wo ist sie?« Roger stürzte ins Wohnzimmer und starrte die am Kamin Schlafenden an. »Wo in Gottes Namen ist sie?«

»Wer, Dad?« Greg streckte sich mit einem Stöhnen. Sie waren schließlich doch alle eingeschlafen, auch Anne, Kate und selbst Paddy. Das Feuer war ausgegangen, und im Kamin lag nur noch kalte Glut. Er zitterte heftig.

»Alison! Wo ist Alison?«

»Ist sie nicht oben?« fragte Greg mit einem Zittern in der Stimme.

Paddy stand als erster auf und streckte sich. »Ich gehe nachschauen.«

Er verschwand durch die Tür zur Treppe. Roger sank in den von Paddy freigemachten Sessel und beugte sich vor. Müde rieb er sich mit den Händen das Gesicht. Er schien in den letzten Stunden um Jahre gealtert zu sein.

Kate blickte besorgt auf seine graue, durchsichtig wirkende Haut. »Soll ich uns Tee kochen?« fragte sie und stand auf. »Wir sollten auch wieder Feuer machen.« Sie ging hinüber zum Fenster und zog den Vorhang zurück. Draußen war es noch dunkel. Es war viel Schnee gefallen, und dem Himmel nach zu urteilen, würde noch mehr nachkommen. Sie hörte, wie der Wind an den Scheiben rüttelte. Etwas weiter weg schlugen die Bäume wütend mit ihren Ästen und schüttelten den Schnee ab, der in Kaskaden zu Boden fiel.

Sie füllte gerade den Kessel, als Paddy zurück ins Zimmer kam. »Sie ist nirgendwo zu finden. Ihre Stiefel und ihre Jacke sind auch weg. Ich kann einfach nicht glauben, daß sie heute nacht unbemerkt an uns vorbeigelaufen ist, aber es muß doch so gewesen sein – während wir geschlafen haben. Tut mir leid, Dad.« Er ließ sich geknickt auf das Sofa fallen.

»Tut mir leid!« brüllte Roger. »Tut mir leid! Ist das alles, was du zu sagen hast?«

Nach Paddy war Susie in der Tür erschienen. Ihre Haare waren durcheinander, und ihr Gesicht sah noch vollkommen verschlafen aus. Der große Bluterguß auf ihrer Stirn, der vom Autounfall stammte, war dunkelblau geworden.

»Tut mir leid! Du weißt doch, wo sie hingegangen ist, oder? Gott weiß, wie lange sie schon da draußen ist. Geh raus, Paddy. Schau, ob du Fußabdrücke findest.«

»Draußen?« Paddy sah ihn zweifelnd an. Roger nickte. Paddy verschwand, und alle spürten den Schwall kalter Luft, als er die Haustür öffnete.

»Nichts zu sehen«, rief er von der Diele aus. »Überhaupt keine Fußspuren. Nur Vögel und Kaninchen und ein Fuchs.«

Sie hörten, wie die Tür zugeknallt wurde.

»Das spielt ja auch keine Rolle. Wir wissen alle, wohin sie gegangen ist.« Rogers Gesicht war plötzlich voller Leben, in sein bleiches Gesicht war Farbe gekommen. »An diesen verdammten Strand. Ich lasse diese Düne einebnen. Ich lasse sie völlig vernichten!«

War es nur Kates Einbildung, oder lag wirklich plötzlich ein Schauder in der Luft? War sie plötzlich mit Angst aufgeladen – und mit Triumph? Zitternd suchte sie nach der Teebüchse. »Das ist es, was er will«, sagte sie über ihre Schulter. »Das ist es, was Marcus will.«

»Und wenn er endlich hat, was er will, dann läßt er uns vielleicht in Ruhe!« Roger ließ sich in seinen Sessel zurückfallen, warf den Kopf nach hinten und schloß die Augen.

»Er vielleicht, aber Claudia bestimmt nicht.« Paddy kam und setzte sich neben seinen Vater. »Die einzige Möglichkeit, das alles zu beenden, Dad, ist die, die Düne richtig ausgraben zu lassen. Dann kennen wir die Wahrheit.«

»Und du glaubst, daß das diesem ganzen Schrecken ein Ende bereiten wird?« Diana war hinter Susie in der Tür zur Treppe erschienen. »Ich kann es nicht fassen, daß ihr alle untätig hier rumsitzt, während Alison draußen in all dem Schnee herumirrt. Um Himmels willen, warum unternimmt denn keiner was? Ich gehe jetzt jedenfalls los, um sie zu suchen!«

»Nein, Ma.« Paddy erhob sich taumelnd. Er war bleich vor Erschöpfung. »Du mußt hierbleiben und dich um die anderen kümmern. Ich gehe.« Er sah Kate stumm an.

»Ich komme mit«, nickte sie. »Natürlich komme ich mit.« Sie warf einen bedauernden Blick auf den Kessel.

»Nein, Kate. Trinken Sie erst etwas.« Rogers Stimme war plötzlich sehr schwach. »Ihr beide. Und eßt vorher. Soviel wir wissen, ist sie seit Stunden da draußen. Fünf Minuten machen keinen Unterschied mehr.«

»Ich komme auch mit.« Anne trat vor. »Zu mehreren ist man sicherer und so weiter.« Sie grinste schwach.

Bis sie alle einen Becher mit dampfend heißem Tee getrunken, dazu eine Scheibe Brot mit Marmelade gegessen und Stiefel, Mäntel und Schals angezogen hatten, waren fast zehn Minuten vergangen. Als sie auf die Tür zusteuerten, warf Paddy einen Blick auf das Gewehr.

»Nimm es mit.« Greg war hinter ihnen hergehumpelt. Er konnte seinen Fuß nicht mehr bewegen und hatte große Schmerzen. »Uns passiert hier schon nichts.«

Paddy sah seinen Bruder an. Greg lächelte gequält, dann boxte er ihm leicht gegen die Schulter. »Paß auf dich auf, Paddy; und paß auf die Mädchen auf.« Er wandte sich Kate zu und berührte ihre Hand. Sie lächelte ihn an, aber es war ein dünnes, müdes Lächeln. Für mehr hatte sie keine Kraft. Die Luft war beißend kalt. Sie fragte sich, wo sie die Kraft hernehmen sollte, um auch nur zehn Meter weit zu gehen, ganz zu schweigen von fast einer Meile.

Greg sah ihnen nach. Er wußte, daß sie alle drei erschöpft waren. Sein Bruder konnte kaum das Gewehr hochheben, das er so tapfer auf seine Schulter gestemmt hatte. Er schaute hinüber zum Wald, der vor ihnen lag.

War dort jemand, der sie beobachtete, oder war er so verlassen, wie er aussah? Er zitterte. Der Wind frischte auf und raste vom Meer herein über den Sumpf.

Er sah ihnen nach, bis sie außer Sicht waren, dann drehte er sich um und schloß die Tür. Solange sie draußen waren, erschien ihm das Vorschieben der Riegel wie ein schrecklicher Akt des Verrats, aber es half nichts. Er humpelte zurück ins Wohnzimmer und starrte erschrocken seinen Vater an. Roger hatte sich zurück in die Kissen gelehnt und mühte sich, zu Atem zu kommen. Sein Gesicht war blau, und der Schweiß drang ihm aus allen Poren. Diana hatte sich über ihn gebeugt.

»Ma –«

»Keine Sorge, Greg.« Ihr Gesicht war kreidebleich. »Dein Vater hatte einen kleinen Anfall, aber jetzt geht es ihm wieder gut.« Sie streichelte ihm zärtlich das Gesicht. »Ruh dich aus, Liebling. Ihr ist schon nichts passiert. Sie finden sie.«

»Ganz bestimmt, Dad.« Greg kniete sich neben seinen Vater. Die Spritze, in der das Schmerzmittel gewesen war, lag noch auf der Armlehne des Sessels. »Keinem von ihnen passiert etwas. Es ist heller Tag draußen, und das Wetter ist besser geworden.« Es war gelogen, aber er bezweifelte, daß sein Vater es merkte.

Roger schaffte ein leichtes Grinsen. Er tätschelte Dianas Arm, als sie eine Decke über ihn legte. »So ist es schon besser, Liebling«, flüsterte sie. Sie küßte ihn auf den Kopf. In die Kissen zurückgelehnt, hatte er sich sichtlich entspannt, und seine Gesichtsfarbe hatte sich auch normalisiert. Sie nahm Greg beim Arm und zog ihn zum anderen Ende des Zimmers, in den Küchenteil.

»Ich bin ziemlich sicher, daß er einen leichten Herzanfall hatte«, flüsterte sie.

Greg wollte zurück zu seinem Vater, aber sie hielt ihn am Ärmel fest. »Nein. Ich bin sicher, daß er es weiß, aber sagt nichts. Kannst du nach oben gehen und Joe wecken? Er muß unbedingt versuchen, einen Arzt zu holen.«

Greg nickte. Mit einem Blick auf das Gesicht seines Vaters schleppte er sich hinüber zur Tür, umklammerte das Geländer und hievte sich mit zusammengebissenen Zähnen Stufe um Stufe nach oben. Sein Gesicht war schweißgebadet, als er in das abgedunkelte Zimmer hinkte und den schnarchenden Joe wach rüttelte. Aber Joe brauchte nur kurz, um den Tiefschlaf abzuschütteln und aufzustehen. »Ist gut. Keine Sorge. Ich komme schon hin.«

Auch er bekam zur Stärkung ein Marmeladenbrot und einen Becher heißen Tee, bevor er hinaus in die Kälte ging.

»Es gefällt mir gar nicht, daß du allein rausgehst, Joe«, murmelte Greg, als er neben ihm auf der Schwelle stand. Er stützte sich schwer auf seinen Stock.

Joe lächelte entschlossen. »Mach dir mal keine Sorgen um mich.« Über dem linken Arm trug er sein Gewehr. »Du paßt auf die anderen auf. Auf deinen Vater und Cissy und Sue. Ich lasse dich nicht gern allein hier zurück –«

»Wir sind hier in Sicherheit, Joe.« Greg tat sein Bestes, um zuversichtlich zu klingen. »Mach dir keine Sorgen um uns. Bring uns bloß Hilfe für Dad.«

Joe nickte. Er zog den Mantelkragen über die Ohren und ging hinaus in die Dunkelheit.

LXIV

Die Fußabdrücke füllten sich vor ihren Augen auf und verschwanden unter einer neuen Schicht Schnee. Pete ging etwas voraus. Er lief schnell, den Kopf nach unten gerichtet, gegen den Wind. Um sie herum war die Landschaft in ein einheitliches Weiß gehüllt, das mit Meer und Himmel zu einer unbestimmten, kalten Gestalt ohne Form verschmolz.

»In diese Richtung ist sie gegangen.« Pete verlangsamte seinen Schritt und sah sich suchend um. »Hier scheinen die Fußabdrücke aufzuhören.« Sie starrten verzweifelt herum, beide nach vorn gebeugt, und studierten den Schnee. »Ich sehe nichts ...«

»Hier.« Jon war näher zum Meer gegangen und hatte die Spuren wieder gefunden. Schwächer jetzt, und mit verwischten Rändern, als ob sie gelaufen wäre.

Kate.

Er starrte an den Dünen vorbei hinüber zum Meer. In beiden Richtungen erstreckte sich der Strand, und nichts rührte sich in dieser kalten Leere.

»Kate!« Sein Schrei wurde vom Wind verschluckt und durch den Schnee gedämpft. »Kate!«

Pete schwieg. Er war weitergegangen, den Kopf nach unten gegen den Wind, das Gesicht mittlerweile unbeweglich vor Kälte, und er versuchte, durch den wirbelnden Schnee neue Fußabdrücke zu sehen.

»Sie ist auf das Meer zugegangen«, rief Jon. »Warum?«

»Vielleicht hat sie die Orientierung verloren. Panik?« Pete war stehengeblieben, die Hände tief in den Taschen. »Die arme Frau muß den Schrecken ihres Lebens bekommen haben.« Er schüttelte den Kopf. »Sollen wir weitergehen?«

»Natürlich gehen wir weiter.« Jon bebte. »Wir gehen weiter, bis wir sie gefunden haben.«

Er stolperte voran durch den Schnee, unter dessen weißer Decke der weiche Sand lag, in den er immer wieder einsank.

»Kate!« Seine Stimme hob sich und löste sich auf, vom Wind in Fetzen gerissen. »Kate!«

Die Stimmen kämpften immer noch in Alisons Kopf. Sie stand da und starrte hinunter in das mit Schnee gefüllte Grab. Sie sah nichts von dem Schnee, und auch nicht die beiden Gestalten, die gegen den Wind anliefen.

»Kate!«

Das Wort wirbelte an ihr vorbei und verlor sich. Es bedeutete nichts.

Hure

Mörder

Sie waren in ihrem Kopf, sie beide, und saugten ihre Energie ab. Bald würde sie leer sein, und sie würden gehen.

»Es ist nicht Kate!«

Sie hörte die Worte nicht; sah die beiden Männer nicht, die jetzt neben ihr standen, einer auf jeder Seite.

»Wer dann?«

Jon zuckte mit den Achseln. »Ich weiß es nicht.« Zögernd streckte er die Hand aus, um ihren Arm zu berühren. »Bist du okay?«

Alison nahm ihn nicht zur Kenntnis. Sie sah ihn nicht, sie hörte ihn nicht. Ihr Blick war wie gebannt von dem treibenden Schnee zu ihren Füßen.

»He, Mädchen, bist du okay?« Pete nahm sie bei den Schultern und schüttelte sie leicht.

Alison reagierte nicht. Claudias Gesicht war weiß vor dem Hintergrund des Schnees, ihr Gewand, noch immer blutbeschmiert, so blau wie der Himmel. Sie konnte die Not der Frau spüren, die Sehnsucht, die Furcht und den Haß: *Mögen die Götter dich bis in alle Ewigkeit verfluchen, Marcus Severus Secundus, für das, was du heute hier getan hast.*

Der Sieg war ihr gewiß: Claudia.

»Was ist los mit ihr?« Pete blickte seinen Begleiter an.

»Weiß der Himmel, aber das Kind erfriert bald.« Jon schlüpfte aus seiner Jacke und wickelte sie Alison um die Schultern. »Bringen wir sie zu diesem Cottage.«

»Ich weiß nicht, ob das eine gute Idee ist.«

»Vielleicht nicht, aber wo sollen wir sie sonst hinbringen?«

Die beiden Männer sahen sich einen Moment lang über Alisons gesenkten Kopf hinweg an. Sie konnte sie nicht hören. Er war jetzt da. Seine Wut glühte in ihrem Schädel. *Das Grab. Zerstör das Grab!*

Schluchzend riß sie sich von Jons Arm los. Sie taumelte ein paar Schritte weit von ihm weg und trat gegen den schneebedeckten Sand. »Zerstör es!« Die Stimme, die von ihren Lippen kam, war kehlig; tief. Eine Männerstimme.

Jon trat überrascht einen Schritt zurück. Dann nahm er seinen Verstand zusammen und ging wieder nach vorn, um die Jacke aufzuheben, die ihr von den Schultern gerutscht war, und sie wieder darin einzuwickeln. »Komm schon. Du mußt dich warm halten.« Seine Stimme zitterte vor Kälte.

»Nein!« Sie schüttelte ihn mit Leichtigkeit ab. »Rühren Sie mich nicht an!« Sie warf die Jacke in den Schnee und sprang mit einem plötzlichen, letzten Aufwallen von Energie hinunter in die flache Vertiefung unterhalb der Düne. »Das Meer wird es sich bald holen.« Sie warf den Kopf zurück und lachte. »Endlich wird es das Meer holen! Zweitausend Jahre hat es gedauert, bis die Flut kommt, und heute macht sie reinen Tisch!« Sie stand da und starrte hinaus aufs Meer, die Haare aus der Stirn geweht, den Blick auf den Horizont geheftet. Jon und Pete, die überrascht schwiegen, starrten mit ihr übers Meer. Der Wind wurde von Osten her stärker, peitschte den Schnee über das Wasser, türmte die Wellen auf, schob das Meer weiter und weiter den Strand hinauf.

»Alison!«

Der Schrei erreichte sie kaum. Einen Moment lang reagierte keiner von ihnen, dann drehte Jon sich um. Drei Gestalten eilten auf sie zu, verloren sich fast im weißen Wirbel der Schneeflocken.

»Kate?« Sein Herz hüpfte vor Freude, als Jon sie erkannte. Erleichterung, Freude, Sorge – alle drei schienen um seinen Kopf herumzuwirbeln, als er auf sie zuging. Bei ihr war ein junger Mann – als er genauer hinschaute, sah er, daß es ein Junge war – und Anne.

»Jon?« Vor Erstaunen blieb sie wie angewurzelt stehen.

»Hallo.« Er lächelte und zuckte mit den Schultern. »Eine lange Geschichte.«

Sie starrte ihn einen Moment lang an, überwältigt vor Erleichterung, wollte sich ihm in die Arme werfen, als ihr Blick an ihm vorbei wanderte und kurz bei Pete verharrte, bevor sie sich Alison zuwandte.

»Allie? Allie, geht's dir gut?« Ihre Fragen an Jon hatten Zeit. Die Tatsache, daß er da war, hier am Strand im Schnee, war das Wichtigste. Sie trat hinter Patrick, der die Arme um seine Schwester geworfen hatte.

Alison schüttelte ihn heftig ab, und verwirrt taumelte er zurück. »Wir haben sie verloren, Kate.« Tränen rannen ihm über das Gesicht. »Wir haben sie verloren. Sie ist nicht hier. Das ist nicht Alison.«

»Allie!« Kate nahm Alisons Hand und rieb sie kräftig. »Allie, komm schon. Kämpf dagegen an. Bitte. Du mußt dagegen ankämpfen. Komm zurück zu uns!«

»Was ist los mit ihr?« Pete trat einen Schritt vor.

»Sie ist krank. Sie weiß nicht, was sie tut.« Kate schob sich die Haare aus dem Gesicht und begann, die Jacke über Alisons Brust zuzuknöpfen. »Wir müssen sie zurückbringen, raus aus dem Wind. Sie hat keine Kraft mehr.«

»Ich hatte den Eindruck, daß sie noch eine ganze Menge Kraft hat.« Pete schnitt eine Grimasse. »Sie hätte Jon beinahe über den ganzen Strand gestoßen.«

»Sehen Sie denn nicht, daß das nicht sie ist!« rief Kate. »Das ist nicht ihre Kraft. Er ist in sie gefahren. Er saugt sie aus. Wir müssen sie von hier wegbringen.«

»Ich trage sie.« Jon verlor keine Zeit damit, sie zu fragen, wovon sie redete. Er hob Alison hoch, drehte sich um und begann, in Richtung Düne zu stapfen, den Wind im Rücken.

Er fühlte den Moment, als die Kraft sie verließ. Er konnte spüren, wie sie dahinschwand, während er ging. Sie schien plötzlich leichter geworden zu sein – in seinen Armen lag ein Bündel Knochen, wo er noch Augenblicke zuvor einen steifen, wütenden Körper getragen hatte. Er drückte sie enger an sich, schaute hinunter in ihr Gesicht, während er sie vor der Brust trug. Ihre Augen waren geschlossen, das Gesicht kreidebleich, und jetzt das eines Kindes, während es einen Moment zuvor noch jemand völlig anderem gehört zu haben schien. Er erschauderte.

Plötzlich lag eine Hand auf seinem Arm. Er blickte zur Seite und sah in Kates Augen. Sie lächelte, als sie neben ihm vorwärtsstolperte. »Gott sei Dank, daß du da bist.« Hörte er die Worte gegen den Wind, oder bildete er sie sich nur ein? Er wollte die Hand ausstrecken und sie berühren, aber alles, was er tun konnte, war lächeln und weiterstolpern. Er spürte, wie das Gewicht des Mädchens an seinen Armen zerrte, und sah sie an, als ihr Kopf nach hinten fiel und sie ihre Augäpfel verdrehte. Er blieb entsetzt stehen und starrte hinunter in ihr Gesicht. Ihr Körper war jetzt vollkommen erschlafft, kalt in der zugeknöpften Jacke.

»Jon, was ist los?« Kate, die neben ihm stand, schaute hinunter auf Alisons Gesicht.

Ihre Blicke trafen sich. »Wir müssen sie schnell reinbringen, Kate.«

Sie nickte wortlos. Nachdem sie die Jacke enger um Alisons Körper gewickelt hatte, folgte sie Jon, während er durch den Schnee stapfte, den Rücken gegen den Wind gekrümmt.

Im Cottage trug er sie sofort nach oben und legte sie vorsichtig auf Kates Bett. Dann trat er zurück, und Kate deckte das Mädchen zu und rieb ihre Hände.

Pete erschien hinter ihnen in der Tür. Er hatte die Haustür und die Tür zum Wohnzimmer geschlossen, bevor er die Treppe hochgegangen war. Anne und Paddy folgten.

»Was ist mit Bill passiert?« fragte Jon leise. Er ließ die Augen nicht von Alisons Gesicht.

Kate sah nicht auf. »Er wurde angegriffen. Hier in der Nähe im Wald.«

»Angegriffen?«

Sie fuhr fort, Alisons Hände zu reiben. »Er sagte, es war eine Frau. Zwei Frauen. Wir brachten ihn hierher. Aber das Telefon ging nicht. Wir konnten keine Hilfe holen.« Ihre Stimme zitterte; er sah, wie eine Träne auf die Decke fiel. Er legte ihr die Hand auf die Schulter und drückte sie sanft. »Nach den Verletzungen in seinem Gesicht zu urteilen, war keine Hilfe mehr möglich, Kate. Ich würde sagen, er hatte einen mehrfachen Schädelbruch.«

»Er sagte, es sei Allie gewesen.« Die Worte waren ausgesprochen, bevor sie es verhindern konnte. Schließlich hob sie den Kopf. »Sie kann es nicht gewesen sein, oder? Unmöglich … Er war ein großer Mann. Sie ist nur ein Kind …«

Es war sehr still im Zimmer. Das Mädchen auf dem Bett, das Gesicht kreidebleich, das feuchte Haar über das Kissen verstreut, bewegte sich nicht. Ihre Hand, die Kate hielt, war schlaff und kalt. Kate lehnte sich an Jon, die Augen geschlossen. Sie war plötzlich so müde, daß sie sich nicht bewegen konnte. Alisons Hand fiel ihr aus den Fingern. Einen Moment lang lag sie auf der Decke, dann ballte sie sich plötzlich zu einer Faust. Die Augen des Mädchens flogen auf. Als sie sprach, war ihre Stimme stark und triumphierend.

»Hört«, rief sie. »Hört doch! Endlich steigt die Flut.«

LXV

Als Boadicea mit ihrer Anhängerschaft über das Land fegte und die Stadt niederbrannte, die sie Camelodunum nannte, war er einer der wenigen, denen die Flucht gelang. Er nahm seine neue Frau und sein Kind, ritt rechtzeitig aus der Stadt und wartete in Sicherheit ab, während der Rauch des Aufstands über das Land trieb. Ein Funke hatte die Revolte entzündet, wie er es erwartet hatte. Aber er hatte nichts damit zu tun gehabt. Claudias Fluch hatte ihn nicht getroffen. Der unbekannte, unbesungene Prinz, geopfert in einem britannischen Sumpf, war unbemerkt im Nebel der Zeit versunken. Er triumphierte. Später, wenn die Rebellion niedergeschlagen war und es Nions Stamm nicht mehr gab, weil man das stolze und rebellische Volk restlos abgeschlachtet hatte, würde er das Land erhalten.

Er bat als Belohnung für die Dienste, die er Rom geleistet hatte, um das Sumpfgebiet, wo die Hure, die er einst seine Frau genannt hatte, gestorben war. Es war ihm übertragen worden, und noch viel mehr. Er wurde reich und dick, kaufte mehr Land, besaß zwei Villen. Er beobachtete, wie sein Sohn aufwuchs; der Junge, der dichtes, kastanienbraunes Haar und glasgraue Augen hatte wie seine Mutter. Und einmal im Jahr ritt er nach Osten, wo das Land an den Sumpf grenzte, und er stand da und schaute hinunter, starrte auf die Schwertlilien und die wilde Baumwolle, die im messerscharfen Wind wehten. Andere, Fremde, die er nie gesehen hatte, brachten den Sumpfgöttern immer noch Opfer dar – Töpfe mit Münzen, kleine Schmuckstücke, sogar Waffen. Er opferte nichts. Er warf keine Rose hinein, um der Liebe zu gedenken, die es nicht mehr gab; er schleuderte keinen Dolch für die Götter des Hasses hinein. Er stand nur da und starrte auf den sich bewegenden, im Sonnenlicht glitzernden Schauplatz, und bevor er ging, spuckte er auf ihren Fluch.

»Der Sturm wird schlimmer.« Diana wandte sich vom Fenster des Arbeitszimmers ab und ließ den Vorhang fallen. Sie blickte hinunter auf das Bett, auf dem ihr Mann lag. Sein Gesicht war grau vor Schmerz. Seine Hände krallten sich unruhig in die Decke, die sie über ihn gezogen hatte.

»Keine Sorge. Joe schafft es bestimmt.« Seine Stimme wurde merklich schwächer. »Er ist ein sturer Kerl. Ich kann mir nicht vorstellen, daß er sich von so einem lächerlichen Schneesturm unterkriegen läßt. Und den Kindern passiert schon nichts.«

Diana zwang sich zu einem Lächeln. »Ich weiß.« Sie wandte sich wieder zum Fenster, damit er ihr Gesicht nicht sehen konnte, zog den Vorhang ein wenig zurück und spähte hinaus in das Schneegestöber. Irgendwo da draußen war er. Marcus. Sie konnte ihn fühlen. Böse. Wartend. Wartend worauf? Sie zu benutzen? Sich ihrer Energie zu bedienen? Und keine Tür konnte ihn fernhalten. Sie wandte sich erneut Roger zu. Seine Augen waren geschlossen, und sie beobachtete ihn einen Moment lang. Man konnte fast sehen, wie ihn die Kräfte verließen. Ihr böser Besucher würde in ihm keine Nahrung finden. Sie zitterte. Er starb. Sie konnte sich nicht länger etwas vormachen. Er starb vor ihren Augen. Sie wollte sich in seine Arme werfen und ihn festhalten, die eigene Stärke in ihn hineinwünschen, aber das war unmöglich. Sie konnte nichts tun, als warten und zusehen. Sie schüttelte traurig den Kopf, als sie auf Zehenspitzen zur Tür schlich, das Arbeitszimmer verließ und hinaus in die kalte Diele ging. Sie spürte den Zug, der unter der Haustür hereinkam. Er war eiskalt; ein wenig Schnee war unter der Isolierung hereingeweht und lag in einem weißen Schleier über den Steinplatten. Sie schloß leise die Tür hinter sich und ging hinüber ins Wohnzimmer.

Cissy und Sue saßen auf dem Sofa beim Feuer, Seite an Seite. Ihr Blick ging automatisch zum Sessel gleich neben der Kaminecke, wo bei einem Wetter wie diesem normalerweise die beiden Kater lagen, Haufen aus schwarzem und weißem Fell. Es gab keine Spur von ihnen.

Greg stand in der Küche, auf die Lehne eines der Eichenstühle gestützt. Er schien ins Nichts zu blicken. »Wie geht es ihm?« fragte er, als sie gedankenverloren zu ihm hinüberschlenderte.

Sie zuckte mit den Achseln. »Nicht gut.«

Er sah sie eindringlich an. »Joe kommt schon durch, Ma.«

Sie versuchte zu lächeln. »Ja, sicher. Aber ich fürchte, daß es für deinen Vater zu spät sein wird, Greg. Wir müssen darauf gefaßt sein.«

Er legte den Arm um sie, zog sie eng an sich. »Irgendwann mußte es ja passieren. Wir wußten, daß es nicht mehr lange dauert«, sagte er behutsam.

Sie nickte stumm.

»Er hat immer gesagt, daß er hier von uns gehen will und nicht im Krankenhaus.«

»Ich weiß.« Es war ein Flüstern.

»Soll ich mich eine Weile zu ihm setzen?« Er küßte sie auf den Kopf. »Und du schläfst ein bißchen; du schaust aus, als würdest du gleich umfallen. Ich rufe dich, wenn er dich braucht.«

Sie nickte und ging zur Tür an der Treppe. »Sowie er mich braucht, Greg«, wiederholte sie leise.

»Versprochen.«

Die Treppe war kalt, und das obere Stockwerk des Hauses dunkel, als sie müde zu dem Schlafzimmer hochstieg, das sie so viele Jahre lang mit Roger geteilt hatte. Einen Moment lang blieb sie in der Tür stehen und sah sich um. Sie wußte nur zu gut, daß er nie wieder durch diese Tür gehen würde. In der Ecke auf dem Boden lag ein Stapel mit Geschenken, die teilweise unter einer Decke verborgen waren – eine wehe Erinnerung daran, daß es bis Weihnachten nicht einmal mehr zwei Wochen waren.

Sie ging hinüber zu dem niedrigen Fenster und starrte hinaus. Es wurde langsam hell, aber der Schnee fiel jetzt sehr dicht, wirbelte durch die Luft und versperrte den Blick auf den Horizont. Von diesem Zimmer aus, das nach Osten lag, konnte man normalerweise über die Dünen bis zum Meer schauen, aber heute war alles grau und weiß – eine wirbelnde, körperlose Masse. Geistesabwesend drehte sie sich um – und blieb abrupt stehen.

Die Frau beim Bett war so deutlich zu sehen, daß sie jedes Detail ihrer Kleidung, ihres Haars, ihrer Haut, ihrer Augen erkennen konnte. Einen Moment lang standen sie da und sahen sich in die Augen, und Diana wußte zum ersten Mal, daß Claudia sie so deutlich sehen konnte, wie sie Claudia sehen konnte.

»Jesus, Maria und Joseph!« Die Worte waren aus ihrem Mund

gekommen, noch bevor sie wußte, daß sie gesprochen hatte. »Was willst du?«

Sie starrten sich noch den Bruchteil eines Moments lang an, dann war Claudia verschwunden.

»Ma!« Gregs Stimme vom Fuße der Treppe klang dringlich. »Ma, komm schnell.«

Diana wirbelte zurück zur Tür, wobei sie unbewußt registrierte, daß das Zimmer nach einem süßlichen, widerlichen Parfum roch. »Was ist los? Was ist passiert?«

»Er will dich sehen.« Greg humpelte vor ihr her in das Arbeitszimmer. Roger lag gegen die Kissen gelehnt da. Das Atmen fiel ihm schwer, und seine Wangen, die so lange farblos gewesen waren, zeigten krankhaft-hektische, rötliche Flecken.

»Er ist hier, Di«, sagte er langsam. »Dieser Mistkerl ist hier, in diesem Zimmer. Es gibt ihn wirklich.«

Diana blickte Greg an.

»Marcus«, sagten Gregs Lippen. »Er hat Marcus gesehen.«

Diana kniete sich seitlich neben das provisorische Bett und nahm Rogers Hand. »Er kann dir nichts tun, Liebling.«

»Verdammt richtig. Ich kann ihm nichts bieten. Es sind die Kinder, die er will. Er will ihre Energie. Aber die kriegt er nicht.« Er packte Dianas Hand so fest, daß sie vor Schmerz zusammenzuckte. »Ich werde ihn auf seinem eigenen Gebiet bekämpfen.« Der Atem rasselte in seiner Kehle.

»Roger –«

»Damit hat er nicht gerechnet, was? Ich werde ihn jagen. Bis in die Hölle, wenn nötig.« Er blickte von seiner Frau zu seinem Sohn und zurück. »Keine Sorge. Ich bin nicht verrückt. Ich sterbe, aber verrückt bin ich nicht. Ich war nie gläubig. Bis jetzt habe ich weder an Himmel noch Hölle geglaubt, und auch nicht an Gott oder Satan. Aber durch diesen Mistkerl habe ich gelernt, daß es da draußen noch etwas gibt. Wenn seine Seele da weiterleben kann, so schwarz wie sie ist, dann kann meine das auch!« Er lachte schwach, und Diana vergrub neben ihm den Kopf in der Decke und versuchte, ihr Schluchzen zu unterdrücken. »Ich werde rausfinden, was das alles soll. Und wenn er zurückkommen kann, dann kann ich das auch. Ich werde wiederkommen, um es euch zu sagen.«

»Dad –« Greg versuchte, ihn zu unterbrechen, aber Roger sprach weiter. Seine Worte wurden jetzt, da die Schmerzmittel zu wirken begannen, immer undeutlicher.

»Nein, ich bin fest entschlossen. Ich werde rausfinden, warum sie ihn verflucht hat. Sie ist hier, im Haus. Sie war seine erste Frau. Sie ist gekommen, um mir zu helfen. Sie will, daß ich ihn finde. Ich kriege ihn. Ich werde gewinnen –«

»Dad!« Greg kniete sich unbeholfen auf der anderen Seite des Bettes nieder. Er zuckte zusammen, als sein Fuß über den Boden schleifte. »Dad, sag sowas nicht.«

»Warum nicht?« Roger drehte sich um und sah ihn an. Seine Augen leuchteten unnatürlich hell, aber sie waren völlig klar. »Nach dem, was der Mistkerl mit meiner Tochter gemacht hat, denkst du wohl, daß ich ihn einfach so davonkommen lasse?«

»Nein, natürlich nicht, aber –«

»Nichts aber. Ich bin fest entschlossen. Ich verfolge ihn. Eine Jagd. Eine ruhmreiche Jagd durch das Jenseits. Wie gefällt dir der Gedanke?« Es klang wie im Delirium, als er wieder lachte, während er Dianas Hand umklammert hielt. Dann begann er zu husten.

»Roger –« Sie versuchte verzweifelt, ihn zu beruhigen. »Hol Wasser, Greg, schnell. Roger, Darling, bitte, beruhige dich. Das wird schon wieder.«

»Red keinen Mist!« Er keuchte die Worte durch den nächsten Hustenanfall. »Tu mir den Gefallen und behandle mich wie einen Erwachsenen, Di. Ich weiß es. Du weißt es. Greg weiß es.« Er hielt inne, atemlos, und trank dankbar von dem Wasser, das Greg an seine Lippen hielt. »Danke, Sohn. Seht mal. Besser so, als monatelang in irgendeinem schrecklichen Hospiz dahinzusiechen. Ich liebe Redall. Alles hier. Ich bin hier geboren. Mein Vater wurde hier geboren. Viele Familien können das heutzutage nicht mehr von sich sagen. Ich wäre froh, wenn du oder Paddy es auch zu eurem Zuhause machen würdet. Dieser Ort steckt uns in den Knochen.« Er lächelte grimmig. »Wer weiß, vielleicht stammen wir ja sogar von Marcus ab. Ich bin mit Händen und Füßen an diesen Ort gebunden – seine Geschichte habe ich im Blut.« Er sah Diana an. »Was ich versuche zu sagen, Liebes, und was ich nicht richtig hinkriege, ist, daß ich glücklich bin, hier zu sterben.

Und ich gehe nicht mehr weg. Ich werde euch immer lieben, egal, was passiert. Und ich werde dableiben. Nicht, um euch Angst einzujagen. Nur, um über euch zu wachen und um Marcus unter Kontrolle zu halten.« Er schloß die Augen, erschöpft.

Diana sah Greg an. Sie hatte die Augen voller Tränen. »Greg –« Sie formte seinen Namen tonlos mit den Lippen.

Greg atmete tief durch. Keiner von ihnen sagte ein Wort, als sie, jeder eine Hand von ihm haltend, zusahen, wie Rogers Gesicht die Farbe verlor, die es mit Leben erfüllt hatte, und er wieder einschlief. Um sie herum schien das Zimmer im Kerzenlicht dunkler zu werden.

»Eine Jagd«, sagte Greg schließlich und versuchte, seine Stimme ruhig zu halten. »Die Idee gefällt mir.« Dann runzelte er die Stirn. Wenn das möglich wäre – durch Raum und Zeit zu reisen –, wenn der Tod nichts weiter als eine Tür war, dann wäre dies nur tröstlich, wenn man erwartete, auf der anderen Seite von Engeln empfangen zu werden.

Aber Marcus war ein Dämon.

LXVI

Die Wellen warfen den Schnee ab und donnerten in Wolken aus Gischt den Strand hinauf. Das Meer hatte jetzt den weichen Sand erreicht, den Sand, der noch nie von der Flut bedeckt worden war. Es saugte gierig am Boden und spuckte bei jedem neuen Vorstoß die Rückstände aus. Torf und Erde wurden wirbelnd mitgerissen und lösten sich auf; der Sand verwandelte sich in eine braune Flüssigkeit, verteilte sich und verschwand, um an einer fernen Küste wieder abgelagert zu werden. In der Düne hieß das Grab die erste tiefe Welle willkommen, die in sein Herz einsickerte, eine Kelle und einen Pinsel wegfegte, an den verbleibenden Knochen riß, sie aufwühlte und zermalmte, und jede Spur von dem, was gewesen war, wegspülte. Es folgte noch eine und noch eine, und dann überflutete das Meer alles, bewegte sich weiter, auf die ruhige, zugefrorene Flußmündung zu, von wo die Gänse seit langem verschwunden waren, weil sie sich vor dem Sturm landeinwärts geflüchtet hatten.

Joe stand keuchend am oberen Ende des Weges und wischte sich mit dem Ärmel über die Stirn. Auf seinen Augenbrauen hatte sich Schnee abgelagert, sein Gesicht war starr vor Kälte, und seine Tränen schienen sich in Eis zu verwandeln, wenn der Wind sie von seinen Augen peitschte. Er sah sich erschöpft um. Am Straßenrand waren zwei Autos geparkt. Unter den Bäumen. Der eine war der von Anne, nahm er an; aber wem gehörte der andere? Er ging hinüber und wischte den Schnee von der schneebedeckten Kühlerhaube. Rons Land Rover vom Pub. Er runzelte die Stirn und warf einen Blick zurück auf den Weg. Was immer der Grund für Rons Kommen war, er hatte keine Spur hinterlassen. Seine Fußabdrücke waren längst zugeschneit.

Müde wandte er sich der Straße zu und machte sich auf den mühsamen Weg nach Hause. Zweimal blieb er stehen und sah hinter sich. Im Wald hatte er ein dutzendmal das Gefühl gehabt, verfolgt zu werden. Jedesmal war er stehengeblieben und hatte das Gewehr gehoben, hatte es drohend vor dem Gebüsch herumgeschwenkt. Aber es war niemand dagewesen. Niemand. Nur das Schweigen und der Wind und gelegentlich das Geräusch von Schnee, der von den Bäumen fiel.

Er brauchte noch einmal eine Stunde, um die paar hundert Meter nach Hause zu trotten, bis er in der Tasche mit abgestorbenen Fingern nach dem Schlüssel zur Hintertür tastete und sie aufschloß. Dann war er endlich in der wohligen Wärme und Stille. Das Haus war sehr still. Er stampfte den Schnee von seinen Stiefeln und schüttelte den Mantel aus. Er ließ ihn auf dem Fußboden in der Küche liegen, wo er hingefallen war, ging hinüber zum Telefon, nahm den Hörer ab und horchte. Das vertraute Freizeichen klang fast ohrenbetäubend laut. Er wählte den Notruf.

Es dauerte einen Moment, bis er verbunden war und die Polizei sowie einen Krankenwagen anfordern konnte. Die Frau am anderen Ende der Leitung wußte nichts Genaues zu sagen. »Sie sind so bald wie möglich bei Ihnen, Mr. Farnborough, aber das Wetter ist so schlecht! Der Wetterbericht hat Wind in Orkanstärke und Schneestürme vorhergesagt. Der Hubschrauber kann nicht starten. Wir verständigen Ihre Polizeistation. Von dort wird man versuchen, mit Arzt und Sanitäter zu Ihnen durchzukommen.«

»Tun Sie, was in Ihrer Macht steht, bitte.« Joe war auf den Holzstuhl gesunken, der ordentlich an der Wand stand. Neben ihm hing Cissys Schürze hinter der Tür. Er schüttelte den Kopf. »Es sieht schlimm aus hier. Sehr schlimm. Ein Mann ist ermordet worden. Ein anderer liegt im Sterben. Bitte, helft uns!«

Er blieb lange still sitzen, nachdem er aufgelegt hatte. Es gab nichts, was er noch tun konnte. Er konnte nicht zurückgehen. Er hatte versprochen zu warten, damit er der Polizei den Weg runter zum Farmhaus zeigen konnte. Er lehnte den Kopf an die Wand und schloß müde die Augen.

Nach zwei Minuten war er fest eingeschlafen.

LXVII

Kate blickte zu Jon auf, als sie Seite an Seite am Schlafzimmerfenster des Cottage standen und hinausschauten. Sie wußte noch immer nicht, wie und warum er gekommen war – für Erklärungen war später noch Zeit –, aber es war tröstlich, daß er hier war, und sie war glücklich darüber. Hinter ihnen schlief Alison tief und fest. Unten in der Küche suchten Pete und Patrick nach Kerzen und Streichhölzern in den Schubladen der Anrichte.

Patrick war nicht gern hier unten. Er konnte keinen Moment vergessen, daß im anderen Zimmer der Tote auf dem Sofa lag. Bill, im Leben ein liebenswerter, gerngesehener Gast auf der Redall-Farm, schien ihm tot eine entsetzliche Bedrohung zu sein.

Sie waren auf halbem Weg nach oben, als Alison schrie.

»Scheiße, was war das?« Pete war dicht hinter Patrick, der wie angewurzelt stehenblieb, das Gesicht kreidebleich. »Das war Allie.«

»Okay, ich gehe hoch, und du wartest hier.« Pete schob sich an ihm vorbei und nahm zwei Stufen auf einmal.

Im Schlafzimmer standen Jon, Kate und Anne neben dem Bett. Kate hielt Jons Arm umklammert – die Finger, die sich in seinen Ärmel senkten, waren weiß. Alison lag auf dem Bett und wälzte sich hin und her, als ob sie Schmerzen hätte, die Arme über dem Kopf verschränkt. »Mummy!« schrie sie. »Mummy, hilf mir!«

Anne setzte sich auf das Bett. Sie packte Alisons Handgelenke und versuchte, sie vom Gesicht des Mädchens wegzuziehen. »Allie. Allie, bitte, hör mir zu. Du hast einen bösen Traum. Hab keine Angst. Wach auf. Allie, wach auf.« Alison kratzte mit den Nägeln an ihren Schläfen. Auf ihrer Stirn erschien ein Streifen Blut, dann noch einer. »Allie, nicht, du tust dir weh. Bitte.«

Alison hörte sie nicht. Sie waren wieder da, in ihrem Kopf. Aber diesmal lachte er. *Verschwunden! Endlich im Meer verschwunden! Jetzt bist du vergessen. Für immer vergessen, du und dein Liebhaber!*

Claudias Schreie in ihrem Kopf waren so laut, daß sie dachte, ihr würde der Kopf platzen. Schmerz und Qual wirbelten in ihr herum; eine Flut aus Blut spülte hinter ihren Augen vor und zurück. Und jetzt, plötzlich, war da noch eine andere Stimme – eine Männerstimme –, die Stimme von Claudias Geliebtem. Endlich war er gekommen. Er war jetzt bei ihnen. Und er war stark; stärker als Marcus, und seine Wut war nicht zu zügeln.

Mit einem Stöhnen riß Alison an ihren Haaren, setzte sich auf und schaukelte mit solcher Heftigkeit hin und her, daß Anne vom Bett auf den Boden rutschte. »Alison!« Sie rappelte sich auf. »Kannst du mich verstehen? Hör mir zu!« Sie packte wieder die Hände des Mädchens. »Du mußt stark sein. Komm zurück zu uns, Allie. Mach die Augen auf und komm zurück. Was immer es ist, gegen das du ankämpfst, du mußt stark sein.« Sie keuchte, als Alison sich losriß und wieder begann, ihr Gesicht mit den Nägeln zu zerkratzen. »Alison, bitte!« Sie sah Jon verzweifelt an. »Wir müssen ihr die Hände fesseln. Sie kratzt sich sonst noch tot. Bitte hilf mir, schnell.«

Jon sah sich aufgeregt um. Dann zog Kate den Gürtel aus ihrem Bademantel, der noch hinter der Tür hing. Erst zu dritt schafften sie es, sie zu halten, und es gelang ihnen, ihr die Handgelenke zusammenzubinden, sie zuzudecken und die Decke auf beiden Seiten festzustecken. Als sie es geschafft hatten, waren auch Anne und Kate böse zerkratzt. »Sie ist stark wie drei Männer!« Anne starrte auf das Mädchen, die sich unter der Decke noch immer hin und her warf. Sie legte die Hand auf Alisons feuchte Stirn.

Alison spürte es nicht; sie wußte nicht, was mit ihr geschah. In ihrem Kopf gab es jetzt keinen Platz mehr zum Denken. Es gab überhaupt keinen Platz für sie. Sie hatte aufgehört, mit ihnen zu kämpfen. Sie hatten ihre Kraft. Das war alles, was sie wollten.

Jon zitterte. Er bemerkte plötzlich, daß die Temperatur im Zimmer drastisch gesunken war. Verstohlen holte er sich seine Jacke zurück, die auf den Boden gefallen war, als sie Alison in das Bett gelegt hatten. »Was bedeutet das? Was ist los mit ihr?«

Kate sah Patrick an, der hinter Pete in das Zimmer geschlüpft war. »Marcus hat sie wieder in der Gewalt.« Sie lachte nervös. »Mein Römer. Weißt du noch? Er hat Claudia getötet, von der wir glauben, daß sie seine Frau gewesen ist, und jetzt verfolgt er uns.« Sie sah hinunter auf das Bett. »Sie ist besessen von ihm, Jon.«

»Nein!« schrie Anne. »Nein! Er kriegt sie nicht. Kämpfe dagegen an, Allie, kämpfe!« Sie brachte ihre Lippen nahe an Alisons Gesicht. »Konzentrier dich, Alison. Denke! Denk an irgend etwas. Gebrauche deinen Verstand. Kämpfe!« Sie nahm Alison bei den Schultern und schüttelte sie behutsam. »Gib nicht nach. Laß ihn nicht gewinnen. O mein Gott!« Sie warf mit einem wütenden Ruck ihres Kopfes das Haar zurück und ballte verzweifelt die Fäuste. »Ich weiß nicht, was ich tun soll. Ich weiß nicht, wie ich ihr helfen soll! Alison. Hör mir zu. Kämpfe!«

Pete starrte auf Anne wie die anderen auch. Schließlich wandte er den Blick von ihr ab und ließ ihn zu Alisons sich windender Gestalt gleiten. Er räusperte sich. »Dieses Kind muß ins Krankenhaus, Anne«, sagte er endlich. »Wo gibt's das nächste Telefon?«

Kate schüttelte den Kopf. »Die Telefone funktionieren nicht.« Bildete sie es sich nur ein, oder war Alison wirklich ruhiger geworden? Sie starrte voll Entsetzen hinunter auf das gemarterte Gesicht des Mädchens.

Schatten.

Wirbelnde Schatten voller Haß.

In ihrem Kopf starrte Allie hilflos in die Dunkelheit und sah die drei formlosen Gestalten herumschleichen. Sie spürte, wie jemand eiskalte Hände auf sie legte, hörte, wie eine Stimme ihren Namen rief, aber sie konnte nicht reagieren. Sie waren wie Löwen, die um ihre Beute kreisten: die Frau, die beiden Männer, die haßerfüllt nach Lebensenergie hungerten.

Warum ich?

Schrie sie es laut heraus? Sie wußte es nicht, aber als ihr Verstand aufbegehrte, zogen sich die Gestalten zurück.

KÄMPFE

Eine Stimme erreichte sie durch das stürmische Gebrüll des Hasses hindurch, eine Frauenstimme. *KÄMPFE, ALISON. GEBRAUCHE DEINEN VERSTAND.*

Zu müde. Sie war zu müde, um zu kämpfen. Sie war leer. Sie hatten sie ausgesaugt.

In der Dunkelheit zerrannen die schattenhaften Gestalten allmählich. Sie konzentrierten sich nicht mehr auf sie. Sie wandten sich anderswo hin; suchend, hungrig. Andere mußten gefunden werden, schnell, an denen sich ihre Gier nach Rache nähren konnte.

* * *

»Wir müssen zurück zum Wagen.« Jon ging zurück ans Fenster. Alles, nur um einen Moment lang von der Qual des Mädchens auf dem Bett wegzukommen. Er atmete tief durch und starrte hinaus. Er zitterte. »Der Schnee wird immer höher.« Er blickte zurück zu Pete. »Sieh selbst. Glaubst du, daß die Straßen befahrbar sind?«

Pete ging zu ihm und starrte hinunter in das trübe Licht. Er rieb sich die Augen. »Sag mir, daß ich mich täusche, Kumpel«, murmelte er leise. »Aber ist das da unten nicht das Meer?«

In einer tiefgelegenen Ecke des Gartens, unter den Dünen, war eine Linie dunklen Wassers erschienen. Jon konnte zusehen, wie sie langsam breiter wurde, übersät mit kleinen Wellen, und bereits an das schneebedeckte Gras heranreichte. Er reckte den Hals zur Seite und kniff die Augen zusammen, als eine frische Ladung Schnee das Fenster traf. Hinter dem Baumgürtel konnte er die breite, vereiste Flußmündung sehen. Der Schlamm und die Dünen lagen unter einer gleichmäßigen Schneedecke. Das Meer stieg höher, vom Eis befreit, und kroch von hinten um das Cottage herum, als der Wind das Wasser landeinwärts trieb.

Er wandte sich zurück zum Bett. »Patrick. Komm und schau dir das an.«

Der Junge kam zu ihm. Er starrte hinaus in den Garten. »O Scheiße!«

»Sind wir bald abgeschnitten?«

Patrick nickte. »Wenn es erst mal hier ist, ist es durch nichts mehr aufzuhalten. Es muß über die Landzunge bei Redall Point gekommen sein.«

»Also gut.« Pete sah Jon an. »Damit ist es entschieden. Wir müssen alle hier weg. Schnell. Wir machen eine Trage für das Kind.«

»Was ist mit Bill?« Kate sah von Jon zu Pete und zurück.

»Wir müssen ihn hierlassen, Kate.« Jon nahm sie in die Arme und hielt sie fest. »Er spürt es ja nicht mehr, Liebes. Und wenn doch, wird er es verstehen. Wir können ihn nicht mitnehmen.« Er senkte die Stimme. »Unser Leben ist in Gefahr. Das Wasser steigt sehr schnell. Wir müssen Alison wegbringen.«

Sie bauten eine Trage aus einem Rechen und einem Besenstiel, die sie im Holzschuppen gefunden hatten, banden Laken darum, um eine Art Liege zu formen, und legten Decken darauf. Pete trug Alison die Treppe hinunter und legte sie draußen vor der Tür auf die Trage. Sie wickelten sie in zwei weitere Decken, dann hoben Jon und Pete sie hoch. »Es funktioniert.« Jon lächelte Kate an.

Sie wollte gerade die Tür zumachen, als ihr etwas einfiel. Vor der Tür zum Wohnzimmer zögerte sie einen Moment lang. Dahinter war Bill, aber auch die Notizen für ihr Buch. Sie konnte sie nicht den Fluten überlassen. Bill würde das verstehen. Sie nahm all ihren Mut zusammen, öffnete die Tür und spähte herum. Nichts im Zimmer hatte sich verändert. Der Geruch von Erbrochenem war durchdringend. So schnell sie konnte, lief sie zum Schreibtisch. Sie packte ihre Notizen, die Disketten und den Gedichtband und stopfte alles in die Innentaschen ihrer Regenhaut. Sie sah sich ein letztes Mal um, dann ging sie zurück zur Tür. Beim Sofa blieb sie stehen. »Mach's gut, Bill. Gott mit dir.« Ihre Stimme klang seltsam in dem stillen Zimmer.

Sie wirbelte herum, lief hinaus und machte die Tür hinter sich zu. Nachdem sie auch die Haustür zugeknallt hatte, rannte sie den anderen hinterher, die bereits im Wald verschwanden. Im Cottage war die Stille plötzlich hörbar.

Ein Duft von Moschus schwebte langsam die Treppe hinunter, durch die leeren Zimmer.

LXVIII

»Ma, ruh dich mal aus. Ich bleibe bei ihm.« Greg legte seiner Mutter die Hand auf die Schulter. Roger schlief, sein Atem kam in rauhen, rasselnden Stößen.

Diana schüttelte den Kopf. »Ich bleibe hier, Greg.« Sie sah durch ihre Tränen zu ihm auf. »Es könnte jetzt jeden Moment soweit sein.«

Greg biß sich auf die Lippe. Schweigend kniete er sich neben sie, ohne den Schmerz zu beachten, der von seinem Fuß durch jeden Nerv seines Körpers schoß. »Das ist es, was er wollte. Zuhause sein«, wiederholte er leise.

»Ich weiß.« Sie legte einen Moment lang den Kopf auf die Brust ihres Mannes.

Roger schlug die Augen auf. »Ich bin noch da«, flüsterte er. »Ich versuche, nachzudenken –« er hielt inne, kaum in der Lage zu sprechen. »Letzte Worte –«

»Wie wär's mit: Leck mich am Arsch, Marcus, ich komme, und dann geht's dir an den Kragen«, sagte Greg bitter.

»Greg!« Diana war entsetzt.

»Nein. Er hat recht«, flüsterte Roger. »Es gibt mir – ein Ziel.« Seine Augen schlossen sich, und mehrere Sekunden lang rang er um Atem.

»Still jetzt, Liebling.« Diana legte ihm die Hand auf die Stirn. »Schon deine Kräfte.«

»Wofür?« Der grimmige Humor war wieder da. »Kraft werde ich nicht brauchen – da, wo ich hingehe.« Er schaffte ein schwaches Lächeln.

»Richtig so. Gib's ihm, Dad.« Greg hielt die Hand seines Vaters ganz fest.

Um sie herum wurde das Zimmer kälter. Diana zitterte. Die Kerze auf dem Tisch neben dem Bett, die schon weit heruntergebrannt war, flackerte heftig.

»Greg.« Roger machte wieder die Augen auf. »Hol die Jungs von der Archäologie. Sie sollen dieses Grab umdrehen. Jeden

Zentimeter. Findet raus, was dieser Mistkerl verbergen will, und erzählt es der ganzen Welt.«

Wieder schien ein Windstoß durch das Zimmer zu wehen. Die Kerze flackerte wieder und ging dann aus, zurück blieb eine Rauchfahne. Diana stieß leise einen kummervollen Schrei aus.

»Das gefällt ihm nicht!« Rogers Lachen war mehr ein Krächzen. »Er will, daß dieses Grab ein Geheimnis bleibt. Es ist an dir, Greg. Alles ist jetzt an dir –« Seine Stimme verebbte. Im schwachen Licht, das durch das Fenster flimmerte, bestand das Zimmer ganz aus Schatten.

Einen Moment lang war die Stille so vollkommen, daß Greg ängstlich um sich blickte. Es war, als sehe er das Zimmer durch eine Glasscheibe. Ohne verstanden zu haben, was geschehen war, hielt er weiter die Hand seines Vaters umklammert, dann wurde ihm plötzlich klar, woher die Stille kam. Rogers rauhes Atmen hatte aufgehört. Er hielt seine Tränen zurück und bückte sich, um die kalte Hand in seiner zu küssen. »Ma –«

»Ich weiß.« Sie schluchzte leise vor sich hin. »Er ist tot. Oh, Greg –«

Beide bewegten sich lange Zeit nicht, dann stand Greg langsam und unter Schmerzen auf. Er legte den Arm um Dianas Schultern. »Komm rüber ins Warme. Ich mach' dir einen Tee.«

Sie schüttelte den Kopf. »Ich will ihn nicht allein lassen –«

»Ihm passiert nichts. Du mußt mitkommen. Es ist so kalt hier drin –«

Er half ihr auf. Sie blieben einen Moment lang stehen und sahen beide hinunter auf das Gesicht seines Vaters, das jetzt entspannt war und so jung und glücklich aussah wie lange nicht mehr. Dann riß Diana sich plötzlich von Gregs Arm los.

»Also gut, du Mistkerl!« schrie sie in das Zimmer. »Bist du jetzt zufrieden? Du hast noch jemanden umgebracht. Aber er ist besser als du. Ein guter Mensch, und er wird dich zur Strecke bringen. Er wird dir in die Hölle folgen und wieder zurück, wenn er muß!« Sie brach wieder in Tränen aus. »Jetzt verschwinde aus meinem Haus! Verschwinde und komm keinem von uns mehr zu nahe!«

»Ma.« Greg nahm ihre Hand. »Ma, komm fort. Das hat keinen Sinn.«

»Hat es nicht?« Durch ihre Tränen fuhr sie ihn an wie eine fauchende Katze. »Na, für mich schon! Ich will, daß dieser Mistkerl von einem Römer für immer von hier verschwindet. Mein Haus kriegt er nicht. Meine Kinder kriegt er auch nicht! Wir erzählen der ganzen Welt, wer er ist. Wir erzählen der ganzen Welt, daß er ein Mörder und ein Lügner und ein Betrüger ist. Er hat diese arme Frau umgebracht. Er hat Bill umgebracht. Und jetzt hat er meinen Roger umgebracht –« Sie brach schluchzend zusammen.

Es gelang Greg, sie wegzuziehen. Im Wohnzimmer hatte Cissy es geschafft, auf die Beine zu kommen. Ihr Gesicht war kreidebleich. »Diana –?«

»Dad ist tot.« Greg führte seine Mutter zum Sofa. »Bitte, Cissy, stell den Kessel auf. Sie braucht eine Tasse Tee. Und einen Brandy.«

»O Liebes, es tut mir so leid.« Cissy berührte Diana an der Schulter, dann humpelte sie durch das Zimmer zum Herd. Sie zitterte heftig. Ihr Arm, provisorisch bandagiert und in einer Schlinge, tat teuflisch weh, aber sie nahm keine Rücksicht darauf, als sie den Kessel auf die Herdplatte manövrierte. Plötzlich kam von oben ein ohrenbetäubender Knall. Sie drehte sich schnell um. »Was war das?«

Greg stand über seiner Mutter. Bei dem Geräusch hatte er sich umgedreht. Mit zwei großen, schmerzhaften Schritten war er an der Tür.

Hinter ihm hatte sich Susie in einem Sessel zusammengekauert und den Kopf in einem Kissen vergraben. Cissy lief zu ihr und legte schützend den Arm um sie.

Dianas Gesicht war bleich, die Augen glasig. »Es hat angefangen«, flüsterte sie.

»Was hat angefangen?« Greg öffnete die Tür und sah die Treppe hinauf.

»Dein Vater und Marcus.«

Greg drehte sich schnell um. »Du glaubst doch nicht, daß –«

»Dein Vater versucht, uns zu beschützen.«

Greg starrte sie einen Moment lang an. Dann drehte er sich um, zog sich unter Schwierigkeiten am Treppengeländer hoch und verschwand nach oben. Es folgte eine lange Stille. Drei Augenpaare wichen nicht von der Tür. Dann hörten sie, daß er zurückkam. Er erschien und machte die Tür hinter sich zu. Er zitterte vor Anstrengung. »Nichts«, sagte er. Die Worte waren kaum aus seinem Mund, als es den nächsten Knall gab, lauter als der erste.

Diana schluchzte. »Roger. Sei vorsichtig.«

»Ma –« Greg ging zu ihr und setzte sich neben sie. Er legte den Arm um sie und zog sie fest an sich. »Es sind wahrscheinlich die Balken, die sich in der Kälte dehnen oder zusammenziehen. Es ist nicht Dad –« Er blickte Cissy an. »Den Brandy.«

Cissy nickte mit bleichem Gesicht. Sie holte Flasche und Gläser von der Anrichte und brachte sie zum Feuer. Als sie einschenkte, zitterte ihre Hand so sehr, daß sie etwas von der Flüssigkeit auf den Kamin verschüttete. Sie gab Diana ein halbes Glas voll. Geistesabwesend trank Diana einen Schluck. Sie hustete heftig und gab das Glas weiter an Greg, der ebenfalls einen Schluck trank. Alle warteten mit gespitzten Ohren auf den nächsten Knall.

Die Stille wurde länger. Es dauerte mehrere Minuten, bevor sie bemerkten, daß an die Stelle des vertrauten Geruchs von Rauch und Politur im Zimmer der Duft von Moschus getreten war.

LXIX

In seinen Träumen sah er sie oft, die Frau, die ihn betrogen hatte. Er sah, wie sie lachte. Er sah sie in den Armen ihres Liebhabers. Er sah sie wieder und wieder in ihrem blauen Gewand, sah, wie sich der scharlachrote Fleck über ihre Röcke ausbreitete, wie sich ihre wilden Augen voller Schmerz und Haß öffneten. Und immer und immer wieder hörte er, wie sie ihn verfluchte. Es war der Fluch einer Frau. Der Fluch einer Sterbenden, ausgestoßen vor den Göttern selbst. Immer erwachte er zitternd und schweißgebadet, und wenn Augusta ebenfalls erwachte, behauptete er, es sei ein Anfall von Sumpffieber. Er hatte Angst vor dem Tod. Solange er lebte, konnte sie ihm nichts anhaben, aber nach dem Tode würden sie gleichgestellt sein. Und der Priester, ihr Geliebter. Was war mit ihm? War er auch dort und wartete? Wartete er darauf, den größten Verrat aller Zeiten zu rächen, die gefälschte Botschaft der Götter, den Betrug an ihnen? Er starrte in die Dunkelheit, und er hatte Angst.

Als sie das zweite Mal anhielten, um sich auszuruhen, fühlte Kate Alisons Puls. Das Mädchen wurde immer schwächer. Sie konnten zusehen, wie ihre Lebenskräfte schwanden. Sie blickte Anne an. »Was können wir tun?«

Anne zuckte unglücklich mit den Schultern. Sie fühlte sich hilflos. All ihr Wissen über den menschlichen Geist hatte sie im Stich gelassen. Sie hatte nichts, woran sie sich halten konnte. Das hier wurde von keiner Kategorie abgedeckt, über die sie je gelesen hatte. Es war keine Störung im chemischen Gleichgewicht des Gehirns; es hatte nichts mit einer multiplen Persönlichkeit zu tun; es war keine Schizophrenie; es war keine Art von manischem Zustand. Marcus war eine äußere Kraft, ein in den Kopf des Mädchens eingedrungener Parasit. »Ich wünschte, ich wäre religiös. Ich habe das Gefühl, ein Priester könnte eher helfen als irgend etwas anderes«, sagte sie langsam. »Oder irgendeine Art von Medium als Vermittler. Unsere Kultur gibt uns keine Waffen mehr an die Hand, um das zu bekämpfen. Ich weiß nicht, was ich tun soll.« Sie sah zuerst Jon an und dann Pete, die im Schnee hockten. Aus dem Schneeregen, der ihnen ins Gesicht schlug, war Regen geworden, ohne daß sie es bemerkt hatten. Der Wind, stärker als je zuvor, fühlte sich jetzt wärmer an. Hinter ihnen stieg wie ein allgegenwärtiger Feind das Wasser stetig höher, floß zwischen die Bäume, stahl sich unmerklich durch das Unterholz.

»Ist er noch da?« fragte Kate ihre Schwester flüsternd. »Ist er noch in ihr?«

Anne zuckte mit den Achseln. »Ich glaube nicht. Sie ist ruhig; sie hat keine Kraft mehr.«

»Wo aber ist er dann?« Kate sah Jon in die Augen, als er sich über sie beugte, um einen Blick auf Alison zu werfen.

Jon lächelte matt. »Ich weiß es nicht«, sagte er.

Anne stand steif auf. Der Wald war sehr still; die Bäume schienen zu lauschen, während sie den zischenden Regen und den Wind mit einem Achselzucken abtaten.

»Vielleicht ist er ganz weg – jetzt, da das Grab überflutet ist.« Patrick stand ebenfalls auf. Jon und Pete bückten sich, um die Trage anzuheben, und langsam setzte sich die kleine Prozession wieder in Bewegung. Kate blieb noch einen Moment lang stehen und starrte zurück in die Richtung, aus der sie gekommen waren. Er war nicht hier. Der Wald war leer. Aber das hieß noch nicht, daß er für immer verschwunden war. Tief in ihrem Inneren sagte ihr etwas, daß er noch in der Nähe war, irgendwo. Daß er wartete.

LXX

»Lieber Gott, was geschieht bloß?« Diana schmiegte sich an Greg und machte sich ganz klein. Das Zimmer war dunkel geworden. Das Stürmen und Fauchen des Windes füllte den Kamin und wehte Asche ins Zimmer.

»Susie!« schrie Cissy plötzlich. Ihre Stimme war schrill vor Panik. Das Mädchen war aus dem Sessel gefallen. Sie wand sich auf dem Boden, die Hände an der Kehle, als versuchte sie, sich aus Fingern zu befreien, die sich ihr um den Hals gelegt hatten – Finger, die man nicht sehen konnte. Die Kerze, die auf dem Tisch neben dem Sofa stand, flackerte plötzlich auf und ging aus. Eine beißende Rauchfahne zog durch das Zimmer.

»Susie!« Diana stürzte auf sie zu. »Mein Gott, jetzt geht es wieder los.«

Susie schlug auf dem Teppich wild mit den Armen um sich, hämmerte mit den Absätzen auf den Boden, rang um Atem.

Mein
Ich habe sie
Mein
HASS
WUT

Sie konnte nichts sehen, nichts spüren außer dem Schmerz in ihrem Kopf, als drei formlose Gestalten versuchten, ihre leeren, weit geöffneten Seelen an der ihren festzumachen, parasitär, gierig.

»*Mummy –!*« Ihr Schrei voller Qual und Angst erstarb in ihrer Kehle, als sie sich wieder vor Schmerzen krümmte.

»Susie!« Cissy kniete, zog an den Handgelenken des Mädchens, versuchte, ihre Hände von ihrem Gesicht wegzureißen.

»Dasselbe ist mit Allie passiert.« Greg kniete sich neben sie. Er sah das Mädchen einen Augenblick lang an, dann starrte er im

Zimmer umher. »Er ist hier. Er ist hier, bei uns im Zimmer.« Er wandte sich zurück zu seiner Mutter.

»Sorg dafür, daß sie aufhört, sich zu verletzten, Cissy«, kommandierte Diana mit erstaunlich kräftiger Stimme. »Marcus, du Mistkerl!« Sie drehte sich um und schrie es an die Decke. »Siehst du nicht, daß es keinen Sinn mehr hat. Es ist vorbei. Wir wissen es. Wir wissen, was du getan hast –«

»Das ist der Punkt«, warf Greg leise ein. Er hielt Susies kleine Hände in den seinen. »Wir wissen nicht, was er getan hat. Wir glauben, es zu wissen. Wir glauben, daß er Claudia ermordet hat und daß sein Gewissen ihm jetzt den äußersten Preis abverlangt, aber wir wissen es nicht.«

»Nein! Nein! NEIN –!«

Susie schrie so laut, daß Greg und Cissy zurückschraken, ihre Hände losließen, sie voll Angst und Entsetzen anstarrten, als sie sich aufsetzte, der Körper starr, und mit krallenartigen Händen an ihren Augen kratzte.

Greg erholte sich zuerst und zog ihr die Hände aus dem Gesicht. »Er benutzt sie irgendwie. Es gibt nur einen Weg, es zu beenden: Wir müssen herausfinden, was er uns zu sagen versucht. Die Beweise müssen in diesem Grab sein. Wir müssen hin und nachsehen, sobald sich das Wetter gebessert hat. Vergessen wir die Archäologen. Das ist eine Sache zwischen uns und Marcus und Claudia. Wir müssen die Wahrheit wissen. Um unserer aller willen.«

»Er wird versuchen, dich aufzuhalten«, warf Diana leise ein. »Was auch immer in diesem Grab ist: Er will, daß es verborgen bleibt.«

»Pech, für ihn, denn das wird es nicht. Außerdem hat er schon früher versucht, mich aufzuhalten, und es ist ihm nicht gelungen«, grinste er verbittert. »Ich habe ihn besiegt, weißt du noch? Und ich bin entschlossen, die Wahrheit herauszufinden.« Er stand unbeholfen auf und fluchte leise, als ein stechender, hämmernder Schmerz aus seinem Fuß sein Bein hochschoß. »Hast du gehört, Marcus Severus Secundus?« Wie seine Mutter schrie er es an die Decke. »Ich habe keine Angst vor dir, und ich bin entschlossen, die Wahrheit zu erfahren!«

Zur Antwort heulte der Wind noch lauter durch den Kamin und wirbelte Funken auf.

»Wo bist du, Roger? Oh, bitte hilf uns!« rief Diana plötzlich. »Kämpfe für uns gegen ihn. Zwing ihn, zu verschwinden.«

»Ma –« Greg nahm sie in die Arme.

»Nein. Er hat es versprochen. Er ist da. Ich weiß bestimmt, daß er da ist. Hilf uns, Roger. Bitte.« Sie bebte heftig.

Es folgte eine lange Stille. Greg biß sich auf die Lippe. Wohin sein Vater auch immer gegangen war, hier hielt er sich nicht mehr auf. Die Stille um ihn herum wurde dichter. Er spürte, wie er im Nacken eine Gänsehaut bekam.

Irgend etwas war im Raum anwesend. Aber es war nicht sein Vater. Es war eine Frau. Greg starrte fröstelnd um sich. Claudia. Er konnte spüren, daß sie in seiner Nähe war, die Frau in Blau, die Frau, deren Abbild er so oft mit Bleistift und Pinsel heraufbeschworen hatte. »Claudia ist hier. Sprich mit ihr.« Er packte seine Mutter am Arm. »Komm schon. Sag ihr, daß wir die Wahrheit herausfinden wollen. Sag ihr, daß wir sie rächen werden.«

»Greg –«

»Los!« Er drehte sich langsam um, als erwarte er, die Frau irgendwo in einer Ecke verborgen zu finden. »Hörst du mich, Lady Claudia! Wir werden die Wahrheit über deinen Tod erfahren. Das ist es, was du willst, oder? Das ist es, worum es hier die ganze Zeit geht.« Er hielt inne, schwer atmend, halb in der Erwartung, eine Stimme zu hören, die ihm antwortete, aber die einzige Erwiderung kam vom Wind. »Claudia!« Wieder schrie er den Namen.

Er konnte ihn doch riechen, den Duft, der sie umgab.

Und noch etwas.

Tabak.

Mit einem Blick auf seine Mutter biß er sich auf die Lippe. Hatte sie es auch gerochen? Es war zwei Jahre her, seit sein Vater mit dem Rauchen aufgehört hatte – am Tag, als sein Krebs diagnostiziert wurde –, aber plötzlich konnte er seinen Tabak im Zimmer riechen. War er doch hier und kämpfte für sie, wie er es versprochen hatte, oder war diese seltsame Duftmischung nur Wunschdenken? Weil er sich der plötzlichen Tränen in seinen Augen schämte, ging er ein paar Schritte auf das Fenster zu und sah hinaus, während er versuchte, seiner Gefühle Herr zu werden.

Innerhalb einer Stunde hatte sich dort draußen alles verändert. Aus dem Schnee war Regen geworden. Der Garten, vor kurzem noch in einen zerbrechlichen, kurzlebigen Rahmen aus Eis gesperrt, war ein lebender, tropfender See geworden. Von den Bäumen und Büschen glitt der Schnee in Klumpen herunter. Der Regen, der über die Scheiben lief, trug den vorzeitigen Winter ebenso schnell mit sich fort, wie er gekommen war. Die gelben und orangenen Blätter des Winterjasmins hatten sich aus dem Zuckerguß aus Eis befreit und hingen an schlanken grünen Stielen nach unten.

Er wollte sich gerade zu Diana umdrehen, als er aus dem Augenwinkel heraus sah, wie sich zwischen den Bäumen etwas bewegte. Er erstarrte. Marcus? Claudia? Sein Vater? Er wartete mit angehaltenem Atem.

Seine Erleichterung war unermeßlich, als er eine kleine Gruppe von Menschen erkannte, die zwischen sich etwas trugen, das aussah wie eine Trage. Er hinkte zur Tür und zog die Riegel auf. Der Schwall kalter Luft trug den süßen, reinen Geruch von Schmelzwasser vor sich her, als die durchnäßten, erschöpften Gestalten über den Rasen wankten. Er fragte nicht, wer die beiden unbekannten Männer waren, als sie hereinmarschierten; es reichte, daß ihnen nichts passiert war.

Er starrte hinunter auf das Gesicht seiner Schwester, und ihm wurde kalt, seine Erleichterung verflog.

»Was ist passiert, Kate?« Er hob den Kopf, und ihre Blicke trafen sich.

»Wir haben sie wieder am Grab gefunden«, sagte sie erschöpft. »Marcus hatte sie in seiner Gewalt.« Sie warf sich neben Anne auf das Sofa, die dort zusammenbrach, sobald sie es erreicht hatte. Dann erst sah sie Susie vor dem Feuer liegen. »O nein?« Ihr Flehen verwandelte sich in ein Schluchzen.

»Ihnen wird es bald wieder gutgehen.« Diana kniete neben der Trage, wo Pete und Jon sie auf den Boden gelegt hatten, und drückte Alisons Kopf an ihre Brust. Hinter ihnen verriegelte Paddy die Haustür und ließ sich dann dort, wo er war, auf die Fußmatte sinken. Er ließ sich hinunterrutschen, bis er mit dem Rücken zur Wand saß und ins Nichts starrte. Er hatte die Grenzen seiner Belastbarkeit erreicht.

Jon blies sich auf die eiskalten Finger, während er ruhig hinüber zu Kate ging, um sich hinter sie zu stellen und ihr die Hände auf die Schultern zu legen. Es war eine beruhigende Geste, und sie lehnte sich zurück, dankbar für seine Kraft. Als sie müde die Augen hob, sah sie, wie Greg sie anstarrte. Sein bleiches Gesicht war von dem Schock ganz steif geworden.

»Das ist Jon Bevan, Greg«, sagte sie langsam, während sie begann, mit dem Reißverschluß an ihrer nassen Regenhaut zu kämpfen. »Er und Pete sind gekommen, uns zu suchen. Sie sind direkt zum Cottage gegangen. Sie haben Allie gefunden.«

»Jon Bevan?« Claudia, Marcus, sogar sein Vater waren vergessen, als Greg seine Aufmerksamkeit auf Jons Gesicht richtete. »Der Dichter?«

»Stimmt.« Jon ging um das Sofa herum und streckte seine Hand aus.

Greg starrte sie nur an. Er machte keine Anstalten, sie zu nehmen. »Sie sind also gekommen, um hier bei uns Ghostbuster zu spielen, was?« sagte er kühl. »Und was für Qualifikationen haben Sie, Marcus Severus Secundus in die Hölle zurückzuschicken, aus der er gekommen ist?«

Jon ließ die Hand sinken. Er begann, seine triefnasse Jacke abzustreifen. »Vielleicht kann ein Dichter mit den Toten kommunizieren; ich bin sicher, er kann es mindestens so gut wie ein Maler«, erwiderte er steif. »Man sagt, wir sprechen eine universelle Sprache, die die Jahrhunderte überdauert.«

»Ich dachte, es sei aus zwischen Ihnen und Kate«, drängte Greg. Er war erschüttert über die plötzliche Ankunft dieses Mannes, von dem er geglaubt hatte, er sei längst aus Kates Leben verschwunden.

»Greg!« unterbrach ihn seine Mutter, die Stimme scharf vor Sorge. »Hilf mir mit Allie! Schnell!« Alisons Kopf war auf Dianas Arm nach hinten gefallen, und ihre Augen stierten ins Leere.

Ohne daß es jemand bemerkte, verstärkte sich der Tabakgeruch im Zimmer.

»Mein Gott!« Greg half seiner Mutter, sie auf den Boden sinken zu lassen. Tief nach unten gebückt, legte er sein Ohr an ihren Mund. »Sie atmet noch.« Er drehte sich, um Jon ins Gesicht zu sehen. Seine Miene verhärtete sich wieder. »Und? Was machen wir jetzt, Herr Dichter?«

Jon nahm ihn nicht zur Kenntnis. Wie die anderen starrte er auf die beiden Mädchen, die nah beieinander auf dem Boden lagen. Nur ein gelegentliches angsterfülltes Schluchzen von Cissy unterbrach die Stille im Raum. Dianas Augen hatten sich mit Tränen gefüllt. Sie war völlig leer, sogar zum Sprechen zu müde. Mit Alisons Hand in der ihren saß sie hilflos auf dem Boden und blickte auf das Gesicht ihrer Tochter.

Lange Zeit war alles still. Kate sah Jon an. Sie hatte die Feindseligkeit zwischen den beiden Männern nicht bemerkt, und auch nicht die elektrisch geladene Atmosphäre, die Spannung, die zwischen ihnen aufblitzte, aber sie spürte die Kälte im Zimmer, die plötzlich fast mit Händen greifbar war. Sie wirbelte um sie herum. Er war tatsächlich da. Er war nicht verschwunden. Sie konnte deutlich fühlen, wie die unheimliche Kraft des fremden Geistes nach ihnen griff, wie die Ranken der Wut und des Hasses sich durch die Luft schlängelten und sich von der Energie des Hasses nährten.

»NEIN!«

Sie merkte erst, daß sie laut geschrien hatte, als sie sah, wie die anderen sie anstarrten, die Gesichter voller Angst. »Er sucht jemand anderen –«

»Bekämpfe ihn. Halt an den eigenen Gedanken fest. Bekämpfe ihn mit aller Macht. Sag ein Gedicht auf. Konzentrier dich.« Anne packte sie am Arm. »Kämpfe gegen ihn an. Die beiden da hat er ausgesaugt wie ... Batterien ...« Sie spuckte vor Zorn. »Und jetzt braucht er Energie von anderswo. Bekämpfe ihn.« Sie blickte sich um. »Wo ist Paddy?« Ihre Stimme wurde durchdringend vor Angst.

»Mein Gott! Bitte laß ihn nicht in das Arbeitszimmer gegangen sein! Laß ihn nicht seinen Vater gefunden haben –« Es hatte keine Gelegenheit gegeben, ihnen zu sagen, daß Roger tot war, keine Möglichkeit, es ihnen schonend beizubringen. Diana rappelte sich auf, schob sich an Pete vorbei und rannte zur Tür. Dann blieb sie unvermittelt stehen. Patrick saß draußen im Flur zusammengesunken an der Wand.

»Paddy!« Ihre Stimme hob sich zu einem lauten Schrei. Der

Junge schlug die Augen auf. »Paddy. Ist alles in Ordnung mit dir?« Sie warf sich neben ihn nieder und umarmte ihn fest.

Er nickte unbestimmt. »Müde.« Er konnte kaum sprechen.

»Müde und sehr tapfer.« Jon war ihr nachgegangen. Er streckte dem Jungen die Hand hin. »Er ist okay.« Man konnte es an den Augen sehen. Alisons ausdrucksloses Starren hatte nichts mit diesem verschwommenen, schläfrigen Moment der Orientierungslosigkeit zu tun. »Los, alter Junge. Steh auf und komm mit zum Feuer.« Er lächelte Diana an. »Er ist okay. Er ist bestimmt okay. Nur fürchterlich erschöpft.«

Diana nickte. Im Arbeitszimmer hinter der Tür lag Roger auf dem Feldbett, kalt. Sie mußte Patrick sagen, daß sein Vater gestorben war. Sie mußte es den anderen sagen. Ihre Augen füllten sich mit Tränen, aber sie sagte nichts, als Jon Paddy hinüber zum Feuer half, ihn in einen Sessel gleiten ließ. Jetzt war nicht der richtige Moment dafür. Sie konnte es nicht ertragen, auch nur darüber zu reden. Noch nicht.

Sie standen alle dicht zusammengedrängt und sahen sich um. Regen klatschte an das Fenster. Vom Eiszapfen über dem Vordach begann eine gleichmäßige Kette von Tropfen auf die Schwelle zu fallen. Innen sank die Temperatur noch immer. Sie starrten sich an.

Anne runzelte die Stirn. »Er ist noch hier. Auf der Suche nach Energie«, flüsterte sie. »Ich kann ihn spüren.« Sie erschauderte. »Mein Gott, ich habe so etwas noch nie erlebt.« Sie schaute in die verängstigten Gesichter. »Konzentriert euch. Füllt eure Gedanken mit etwas. Denkt angestrengt nach. Sagt ein Gedicht auf. Irgend etwas. Laßt ihn nicht herein. Sagt etwas auf! Alle zusammen. Jetzt. Etwas, das ihr alle kennt. Schnell.«

Einen Moment lang war das Zimmer völlig still. Dann begann Diana, die die Hand ihrer Tochter umklammert hielt, langsam den Text eines Kinderreims anzustimmen. »Der Bär und der Regenwurm gingen – juchhee! über Stock, über Stein auf die Weide …«

Mit einem unsicheren Lächeln stimmte Cissy mit ein, und bald machte Pete auch mit. »Der Bär hatte zwei Fässer Honig dabei, und der Regenwurm trug sie ihm beide …«

War es nur ihre Einbildung, oder wurde es wirklich wieder wärmer im Zimmer?

»Weiter. Es funktioniert«, flüsterte Anne. »Nicht aufhören. Nicht aufhören. Noch eins.«

Diana hatte ihre Augen zusammengekniffen, als würde sie beten. »Humpty Dumpty fiel vom Baum, brach in Stücke, aus der Traum. Des Königs Gefolge –«

Sie alle spürten, wie sich im Zimmer plötzlich die Spannung löste.

»Er ist weg.« Gregs Flüstern schnitt ihnen das Wort ab.

Einen Moment lang war alles still.

So schnell wie sie gekommen war, war die drohende Gefahr, die kalt um sie herumschlich, wieder verschwunden, und mit ihr der seltsame, rätselhafte Geruch von Rogers Tabak.

Für den Augenblick waren die sie umgebenden Schatten leer.

LXXI

Der Land Rover der Polizei rutschte und bockte den Weg hinunter. Joe saß vorn zwischen den beiden uniformierten Konstablern. Hinter ihnen klammerte sich Dr. Jamieson an den Vordersitzen fest, als ginge es um sein Leben, während sie durch den immer nasser werdenden Schlamm schlitterten. »Ist nicht mehr weit jetzt.« Joe lugte durch die Windschutzscheibe. »Runter zwischen diesen Bäumen, und wir sind da.«

Ein Windstoß ließ den Wagen seitlich ausbrechen. Der Fahrer fluchte. Vor ihnen knackte und zischte das Radio. Der jüngere der beiden Konstabler, Bob Garth, grinste Joe an, das Gesicht grau vor Erschöpfung. Er war seit achtundvierzig Stunden im Dienst. »Und glauben Sie, daß Ihr Geist auf uns warten wird?«

Joe hatte ihnen die ganze Geschichte erzählt, so weit er sie kannte. Sie wurde von den beiden Polizisten mit höflichem Schweigen aufgenommen. Der Arzt, ein alter Freund der Farnboroughs, war mitteilsamer. »Wenn ich dich nicht besser kennen würde, Joe, dann würde ich ihnen empfehlen, dich pusten zu lassen. Solch einen Quatsch habe ich noch nie gehört. Die Einsamkeit ist euch allen auf das Gemüt geschlagen.«

»Ich habe schon früher Geschichten über die Redall-Bucht gehört«, warf Bob Garth ein. »Viele der Einheimischen glauben, daß es da spukt. Der Schwarze Hund geht dort zwar angeblich nicht um, aber dafür sollen da sonst alle möglichen unheimlichen Dinge passieren. Keiner von ihnen würde im Dunkeln runter zum Sumpf oder an den Strand gehen. Als ich neulich nacht hier war, kam es mir auch merkwürdig vor. Irgendwas war faul an der Sache da unten beim Cottage.«

»Die Gespenster, vor denen die Einheimischen Angst haben, sind von den Schmugglern erfunden worden, um die Zollfahnder fernzuhalten«, warf der Mann am Steuer ein. Mat Larkin hatte sein Leben lang in der Gegend gewohnt. »Man kann kein Wort von dem glauben, was so erzählt wird.«

»Wahrscheinlich nicht.« Joe klang nicht sehr überzeugt. Auch er war hier geboren und aufgewachsen.

»Fast da.« Mat steuerte den Land Rover fachmännisch durch eine rutschige Kurve. Das Räder schlingerten und bespritzten die Büsche mit braun-weißem Schlamm.

Alle vier Männer lugten erst einmal durch die Windschutzscheibe auf das Farmhaus, als sie davor anhielten. Dann stiegen sie aus. Sowohl Joe als auch der Arzt blieben instinktiv ein wenig zurück und ließen die beiden Polizisten vorgehen. Ein Gesicht am Fenster zeigte ihnen, daß sie gesehen worden waren. Sekunden später ging die Haustür auf.

»Kommt rein. Schnell! Um Gottes willen, seht doch bloß! Er hat versucht, auch Susie zu kriegen!« Cissy, am Rande der Hysterie, packte den Arm des Arztes.

Joe stand gelähmt vor Angst da und sah zu, wie Hal Jamieson sich hinkniete und dem Mädchen den Puls fühlte. Er zog ihr Augenlid hoch und betrachtete das Auge, dann legte er ihr die Hand auf die Stirn. »Sie schläft«, kommentierte er knapp. »Tief und fest.« Als er sich Alison zuwandte, legte er die Stirn in Falten. Dieses Mal dauerte die Untersuchung länger. Er blickte Diana an. »Ihre Temperatur ist sehr niedrig, und ihr Puls ist schwach. Sie leidet unter Erschöpfung. Sie sollten beide ins Krankenhaus. – Großer Gott! Was war das?«

Der Knall im ersten Stock war lauter als alle vorherigen. Sie sahen sich gegenseitig an. Greg deutete auf die Treppe. »Da rauf«, sagte er schwach.

Die Polizisten blickten sich nervös an und verschwanden dann. Die anderen hörten ihre Schritte, als sie die Treppe hinauf und den Flur entlangstapften.

Ein paar Minuten später kamen sie zurück. »Nichts.« Bob Garth setzte sich an den Küchentisch und holte sein Notizbuch aus der Tasche. Je früher sie die Aussagen aufgenommen hatten, desto eher konnten sie hier wieder weg. Mit einem Zittern hob er den Kopf. Es ging hier irgend etwas Abscheuliches vor. Er konnte es spüren.

Kate sprach als erste mit ihm. So ruhig wie möglich berichtete sie alles, was seit ihrer Ankunft im Cottage passiert war. Während sie sprach, beobachtete sie, wie der Arzt Gregs Fuß untersuchte, ihn neu bandagierte und offensichtlich zufrieden nickte. Cissy war die nächste.

»Und sie haben diese Gestalt tatsächlich gesehen?« Bob schlug die Seite in seinem Notizbuch um. Sein Mund war trocken geworden. »Sie sind Schriftstellerin, Miss Kennedy. Sind Sie sicher, daß Sie sich einiges von dem nicht nur eingebildet haben?«

»Nein, hat sie verdammt nochmal nicht!« fuhr Greg dazwischen. »Sie haben diesen Knall doch auch gehört! Haben Sie sich das etwa eingebildet?«

»Ich glaube«, warf Hal Jamieson ein, »daß das im Moment alles zweitrangig ist.« Er richtete sich mit einem erschöpften Seufzen auf. »Wir müssen diese Leute hier erst einmal ins Krankenhaus bringen. Cissy muß geröntgt werden, bei Alison sollte man eine Computertomographie machen lassen, meiner Meinung nach so bald wie möglich. Beide Mädchen müssen gründlich untersucht werden, vorher bin ich nicht beruhigt.«

»Alle können wir nicht mitnehmen, Sir«, warf Mat Larkin ein.

Einen Moment lang herrschte Schweigen. Kate spürte, wie sie der Mut verließ. Einen Augenblick lang hatte sie gedacht, es sei alles vorbei; sich eingeredet, daß sie jetzt endlich in Sicherheit seien.

»Wie wär's, wenn wir versuchen, Ihre alte Klapperkiste zum Laufen zu bringen, Joe?« schlug Bob Garth vor. »Angenommen, wir geben Ihnen Starthilfe.«

Joe nickte. »Einen Versuch ist es wert.« Er suchte in seiner Tasche nach dem Schlüssel.

Kate kaute an ihrem Fingernagel, während sie warteten, und blickte von einem angespannten Gesicht zum nächsten. Durch die geschlossene Tür hörten sie, wie Joe versuchte, den abgestorbenen Motor anzulassen. Nichts geschah. Er versuchte es erneut. Wieder nichts. Dann hörten sie, wie die beiden Kühlerhauben zugeknallt wurden. »Klappt nicht, fürchte ich. Das alte Mädchen scheint hinüber zu sein«, sagte Joe grimmig, als sie wieder im Haus waren. »Tut mir leid.«

»Okay. Du bringst die Verletzten ins Krankenhaus, Mat«, sagte Bob Garth bestimmt und überwand sein Zögern. »Ich bleibe hier, um mir das Cottage anzusehen und mich um den armen Mr. Norcross zu kümmern.«

»Sie müssen uns hier rausbringen!« Cissy klammerte sich an Larkins Ärmel. »Sie müssen uns unbedingt hier rausbringen. Er ist hinter meiner Tochter her –« Ihre Stimme rutschte hysterisch auf der Tonleiter nach oben. »Sie müssen uns retten!«

»Schon gut, Cissy. Wir haben ja schon gesagt, daß wir dich mitnehmen«, warf Jamieson beruhigend ein. »Und Diana und die Mädchen. Und Greg. Sein Fuß sollte sofort behandelt werden.«

»Und Joe«, sagte Cissy, die jetzt wild schluchzte. Ihre Stimme überschlug sich erneut. »Ihr müßt Joe mitnehmen –«

»Ich komme nicht mit«, unterbrach Greg sie. »Du hast gesagt, daß mein Fuß okay ist, Hal. Er kann warten. Ich bleibe hier in Redall. Aber nehmt Joe mit. Mir ist das recht.«

»Ich fürchte, mehr bringen wir nicht unter«, warf Mat besorgt ein. »Der Doktor muß mit uns zurückkommen. Er wird noch anderswo gebraucht, und mit ihm sind wir schon acht –«

»Keine Sorge.« Kates und Annes Blicke trafen sich, und Kate sah, wie ihre Schwester das Gesicht verzog. »Wir kommen schon klar. Ich glaube, es sind die beiden Mädchen, die am meisten in Gefahr sind. Wir wehren ihn schon ab.«

Es entstand ein betretenes Schweigen, dann grinste Bob Garth. »Ich passe gut auf Sie alle auf, Miss Kennedy, seien Sie beruhigt.« Er würde sich nicht gestatten, Angst zu haben.

Sie sahen zu, wie das Polizeiauto wendete und sich zwischen den Bäumen den Weg hochwühlte. »Sie müssen enttäuscht gewesen sein, daß es keinen Platz mehr für Sie gab.« Greg schaute Pete fragend an, der sie vom Fenster aus beobachtet hatte.

Pete schüttelte den Kopf. »Ich schätze, ich bleibe hier, bis das alles vorbei ist. Wenn Sie und der Konstabler raus zum Cottage gehen, wäre es gut, denke ich, wenn jemand hierbliebe, der ein Auge auf den Jungen und die Damen hat.«

Gregs Lachen klang gekünstelt. »Ich fürchte, das wirkt etwas gönnerhaft und möglicherweise auch ein wenig sexistisch.«

»Das bezweifle ich, Sir«, warf Bob Garth ein. »Vergessen Sie nicht, daß hier irgendwo ein Mörder frei herumläuft –«

»Haben Sie denn gar nichts verstanden?« Greg drehte sich zu ihm um. »Wir suchen nicht nach einem Menschen –«

»Greg.« Kate legte ihm die Hand auf den Arm.

Er schüttelte sie wütend ab. »Nein! Wir suchen hier keinen entsprungenen Irren, und auch keinen Räuber oder Psychopathen. Wir versuchen, einen Mann zu bändigen, der seit fast zweitausend Jahren tot ist –«

»Sicher, Sir.« Es gelang Bob, keine Miene zu verziehen. »Aber wer auch immer es ist, ein Lebender oder ein Toter, er ist auf jeden Fall eine sehr reale Bedrohung. Ich glaube, dieser Herr hat recht. Jemand sollte hierbleiben.«

»Ich komme in jedem Fall mit.« Kate trat vor. »Ich war eng mit Bill befreundet, und ich habe das Cottage gemietet. Es ist nur recht und billig, wenn ich dabei bin.«

»Und ich komme auch mit.« Jon legte den Arm um sie. »Ich lasse dich nicht wieder aus den Augen, Kate.«

Sie sah erschreckt zu ihm auf. Dann lächelte sie und nahm ruhig seine Hand. Den Zorn in Gregs Gesicht sah sie nicht.

LXXII

Anne und Pete sahen vom Fenster aus, wie die vier Gestalten zwischen den Bäumen verschwanden. Im Haus war es plötzlich sehr still. Anne räusperte sich. »Wie wär's mit was Warmem?«

Pete nickte. Auf dem Sofa lag Paddy, gut zugedeckt, und schlief. Wie Kate hatte auch er geweint, als Diana ihm sagte, daß sein Vater tot war, aber seine Erschöpfung war ohnehin schon zuviel für ihn gewesen. Während der Arzt mit dem Stethoskop neben ihm gesessen und mit ihm gesprochen hatte, war der Junge plötzlich eingeschlafen. »Laßt ihn nur schlafen.« Dr. Jamieson war aufgestanden und hatte den zusammengelegten Schlauch in die Tasche gesteckt. »Schlaf ist das beste Heilmittel. Er ist erschöpft, und er ist traurig, aber er ist ein kräftiger Bursche. Er wird es schon schaffen.«

Pete und Anne saßen sich am Küchentisch gegenüber. »Komische Geschichte.« Pete grinste. Sein vom Wetter gegerbtes Gesicht wurde von einer Unmenge von Falten durchzogen, wenn er lächelte.

Sie sah ihn an. »Ich frage mich schon die ganze Zeit, was ich eigentlich hier mache.«

Er nickte gutgelaunt. »Ich mich auch. Das soll uns eine Lehre sein, bevor wir uns das nächste Mal einmischen. Ich wollte nur ein paar ehrliche Scheine verdienen; eine letzte Fuhre, dann wollte ich Feierabend machen.« Er blickte in seinen Becher und blies den Dampf weg.

»Wie, glauben Sie, wird es weitergehen?« fragte er sie nach einem langen Schweigen.

»Der Polizist hat gesagt, daß er einen Wagen für Mr. Lindsey und den armen Kerl im Cottage schickt.«

»Ich meine mit Marcus.« Er fuhr sich mit den Fingern durch das Haar. »Um Marcus müssen wir uns noch kümmern.«

»Gespenster kann man nicht verhaften.«

Pete lachte kurz auf. »Ich kann mir kaum vorstellen, daß dieser junge Bursche überhaupt irgendwen verhaftet. Er sah aus, als ob er noch Plastikspielzeug aus den Cornflakes-Packungen sammelt.«

»Ich fand ihn ganz nett.«

»Na ja, wenn Sie sowas mögen. Sie stehen auf Uniformen, was?« Es war ein halbherziger Annäherungsversuch, aber er wurde mit einem freundlichen Klaps auf die Schulter beantwortet. Als Anne die Hand senkte, erstarrte sie. »Was war das?«

Sie horchten beide.

»Scheiße! Ich habe nicht damit gerechnet, daß er zurückkommt. Nicht so bald.« Pete stand auf. Alle Farbe war aus seinem Gesicht gewichen.

Sie konnten es jetzt beide deutlich hören. Schritte im ersten Stock. Langsame, schwerfällige Schritte.

Pete nahm lautlos das Brotmesser vom Tisch. Auf Zehenspitzen schlich er hinüber zur Tür und warf dabei schnell einen Blick auf Patrick, der noch immer fest schlief.

Anne folgte ihm, als er langsam die Treppe hochschlich und den Korridor entlangspähte. Da war nichts. Vorsichtig bewegte er sich über die polierten Bretter und stieß die erste Tür auf. Zimmer um Zimmer durchsuchten sie den gesamten ersten Stock. Es gab nicht den geringsten Hinweis, daß jemand hier war. In Patricks Zimmer blieben sie stehen und sahen sich an. »Riechen Sie es auch?« fragte sie schließlich. »Zigaretten.« Sie biß sich auf die Lippe.

»Aber keine römischen.« Pete brach in ein kurzes, bellendes Gelächter aus. »Vielleicht raucht der Junge heimlich. Oder vielleicht ist es Mr. Lindsey«, fuhr er zögernd fort, »und sieht nach dem Rechten.«

Anne zitterte. »Ich glaube nicht, daß mich dieser Gedanke beruhigt.«

»Sollte er aber. Kommen Sie. Gehen wir nach unten. In diesem Haus ist es verdammt kalt.« Sie gingen zurück nach unten, Pete zuerst. Bei Patrick blieben sie stehen und waren insgeheim beide erleichtert zu sehen, daß er genauso fest schlief wie zuvor; er atmete tief und gleichmäßig, und auch seine Gesichtsfarbe war normal.

»›Der Mensch erkennt nie etwas ganz oder versteht es völlig‹«, zitierte Anne leise. »Jung hat das gesagt. Daran versuche ich mich immer zu erinnern, wenn ich merke, daß mein Gehirn überlastet wird, weil ich etwas nicht verstehen kann. Es ist tröstlich.« Sie warf sich in einen Sessel und machte die Augen zu. Dann riß sie sie weit auf.

»Ich kann wieder ihr Parfum riechen.« Es hatte mehrere Minuten gedauert, bis es stark genug war, um es wahrnehmen zu können.

»Ja.« Er hatte den Moschusduft auch gerochen. Der Tabakrauch war verschwunden.

»Was sollen wir tun?«

Er drehte sich um und zuckte mit den Schultern. »Was können wir schon machen, außer warten?«

LXXIII

Es fühlte sich immer weniger seltsam an. Er trieb über dem Wasser den Strand hinauf; das Grab, in dem er so lange gelegen hatte, konnte er nicht mehr sehen. Das machte alles nichts. Nichts machte mehr etwas aus; jetzt, da er stärker wurde. Es war der Mann am Strand, der große, dunkelhaarige Mann, der Dichter, der ihm die Energie gegeben hatte. Leise, heimlich hatte er sie ihm entzogen, als er sich über das Mädchen bückte, und der Mann hatte es nicht einmal bemerkt, da er in Gedanken ganz mit seinen eigenen Problemen beschäftigt war. Seine schöne Claudia war auch hier. Ganz in der Nähe. Immer bei ihm. Ihr Haß und ihr Fluch hatten ihr Kraft gegeben, und gemeinsam würden sie endlich Gerechtigkeit finden.

Kate klammerte sich an Jons Arm. Die starke, unabhängige, kluge Kate klammerte sich an den saft- und kraftlosen Dichter wie ein blödes Flittchen. Greg, der neben Konstabler Garth vorausinkte, warf wieder einen Blick über die Schulter, überrascht, wie aufgewühlt er war. Warum hatte sie gesagt, daß alles aus sei zwischen ihr und diesem Mann, wenn sie es nicht ernst gemeint hatte? Er spürte, wie plötzlich ein Schwall glühender Wut in ihm aufbrandete. Sie war schön. Schön wie Claudia, die er, ohne es zu merken, immer und immer wieder gemalt hatte, als er noch im Cottage allein gewesen war.

Er krümmte sich wieder über den Spazierstock nach vorn und versuchte, sich und seine Wut zu beherrschen. Es war jetzt völlig windstill. Der Sturm war verschwunden, so schnell, wie er gekommen war. Er spürte eine neue Milde in der Luft. Sie besänftigte ihn ein wenig.

Auf den Anblick, der sie beim Cottage erwartete, waren sie nicht vorbereitet. Sie blieben am Waldrand stehen und starrten auf das, was einmal ein hübscher, wenn auch verwilderter Garten und ein idyllisches Haus gewesen war.Das Gebäude stand in einem See aus schwarzem Wasser, der fast bis zur Haustür hinauf reichte. Es sah beinahe so aus wie auf dem Bild, das Kate so erschüttert hatte. Dahinter, auf das Watt zu, war das Meer auf jeder Seite vorgedrungen, hatte neue Kanäle in den Sand gekerbt und sein Reich ausgedehnt. Schon paddelte eine Schar Enten geschäftig durch das schmutzige Wasser und fraß gierig von den Überresten, die in sich langsam drehenden Pflanzenmatten umherschwammen.

»Unter all dem muß das Grab sein«, sagte Greg nüchtern. Keiner von ihnen hatte sich bewegt.

»Also hat Marcus gewonnen.« Kate stand jetzt neben ihm. »Wir werden nie erfahren, was damals geschehen ist.«

Bob Garth rieb besorgt mit den Handflächen über die Vorderseite seiner Jacke. »Wo war der Verstorbene, als Sie hier weggegangen sind?« fragte er behutsam. »War er im Erdgeschoß?«

»O nein!« Kate vergrub das Gesicht in ihren Händen.

»Ich komme mit.« Greg trat vor. »Kate, du bleibst hier. Es ist nicht nötig, daß du mit reinkommst.«

Das Wasser wirbelte um das obere Ende ihrer Stiefel, als die beiden Männer, gefolgt von dem ein wenig zögernden Jon, zur Haustür wateten. Es dauerte mehrere Minuten, bis sie wieder auftauchten. Alle drei sahen grimmig aus.

»Ich fürchte, das Wasser ist bis ins Haus vorgedrungen, Miss Kennedy.« Garth hatte sich ausreichend erholt, als er sie erreichte. »Es hat da drin eine ziemliche Bescherung angerichtet. Ich glaube, Sie sollten es vorerst dabei bewenden lassen. Wir warten, bis sich die Spurensicherung und der Gerichtsmediziner umgesehen haben, und dann werden wir Mr. Norcross' Leiche abholen lassen.«

Sie nickte. Sie hatte nicht die Absicht hineinzugehen.

»Sollen wir raus zum Grab? Das Wasser ist nicht sehr tief da draußen, und es weicht noch zurück.« Greg war Garth gefolgt. In seinem Fuß, den die Kälte betäubt hatte, spürte er einen dumpfen Schmerz.

Sie nickte zögernd. Ihre Erschöpfung war so groß, daß sie sich fragte, ob sie überhaupt noch einen Schritt würde gehen können. Vorsichtig setzte sie einen Fuß nach dem anderen in das schlammig-trübe Wasser und spürte, wie die Sohlen ihrer Stiefel auf dem ausrutschten, was einmal ein Rasen gewesen war. Ihr Blick fiel auf den Seidelbastbusch in der Ecke. Die kleinen rosa Blätter waren noch da, jetzt von Eis und Schnee befreit. Auf dem obersten Zweig saß ein Rotkehlchen.

Es herrschte immer noch Flut. Es gab keine Möglichkeit festzustellen, wo unter den böigen, wütenden Wellen sich das Grab befand. Kate stand wadentief im Wasser und drehte sich langsam hierhin und dorthin. Die Dünen waren gewandert. Es gab nichts mehr, woran sie sich orientieren konnte, nur die fast grenzenlose Weite des triumphierenden Wassers.

Bob Garth schüttelte den Kopf. »Wenn Leichen in dem Grab waren, wird es eine offizielle Untersuchung geben müssen«, sagte er zweifelnd.

»Genau das, was Marcus nicht wollte.« Greg starrte hinaus auf das Wasser.

Garth betrachtete ihn nachdenklich. Hier draußen konnte er es wieder fühlen; die seltsame Gewißheit, daß nicht alles mit rechten Dingen zuging. Das Gefühl, daß er, wenn er nicht achtgab, etwas hören oder sehen würde, von dem er lieber nichts wissen wollte. »Glauben Sie wirklich dieses ganze Zeug über Gespenster?« fragte er nervös.

Greg warf ihm einen prüfenden Blick zu. »Sie möchten wohl lieber glauben, daß sich ein gemeingefährlicher Irrer im Wald versteckt?«

»Wir suchen einen Mörder, Mr. Lindsey.« Garth beherrschte mühsam seine Stimme. »Vorläufig möchte ich mich mit einem Urteil darüber zurückhalten, um wen es sich handelt.«

Greg erwiderte nichts. Er hatte es jetzt gespürt. Eine flüchtige Berührung, vorsichtig, suchend, in seinem Kopf. Marcus war noch immer auf der Suche nach einer neuen Energiequelle. Er tat es mit einem ärgerlichen Achselzucken ab.

Sie standen da und blickten schweigend hinunter ins Wasser. Greg sah Kate an. Sie runzelte die Stirn. Hatte sie es auch gefühlt? Sie hob unvermittelt den Kopf, und ihre Blicke trafen sich. Er konnte in ihren Augen die Unsicherheit sehen; Unsicherheit und Angst.

»Warum gehen wir nicht zurück zum Farmhaus?« fragte er leise. »Hier können wir nichts mehr tun, habe ich recht, Konstabler? Wir müssen warten, bis das Wasser niedriger wird.«

Garth nickte. »Warum nicht.« Erst jetzt war ihm Kates bleiches Gesicht aufgefallen. »Sie alle haben hier draußen ein paar schlimme Tage gehabt. Man möchte nicht glauben, daß Leute noch so von der Außenwelt abgeschnitten werden können, nicht heutzutage.« Er begann, zum Cottage zurückzuwaten; erleichtert, wieder in Bewegung zu sein. »Ich muß die Tür versiegeln, bevor wir zurückgehen. Wenn Sie drei lieber schon vorausgehen möchten, komme ich gleich nach.«

Kate schleppte sich an Jons Seite weiter, beugte sich zurück und schloß die Augen. Er berührte ihre Hand. »Es ist bald vorbei.«

Sie nickte.

»Was ist aus dem Buch geworden? Es ist doch hoffentlich nicht noch da drin?«

Sie lächelte abgespannt. »Die Diskette ist in Sicherheit. Ich glaube nicht, daß meinen Notizen was passiert ist. Ich hatte sie auf dem Tisch gelassen. Oh, Jon.« Mit etwas wie einem Schluchzen lehnte sie sich an ihn, den Kopf an seiner Schulter. Er legte den Arm um sie und war sich wieder Gregs bösen Blicks bewußt, als dieser sich umdrehte. Sie schenkte Greg ein schwaches Lächeln. »Was passiert jetzt als nächstes?«

»Nichts. Die Untersuchungen der Polizei werden bestimmt nichts ergeben, und das war es dann. Niemand wird je die Rolle erwähnen, die Alison bei dem Ganzen gespielt hat, wie immer sie gewesen sein mag. Niemand wird je mit Sicherheit wissen, was geschehen ist.«

»Bis auf uns.« Es war ein Flüstern.

»Bis auf uns.«

»Und Marcus wird jetzt, da es das Grab nicht mehr gibt, in Frieden ruhen.«

Greg stieß ein kurzes, bellendes Gelächter aus. »Glaubst du wirklich?«

»Du etwa nicht?« Kate griff nach Jons Hand.

»Nein, ich nicht. Er ist noch immer hier. Ich habe ihn da draußen gespürt.« Greg blieb stehen und schloß mit einem Seufzer die Augen. O ja, er war noch da. Und sie auch. Irgendwo. Und sie waren beide auf der Jagd; auf der Jagd nach Verbündeten, nach Macht, nach der Lebenskraft eines Menschen, die ihren

Haß erhielt. Es hatte nichts zu bedeuten, daß das Grab verschwunden war. Er schlug die Augen auf und starrte stumm zurück zum Cottage, wo Bob Garth eine Öse und ein Schließband an die Haustür schraubte. Es würde jetzt nicht mehr aufzuhalten sein. Der Kampf hatte begonnen. Die Frage war nur, ob er gegen sie kämpfen, ob er Abstand nehmen und zusehen, oder ob er mitmachen würde. Hinter ihm hatte Jon seinen Arm wieder um Kate gelegt. Dachten sie etwa, er könne sie nicht sehen? Er zog den Kragen hoch und verschränkte die Arme. Es war egal. Was Wut und Eifersucht anbelangte, so besaß er in Marcus den perfekten Lehrer.

LXXIV

Unter dem Wasser wirbelte der Sand rastlos umher, färbte das vordringende Meer in der Farbe der Erde, die es überfiel. Der feine, aufgewirbelte Sand tanzte im Rhythmus der Wellen, löschte aus, arrangierte neu, schuf eine neue Landschaft unter dem Wasser. Die Küste war daran gewöhnt. Das Meer war ihr Feind, allgegenwärtig, immer wartend. Manchmal drang es nur millimeterweise vor, kroch wie eine Schnecke in der zarten Dämmerung herein, die auf jeden Sturm folgte, manchmal aber stürzte es sich wütend auf seine Beute und zerrte sie zerstückelt hinaus, um sie an einer anderen Küste abzulagern.

Als das Wasser tief in den Lehm einsickerte, forschend, saugend, aufwühlend, begannen sich die letzten Fetzen der zu Leder gewordenen Haut aufzulösen. In der Nähe sank der goldene Halsring tiefer in den Schlick und kam schließlich auf dem Zahn eines Mammuts zur Ruhe, das viel früher Opfer des schlammigen Sumpfes geworden war.

Nion war jetzt auf der Suche. Verloren. Claudia war verschwunden, war den Menschen gefolgt und der Energie, die sie lieferten. Der Strand war menschenleer. Er war wieder allein. Er spürte, wie der Zorn in ihm aufstieg. War er doch an diesen Ort gefesselt? In alle Ewigkeit an ihn gefesselt? Das Meer um ihn herum hatte sich besänftigt; das Wasser hatte aufgehört, den Strand anzugreifen; jetzt liebkoste es ihn wie ein Liebender, der eine lang geplante Eroberung gemacht hatte. Er hatte sie gesehen: die Frau und die Männer. Beide liebten sie. Er hatte ihre knisternde Feindseligkeit bemerkt, empfunden, wie stark sie war. Die Geschichte wiederholt sich also.

Amüsiert wartete er. Sie hatten erraten, was hier geschehen war. Sie kannten das Geheimnis des Römers. Sie haßten ihn, aber sie fürchteten ihn auch. Er war mächtig, Marcus Severus Secundus. Mächtig und verschlagen, trotz der panischen Angst, die der Feigling schließlich im Augenblick seines Todes verspürt hatte.

* * *

Anne hatte eine Suppe gekocht, als sie zurückkamen. Durchgefroren und erschöpft saßen sie dankbar um den Tisch: der Taxifahrer, der Polizist, der Dichter, der Maler, die Psychologin und die Schriftstellerin. Auf dem Sofa schlief Paddy weiter. Einmal war er aufgewacht und hatte sich aufgesetzt, den Kopf in die Hände gelegt und sich das Gesicht gerieben. »Ist es wahr, das mit Dad? Oder habe ich es nur geträumt?« Er sah Anne flehend an.

»Ich fürchte, es ist wahr, Patrick.« Sie setzte sich neben ihn, legte dem Jungen die Hand auf die Schulter und tröstete ihn, bis er wieder eingeschlafen war.

»So. Und was passiert jetzt?« Jon sah Bob Garth an.

Vor zehn Minuten war über das Funkgerät des Konstablers die Nachricht gekommen, daß ein Polizeiauto unterwegs war, um ihn abzuholen. Der junge Mann nahm sich ein Stück Brot aus dem Korb und bestrich es dick mit Butter. »Sobald der Wagen kommt, fahre ich zurück und erstatte Bericht über das, was wir gefunden haben. Ich kann Sie mitnehmen, Mr. Cutler, wenn Sie möchten – und auch alle anderen, die nicht länger hierbleiben wollen.« Er sah von einem zum anderen.

»Du fährst mit, Anne«, sagte Kate ruhig. »Du kannst es dir nicht leisten, noch länger weg zu sein.«

»Ich lasse dich hier nicht allein.« Anne sah ihr entschlossen in die Augen. »Mach dir keine Sorgen um Kate. Ich passe schon auf sie auf. Sie kommt mit mir zurück«, sagte Jon bestimmt.

Kate schüttelte den Kopf. »Ich komme nicht wieder nach London, Jon. Noch nicht.« Sie war zu durcheinander und zu schockiert von allem, was geschehen war, um Entscheidungen zu treffen. »Vielleicht komme ich zu Bills Begräbnis, und dann, habe ich gedacht, fahre ich eine Weile zu meinen Eltern. Weihnachten wollte ich sowieso hinfahren.«

»Kate –« Jon sah sie an, plötzlich in Panik. »Bitte –«

»Bleib hier, Kate«, warf Greg leise ein. »Wenigstens, bis das Cottage wieder trocken ist. Es dauert nicht lange.«

»Sie geht nicht dorthin zurück!« unterbrach Jon. »Nach allem, was passiert ist. Sie müssen verrückt sein –«

»Wir haben vereinbart, daß sie sechs Monate bleibt.« Gregs Stimme war sehr ruhig.

»Seit dieser Vereinbarung ist schrecklich viel passiert.« Kate schüttelte den Kopf. »Es tut mir leid, aber ich kann nicht hierbleiben, Greg. Jetzt nicht mehr. Nicht, nachdem Bill –«

Plötzlich drang ein herrisches Knacken von Bob Garths Funkgerät durch Gregs wachsende Wut. Garth nahm den Hörer aus der Klammer und hob ihn an sein Ohr. Er blickte von Gesicht zu Gesicht, während er aufmerksam der Nachricht lauschte, dann grinste er. »Na also«, sagte er. »Das sind gute Neuigkeiten. Die Farnboroughs fahren nach Hause. Mrs Farnborough hat zwei gebrochene Rippen, und die kleine Susie leidet unter Erschöpfung, das ist alles. Mrs Lindsey bleibt über Nacht mit der kleinen Alison im Krankenhaus. Sie glauben nicht, daß ihr etwas fehlt, aber sie machen vorsichtshalber noch eine Computertomographie von ihrem Gehirn.« Er stand auf. »Na, wer kommt jetzt mit? Haben Sie sich entschlossen?« Er konnte es kaum erwarten, endlich weg zu sein.

»Fahr mit, Anne«, sagte Kate nach einer kurzen Pause. »Ich warte, bis sie mich in das Cottage lassen, damit ich mein Zeug holen kann, dann fahre ich nach Hertfordshire. Allie ist weg. Das Grab ist weg. Es gibt keine Gefahr mehr. Mir kann nichts passieren.« Sie schüttelte reuevoll den Kopf. »Ich weiß, daß du dir wegen der Arbeit Sorgen machst – und außerdem ist da noch C. J. Du fährst. Nur verfahr dich diesmal nicht wieder.« Sie lächelte matt.

Anne verzog das Gesicht. »Wir müßten nur oben an der Wegmündung abgesetzt werden. Pete hat vorgeschlagen, daß er vor mir herfährt, wenigstens auf diesen Nebenstraßen hier, damit ich auch bestimmt nicht verlorengehe!« Sie blickte Pete spöttisch an.

»Ganz richtig.« Er verbeugte sich. »Und in Colch lade ich sie zum Essen ein, damit sie noch schnell eine bessere Meinung von diesem Teil der Welt bekommt, bevor sie wegfährt. Also macht euch um uns keine Sorgen, Leute. Kümmert euch lieber um euch selbst.«

»Ich lasse dich gar nicht gern allein hier.« Anne schob ihren Stuhl zurück. Sie legte ihre Hände auf Kates Schultern und umarmte sie dann. »Was machst du jetzt mit Greg und Jon?« fragte sie leise. Der Konflikt zwischen den beiden war nicht zu übersehen gewesen.

Jon ließ Kate keine Gelegenheit zu antworten. »Ihr passiert nichts, Anne«, sagte er. »Dafür sorge ich.«

Anne sah ihm in die Augen. Einen Moment lang schwieg sie, dann lächelte sie. »Ich verlaß mich drauf.«

Als schließlich das Auto kam, fuhr Patrick ebenfalls mit. Er hatte nicht widersprochen, als Greg vorschlug, er solle zu Diana ins Krankenhaus fahren und ihr Gesellschaft leisten.

Kate sah Jon und Greg an, als das Polizeiauto den Weg hoch verschwand. Greg hatte sich abgewandt, um mehr Scheite ins Feuer zu werfen. Draußen lag der Garten unter dem tauenden Schnee sehr still da. Sie biß sich auf die Lippe. Die Stille im Haus war plötzlich bedrohlich geworden.

Greg richtete sich auf. Sein Gesicht war bleich und angespannt. »Du mußt bis zu Dads Begräbnis bleiben, Kate. Das würde er sich gewünscht haben.«

Sie alle blickten zur Tür. Später würde jemand kommen, um Rogers Leiche abzuholen und sie in die Leichenhalle zu bringen.

»Ich weiß noch nicht, Greg.« Kate biß sich auf die Lippe. »Bitte, laß mir Zeit zum Nachdenken. Vielleicht kann ich für diesen einen Tag zurückkommen.«

»Für diesen einen Tag.« Gregs Stimme war beißend. »Das ist doch was.« Er starrte plötzlich um sich. Die Temperatur im Zimmer sank schnell. »Er ist zurückgekommen«, sagte er. »Könnt ihr ihn spüren?«

»Marcus?« Jon ging hinüber, um den Arm um Kate zu legen.

»Marcus«, bestätigte Greg. Er klang fast erfreut.

Kate schüttelte es. Sie sah um sich. »Wo ist er?«

»Hier.« Greg konnte den Zorn spüren; die Wut. Aber dieses Mal war die Stimmung anders. Sie hatte sich verändert. Dieses Mal war sie von Angst begleitet. Das war eigenartig. Warum sollte Marcus Angst haben? Greg fühlte, wie er zitterte.

Einen Moment lang regte sich niemand, dann nahm Greg herausfordernd eine Kerze und hinkte zur Tür.

Im Arbeitszimmer war es sehr still und kalt. Die Leiche seines Vaters lag auf der Liege, bedeckt mit einem sauberen Laken. Er blieb stehen und sah hinunter auf die Leiche.

War es Roger, den Marcus fürchtete? Oder etwas anderes – jemand anderes?

Er wandte sich ab und hob sein letztes Bild von der Frau in Blau hoch. Claudia. Es hatte ihn so viele Monate lang verfolgt, dieses schöne, rätselhafte Gesicht. Er starrte hinunter auf die riesigen ovalen Augen. Sie strahlten Haß aus. Er konnte ihn spüren, er war direkt auf ihn gerichtet. Er runzelte die Stirn und berührte ihr Gesicht mit dem kleinen Finger, dann ging er zurück ins Wohnzimmer. Das Bild nahm er mit.

»Na, was meinen Sie?« Er stellte es auf den Stuhl, damit Jon es betrachten konnte.

Jon ging in die Hocke, um mit dem Gesicht auf gleicher Höhe zu sein. »Starke Sache.« Er runzelte die Stirn. Jetzt roch auch er es: Moschus. Sehr stark, und es kam von der Leinwand. Er schnupperte vorsichtig. Es war berauschend, überwältigend, sexy.

Greg beobachtete sein Gesicht. »Endlich. Er hat's kapiert.« Seine Stimme war sehr leise.

Kate kauerte sich neben Jon nieder. »Es ist ein sehr gutes Bild. Jon?« Sie starrte ihn an. »Was ist mit dir?«

»Was?« Er sah sie an, alles war verschwommen, dann richtete er den Blick wieder auf das Bild.

Die Erde ist bedeckt mit rotem Lehm
wo Freund und Feind von todesirren Pferden
in ihren roten Leib getrieben werden

zitierte er leise.

»Jon –«

»Laß ihn.« Gregs Stimme klang höhnisch. »Arme Kate. Du hast eine Rivalin. Siehst du, was sie alles kann? Ihre Macht ist grenzenlos.«

»Halt den Mund, Greg!« fuhr sie ihn wütend an. »Jon! Jon, was ist los?«

Jon sah sie an. Sein Blick ging an ihr vorbei; durch sie hindurch. Er sah sie nicht.

LXXV

Er wußte, daß er im Sterben lag. Von seinem niedrigen Bett aus sah er zu, wie die Diener mit Kohlen für das Kohlenfeuer leise hin und her hasteten. Seine Frau saß an seiner Seite. Ihm war kalt, so furchtbar kalt, obwohl noch Sommer war. Sein Blick wanderte hinüber zu den Schatten. Sie waren da und warteten. Nion und Claudia. Ihr Fluch hatte also doch noch seine Wirkung gehabt. Das Netz war gesponnen. Schon erstreckten sich die klebrigen Fäden, in denen er sich verfangen hatte, bis in die entferntesten Ecken der Zeit. Aber er würde ihr entkommen; irgendwie würde er entkommen – solange es keinen Beweis für sein Verbrechen gab, würde ihn kein Irdischer verurteilen können, und vor den Göttern würde er es wie ein römischer Krieger darauf ankommen lassen. Er würde durch die Gänge zwischen den Welten wandeln, dort, wo sie ihn nie finden würden.

Er spürte, wie seine Lungen aussetzten. Der Atem quälte sich durch seine Brust, und ein stechendes Gefühl der Panik lief durch ihn hindurch. Noch nicht. Er war noch nicht bereit. Die Tafeln. Er hatte die Wachstafeln unter seinem Kissen. Der Priester hatte darauf die Worte niedergeschrieben, die ihn beschützen und an Orte führen würden, wo man ihn nie finden würde. Er hatte angeordnet, ohne vorherige Einäscherung bestattet zu werden; das würde seine Seele näher mit der Erde verankern.

Die Diener waren jetzt gegangen. Das Zimmer war leer. Verschwommen konnte er sehen, daß seine Frau eingenickt war, den Kopf auf den Arm gelegt. Es mußte Mitternacht sein. Die einsamste Zeit. Der einsamste Ort. Durch die Tür, die offen war und die es ermöglichte, daß ein Luftzug das Kohlenfeuer auflodern ließ, konnte er das Wasser des Springbrunnens im Atrium hören. Es hatte etwas von einer angenehmen, wohltuenden Musik; einer Musik, die von den Sternen zurückgeworfen wurde, die er nicht sehen konnte und die dort oben am mitternächtlichen Himmel funkelten. Durch ihn würde er wandern, bevor die Morgendämmerung kam, um seine Herrlichkeit verlöschen zu lassen, verlo-

ren in der Unendlichkeit der Zeit. Er versuchte, seinen Kopf ein wenig zu bewegen, als auf dem Tisch neben ihm die Flamme der Lampe flackerte und verlosch. Plötzlich war das Zimmer erfüllt mit dem Duft von Moschus.

* * *

Als Kate aufwachte, war es draußen stockfinster, aber das Zimmer wurde durch eine kleine Lampe auf der Frisierkommode erleuchtet. Um sich schauend, lag sie da und fragte sich, was sie geweckt hatte. Dann hörte sie es. Es war der Motor eines Autos. Horchend blieb sie liegen und versuchte, genug Kraft zu sammeln, um aufstehen und unten nachsehen zu können, wer es war, aber schon fielen ihr die Augen wieder zu.

Als sie sie das nächste Mal öffnete, war es heller Tag.

Das Wohnzimmer unten war leer. Sie sah sich um. Es war aufgeräumt worden. Sie schnupperte. Sie konnte Kaffee riechen. Sie ging hinüber zur Tür der Speisekammer und lugte hinein. Es war Jon, der zwischen Dianas Einmachgläsern und Dosen herumsuchte.

»Hallo.«

Er erschrak, dann lächelte er. Er legte seine Arme um sie und küßte sie auf die Stirn. »Hallo. Hast du schlafen können?«

Sie nickte. »Ich kann's nicht recht glauben, aber ja.« Er hatte sich gestern, nachdem er eine kleine Ewigkeit dagesessen und das Bild angesehen hatte, in den Sessel am Kamin zurückgezogen und den ganzen Abend lang kaum mehr gesprochen. Das hatte ihr Angst gemacht. Greg war im Gegensatz dazu bemerkenswert fröhlich und zuvorkommend gewesen, und er hatte sie schließlich auch überredet, nach oben zu gehen und ein wenig zu schlafen.

»Habe ich letzte Nacht ein Auto gehört? Wer war es?« fragte sie.

Er runzelte die Stirn. »Sie sind gekommen, um Roger abzuholen. Greg hat sich um alles gekümmert.«

»Armer Roger. Er war so ein netter Mann. Ich habe ihn gern gehabt.« Kate seufzte. »Das war alles so schrecklich, Jon.« Sie suchte wieder seine Arme, und er gab ihr Kraft, als sie bei ihm stand, den Kopf auf seine Schulter gelegt. Er war jetzt wieder er selbst; völlig er selbst. Sie konnte es fühlen, es sehen. Sie blickte über seine Schulter in das Wohnzimmer. Das Bild war weg. »Wo ist Greg?« Sie sah in Jons Gesicht.

»Er ist weggegangen.«

»Hast du letzte Nacht hier unten geschlafen?«

Er nickte. »Im Sessel.«

»Und du hast ihn gerochen: den Moschusduft.«

Er nickte wieder. »Ihr Gesicht. Es ist schön.«

»Es ist schön, so wie Greg es gemalt hat; aber es ist auch furchterregend, findest du nicht?« Es schüttelte sie.

Er nickte nachdenklich. »Er hat es fortgenommen, glaube ich.« Er blickte sie an. »Er ist richtig verwirrt, Kate.«

»Äußerst sensibel, ein Künstler; traurig. Nicht verwirrt.«

»O doch, verwirrt. Er ist eifersüchtig auf mich bis zum Wahnsinn. Ich bin nicht paranoid, Kate. Ich meine es ernst. Er ist eine Gefahr. Eine Gefahr für dich.«

»Jon –«

Er schüttelte den Kopf. »Ich weiß, daß es absurd klingt. Vielleicht bin ich blöd, aber ich glaube das wirklich. Es ist etwas in seinen Augen. Du mußt mit mir von hier fortgehen. Heute. Du weißt, daß ich die Hälfte von dem Geld, das ich dir schulde, auf dein Konto eingezahlt habe, Kate.« Er blickte sie an. »Der Rest folgt Ende Januar.«

»Jon, bitte. Laß mir Zeit.« Sie sah zu ihm auf. »Ich komme mit zurück nach London. Das muß ich sowieso, und dann fahre ich erst einmal zu meinen Eltern.« Sie verzog ihr Gesicht. »Ich muß mich auch um die Autoversicherung kümmern, mir ein neues kaufen. Doch was uns betrifft ...« Sie liebte ihn. Aber so vieles in ihrer Beziehung war zerbrochen. Es würde Zeit brauchen, bis alles verheilt war. »Ich weiß nicht, Jon. Noch nicht. Lassen wir uns Zeit.«

Sie seufzte. Es gab eine zusätzliche Komplikation. Greg. Sie war sich nicht sicher, was sie für Greg empfand. Noch nicht. »Sobald sie uns ins Cottage lassen, packe ich meine Sachen zusammen, und wir müssen uns überlegen, wie wir sie abholen lassen. Dann gehen wir, Jon.«

Vielleicht würde Marcus nicht bemerken, daß sie weg wollten.

Sie ging hinüber zum Fenster und zitterte wieder, als sie hinausstarrte. »Jon! Sieh nur! Die Katzen.« Sie saßen Seite an Seite auf der Mauer am anderen Ende des Rasens. »Es muß alles in Ordnung sein. Sie sind zurückgekommen. Das kann doch nur bedeuten, daß die Gefahr vorüber ist.«

Jon lächelte. »Es bedeutet, daß die beiden da draußen denken, daß die Gefahr vorüber ist. Du und Anne und eure Katzenkunde! Ich sehe schon, daß ich mich wieder daran gewöhnen muß.« Er stand neben ihr und sah hinaus. Ein Sonnenstrahl hatte sich verirrt und die Mauer in ein warmes Rot getaucht, und die Katzen, ihrer Art treu geblieben, hatten es sich genau in der Mitte bequem gemacht.

Er wurde auf eine Bewegung aufmerksam. Greg hatte auf der Seemauer gestanden und hinaus über das Watt zu ihrem jetzt halb versunkenen Auto geschaut. Er hatte sich abgewandt und ging nun langsam und unter Schmerzen auf das Haus zu. Den verletzten Fuß zog er hinter sich her. Sie sahen, daß er stehenblieb, als er die Kater entdeckte. Er lächelte und ging zu ihnen. Sie standen auf, die Schwänze zur Begrüßung emporgestreckt, dann sah Jon plötzlich, wie zuerst der eine und dann der andere sich steif machte, mit aufgerichtetem Fell. Mit einem Satz waren sie von der Mauer gesprungen und geflohen. Jon blickte Kate an.

Sie konnten beide Gregs zornige Miene sehen, als er sich dem Haus näherte. Sie hellte sich auf, als er sie sah. »Armes altes Auto. Es ist hinüber.« Er kam herein und zog langsam die Stiefel aus. Vor Schmerz verzog er das Gesicht. »Ist Kaffee da?«

Kate nickte.

»Ich habe die Polizei getroffen. Sie sind zum Cottage weitergefahren. Sie haben uns geraten, heute morgen wegzubleiben. Sie bringen den armen Bill weg, und wenn sie da unten fertig sind, kommt die Gebäudereinigung. Das Meer hat sich zurückgezogen, wie's aussieht.«

»Was war mit den Katzen los, Greg?« Kate blickte ihn an, als sie drei Kaffeebecher von den Haken bei der Anrichte nahm.

»Irgendwas hat ihnen einen Schreck eingejagt.« Greg schüttelte den Kopf. »Gott weiß, für wen sie mich gehalten haben. Sie kommen wieder, sobald Ma zurück ist.« Er hatte es im selben Moment gespürt wie Kate und Jon. Den plötzlichen Zorn; die

Frustration und die Wut. Und jetzt die Angst. Marcus. Er nahm dankbar einen Schluck von dem Kaffee. »Bist du noch immer entschlossen, Redall zu verlassen?«

Kate nickte. »Noch heute, Greg. Ich fahre über Weihnachten zu meiner Mutter.«

»Und dann?«

Sie zuckte mit den Schultern. »Dann sehe ich weiter.« Sie setzte sich ihm gegenüber an den Küchentisch. »Wer weiß, vielleicht komme ich zurück und schreibe über Boadicea.«

»Nach Weihnachten kommt sie zu mir zurück«, sagte Jon langsam. »Wenn ich sie davon überzeugen kann, was für ein Idiot ich war, sie gehen zu lassen.«

Greg starrte ihn an. Da war sie wieder. Die Wut. Er atmete tief durch; versuchte, sich zu beherrschen. Marcus, dieser Scheißkerl. Er war so nah. Es war Eifersucht. Das war es. Eifersucht. Er ballte die Fäuste. Er schob seinen Stuhl zurück, stand auf und wankte vom Tisch fort. »Greg –?« Kate sah ihn verängstigt an.

»Schon gut.« Er drehte sich schnell um, um sein Gesicht zu verstecken. Es war wie ein Schmerz. Krämpfe, qualvolle Krämpfe. Dasselbe war mit Alison geschehen; so hatte sie Bill getötet. »Geht jetzt. Ihr beide. Geht runter zum Cottage und packt die Sachen. Mir fehlt nichts.«

Er schob sich durch die Tür zum Arbeitszimmer und warf sie hinter sich zu. Der Anblick des leeren Betts mit den drei ordentlich gefalteten Decken ließ ihn innehalten. Er stand still, ließ die Welle der Trauer über sich hinwegfließen. Wo bist du, Dad? Er starrte hoch zur Decke. Hilf mir. Bitte. Er ging hinüber zum Schreibtisch seines Vaters und warf sich auf den Stuhl. Lange Zeit saß er da und betrachtete das Porträt, das dort auf dem Tisch lag, wo er es gestern hingelegt hatte. Oh, sie war so schön, diese Lady Claudia. So schön und so falsch. Seine Augen schwammen in Tränen.

Lange Zeit blieb er dort sitzen und starrte ihr Gesicht an. Dann stand er auf. Er nahm das Bild und hob es langsam an seine Lippen. Er konnte jetzt den Moschus riechen. Das ganze Zimmer war erfüllt davon; exotisch. Quälend.

Er hörte Jon und Kate in der Diele. Sie zogen ihre Stiefel und

Mäntel an. Seine Finger krampften sich um den Rahmen der Leinwand, als er ihren leisen, fast verschwörerischen Stimmen lauschte. Dann fiel die Tür hinten ihnen ins Schloß, und das Haus war still. Er sah ihr wieder in die Augen. Claudia …

Es war ein Leichtes, das Bild zu zerfetzen.

LXXVI

Kate und Jon gingen vorsichtig in das kleine Wohnzimmer und sahen sich um. Bills Leiche war weg, und ebenso die Polizei und die Gebäudereiniger. Die Teppiche waren zum Trocknen aufgehängt, der schlimmste Dreck beseitigt und die Fenster des Cottage geöffnet worden, um es zu lüften. Kate seufzte erleichtert. Irgendwie hatte sie erwartet, daß etwas von der Aura – und dem Geruch – des Todes zurückbleiben würde, aber das Wohnzimmer war mehr oder weniger wieder wie zu Anfang. Es war behelfsmäßig aufgeräumt und roch nur noch nach Feuchtigkeit.

Sie lächelte Jon an. »Ich gehe rauf zum Packen.« Er nickte. Er sah sich im Zimmer um. Er war sehr still geworden, als sie sich dem Cottage näherten. Hin und wieder hatte er sie mit einer eigenartigen Nachdenklichkeit angestarrt.

Es dauerte nicht lange, bis sie ihre Kleidung, ihre Bücher und Unterlagen in ihre Kartons und Koffer gepackt hatte. Später würden sie sich bei einem Nachbarn dessen Auto mit Vierradantrieb ausleihen, um alles zurück zum Farmhaus zu bringen. Sie sah sich ein letztes Mal im Cottage um, lauschte der Stille, schnupperte unbewußt nach Spuren von Torf oder Claudias Moschusduft. Nichts. Das Cottage war leer. Beruhigt zog sie die Tür hinter ihnen zu und hörte, wie das Schloß einrastete.

Das Wasser war langsam zurückgewichen und hatte im Garten ein Meer von Schlamm hinterlassen. Auf der Nordseite der Bäume und Büsche hatten sich große Klumpen nicht geschmolzenen Schnees versteckt, weiße Kissen im feuchten Unterholz. Nach den eisbeladenen Ostwinden der letzten Tage war der Südwind Balsam für die Seele – eine sanfte Brise, fast warm. Jon blickte Kate an. »Willst du nochmal das Grab sehen, bevor wir gehen?«

Sie nickte. »Ich würde gern sehen, was damit passiert ist. Das Meer scheint ganz zurückgewichen zu sein.« Hinter ihnen glitzerte die Flußmündung, wenigstens an den Stellen, wo sie nicht mit Scharen von Schwimmvögeln bedeckt war.

Sie gingen langsam auf das Ufer zu. Wo früher hohe, geschwungene Sanddünen gewesen waren, zeigte sich jetzt eine veränderte Landschaft: kleine, abgeflachte Hügel; Schlamm; hoch aufgehäufter Strand und überall ein Belag aus schwarzem Tang, den die grimmigen Wellen vom Grunde des Meeres hierher geschleppt hatten. Eine Wolke von Möwen stieg aus der stinkenden Masse auf, als sie vorsichtig nach einem Weg hindurch suchten, hin zu dem Platz, wo die Ausgrabung gewesen war. Sie blieben stehen und betrachteten schweigend den Strand.

»Es war ungefähr hier, oder?« fragte Jon schließlich.

Kate blickte sich um. Es gab keine Orientierungspunkte mehr; der Buckel der Düne war verschwunden; die abschüssige Stelle, wo sie und Alison gekauert hatten, gab es nicht mehr. Der Sand um sie herum sah aus, als sei er mit einem riesigen Löffel umgeschaufelt und zu einer Reihe sanfter, bogenförmig eingedrückter Buckel geformt worden.

Sie lächelte. Ihre Erleichterung war überwältigend. »Es ist weg. Keine Spur mehr davon.«

Sie hatte damit gerechnet, etwas von Marcus zu spüren – Ärger, Wut, Angst –, die heimtückischen Gefühle aus einem anderen Zeitalter, aber es gab nichts mehr davon. Die Luft war frisch und kühl, angefüllt mit den Schreien der Seevögel und dem wogenden Zischen, mit dem die Wellen unermüdlich gegen den Sand stießen.

»Es ist weg«, sagte sie noch einmal, während sie seine Hand in die ihre zog.

Zu ihrer Überraschung lachte er. »Nein«, sagte er. »Nein, es ist nicht weg. Nicht ganz. Da, schau.«

Es war ein Stück gebogenes Metall, wieder aus den Tiefen des Sandes nach oben gerissen und über und über mit Tang bedeckt. Jon bückte sich und hob es auf. »Ein Halsreif. Dein Halsreif?« Er hielt ihn ihr hin.

Sie nahm ihn nur zögernd. »Ich dachte, er sei verschwunden.«

Ein Schatten auf dem Sand. Nion wartete, unsichtbar. Sein Halsreif, der Halsreif, den Claudia ihm gegeben hatte, den er als Gabe an die Götter hinausgeschleudert hatte, befand sich, ein gebogener, korrodierter Halbmond aus unnützem Metall, in der

Hand der lebendigen Frau. Er konnte spüren, wie es ihn unwiderstehlich zu ihr zog, hin zu der Frau, die seinen Halsreif in der Hand hielt, und zu dem Mann, der sie liebte, dem Mann, der ihm Kraft geben würde.

Hinter ihnen blieb Greg am Rande des Strandes kurz stehen. Idioten. Konnten sie nicht die Finger davon lassen? Er ballte die Fäuste. Kapierten sie denn nicht? Hier war es passiert. Die römische Frau, Claudia, und ihr Geliebter. Ihr britannischer Geliebter. Tot. Beide. Im grellen Licht, das vom Meer kam, zog er die Augen zusammen. Zwei Männer liebten eine Frau. Eine Geschichte, so alt wie die Welt.

Er hinkte langsam auf sie zu, und Jon ließ Kates Hand fallen, fast schuldbewußt.

»Ist euch klar, daß es ein anderer Mann war, der zwischen sie getreten ist«, sagte Greg, im Plauderton, als er sie erreichte. »Warum sonst hätte Marcus seine schöne Frau töten sollen?« Er nahm Kate den Halsreif aus der Hand, drehte ihn herum, starrte ihn an und zupfte den klebrigen, hartnäckigen Tang ab. »Warum glaubt ihr wohl, haben wir nichts von ihm gehört, von ihm, dem Geliebten? Marcus hat ihn umgebracht, hat ihn ebenfalls getötet, habe ich recht?« Sein Blick wanderte von Kates Gesicht zu dem von Jon.

Hinter ihnen, Schatten im Wind, kamen Nion und Claudia näher. Bald würden sie vereint sein.

»Laß uns zurückgehen, Greg.«
Kate machte ein paar Schritte von ihm weg, auf das Meer zu. Sie spürte, wie ihr der Wind die Haare aus dem Gesicht zog. »Das Grab ist weg. Es ist nichts mehr zu sehen.«

Greg starrte auf den Halsreif in seiner Hand, über seinen graugrünen Augen lag ein Schleier. »Sie sind hier«, flüsterte er. »Marcus ist hier und Claudia, und der andere auch, der Liebhaber. Ich kann sie fühlen. Sie sind hier an diesem Strand, gefangen. Eine ewige Dreiecksbeziehung.«

»Greg –«, unterbrach ihn Kate beklommen. »Laß uns zurückgehen.«

»Warum?« In seinem Blick lag offene Feindschaft.

»Weil es spät ist. Jon und ich müssen los. Es ist eine lange Fahrt zurück nach London.«

»Nein.« Er wandte sich von ihnen ab und starrte hinaus auf das Meer. »Nein, das glaube ich nicht. Du magst London nicht wirklich, weißt du noch?«

Jon runzelte die Stirn, er musterte den anderen Mann vorsichtig. Verstohlen legte er die Hand auf Kates Arm und zog sie weg. »Gehen wir«, flüsterte er. Fast verloren sich seine Worte im Tosen des Meeres. Nickend drehte sie sich um, um ihm zu folgen, aber Greg hatte es bemerkt. Er wirbelte herum und seine Augen glühten vor Wut. »Nein. Du gehst nirgendwohin.«

Er konnte Marcus jetzt deutlich fühlen. Nah. Drängend. Voller Eifer.

»Sei nicht so verbohrt, Greg.« Kates Stimme war scharf. »Wir gehen jetzt. Wenn du hierbleiben willst, ist das deine Sache.« Sie begann, landeinwärts zu gehen, kehrte der Stelle den Rücken zu, wo die Ausgrabung gewesen war.

Hinter ihnen starrte Greg wieder auf den Halsreif. Plötzlich waren seine Augen voller Tränen. Er konnte nicht mehr länger dagegen ankämpfen. Marcus und Kate. Er wurde mit den beiden nicht fertig. Er taumelte hinter ihr her. »Du darfst nicht gehen«, rief er. »Ich lasse dich nicht. Dies hier wurde geschickt, damit du hierbleibst –«

Jon wirbelte herum. Er ließ Kates Arm los. Seine brodelnde Wut ließ sich nicht länger zurückhalten. »Das reicht jetzt, Greg! Du hast Kate gehört. Sie geht. Du bedeutest ihr nichts.« Wütend riß er dem anderen Mann den Halsreif aus den Händen. »Der hat nun wirklich genug Ärger gebracht. Jetzt geht er dahin zurück, wo er hingehört.« Er hob den Arm und schleuderte den Halsreif in die Luft. Als er ins wogende Grau des Wassers fiel, spürte er, wie eine unkontrollierte Wut durch ihn rauschte.

In panischer Angst versuchte er, sie zu beherrschen.

Bösartige, rasende Wut. Blind. Ekstatisch.

Er rang verzweifelt mit ihr, taumelte vom Rand des Meeres zurück, hielt seinen Kopf umklammert, hörte nichts außer dem Tosen der Wellen. Er sah nicht Kates Entsetzen, als der nach Moschus duftende Sandwirbel sich auf sie legte.

»Jon!« Er hörte ihre Stimme, als sei sie weit entfernt; sie war voller Angst; dann ein lauter Schrei. »Greg! Tu etwas! Marcus hat ihn in seiner Gewalt! Hilf ihm! Greg, hilf ihm! Hilf mir!«

»Nein, nicht Marcus.« Greg lachte plötzlich. »Marcus ist hier. In mir. Er ist von Nion besessen.« Der Name war ihm so leicht über die Lippen gekommen – der Name, den seine Frau in die Morgendämmerung des Beltane, dem Maifeiertag der alten Kelten, geschrien hatte. Nion, der Druide.

Die Stimmen wurden leiser, das Tosen des Meeres lauter. Plötzlich bekam Greg Angst. Marcus war da; Marcus war in ihm. Er drehte sich um und rannte auf das Wasser zu. Er spürte die eiskalten Wellen an seinen Fußknöcheln, sie nahmen ihm allen Schmerz. Der Kälteschock machte ihn benommen.

Kämpfen. Er mußte kämpfen. Das Wasser war jetzt tiefer, reichte ihm bis zu den Knien. Kalt. Schneidend. Mächtig.

Bekämpfe ihn. Bekämpfe den Römer. Kämpfe oder stirb.

Wo war Roger? Dad, hilf mir! Hilf mir, gegen ihn zu kämpfen. Er hatte es versprochen. Dad, bitte! Seine Stimme hob sich vor Schmerz und Angst und Wut.

Eine Welle schlug gegen seine Taille, der Schock ließ ihn innehalten.

Er drehte sich um und sah zurück zum Strand.

Kämpfe. Auch Jon kämpfte. Die Schlacht in seinem Kopf war ohrenbetäubend.

Rezitiere. Beschäftige deinen Kopf mit etwas anderem. Das war es, was Anne gesagt hatte. Gib ihm nichts, womit er dich packen kann. Rezitiere …

Nion will Rache.

Marcus ist bezwungen.

Nion ließ seine hungrigen, wütenden Augen umherwandern, um nach dem Römer zu suchen, der schuld an seinem Tod war …

Kämpfen. Die Wut in seinem Kopf bekämpfen.

Rezitiere.

Byron. Sie wußte es nicht, aber ihr zuliebe hatte er Gedichte von Byron auswendig gelernt. »Wir spüren, wo wir geh'n, den kalten Hauch …« Erinnere dich. Gib den Gedanken Nahrung. »Und diesem Hauch macht nur der Tod ein Ende.« War das auch Byron? Egal.

Jon stolperte weg vom Meer, seine Hände schlugen wie Krallen in seine Schläfen. Wo war sie? Wo war Claudia? Seine Geliebte. Er schüttelte den Kopf. Kate. Wo war Kate – ? Es war niemand da. Sie waren fort. Nion wurde stärker. Marcus? Wo war Marcus? Nion mußte Marcus für immer los werden.

Rezitiere. Es ist die einzige Möglichkeit. Vergiß den Druiden. Laß ihn nicht herein. Er darf nicht gewinnen.

Schluchzend ging er auf dem nassen Sand in die Knie.

> Sie geht verzaubert durch die Nacht,
> In ihren Augen Sternenlicht;
> Die klare wolkenlose Pracht
> Verhüllt als Schleier ihr Gesicht.
> Sie geht verzaubert durch die Nacht …

Er wiederholte die Worte immer und immer wieder, bis er keine Kraft mehr hatte und ihm die Stimme schwand.

Marcus konnte sie jetzt deutlich sehen, durch die Augen des Mannes, Gregs Augen. Sie waren da, in seiner Nähe, sie streckten die Hände nacheinander aus.

Nion und Claudia.

Jon und Kate.

Greg stöhnte, als ihm das kalte Wasser um die Schenkel schlug. Etwas war mit seinen Augen. Alles war verschwommen.

Jon und Kate.

Nion und Claudia.

Langsam begann er zu verstehen. Marcus nährte sich von Haß und Eifersucht. Ihre Kraft, ihre Liebe, das waren die Waffen, die er brauchte. Mit geballten Fäusten machte er einen Schritt auf den Sand zu. Dann noch einen.

Kämpfen.

Das fremde Wesen in seinem Kopf bekämpfen.

Ihn mit Liebe bekämpfen. Liebe, die Raum und Zeit überdauert.

Nion und Claudia.
Jon und Kate.
Jon und Kate.
Die Wut ging zurück. Greg konnte spüren, wie der Zorn und der Haß in seinem Inneren schwanden. Er machte wieder einen Schritt auf den Strand zu. Marcus verlor. Die Liebe besiegt den Haß schließlich immer.

Er schüttelte den schmerzenden Kopf. Es war, als würde er aus einem gräßlichen Alptraum erwachen. Weit draußen über dem Meer war ein vereinzelter Sonnenstrahl durch die Wolken gebrochen, um die See durch seine Berührung in Silber zu verwandeln. Er starrte wie gebannt darauf. Dann begann er, langsam und kraftlos zurück zur Küste zu waten. Er hatte gewonnen. Marcus verließ ihn. Er konnte spüren, wie er schrumpfte, schwächer wurde. Er rieb sich die Augen. Der Traum hatte ihn jetzt verlassen; mit seinem Schmerz war er in die Schatten der Ewigkeit eingegangen.

Kate hatte Jons Kopf in ihren Schoß gelegt und hielt ihn fest. Sie sah auf zu Greg, die Augen voller Tränen. Der süßliche Duft des Moschus war überall um sie.

Die Hände an seinem Kopf streichelten ihn zärtlich. Er konnte sie deutlich fühlen, und sie linderten den Schmerz, der immer mehr nachließ.

Ihre Stimme. Es war ihre Stimme. Sie war da. Sie war bei ihm.

Er weinte. Der Kopf von Nion, dem Druiden, lag in den weichen blauen Falten ihres Gewandes. Er hatte seinen Frieden gefunden.

ANMERKUNG DER AUTORIN

Der Name Nion wurde dem keltischen Baumkalender Beth – Luis – Nion (Birke, Eberesche, Esche) entnommen, den Robert Ranke-Graves beschrieben hat.

Dieses Buch hat viele Ursprünge: Einige der stärksten sind die ehrfürchtige Scheu und die Angst in der Stimme eines kleinen Jungen, als wir vor vielen Jahren nach einem bösen Traum zusammen durch das Fenster hinaus in einen mitternächtlichen Garten schauten; ein einsamer Besuch in Sutton Hoo an einem kalten Winternachmittag, als der Wind durch die Kiefern und hinunter über den Fluß Deben heulte; ein langer, nachdenklich stimmender Besuch bei dem verdrehten Körper des Lindow-Mannes im Britischen Museum; und der Blick vom Fenster meines Arbeitszimmers aus, über Felder hinweg, auf denen einst Trinovanter und Römer am Rande des Watts entlangschritten, in der Ferne die eisige Nordsee.